Knaur

Über die Autorin:

Judy Mercer hat, bevor sie ihren ersten Roman schrieb, in der Werbeindustrie gearbeitet. Sie lebt in Los Angeles.

Judy Mercer

Die Fremde im Spiegel

Roman

Aus dem Amerikanischen
von Friederike Zeininger

Knaur

Die amerikanische Originalausgabe erschien unter dem Titel
»Fast Forward« bei Simon & Schuster Inc., New York.

Vollständige Taschenbuchausgabe Oktober 1998
Droemersche Verlagsanstalt Th. Knaur Nachf., München
Dieser Titel erschien bereits unter der Bandnummer 60363

Umschlaggestaltung: Agentur Zero, München
Umschlagfoto: Bavaria Bildagentur, Gauting
Druck und Bindung: Ebner Ulm
Printed in Germany
ISBN 3-426-71164-8

2 4 5 3 1

Für und wegen Larry

»Es gibt keinen Zufall;
Und was uns blindes Ohngefähr nur dünkt,
Gerade das steigt aus den tiefsten Quellen.«

Friedrich von Schiller
Wallensteins Tod

1

Der Traum weckte sie auf.
Sie blinzelte, bis sie wußte, daß die Geräusche nicht echt waren. Niemand war da. Niemand weinte.
Unruhig atmete sie einmal tief durch und vergrub das Gesicht unter dem Kissen. Ihr Körper entspannte sich, das Herz schlug wieder regelmäßig. Sie versuchte, sich den Traum zu vergegenwärtigen. Er war weg, ließ ein Gefühl der stechenden Angst, der unergründlichen Einsamkeit zurück – und eine Erinnerung an jemanden, der weinte. So traurig. So hoffnungslos. So echt.
Schluß damit, dachte sie.
Sie öffnete ein Auge. Diffuses graues Morgenlicht drängte unter den zugezogenen Vorhängen in den Raum. Genaugenommen wirkte in der Dämmerung alles ziemlich unklar. Sie stieß die Decken weg, schwang die Füße auf den Boden und setzte sich auf. Sie fühlte sich schwer, träge, benommen. Abwesend starrte sie in den Spiegel gegenüber vom Bett. Und sah nichts als einen verschwommenen Fleck.
Sie runzelte die Stirn, kniff die Augen zusammen und schaute noch einmal hin. Ein verschwommener Fleck. Verwirrt stand sie auf und ging langsam zum Spiegel hinüber. Sie beugte sich nach vorne. Das Gesicht wurde scharf.
Nur daß es nicht ihr Gesicht war.
Die Frau, die ihr entgegenblickte, sah genauso panikbesessen aus, wie sie selbst sich fühlte. Offener Mund. Aufgerissene Augen. Das Gesicht farblos, bis auf einen häßlichen violetten Bluterguß. Sie hob die Hand zur Wange. Die Hand im Spiegel folgte der ihren genau. Sie wirbelte herum und sah hinter sich.

Niemand war da. Sie sah sich im Zimmer um. Alles schien verschwommen, durcheinander, es war ein Raum, den sie nie zuvor in ihrem Leben gesehen hatte.
Und dann hörte sie das Geräusch.
Ein Kratzen. Ein lautes, unregelmäßiges Kratzen. Es klang wie Klauen, die sich in Holz festkrallten, und es kam von irgendwoher außerhalb des Zimmers. Ihre Kopfhaut juckte. Das Bild einer Ratte, einer sehr großen Ratte kam ihr in den Sinn.
Sie tappte um das Bettende, mit weichen Beinen, das Blut pochte in ihren Ohren und übertönte fast das scharrende Geräusch. Sie ging auf die Tür zu, zog das altmodische schwere Flanellnachthemd hoch, das sich zwischen ihren Beinen verheddert hatte, und irgendein Teil ihres Bewußtseins stellte fest, daß sie so ein Nachthemd gar nicht besaß. Sie spähte durch die Türöffnung hinaus. Der lange Gang, so verschwommen wie das Schlafzimmer, war leer.
Sie schlich hinaus. Das Kratzen wurde lauter, eindringlicher. Es schien hinter einer angelehnten Tür am Ende des Flurs hervorzudringen. Sehr langsam bewegte sie sich auf die Tür zu, blieb stehen, faßte nach der Klinke. In diesem Augenblick hörte sie einen Aufprall, die Tür bebte in ihrem Rahmen, als wäre etwas Schweres dagegengeschleudert worden. Sie stolperte genau in dem Moment zurück, als die Tür aufflog, gegen die Wand donnerte, dort abprallte und langsam wieder zuschwang. Der Hund, der im Türrahmen auftauchte, war riesig.
Mit angelegten Ohren, aufgestelltem Nackenhaar und gefletschten Zähnen gab er ein tiefes Knurren von sich und duckte sich drohend.
Sie gehorchte einem atavistischen Instinkt und blieb absolut regungslos stehen. Sie versuchte, etwas Beschwichtigendes zu murmeln. Aber mehr als ein schwaches Wimmern brachte sie nicht heraus. Sie versuchte es noch einmal, hatte nur dummes Zeug parat. »Guter Hund«, betete sie und schluckte, wiederholte sich. Und noch einmal, ein Mantra, immer und immer wieder, ohne die geringste Vorstellung davon zu haben, was sie sagte.
Erstaunlicherweise schien es zu funktionieren.

Der Hund, ein Schäferhund, hatte den Kopf seitlich geneigt, horchte. Die Ohren waren aufgestellt, das Nackenhaar hatte sich gelegt. Er machte einen Schritt auf sie zu. Sie erstarrte. Er schnupperte an ihren Händen, ihren Knien, ihren Füßen. Verwirrt zog er sich wieder zurück. Er ließ sich auf den Bauch sinken, gab ein seltsames Winseln von sich und legte den Kopf auf seine Pfoten.

Ihre Beine gaben nach. Langsam rutschte sie an der Wand hinunter. Den Blick fest auf den Hund geheftet, setzte sie ihre Beschwörung fort. Ihre Knie spreizten sich, als sie auf den Boden sank. Die Wörter sprudelten aus ihr heraus, Dutzende von Wörtern, unsinnigen Wörtern, deren Singsang sich hysterisch zuspitzte.

»Guter Hund«, besänftigte sie ihn, »du bist ein guter Hund. So groß. So gut. Ja, das weiß ich. Du wirst mir nichts tun. Nein, das wirst du nicht. Keine Angst. Schau, ich habe keine Angst. Ich bin ein netter Mensch. Ich mag Hunde. Ich mag dich. Ich mag Hunde. Ich habe sie immer gemocht . . .«

Sie hielt inne. Wimmerte. Ihr Herz schien stillzustehen, als ein Gedanke sie durchfuhr. Sie wußte nicht, ob sie Hunde mochte oder nicht. Sie wußte nicht, ob sie einen Hund besaß – oder eine Katze. Oder eine Rennmaus. Sie wußte nicht, ob sie ein netter Mensch war. Sie wußte nicht, wer, verdammt noch mal, sie war.

2

Dieses Mal war das Weinen kein Traum.

Es war echt. Es stammte von ihr.

Die Arme um die Brust geschlungen, die Beine gespreizt, saß sie auf dem Fußboden irgendeines Flurs und weinte, scheußliche, schmerzhafte Schluchzer, die durch und durch gingen. Die Zeit löste sich auf. Das Denken löste sich auf. Sie wiegte sich hin und her, gelähmt vor Angst, gedankenlos vor Einsamkeit und Kummer.

Schließlich bemerkte sie, daß es im Raum ruhig geworden war. Sie wußte nicht, wie lange sie geweint oder wann sie damit aufgehört hatte. Ihr Kopf lehnte gegen die Wand, und sie starrte mit leerem Blick zur Decke. Ihr war kühl, und sie fühlte sich steif. Eines ihrer Beine ließ sich nicht bewegen. Erneut erschrak sie, sah hinunter.
Ein großer Hundekopf ruhte auf ihrem Knie. Sie erstarrte, begann zu kreischen, wollte hastig davonrutschen. Dann bemerkte sie den Ausdruck in dem Gesicht, das zu ihr heraufsah. Die Augenbrauen des Hundes waren zusammengezogen, die Stirn war leicht gefaltet. Er wirkte besorgt.
Aus dem Kreischen wurde ein Kichern. Und das Kichern drohte in einen hysterischen Anfall umzuschlagen. Sie hielt inne. Atmete tief durch.
Der Hund lag ruhig da.
»Hey.« Ihre Stimme klang rauh, fremd in ihren eigenen Ohren. Der Hund hob den Kopf, sein Gesichtsausdruck war gutmütig, fragend. Zögernd legte sie eine Hand auf den breiten Kopf. Tätschelte ihn.
»Laß dir eins gesagt sein, mein Guter. Such dir bloß keinen Job auf einem Schrottplatz.«
Er wedelte hilfsbereit mit dem Schwanz.
»Wie heißt du denn, mein Junge?« Ihre Lippen zitterten, und sie spürte, wie ihre Augen wieder brannten. »Na, *einer* von uns beiden sollte doch einen Namen haben.«
Sie drehte das Halsband um und las die Plakette. Auf einer Seite stand eine Adresse in Los Angeles und eine Telefonnummer mit einer 310er Vorwahl. Auf der Rückseite war JESSICA zu lesen.
»Jessica? Oh ...«
Sie versuchte, auf den Bauch des Hundes zu sehen. »Mein Fehler, mein Mädchen.« Sie räusperte sich. »Verzeihung. Nein, ich meine es anders. Steh auf. Meine Beine sind eingeschlafen.«
Schwerfällig erhob sie sich, stützte sich dabei an der Wand ab, zog an dem Nachthemd, auf dem sie stand.
Sie fühlte sich so müde, so erschöpft, so schwer. Sie hielt inne. Noch immer vornübergebeugt, hob sie langsam das dicke Nachthemd und starrte erschrocken auf ihre Beine.

Sie waren voller Prellungen. Sie waren ziemlich dick. Sie waren *fett!*

Sie ließ das Nachthemd fallen, richtete sich wieder auf, sah an ihrem Körper hinunter und faßte mit beiden Händen hektisch nach ihren weichen Brüsten.

Sie raffte den Saum des Nachthemds bis zu den Knien hoch und rannte zum Schlafzimmer zurück, taumelte in eine Art Arbeitszimmer, bevor sie sich wieder orientierte und um den Türpfosten herum ins Schlafzimmer abdrehte. Sie stolperte zum Spiegel und schob ihr Gesicht davor, nur wenige Zentimeter davon entfernt.

»O mein Gott!« flüsterte sie, wich zurück, konzentrierte sich.

Dieses Gesicht war schrecklich zugerichtet. Vorher hatte sie nur irgendwie den Eindruck gehabt, jetzt aber sah sie ganz deutlich, daß eine der Wangen, die leicht gepocht hatte, voller blauer Flecken und zerschnitten war und daß sie auf der Stirn eine Beule hatte. Die Augen waren rot und vom Weinen fast zugeschwollen. Das Gesicht wirkte prall. Sehr prall, wie aus gesprenkeltem Fleisch herausgequetscht. Die Augen standen zu weit auseinander, die Lippen waren zu breit, die Unterlippe war zu voll. Sie kamen ihr zudem flüchtig bekannt vor. Die kleine Narbe über dem Mundwinkel jedoch nicht. Gleichermaßen befremdlich waren die dichten Augenbrauen und die Nase. Nun, die Nase war gar nicht schlecht. Im Gegenteil, sie war ziemlich hübsch. Keck. Aber sie paßte nicht zum Gesicht. Das Kinn – nein, das *Doppel*kinn war spitz, ließ das volle Gesicht aussehen wie ein großes fettes Valentinsherz.

Ein großes, fettes, rußiges Valentinsherz.

Das Gesicht sah aus, als wäre es nach einem Ölwechsel als Putzlappen benutzt worden.

Sie zog die Lippen auseinander, betrachtete die Zähne und stöhnte. Ein schmaler Spalt teilte die beiden Schneidezähne oben. Die beiden entsprechenden Zähne unten waren leicht voreinandergeschoben, vornübergebeugt wie kleine alte Grabsteine.

Und die Haare, dachte sie. Die Haare! Sie nahm eine lange glatte

Strähne in die Hand und ließ sie wieder fallen. Der Schnitt sah aus, als wäre jemand mit einem stumpfen Messer drangegangen. Die Dauerwelle war, sofern möglich, noch schrecklicher als der Schnitt, ließ das Mausbraun vertrocknet und staubig wirken.
Sie stützte sich mit einer Hand auf der Kommode ab und stieß dabei etwas auf den Boden. Sie sah hinunter, entdeckte einen Gegenstand neben ihren Füßen und hob eine dicke Hornbrille auf. Eines der Gläser hatte einen Sprung.
Sie hielt die Brille in der Hand, als wäre sie giftig. Sie setzte sie auf und sah in den Spiegel. Das Bild war scharf.
Sie drehte sich um und betrachtete den Raum hinter sich. Bis auf die leicht sonderbare Wirkung, die auf das Glas mit dem Sprung zurückging, war der Blick klar. Sie hätte selbst noch die kleinsten Buchstaben auf einer Tafel an der gegenüberliegenden Wand lesen können.
Perfekt. Einfach perfekt.
Ich bin nicht nur fett und verunstaltet und sehe komisch aus, dachte sie, ich bin zudem auch noch blind wie ein Maulwurf.
Sie warf die Brille wieder auf die Kommode, als ein schriller Ton die Stille durchschnitt. Sie wirbelte herum, dem Geräusch entgegen.
Das Telefon auf dem Nachttischchen läutete.
Reflexartig griff sie danach, zog dann die Hand wieder zurück. Noch einmal faßte sie danach, packte den Hörer, um den Lärm abzustellen, hob ihn langsam ans Ohr.
Sie umklammerte den Hörer, hielt den Atem an, lauschte.
»Ariel? Hallo?« Pause. »Ariel, bist du wach?« Längere Pause. »Ariel?«
Ihr Hallo war ein Krächzen. Sie räusperte sich und sagte es noch einmal. Wartete.
»Ariel? Hier Henry. Warum bist du noch zu Hause? Hör zu, Peacock war da, weil er eine Frage an dich hatte. Und weil ich dich nicht aus dem Terminplan gestrichen hatte, meinte er, ich solle besser bei dir anrufen und nachfragen.«
Die Stimme klang angenehm, ein bißchen rauh, schon älter. Und völlig unbekannt.

»Eine richtige Glucke, der alte Peacock, was? Ja, nun, okay, es war nicht seine Idee. Aber ich kann mich nicht erinnern, daß du irgendwann mal nicht dort warst, wo du sein solltest. Du hast nicht viele Tugenden, aber du bist doch eher ...« Die Stimme hielt inne.

»Ariel? Ist alles in Ordnung? Bist du krank?«

Ihr Kopf war wie leer. Was sollte sie tun? Um Hilfe bitten? Zu erklären versuchen? Auflegen?

Sie brauchte Zeit. Zeit für sich. Zeit, um nachzudenken.

»I-i-ich!« Scharf sog sie den Atem ein, als etwas Warmes und Feuchtes ihre Hand stupste. Erschrocken trat sie zwei Schritte zur Seite, schlug mit dem Schienbein gegen die Bettkante und stieß das Telefon vom Tisch, während sie herumwirbelte. Der Hund, der von der heftigen Reaktion auf sein freundliches Lecken überrascht war, bellte vorwurfsvoll.

»Ariel, wenn du mir nicht antwortest, werde ich bei der Personalstelle deine Adresse erfragen und zu dir kommen! Was ist los?«

»Nein!« Sie setzte sich jäh auf das Bett und rieb ihr Schienbein. »Ich meine, ja, äh ... Henry? Du hast recht. Ich bin krank. Ich glaube, ich habe die ... Grippe.«

Hör auf, herumzuplappern! schalt sie sich. Weg vom Telefon!

»Ich würde dich wahrscheinlich anstecken, also kommst du besser nicht hierher, okay?«

Schweigen am anderen Ende.

»Na, wenn du meinst.« Seine Stimme klang ein wenig spitz vor Sorge. Oder Argwohn.

»Ja, meine ich. Und ich habe vor, gleich mal den Arzt anzurufen.«

»Was hast du vor?«

»Ich sagte, ich werde den Arzt anrufen. Ich melde mich noch einmal bei dir, okay?«

Wieder eine lange Pause.

»Ja. Mach das. Wirklich, Ariel. Du klingst echt ein bißchen neben der Kappe.«

Sie schloß die Augen.

»Okay, wir sprechen dann später noch mal. Dann gebe ich

Hodges solange diese Einwanderungsgeschichte.« Er legte auf, ohne sich zu verabschieden.

Einen Augenblick lang saß sie bewegungslos da, bevor sie den Hörer zurücklegte. Dann sackte sie in sich zusammen, ihr Adrenalinspiegel sank wieder.

»Ariel«, flüsterte sie und sah zum Spiegel hinüber, aus dem ihr das jämmerliche runde Gesicht entgegenblickte, unscharf zwar, aber unverändert.

Woher weiß ich, daß dies nicht doch mein Gesicht ist? fragte sie sich. Wenn ich nicht weiß, wer ich bin, wie will ich dann wissen, daß ich es nicht bin? Sie runzelte die Stirn. Ich *weiß,* daß ich nicht so unscheinbar bin wie eine Süßkartoffel, und ich weiß, daß ich Dicke hasse! Ich habe Dicke *immer* gehaßt!

Sie blinzelte. Woher hatte sie das gewußt?

Wenn ich das weiß, dachte sie, und ihr Herz begann zu rasen, dann muß ich auch andere Dinge von mir wissen. Ich muß mich nur daran erinnern.

Denk nach und erinnere dich! Irgendwie muß man diesen Spuk oder was auch immer hier vorgeht, umkehren können, auf eine gesunde und rationale und einleuchtende Weise.

Hypnose?

O lieber Gott!

Ihre momentane Begeisterung verflog. Na, sehr rational, dachte sie. Ich zähle rückwärts von hundert herunter, schlafe ein und, *voilà!,* ich bin wieder in der realen Welt!

Realistisch sein. Halt finden. Ein Leben haben!

»Du hast doch eines«, sagte sie laut. »Es ist nur zufällig nicht dein eigenes!«

Sie zeigte auf ihr Spiegelbild. »Du bist wahrscheinlich einfach durchgedreht, das ist alles. Verrückt wie der Hase von Alice.« Sie verzog das Gesicht zu einer blöden Grimasse. »Und hier ist der Spiegel! Aber Alice wohnt hier nicht mehr; hier wohnt jetzt *Ariel!*«

Sie richtete sich auf. »Genug davon! Als erstes muß ich herausfinden, wer diese Person Ariel ist.« Sie setzte die Brille auf und ließ ihren Blick durch das Schlafzimmer schweifen.

Irgendwann früher an diesem infernalischen Morgen – vor zehn

Minuten? Vor einem Jahr? – hatte sie vage wahrgenommen, daß das Zimmer unaufgeräumt war, aber Haushaltsführung stand derzeit nicht an erster Stelle. Nun sah sie das Ausmaß des Schlachtfeldes.

»Guter Gott, Ariel«, murmelte sie. »Du bist eine ziemliche Schlampe, was?«

Schubladen waren herausgezogen, einige waren auf den Boden ausgekippt worden, die Kleider durchwühlt. Ein riesiger BH hing über dem Fernseher. Daneben war ein Übertopf umgedreht worden, Erde und eine sehr lange Lilie waren auf dem Teppich verstreut. Ihr Blick glitt zur Kleiderkammer, wo all die Kleider, die noch hingen, zu einer Seite geschoben waren. Schachteln, die vermutlich im Regal darüber gestanden hatten, waren wahllos auf dem Boden gestapelt.

»Warum kommen wir nicht einfach später darauf zurück«, sagte sie.

Sie verließ das chaotische Schlafzimmer und ging nach nebenan, wo sich, wie sie noch wußte, weil sie zuvor zufällig hineingeraten war, das Arbeitszimmer befand.

Sie blieb in der Tür stehen, betrachtete den Raum, der völlig verwüstet worden war. Dann machte sie einen Schritt hinein, schob die Tür vollends auf. Ihre Nackenhaare stellten sich auf, als sie das Katastrophengebiet überblickte. Papier. Computerdisketten, Bücher, Tonbänder bedeckten die gesamte Fläche. Aktenschränke gähnten ihr entgegen, von ihrem Inhalt befreit, der am Fußboden aufgehäuft worden war.

Sie ging hinaus. Wandte sich dem Raum zu, in dem der Hund gefangen gewesen war.

Ein Blick in die Hölle von Küche genügte ihr.

Sie jagte vom Wohnzimmer in das Eßzimmer. Verstört.

Das Badezimmer war ein duftendes Durcheinander von Puder und Lotionen. Badegel aus einer umgedrehten Flasche in der Badewanne hatte einen kleinen, inzwischen vertrockneten grünen Fluß hinterlassen. Stäubender Puder und geronnene Flüssigkeiten bedeckten den Toilettentisch. Das Waschbecken war halb gefüllt mit Gläsern, Flaschen und Tuben.

In ihrem Kopf ging die Alarmanlage los. »Raus hier«, keuchte sie. »Ich will sofort hier raus!« Sie drehte sich um und stolperte fast über den Hund, der hinter ihr hertrottete, als sie in das Schlafzimmer floh.

Wo waren ihre Kleider? Sie griff nach einem Haufen Kleidungsstücke am Boden, sah, daß es Unterhosen und Hosen waren, warf sie zur Seite. Der Hund, der ihre Panik spürte, stand mitten im Zimmer und bellte. Kleiderbügel fielen klappernd von der Stange, als sie die Kostüme, Blusen und Röcke durchstöberte, die ihr Gehirn im Kurzschluß nur als riesig, falsch, fremd wahrnahm! Sie drehte sich zum Bett. Ein Hosenbein schaute unter der Decke hervor. Sie warf die Bettdecke zurück und fand einen zerknitterten Jogginganzug, voller Dreck und Ölschlieren, oder was danach aussah. Mit spitzen Fingern nahm sie das Oberteil hoch. Ein großer Fleck vorne sah ganz anders aus als die übrigen. Er sah sehr nach getrocknetem Blut aus.

Sie ließ das Teil fallen, als wäre es plötzlich in Flammen aufgegangen, dann erst wurde ihr klar, was sie darunter gesehen hatte. Vorsichtig schob sie das Oberteil zur Seite. Darunter lag ein kleiner, aber durchaus ernstzunehmender Revolver.

Sie ging rückwärts zur Kleiderkammer, schnappte sich einen Mantel vom Bügel und schlüpfte in die Ärmel. Ein abgetragener Turnschuh lag am Boden. Sie zwang ihren linken Fuß hinein und ging in die Knie, suchte nach dem Gegenstück. Sie fand den anderen Schuh unter einem Rock, setzte sich auf den Boden und zog ihn an.

Von dem bellenden Hund verfolgt, rannte sie in die Küche und versuchte aufzureißen, was wie die Hintertür aussah. Verriegelt. Mit feuchten, ungeschickten Händen öffnete sie zuerst den einen, dann den zweiten Riegel. Sie stieß die Tür auf und taumelte in den kalten Nieselregen hinaus. Sie stolperte über eine Terrasse und eine Flucht halbrunder Stufen hinunter und fand sich in einem riesigen Garten wieder, in dem vereinzelt Bäume und Büsche standen. Er war vollständig umgeben von einer hohen Betonmauer. Als sie einen Weg zwischen Gartenmauer und Hausseite entdeckte, rannte sie darauf zu und den

Weg entlang bis vor das Haus, wo sie von einem Tor mit einem Vorhängeschloß gestoppt wurde.

Schnell ging sie den Weg zurück ins Haus, durch die Küche und den Flur ins Wohnzimmer. Auch die Eingangstür war versperrt. Sie drehte am Türgriff, löste eine Sicherheitskette aus ihrem Schlitz und stürmte durch die Tür. Die Einfahrt zu ihrer Linken endete vor einem Garagentor. Sie rannte darauf zu und zog am Griff. Es rührte sich nichts. Automatik, dachte sie. Wo war der Schalter? Sie fand ihn innen neben der Eingangstür, drückte drauf und eilte zurück zur Garage, während sich zischend das Tor öffnete.

Drinnen stand ihr Wagen.

Erstaunt streckte sie ihre Hand aus, hatte das Gefühl, als würde sie aus einem Alptraum erwachen. Sie ging auf ihr Auto zu. Und blieb wie vom Donner gerührt stehen. Die Erinnerung schwand. Vertrautheit wandelte sich in Verwirrung. Sie berührte das Faltdach. Strich über den rauhen Stoff. Einen Augenblick lang glaubte sie – und der Kummer ließ ihren Hals schmerzen –, einen wunderbaren normalen Augenblick lang dachte ich, ich wäre wieder ich selbst.

Sie beugte sich hinunter und sah auf das Zündschloß. Es gab keinen Schlüssel.

Sie verschränkte die Arme auf dem Dach, umklammerte ihre Ellbogen, atmete tief durch. Die Panik war weg, ersetzt von einer abgrundtiefen Traurigkeit.

Überhaupt, wo wolltest du eigentlich hin? fragte sie sich. Nach Hause? Durch die Straßen wanken? Zur Polizei? Was, wenn das Sweatshirt wirklich Blutflecken hat? Wem gehört es? Wie kam es dort hin? Oder, zutreffender, wer war dafür verantwortlich, daß es dort hingekommen ist?

Sie legte ihre Wange auf den Arm, drehte das Gesicht zum geöffneten Garagentor. Der Hund saß direkt hinter der Schwelle und beobachtete, was sie als nächstes tun würde.

Was würde sie als nächstes tun? Nachdenken, befahl sie sich. Denke einen Augenblick lang ruhig nach.

Erstens, im Moment ist niemand im Haus. Sie erinnerte sich an die vertrocknete, geronnene Sauerei im Badezimmer und zählte im stillen weiter. Zweitens, wer auch immer da war, ist längst verschwunden. Drittens, wonach auch immer sie suchten – und es war offensichtlich, daß jemand gründlich, ja, verzweifelt nach etwas gesucht hatte –, es gehörte nicht mir. Es war etwas von Ariel. Und vielleicht hatten sie es gefunden. Warum sollten sie in diesem Fall zurückkommen? Das war viertens und fünftens. Und sechstens, sollten sie zurückkommen, so gab es Riegel an den Türen. Und einen Revolver, siebtens. Und einen Hund, achtens. Und vielleicht Antworten, die ich im Augenblick sonst nirgendwoher bekomme. Eine große Neun. Und ich will Antworten, dachte sie, weil ich nicht glaube, daß ich dies noch lange aushalten kann, ohne völlig irre zu werden. Wenn ich's nicht schon bin.

Sie schloß die Wagentür, blieb stehen, um sich mit dem Finger am Halsband des Schäferhundes einzuhaken, und führte ihn durch den stärker werdenden Regen ins Haus zurück.

Einen Augenblick später senkte sich das Garagentor leise herab.

3

Von seinem Blickwinkel in einer Nische an der Seite des großen Raumes aus konnte der Mann den Eingang und das regennasse Spiegelglasfenster daneben beobachten. Er war früh gekommen, um sicherzustellen, daß er diesen Platz kriegen würde. Er fragte sich noch einmal, ob er den richtigen Ort für das Treffen ausgewählt hatte, und noch einmal kam er zu dem Schluß, daß alles zufriedenstellend war. Das Fett von Generationen verkrustete hier in diesem Diner, es war ekelhaft, aber für seinen Zweck zufriedenstellend.

Er war früher schon hiergewesen, einige Jahre zuvor, in Begleitung einer Frau mit sehr hilfreichen Verbindungen, aber zweifelhaftem Geschmack. Daß sich ihre Exzentrizität gerade in der Wahl der Lokalität äußerte, hatte ihn nicht besonders begeistert, er war aber an ihren Gefälligkeiten ausreichend interessiert gewesen, um jegliche ihrer Launen in Kauf zu nehmen.

Vier Tage zuvor hatte er über das Diner nachgedacht und über das benachbarte Videogeschäft (wo er und die Frau ein ziemlich primitives, aber anregendes Video gekauft hatten) und war hergefahren, um sicherzugehen, daß beide noch existierten. Wie beiläufig hatte er einen schnellen Blick in das Diner geworfen, bevor er in den Laden nebenan eingetreten war. Er war ganz nach hinten gegangen und hatte gesehen, woran er sich erinnerte: einen Hinterausgang. Dieser führte zu einem Parkplatz, den sich einige Läden teilten, darunter auch ein Zeitungsladen. Auch der Zeitungsladen hatte einen Hinterausgang, außerdem Zeitschriftenständer, hinter denen hervor man auf die Straße sehen konnte.

Der Fluchtweg würde sich wahrscheinlich erübrigen, dachte er jetzt, aber er war ein Mann, der es vorzog, alles akribisch zu planen. Aus gutem Grund wußte er, wie wichtig dies war.

Er nahm einen Schluck Kaffee. Er war noch immer zu heiß. Alle fünf Minuten füllte die Kellnerin seine Tasse, fragte, ob mit seinem Frühstück alles in Ordnung sei, und wirkte eher gequält. Sie war belästigend aufmerksam, aber, so bemerkte er, sie sah ihn eigentlich nie richtig an. Er schob die leuchtendrote Abraham&Strauss-Einkaufstüte neben die Sitzgruppe, um sicherzustellen, daß man sie vom Eingang aus sehen konnte, lehnte sich zurück und schaute sich um. Niemand ließ ihm jetzt auch nur die geringste Aufmerksamkeit zukommen. Er warf einen Blick auf sein verzerrtes Spiegelbild in dem metallenen Serviettenhalter. Der dichte Schnurrbart und das Haarteil, beide weiß, waren mit fachmännischem Können angelegt worden, das auf Erfahrung beruhte, und beide sahen ganz natürlich aus. Er würde weder erkannt werden, noch würde sich jemand an ihn erinnern.

Der Umschlag auf seinem Schoß, versteckt unter der knausrig kleinen Serviette des Diners, war nicht so unhandlich, wie er vermutet hatte. Aber das Projekt war auch nicht so teuer geworden, wie er geglaubt hatte. Im Gegenteil, dachte er, es war eher schockierend, wie billig ein Mord gekauft werden konnte. Während die Inflation den Preis nahezu aller Dinge stetig in die

Höhe trieb, fiel der Wert menschlichen Lebens offenbar, wobei die Kosten, es zu vernichten, entsprechend sanken. Oder vielleicht lag es auch nur an jenem Individuum, auf das er wartete und das, so vermutete er, nicht zur Elite seiner Berufsgruppe zählte.

Er hätte den Job selbst erledigt, und zwar auf eine viel diskretere Art und Weise, aber er hatte, seltsamerweise, festgestellt, daß er das Töten verabscheute. Nicht die Idee. Das Töten selbst.

Er sah auf die Uhr. Es war zehn Minuten über der vereinbarten Zeit. Er würde noch fünf Minuten zugeben, dachte er. Dieser Kretin hatte die Verabredung wahrscheinlich vergessen.

Das erste Telefongespräch hatte nicht gerade beruhigend begonnen. »Rodriquez«, wie sich die exaltierte, leicht akzentbehaftete Stimme vorgestellt hatte, klang alles andere als tauglich. Er hatte, wie man sagte, »breit« geklungen, sein Reden wirr. Aber je länger er sich mit dem Thema befaßt hatte, desto besser konnte er sich ausdrücken. Explosionen, das war schnell zu erkennen gewesen, waren sein Lieblingsthema, seine Liebe, seine Leidenschaft. Kurz gesagt, Bomben machten ihn an.

Vielleicht war ihm mit Abklingen seiner ekstatischen Begeisterung eingefallen, daß er auch bezahlt werden wollte.

Es war Zeit zu gehen. Gerade, als er den Betrag von exakt fünfzehn Prozent Trinkgeld errechnete, nahm er aus den Augenwinkeln heraus eine Bewegung an der Tür wahr. Er lehnte sich wieder gegen die gepolsterte Bank.

Der Mann, der eintrat, war ein Latino. Er trug eine schlappe Kappe und eine wattierte Armeejacke, dunkel gebliebene Stellen auf den Ärmeln zeigten an, wo einst einzelne Streifen aufgenäht waren. Rodriquez wirkte finster, nervös und um einiges schwerer, als seine wenig passende Tenorstimme hatte vermuten lassen. Er nahm die regengetränkte Kappe ab und schlug sie gegen seinen Schenkel, auf seiner ausgebleichten Jeans blieben dunkle Flecken zurück. Er suchte den Raum ab. Als er den Mann entdeckte, grinste er breit und eilte zu der Sitzgruppe.

Er setzte sich, legte seine Kappe auf den Tisch und fuhr sich nervös mit der Hand über die Stoppeln seines Bürstenschnitts.

»Aha«, sagte er mit seiner exaltierten, leicht weibischen Stimme, an die sich der Mann erinnerte, »jetzt lerne ich Sie endlich kennen, was?« Er beugte seinen Kopf zu der roten Einkaufstüte hinunter. »Klar, besser als eine Blume im Knopfloch, die in diesem Loch ein bißchen unpassend wäre, das muß ich schon sagen. Wer sind überhaupt Abraham & Strauss?«

Der Mann gegenüber antwortete nicht.

Rodriquez faltete die Hände zwischen seinen Knien, wippte verschwörerisch nach vorne. »Haben Sie die Zeitungen gesehen?«

Der Mann lehnte sich ein wenig zurück. »Ich wäre sonst nicht hier.«

Rodriquez wischte sich mit der Innenseite seines Ärmels über die Nase, verdrehte die Augen in zärtlicher Erinnerung. »Exakt eine Minute vierzig Sekunden, Mann, und alles war erledigt. Ein paar Sprengsätze, die Zündkapseln, ein kurzer Draht, und als sie dann den Schlüssel rumdrehte ...« Rodriquez warf die Hände in die Luft und machte mit den Lippen ein schnalzendes Geräusch. »Das hätten Sie sehen sollen, Bruder!«

»Ich bin nicht dein Bruder, und wir hatten die Prozedur zuvor schon ausreichend diskutiert. Es ist ja keine Gehirnoperation.«

»Ja, na ja, aber man muß wissen, was man tut, und passen Sie besser auf mit dem Zeug, das ich Ihnen gegeben habe, Sie wissen, was ich meine? Was wollen Sie mit ...«

Ein gezischtes »Halt's Maul« brachte den verblufften Latino zum Schweigen.

Die Kellnerin hatte den neuen Gast entdeckt, kam zu ihrem Tisch geeilt und zog Notizblock und Stift aus ihrer Schürzentasche. Der Mann lächelte und hob seine Hand, um sie zurückzuweisen. Er wandte sich wieder Rodriquez zu, das Lächeln war verschwunden.

»Sie haben nur sehr wenige Einzelheiten bekanntgegeben«, sagte er. »Nur den Standort und die Farbe des Autos. ›Zum jetzigen Zeitpunkt keine Identifizierung möglich‹ und so fort. Du bist dir, was das Ziel angeht, völlig sicher?«

»Na ja, ich bin nicht raufgegangen, um mich vorzustellen«, sagte

Rodriquez stirnrunzelnd und wippte mit dem Oberkörper vor und zurück. »Sie haben gesagt, eine große Frau, ungefähr dreißig, braunes Haar und daß sie um neun Uhr dreißig dasein wird. Sie haben gesagt, daß sie wahrscheinlich höchstens eine halbe Stunde im Restaurant sein wird und daß sie einen alten roten Thunderbird fährt, ja? Einen 55er Jahrgang, ja? Glauben Sie etwa – es hätte dort einen ganzen Haufen gegeben?« Seine Stimme war höher geworden, dünner vor Protest. »Jetzt mal die Mundwinkel hoch, Mann! Das war ein Kinderspiel, alles genau so, wie Sie es gesagt haben. Keine Parkplatzwächter, der Zaun zwischen Parkplatz und Restaurant so, daß von innen niemand etwas sehen konnte – und dunkel? Stimmt! Kein Problem! Hey, hör'n Sie zu, Sie haben den Besten angeheuert, und Sie haben das Beste bekommen!«

»Schrei nicht so! Faß unter den Tisch und nimm das da. Steck es unauffällig weg.« Der Mann hielt den Umschlag an einer Ecke fest, mied Rodriquez' Hand. »Ich werde jetzt gehen, du nicht. Du wirst hier noch fünf Minuten bleiben.« Er rutschte zum Ende der Bank, fischte die Einkaufstüte hervor und stand auf.

Rodriquez beachtete das kleine, fest verklebte Bündel kaum, das er in seine Jackentasche stopfte. Er war immer noch gekränkt, aber unfähig, sich zum Abschied eine clevere boshafte Bemerkung auszudenken. Und so warf er dem Mann nur einen funkelnden Blick nach, als dieser seinen Schirm aus dem Garderobenständer nahm, der am Ende der Bank befestigt war, und ziemlich langsam aus dem Diner ging.

Fragt sich, warum ein alter Trottel wie der es braucht, daß jemand um die Ecke gebracht wird, dachte er. Sieht so aus, als wäre er zu erschöpft, als daß ihm noch irgendwas etwas ausmachen könnte.

Er nahm ein Stück dreieckigen kalten Toast in die Hand, das auf dem Teller gegenüber unberührt liegengeblieben war, stopfte es sich in den Mund und durchlebte noch einmal das Vergnügen der vorangegangenen Nacht. Er hatte diesem Dandy gegenüber nicht erwähnt, daß er, als er aus der Straße hinter dem Restaurant gebogen war, womöglich einen weiteren alten

Thunderbird entdeckt hatte. Aber wie hoch waren die Chancen dazu schon? Und die Beleuchtung auf dem ganzen Parkplatz war wirklich schlecht gewesen, vor allem dort hinten.
Das Geld in seiner Tasche, soviel wußte er, würde ihn in Mexiko eine ziemlich lange Zeit über Wasser halten. Und er hatte schon eine Idee, wie er noch mehr scheffeln konnte, bevor er wegging. Es wäre ein Kinderspiel verglichen mit dem, was er gerade durchgezogen hatte – wirklich völlig hirnlos.

4

Was hier nötig ist, dachte sie, ist eine methodische Durchsuchung. Oder ein Bulldozer. Sie betrachtete das völlig chaotische Wohnzimmer. Ein Bulldozer wäre tatsächlich gut.
»›Wer sind wir? Wo sind wir?‹« murmelte sie, streifte den Mantel ab und warf ihn über die Lehne eines Stuhls. Sie stieß ein Sofakissen zur Seite und stellte eine Lampe auf. Sie beugte sich hinunter, um eine Felldecke vom Boden aufzuheben, als ihr plötzlich einfiel, daß sie damit wahrscheinlich den Schauplatz eines Verbrechens veränderte. Sie richtete sich mit leeren Händen wieder auf – nicht weil sie Skrupel hatte; eher lag es an der Aussichtslosigkeit ihres Unterfangens.
Jede Frau in Amerika trägt eine Handtasche, sagte sie sich, als sie über einen dunklen Fleck stieg, der mit den Scherben einer Vase und vertrocknetem Hahnenfuß verziert war. Mit etwas Glück sollte auch hier eine zu finden sein, irgendwo, und darin wären auch Papiere zu finden.
Weil sie durch das gesprungene Glas ihrer Brille alles leicht verzerrt sah, tastete sie sich vorsichtig durch Eßzimmer und Bad, warf einen Blick in die Küche, mied das Arbeitszimmer – den Ort der größten Zerstörung. Sie fand die Handtasche auf Anhieb und unbeschädigt auf einem Stuhl im Schlafzimmer. Das Polster des Stuhls war gegen die Lehne gestellt.
Folglich, dachte sie grimmig, war ich mit einiger Sicherheit nicht da, als die Wohnung derart zugerichtet wurde.

Woraus du was schließt, Sam Spade?
Sie kniete nieder und kramte in der Handtasche. Sie zog einen kleinen schwarzen Gegenstand aus Plastik heraus, betrachtete ihn, versuchte Zusammenhänge herzustellen. Warum trug sie einen Kassettenrecorder mit sich herum? Sie legte ihn auf den Stuhl. Als nächstes kam eine dicke Brieftasche zum Vorschein. Sie öffnete den Klettverschluß und sah, daß es sich eher um eine Kombination aus Geldbeutel, Scheckheft und verschiedenen kleinen Notizbüchern handelte – ein Organizer.
Innen steckten zuvorderst in einigen Schlitzen mehrere Kreditkarten und ein Führerschein. Der Führerschein gehörte Ariel Rose Gold, und das Foto zeigte das Gesicht aus dem Spiegel.
Sie ließ sich auf die Füße sinken, atmete tief ein und langsam wieder aus.
Sie las die Daten neben dem Foto. Geschlecht: W. Haarfarbe: Brn. Augen: Brn. Größe: 1,75. Gewicht: 65 kg. Ha! dachte sie säuerlich, das hättest du wohl gern, Ariel!
Auf der anderen Seite, den Kreditkarten gegenüber, war ein Terminkalender eingefügt. Sie hatte gerade angefangen, die Seiten durchzublättern, als sie irgendwo im Haus ein lautes Krachen hörte. Leise, langsam stand sie auf, drückte Handtasche und Organizer an die Brust und folgte dem Geräusch in die Küche.
Der Hund fraß mit wedelndem Schwanz einige Weintrauben, die zwischen den spitzen Überresten einer Keramikschale herumlagen.
»Weg da, mein Mädchen!« Sie warf Handtasche und Organizer auf den Tisch und drängte den Hund zur Seite. »Du wirst dir noch die Kehle zerschneiden.«
Während sie die Scherben, und was von den Trauben noch übrig war, einsammelte und auf der Arbeitsfläche ablegte, schalt sie den Hund sanft.
»Ich hätte dir schon was zu fressen gegeben. Früher oder später.«
Ihr kam ein Gedanke. Sie betrachtete den Hund, der ihren Blick mit lebhaftem Interesse erwiderte. »Wo ich gerade von den Bedürfnissen eines Hundes spreche – du mußt ja eine Blase haben, so groß wie die Hindenburg!«

Vorsichtig sah sie zum Fenster hinaus und griff, als sie keine Gefahr entdeckte, nach der Türklinke. Sie hatte vergessen, wieder abzusperren. »Hervorragend!« murmelte sie und riß die Tür auf. Sie machte eine einladende Geste in Richtung Garten und sagte: »Komm schon, hinaus mit dir. Pinkelpause.«
Der Hund blieb sitzen, wo er war, keuchte aufmerksam. Die lange rosafarbene Zunge hing über seine Backenzähne und ließ ihn ein wenig dämlich, aber liebenswürdig aussehen, während der Schwanz verstreutes Mehl von einer Seite zur anderen fegte. »Nicht zu fassen.« Sie musterte den Hund ungläubig. »Na, vielleicht warst du, als wir draußen herumgerannt sind. Ich hab's nicht gemerkt, hysterisch wie ich war.« Sie schloß die Tür, verriegelte sie diesmal.
»Ich sag dir was, Süße ...« Ihr Blick glitt über die Arbeitsfläche und die Überreste in den Schränken. »Ich gebe dir was zum Frühstück, wenn du mir erzählst, wo man hier den Kaffee findet.« Sie durchsuchte den Kühlschrank und öffnete das Gefrierfach, weder das eine noch das andere wirkte durchwühlt. »Na, ich schätze mal, daß sie nicht auf Heroin oder Koks aus waren, oder was die Leute auch immer in ihren Kühlschränken verstecken.« Sie schob einen großen Becher Häagen-Dazs zur Seite und entdeckte mit einem Freudenschrei eine Tüte mit kolumbianischem Kaffee. Sie fand Kaffeemühle und Filter, hob einen Wasserkessel vom Boden auf und begann, Kaffee zu kochen. Die ganze Zeit über sprach sie mit sich selbst, pfiff vor sich hin, um sich Mut zu machen, wurde vom Klang ihrer eigenen Stimme getröstet.
»Ich weiß, ich weiß. Ich habe was von ›Frühstück‹ gesagt, Jessie. Macht's dir was aus, wenn ich Jessie zu dir sage? Jessica bringe ich nicht so recht über die Lippen.« Sie durchsuchte noch einmal die Schränke. Nichts, was nach Hundefutter aussah. »Du siehst ziemlich gut genährt aus, Weintrauben sind also wohl kaum deine reguläre Mahlzeit. Irgendwo muß es etwas geben.« Sie schaute noch einmal in den Kühlschrank, ging dann zu einer Vorratskammer. Auf dem Boden lag eine Tüte mit Hundeflocken.

»Das sieht gut aus, du Köter. Sieht echt gut aus! Und ich zweifle keine Sekunde lang, daß du auch eine Hundeschüssel besitzt. Ah-ha!« Unter dem Tisch lag das Objekt, umgedreht.

»Da steh' ich nun, inmitten der absurdesten außerkörperlichen Erfahrung in der Geschichte Kaliforniens – und das will schon was heißen, Sportsfreund! – und bewohne den korpulenten Körper von jemandem, den ich absolut nicht kenne, und der etwas besitzt oder vielleicht besaß, was ein anderer ziemlich dringend selbst haben wollte. Ich wache in einem Bett mit einem Revolver und einem Kleidungsstück auf, das aussieht, als wäre es über und über mit getrocknetem Blut verschmiert. Plus – irgendeine Person namens Henry, die Zugang zu dieser Adresse hat, könnte jeden Augenblick hier auftauchen. Und da mache ich mir Gedanken über deine Ernährung und darüber, ob du deine Notdurft verrichtet hast. Ich schätze mal, eins haben wir über mich erfahren.«

Sie stellte die Schüssel, aufgefüllt und mit warmem Wasser vermischt, auf den Boden. »Ich schätze mal, ich mag Hunde.«

Sie goß sich Kaffee in einen Becher, schob das Durcheinander auf dem Tisch zur Seite und schüttelte den Inhalt der Handtasche aus. Mit dem Daumen blätterte sie den Organizer durch, schlug die Schecknachweise auf. Ein Guthaben von gerade mal zweitausend Dollar. Nicht besonders gut, nicht besonders schlecht und in keinem Fall aufschlußreich. In dem Teil mit den Kreditkarten gab es einige Tankkarten, einen Bibliotheksausweis, jeweils einen Ausweis für den Automobilclub und die Krankenkasse. Die Kundenkreditkarten von Kaufhäusern reichten von Saks, Fifth Avenue, bis May Company.

Das Adreßbuch war so ziemlich ohne jeden Wert, was Informationen anging. Außer einigen harmlosen Geschäften – der Reinigung, der California Consolidated Bank, einer Apotheke usw. – und zwei Eintragungen, denen die Abkürzung »Dr.« voranstand, konnte hinter den aufgelisteten Adressen irgend jemand stecken, Freund oder Feind, Verbrecher oder Veterinär. Unter H fand sie einen Henry ohne Nachnamen, der vielleicht jener Henry vom Telefon war, und unter P gab es einen Peacock ohne

Vornamen, bei dem es sich bestimmt um erwähnten Peacock handelte. Wie viele Peacocks kannte man wohl? Beide Nummern begannen mit den gleichen Ziffern; es gab keine Durchwahlnummern oder andere Identifizierungsmöglichkeiten. Sie hatte all die Namen, abgesehen von den beiden Ausnahmen, nie zuvor gehört – das wußte sie mit Sicherheit.

Auf einem eingefügten Notizblock war etwas zu lesen, was zuerst wie Hieroglyphen aussah oder wie etwas, was von einem Arzt geschrieben worden war, aber eine nähere Betrachtung ergab, daß es sich um ein Rezept für ein kompliziertes Poulardengericht handelte.

Diesem extremen Mangel an Informationen nach zu schließen, war Ariel entweder eine sehr verschwiegene Frau, oder sie hatte keine Geheimnisse zu verbergen.

Sie schlug den Terminkalender auf. Während sie darin blätterte, spielte sie abwesend mit dem Inhalt der Handtasche auf dem Tisch. Sie nahm eine Packung Marlboro in die Hand, schlug eine Zigarette heraus und steckte sie sich zwischen die Lippen. Sie tastete nach Streichhölzern – und erstarrte. Entgeistert schielte sie auf die Zigarette, die aus ihrem Mund hing. Bedächtig nahm sie sie heraus und starrte darauf.

Ein schwacher Geruch war unterschwellig dagewesen von dem Zeitpunkt an, als sie aufgewacht war. Es war ein Geruch, der ihr bekannt vorkam, der angenehm war, aber sie war sich sicher – irgendwie –, daß *sie* nicht rauchte.

Sie fand ein Feuerzeug. Versuchsweise zündete sie die Zigarette an, inhalierte. Zweimal. Dreimal. Sie empfand einen Rausch der Zufriedenheit. Eine Flut der Schuld. Eine Woge der Benommenheit. Sie taumelte zur Spüle und ließ Wasser über die Zigarette laufen, löschte sie, warf sie weg.

Zum ersten Mal schien sie die Tatsache zu begreifen, daß ihr nicht nur der Körper, in dem sie steckte, unbekannt war, auch von seiner *Geschichte* wußte sie nichts. Von seinen Abhängigkeiten, seiner genetischen Zusammensetzung, von Krankheiten, Vorzügen, Erfahrungen.

Offensichtlich hatte er eine Nikotinsucht. Eine ekelhafte Eßstörung. Und er hatte, der kleinen Narbe über dem Mund nach zu urteilen, irgendwann einmal vielleicht Masern. Hatte er jemals ein Kind geboren? Hatte es Operationen oder gebrochene Knochen gegeben? Wurde, vielleicht jetzt noch, irgendwo auf der DNS eine schreckliche Krankheit angezeigt? Ganz gewiß aber litt er unter Kurzsichtigkeit oder Hornhautverkrümmung oder beidem.

Sie riß sich die Brille von der Nase und warf sie auf die Arbeitsfläche. Sie flog gegen die geflieste Wand und die obere Hälfte des zerbrochenen Glases schlug klirrend heraus. Wie der liebliche Klang eines Glockenspiels.

Sie stutzte. Ein Glockenspiel?

Als sich Jessie bellend aus dem Raum entfernte, wurde ihr bewußt, daß sie die Türglocke gehört hatte.

Ihr Herz fing an zu rasen, pochte unregelmäßig und laut wie ein Trommelwirbel, als sie dem Hund zur Eingangstür folgte. Sie hängte die Kette in den Schlitz ein, sah durch den Türspäher und entdeckte einen riesigen grün-weißen Regenschirm. Darunter stand ein kleines Persönchen, das zur Straße zurücksah.

Sie öffnete die Tür einen Spaltbreit und steckte den Kopf hinaus. Jessie schob ihre Schnauze neugierig schnüffelnd in den Spalt.

»Hm, der Kaffee duftet wunderbar«, zirpte die Person und wandte sich ihr zu, riß die Augen auf. »Großer Gott! Was ist denn mit Ihnen passiert?«

»Äh, mir geht's nicht ... besonders«, antwortete sie. Sie starrte auf diese Erscheinung auf der Veranda, zu verwirrt, um sich zu fürchten. Sie hatte plötzlich den Eindruck, daß sie von den außergewöhnlichen Geschichten aus *Twilight Zone* zu einem Fellini-Film übergewechselt sei.

Die Person war weiblich. Aller Wahrscheinlichkeit nach. Was von den Haaren zu sehen war, die unter der bunten gestrickten Mütze hervorschauten, leuchtete überraschend rötlichbraun – in einer Farbe, die auf der Crayola-Schachtel als Gebrannter Ocker bezeichnet wird. Das Gesicht wirkte verrunzelt wie eine Rosine. Die Lippen waren ehrgeizig angemalt, und das helle Rot war in die Vertiefungen der Falten ringsherum gewandert. Der Körper steckte in einem gelben Ölmantel, der so lang war, daß er auf den weißen Sportschuhen mit neonfarbenen Streifen schleifte. In den Armen hielt sie einen winzigen alten Dackel, dessen Schnauze schon grau war, und die Hand, die nicht den Schirm hielt, umklammerte eine zusammengefaltete Zeitung.

Wachsame blaue Augen erwiderten Ariels starren Blick mit offener Neugierde und mit Sorge. »Sie sehen ganz schön mitgenommen aus.« Sie hob ihre nachgezogenen Augenbrauen und ließ damit noch mehr Falten auf ihrer Stirn entstehen. »Erinnern Sie sich – Marguerite Harris? Ich wohne zwei Häuser weiter? Und Rudy?« Mit einigen geschickten Bewegungen, die einer Taschenspielerei schon nahekamen, gelang es ihr, die Pfote des Dackels wackeln zu lassen, mit erhobener Hand das Wetter zu prüfen, den Regenschirm zuschnappen zu lassen und ihn sich über den Arm zu hängen. Geschäftsmännisch straffte sie die Schultern und stürzte sich in einen Wortschwall.

»Ich hätte Sie nicht gestört – ich habe gemerkt, daß Sie ein Mensch sind, der seine Privatsphäre schätzt –, nur wegen gestern abend. Ich habe Rudy ausgeführt, und ich glaubte, ich hätte in Ihrem Haus ein Licht gesehen, aber es war kein normales Licht, eher wie eine Taschenlampe oder eine Kerze, es flackerte, verstehen Sie? Und ich sah es nur einen Augenblick lang. Aber«, sie holte tief Luft und ratterte weiter, »ein wenig früher hatte ich gesehen, daß Sie weggefahren waren. Ich dachte mir, daß irgend etwas nicht stimmte. Also ging ich nach Hause und bat meinen Mann – Carl, wissen Sie –, mitzukommen und zu überprüfen, ob alles so war, wie es sein sollte. Carl hat bei Ihnen geläutet und geklopft, aber niemand hat geantwortet, und – ich bin ganz offen mit Ihnen – er war der Meinung, daß ich mir das Licht nur eingebildet hatte, aber ich weiß, was ich gesehen habe. Als ich dann heute morgen Rudy zu seinem Verdauungsspaziergang ausführte und sah, daß Sie Ihre Zeitung nicht hereingeholt hatten«, sie zeigte vage hinter sich, »schien es mir angebracht, bei Ihnen reinzuschauen und nachzusehen, ob alles in Ordnung ist. Alles in Ordnung?« Als wäre sie gegen eine

Wand gerannt, hielt sie plötzlich inne und sah sie erwartungsvoll an.
»Mrs. Harris ... Einen Moment bitte, ja? Eine Sekunde.« Sie widerstand dem Wunsch, die Tür zuzuschlagen und sich dahinter zu verstecken, befahl Jessie zu sitzen und machte die Kette los. »Mrs. Harris, das Licht, das Sie gesehen haben ... Wieviel Uhr war es, als Sie es gesehen haben, erinnern Sie sich noch daran?«
»Nun, ganz genau könnte ich es nicht sagen, aber es war wohl zwischen neun Uhr fünfzig und zehn. Ich schau mir immer *Mystery!* an, sonntags abends um zehn, und ich plane unseren Spaziergang immer so, daß ich rechtzeitig für den Vorspann wieder zu Hause bin. Der gefällt mir fast genauso gut wie die Sendung selbst. Mögen Sie *Mystery!*?«
»Ich wünschte, ich könnte diese Frage beantworten, Mrs. Harris. Haben Sie sonst noch etwas gesehen? Oder jemanden?«
»Ja, aber ich weiß nicht, ob es damit etwas zu tun hat. Als wir uns eine halbe Stunde zuvor auf den Weg gemacht hatten – was dann folglich zwischen neun Uhr zwanzig und neun Uhr dreißig gewesen sein muß –, sah ich ein Auto, das am Straßenrand vor dem Haus der Shelbys geparkt hatte. Das Eckhaus. Das wäre also vier, nein, drei Häuser weiter. Das ist mir nur aufgefallen, weil ich weiß, daß die Shelbys verreist sind – sie besuchen ihren ältesten Sohn Julian in Fresno, das ist mir, glaube ich, zu Ohren gekommen –, und es hatte kein Auto vor dem Haus gestanden, seit sie weggefahren waren – warum auch? Das Auto stand noch da, als wir an Ihrem Haus vorbeikamen und das Licht sahen, und es war immer noch da, als Carl herüberkam, aber während der Werbeunterbrechung bei *Mystery!* habe ich nachgeschaut, und es war verschwunden. Glauben Sie, daß es einen Zusammenhang gibt?«
»Nun, ich weiß nicht ...« Die roten Lippen, die sich so schnell bewegten, machten Ariel schwindlig. Der graue kleine Hund dagegen blieb völlig ruhig, ein gelegentliches Blinzeln war das einzige Zeichen dafür, daß er am Leben war. Für einen Augenblick kam ihr die verrückte Idee, daß die beiden eine Art

umgekehrte Bauchrednernummer darboten. Sie versuchte genau hinzusehen. »Erinnern Sie sich zufällig noch, was für ein Auto es war? Welche Marke?«
»Ich fürchte, ich kann kein Auto mehr von einem anderen unterscheiden. Früher hatten die Imperials Heckflossen, und die Oldsmobiles hatten diese kleinen runden Löcher, und Studebakers hatten die Form eines Autos, das gleichzeitig vorwärts und rückwärts fährt, verstehen Sie, was ich meine? Aber heutzutage sehen Cadillacs aus wie Hyundais oder Hondas oder wie auch immer sie heißen. Aber es war dunkelgrau, und es war ein Mietwagen. Billig. Ich meine, auf dem Firmenaufkleber stand BILLIG; ich habe natürlich keine Ahnung, ob die Mietgebühr tatsächlich billig war oder nicht. Wissen Sie, wer den Wagen gefahren haben könnte?«
»Mrs. Harris, ich habe buchstäblich keine Ahnung.« Sie überlegte, was sie noch fragen könnte, aber es fiel ihr nichts mehr ein. »Aber ich schätze Ihre ... Umsicht. Sollten Sie wieder etwas Ungewöhnliches bemerken, lassen Sie es mich dann wissen?«
»Sie können sicher sein, nicht wahr, daß mir nichts entgehen wird, wenn irgend etwas geschieht.« In freimütigem Eingeständnis ihrer Neugierde zuckte Mrs. Harris mit den Augenbrauen. »Passen Sie in der Zwischenzeit gut auf sich auf ... Was auch immer Ihnen fehlt, ja? Hier ist Ihre Zeitung.«
Neuigkeiten und Zeitung an den Mann gebracht, drehte sich die kleine Frau abrupt um und ging die Stufen der Veranda hinunter.
In diesem Augenblick zerriß eine Explosion die Luft, kurz, scharf und bebend wie ein Donnerschlag. Mrs. Harris zuckte lediglich zusammen, aber die Frau hinter ihr keuchte hörbar und drückte sich gegen die Tür. Mrs. Harris' Blick glitt von einem verrosteten Lastwagen, der schwarzen Rauch zurückließ und immer noch hohl knatternd die Straße hinunterfuhr, zurück zur Veranda, ihre blauen Augen wirkten fragend und besorgt.
»Das war nur eine Fehlzündung, meine Liebe. Alles in Ordnung?«

Noch immer gegen die Tür gepreßt, verdaute ihre Nachbarin den Schrecken, atmete tief ein. Langsam stieß sie den Atem wieder hervor.
»Es hat geklungen wie ... Ich dachte, es sei ... wissen Sie. Ein Schuß.«
Ohne auch nur eine Sekunde zu zögern und ohne zu zeigen, daß sie die Reaktion überhaupt eigentümlich fand, sagte die Frau: »Vielleicht sollten Sie eine Zeitlang auf Koffein verzichten, meine Liebe. Ein wenig Ginseng und Johanniskrauttee, glaube ich, würde Ihnen bestimmt ganz guttun.«
Sie ließ den Dackel auf den Gehsteig gleiten, packte seine Leine und marschierte davon, der Regenschirm baumelte an ihrem Arm.

5

Auf Henrys mentalem Bildschirm erschien den ganzen Morgen über ein warnendes Blinken.
Zu viele Jahre in zu vielen Nachrichtenräumen – bei Zeitung und Fernsehen, von Boston bis Los Angeles, mit einigen Stationen unterwegs, die mehr oder weniger denkwürdig waren – hatten das Alarmsignal zu einer verdammt ausgefeilten Perfektion gebracht. Zu oft war er dumm genug gewesen, es zu ignorieren. Einmal hatte sich dies fast als tödlich erwiesen.
Während seiner Arbeit beim *Cleveland Plain Dealer,* einer der denkwürdigen Stationen in seinen frühen Zeitungstagen, hatte er einen Anruf von einem unfähigen Arzt für plastische Chirurgie bekommen, dessen drohender Ruin zu großen Teilen auf Henrys Hartnäckigkeit zurückging. Henry war sich der geistigen Verwirrung dieses Mannes und seiner Absicht, sich selbst und einen anderen dabei gleich mit zu töten, nicht bewußt gewesen und hatte eingewilligt, sich mit dem Arzt zu treffen, um dessen Version der Geschichte zu hören. Die ganze Zeit über, als er zu dem Treffen unterwegs war, blinkte es in seinem Kopf wie auf dem Flughafen zu Stoßzeiten. Henry, gelockt von der

Aussicht auf einen weiteren Artikel auf der Titelseite und eine Verfasserzeile auf der oberen Zeitungshälfte, ignorierte das Warnsignal zuerst, schaltete schließlich ganz ab. Glücklicherweise konnte der Arzt mit einer Pistole genauso wenig umgehen wie mit einem Skalpell. Er verfehlte Henry, und es gelang ihm lediglich, aus sich selbst Gemüse zu machen.

Es hatte andere Situationen während Henrys beruflicher Tätigkeit gegeben, in denen er bedauert hatte, das Warnsignal übersehen zu haben. Zum Beispiel immer dann, wenn die Rechtsabteilung für eine Geschichte schon ihr Okay gegeben hatte, er selbst aber genau wußte, daß er einen bestimmten Aspekt noch einmal überprüfen sollte, und es trotzdem nicht getan hatte. Und es hatte Situationen in seinem Privatleben gegeben, wie an dem Morgen, als das Blinken ihm signalisierte, daß er sein Auto wenden und noch einmal nach Hause fahren sollte. Weil er aber darauf aus war, einen Informanten festzunageln, der ziemlich nervös geklungen hatte, war er weitergefahren. Es war nicht das erste Mal, daß er vergessen hatte, den Herd auszustellen. Es war allerdings das erste Mal, daß er eine Pfanne mit Schinkenspeck auf dem Herd stehen hatte, den abzuschalten er versäumt hatte. Hätte sich seine erste Exfrau nicht genau diesen Vormittag ausgesucht, um ein wenig herumzuschnüffeln, dann hätte das Feuer noch größeren Schaden angerichtet. Und, wo er schon von Marjorie sprach, einmal hatte ihn das Signal veranlaßt, zu beobachten, daß sie das Flugzeug zu ihrer Schwester tatsächlich bestieg, bevor er zur Telefonzelle ging, um Sheila anzurufen, die später seine zweite Exfrau wurde.

Dieses Mal hatte das Blinken mit Ariel Gold zu tun.

Er kannte Ariel nicht besonders gut – so ging es allen, soweit er wußte –, aber er hatte mit zu vielen angsterfüllten Menschen am Telefon gesprochen, um nicht zu wissen, wie sich dieses Gefühl durch die Leitung anhört. Und Ariel hatte Angst.

Henry hatte das Blinken bis zur Mittagspause ignoriert – es war einer jener Vormittage in der Redaktion gewesen, in denen die Alligatoren den Sumpf beherrschten –, aber als er sich mit seinem Eier-Zwiebel-Sandwich beschäftigte, dachte er noch einmal über das Gespräch nach.

Die Frau hatte nicht krank geklungen; sie schien sich vielmehr am Rande der Hysterie zu bewegen. Er hatte Ariel in einigen brenzligen Situationen erlebt, und er konnte sich nicht erinnern, daß sie ihre Gelassenheit jemals aufgegeben hätte. Er hatte nie erlebt, daß sie vor irgend etwas Angst gehabt hätte. Außer vielleicht vor dem Leben, aber das war nur sein persönlicher Eindruck. So wenig wie er wußte, könnte sie außerhalb dieses Gebäudes auch die eine ganz heiße Nummer sein. Er grinste über das Bild, das dieser Gedanke hervorrief. Ziemlich unwahrscheinlich, dachte er. Eher wie Margaret Thatcher, ohne den Aplomb und das glatte Äußere – ganz zu schweigen von dem Ehemann.

Er hielt plötzlich inne. Das stimmte nicht. Ariel hatte sehr wohl einmal einen Ehemann erwähnt. Er erinnerte sich daran, daß ihn der Gedanke überrascht hatte, irgend jemand würde Ariel heiraten, und daß er sich geschämt hatte, weil dieser Gedanke ihn überrascht hatte. Sie hatte sich nicht ausführlich dazu geäußert, und ihr Auftreten hatte wie üblich keine Fragen zugelassen, also war er nicht weiter darauf eingegangen. Wie er sich jetzt erinnerte, hatte er damals den Eindruck gehabt, daß der Vergangenheit angehörte, was auch immer nun Sache war oder auch nicht.

Er massierte sich das linke Schulterblatt, die Stelle, die ihn nach Vormittagen wie diesem – also fast täglich – plagte. Er nahm die Füße vom Tisch und aß die letzte Dillgurke auf, während er ihre Nummer in seinem Adreßroller nachschlug. Nach viermaligem Klingeln schaltete sich der Anrufbeantworter ein, und Ariels irgendwie monotone, nüchterne Stimme lieferte die wenigen Informationen, die alleinstehenden Frauen angeraten werden preiszugeben.

»Hier ist 472-8762. Im Moment bin ich persönlich nicht erreichbar. Hinterlassen Sie bitte nach dem Pfeifton eine Nachricht.« Ungeachtet der Bitte legte Henry auf.

Nun, spekulierte er, vielleicht ist sie zum Arzt gegangen. Wenn er bis zum Abend nichts von ihr gehört hätte, würde er die Personalstelle anrufen und herausfinden, wo sie wohnte. Achselzuckend ging er über den verwirrenden Gedanken hinweg, daß er sich vielleicht wirklich Sorgen um die Frau machen könnte. Es ist das Blinken, dachte er, einfach nur dieses anhaltende, unübersehbare verfluchte Alarmsignal.

Er war nicht ihr Aufpasser, und er war nicht gluckenhafter, als Peacock es war. Ariel war nur eine Angestellte. Eine ungewöhnlich begabte, gewissenhafte Angestellte, die, soweit er sich erinnern konnte, die ganze Zeit über, in der sie dort arbeitete, nie zu spät gekommen war, ganz zu schweigen davon, daß sie einfach nicht erschienen wäre, und erst recht davon, daß sie noch nicht einmal Bescheid gegeben hätte. Es war auch nicht so, daß er irgendwo eine Spur des Mitleids mit der Frau empfunden hätte. Es war nur so, daß er an diesem Abend ohnehin nichts vorhatte. Die Lakers hatten kein Spiel, Exfrau Nummer drei hatte ihren Sohn zu einem Ausflug irgendwo in die Wüste mitgenommen, und seine Unterhaltszahlungen hatten ihm für den Augenblick so ziemlich jede Lust auf eine Romanze genommen. Dafür war er ohnehin zu alt, dachte er, und rollte die Schultern, versuchte die Verspannung zu lösen.

Er würde bei ihr zu Hause vorbeifahren und nach dem Rechten sehen – es sei denn, sie wohnte im Valley. Er fuhr nicht ins Valley, wenn er nicht dafür bezahlt wurde.

6

Sie schloß die Tür. Verriegelte sie. Lehnte sich dagegen. Bemerkte, daß Jessie noch saß, wo sie sie zurückgelassen hatte, und geduldig auf weitere Anweisungen wartete.

»Ach, du Hund!« Sie kniete sich nieder, warf die Zeitung auf den Boden und kraulte die aufgestellten Ohren. »Du bist ja direkt *abgerichtet!* Mein Gott! Du kannst wahrscheinlich alles mögliche. Na, bleib wachsam. Da ich wahrscheinlich keinen amtlichen Sehtest bestehen würde, werde ich dich vielleicht brauchen, damit du mich zur nächsten Klapsmühle führst.« Sie lehnte ihren Kopf gegen den des Hundes, die Hand an der

Schnauze, und fühlte sich zu einsam, um zu denken, geschweige denn, sich von der Stelle zu rühren.

Das Telefon läutete.

Sie taumelte hoch, hörte, wie der Stoff riß. Das Nachthemd kommt weg, dachte sie, befreite ihre Beine und ging in Richtung Schlafzimmer. Bevor sie dort ankam – oder entschieden hatte, ob sie das Telefon überhaupt abheben sollte, wenn sie dort wäre –, hörte das Klingeln auf.

Sie stand still, hörte eine leicht blecherne Stimme, als sich irgendwo im Haus ein Anrufbeantworter einschaltete.

Ein Anrufbeantworter. Jeder hatte eines dieser verdammten Dinger! Warum hatte sie daran beim letzten Anruf nicht gedacht? Sie lauschte, hatte den Eindruck, daß die Stimme aus dem Arbeitszimmer kam, und betrat den Raum gerade noch rechtzeitig, um das Klicken und das Freizeichen zu hören. Einen Piepton. Auf dem Schreibtisch lag ein schnurloses Telefon, und daneben stand der Anrufbeantworter, teilweise versteckt unter einem umgedrehten Weidenpapierkorb. Die Maschine klickte sich geschäftig aus, dann wieder an, und das Licht leuchtete auf. Sie stellte den Korb zur Seite und sah die Maschine nachdenklich an.

Okay, da hatte jemand aufgelegt, aber vielleicht gab es andere Nachrichten. Sie spulte das Band zurück. Als sie auf ›Play‹ drückte, fragte eine angenehme männliche Stimme: »Ariel? Bist du da? Wahrscheinlich nicht. Ich bin's, Victor, und es ist, warte, sieben Uhr, Sonntag abend. Habe dich gestern morgen vermißt. Nichts Dringendes. Ruf mich zurück, wenn du kannst.« Die Maschine brach ab. Es folgten keine weiteren Nachrichten. Sie stieß den Atem hervor, den angehalten zu haben sie gar nicht bemerkt hatte.

Fünfundvierzig Minuten später saß sie am Küchentisch, trank ihren Kaffee vollends aus und musterte noch einmal jeden Gegenstand aus Ariels Handtasche, bevor sie ihn zurücklegte.

Die Schlüssel. Einer, der aussah wie der Hausschlüssel, zwei, bei denen es sich wahrscheinlich um die Wagenschlüssel handelte, und verschiedene andere, nicht zu identifizieren, die alle an einem messingartigen Schlüsselring hingen, auf dem – sie drehte ihn leicht hin und her, um die abgewetzte Gravur zu erkennen – »Mit Dank für Ihre Unterstützung. LASPCA« zu lesen war. Sodann gab es ein leeres Brillenetui. Und, natürlich, Zigaretten und Feuerzeug. Sie warf sie schnell zurück, verabscheute das plötzliche Verlangen, das sie hervorriefen. Da waren ein streichholzschachtelgroßer automatischer Garagentoröffner, ein Gutscheinheft aus dem Supermarkt – sie lächelte, als sie es in die Tasche warf – und der übliche Müll. Ein Päckchen Papiertaschentücher. Pfefferminzbonbons. Ein Lippenstift (in einem ekelhaften Rosaton). Der Kontrollabschnitt einer Stadioneintrittskarte für das Spiel der L. A. Clippers drei Abende zuvor. Fusseln.

Der Terminkalender im Organizer war eine Enttäuschung gewesen. Die Eintragungen schienen alle persönlicher Natur zu sein und wirkten kaum bedrohlich – ein Termin beim Steuerberater in der vergangenen Woche, eine Zahnhygienebehandlung vor zwei Wochen, »Spiel« war flüchtig an dem Tag eingetragen, von dem auch der Kontrollabschnitt stammte, und an einigen anderen Tagen zuvor und danach, »Tierheim« stand an jedem zweiten Samstag um sieben Uhr morgens. Das waren die einzigen Eintragungen. Allerdings schrieb man ja auch erst die dritte Woche im Februar.

Den Achtzehnten, um genau zu sein. Presidents' Day. Die Tatsache, daß sie dies wußte, ließ sie innehalten. Sie fragte sich, mit welchen Informationen ihr neues unvollkommenes Selbst wohl ausgestattet sei. Sie wußte, daß sie in Los Angeles war und daß die örtlichen Vorwahlnummern 213, 310 und 818 lauteten. Sie wußte mit ziemlicher Sicherheit, daß Hank Aaron nach wie vor der größte Home-run-Champion aller Zeiten war. Ihr war klar gewesen, daß es sich bei dem Revolver in ihrem Bett um eine .38er Automatik handelte. Sie wußte, daß Aden die Hauptstadt des Jemen war, und sie konnte superkalifragilistikexpialigetisch buchstabieren.

Na, es war ja gar kein Ende der Dinge abzusehen, die sie alle kannte. Damit könnte sie in *Jeopardy!* auftreten. Aber sie wußte nicht, wer ihre beste Freundin war. Oder ob sie überhaupt eine hatte.

Sie schob den Organizer in die Tasche zurück, wobei ihre Finger über eine kleine, mit einem Reißverschluß versehene Seitentasche fuhren, die sie zuvor nicht bemerkt hatte. Sie öffnete sie, griff hinein und zog einen Spiegel hervor, dann ein metallenes Kartenetui. Darin waren ungefähr ein Dutzend Visitenkarten verstaut, auf denen »Ariel R. Gold, Fernsehjournalistin, *Die offene Akte.* Woolf Television, Inc.« stand. In kleineren Buchstaben war eine Adresse gedruckt, eine Telefonnummer mit einer Nebenstelle und eine Faxnummer.

Lieber Himmel. Was, um alles in der Welt, tat eine Fernsehjournalistin? Sie arbeitete wahrscheinlich fürs Fernsehen. Und was arbeitete sie? Zum ersten Mal wurde ihr klar, daß Ariel ein eigenes Leben führte. Vielleicht war sie intelligent, gebildet, sogar erfolgreich. Allmählich sah sie die Frau in einem anderen Licht; sie bemerkte, daß sie irgendwie ein anderes Gefühl ihr gegenüber entwickelte. Was empfand sie? Respekt? War sie ein wenig eingeschüchtert? Und – halt! – was war dieses schwache Stechen? Neid?

Sie setzte sich. Sie dachte nach. Sie fragte sich, was zum Teufel das unscharfe, dunkle Rechteck ganz unten an der gegenüberliegenden Wand war.

Blinzelnd stand sie auf, um es näher zu untersuchen. Eine Hundetür. Sie grinste zu Jessie hinüber, die friedlich unter dem Tisch döste. Na, zumindest ein Rätsel war gelöst. Aber sie wurde an eine andere, dringlichere Frage erinnert. Sie war noch immer stockblind, und die Brille gehörte der Vergangenheit an. Wenn sonst schon nichts, so mußte sie wenigstens in der Lage sein, den Wagen zu fahren. Jeder, der so kurzsichtig war, hatte wohl eine Ersatzbrille, aber die Aussicht darauf, diesen Trümmerhaufen zu durchsuchen, war erschreckend.

Sie blätterte noch einmal das Adreßbuch durch und kritzelte die beiden Namen, die mit dem Zusatz »Dr.« versehen waren, auf einen Notizblock. Als sie zum Telefon im Schlafzimmer gehen wollte, entdeckte sie an der Wand neben dem Hintereingang ein weiteres Telefon sowie ein Telefonbuch. In den gelben Seiten fand sie Boeck, Neil J., Dr. med. und Pollock, Victor, Dr. med. vet. Na, den zweiten konnte sie zumindest streichen, dachte sie, als sie die Nummern niederschrieb. Sie sah noch einmal auf den Namen des Tierarztes. Victor? Der Mann auf dem Anrufbeantworter? fragte sie sich.

Sie schlug in den gelben Seiten »Ärzte, Augenheilkunde« auf und sah, daß der andere Arzt ein Facharzt für Augenheilkunde war. Sie wählte die Nummer.

»Praxis Dr. Boeck, Bowles und Myer, Wendy am Apparat. Wie kann ich Ihnen helfen?« wollte eine fröhliche Stimme wissen.

»Ja, ich glaube, ich bin Patientin bei – ich meine, ich *bin* Patientin bei Doktor Boeck? Ich heiße, äh, Ariel Gold?«

Sie merkte, daß sie wohl ziemlich verrückt klang, aber sie fuhr tapfer fort, indem sie erklärte, daß ihre Brille zerbrochen sei und sie eine neue brauche. Ob sie angefertigt und zugeschickt werden könne? fragte sie. Schnell?

»Wir arbeiten mit Optikern zusammen, die Ihnen bestimmt helfen können, gewiß«, versicherte die Sprechstundenhilfe. »Ich werde Sie verbinden.«

Die männliche Stimme, die jetzt in der Leitung war, klang gleichermaßen zuversichtlich, bis er ihre Unterlagen eingesehen hatte.

»Ups«, meinte er. »Ich fürchte, ihr Gestell gibt es nicht mehr. Sie müssen entweder Ihr altes vorbeibringen oder sich ein anderes aussuchen.«

»Das Gestell. Nun, das Gestell ist zerbrochen. Ich habe mich draufgesetzt, das arme Ding.« Sie schielte durch die Küche, wo die Brille lag, Gestell intakt. »Sehen Sie, blind wie ich bin, kann ich nicht fahren, also nehmen Sie etwas Ähnliches. Oder etwas ganz anderes. Wie auch immer.«

»Aber das wird nicht gutgehen«, sagte der Optiker, der offensichtlich Schwierigkeiten hatte, sich eine Frau vorzustellen, der es so an Eitelkeit mangelte. »Sie müssen sie aufsetzen. Beurteilen, wie sie zu Ihrer Gesichtsform paßt. Kann Sie niemand herfahren? Oder nehmen Sie ein Taxi?«

Nachdem sie ihn endlich überzeugt hatte, daß jedweder Stil in Ordnung sei, schlicht und ergreifend in Ordnung, und daß sie, nein, wirklich nicht kommen könne, nachdem sie ihm die Daten der Visa-Karte aus dem Organizer durchgegeben und zugestimmt hatte, daß zwanzig Dollar für die Zustellung auf die Rechnung gesetzt werden konnten, nachdem sie sein Versprechen entgegengenommen hatte, daß sie ihre neue Brille innerhalb von vierundzwanzig Stunden in Händen halten würde, legte sie schließlich auf und war vor Anstrengung schweißgebadet – und erinnerte sich an eine weitere dringende Erledigung.
Zwanzig Minuten später hatte sie die Badewanne geschrubbt und sich ein sauberes Handtuch und einen Waschlappen aus dem Wäscheschrank gezogen, der genauso durcheinander war wie das ganze übrige Haus. Energisch verriegelte sie die Badezimmertür, nahm die nüchterne Armbanduhr ab, dic sie gerade erst bemerkt hatte, und riß sich das zerschlissene Nachthemd herunter. Sie achtete darauf, weder in den Spiegel zu schauen noch an ihrem Körper hinunterzusehen, und ließ sich bis zu den Schultern ins Wasser gleiten, das so heiß war, daß sie es gerade noch aushalten konnte.
Sie schloß die Augen und hatte das Gefühl, in einen Dämmerzustand zu versinken. Doch sie zwang sich zu kühler, logischer Analyse.
Die erste Möglichkeit, begann sie ihren inneren Dialog mit dem Naheliegendsten, *du bist verrückt.*
Aber ich fühle mich nicht verrückt.
Sie sank noch tiefer ins Wasser. *Ah, wissen denn verrückte Leute, daß sie verrückt sind? Nun, einige vielleicht schon, andere nicht. Aber ich will nicht glauben, daß ich verrückt bin, also tu ich's auch nicht. Zumindest für den Augenblick.*
Sie setzte sich auf und begann sich einzuseifen, versuchte das eigentümliche Gefühl zu übergehen, einen unbekannten Körper zu waschen.
Okay, wie lautet die zweite Möglichkeit? Amnesie? Ich nehme an, die Fakten stützen diese These. Ich erinnere mich an allgemeine Dinge, aber nicht an persönliche Dinge, und ist das nicht das

Krankheitsbild der Amnesie? Ich könnte einen Psychiater zu Rate ziehen. Ich muß an Amnesie leiden.

Ach, komm! Sie verzog das Gesicht. *Hast du angenehmerweise auch vergessen, daß du fett und unscheinbar bist? Und bedenke eines: Wenn du unter Amnesie leidest, dann bist das hier gerade du. Alles das bist gerade du. Außen und innen. Dein Gesicht, dein Körper, deine Zellulitis.*

Diese Option behagte ihr auch nicht besonders.

Sie griff nach dem Shampoo, schäumte langsam ihren Kopf ein und grübelte über weitere Möglichkeiten nach.

Was ist mit Besessenheit?

Hör zu, wenn du jemand anderen vereinnahmen wolltest, würdest du dir dann diesen Körper aussuchen? Na ja, vielleicht hat man keine Wahl. Hm, exorzieren Rabbis auch, oder tun das nur Priester?

Und wenn ich einen anderen Körper vereinnahmt habe, macht mich das zu einem Dämon? Zu einem – wie nennt man es? Einem Sukkubus? Nein, das stimmt nicht. Das hat was mit Sex zu tun. Sie prustete. Dieser ganze Gedankengang, der Bilder von kleinen Mädchen hervorrief, die ihre Köpfe hin und her warfen und ekelerregenden grünen Schleim ausspien, war viel zu phantastisch, um ernsthaft bedacht werden zu müssen. Aber die Situation war ja phantastisch.

Weiter, meine Liebe.

Okay. Was gibt's noch?

Reinkarnation.

Aber dafür muß jemand erst einmal sterben. Sie schauerte.

Ich hätte gestorben sein müssen!

Und der neue Mensch, der wiedergeborene Mensch hat keine Erinnerung an sein vergangenes Selbst. Sie runzelte die Stirn. *Nun, habe ich auch nicht. Alles, was ich habe, ist die Überzeugung, daß ich nicht ich bin.* Aber diese Überzeugung, bemerkte sie, war nicht mehr ganz so fest wie zuvor. Sie glitt unter Wasser und spülte ihr Haar aus.

Aber einen Moment mal. Zurück. Wenn du wiedergeboren bist, dann bist du ein Baby. Solange ich aber nicht das überdimensionale

Baby Huey bin, kann ich's vergessen. Sie wischte sich mit dem Handtuch über die Augen. Langsam ging es zu weit.

Was gibt es sonst noch? Die Zeitmaschine? Einen Keks, der dich aufforderte »Iß mich«? (Nur daß ich nicht geschrumpft bin; ich bin größer geworden!) Transmutation? Völlige Wandlung? War es das gleiche? Gab es das überhaupt? Ich hab's! Eine böse Fee hat einen gemeinen Zauber über mich gelegt, und der Kuß eines hübschen Prinzen wird mich in die wunderschöne Prinzessin zurückverwandeln. Das gefällt mir! Und ich könnte immer wieder in den gelben Seiten nachschlagen. Unter »Hübsche Prinzen«. Ich küsse, und alles wird gut.

Das Wasser war kalt geworden. Sie zog den Stöpsel heraus und griff noch einmal nach dem Handtuch. Sie schlug ihren Körper darin ein, versteckte ihn und teilte ihm freundlich mit: »›Diese Welt ist wahrlich groß genug, um beide, dich und mich, zu beherbergen.‹« Sie suchte nach einer Zahnbürste, versuchte sich davon zu überzeugen, daß es in Ordnung sei, *diese* Zahnbürste zu benutzen, wenn dies *ihre* Zähne waren – zumindest im Augenblick –, aber sie war doch erleichtert, als sie eine neue Zahnbürste in einer ungeöffneten Packung fand.

Als sie die Tür des Arzneischränkchens schloß, warf sie einen Blick in den Spiegel. Der Bluterguß wirkte in einem sauberen Gesicht sogar noch bleifarbener. Sie studierte ihn genau. Sie strich über die Beule direkt unter dem Haaransatz, die sich wie ein Gänseei anfühlte, zuckte zusammen. Und fand für sich eine Erklärung.

Schlag gegen den Kopf. Gehirnerschütterung. Amnesie.

So muß es sein. Gewesen sein. Alles andere ergab keinen Sinn.

Okay, gut.

Du bist Ariel Gold.

Leb damit.

Sie starrte auf ihr Spiegelbild, Tränen glänzten in ihren Augen, sie versuchte zu verhindern, daß sie rollten, verlor den Kampf.

Du, Ariel Gold, wirst alle Lücken schließen. Du wirst herausfinden, was für eine Person du bist, aus welchem Stoff du gemacht bist. Du wirst herausfinden, ob du etwas falsch gemacht hast oder ob dir

irgend jemand etwas antun will, und wenn ja, dann wirst du herausfinden, wer und warum, und du traust niemandem, bis du es herausgefunden hast.
Tränen strömten in Bächen über ihr Gesicht und vermischten sich mit dem Wasser, das aus ihrem Haar tropfte.
»Und Ariel«, sagte sie laut, »mach dir keine Sorgen, was dein Aussehen angeht. Du wirst darüber hinwegkommen.«

7

Es war früh dunkel geworden, und ein schwerer Regen, von tief hängenden unheilvollen Wolken angekündigt, schlug jetzt mit regelmäßigem Trommeln gegen die Scheiben.
Ariel hatte das Haus, soweit sie das beurteilen konnte, wieder in Ordnung gebracht. Fast alles sah richtig aus.
Es schien richtig. Sie fühlte sich gleichzeitig zu Hause und nicht zu Hause, aber sie war zu müde, um sich mit dieser Dichotomie auseinanderzusetzen. Vielleicht war es nicht vernünftig, vermutete sie, in die ewige Rolle der Frau als Nesthüterin zu schlüpfen, aber sie hatte die Notwendigkeit ihres Verhaltens nicht in Frage gestellt.
Das Bett war frisch bezogen, das Badezimmer und die Küche gefegt und geschrubbt, die Bücher standen wieder im Regal, Teppiche und Läufer waren gesaugt. Sie hatte die Kleider aufgehängt, die Schubladen und Schränke eingeräumt und weggeschmissen, was nicht mehr zu reparieren war. Zwei vollgestopfte Plastiktüten mit Müll standen jetzt neben der Tür zum Garten.
Sie entdeckte ein zerbrochenes Fenster im Eßzimmer, durch das der Einbrecher offensichtlich hereingekommen war (und zudem eine ganze Menge Regen). Aus lauter Verzweiflung klebte sie ein Backblech über das Loch; es würde nicht nur den Regen abhalten, dachte sie, sondern auch einen enormen Schlag verursachen, sollte es entfernt werden. Dann rief sie mehrere Sicherheitsdienste an, die für Privathäuser zuständig waren. Sie beant-

wortete Fragen und beschrieb ihre Bedürfnisse, von denen das allerdringlichste prompte Erledigung war. Bis morgen nachmittag würde die Firma, die sie ausgewählt hatte, das Haus mit einer Alarmanlage ausgestattet haben, und der Schlosser, den sie empfohlen hatten, sollte bis dahin das Fenster repariert und alle Schlösser überprüft haben. Sie hoffte, daß sie über einen großzügigen Verfügungsrahmen auf ihrer Visa-Karte verfügte – oder über Kapital, von dem sie bislang noch nichts wußte.

Im Schlafzimmer hatte sie eine kleine gepolsterte Schatulle mit Schmuck gefunden. Die Anhäufung billiger Schmuckstücke war bescheiden, aber wie schon die drei Fernsehgeräte, ein teuer aussehendes Videogerät und ein Kassettendeck, der Computer und verschiedene ganz gebliebene antike Stücke – eine zerbrechliche Porzellanuhr auf dem Kaminsims und ein silbernes Teeservice zum Beispiel – waren auch sie ein Beweis dafür, daß das Motiv des Einbrechers nicht Diebstahl war.

Irgendwann konnte sie sich nicht länger davor drücken, das Arbeitszimmer in Angriff zu nehmen, und sie zwang sich hineinzugehen.

Hier hatte die Raserei ihren Höhepunkt erreicht. Blumentöpfe waren zertrümmert, Pflanzen und nasse Erde überall verstreut worden. Ein Tintenfaß war über Aktenordnern ausgeleert worden, und der Inhalt einer wohl vollen Teekanne hatte die schwarzblaue Schweinerei noch verstärkt. Die zerbrochene Kanne konnte man völlig abschreiben.

Ariel war richtig übel, als sie die aufgeweichten, verschmierten Papiere hervorzog, die halb unter dem Schmutz und wüsten Durcheinander begraben waren. Viele waren so ruiniert, daß man sie nicht mehr entziffern konnte. Und die meisten sahen auch nicht so aus, als ob sich dies lohnen würde. Bis auf eines.

Es war ein Brief, in schlampiger, unkoordinierter Schrift auf ein Papier geschrieben, bei dem es sich wohl ursprünglich um einen feinen fliederfarbenen Briefbogen gehandelt hatte. Fast ein ganzer Absatz unten auf der Seite war noch lesbar. Und klang zudem ziemlich boshaft. Vorsichtig strich sie das Papier glatt. Sie konnte so viel entziffern, daß ihr Herz zu rasen begann.

»... Anschuldigungen sind sehr gefährlich«, las sie. »Wenn Du diesen Schmutz an irgend jemanden weitergibst, dann sorge ich dafür, daß Du es bereuen wirst. Man wird denken, Du hättest vor lauter Kummer den Verstand verloren. Keiner wird Dir glauben, weil Du eine Null bist.«

Darunter war als Großbuchstabe ein M geschrieben, gefolgt von einem kleinen i und ein paar Buchstaben später noch etwas wie ein l. Der Beginn eines neuen Satzes – oder die Unterschrift? Mitchel vielleicht oder Michael? Oder Michelle. Sie konnte nicht feststellen, ob es die Handschrift eines Mannes oder einer Frau war. Obwohl das fliederfarbene Papier eher auf eine Frau schließen ließ.

Ariel saß völlig bewegungslos da, starrte auf das Papier, bis sogar die lesbaren Buchstaben ineinander verschwammen. Wenn es ein Datum gegeben hatte, so war es in dem durchweichten Geschmier untergegangen, das sich auf der restlichen Seite breitgemacht hatte.

Wie besessen vor Angst räumte sie auf und wühlte und putzte, stopfte alles in Tüten, was nicht mehr zu retten war. Dann begann sie, das übrige zu ordnen.

Die meisten Papiere waren völlig harmlos, jene Art von Unterlagen, die man in jedermanns Aktenordner zu finden erwartet. Versicherungsformulare. Eine Rechnung vom Kabelfernsehen. Belege der Stadtwerke. Es gab einen ganzen Stoß Eintrittskarten zu den Basketballspielen der Clippers; immer nur für einen einzelnen Sitzplatz. Sie fand ein Buch mit Kreuzworträtseln, die zum Teil schon gelöst waren, und ein ziemlich abgewetztes Hundchalsband mit einem Schildchen, auf dem »MISSY« geschrieben stand, aber es gab keine weiteren Briefe, keine Gruß- oder Postkarten. Es fehlte jeglicher Hinweis auf einen Ehemann oder Nachwuchs, aber es gab ein Foto – oder zumindest einen Rest davon.

Es handelte sich um einen gerahmten Schnappschuß, auf dem ein gutaussehender, salopp gekleideter junger Mann von ungefähr dreißig zu sehen war. Sein Gesichtsausdruck war ernst, und er hatte seinen Arm um jemanden gelegt. Ariel hatte den

Eindruck, daß diese zweite Person eine Frau war, aber es war nicht mit Sicherheit zu sagen. Das Gesicht war mit einem spitzen Gegenstand zerkratzt worden, möglicherweise mit einer der zackigen Glasscherben, die sie neben dem zertrümmerten Rahmen fand.

Schaudernd stellte Ariel das Foto zur Seite und wandte ihre Aufmerksamkeit einem Stapel Computerausdrucken zu, verschmutzt und durcheinandergebracht. Einige der Dokumente, zweispaltig bedruckt, waren mit »Listenskript« überschrieben, bei einigen schien es sich um Transkriptionen von Interviews zu handeln und bei einigen um Zeittabellen; den nachfolgenden Absätzen war jeweils eine fortlaufende Zeitangabe vorangestellt. 2.00, 2.16, 2.32. Offensichtlich ging es um ihre Arbeit. Alles schien mit den Nachrichten zu tun zu haben, das meiste betraf illegale – oder zumindest fragwürdige – Aktivitäten. Täter. Zeugen und Opfer. Betrügereien, Mißbrauch und sogar Mord. Nirgendwo stand ein Datum der jüngsten Vergangenheit.

Als ihr Magen zu rumoren begann, bereitete sie sich, den Kalorien zum Trotz, ein Sandwich mit Erdnußbutter zu und nahm es mit in das Arbeitszimmer.

Sie lehnte sich im Schreibtischstuhl zurück, drehte sich hin und her, aß und studierte die Ausdrucke. Sie machten ihr auf penetrante Weise bewußt, daß sie über ihre unmittelbare Zukunft nachdenken mußte, daß sie in die Welt außerhalb dieses Hauses hinaustreten mußte. In Ariels Welt.

Die Möglichkeiten waren, so schien es ihr, begrenzt. Sie könnte einen Arzt aufsuchen, ihre Verwirrung oder was auch immer schildern und hoffen, daß die irgendwie geartete Therapie ihren Kopf und Körper wieder zusammenfügen und ihr ermöglichen würde, dieses Chaos zu ordnen. Aber eine solche Behandlung wäre ein langer und teurer Prozeß. Konnte sie sich das leisten? Besaß sie eine Versicherung, die Geisteskrankheiten abdeckte? Henry, mit dem oder für den sie offensichtlich arbeitete, schien von den Ereignissen der vergangenen Nacht nichts zu wissen. Was geschehen war oder geschah, hatte wahrscheinlich nichts mit der Arbeit zu tun, es sei denn, er war daran beteiligt und hatte Gründe, dies zu verbergen. Was bedeutete, daß die Arbeitsunfallversicherung nicht in Betracht kam. Was, wenn sie ihres Zustandes wegen gefeuert wurde? Hatte sie die finanziellen Mittel, ohne Arbeit zu leben? Besaß sie dieses Haus, oder war es nur gemietet? Sie schauerte, weil sie sich plötzlich als dicke schlurfende Stadtstreicherin sah, die durch die Straßen wanderte und die Leute fragte, ob irgend jemand sie kenne.

Sie aß ihr Sandwich auf und leckte die Erdnußbutter von ihrer Hand. All das waren praktische Überlegungen, gewiß, aber ihr war bewußt, daß sie ihr nur als Vorwand dienten. Es war nicht die bittere Not, die sie fürchtete.

Sie fürchtete das ihr Unbekannte.

Ariel wußte nicht, ob jemand darauf aus war, sie zu verletzen. Wenn es jemand gab, so wußte sie nicht, wer es war – oder warum. Sie wußte nicht, wem sie vertrauen konnte, vor wem sie sich hüten mußte. Zweifellos hatte es einen Einbrecher gegeben. Er war hinter etwas ganz Bestimmtem hergewesen oder auch nicht, und er war wütend gewesen.

Sie drehte sich in einem größeren Bogen hin und her. War es möglich, daß ihr selbst Schuld zukam? Hatte sie etwas gestohlen, das nicht rechtmäßig zurückgefordert werden konnte? Was, wenn sie jemanden erpreßt oder jemandem Schaden zugefügt hatte? Die durchschnittliche Fernsehjournalistin von nebenan trug mit Sicherheit keine .38er bei sich. Oder kam blutbefleckt nach Hause. Sie beschloß, auf keinen Fall die Polizei einzuschalten, solange sie nicht mehr wußte.

Aber die Angst vor Bestrafung war genausowenig der Punkt wie die Angst vor Armut – oder selbst vor körperlichem Schaden. (Nun, nicht ganz.) Was ihr tief im Inneren wirklich das Gefühl vermittelte, als befände sie sich in einem hinabstürzenden Aufzug, war ihre extreme Verletzbarkeit. Würde sie ihre Situation irgend jemandem offenbaren – einem Arzt oder Rechtsanwalt, der Polizei oder dem Arbeitgeber –, so würde sie damit praktisch die Kontrolle über die Situation verlieren. Sie würde sich selbst und ihr Schicksal in die Hände eines anderen legen, und dagegen sträubte sie sich mit aller Vehemenz. Sie wußte nicht, warum ihr dieser Gedanke eine derartige Angst einjagte, aber sie wußte, daß es so war.

Also würde sie die Flucht nach vorn ergreifen. Sie würde mit den Leuten sprechen und nach Antworten suchen und zur Arbeit gehen. Einen Job machen, über den sie null und gar nichts wußte. Sie bildete sich nicht ein, daß sie dieses Täuschungsmanöver lange durchhalten konnte – vielleicht eine Stunde, wenn sie Glück hatte –, aber sie wollte es auf einen Versuch ankommen lassen. Außerdem, verlor sich die Amnesie nicht früher oder später ganz von allein? War das nicht in Filmen immer so? Vielleicht litt sie an der Variante, die schnell vorbeiging. Morgen würde sie erwachen, und ihr Gedächtnis wäre zurückgekehrt, wohin es gehörte. Sie wüßte, wie man »produzierte«. Und wie man mit dem Computer umging. Ariel warf einen Blick auf den Rechner, der auf seinem abgestuften Tisch bedrohlich aufragte. In einer Schublade fand sie das Handbuch. Blätterte darin. Zweifellos war es von einem Soziopathen geschrieben worden, einem bösartigen Außerirdischen, für den Englisch im günstigsten Fall Fremdsprache war.

»Ein vollständiger Pfadname beinhaltet Laufwerk, Hauptverzeichnis sowie die Namen aller Unterverzeichnisse«, las sie. »Die Themensuche läuft über ein vorgewähltes Zeichen oder eine Zeichenkette, mit welcher das gesuchte Element im Dokument gefunden wird. Sollte sich die Zeichenkette im Suchtext in den ersten 400 Bytes eines Dokuments befinden, so wird das darauffolgende Wort oder der darauffolgende Satz, bis zum nächsten Hard Return, als Thema/Account-Überschrift in der Dokumentzusammenfassung eingefügt.« *Wie, bitte?* Vielleicht litt sie zu allem anderen auch noch an einer Lesestörung.

Warum konnte sie nicht Lebensmittelverkäuferin oder Avon-Beraterin sein? Etwas Nettes und Einfaches, bei dem sie sich durchmogeln könnte. Aber eine Fernsehjournalistin? Die mit Kriminellen und Politikern und elektronischem Equipment zu tun hatte? Eigenhändig?

Eigenhändig ...? Sie betrachtete ihre Hände. Legte das Buch zurück und stieß die Schublade zu. Vielleicht ...

Sie trottete ins Badezimmer, öffnete die adrett eingeräumten Schränke und schloß sie wieder, bis sie fand, wonach sie gesucht hatte. Die elastische Binde war schon einmal benutzt und zu einer ordentlichen fleischfarbenen Rolle aufgewickelt worden. Sie hakte den kleinen Metallklipp aus, der sie zusammenhielt, und rollte etwa einen halben Meter ab, dachte angestrengt nach. Leute mit einer gebrochenen Hand – na ja, gut, mit einer verstauchten Hand – können nicht am Computer arbeiten. Oder schreiben. Wie lange dauerte es, bis eine Verstauchung, eine *schlimme* Verstauchung geheilt war? Sie hatte keine Ahnung, was Ariel im Verlauf eines Tages alles erledigte, aber dadurch würde sie zumindest etwas Zeit gewinnen. Sie legte die Binde auf die Ablage, tätschelte sie sanft und ging mit einem erheblich besseren Gefühl ins Arbeitszimmer zurück.

Sie fand drei Ringbücher. Sie waren mit durchsichtigen Plastikhüllen gefüllt, die Zeitungsartikel enthielten; auf jedem stand, mit Hand geschrieben, das Datum. Die Daten lagen mindestens zwei Jahre zurück. Die Verfasserzeile lautete jeweils auf ihren Namen. Sie begann die Artikel zu überfliegen, um ein Gefühl für die Verfasserin zu bekommen. »In ihrem Schreibstil offenbart sich stets der Charakter einer Person«, zitierte sie und blätterte neugierig um. Sie bemerkte, daß sie allmählich langsamer und sorgfältiger las.

Der Stil war außerordentlich gut, sehr professionell. Während sie las, kamen ganz verschiedene Gefühle in ihr hoch. Bewunderung. Staunen. Stolz. Das habe ich geschrieben, sagte Ariel zu sich. Ich bin *gut!* Aber die Gefühle, die sie empfand, waren nicht synchron, sondern sozusagen um ein Bild versetzt. Sie fühlte sich – so stellte sie es sich vor – wie eine Mutter, die die erfolgreichen Bemühungen ihres Kindes betrachtet.

Als sie das letzte Ringbuch neben all die anderen Bücher, die sie vom Boden aufgehoben hatte, wieder ins Regal stellte, sah sie sich um, überlegte, was noch zu tun übriggeblieben war. Was sie noch nicht erledigt hatte, müßte, beschloß sie, bis morgen warten.

Sie wandte sich den Kassetten zu, die kreuz und quer verstreut herumlagen. Die Bänder waren herausgezogen und verwirrt wie glänzende braune Fettuccine. Es schien aussichtslos. Die Beschriftungen, Namen und Titel wie »Haushaltsergänzungsanträge/Ausschuß«, sagten ihr nichts. Der kleine Kassettenrecorder, den sie in ihrer Handtasche gefunden hatte, nützte ihr auch nicht viel mehr; es war zwar eine Kassette eingeschoben gewesen, aber sie war unbespielt. Ariel war erschöpft, erneut schmutzig und tappte immer noch im dunkeln. Schließlich leerte sie einen Schuhkarton aus der Kleiderkammer im Schlafzimmer und warf alle Bänder hinein.

Sie duschte, zog einen sauberen Velourskaftan über (einen original »Omar der Zeltmacher«-Kaftan, dachte sie und schalt sich für diesen Gedanken) und schürte mit einigen Holzscheiten, die neben dem Kamin vorrätig lagen, ein Feuer. Dann legte sie sich auf das Sofa und schaute in die Flammen, die sich im dunklen Wohnzimmerfenster spiegelten. Sie nippte Wein, einen guten Cabernet aus einem Weingestell, das sie unzerstört im Eßzimmer gefunden hatte.

Ariel war überrascht festzustellen, daß sie wider Erwarten zumindest für den Augenblick irgendwie ganz zufrieden war. Der Regen, der gegen das Fenster prasselte, war beruhigend, schuf eine Illusion der Geborgenheit. Der Revolver auf dem Couchtisch war noch beruhigender. Besinnlich strich sie über die helle Felldecke, die auf dem Sofa ausgebreitet lag. Sehr hübsch, dachte sie, altmodische Quadrate auf schwarzem Grund. Das ganze Haus wirkte sehr hübsch, wenn es nicht gerade einem Blitzkrieg zum Opfer gefallen war.

Das Haus war, wie sie schätzte, in den dreißiger Jahren gebaut, hatte dicke verputzte Wände mit abgerundeten Ecken, runde Türbogen, eingebaute Bücherregale und Wandnischen, gewölbte Decken und Holzfußböden – all diese gefälligen architektonischen Einzelheiten waren selbst für bescheidene Häuser aus dieser Zeit in Los Angeles typisch. Es war – erst vor kurzem, wie Ariel vermutete – umgebaut worden, wobei die Renovierungsarbeiten zweckmäßig waren, zur Verschönerung beitrugen und keinen Stilbruch darstellten. Bei einigen der Fenster handelte es sich noch um die originalen alten Fenster, die mit einer Kurbel am unteren Ende seitlich geöffnet werden, aber einige waren auch durch Fenster ersetzt, die vom Boden bis zur Decke reichten und mit einem Rundbogen abschlossen. Dadurch und wegen der Dachluke in der Küchenecke war das Haus selbst an diesem grauen Tag, der nun zu Ende ging, relativ hell.

Das Schlafzimmer war ungewöhnlich groß, ließ Ariel vermuten, daß dafür zwei Räume zusammengelegt worden waren – eine praktische Umgestaltung im Haus einer Frau, die nicht damit rechnete, ein Gästezimmer zu brauchen.

Die Kücheneinrichtung war modern, der Herd ein eingebauter Aga, und der Kühlschrank stellte einen dazu passenden rostfreien Stahlkoloß dar, der in einem Haute-Cuisine-Restaurant angebrachter gewesen wäre.

Offensichtlich war eine beträchtliche Summe Geld aufgewendet worden, dachte Ariel, von jemandem, für den »Zuhause« ein wichtiger Ort war.

Sie ließ ihren Blick durch das schwachbeleuchtete Wohnzimmer gleiten. Daß an den Wänden keine Bilder hingen, dachte sie, war seltsam. Außer dem zerkratzten Foto hatte sie im ganzen Haus nur ein einziges Foto gesehen, einen schlicht gerahmten Schnappschuß eines Hundes – allerdings nicht Jessies – im Schlafzimmer.

Sie zog die Felldecke über ihre Beine und griff dann nach einer anderen Schutzmaßnahme, die zwar weniger attraktiv, aber ebenso praktisch war, nach der elastischen Binde. Umständlich probierte sie, ihre rechte Hand einzuwickeln. Nach einigen eher komischen, linkischen Versuchen hielt sie ihre Hand in die Höhe, um die Wirkung zu beurteilen.

Die Türglocke ließ sie aufschrecken. Fast noch bevor der Klang verhallt war, schlug die Hundetür geräuschvoll auf, und Jessie kam bellend ins Zimmer, Wasser spritzte aus ihrem Fell.

Ariel fuhr abrupt herum, stieß das Weinglas um. Sie konnte es gerade noch auffangen, aber einige Tropfen spritzten doch auf den Tisch. Sie griff nach der Waffe. Mit dem Hund ging sie zur Tür und drückte ihr Auge gegen das Guckloch. In dem gelben

Kegel des Verandalichtes stand Mrs. Harris, eine schrumpelige Mary Poppins unter dem riesigen Schirm. Sie trug wieder den gelben Regenmantel, aber jetzt hatte sie auch noch gelbe Gummistiefel an, und sie hielt nicht ihren Dackel im Arm, sondern einen Kohlkopf.

Ariel ließ den Revolver in ihre Tasche gleiten, befahl Jessie zu sitzen und schloß die Tür auf. Es strömte ihr ein Aroma entgegen, so verlockend, daß sie davon fast wie eine gierige Comicfigur angesogen worden wäre. Der Duft schien von dem Kohl zu kommen.

»Ich war hin- und hergerissen, ob ich Sie an einem Tag zweimal stören sollte«, begann Mrs. Harris ohne Vorrede, »aber Sie wirkten heute morgen wirklich besorgniserregend, und als ich diesen Eintopf wegstellte, den ich zum Abendessen gekocht hatte, dachte ich an Sie und ob Sie wohl richtig essen, verstehen Sie?« Sie streckte ihr entgegen, was in Wirklichkeit eine Terrine war, raffiniert wie ein Kohlkopf geformt, und aus einem Spalt in dem Deckel aus grünen Keramikblättern entwich der duftende Dampf. »Jetzt bin ich froh, daß ich gekommen bin, nachdem es so aussieht, als hätten Sie sich auch die Hand verletzt. Wie kam das?«

Ariel spürte, wie das Lachen in ihr aufstieg, herauszuplatzen drohte. Sie wußte nicht, ob sie einfach erleichtert war, herauszufinden, daß keine größere Gefahr an ihrer Tür lauerte als Mrs. Harris, ob es an deren nicht zu bremsendem Redeschwall lag oder ob sie einfach vor Hunger euphorisch geworden war. Sie konnte das Lachen nicht unterdrücken. Je mehr sie versuchte, ihrem Gesicht einen ernsten, angemessenen Ausdruck zu verleihen, desto heftiger schnaubend brachen die Gluckser aus ihr heraus wie aus einer Kaffeemaschine, die verrückt spielte. Hilflos vor Lachen lehnte sie sich gegen den Türpfosten, hielt sich den Bauch.

Schließlich konnte sie wieder Atem holen. »O Mrs. Harris«, begann sie, »es tut mir so leid! Bitte ...« Der Kohlkopf brachte sie wieder aus der Fassung. »Bitte, wollen Sie nicht hereinkommen«, keuchte sie zwischen zwei Anfällen, »und dem Regen entfliehen?«

Vielleicht hatte Mrs. Harris in einer Irrenanstalt gearbeitet. Vielleicht traten sie und ihr Keramikkohl regelmäßig auf und riefen häufig derartige Reaktionen hervor. Sie stand vollkommen gleichmütig und mit freundlichem Gesicht da und wartete, bis die Anfälle abflauten. Nach einer Ewigkeit war dem auch so.

»Vielen Dank, Ms. Gold, aber Carl wartet schon. Um halb acht kommt, wie Sie wissen, *Die offene Akte.* Wir schauen uns die Sendung oft an. Sie ist ganz anders als diese Shows, in denen alles ausgeschlachtet wird, was die niedersten Instinkte nährt, nicht wahr? Meiner Meinung nach entsprechen diese Shows im Fernsehen der Boulevardpresse, die es an den Kassen im Supermarkt zu kaufen gibt. ›Frau heiratet Zweizentnermann, der sich als Transvestitenvater entpuppt.‹ So was in der Art, wissen Sie? Aber *Die offene Akte* lohnt sich meistens. Es muß ja heutzutage ziemlich schwierig sein, der Sensationsgier zu widerstehen. Oder?«

»Pardon?«

»Ist das schwierig?«

Bevor Ariel über die Antwort nachdenken konnte, wurde sie von plötzlich auftauchenden grellen Autoscheinwerfern geblendet. Ein Wagen bog in hohem Tempo in ihre Einfahrt ein und bremste scharf. Fast noch bevor er zum Stillstand gekommen war, wurde die Tür aufgestoßen. Ein Mann sprang heraus. Vornübergebeugt rannte er zu den Frauen auf der Veranda.

Der Mann hatte die Stufen fast erreicht. Er rannte schnell, war nur noch knapp zwei Meter entfernt. Sein Gesicht war unter einem Hut versteckt, eine Hand steckte in seinem Mantel. Er zog sie heraus. Sie hielt einen kleinen, runden, metallenen Gegenstand. Eine Granate, schrie etwas in Ariels Kopf. Sie hörte auch in Wirklichkeit einen Schrei. Etwas sehr Großes und sehr Schnelles schoß von hinten an ihr vorbei. Gleichzeitig hörte sie den lauten Schlag eines Aufpralls, einen Aufschrei von Mrs. Harris und einen Knall, als das Verandalicht erlosch. Und es war noch ein Schrei zu vernehmen. Allerdings hatte der Hund nicht den geringsten Ton von sich gegeben, und der Mann, der unter ihm auf den Boden gedrückt lag, war zu erschrocken, um sich irgendwie zu äußern. Und so dachte Ariel, daß es wohl sie selbst gewesen sein mußte, die geschrien hatte. Eine unendliche Sekunde lang wirkte alles wie ein Standbild, erstarrt in der Dunkelheit; nur wenig Licht drang durch die offene Eingangstür heraus. Dann wurde Ariel wieder lebendig. Sie stieß ihre Hand in den Kaftan und schloß die Finger um den Revolver. Er verfing sich im Stoff der tiefen Tasche. Sie streckte die Waffe durch den Stoff hindurch nach vorne.

»Jessie, weg da!« rief sie und trat von Mrs. Harris zurück, um frei zielen zu können. Hektisch versuchte Ariel trotz schwirrender Gedanken, die Informationen zu verarbeiten. Sollte sie schießen? Was, wenn sie tatsächlich eine Granate gesehen hatte? Der Mann hatte nichts in der Hand, sie steckte regungslos zwischen den Zähnen des Hundes, die andere bedeckte verzweifelt sein Gesicht. Wo war die Granate? Hatte er Zeit gehabt, den Zünder zu ziehen? Sollte sie davonlaufen? Was war mit der anderen Frau? Ihr Blick raste vom Schatten zum Licht, angestrengt suchend.

Etwas rollte über die Veranda. Sie zog ihre Hand aus der Tasche, griff nach der Granate, straffte sich, um so weit zu werfen, wie sie nur konnte. In dem Augenblick, als ihre Hand den Zylinder berührte, war sie schlagartig völlig verwirrt. Wirf schon! Wirf schon! kreischten alle Instinkte den Befehl, während ihr Verstand dagegensprach. Sie hielt den Gegenstand wie versteinert in der Hand. Er hatte nicht die richtige Form. Er war nicht geriffelt. Das war keine Granate.

Es war eine Suppendose.

Dumpf vor Schreck und mit einem restlichen Schuß Adrenalin im Blut, drehte Ariel sich um und sah, daß Jessie sich nicht von der Stelle gerührt hatte. Die Schäferhündin gab keinen Ton von sich, ihre Muskeln waren angespannt, ihre Aufmerksamkeit galt ganz dem Mann unter ihr. Es waren kaum mehr als ein paar Sekunden verstrichen, dachte Ariel, seit er die Stufen erreicht hatte. Es schien ihr wie eine Ewigkeit.

»Jessie, weg da!« wiederholte sie ihren Befehl. Der Hund blieb bewegungslos sitzen. »Zurück, Jessie. Hör auf!« Keine Wirkung.

»Jessie, nein! Stop!« Der Hund ließ den Arm des Mannes fallen, trottete davon, zurück an Ariels Seite, stand da und keuchte. Ariel flüsterte: »Sitz! Bleib hier!« Sie betrachtete den Mann. Er bewegte sich nicht. Hatte er einen Herzanfall erlitten? O Gott, war er tot?

Sie ging langsam zu ihm hinüber, hielt die Dose mit Suppe an ihre Brust gedrückt, spürte, wie das Herz vor Angst raste. Er lag auf dem Boden unterhalb der Stufen. Vollkommen regungslos, die Augen geschlossen, der Hut lag verkehrt herum neben seinem Kopf. Sein Gesicht, naß und nasser vom Regen, wirkte lang und schmal, fast schon hager. Er trug einen Bart – einen kurzen, krausen Bart. Seine Augenbrauen waren klar gezogen und dunkel, und unter seinen tiefliegenden Augen hingen Tränensäcke. Sein Haar war dünn, dunkelbraun und, wie sein Bart, mit Grau durchsetzt. Sie hatte diesen Mann, nach bestem Wissen und Gewissen, nie zuvor gesehen.

Sie spürte, daß jemand da war. Mrs. Harris, die noch immer die Terrine umklammerte, stand neben ihr. Sie sahen sich an, schauten auf den Mann hinunter. Er öffnete eines seiner braunen Augen und spähte zu Ariel. »Ein einfaches ›Ich mach mir nichts aus Suppe aus der Dose‹ hätte genügt.« Das Auge blinzelte im Regen und schwenkte zu Mrs. Harris. »Guten Abend. Ist das ein Kohlkopf, was Sie da in der Hand halten?« Er öffnete das andere Auge. »Ich glaube nicht, daß ich schon das Vergnügen hatte. Ich bin Henry Heller. Sie verzeihen, wenn ich nicht aufstehe? Ich fürchte, ich habe mein Kreuzbein etwas unglücklich behandelt.« Außer seinen Augen bewegte sich nichts. Sie huschten nach links, dann nach rechts. »Wo ist Cujo?«

»Guten Abend, Mr. Heller.« Mrs. Harris reckte den Hals, um über ihre Terrine hinweg auf ihn hinabzuschauen. »Ich kenne Ihren Namen aus dem Abspann von *Die offene Akte.* Verantwortlicher Produzent, nicht wahr? Ich bin Marguerite Harris, die Nachbarin von Ms. Gold. Ich würde Ihnen aufhelfen, aber ich habe beide Hände voll, und ich frage mich zudem, ob Sie sich überhaupt bewegen dürfen. Glauben Sie?«

Er bedachte ihre Frage höflich. »So sehr es mir hier gefällt, ich glaube, ich werde mich doch hochkämpfen und abhauen. Wo, sagten Sie, ist der Hund?«

Ariel sagte, zitternd vor Erleichterung: »Jessie sitzt, Mr., äh, Henry. Sie wird dir nichts tun. Hat sie dir weh getan?« Sie streckte ihre rechte Hand aus, um ihm zu helfen, bemerkte den Verband und steckte die Hand in die Tasche. »War das ernst mit deinem Kreuzbein? Soll ich den Notarzt rufen?«

Henry stützte sich auf seine Hand, zog die Füße an, zuckte zusammen, als er sich vom Boden hochstemmte. Er war ziemlich groß. »Keine Sorge, Ariel, ich werde dich nicht verklagen. Ich werde dir außerdem auch nie wieder Hühnersuppe bringen.« Er bückte sich hinunter, um seinen Hut aufzuheben, zuckte wieder zusammen und legte seine Hand auf die untere Rückenpartie, massierte sie vorsichtig. »Ich rufe das nächste Mal besser an, bevor ich vorbeischaue.« Er setzte den Hut auf. Eine Kaskade von Wasser strömte über sein Gesicht. Er schloß die Augen.

»Bitte, laß mich ...« Hilflos streckte Ariel ihre Hand aus. »Schau, du kannst nicht so durchnäßt herumlaufen. Komm zumindest herein, bis du ein wenig abgetropft bist.« Sie wandte sich flehentlich an Mrs. Harris. »Sie auch. Bitte. Stehen wir doch nicht hier draußen im Regen herum. Kommen Sie auf einen Kaffee oder einen Drink oder sonstwas herein.«

»Vielen Dank, nein. Noch kann ich einen Teil Ihrer Sendung sehen. Obwohl«, räumte Mrs. Harris ein, und ihre Augen funkelten, »Sie verzeihen mir, wenn ich sage, daß dies hier um einiges interessanter war.« Sie reichte Ariel die Terrine. »Vermutlich werden Sie es aufwärmen müssen. Machen Sie sich keine Sorgen um die Schüssel. Ich habe sie nie gemocht, und es eilt überhaupt nicht, das Ding zurückzubekommen. Es war ein Geschenk, wissen Sie? Von einer Freundin. Einer ziemlich exzentrischen Freundin.« Ihre roten Lippen zuckten fast unmerklich, als sie Ariel zunickte, Henrys Hand kräftig schüttelte und sich davonmachte.

Henry sah ihr grinsend nach. »Scharfe Biene. Deine Freundin?« Er wandte sich wieder Ariel zu, die mit der Terrine im Arm dastand. »Hast du was von einem Drink gesagt?« Er ging auf die Veranda hoch. Jessie spannte die Muskeln an. Henry blieb stehen. »Nach dir«, schlug er vor.

Ariel, die ihn nicht eingeladen hätte, wäre sie sich nicht eigentlich sicher gewesen, daß Mrs. Harris, von ihrer Neugierde geleitet, ebenfalls bleiben würde, ging voran.

»Komm«, befahl sie Jessie, als sie an ihr vorbeikam.

»Würdest du bitte die Tür zumachen?« Sie beugte den Kopf nach vorn, ihr Haar fiel ihr ins Gesicht. Dieser Mann mochte ihren Anblick gewohnt sein, sie selbst war es nicht. Selbst im milden Schein einer einzigen Lampe und dem Licht vom Feuer fühlte sie sich exponiert wie jemand, der sich einer Schönheitsoperation im Gesicht unterzogen hatte, die verpfuscht worden war, und nun der Welt zum ersten Mal entgegentrat. Sie gestikulierte mit der Schüssel. »Ich bring das nur eben in die Küche und hol dir ein Handtuch.«

Sie wollte ihre Hände wieder frei haben. Sie wollte in der Lage sein, ungehindert nach dem Revolver zu greifen. Sie brauchte ein paar Sekunden allein, um sich wieder zu sammeln.

»Äh, Ariel ...« Henry stand verunsichert in der Tür. Er nahm seinen Hut ab, zeigte behutsam damit auf Jessie. »Bist du sicher ...?«

»Jessie, Platz.« Der Hund sackte auf den Bauch, beobachtete Henry. »Sitz«, befahl Ariel. »Sie tut nichts, wirklich.« Sie lächelte Henry an. Glaube ich zumindest, dachte sie insgeheim.

Sie stellte die Schüssel weg und ging zum Wäscheschrank im Flur. Als sie ein Handtuch vom Stapel nahm, den sie zuvor dorthin gelegt hatte, bemerkte sie, daß sie sich von diesem Mann in ihrem Wohnzimmer nicht bedroht fühlte; er schien genauso harmlos wie Mrs. Harris. Er sah – freundlich aus. Sei vorsichtig, warnte sie sich, während sie Gesicht und Haar trocknete, vielleicht hast du eine so schlechte Menschenkenntnis wie sonst niemand auf der Welt. Aber sie sah noch immer Henry vor sich, wie er sich mit seinem komischen Filzhut Wasser über den Kopf schüttete, und sie konnte einfach nicht die geringste Gefahr feststellen. Vielleicht könnte sie sogar mit ihm sprechen, ihm erzählen ... Nein! warnte sie sich selbst. »Man ist besser zu mißtrauisch als zu leichtgläubig.« Sie schauerte. Sie war immerhin so mißtrauisch, daß sie ihre Kleider nicht wechseln mochte, solange er im Haus war, obwohl sie ihren durchweichten Kaftan sehr gerne losgeworden wäre.

Sie hörte seine Stimme aus dem Wohnzimmer, er sagte irgend etwas, was sie nicht verstehen konnte. »Sekunde«, rief sie und legte sich das Handtuch um den Hals, zog noch zwei weitere vom Stapel und eilte zur Kleiderkammer im Schlafzimmer, wo sie den Mantel überzog, den sie am Morgen getragen hatte.

Henry stand noch genauso da, wie sie ihn zurückgelassen hatte, und sah auf die Pfütze, die sich zu seinen Füßen bildete. Er streckte Hut und Mantel von sich und wirkte ohne Mantel sogar noch größer. Ariel kniff die Augen zusammen, versuchte ihn scharf zu sehen. Er war, soviel erkannte sie, dünn und schlaksig, wirkte linkisch. Der abergläubische Ichabod Crane, fiel es ihr plötzlich ein. »Ich sagte«, wiederholte er, »daß du ja eine hübsche Wohnung hast. Gemütlich. Wo kann ich dies ablegen? Es ist ziemlich naß.«

»Oh, einfach ... dort drüben.« Sie zeigte zum Kleiderständer hinüber. Mit abgewandtem Gesicht reichte sie ihm ein Handtuch, kniete sich nieder und trocknete mit der linken Hand den Hund ab.

Henry hängte seine Sachen auf und wischte sich über das Gesicht. »Willst du dir nichts anderes anziehen?« fragte er.

»Keine Sorge. Mach' ich gleich.« Sie sah nicht auf.

»Wie du willst. Aber für jemanden, der ohnehin schon krank ist, nicht besonders klug, oder?« Er ließ das Handtuch auf den Boden fallen und stampfte in einem vergeblichen Versuch, die Pfütze damit aufzusaugen, darauf herum. »Wie war das mit einem Drink ...?«

»Oh, richtig. Setz dich, ich hol einen.« Sie konnte sich nicht erinnern, wo sie beim Aufräumen die Spirituosen gesehen hatte. Sie strich Jessie ein letztes Mal über das Fell und ging in Richtung Küche. Jetzt fiel es ihr wieder ein. Sie drehte auf dem Absatz um, ging ins Eßzimmer. »Was möchtest du?« Sie öffnete die Tür zur Anrichte. »Ich habe, äh, Scotch und Wodka und ...« Stirnrunzelnd las sie das Etikett. »Slibowitz?«

»Scotch. Pur.«

Als Ariel ins Zimmer zurückkam, wobei sie sich daran erinnerte, den Drink in der linken Hand zu tragen, stand Henry mit nachdenklichem Gesicht da, den Rücken zum Feuer gewandt. Sie lächelte ihn kurz und unbeholfen an, beugte den Kopf leicht nach vorn. Er wirkte bestürzt.

Sie fingen beide gleichzeitig an zu reden.

»Darf ich fragen ...«

»Sag nur, was ist mit deiner ...«

»Du zuerst.« Sie setzte sich aufs Sofa, zeigte auf den Sessel gegenüber. Sie zog den Mantel fest um sich, bedeckte ihren Körper, so gut es ging.

»Ich wollte dich gerade fragen, was mit deiner Hand passiert ist?«

Ihr Herz setzte einen Schlag lang aus. Da hast du's, dachte sie.

»Ich glaube, ich habe sie verstaucht. Oder vielleicht auch gebrochen. Ich weiß nicht genau.« Demonstrativ und deutlich sichtbar strich sie mit der verbundenen Hand den Stoff ihres Mantels glatt. »Deshalb war ich nicht zur Arbeit. Aber ich konnte heute keinen Termin beim Arzt bekommen, erst morgen, also werde ich morgen wahrscheinlich wieder nicht dasein. Es kommt drauf an ....« Ihre Stimme verlor sich.

»Ich dachte, du hättest gesagt, daß du etwas Ansteckendes hast?«

»Etwas Ansteckendes?« Sie versuchte sich zu erinnern, was sie ihm am Telefon erzählt hatte. »O nein. Ich sagte ... ›Anstrengendes‹. Etwas Anstrengendes.« Sie beugte sich vor, um nach ihrem Glas zu greifen, strich sich nervös die Haare aus dem Gesicht.

»Etwas Anstr...?« Zum ersten Mal konnte er ihr Gesicht sehen. »Und schau dich an! Ariel, was hast du ...?« Seine Augen wurden groß. Er fing an zu lachen, zeigte mit anklagendem Finger auf sie.

»Du hast es getan, was?« staunte er. »Ich kann's nicht fassen! Karate, oder? Du hast mit Karate angefangen, wie du das vorgehabt hast!«

»Karate?« Sie strich sich über ihre Wange, blickte verständnislos drein.

»Als wir diese Geschichte über die alte Dame gemacht haben, die dem Straßenräuber mit einem Karateschlag die Nase gebrochen und – wie hast du dich ausgedrückt? – ›seine Fähigkeit zu reproduzieren mit einem unerwarteten Tritt in die Eier ernsthaft gefährdet‹ hat. Du warst überaus beeindruckt und hast gesagt, was sie kann, kann ich auch! Sag nur, du hast mit Karate angefangen!« Er schlug sich auf die Knie, wirkte erleichtert. »Deshalb gibst du dich so – zurückhaltend. So abweisend. Du bist nicht schüchtern, du genierst dich!« Er grinste. »Bei deiner Hartnäckigkeit hast du wahrscheinlich inzwischen den braunen Gürtel! Hey, und wie sieht der andere aus?«

Das Bild von ihr selbst, wie sie, in einen Kittel – oder wie die Dinger hießen – gestopft, auf einer Matte herumwatschelte, entsetzte sie. Und die Tatsache, daß er sich wahrscheinlich die gleiche Szenerie vorstellte und sich so ungemein daran ergötzte, machte sie wütend. Ihr Rücken richtete sich stocksteif auf, und sie spürte, wie ihr Gesicht errötete.

»Darf ich dich etwas fragen, mein lieber Freund? Henry. Was hast du dir eigentlich dabei gedacht, als du mit deinem Wagen in meine Einfahrt hereingeschossen bist wie der geölte Blitz? Und auf uns zugerannt kamst wie eine Art Terrorist? Und was hattest du vor mit dieser – mit dieser?« Sie kramte in ihrer Tasche nach der Suppendose, knallte sie auf den Tisch.

Sein Grinsen verschwand. Er sah sie verblüfft an. »Lieber Himmel! Du führst dich hier auf wie eine Irre, kreischst herum, läßt diesen Hund von Baskerville auf mich los und fragst *mich* noch nach meinem Benehmen? Was zum Teufel hat meine Fahrweise damit zu tun? Ich fahre schnell, und ich komme schneller ans Ziel. Ich kriege meine Strafzettel, ich bezahle sie. Und ich habe noch nie, kein einziges Mal, einen Unfall gebaut. Warum ich gerannt bin? Ich bin gerannt, weil es regnete. Und weil ich einen gesunden Menschenverstand habe – im Gegensatz zu manchen Personen, die ich jetzt aufzählen könnte –, wollte ich so schnell wie möglich ins Trockene kommen!«

Er nahm sein Glas in die Hand, stellte es wieder ab. »Und was meinst du damit, was ich ›mit der Suppe vorhatte‹? Ich wollte sie dir bringen, weil man das so macht, wenn Leute krank sind. Hast du nicht gesagt, du seist krank? Also habe ich dir eine Hühnersuppe mitgebracht! Mit Matzebällchen drin!«

»Oh.« Schweigen. »Ich verstehe.« Ariel lächelte schwach. »›Keine gute Tat bleibt ungestraft.‹«

»Was? Was zum Teufel ...« Er nahm seinen Drink wieder in die Hand, atmete schwer. »Was hast du denn geglaubt, was ich mit einer Dose Manischewitz vorhatte? Sie dir an den Kopf werfen?«

Sie sah in ihren Schoß, murmelte irgend etwas vor sich hin.

»Was?« bellte er. »Sprich doch lauter.«

Sie hob den Kopf, sah weg. »Ich sagte, ich dachte, es sei eine Granate.« Die Worte waren kaum zu hören.

»Du dachtest ...« Er rieb sich mit der flachen Hand fest über den Bart. Es hatte ihm die Sprache verschlagen. Seine Augen verengten sich. »Die Brille. Deshalb siehst du so anders aus! Du trägst deine Brille nicht.«

»Sie ist kaputt.« Sie hob die Stimme. »Und fang nicht noch mal von Karate an!«

»Und du rauchst nicht«, fuhr er fort, ohne auf sie zu hören. »Seit wann rauchst du nicht mehr?«

»Seit ich diese Verletzung am Kopf habe. Mir wird schwindlig davon. Und im Augenblick«, improvisierte sie weiter, über den Verlauf des Gesprächs besorgt, »ist mir schwindlig vor Hunger, und ich glaube, ich sollte besser etwas essen und früh zu Bett gehen.« Sie erhob sich. »Aber trink ruhig erst aus, bevor du gehst.«

»Nun«, er hob die Augenbrauen in gespieltem Ärger und stellte sein halbvolles Glas auf den Tisch, »das war deutlich genug, sogar für mich. Aber Ariel«, und sein Gesicht wurde ernst, »wenn du deine Hand untersuchen läßt, dann soll der Arzt auch einen Blick auf deinen Kopf werfen. Diese Blutergüsse sehen schlimm aus, und du benimmst dich ein bißchen ...« Er machte eine vage Handbewegung.

»Ich glaube, das weiß ich auch ganz von allein.« Sie warf ihm einen sarkastischen Blick zu, während sie Hut und Mantel holte. »Und ich bin mir bewußt, daß ich vorhin ein wenig – überreagiert habe.« Sie war froh, daß Henry nicht ahnte, wie knapp er dem Schicksal entgangen war, mit Blei vollgepumpt zu werden. Sie war darüber hinaus froh, daß er ihr eine Entschuldigung für ihre Erinnerungslücken geliefert hatte, aber sie mußte zugeben, daß sie die Sache mit der Granate selbst beunruhigte. »Ich weiß nicht, wie ich darauf kam, daß, äh, die Suppe, du weißt schon ...«

»Oh, das ist nicht so abwegig, jetzt, wo ich darüber nachdenke.« Henry nahm seine Sachen entgegen. »Der Drive-by-Bomber.«

»Hmmm«, meinte sie unbestimmt. Erklär doch, bettelte sie im stillen. Bring mich bloß nicht so weit, daß ich frage.

»Du arbeitest gerade an einer Story über diesen Psychopathen, der herumfährt und Molotowcocktails aus seinem Auto wirft, siehst den Schaden, den er unschuldigen Passanten zugefügt hat, während du am Schneidetisch sitzt – und jetzt wirst du selbst ein bißchen schizo. Aber ... du läßt deinen Kopf untersuchen, hörst du?«

Henry setzte seinen Hut auf, nachdem er demonstrativ das Hutinnere geprüft hatte, und ging zur Tür hinaus. Er bemerkte das zertrümmerte Verandalicht. »War das die Suppe?« Er schnalzte bedenklich mit der Zunge. »Diese Manischewitz-Geschosse sind ziemlich gefährlich, was? Grüß mir Cujo und ruf mich an, wenn du mit dem Doktor gesprochen hast.«

Ariel beobachtete, wie der Wagen rückwärts aus der Einfahrt stieß, und ging dann gedankenverloren in die Küche. Sie war zu müde, den Eintopf aufzuwärmen oder ihn auch nur in einen Teller zu füllen. Und so stand sie, noch immer im Mantel, neben der Arbeitsfläche und aß aus der Terrine.

Konnte sie sich an eine Geschichte erinnert haben, an der sie arbeitete? grübelte sie. Sie war verängstigt (aus gutem Grund), verwirrt (aus näherliegendem Grund) und besorgt, daß der Eindringling zurückkommen würde. Konnte ihr Unterbewußtsein verursacht haben, daß sie einen »Drive-by-Bomber« vor sich aufblitzen sah, über den sie eine Geschichte gemacht hatte?

Vielleicht hatte die Gefahr oder was ihr Kopf als Gefahr auffaßte, ihr Gedächtnis angeregt?
Nachdem sie alle Schlösser zweimal überprüft hatte, rief sie nach Jessie und machte sich bettfertig. Sie wollte gerade das Licht ausmachen, als ihr der Revolver einfiel. Sie fand den nassen Kaftan im Badezimmer und nahm die Waffe aus der Tasche. Zurück im Bett, löschte sie das Licht und versuchte, ihre Gedanken abzuschalten. Unvermittelt knipste sie die Lampe wieder an. Sie griff nach dem Revolver und öffnete die Kammer. Sie war leer. Sie verfluchte sich selbst als totale, vollendete, unfähige Idiotin, rannte im Kreis herum und suchte nach Munition, machte sich klar, daß sie den ganzen Tag über nichts entdeckt hatte, was nach einer Munitionsschachtel aussah, versuchte sich irgendeine Schublade oder einen Schrank zu vergegenwärtigen, den sie noch ausgelassen haben könnte. Zehn Minuten später fand sie ganz hinten in einer Schublade des Aktenschranks – jene Akten, die sie »bis morgen« zurückgestellt hatte – eine Blechbüchse, die Reinigungsmittel und Munition enthielt. Nun, Scarlett, dachte sie, das wird dir eine Lehre sein. Morgen ist zwar wieder ein Tag, aber bis dahin mußt du überleben!
Als sie zum letzten Mal das Licht löschte, lag der Revolver auf ihrem Nachttischchen. Und er war geladen.

8

Henry saß im Auto vor der Ampel Ecke Westwood und Olympic Boulevards. Die Scheibenwischer rieben hin und her, verschmierten die Sicht. Ich muß sie auswechseln, wenn es weiterhin so regnet, dachte er, während seine Finger ungeduldig auf das Lenkrad trommelten. Er zog die Schultern hoch, hielt sie steif, ließ sie wieder fallen. Er starrte auf die Ampel, prüfte seine mentale Warnanzeige.
Das Blinken schlug nicht voll an, aber immerhin wurden Signale gesendet. In seinem Kopf drängte sich eine Frage vor die

andere, und er hatte auf keine eine Antwort. Zumindest keine gute Antwort.
Die Ampel schaltete um, und er trat auf das Gaspedal. Die Beule an Ariels Kopf könnte eine ganze Menge von ihrem seltsamen Benehmen erklären, vermutete er. Zum Beispiel, daß sie vergessen hatte, wie man den Hund zurückrief. Er hatte vor seinem Auge sein Leben Revue passieren sehen, bis ihr endlich der richtige Befehl eingefallen war. Aber, räumte er ein, das konnte auch durch die Aufregung der Situation verursacht worden sein. Wenn man es nicht gewohnt war, daß der eigene Hund versuchte, Leute aufzufressen, konnte man schon in Panik verfallen. Natürlich wußte er immer noch nicht, warum sie den Hund überhaupt auf ihn gehetzt hatte. Konnte sein Verhalten so bedrohlich gewirkt haben? Er zupfte an seinem Bart. Na ja, vielleicht auf eine richtig hysterische Tussi. Aber so hatte sie bislang nie auf ihn gewirkt.
Er schaltete das Radio ein. Es gab eine Stauwarnung für den Freeway 10 Richtung Osten, auf dem 405er Richtung Süden war ein riesiger Sattelschlepper umgestürzt, und der Wetterbericht prophezeite für morgen noch mehr Regen. Seltsam für L. A., wo es zum Wetter sonst eigentlich nicht viel zu sagen gab. Er knipste den Schalter aus.
Vielleicht, überlegte er, hatte sich Ariel auch unwohl gefühlt, weil er unangekündigt bei ihr zu Hause vorbeigekommen war – er war zuvor nie dort gewesen, weder angekündigt noch unangekündigt, noch auf eine Einladung hin. Sie waren nicht gerade dicke Freunde. Aber ihr Verhalten hatte sich definitiv verändert. Die Art, wie sie den Kopf abgewandt hielt, irgendwie als ob die Haare ins Gesicht fallen sollten, die Art, wie sie ihn unter den Wimpern hervor ansah. Was hatte das zu bedeuten? Ein- oder zweimal hatte er tatsächlich geglaubt, sie sei – nun, irgendwie scharf auf ihn. Er spürte, wie seine Ohren rot wurden. Jaja, pure Gottesgabe, Henry Heller. Er durchschaute die Menschen ganz gut, manchmal sogar Frauen, aber bei dieser hier war ihm unmißverständlich klargeworden, daß er um Meilen danebengelegen hatte. Außerdem war er alt genug, daß er ihr Vater hätte sein können. Nun gut, ihr Onkel.

Er fuhr an die Kreuzung Olympic und Beverly Drive heran, wartete darauf, hinter einem unentschlossenen alten Plymouth, der puffende Rauchschwaden ausstieß, links abbiegen zu können. Was ihn an eine interessante Selbstmordgeschichte erinnerte, die er am Morgen gelesen hatte. Er notierte etwas auf dem Schreibblock, der am Armaturenbrett befestigt war, hupte und jagte seinen Wagen über die Kreuzung, nachdem der Plymouth schließlich bei Gelb weitergefahren war.

Wie ein Hund, der an seinem Knochen nagte, kehrten seine Gedanken zu Ariel zurück. Es war auch möglich, daß ihr das Karate peinlich war; sie war ziemlich hochgegangen, als er sie deswegen gefoppt hatte. Sie hatte auch nicht bestätigt, sich dabei verletzt zu haben, fiel ihm jetzt auf. Was ihn zum Faktor Angst zurückbrachte. Vielleicht hatte jemand anders sie verletzt. Obwohl ihm dies eher unwahrscheinlich vorkam, aber vielleicht gab es da eine Art häusliche Auseinandersetzung. In diesem Fall wollte er sich nicht einmischen. Er hatte zu viele Geschichten von Frauen gehört, die Zeter und Mordio schrien, so lange, bis jemand versuchte, sich zwischen sie und ihre Peiniger zu stellen.

Er bemerkte das Warnlicht der Benzinstandanzeige, fragte sich, wie lange es wohl schon leuchtete, glaubte sich daran zu erinnern, es schon am Morgen gesehen zu haben. Er fuhr an eine Tankstelle, schob seine Kreditkarte in den Schlitz an der Zapfsäule und starrte, ohne sie wirklich zu registrieren, auf die elektronischen Anweisungen.

Da war etwas mit ihrer Stimme. Er wußte nicht genau, was, aber die Melodie, der Tonfall stimmten irgendwie nicht. Es war Ariels Stimme und auch wieder nicht. Und womit hatte sie ihn so genervt? Irgendein dummer Spruch? Was auch immer es war, er konnte sich nicht erinnern.

Er schraubte den Tankdeckel auf und schob den Schlauch hinein. Sein Blick wanderte vom Regen, der vom Dach über den Zapfsäulen tropfte, hin zu dem erleuchteten Häuschen ein paar Schritte entfernt. Darin saß ein dunkelhäutiger junger Kassierer, der fernsah – irgendein Rockvideo, vermutete Henry. Na, das ist ein Job, den ich machen kann, wenn ich in Rente bin, dachte er.

In der Nachtschicht. Da mußte man kein Benzin mehr zapfen, keine Windschutzscheiben putzen, noch nicht einmal mehr Kreditkarten entgegennehmen. Keine Probleme, kein Termindruck, keine schmerzenden Schultern. Nur, dachte er bedrückt, ich müßte so tun, als spräche ich kein Englisch. Er schämte sich für diesen Gedanken, aber – Mann! Wie er die Zeiten vermißte, als man tatsächlich an eine Tankstelle fahren und nach dem Weg fragen konnte. Und Antworten bekam. Die man verstand. Er wollte an niemandem herumnörgeln, der willens war, zu arbeiten, aber, verdammt, es gab so viele amerikanische Jugendliche, die keinen Job fanden! Er fragte sich, ob dieser Typ eine Arbeitserlaubnis hatte. Oder ein noch gültiges Visum. Daraus zu schließen, was man bei dieser Geschichte über die überzogenen Visa und die Einwanderungsbehörde herausgefunden hatte . . .

Eines war wirklich seltsam, und er hatte bis jetzt nicht daran gedacht. Ariel hatte mit keinem Wort ihre Arbeit erwähnt, weder die Visageschichte, an der sie arbeitete, noch sonst irgendwas. Hier war eine Frau, die völlig in ihrer Arbeit aufging – in deren Leben es, wie er vermutete, darüber hinaus wenig gab –, und sie erkundigte sich noch nicht einmal, was sie heute versäumt hatte.

Henry hängte den Schlauch zurück und schaute zu dem Häuschen hinüber. Er hatte Hunger. Viel Zeit schien vergangen, seit er sich nach der Arbeit einen Double-Cheeseburger mit Bacon geholt hatte. Er ging zu dem Fenster und fragte nach einer Tüte mit fritierten Speckstreifen – und grinste reuig, als der junge Mann ihm in deutlich verständlichem Englisch mitteilte, daß sie die nicht hätten, ob er etwas anderes wünsche. Er kaufte Chips mit Knoblauchgeschmack und fragte den Jungen, um sein schlechtes Gewissen zu beruhigen, was er sich da anschaue.

»Auf KCET gibt's gerade eine gute Sendung mit Bill Moyers über Heilungsprozesse und wie sehr man mit dem Verstand darauf einwirken kann«, lautete die beflissene, freundliche Antwort. »Das ist echt erstaunlich.«

»Stimmt«, sagte Henry und rieb sich den Bart. »Behalten Sie den Rest.«

Ungefähr zwei Blocks weiter, gerade als er bei einer Geschwindigkeitsbegrenzung von zwanzig Meilen auf etwa vierzig beschleunigt hatte, bemerkte Henry einen Streifenwagen hinter sich, seufzte und bremste wieder ab, als die Lichter in seinem Rückspiegel aufblinkten.

9

Der Raum war vollständig weiß. Alles war mit Tüchern bedeckt. Weiße Tücher reflektierten das weiße Licht. Die Lampen leuchteten ihr ins Gesicht, blendeten sie. Sie waren extrem grell, durchdringend, und dennoch warfen sie keine Schatten. Im Raum stand ein Sarg. Aus ihrer Perspektive heraus wirkte er Meilen entfernt, dennoch konnte sie jede Einzelheit deutlich sehen. Auch er war weiß, außen und innen. Auf dem weißen Satinfutter lag unter einem weißen Schleier ein Körper. Von der Leiche konnte sie nichts sehen, nur Erhebungen dort, wo sich Nase, Kinn und Hände befinden mußten. Sie konnte die weißen Lilien riechen, die um den Sarg herum aufgehäuft waren. Hunderte davon. Der Geruch war unangenehm, erstickend, Übelkeit erregend.

Jemand weinte, entfernt, sacht. Es klang herzzerreißend und unsagbar einsam. Sie spürte die Einsamkeit tief in ihrem eigenen Körper. Ein fast greifbarer Schmerz, älter als die Zeit. Die weinende Stimme wurde schwächer, dünner, verzweifelter. Es war die Stimme eines sehr kleinen Kindes, das alle Hoffnung verloren hatte, getröstet zu werden. Sie bekam eine Gänsehaut an den Armen.

Jemand sprach mit ihr. Ganz nah. Redete ihr gut zu. Versuchte sie von dem Sarg und dem weinenden Kind abzulenken. »Wunderbar«, murmelte die Stimme. »Sehr gut.« Es war die Stimme eines Mannes. Überzeugend. Hypnotisch. Sie war von einem hartnäckigen tickenden Geräusch unterlegt. Stetig. Das Ticken klang wie Schnellfeuer. »Dreh dich zu mir«, forderte die Stimme sie auf. »Hier, schau mich an. Gut, gut.« Die Stimme kam näher. Sie spürte eine Hand auf ihrer Wange. Das Ticken wurde hektischer, wie ein Wecker, aber unvorstellbar schnell. Die Hand tätschelte ihre Wange. Die Stimme wurde durchdringender. Das Tätscheln wurde fester. Das Ticken war das Geräusch der Hand, die ihr die Wange tätschelte. Die sie ohrfeigte. Leichte Ohrfeigen, die stechend schmerzten. Die Wange tat ihr weh. Sie konnte das Gesicht nicht wegdrehen, konnte sich nicht bewegen, dem Schmerz nicht entkommen. Das Ticken wurde lauter. Schneller. Die grellen weißen Lichter explodierten zu einem Kaleidoskop gebrochener Helligkeit, und zugleich gab es einen gewaltigen, welterschütternden Knall.

Ariel schoß hoch, war schon halb aus dem Bett. Es war sehr dunkel. Sie konnte nichts sehen, aber sie hatte ein gutes Gehör, jeder Ton schien verstärkt. Sie konnte die Geräusche fast sehen. Das Blut, das in ihren Ohren pulsierte. Die Luft, die in ihre Lungen hineinrauschte und wieder heraus. Und ein tiefes gleichmäßiges Knurren, so nah, daß sich ihr die Nackenhaare aufstellten. Sie hörte ein Ticken. Es wanderte hin und her. Ganz schwach. Echt.

Sie erstarrte. Mit gespitzten Ohren überlegte sie, woher das Ticken gekommen war, das sie jetzt nicht mehr hören konnte. In der Ferne grollte ein Donner. Regen tropfte vom Dachgesims vor dem Fenster, tipp-tipp-tipp. War es das gewesen, was sie gehört hatte? Ihre Augen, die sich inzwischen an die Dunkelheit gewöhnt hatten, entdeckten die beiden Spitzen von Jessies Ohren. Aufgestellt. Die Hündin lag zwischen Ariel und der Schlafzimmertür, knurrte tief. Sie kam gleichzeitig mit Ariel auf die Beine. Einen Augenblick lang blieb Jessie regungslos stehen, dann ging sie auf die Tür zu.

»Jessie«, zischte Ariel. »Platz.« Sie tastete auf dem Tischchen herum, fand den Revolver. Sie schlich sich geräuschlos neben das Tier. Sie lauschten beide, jeden Muskel angespannt.

Es war ein kurzes knarrendes Geräusch zu hören, dann war es wieder still.

Wo war das hergekommen? Vom Tor hinten im Garten? Das wäre ... ein paar Meter vom Schlafzimmerfenster entfernt, schätzte sie. Durch den Vorhang hindurch konnte sie nichts sehen. Sie ging auf das Fenster zu. Blieb stehen. Wie sicher war das Tor? Sie schloß die Augen, rief sich ihren panikbesessenen Fluchtversuch am Morgen in Erinnerung. Das Tor war stabil. Es war hoch. Es hatte sie aufgehalten, gewiß. Und es gab ein Vorhängeschloß! Innen war ein Vorhängeschloß angebracht gewesen.

Ariel trat einen Schritt zurück. Wie lange würde es dauern, bis sie beim Telefon wäre, die Polizei angerufen und ihre Adresse durchgegeben hätte? O Gott. Sie konnte sich nicht an die Adresse erinnern! Verunsichert stand sie da, lauschte. Konnte man Notrufe zurückverfolgen? Wie lange würde das dauern? Sie ging zum Nachttischchen, hob den Hörer, strengte sich an, um die Ziffern im Dunkeln zu erkennen. Sie legte den Revolver in Reichweite auf das Tischchen und drückte die drei Tasten.

»911, Notruf, Platz 42«, sagte eine kurz angebundene Stimme.

»Wie ...«

»Ich heiße ...« unterbrach Ariel. Schwankte. Einen endlosen Augenblick lang existierte in ihrem Kopf nur Leere, weißes Rauschen, Raum bar jeglicher Informationen. Sie konnte die eindringlichen Fragen nicht hören, die aus dem Telefon kamen. Sie hörte die Explosion aus dem Traum, sah noch einmal die Druckwelle des Lichts, die vernichtende Helligkeit. Sie hörte sich selbst einen Namen flüstern. »Ariel Gold. Ich heiße Ariel Gold. Ich glaube, jemand will in mein Haus einbrechen.«

»Ihre Adresse?« Die Stimme klang ruhig, nüchtern.

»Bitte, ich weiß meine Adresse nicht!« Wieder hörte sie das knarrende Geräusch, von irgendwo anders her.

»Wie lautet Ihre Telefonnummer?«

»Telefonnummer?« wiederholte Ariel benommen. Sie schaute auf das Telefon. »Hier steht sie!« Sie beugte sich hinunter, um die Ziffern lesen zu können, sprach sie schnell ins Telefon hinein. Aus den Augenwinkeln heraus sah sie, wie Jessie auf die offene Schlafzimmertür zuging.

»Jessie, nicht«, flüsterte sie. »Platz!« Die Hündin zögerte.

»Wohnen Sie in der Denair 11 742 –«

Wieder war etwas zu hören, jetzt aus dem Eßzimmer. Ariel war sich fast sicher. Jemand war dabei hereinzukommen, und Hilfe war weit weg. »Ich muß das Haus verlassen«, flüsterte sie und fiel der Stimme ins Wort. »Ich kann mich draußen verstecken!« Sie warf den Hörer auf das Bett, nahm den Revolver und schlich zur Tür. Sie hörte die blecherne Stimme, die aus dem Telefon drang, gedämpft, aber hartnäckig. Sie schaute in den Flur. Keiner da. Acht, vielleicht zehn Meter, schätzte sie. »Komm«, zischte sie und rannte in die Küche.

Im schwachen Licht, das durch das Fenster fiel, konnte sie die Riegel an der Tür gerade sehen. Verzweifelt rüttelte sie am oberen, versuchte, ihn mit einer Hand aufzumachen. Unmöglich. Aus dem Wohnzimmer drang ein splitterndes Geräusch. Vorsichtig legte sie den Revolver auf den Herd neben sich, stieß dabei mit dem Ellbogen gegen den Wasserkessel auf der Platte ganz vorne. Ihr selbst kam das Geklapper ohrenbetäubend laut vor. Sie faßte mit beiden Händen nach dem Kessel, dämpfte den Lärm, hielt den Atem an. Der Hund saß regungslos neben ihr, hatte seine ganze Aufmerksamkeit auf die Tür zum Flur gerichtet.

Ariel hörte, wie die Eingangstür geöffnet wurde.

Sie selbst befand sich zwei Räume weiter und konnte die dunkle Gestalt nicht sehen, die lauschend gleich hinter der Tür stehengeblieben war. Die Stille wurde nur vom Ticken einer Uhr irgendwo im Dunkeln gestört.

Langsam ließ Ariel den Kessel los. Berührte Jessies Kopf, um sie ruhig zu halten. Sie horchte einen Augenblick und versuchte dann noch einmal, den oberen Riegel zu öffnen. Er sprang auf. Sie hielt inne, wartete. Ihre Ohren prickelten. Lieber Gott! Warum konnte der Schlosser nicht heute schon kommen? Gestern. Oder wann es war. Ihre Hände tasteten sich zum nächsten Riegel weiter. Grelles weißes Licht blitzte durch das Küchenfenster, unmittelbar gefolgt von einem krachenden Donner. Sie keuchte, sprang unwillkürlich zurück, stieß den Revolver auf den Boden, hörte, wie er unter den Tisch rutschte. Sie drehte sich um.

Jemand stand an der Türschwelle. Die Gestalt hockte sich nieder wie ein Ringer, der in Stellung geht, die Arme vornübergebeugt. Es blitzte wieder. Solange es hell war, konnte sie erkennen, daß die Gestalt ein Mann war, ein großer Mann. Sie kniff die Augen zusammen, um ihn besser zu sehen. Sie bemerkte, daß er in der rechten Hand etwas festhielt. Sie sah sein dunkles Gesicht und seinen Mund, der zu einem stummen Schrei geöffnet war, als Jessie ihn mit aller Wucht rammte.

Er fiel zu Boden, sein Kopf stieß gegen etwas Festes. Sie hörte ein Stöhnen, ein Zischen, als die Luft aus seinen Lungen gepreßt wurde. Er lag bewegungslos da.

Ariel warf sich auf die Knie, ihre Hände suchten hektisch den Boden ab. Sie spürte den Revolver und zielte auf den trägen Körper. »Stop, Jessie, hierher«, flüsterte sie.

Die Hündin gab die Hand frei, auf die sie gebissen hatte, und trottete leicht taumelnd zur Seite.

Ariel hielt die Waffe auf den Mann gerichtet und ging zur Wand zurück, griff tastend nach dem Telefon hinter sich. Gerade als sie den Hörer abnahm, hörte sie ein Wimmern. Sie wandte ihren Blick von dem Mann ab, sah die Hündin mit erhobenem Kopf auf dem Boden liegen, der Bauch blutete.

»Jessie!« rief sie. Ohne nachzudenken, machte sie eine halbe Drehung, beugte sich über das Tier. Da hörte sie eine Bewegung. Sie fuhr herum. Etwas traf ihren Knöchel. Sie verlor das Gleichgewicht und fiel schwerfällig nach hinten, die Beine verdrehten sich unter ihrem Körper. Stiche weißglühenden Schmerzes fuhren zuerst durch ihren Knöchel, dann durch ihre Hand, als sie gegen den Herd schlug. Das Telefon flog durch die Luft. Sie sah oder spürte, daß Jessie versuchte aufzustehen. Und scheiterte.

Der Mann ragte drohend über ihr auf. Das schwache Licht vom Fenster spiegelte sich in dem Messer in seiner Hand. Er griff nach der Waffe, die sie irgendwie noch immer festhielt. Sie feuerte.

Der Knall in dem kleinen Raum ging durch Mark und Bein. Aus dem Kopf des Mannes schien in unvorstellbaren Mengen

Blut herauszuschießen. Er taumelte leicht zurück, fiel dann nach vorne auf Ariel. Sie war geblendet, ihre Ohren dröhnten, das Gewicht des Mannes erdrückte sie fast. Sie versuchte, sich mit ihrer linken Hand hochzustemmen. Sie schrie auf vor Schmerz, nahm alle Kraft zusammen, die ihr zur Verfügung stand, und schob, vollgepumpt mit Adrenalin, das Gewicht des Mannes zur Seite. Sie keuchte wie eine Frau in den Wehen, wimmerte. Sie versuchte aufzustehen und schrie vor Schmerz, als ihr Knöchel nachgab. Auf den Knien erreichte sie schließlich den Lichtschalter und knipste ihn an.

Der Mann lag bewegungslos da. Sein Hinterkopf blutete, und Blut sammelte sich auf dem Fußboden um ihn herum. Sie kroch zu ihm hinüber. Stöhnend vor Anstrengung, drehte sie seinen Oberkörper um. Gesicht und Leib waren blutüberströmt. Die Stellen der Haut, die nicht mit Blut bedeckt waren, wirkten bläulich. Die Augen waren, so viel konnte sie sehen, geöffnet, die Iriden verschwanden halb unter den Lidern. Darüber klaffte ein blutendes Loch.

Sie zweifelte keinen Augenblick lang daran, daß der Mann tot war, dennoch legte sie die Finger an seinen Hals. Es war nichts zu spüren.

Sie rutschte zurück zu ihrem Hund. Ohne den Blick von der Leiche zu wenden, konnte sie sehen, wie die Zunge aus Jessies Maul hing. Konnte ihr Hecheln hören. Summend streichelte Ariel den erhobenen Kopf des Tieres, tastete nach dem Anhänger, drehte ihn um und las die Adresse.

Sie taumelte auf die Füße, zum Telefon. Die Verbindung war noch da. »Laurel Drive 72«, flüsterte sie, und ihre Zähne begannen zu klappern, sie zitterte heftig. Sie merkte, daß ihre Brust naß von Blut war, das Pyjamaoberteil klebrig, verschmiert, furchtbar. Sie ließ den Hörer fallen. Er schwang hin und her, krachte auf den Boden.

Sie humpelte zum Tisch, zog einen Stuhl heraus, ließ sich darauf fallen. Ihr Kopf war leichter als Luft. Leichter als Helium. Löste sich vollständig auf. Sie schloß die Augen. Ihre Gedanken rasten, die schwirrenden Bilder wirbelten wie in einem Strudel auf einen fernen winzigen Lichtpunkt zu. Ihr war schwindlig, und sie legte den Kopf auf ihre Knie. In der Ferne hörte sie das Heulen einer Sirene. Das Geräusch wurde immer lauter, brach dann abrupt ab. Ariel biß die Zähne zusammen. Langsam beruhigte sich ihr Körper. In der Stille klang Jessies Keuchen laut und rhythmisch wie eine schwer arbeitende Dampfmaschine. Die Stimme aus dem baumelnden Telefonhörer klang wie leises metallenes Geklapper.

Jemand klopfte an die Eingangstür. Eine dumpfe Stimme rief: »Polizei! Wir sind von der Polizei!« Wieder pochte es, hartnäckig. »Hier ist die Polizei! Ist jemand im Haus?«

Ariel hörte, wie die Tür geöffnet wurde. Die Stimme klang sehr klar. »Polizei! Ist jemand im Haus? Wir kommen herein!« Sie hörte Geräusche aus unterschiedlichen Richtungen – Schuhe, die über den Holzboden am Eingang traten, Stille, dann das Knarren einer Tür, die geöffnet wurde. Sie hob den Kopf, sah zur Küchentür, unfähig, sich zu bewegen. Flackerndes Licht drang aus der Dunkelheit zu ihr. Glühwürmer? dachte sie verwundert. Die Stimme kam immer näher, klang monoton. »Polizei«, war warnend zu vernehmen. »Ist jemand im Haus?«

Zuerst stand ein Uniformierter in der Tür, dann trat ein zweiter dazu. Beide hielten Taschenlampen in einer Hand und einen Revolver in der anderen.

»Legen Sie die Waffe auf den Tisch, Madam«, sagte einer der beiden. »Ganz langsam.«

Sie blinzelte ihn an und sah auf ihre rechte Hand, bemerkte überrascht, daß sie noch immer den Revolver festhielt. Unendlich langsam legte sie ihn auf den Tisch und hob die rechte Hand. Ihre Linke schien nicht gehorchen zu wollen.

»Stehen Sie jetzt vom Tisch auf, Madam. Hierher, zu uns, bitte. Ganz langsam.«

Ihr Mund war strohtrocken, die Zunge ein dicker geschwollener Gegenstand, der an ihrem Gaumen klebte. Sie erhob sich. Der Raum schwankte. Der Polizist legte Waffe und Taschenlampe zur Seite und war sogleich neben ihr. Er packte sie am Ellbogen und stellte ihr mit drängender Stimme jede Menge

Fragen. Sie schien die Sprache, in der sie verfaßt waren, nicht zu kennen.

Der andere Beamte – eine Frau, wie Ariel jetzt bemerkte – redete in ihre Hand hinein. Auch sie bediente sich einer Fremdsprache. »6 Adam 68 ruft Zentrale. Zwei zusätzliche Einheiten in die Denair Street 11 742, Gebäude muß durchsucht werden. Code 2. Ein Mann verletzt, wahrscheinlich tot.« Ariel konnte die einzelnen Silben klar und deutlich hören, aber die Wörter blieben sinnlos. »Mögliche Verdächtige gefaßt«, sagte die Polizistin weiter in ihre Hand hinein, während sie sich neben den Mann am Boden hockte. Den Mann, der tot war. Den Mann, den Ariel getötet hatte.

Die Hand des Mannes war eine Pranke. Daneben lag ein Messer. Die Klinge war schwarz. Ariels Blick glitt zu dem blutigen Gesicht. Die Augenpartie war voller Blutergüsse, als würde er eine Maske tragen. Die Lippen waren zurückgezogen, das breite rosafarbene Zahnfleisch war zu sehen. Die Zähne wirkten unnatürlich groß. Die Nasenlöcher waren ebenfalls riesig. Große dunkle Höhlen. Die Haut war extrem weiß. Wie aus Wachs. So weiß wie das schwammige Zeug, das aus dem Loch in seiner Stirn gedrungen war. All das nahm sie mit erstaunlicher Klarheit wahr. Und dann sah sie überhaupt nichts mehr.

Sie lag irgendwo. Auf einem Sofa. Sie war im Wohnzimmer. Sie war verletzt. Sie wußte nicht, wo all der Schmerz herkam. Er schien sie einzuhüllen.

Eine Stimme, freundlich, aber hartnäckig, stellte ihr Fragen. Sie öffnete die Augen. Etwas Kaltes und Feuchtes lag auf ihrer Stirn, nahm ihr ein wenig die Sicht. Sie sah einen Teil der Zimmerdecke. Sie war blau und rot, schien sich zu drehen. Ariel kniff die Augen zusammen. Lichter. Blinklichter eines Polizeiautos. Sie drehte das freie Auge nach rechts und bemerkte den Beamten, der neben ihr kniete.

»Ma'am, können Sie mir Ihren Namen sagen? Ist sonst noch jemand im Haus. Wie heißen Sie? Wissen Sie, wie Sie heißen?«

Sie faßte sich mit der linken Hand ins Gesicht, um wegzuschieben, was auch immer auf ihren Augen lag. Sie hielt den Atem an vor Schmerz und legte die Hand vorsichtig auf ihre Brust. Auch mit ihrer rechten Hand stimmte irgend etwas nicht! Sie hob sie. Sie steckte in einer Plastikhülle.

»Warum . . .?« Sie benetzte ihre Lippen, schluckte.

»Ma'am, wissen Sie, wie Sie heißen?«

»Ich heiße Ariel Gold. Warum habe ich eine Hülle um meine Hand?«

»Wir sind verpflichtet, gewisse Schritte zu unternehmen, Ms. Gold. Das ist Routine. Wir holen medizinische Hilfe für Sie. Machen Sie sich keine Sorgen. Die Hülle soll mögliche Schußrückstände bewahren. Das ist Vorschrift. Und bedeutet nicht, daß Sie schuldig sind, Ma'am.« Er hielt etwas hoch. »Hier ist ein Glas Wasser. Nehmen Sie einen Schluck, okay?«

Sie hörte Tritte, irgendwo wurden Türen geöffnet. Es schien drinnen wie draußen ziemlich viel los zu sein.

»Jessie!« Sie versuchte sich aufzusetzen.

»Heißt hier im Haus jemand Jessie?«

»Mein Hund.« Es gelang ihr, sich hinzusetzen, wobei ihr der Waschlappen von der Stirn rutschte und sie sich den Knöchel anschlug. Heftiger Schmerz durchfuhr sie. »Ich muß nach Jessie sehen!« keuchte sie.

»Machen Sie sich keine Sorgen. Wir rufen den Tiernotdienst. Die werden sich um den Hund kümmern.«

»Nein! Bitte! Tun Sie das nicht! Kann ich nicht meinen Tierarzt anrufen? Würden Sie mich das tun lassen?«

Er zögerte. »Haben Sie denn die Nummer?«

»In meiner Handtasche. Sie ist . . .« Sie sah sich verstört um. Wo hatte sie sie stehenlassen? »In der Küche. Würden Sie sie mir bitte bringen? Und im Arbeitszimmer steht ein schnurloses Telefon. Der Raum vor dem Schlafzimmer.« Sie zitterte, bemerkte plötzlich, wie sie angezogen war. »Und, bitte«, sie drückte die verhüllte Hand gegen ihre Brust, »kann ich meinen Bademantel haben?«

Der Polizist rief nach jemandem. Seine Partnerin kam an die Tür. Sie besprachen sich kurz, dann ging die Beamtin wieder weg.

Der Mann bot ihr Wasser an. Er hielt das Glas, während sie mehrere große Schlucke trank. Über den Rand des Glases sah sie ihm in die Augen. Sympathische Augen, dachte sie. Es war wichtig, daß er verstand, was vor sich gegangen war. Sie versuchte zu sprechen, bevor er das Glas wegnahm, würgte, weil sie sich verschluckt hatte, und bekam einen Hustenanfall. »Ich versuchte rauszukommen«, war sie schließlich in der Lage zu keuchen, in ihren Augen standen Tränen. »Ich wollte davonlaufen.«

Sie beugte sich zu dem Beamten. »Ich wollte den Mann nicht erschießen. Wer ist er? Ich habe versucht davonzulaufen, aber er hat mich zu Fall gebracht. Er war eingebrochen. Bin ich verletzt?« Sie sah auf ihr Schlafanzugoberteil hinunter, das hart und schwarz war. »Habe ich Stichwunden?« Ihre Stimme wurde lauter, zitterte. »Ich wollte ihn nicht erschießen!«

Er nahm sein Notizbuch, in dem ein Stift steckte. »Ms. Gold, ärztliche Hilfe ist unterwegs. Und Sie sollten wissen, daß alles, was Sie sagen, auch gegen Sie verwendet werden kann ...«

Sie hörte nicht länger zu. Die Polizeibeamtin war zurück, reichte Ariel ihren Bademantel und fragte, was sie aus der Tasche haben wolle.

Ariel zog sich den Mantel über, zuckte zusammen, als sich ihre Hand im Stoff verfing. »Könnten Sie ... hier ist eine Brieftasche. Und ein Adreßbuch.« Ariel griff nach dem Telefon und der Brieftasche. Ihre rechte Hand war in der Hülle gefangen. »Würden Sie unter ...« Himmel! Wie war der Name? »Lassen Sie mich auf dem kleinen Block nachschauen, bitte. Pollock! Das ist die Nummer. Würden Sie für mich wählen?«

Die Frau wählte, horchte, sagte: »Einen Moment, bitte«, und drückte den Hörer an Ariels Ohr.

»Victor Pollock? Sind Sie Tierarzt? Ich bin Ariel Gold.«

»Ariel! Was ist passiert? Wer war das?« Die Stimme klang schlaftrunken und rauh, alarmiert.

»Jessie ist verletzt. Können Sie herkommen?« Ariel dachte nicht darüber nach, wie spät – oder früh – es war, auch nicht darüber, ob ihre Bitte unzumutbar war. Sie wußte nicht, ob Tierärzte auch Hausbesuche abstatteten oder ob dieser hier wußte, wo sie wohnte. Sie wußte nur, daß er kommen mußte. Sofort.

»Ich bin schon unterwegs«, sagte die Stimme schlicht und legte auf.

»Ma'am. Ms. Gold?« Der Polizist beugte sich zu ihr herüber. »Wollen Sie sich nicht zurücklegen?« Sachte legte er ihre Füße wieder auf das Sofa. Eine Woge Übelkeit erregender Schmerzen schoß trotz seiner Vorsicht durch ihren Knöchel. Sie schloß die Augen, aber an der Eingangstür war Getrampel zu hören, und sie machte sie wieder auf. Das Gesicht des Beamten verschwand und wurde durch ein neues ersetzt. Dieser Mann trug einen blauen Overall. MENDEZ war in Rot auf seine Brust gestickt.

»Mein Name ist Mendez, Ma'am.« Er nickte einem anderen Mann zu, der ebenfalls einen Overall trug und mit irgendeiner Art Equipment beschäftigt war. »Das ist mein Partner Sims. Können Sie mir Ihren Namen sagen?«

Während sie antwortete, legte er seine Hand auf ihren Kopf. Ariel hörte, wie die Polizistin dem Partner, Sims, etwas über ihre Ohnmacht erzählte.

»Wir schauen nur nach, ob Sie irgendwie verletzt sind.« Er drückte vorsichtig beide Seiten ihres Halses. »Sie sollten uns allerdings behilflich sein, wenn Sie können. Wissen Sie, welchen Tag wir heute haben?«

Der andere Sanitäter leuchtete ihr mit einer Lampe in die Augen. Sie mußte zugeben, daß sie nicht wußte, welcher Tag es war.

»Wie alt sind Sie?« Der erste Mann, Mendez, steckte etwas unter ihren Arm. Sie versuchte sich zu erinnern, welches Geburtsdatum auf dem Führerschein eingetragen war.

»Tut mir leid.« Sie war ein wenig peinlich berührt.

»Tut Ihnen etwas weh? Wie ist das mit der Stirn? Tut Ihnen der Kopf weh?« Er berührte die Beule am Haaransatz.

»Ein bißchen, aber das ist nicht jetzt gerade passiert. Das ist schon von gestern oder vorgestern. Meine Hand schmerzt, und ich habe mir irgend etwas am Knöchel gemacht. Meine Brust ... Ich habe keine Schmerzen in der Brust, aber alles ist voller Blut.«

Mendez' Hände bewegten sich sehr ruhig und gewandt, drückten, tasteten, untersuchten flink. Er sprach unaufhörlich, beruhigte, fragte. Zwischendurch hielt er inne, um auf eine Antwort zu warten, seine Hände dagegen blieben nie ruhig, berührten sie an einer Stelle, dann an einer anderen. »So, ich werde jetzt hier drücken. Sagen Sie mir, ob das weh tut. Sind Sie innerlich verletzt worden? Hat man Sie sexuell mißbraucht? Ich werde jetzt Ihren Pyjama hochziehen und Ihre Brust untersuchen. Sagen Sie mir, wenn Sie einen Schmerz verspüren.« Murmelnd antwortete sie, beobachtete sein Gesicht gespannt. Ihre linke Hand wurde hochgehoben und untersucht, dann geschient. Gleich darauf wurde auch ihr Knöchel geschient. Als man sie auf eine Bahre hob, tauchte ein neues Gesicht über ihr auf.

Der Schwarze war mittleren Alters, hatte Augen, die sehr müde wirkten, graues Haar und eine tief zerfurchte Stirn. Er hob die Hand und forderte die Sanitäter auf, noch zu warten.

»Detective Massey, Ms. Gold. Officer Woodman sagte mir, daß bei Ihnen heute nacht eingebrochen wurde. Können Sie mir erzählen, was genau passiert ist?« Er hielt ein kleines Notizbuch und einen Stift bereit.

Sie wiederholte, was sie schon dem ersten Polizisten erzählt hatte, fügte noch einige Details hinzu, die ihr jetzt wieder einfielen. Dennoch war sie erstaunt, wie wenig sie zu berichten hatte. »Er ist tot, oder? Dieser Mann? Wer ist – wer war er?«

Der Detective sah in sein Notizbuch. »Sein Name lautete Rodriquez. Luis Rodriquez. Sagt Ihnen das etwas?« Er beobachtete ihr Gesicht. Aufmerksam, dachte sie.

Sie schüttelte den Kopf, fragte sich, ob ihr der Name etwas sagen sollte. Was, wenn sie ihn kannte? Nicht länger, als es dauerte, bis der Gedanke formuliert war, zog sie in Erwägung, ob sie gestehen sollte, daß sie sich, selbst wenn sie mit Luis Rodriquez verheiratet gewesen wäre, nicht an ihn erinnern könnte.

»Ich habe noch nie von ihm gehört. Aber Sie sollten wissen, daß er möglicherweise auch in der vergangenen Nacht hier war. Ich war nicht zu Hause, aber jemand ist eingebrochen. Durch das Fenster.«

»Haben Sie es gemeldet?«
»Es hat ja nichts gefehlt.« Sie zuckte innerlich zusammen, hoffte, daß es der Wahrheit entsprach. »Es ist kein großer Schaden entstanden. Ich habe ... Nun, ich habe den Sicherheitsdienst bestellt, der eine Alarmanlage einbauen soll.« Sie unternahm einen kläglichen Versuch zu lächeln. »Sie kommen heute.«
»Haben Sie irgendeine Vermutung, wieso jemand in Ihr Haus einbrechen sollte, ohne etwas mitzunehmen?«
Es klang wenig plausibel, selbst für sie.
Der Detective zog eine kleine Plastiktüte aus seiner Tasche. Darin war ein Fetzen Papier. »Das hatte Rodriquez bei sich. Darauf ist Ihre Adresse notiert. Irgendeine Ahnung, warum er sie mit sich herumgetragen haben könnte?«
»Nein, ich weiß es nicht.« Zum ersten Mal an diesem Abend begann sie zu weinen. Die schiere Last der Dinge, die sie nicht wußte, war überwältigend. Mit dem Arm wischte sie die Tränen weg. »Ich weiß es einfach nicht.«
Sie hörte Stimmen auf der Veranda. Ein uniformierter Beamter, den sie zuvor nicht gesehen hatte, kam herein und trat neben den Detective, murmelte etwas. Der Detective nickte, und der Beamte ging wieder hinaus.
Einen Augenblick später platzte ein Mann herein, der eine altmodische Arzttasche trug und sich erstaunt umsah. Er entdeckte sie auf der Bahre. »Ariel! Mein Gott, was ist passiert?« rief er und eilte herbei, sah von ihr zum Detective, zu den Sanitätern. Unter seinem Strickpullover trug er etwas, was nach einem Schlafanzug aussah. Sein Haar, dünn und blond, war noch naß an den Stellen, wo er es mit Wasser angeklatscht hatte. Die Augen hinter der Drahtbrille schauten sie groß und erschrocken an.
Der Detective musterte ihn. »Sie sind Tierarzt?«
»Victor Pollock. Tierarzt und ein Freund. Ariel rief mich an und sagte, Jessie sei verletzt. Sie hat mir nicht gesagt ... Was ist Ariel zugestoßen?«
»Der Hund ist in der Küche, Mr. Pollock. Wollen Sie schon vorausgehen? Ich spreche gleich mit Ihnen.«

Und noch ein Mann, dieser in einem zerknitterten Sportsakko, trat an die Bahre, sagte »Momentchen« zum Detective und begann, die Hülle von ihrer Hand zu ziehen. »Ich werde nur einen Blick auf Ihre Hand werfen«, erklärte er. »Es wird nicht weh tun.«

Ariel beobachtete, was er tat – irgend etwas mit Puder –, und sah dann wieder weg. Ihr Blick folgte dem Tierarzt, der hinausging. Der Mann im Sportsakko war fertig damit, an ihrer Hand herumzufummeln, und ging hinaus. Der Detective nickte den Sanitätern zu und sagte zu Ariel: »Wir werden vielleicht noch einmal auf Sie zurückkommen müssen, Ms. Gold. Für den Augenblick alles Gute.«

Sie wurde hinausgeschoben und in einen rot-weißen Krankenwagen hineingehievt. Einer der Sanitäter und die Polizistin kletterten hinein, setzten sich neben sie. Die Türen wurden geschlossen.

Während sie durch die leeren Straßen rasten, versuchte Ariel sich zu entspannen, die letzten beiden Stunden zu vergessen, die schrecklichen Bilder zu stoppen, die in ihrem Kopf wie ein Film abliefen. Der Kampf in der Küche in quälender Zeitlupe. Der Knall des Schusses, der widerhallte, zurückgespult wurde, widerhallte. Das blutige, wächserne Gesicht des toten Mannes, das sich zu einer skeletthaften Maske zusammengezogen hatte, nicht länger menschlich wirkte. Sie schauerte, versuchte, sich auf ihre Begleiter zu konzentrieren. Der Sanitäter und die Polizistin sprachen leise miteinander, die Köpfe zusammengesteckt. Sie schnappte nur einzelne Wörter auf, aber offensichtlich war das Gespräch lustig. Der Mann prustete, unterdrückte ein Lachen.

Gute Idee, dachte Ariel. Denk an etwas Fröhliches. Das Problem war nur, daß es um ihre Erinnerungen eher mangelhaft bestellt war und die wenigen, die sie hatte, zudem nicht angenehm waren.

Sie fragte sich, ob die Bedrohung, die sich gegen sie richtete – wenn es tatsächlich eine Bedrohung gab –, nun mit Luis Rodriquez gestorben sei. Wenn er es war, der in der Nacht zuvor in ihr Haus eingebrochen war, wenn es sein Blut war, das auf ihrem

Schlafanzug klebte, warum war er zurückgekommen? War er von Mrs. Harris gestört worden? Und warum war er hinter ihr her? Warum, warum nur war er nicht davongelaufen? Warum hatte er sie nicht davonlaufen lassen? Sie hätte ihn nicht wiedererkannt – noch nicht einmal dann, wenn er ihr aus einer Reihe möglicher Verdächtiger zugewinkt hätte!

Worauf war er aus?

Sie schloß die Augen. Lieber Gott, betete sie leise, wenn dies ein typischer Tag im Leben der Ariel Gold war, könntest du mich dann morgen jemand anders sein lassen?

10

Nach einer endlos langen Wartezeit in einer entsetzlichen Notaufnahme, nach einer gründlichen Untersuchung und einer weiteren »Wer-sind-Sie-welchen-Tag-haben-wir-heute-Sitzung«, bei der sie sich offenbar klar genug ausgedrückt hatte, um den Assistenzarzt zu überzeugen, daß sie nicht unter Schock stand, wurde Ariel entlassen.

Ein überaus muskulöser Pfleger, dessen Bizeps und Brustkorb die Nähte seiner Uniform ernsthaft auf die Probe stellten, schob sie in dem obligatorischen Rollstuhl, auf den fast jeder verfrachtet wurde, zurück zum Eingang der Notaufnahme. Auf ihrem Schoß lag ein Gehstock. Ariel ließ ihren Kopf erschöpft zurückfallen. Er schlug gegen die waschbrettartigen harten Bauchmuskeln des Pflegers. Blitzartig richtete sie sich wieder auf. Jede Faser ihres erschöpften Körpers schmerzte. Ihr Knöchel pulsierte in einer elastischen Binde, jener nicht unähnlich, die sie sich gestern geschickt um ihre rechte Hand gewickelt hatte. Die Gipsschale, die um ihre linke Hand geschnallt war, erinnerte sie daran, sich ihre Wünsche in Zukunft gründlich zu überlegen.

Neben dem Ausgang sah sie eine unauffällige Gestalt stehen. Als sie näher herangefahren wurde, erkannte sie ihn wieder: Der Detective mit den müden Augen wartete auf sie.

Er lehnte mit verschränkten Armen seitlich an der Wand, einen

Fuß vor den anderen gestellt. Sein Gesicht wirkte ausdruckslos. Er wartete, bis der Rollstuhl nur noch einen guten Meter von ihm entfernt war, dann richtete er sich langsam auf. Sekunden verstrichen, bevor er zu reden begann.
»Ich werde Sie fahren, Ms. Gold.«
Sein Lächeln war flüchtig, so müde wie seine Augen. Er hielt dem Pfleger die Tür auf, damit er den Rollstuhl hinausschieben konnte.
Es dämmerte schon. Aber der graue Himmel, der wieder mit Regen drohte, ließ die Auffahrt zur Notaufnahme in diffusem Licht erscheinen. Es hätte genausogut Abend sein können, und Ariel überlegte einen Augenblick lang, ob ihr ein weiterer Tag entgangen war. Sie warf einen verstohlenen Blick auf den schwarzen Detective und fragte sich, ob ihr vielleicht sehr viel mehr als nur ein Tag entgehen würde.
Er öffnete die Tür auf der Beifahrerseite eines dunklen, unscheinbaren Sedan, kam um den Wagen herum und setzte sich hinter das Steuer. Das war ja beruhigend, dachte Ariel, während der Pfleger ihr aus dem Stuhl half; sie sollte nicht hinter einem Gitter auf den Rücksitz gesperrt werden. Trotzdem fühlte sie sich, als sie zum Auto humpelte, wie ein alternder, übergewichtiger Staatsfeind. Sie setzte sich steif auf den Sitz, zog, so gut das mit einer Hand zu machen war, ihren Mantel zusammen und starrte stur geradeaus.
Als der Detective zu ihr herüberlangte, zuckte sie zusammen.
»Ich will Sie nur anschnallen«, sagte er sanft.
Ariel räusperte sich. »Entschuldigen Sie bitte, ich habe Ihren Namen vergessen.«
»Massey.«
Er ließ den Motor an und fuhr langsam vom Krankenhaus weg. Endlos lange, wie ihr schien, sagte er nichts mehr.
Häuserblocks flogen vorbei, einer nach dem anderen, verschwommen, ihr unbekannt. Ariel kniff die Augen zusammen. Sie hätten sich in jeder beliebigen bürgerlichen Wohngegend der Stadt befinden können. Sie fuhren an einem Gebäude vorbei, das sie für eine Schule hielt. Und an einem Stehcafé, das

ein Bombengeschäft zu machen schien. Sie warf einen verstohlenen Blick in das versteinerte Gesicht des Detective. Schweigen ist der beste Ausdruck für Verachtung, dachte sie, als sie an einer Ampel anhielten.

Ein bepackter alter Mann überquerte vor ihnen die Straße, gebeugt vom Gewicht zweier Netze mit all seinen Habseligkeiten. Und Verleumdungen, dachte sie weiter, werden am besten mit Schweigen quittiert.

Die Ampel schaltete auf Grün. Sie verlagerte ihr Gewicht. Setzte sich zurecht. Dann wiederum dachte sie, sag jetzt etwas oder halt ein für allemal den Mund. Sie sah dem Detective direkt in sein rechtes Auge.

»Wo genau fahren Sie mich hin, Detective Massey?«

Er warf einen taxierenden Blick zu ihr herüber. Ein Grinsen machte sich auf seinem Gesicht breit, erfaßte sogar seine rot umränderten Augen.

»Nach Hause.« Er hob seine Augenbrauen fast unmerklich. »Was dachten Sie denn? Zum Knast?«

Er bog links ab. »Ich hoffe, es ist in Ordnung, daß der Tierarzt bei Ihnen zu Hause blieb, nachdem wir fertig waren. Wir hätten Kontakt mit Ihnen aufgenommen, um zu erfahren, ob es einen Verwandten gibt oder einen Nachbarn oder sonst jemanden, den Sie bei sich haben wollen, aber der Tierarzt – wie war doch gleich sein Name? – ließ sich nicht abwimmeln.«

»Oh!« rief Ariel aus. Ihr war, als hätte sie jemand direkt in die Magengrube geboxt. Ihr wurde kalt vor Unbehagen und dann heiß, weil sie sich schuldig fühlte. Sie hatte seit Stunden nicht an Jessie gedacht.

»Ist sie . . .? Ist Jessie . . .?« Sie konnte es nicht aussprechen.

Der Detective hielt seinen Blick stur auf die Straße gerichtet. Er runzelte die Stirn, als ein Jaguar fast eine Stadtstreicherin streifte, die ihren Einkaufswagen über den Zebrastreifen schob. Ohne den Kopf zu wenden oder ihr Tempo zu beschleunigen oder zu verringern, zeigte sie dem Auto den Stinkefinger.

Massey sah noch einmal zu Ariel herüber, die gegen die Tür gedrückt dasaß, als wollte sie sich von allem distanzieren, was er zu sagen haben könnte. Plötzlich lagen in seiner Miene Verdruß und Ungeduld.

»Um Gottes willen ...! Würden Sie bitte die Tür verriegeln, bevor Sie mir auf die Straße fliegen? Der Arzt hat mir keinen Bericht erstattet, ich habe ihn auch nicht danach gefragt – aber der Hund war mit Sicherheit nicht tot, als wir weggingen. Im Gegenteil, er lief ganz munter herum, wie ich fand. Vielleicht ein wenig schlapp, aber in recht guter Verfassung.«

Er machte eine vage Handbewegung. »Ich glaube, der Arzt hat den Hund genäht. Ich glaube, er hat ihm ein paar Stiche verpaßt.«

»Ihr«, hauchte Ariel. »Sie ist ein Weibchen.«

»Na gut. Was auch immer.«

Als sie die Straße wiedererkannte, in der sie zu wohnen glaubte, fiel ihr erst auf, daß sie viele Häuserblocks passiert hatten, seit sie der Welt außerhalb des Autos Aufmerksamkeit geschenkt hatte. Massey ergriff wieder das Wort.

»... und als ich die Zentrale anrief, sprach ich zufällig mit einem Typen, mit dem ich zusammenarbeite, Max Neely. Er sagte, ich solle Sie grüßen. Er sagte, Sie seien in Ordnung. Eine Nervens...« Er sah wieder herüber. »Ah, nervenstark seien Sie, so hat er sich ausgedrückt. Hart im Nehmen, aber korrekt. Deshalb chauffiere ich Sie nach Hause. Tu ihm einen Gefallen.« Er grinste wieder. »Sie glauben doch nicht, daß jedermann von einem Detective der Mordkommission, der dienstfrei hat, nach Hause begleitet wird?«

Sie bogen in die Einfahrt ein, die sie bis gestern nie gesehen hatte. Massey stellte den Motor ab und wandte sich ihr zu. Sein Gesichtsausdruck war plötzlich ganz nüchtern.

»Ihre Darstellung dessen, was in der vergangenen Nacht passiert ist, ist klar. Ich bezweifle nicht, daß dieser Rodriquez eingebrochen ist, Sie bedroht und zu Tode erschreckt hat und daß Sie ihn aus Notwehr erschossen haben. Alles stimmig. Aber *eine* Frage habe ich doch.«

Er löste seinen Sicherheitsgurt und lehnte sich gegen die Tür an der Fahrerseite. Er wirkte gänzlich entspannt.

»Bei der Notrufzentrale sagte man mir, Sie hätten ihre Adresse nicht gewußt. Wie das?«
Sie schaute zum Haus hinüber, zum ersten Mal aus dieser Perspektive, wie sie feststellte. Primeln blühten vor dem Wohnzimmerfenster und entlang des Weges. In der Mitte des Rasens blühte ein Zierbirnbaum. Sie empfand ein leises, dennoch prickelndes Gefühl von Stolz, weil alles so hübsch wirkte. Wenn sie nur die Anschrift wüßte.
Ariel sah wieder zu Massey, richtete sich unwillkürlich auf. Sie war die rechtmäßige Bewohnerin dieses Hauses. Eine rechtschaffene, anständige, korrekte Mitbürgerin ohne irgendwelche Geheimnisse. Ein Opfer. Soweit sie wußte, war das die Wahrheit.
»Ich hatte ganz normal und tief geschlafen und war plötzlich aufgewacht. Ich hörte Geräusche – ich hörte ganz genau, wie jemand in mein Haus einbrach. Ich war, wie Sie ganz treffend beschrieben, zu Tode erschrocken. Ich wohne hier noch nicht lange. Ich hab's vergessen. Einfach so.«
Sie glaubte, was sie sagte. Sie hielt dem Blick stand. Sie fragte sich, wie dies wirkte.
Er wartete eine ganze Weile.
»Mich interessiert noch etwas.« Er legte seinen Arm auf die Lehne.
»Nachdem man schon herausgefunden hatte, von wo aus Sie angerufen hatten, sind Sie noch einmal ans Telefon zurückgekehrt und haben eine Adresse durchgegeben. Aber es war nicht diese hier. Es war irgendwo in den Bergen. Was hat das zu bedeuten?«
Ariel hatte keine Ahnung, wovon um Himmels willen er sprach.
»Ich habe keine Ahnung, wovon um Himmels willen Sie sprechen«, sagte sie freimütig.
Er trommelte mit den Fingern auf den Sitz. Das Trommeln endete mit einem entschiedenen kleinen Schlag.
»Wir werden Sie wissen lassen, wann wir mit der Waffe fertig sind«, sagte er unvermittelt und löste ihren Gurt. Er stieg aus, ging um den Wagen herum und öffnete die Tür, trottete dann

hinter ihr her, die Hände in den Taschen, während sie am Stock über den Rasen humpelte.

Daß das Schloß an der Eingangstür kaputt war, konnte Ariel noch sehen, bevor diese aufgerissen wurde. Victor Pollock stürmte heraus, um ihr zu helfen, redete und runzelte die Stirn und zerriß sich schier vor übertriebenem Eifer.

»Ich habe im Krankenhaus angerufen und erfahren, daß du entlassen wurdest.« Er wollte zuerst den einen, dann den anderen Arm packen. Aber Gipsschale und Stock erschwerten die Hilfestellung, und so begnügte er sich damit, ihr auf die Schulter zu klopfen und die Tür aufzuhalten.

»Die Polizei hat mir berichtet, was passiert ist. Ariel, wie schrecklich! Wie geht's dir? Alles in Ordnung?« Er wirkte sehr ernst und – weil er noch immer seinen Schlafanzug aus rotweiß gestreiftem Flanell trug, der bis zum Hals zugeknöpft war – auch ein wenig dümmlich.

Nichtsdestoweniger, dachte Ariel, von der Anteilnahme dieses Mannes überrascht, ich kenne Sie nicht, Mr. Pollock, und ich möchte mit Ihnen lieber nicht allein sein. Sie blieb stehen und wandte sich Massey zu (der vielleicht neugierig war, aber mit ziemlicher Sicherheit kein Mörder oder Einbrecher oder sonstwas), um ihn noch auf einen Kaffee einzuladen.

Der Detective stieß mit seinem Wagen rückwärts auf die Straße. Er winkte Ariel zum Abschied kurz zu und fuhr davon.

Sie stand unentschlossen in der Tür, als Jessie ins Wohnzimmer sprang. Es war kaum zu sehen, daß die Hündin hinkte, und Ariel hätte schwören können, daß sie lächelte. Jessie beschnüffelte sie gründlich, entschied, daß sie trotz des immer noch vorhandenen Krankenhausgeruches willkommen sei, und fuhr fort, die Hand zu lecken, die auf dem Stock ruhte. Tränen prickelten in Ariels Augen. Es war unbegreiflich, daß sie sich über den gestrigen Tag hinaus nicht an dieses Geschöpf zu erinnern vermochte. Vielleicht, überlegte sie, schafft es eine Art Bund, wenn einem der Hund das Leben rettete.

Victor strahlte. Er schob die Hände in die Taschen und wippte auf den Füßen.

»Sie hatte sehr viel Glück«, erklärte er. »Das Messer drang tief in ihren Bauch, und obwohl die Spitze wahrscheinlich auf die Wirbelsäule gestoßen ist, schnellte es wieder zurück, ohne bleibenden Schaden anzurichten. Ähnlich wie bei einer Gehirnerschütterung kann eine vorübergehende Lähmung eintreten, sie verschwindet aber, wie du siehst, schnell wieder. Ich habe ihr eine örtliche Betäubung verpaßt und die Wunde genäht. Die Stiche werden noch nässen, du mußt dir darüber keine Sorgen machen. Und die Antibiotika findest du in der Küche auf dem Tisch.«

Ariel wollte Jessie tätscheln. Sie brauchte ein Taschentuch, und sie mußte sich plötzlich unbedingt hinsetzen. Ihr war schwindlig. Der Tierarzt war augenblicklich an ihrer Seite, schalt sich selbst. »Hier, hier! Setz dich! Ich bin vielleicht ein Schwachkopf, ich quatsche herum, und du kannst dich kaum noch auf den Beinen halten!«

»Auf dem Bein«, scherzte sie schwach und ließ sich zum Sofa führen.

Er lächelte nicht. »Ist es schlimm? Und deine Hand? Ist sie gebrochen?«

»Es ist nur der Mittelhandknochen gebrochen«, begann Ariel. Victor stopfte ein Kissen hinter ihren Rücken und zog die Felldecke über ihre Beine. »Äh ... die Gipsschale ist nur zum Schutz da.« Seine Hände waren, wie Ariel bemerkte, schmal und grazil. »Die Hand muß nicht unbedingt geschient sein. Und die Verstauchung am Knöchel ist harmlos, nur ... Victor, bitte! Es geht mir gut. Wirklich! Es ist alles ... in Ordnung.«

»Bist du dir sicher?« Er richtete sich auf. »Soll ich dir für deinen Knöchel noch einen Eisbeutel bringen?«

»Es geht mir gut. Vielen Dank.«

Einen Moment lang wirkte er verunsichert, dann hellte sich sein Gesicht auf. »Na, sag mir einfach Bescheid, wenn du noch was brauchst. Was auch immer. Nun, ich habe Jessie gefüttert, und es gibt frischen Kaffee, und das Frühstück ist fertig vorbereitet. Du hast keinen Schinken und keine Wurst da, aber ich habe Eier und Brot gefunden, also gibt es einen French Toast.«

Victor war schon auf dem Weg in die Küche, als er innehielt. Er wandte sich noch einmal Ariel zu, sah aus wie jemand, der gleich verprügelt werden sollte. »Willst du über die vergangene Nacht reden?« fragte er. »Wäre das eine gute Idee? Oder nicht?«

»Das allerletzte, worüber ich reden möchte, ist die vergangene Nacht. Irgendwann einmal vielleicht, aber nicht so bald. Trotzdem, danke.«

Er nickte ernst und verständnisvoll. Seine Erleichterung war kaum zu bemerken, als er hinausging.

Jessie lag so nahe am Sofa, wie es ihr möglich war, drehte sich auf die Seite und stöhnte leise, müde oder zufrieden. Ein weißes Pflaster, ungefähr zehn Zentimeter im Quadrat, bedeckte eine rasierte Stelle an ihrem Bauch. Kaum hatte Ariel den Verband entdeckt, kehrte die Angst mit einem Schlag zurück. Sie kraulte den Kopf des Tieres und beugte sich vor, um ihm überschwenglich herzliche Worte des Dankes in sein Ohr zu flüstern.

Aus der Küche zog Kaffeeduft herein, und Ariel wandte sich mit ihren Gedanken dem Mann zu, der dort hantierte. Sie lehnte sich gegen das Kissen, legte die Arme vor das Gesicht, um nicht geblendet zu werden, und gab sich den letzten Resten ihres Argwohns hin. Wenn er vorhat, mich umzubringen, dachte sie seufzend, dann wird er es durch Freundlichkeit tun.

Sie war gerade dabei, ein wenig wegzudösen, als ihr die Antwort auf Detective Masseys letzte Frage einfiel. Die Adresse, die sie bei der Notrufzentrale genannt hatte, wußte sie von Jessies Halsband! Wenn es sich dabei nicht um die Adresse dieses Hauses handelte, wessen Adresse war es dann?

Sie wollte schon nach Victor rufen, als er mit einem Tablett in der Hand zurückkehrte, das mit so viel Essen beladen war, daß es für drei gereicht hätte. Vorsichtig stellte er es auf ihrem Schoß ab und richtete sich wieder auf, während er ihre Reaktion beobachtete. Irgendwo hatte er ein frisch gebügeltes Geschirrtuch und eine Stoffserviette aufgetrieben (vielleicht hatte er auch selbst gebügelt?) und den French Toast kunstvoll auf einem feinen Porzellanteller angerichtet. Der Teller paßte sowohl zur Tasse und Untertasse als auch zu einem Brotteller, auf dem

Orangenschnitze hübsch nebeneinandergelegt waren, sowie zu einer kleinen Schale, in der eine einzelne rote Kamelienblüte schwamm, deren Farbe sich in den winzigen Sträußchen des Porzellanmusters wiederfand.

Ariel musterte die Kreation auf ihrem Schoß und spürte, wie ihr heiß wurde; sie wußte, daß sie genauso rot war wie die Blume. Entweder war dieser Victor ein zwanghafter Ästhet, oder aber es wurde ihr mit diesem Frühstück anspielungsreich eine Botschaft übermittelt.

Waren sie ...? Konnten sie ...? Zum ersten Mal nach vielen Stunden wurde sie sich jäh ihres Anblicks bewußt – die Ereignisse der vergangenen Nacht, dessen war sie sich ziemlich sicher, hatten sich nicht gerade vorteilhaft auf ihr Äußeres ausgewirkt. Konnte sich dieser Mann tatsächlich zu ihr hingezogen fühlen? Durch ihre Wimpern hindurch sah sie zu ihm auf, versuchte den Status ihrer Beziehung in seinen Augen abzulesen. Er wirkte einfach schüchtern. Nun, dachte sie, wie die Rote Königin sagte: »... manchmal habe ich noch vor dem Frühstück sechs unmögliche Dinge geglaubt.«

»Bitte, Ariel! Iß, bevor es – oh! Soll ich dir was zerschneiden?«

»Nein, nein! O nein. Es ist nur so – schön! Ich mag den Anblick gar nicht zerstören, indem ich etwas davon nehme. Von dem Essen, meine ich. Nicht von dem Anblick. Na, du weißt schon, was ich meine. Vielen Dank. Wirklich! Willst du nichts?«

»Für zwei hat's nicht gereicht, nicht bei deinem fabelhaften Appetit.« Er schien zu glauben, ihr damit ein Kompliment gemacht zu haben.

»Haha.« Sie zog eine Grimasse. »Na ja, ›erst kommt das Fressen, dann kommt die Moral‹.« Sie schob sich einen Orangenschnitz in den Mund.

»Ich werde noch die Kaffeekanne und ein Gedeck für mich holen.« Er verschwand in die Küche.

Sie hatte bereits ein Stück des French Toast und die ganze Orange aufgegessen, als sich Victor schließlich zu ihr setzte. Er beobachtete sie mit sichtlichem Wohlbehagen. Ariel stellte fest, daß sie keinen Hunger mehr hatte.

»Vielen Dank«, sagte sie, »nicht nur für das Frühstück, sondern auch dafür, daß du, ohne zu fragen, mitten in der Nacht hergekommen bist.« Sie nahm einen Schluck Kaffee und tastete sich vorsichtig weiter. »Ich nehme an, in der Regel machst du keine Hausbesuche?«

Er tat ihren Dank mit einer Handbewegung ab. »Na, du hast mich ja nicht umsonst gerufen. Und überhaupt, nach allem, was du für mich getan hast, war das ja wohl das mindeste, was ich für dich tun konnte, findest du nicht?«

Nun, dachte sie, das war nicht besonders aufschlußreich. »Du hast eine Nachricht auf mein Band gesprochen. Entschuldige, daß mir keine Zeit geblieben ist, dich zurückzurufen. Du hast mich vermißt?«

»Im Tierheim. Am Samstag morgen.« Emsig räumte er das Tablett zur Seite und goß ihr Kaffee nach. »Du hast deine Schicht noch nie versäumt, und ich habe mir, um ehrlich zu sein, ein wenig Sorgen gemacht. Nicht daß wir in Schwierigkeiten gekommen wären, natürlich. Ich wollte dich nicht kritisieren. Es ist nur so, daß ich – wir sind auf dich angewiesen. Ach ja!« Er wich ihrem Blick nicht länger aus und lächelte voller aufrichtiger Freude. »Patton wurde am Samstag mitgenommen. Von einer wirklich netten Familie mit einem kleinen Jungen.«

»Wie bitte?«

»Patton. Der taube Bullterrier.« Sein Lächeln verschwand. »Das arme alte Tier, das so furchtbare Geräusche von sich gibt, wenn es bellt.«

»Ach ja. Patton. Prima. Wunderbar.« Hin- und hergerissen beobachtete Ariel einen Augenblick lang das verwirrte Gesicht des Arztes. Einerseits war sie erleichtert, daß sie beide kein Pärchen waren, obwohl sie Sympathie für den Mann empfand, der sich ganz offensichtlich wünschte, sie gehörten zusammen (Liebe macht wirklich blind, folgerte sie einen Augenblick lang amüsiert). Andererseits hätte sie gern gewußt, wie sie noch mehr über sich selbst herausfinden könnte, ohne dumme Fragen zu stellen. Ihr fiel nichts Rechtes ein.

»Victor, kannst du mir erklären, wieso Jessie ein Halsband trägt, auf dem die falsche Adresse steht?«

Er schüttelte den Kopf, sein Gesicht wirkte gequält. »Ich wollte es dir ja schon erklären. Auf der Marke, die wir bestellt hatten, war doch ihr Name falsch geschrieben, weißt du noch? Als wir die richtige Marke nicht bekamen, rief ich bei der Firma an. Sie entschuldigten sich vielmals, aber ich bin mir sicher, daß die Reklamation verlorenging, weil gar nichts mehr kam. Auf jeden Fall habe ich am Freitag noch einmal angerufen und bekam nur eine Ansage vom Band, daß der Anschluß vorübergehend gesperrt sei. Also wandte ich mich an eine andere Firma, was ich gleich hätte tun sollen.« Er schien untröstlich über sein kleines Versäumnis. »Ich kann Krankheiten diagnostizieren, die andere Ärzte übersehen, und eine Aktion durchführen, bei der dreihundert Hunde und Katzen innerhalb von sechs Wochen kastriert werden, aber offenbar bin ich nicht in der Lage, für dich eine Hundemarke zu organisieren!«

Die Flut von Selbstvorwürfen, die ihre Frage ausgelöst hatte, beunruhigte Ariel, aber mehr noch war sie verwirrt. Dann kam ihr ein schrecklicher Gedanke: Gehört Jessie jemand anderem?

»Victor«, fragte sie, während ihr Magen in die Tiefe sackte, »wessen Adresse steht da auf dem Schildchen?«

Victor sah sie schief an, Verwirrung stand ihm ins Gesicht geschrieben. »Jessies. Bevor sie zu dir kam. Ariel, ist dir nicht wohl? Nun, klar, natürlich nicht.« Victor sah immer besorgter drein. »Wurde im Krankenhaus diese Beule an deinem Kopf untersucht?«

Ihre Reaktion überraschte sogar sie selbst. Sie berührte ihre Stirn und versuchte, matt zu wirken. Wahrscheinlich, dachte sie, sah sie aus wie ein begossener Pudel.

»Oh, es ist nichts Ernstes, aber ich fürchte, die vergangene Nacht fordert ihren Tribut. Victor, könntest du vielleicht meine – nennen wir es, geistigen Fähigkeiten überprüfen?« Sie lächelte ihn flehentlich an. »Könntest du nicht eben noch einmal die Einzelheiten durchgehen? Bitte?«

»Die ... Du meinst, wie Jessie zu dir gekommen ist? Klar. Ich glaube schon.« Unsicher, als ob er derjenige wäre, der geprüft wurde, fing er an zu erklären.

»Als Mrs. Morgan, Jessies erste Besitzerin, starb, wollte ihr Mann sie nicht behalten – Jessie, meine ich –, und deshalb hast du sie zu dir geholt.«

»Na ja.« Ariel hatte wegen der leichten Ungeduld, die in ihrer Stimme lag, ein schlechtes Gewissen. »Ich wollte eigentlich die Einzelheiten hören. Du weißt schon, Details, die das Ganze menschlicher machen. Mal das doch ein bißchen aus«, ermunterte sie ihn und streckte ihre Tasse aus, damit er Kaffee nachfüllte.

Er goß ihre Tasse voll und gehorchte, wobei er unschlüssiger wirkte als die ganze Zeit zuvor.

»Es gibt da nicht besonders viel zu erzählen. Also, Mrs. Morgan wollte verreisen und brachte Jessie bei uns vorbei, und – haben wir ihr die SHPLT-Spritze schon damals gegeben? Na, tut nichts zur Sache, oder? Auf jeden Fall sollte sie Jessie am nächsten Tag abholen, aber das tat sie ja nicht. Wir riefen immer wieder an, es schaltete sich aber nur ihr Anrufbeantworter ein.« Traurig schüttelte Victor den Kopf. »Wenn ich dran denke, daß die arme Frau die ganze Zeit über tot im Haus lag, während wir unsere Nachrichten hinterließen ...

Auf jeden Fall las Maxine – du weißt doch, die Telefonistin, die dann in einem der Studios zu arbeiten anfing – ein paar Tage später in der Zeitung, daß Mrs. Morgan gestorben war. Als wir endlich ihren Mann erreichten, hatte ich deutlich den Eindruck, daß er Jessie völlig vergessen hatte. Sie muß ausschließlich der Liebling seiner Frau gewesen sein. Er klang richtig verärgert, und, man stelle sich vor, er wollte das Tier nicht nur nicht zurückhaben, er wollte zudem auch die Rechnung nicht bezahlen! Nun, ich weiß, daß er seine Frau verloren hatte und alles ...« Victor wirkte verlegen. »Ich nehme an, unter diesen Umständen hätten wir es seinlassen sollen. Aber was ich sagen will, ist, ich war platt, daß er nicht zahlen wollte. Bei all dem Geld, das er jetzt hat!«

Victor beugte sich zu ihr, die Ellbogen auf die Knie gestützt.

»Das war an einem deiner Samstage, und als du gehört hast, daß Jessie zu vergeben ist, hast du keine Sekunde gezögert. Ich habe nie zuvor jemanden gesehen, der so darauf aus war, einen ganz bestimmten Hund zu bekommen.« Seine Stimme wurde leiser. »Ich weiß, daß es eine ganze Weile her ist, daß du Missy verloren hast, und ich hatte wirklich gehofft, daß du nicht allzulange warten würdest, bis ...« Sein Gesicht hellte sich auf. »Und du hattest irgendwie eine Art Besitzanspruch auf Jessie.«

»Ach ja?«

»Na klar. Ich meine, du hast ihr ja immerhin den Namen verpaßt und ihre Besitzerin gekannt.«

»Oh. Richtig. Ich verstehe.« Sie war völlig verwirrt.

Er lächelte, als er sich daran erinnerte. »Du bist – als Kundin – ungefähr zur gleichen Zeit wie Mrs. Morgan zu uns gekommen, und du warst da, als sie jeden dort um einen Vorschlag bat, wie sie Jessie nennen sollte – es ist, als hätte das Schicksal eingegriffen, findest du nicht? Der Welpe war gerade mal ein Bündel aus Fell und großen Tatzen, weißt du noch? Und die Leute kamen mit diesen hochtrabenden germanischen Namen daher – und Jessie hatte einen Stammbaum, der, ich weiß nicht, wie weit zurückreichte und alles. Ich weiß noch, daß Jim Anson mit Griselda daherkam, und jemand schlug allen Ernstes Fick vor. Ich glaube, das sollte ein Scherz sein. Und du hast gesagt: ›Wie wär's mit Jessie?‹« Victors Lächeln ermutigte sie, seine Bewunderung für diesen brillanten Einfall zu teilen. »Wir fragten dich: ›Warum Jessie?‹ Aber du hast es selbst nicht so genau gewußt. Dann sagtest du, daß dich die Musterung des Fells am Kopf ein bißchen an eine schwarze Maske erinnert, wie bei einem Banditen, und daß du vielleicht an Jesse James gedacht hast. Kurzum, Mrs. Morgan konnte zwar deiner Logik nicht folgen, aber sie mochte den Namen trotzdem. Und natürlich ließ sie das Tier als Jessica von Irgendwas-Irgendwas-Irgendwas eintragen, aber Jessie ist ihr geblieben.«

»Aber jetzt gehört sie mir, stimmt's? Es besteht keine Gefahr, daß der Mann seine Meinung ändert?«

»Oh, er zeigte keinerlei Interesse an ihr. Aber du wolltest

Kontakt mit ihm aufnehmen, um ihre Papiere zu holen. Hast du das erledigt?«
»Ah.« Ariel fiel keine vernünftige Antwort ein. »Du hast die Geschichte so schön erzählt!« Himmel! War *sie* das? »Es ist wirklich erstaunlich, daß du dich an alle Einzelheiten erinnerst!«
Er zuckte die Schultern, seine Wangen färbten sich leicht rosa. »Ich nehme an, ich bin irgendwie ... achtsam, wenn es um dich geht.«
Er sah auf die Uhr. »Lieber Gott! Ich muß gehen.«
Eilig trug Victor das Tablett in die Küche. Sie hörte, wie Wasser lief und Geschirr klapperte, das in die Spülmaschine geräumt wurde. Als er zurückkam und seine Schlafanzugärmel über die Unterarme rollte, die erstaunlich muskulös und mit dünnen blonden Härchen überzogen waren, fragte er, ob er noch jemanden anrufen solle, der bei ihr bliebe.
Ariel schüttelte den Kopf. »Aber ich wäre dir dankbar, wenn du nachschauen könntest, ob die Schlösser noch funktionieren.«
»Die Kette ist in Ordnung«, meinte er. »Die habe ich repariert, während du weg warst. Aber ich habe immer noch ein ungutes Gefühl, dich allein zu lassen. Soll ich dich ins Bett bringen? Oder ins Badezimmer?« Er wirkte gequält. »Ich meine, du mußt doch nach einer Dusche lechzen«, sagte er und wirkte, sofern dies überhaupt möglich war, noch gequälter.
»Victor, du bist ein Gentleman und zweifelsohne ein gebildeter Mensch, aber es geht mir gut. Und du hast recht, was das Duschen angeht.« Sie stemmte sich hoch. »Ich werde die Tür hinter dir abschließen. Und, Victor, vielen Dank noch einmal. Für alles, besonders aber wegen Jessie.«
Er klopfte ihr auf die Schulter, hatte aber offensichtlich das Verlangen nach mehr. Gerade als er in sein Auto stieg, fuhr ein Lieferwagen in die Einfahrt. Im Nu war Victor wieder zur Stelle, und er und Jessie musterten den näher kommenden Boten mit Argwohn.
Der Junge, der vierzehn Jahre alt sein mochte und etwa so bedrohlich wirkte wie Huckleberry Finn, las ihren Namen von einem Formular ab, reichte ihr eine Schachtel, auf der AUGEN-

BLICK stand, und nachdem sie das Formular unterschrieben hatte (wobei sie sich fragte, ob ihre Unterschrift Schwierigkeiten verursachen würde – daran hatte sie bislang nicht gedacht), wünschte er ihr einen angenehmen Tag, wies das Trinkgeld zurück, das Victor ihm geben wollte, und ging fröhlich pfeifend davon.

»Ich hätte ihm ohnehin kein Trinkgeld geben können«, gestand Victor und zog das Futter seiner Taschen heraus. »Irgendwie bin ich etwas überstürzt von zu Hause weggegangen.« Er stülpte die Taschen wieder hinein und eilte davon, versprach, später noch mal vorbeizuschauen.

Ariel sah ihm nach, als er davonfuhr, während es erneut heftig zu regnen begann. Das ist ja wohl das verklemmteste menschliche Wesen, dem ich je in meinem Leben begegnet bin, dachte sie, und dann erst bemerkte sie die Ironie, die in einer solchen Feststellung lag. Sie schob die Kette in den Schlitz, packte ihre neue Brille aus, setzte sie auf und seufzte dankbar. Die Welt war wunderschön anzuschauen, wenn sie sich nicht völlig verschwommen darstellte.

Sie humpelte in Richtung Badezimmer, als ein schauerlicher Gedanke sie jäh innehalten ließ. Die Küche. Himmel! Sie würde sie nie wieder betreten können. Gab es dort auf dem Boden einen Kreideumriß? Das Gesicht von Luis Rodriquez schoß ihr durch den Kopf. Das Blut. Die krallenartige Hand. Das Messer, schwarz vor Blut. Sie erschauerte. Das würde sie später erledigen, nahm sie sich vor. Irgendwann.

Sie duschte (wobei sie erfahren mußte, daß einige Körperstellen mit einer Hand allein nicht zu erreichen waren), trocknete sich ab, so gut es ging, und setzte dann ihre ganze Erfindungsgabe ein, die elastische Binde um den melonendicken Knöchel zu wickeln. Da hörte sie, wie es an der Tür läutete. Sie befestigte den Verband, fluchte, weil es so lange dauerte, zog sich den Bademantel über, griff nach Brille und Stock und hinkte zur Tür.

Sie brachte Jessie zum Schweigen und sah durch das Guckloch. Ein Mann in einem Overall mit einer Werkzeugtasche in der

Hand stand wartend da. Den Namen auf seinem Lieferwagen konnte sie, dem Himmel sei's gedankt, lesen; er lautete MEISTERSCHLÖSSER.

Bevor der Schlosser die Fenster im Wohnzimmer gerichtet hatte, kam der Mann vom Sicherheitsdienst, und in den folgenden drei Stunden erfuhr Ariel alles über Schlußriegel ohne Federn, über Zylinderschlösser, die nicht zu knacken waren, Türen- und Fensterkontakte, Notausgangsschlösser und verstärkte Türplatten. Sie hatte auf dem Sofa Platz genommen und wiederholte die Entscheidungen, die tags zuvor am Telefon schon gefällt worden waren, beantwortete Fragen zu dem Einbruch, fragte sich, ob sie nicht – sozusagen – dabei war, das Stalltor zu verschließen, nachdem das Pferd schon gestohlen war, sorgte sich um ihren Kreditrahmen, überflog die Zeitung, die Victor auf dem Couchtisch hatte liegenlassen (bemerkte, daß sie mit der verdammten Brille nicht lesen konnte), legte Eis auf ihren Knöchel und prägte sich ihren neuen Sicherheitscode ein.

Als die Handwerker gegangen waren, fühlte sie sich, als müßte sie vor Müdigkeit gleich umkippen, aber auch gestärkt durch ein barmherziges Empfinden von Sicherheit. Nun, beschloß sie, war der Zeitpunkt gekommen, so geeignet wie jeder andere auch, sich in die Küche zu wagen. Sie richtete sich auf und humpelte zur Tür. Der Raum war makellos sauber, glänzte, als wäre er endlos lang geschrubbt worden. Victor, dachte sie. Diese gute Seele.

Sie überprüfte, ob jedes Schloß auch verriegelt und der Anrufbeantworter angestellt war. Sie zog alle Vorhänge im Haus zu, steckte das Telefon neben dem Bett aus und kletterte in ihr ungemachtes Bett. Binnen weniger Minuten war sie eingeschlafen.

Irgendwann am Nachmittag klingelte das Telefon. Bis Ariel wach genug war, um das Geräusch zu identifizieren, hatte sich der Anrufbeantworter eingeschaltet. Sie schlief schon wieder, bevor der Anrufer seine Nachricht zu Ende gesprochen hatte – schlief so tief, daß sie, als das Telefon einige Stunden später wieder läutete, überhaupt nichts hörte.

11

Henry stürmte in sein Büro und schlug die Tür zu. Die Geste war eher ein Zeichen dafür, daß er in Ruhe gelassen werden wollte, als ein wirksamer Schutz davor, gesehen oder gehört zu werden, weil die Wände zu beiden Seiten fast ganz aus Glas bestanden.

Der heimliche Tonbandkauf, für den Abend zuvor angesetzt, war mißglückt, und Henrys Kurier war leer ausgegangen. Der arme Kerl, der die fünfzehnhundert Dollar für die Zahlung fest umklammerte und sich wie bei einem Drogenkauf vorkam, hatte eine halbe Stunde lang im Regen gewartet, ohne eine Menschenseele zu sehen. Die Reportage ist im Eimer, dachte Henry – bis er den nächsten Kontakt zu dem nervösen Möchtegernhändler herstellen konnte.

Er drehte an seinem Adreßroller und versuchte sich an den Namen des Coroner in Birmingham, Alabama, zu erinnern, als die Tür geöffnet wurde und Peacock hereinkam. Der Reporter schob seine Brille im Pilotenstil in die sonnengebleichten Haare und legte eine Zeitschrift, die er gelesen hatte, auf Henrys Schreibtisch. Er zeigte auf einen kleinen Artikel mit der Überschrift »Sechsjähriger in Tempe verschwunden: Stiefvater gesucht«.

»Hast du das gesehen? Sieht so aus, als wäre diese Entführung in Arizona einfach wieder mal ein häusliches Räuber-und Gendarm-Spiel mit ’ner kleinen Variante.«

Henry überflog widerwillig die Zeitschrift. »Dieser Typ hat das Kind nicht entführt. Nach den Äußerungen der Mutter hatte der Stiefvater nie besonders viel mit ihm zu tun. Ich sage es nicht gern, aber der kleine Junge ist wahrscheinlich schon tot, und ich wette, daß diese Entführung mit denen in Flagstaff und Albuquerque zusammenhängt. Wir werden der Sache weiter nachgehen.«

Peacock setzte sich auf einen der Holzstühle direkt neben der Tür, die alle überhaupt nicht zusammenpaßten, und legte einen Fuß über das Knie. Die oberen beiden Knöpfe seines gebügelten und gestärkten Hemds waren geöffnet, seine Hermès-Krawatte war locker gebunden, und auf seiner beneidenswert muskulösen Brust baumelte ein winziges Polopferd. In dem engen Büro konnte er die gamsledernen weichen italienischen Schuhe kaum hinter Henrys Schreibtisch unterbringen. »Warum wirst du nicht endlich diese Rückgratverstümmler los und stellst dir normale Stühle rein wie alle anderen auch?« beklagte er sich und kippte mit dem Stuhl nach hinten.

»Hält mich bescheiden. Erinnert mich an die Zeit, als ich Henry der Falke war, der rücksichtslose Reporter.« Henry drehte ungeduldig an dem Adreßroller. »Und die Leute, mit denen ich sowieso nicht sprechen will, neigen dazu, ihre Besuche nicht auszudehnen.«

»Deine Ablage sieht so aus, als wäre sie jahrelang nicht mehr durchgesehen worden. Wahrscheinlich liegt darin noch ein Fetzen Papier von der Nachrichtenagentur über Nixons Rücktritt vergraben.«

»Das gehört zu den Dingen, über die die Leute reden, mit denen ich nicht sprechen will.« Henry schob planlos einen Papierstoß auf seinem Schreibtisch zur Seite und nahm sich einen Stapel Zeitschriften vor. Er suchte nach einem Platz, wo er sie lagern könnte, und knallte sie schließlich auf den Boden. »Ich kann alles in diesem Büro sofort finden, wann immer ich will.«

»Wie du meinst, mein Freund. Wie du meinst. Ich habe gehört, ihr habt letzte Nacht nichts geschnappt.«

»Ja«, grinste Henry, »und der arme Mike kam sich vor, als würde er selbst gleich geschnappt.« Er zuckte die Schultern. »Wir haben es zumindest probiert. Früher oder später werden wir das Band schon noch kriegen, und wenn es stimmt, was uns der Typ beim Sender versprochen hat, dann ist es die Wartezeit und das Geld wert.«

»Ich frage mich, ob wir nicht ...« Weil er ein Geräusch hörte, reckte Peacock den Hals, um zu sehen, wer an der Tür stehengeblieben war. Sein spitzes Kinn zeigte auf seine Assistentin, die lässig in der Tür lehnte.

»Ihre Drei-Uhr-Verabredung ist da.« Die blendend aussehende

Zwanzigjährige lächelte ihrem Chef (und, wie Henry vermutete, Liebhaber) ins Gesicht. »Sie sieht nicht glücklich aus.«
»Sofort. Biete ihr einen Kaffee oder sonstwas an.«
Das Mädchen schlenderte davon, Peacocks Blick folgte ihr. Die vorderen Stuhlbeine knallten auf den Boden, er richtete sich auf und erhob sich. »Was ist der neueste Stand bei dieser Autobombe in Santa Monica?«
Henry nahm den Telefonhörer und hackte mit dem Bleistift eine dreistellige Nummer in die Tasten. »Gerald, Henry hier.« Mit seinem Stift winkte er jemandem in dem Raum hinter der Glasscheibe zu. »Was macht das Bombenkommando mit diesem Restaurantanschlag in der Nacht zum Sonntag?«
Er hörte zu, räusperte sich wichtigtuerisch und legte auf.
»Nach dem, was sie durchsickern lassen, haben sie ein paar Ziffern gefunden, Bruchstücke nur, aber das einzige Autokennzeichen, das sie zusammensetzen konnten, gehört zu dem Wagen, der direkt daneben parkte und auch Totalschaden hat. Irgendein Passant hat sich ein schauerliches Souvenir mitgenommen, kein Zweifel. Die Bullen sagen, daß sie uns morgen wahrscheinlich mehr erzählen können. Allerdings stellt der Fahrer ein Problem dar. Sie haben ein paar Zähne gefunden, das Blut ist analysiert und so weiter, aber bis jetzt paßt es noch zu niemandem, der als vermißt gilt, oder zu irgend jemandem im Computer.«
»Die wissen mehr, als sie sagen.«
»Wahrscheinlich.«
»Das war keine Straßenbande, nicht in dieser Gegend.«
Henry schüttelte den Kopf. »Das sieht schon eher nach organisiertem Verbrechen aus.«
Peacock knöpfte sein Hemd zu und zog die Krawatte fest. »Wo ist eigentlich Gold? Ist sie überhaupt aufgetaucht?« Er ließ seinen Blick durch den Raum draußen wandern.
Verdammt, erinnerte sich Henry. Die Frau hatte gesagt, sie würde heute anrufen. Aus Gründen, denen er noch immer nachzugehen versuchte, erzählte er nicht, daß er bei Ariel zu Hause vorbeigefahren war. Auch nicht von ihrem seltsamen Benehmen.

»Keine Ahnung. Ich war viel unterwegs.«
»Woran arbeitet sie? Was Besonderes?«
»Die verschwundenen Grenzgänger. Eine alte Geschichte. Dieses und jenes.«
Peacock sah Henry scharf an, stopfte überflüssigerweise sein Hemd frisch in die Hose. »Wenn du mal Zeit hast, dann möchte ich dir den neuen Schnitt meines Beitrags für die Montagabendsendung zeigen.«
Henry legte die Füße auf seinen Schreibtisch und sah Peacock nach, als er auf den Korridor hinaustrat, der zu seinem Büro führte. Wo blieb die Gerechtigkeit? dachte er. Es genügte nicht, daß der Typ aussah wie Robert Redford in seiner Blütezeit – abgesehen von den Leberflecken. Wie Henry in der kurzen Zeit, in der Peacock für die Sendung arbeitete, schnell herausgefunden hatte, war er zudem auch intelligent, er arbeitete gut, und er war kein Hallodri. Das mußte man sich stets vor Augen halten. Bei seinem Auftreten und Aussehen konnte man leicht vergessen, daß der Mann Grips hatte, und meinen, er sei einfach ein weiteres gutaussehendes Gesicht. Henry wäre sofort bereit zu wetten, daß über die Jahre hinweg eine ganze Reihe armer ahnungsloser Fieslinge eines Besseren belehrt worden waren.
Er hievte seine Füße auf den Boden und begann einen Packen rosafarbener Zettel mit Mitteilungen zu durchstöbern. Einen davon zog er heraus, weil er sich sofort darum kümmern wollte, die anderen warf er in seinen Ablagekorb.
Es war nichts von Ariel dabei.
Mit einem Klebstreifen befestigte er den kleinen pinkfarbenen Zettel auf seinem Schreibtisch. Wann hatte sie ihren Termin beim Arzt? Er glaubte nicht, daß sie es gesagt hatte.
Er begann die Nummer zu wählen, die auf dem Zettel stand, aber ein Gedanke drängte sich dazwischen. Was nun, wenn die Beule an ihrem Kopf etwas Ernstes war? Er knallte den Hörer auf und suchte in seinem Adreßroller nach Ariels Nummer.
Bring's hinter dich, sagte er zu sich selbst – Papa Heller kümmert sich um sein Küken. Ariels Anrufbeantworter schaltete sich

ein. Mit zuckersüßer Stimme sprach Henry nach dem verdammten Pfeifton eine Nachricht auf das Band.

»Hast du vielleicht einen Augenblick Zeit, mich auf den neuesten Stand zu bringen, wann hier wieder mit dir zu rechnen ist?«

Er legte auf.

Mehrere Minuten lang starrte er abwesend auf das Telefon, dann begann er noch einmal die Nummer von seinem Notizzettel zu wählen. Wieder legte er auf. Er trat hinaus in den großen, lauten Raum vor seinem Büro, wo zwei Dutzend Leute an den Geschichten für *Die offene Akte* bastelten. Er setzte sich auf den Schreibtisch einer jungen Frau, deren Computer neben Ariels stand.

»Chef«, sagte Jolley fröhlich und wandte sich vom Bildschirm ab, »was gibt's Neues?«

»Nicht viel, Lisa. Sag mal, hast du zufällig was von Ariel Gold gehört?«

»Nada. Aber das würde ich wohl auch nicht. Du meinst, sie hat sich nicht bei dir gemeldet? Ist das nicht seltsam?«

»Weißt du, ob sie an was Besonderem gearbeitet hat? Irgendwas, was sie bei der Redaktionssitzung noch nicht vorgebracht hat?«

Die Rothaarige zuckte die Schultern, schüttelte den Kopf. »Nun, da gab es irgendeine verpaßte Gelegenheit, über die sie mit jemandem gesprochen hat. Oh! Und ich weiß, daß sie an dieser Robin-Hood-Geschichte dran ist. Du weißt schon, dieser Banküberfall in Tennessee oder North Carolina oder wo das war. Ich habe gestern einen Anruf für sie entgegengenommen, irgendein Sheriff, aber ich habe noch nicht einmal verstanden, was er sagte der – Typ klang, als würde er gleich in Melasse ertrinken. Sonst weiß ich nichts. Ariel hat immer ein paar Eisen im Feuer, und sie gehört nicht zu den Leuten, die ihre Sachen an die große Glocke hängen, verstehst du?«

Henrys Mund zuckte; er beschloß, sich nicht abwimmeln zu lassen. »Hat sie überhaupt Freunde? Verabredet sie sich zum Mittagessen? Oder auf einen Drink nach der Arbeit? Irgendwas in der Art?«

»Nicht, daß ich wüßte. Ich meine, sie ist sehr freundlich. Aber sie ist auch sehr ernst und irgendwie reserviert. Na ja, weißt du, ich habe sie bei der Aids-Demo vor ein paar Monaten gesehen. Und sie hat mit keiner Silbe erwähnt, daß sie hingeht. Jemand von uns hat noch am Tag zuvor davon gesprochen, und sie hat nichts gesagt.«

»Hey!« Lisa zeigte auf Ariels Schreibtisch. »Schau doch einfach ihre Aktenmappe dort auf dem Stapel durch. Da bewahrt sie das Zeug auf, das sie noch nicht eingegeben oder bei einer Redaktionssitzung vorgebracht hat, glaube ich. Sie hat ihre Trümpfe wirklich im Ärmel. Na ja, aber es ist nicht vertraulich oder so.« Sie rümpfte die Nase, wodurch sich ihre Sommersprossen zusammendrängten. »Bei dir sowieso nicht.«

Henry nahm den Stapel von Aktenmappen. Er stöberte sie durch und sagte leise: »In der Hand.«

»Wie bitte?«

»Hand. Ich glaube, man sagt ›einen Trumpf in der Hand haben‹. Nicht im Ärmel.«

Sie gab sich unbeeindruckt. »Aber die Hand steckt im Ärmel. Zumindest zum Teil, also kommt es doch auf das gleiche heraus, oder?«

Henry hatte den Eindruck, daß derartige Diskussionen für Lisa nichts Neues waren. Fuchtelnd zeigte er mit den Mappen auf ihren Bildschirm. »Der Hollywood-Kult-Beitrag wird gut, glaube ich. Es kommt alles drin vor. Prominenz. Dreißiger-Jahre-Mythos. Vertuschungsgerüchte. Und es gibt niemanden mehr, der uns verklagen könnte.« Er blinzelte ihr zu und kehrte in sein Büro zurück.

Der Inhalt der Mappen brachte ihm, wie er erwartet hatte, nichts. Es gab ein paar getippte Interviewabschriften, alles wenig aufregend, unzählige Telefonnummern, viele Namen und Titel, jede Menge rätselhafter Phrasen mit Frage- oder Ausrufezeichen. Notizen, die vollkommen verständlich sind für den, der sie schreibt, für alle anderen aber nahezu bedeutungslos. Sollte Ariels Verhalten tatsächlich mit einer Geschichte zu tun haben, für die sie recherchierte – diesem Gekritzel konnte Henry nichts darüber entnehmen. Er legte die Unterlagen in das Bücherregal hinter sich und ließ den Fall Ariel Gold auf mentaler Sparflamme kochen.

12

Die Sonne kämpfte sich gerade noch rechtzeitig, bevor sie unterging, durch die Wolken und tauchte die durchnäßte Landschaft in einen seltsamen orangefarbenen Glanz. Als das Licht einen Moment lang ihr Schlafzimmer durchflutete, fuhr Ariel hoch, schrie vor Schmerz oder Angst kurz auf und lag dann wieder ganz ruhig da.

Als sie schließlich aufwachte, jedes Glied bleischwer und schmerzend, zeigte die Uhr neben ihrem Bett zwanzig Uhr und zehn Minuten an. Ihr Magen rumorte, und der dicke Bademantel hatte sich als unbequemer Wulst um ihre Hüfte geschlungen. Sie streckte sich, gab einige ganz undamenhafte Bemerkungen von sich, als ihre Gipsschale gegen das Brett am Kopfende stieß, setzte sich auf und sah sich um.

Na, dachte sie, ich schätze, ich bin immer noch Ariel Gold.

Aber zumindest war das Zimmer so aufgeräumt wie zuvor, und das Haus war ruhig. Jessie schnarchte friedlich an ihrem festen Platz zwischen Bett und Tür. Der gestrige Tag war also eine Ausnahme gewesen. Richtig? betete sie. Bitte.

Weil sie wußte, daß sie später nie wieder einschlafen könnte, wenn sie nicht zumindest für ein paar Stunden aufstand, tastete sie nach Brille und Stock, machte einen Schritt über Jessie hinweg und humpelte mühsam in die Küche. Sie kramte die Schränke durch, fand eine Dose Thunfisch, und weil es ihr an Energie für etwas Anspruchsvolleres mangelte, entschied sie sich für Thunfischsalat und kochte dazu ein Ei.

Sie ging ins Arbeitszimmer, um ein paar der Ordner zu holen, die sie noch nicht durchgeschaut hatte und die sie lesen wollte, während sie aß. Das rote Licht des Anrufbeantworters blinkte.

Es war nur eine Nachricht gespeichert, und die war kurz. Kurz und niedlich. Sie hörte sich Henrys sarkastische Frage an und erinnerte sich mit einem Schlag, daß sie völlig vergessen hatte anzurufen. Sie griff nach dem schnurlosen Telefon, fand ihr Adreßbuch und blätterte bis »Henry« durch. Es war schon zu spät, um ihn noch zu erreichen, aber sie könnte eine Nachricht hinterlassen. Dann wüßte er zumindest, daß sie es versucht hatte.

»Heller.«

Ariel schwieg überrascht. Sie hatte den Anrufbeantworter erwartet und wußte nicht gleich, was sie sagen sollte. »Henry, Hey. Ariel Gold. Ich bin froh, daß ich dich noch erwische.«

»Ariel! Gut, daß du anrufst. Freut mich, daß du noch die Zeit gefunden hast.«

O-oh. Sie zuckte zusammen. Nun, dieses Schuldgefühlspielchen konnten sie gern zu zweit spielen. Sie lächelte grimmig. »Es tut mir wirklich leid, daß ich nicht früher angerufen habe, aber weißt du, in der vergangenen Nacht ist jemand in mein Haus eingebrochen, und ich war mit Polizei und Krankenhaus ziemlich beschäftigt und mußte meine Schlösser auswechseln lassen und so weiter.«

»Was? Ariel, ist das dein Ernst? Haben sie den Einbrecher gefaßt? Hat er was mitgenommen? Ist alles in Ordnung mit dir?«

Als sie die Sorge in seiner Stimme hörte und sich daran erinnerte, was tatsächlich in der vergangenen Nacht geschehen war, bedauerte sie ihre niedere Regung.

»Oh, mir geht's ... gut.« Ein Stich der Einsamkeit durchfuhr sie, und sie verspürte plötzlich ein überwältigendes Bedürfnis nach menschlicher Nähe. Wollte jemandem erzählen, was in den letzten sechsunddreißig Stunden alles passiert war. Wollte jemanden fragen, wer sie war und wie sie war. Der Küchenwecker, den sie für das Ei gestellt hatte, surrte, sie drückte sich den Hörer mit der Schulter ans Ohr und schaltete den Herd ab. »Hör zu, Henry, weißt du, ob mir irgendwelche Urlaubstage zustehen? Ich weiß, daß das wahrscheinlich unüblich ist, aber ich glaube, für mich wäre es eine ganz gute Gelegenheit, mal ein wenig auszuspannen oder so.«

»Ich kann mich nicht entsinnen, daß du überhaupt jemals frei genommen hast. Dir stehen wahrscheinlich ein oder zwei Jahrzehnte zu. Moment mal eben.«

Ariel pries innerlich den elektrischen Dosenöffner und versuchte gerade herauszufinden, wie man einhändig ein Glas Essiggurken öffnete, als Jessie in die Küche kam. Genüßlich streckte sie zuerst die Vorder-, dann die Hinterbeine und stieß durch die Hundetür hinaus. Ariel gab die Essiggurken auf, und Henry schaltete sich zurück in die Leitung.

»In der Personalstelle ist heute abend niemand mehr da, aber ich habe einen inoffiziellen Terminplan hier, und es sieht so aus, als hättest du mindestens sechs Wochen gut. Möchtest du alles auf einmal nehmen?«

Sie dachte an eineinhalb Monate, in denen sie keinen oder wenig Kontakt zu Menschen haben würde. »Ich glaube, so viel brauche ich nicht. Sagen wir, drei Wochen für den Augenblick. Ist das in Ordnung?«

»Für mich geht das in Ordnung. Aber schau ...«

Es entstand eine Pause, in der Ariel ein Scharren hörte und etwas, das wie das Quietschen eines Stuhls klang.

»Henry?«

»Ja, ja, ich bin da. Was ich sagen will ... Ist mit dir wirklich alles in Ordnung?«

Sie schluckte. Leise sagte sie: »Vielen Dank, daß du nachfragst, Henry. Wir sehen uns also in drei Wochen wieder.« Sie drückte auf die AUS-Taste.

Ariel saß mit ihrem Thunfischsalat vor sich am Küchentisch und öffnete die erste von einem halben Dutzend Aktenmappen, die sie aus dem Schrank mit noch unerledigten Akten im Arbeitszimmer gezogen hatte.

Die Mappe war mit einer Adresse beschriftet und enthielt einen Packen offizieller Unterlagen, die mit »Übertragungsurkunde« überschrieben waren. Ihr Name war an jener Stelle eingetragen, die darauf verwies, daß sie Eigentümerin eines Grundstücks war, das auf die gleiche Adresse lautete, die auf dem Etikett der Aktenmappe stand. Bedeutete das, daß ihr ein Haus gehörte? Dieses Haus? Sie humpelte ins Wohnzimmer, wollte hinausgehen, um die Hausnummer zu überprüfen. In der Dunkelheit sah sie mehrere weiße Papiere leuchten, die unterhalb des Briefschlitzes in der Tür auf dem Boden verteilt lagen. Sie beugte sich ungelenk hinunter und sammelte sie ein.

In der Küche schaute sie auf den Adreßkleber eines Katalogs mit biederer Kleidung. Es war die gleiche Adresse wie auf der Aktenmappe. Und auf der Übertragungsurkunde. Sie überflog das Dokument.

So und so, »der Unterzeichner überträgt hiermit in seiner Eigenschaft als eingetragener Treuhänder ...« et cetera et cetera »in der genannten Treuhandurkunde das gesamte Vermögen und die hieraus gezogenen Nutzungen«. Sie las sorgfältig das nächste Dokument, die Treuhandurkunde. »Mich trifft der Schlag!« juchzte sie.

Das Haus gehörte ihr!

Gespannt schlug sie den nächsten Ordner auf, der mit MUNSON beschriftet war.

Darin befand sich ein weiteres Rechtsdokument, ein »Ersuchen um Beurkundung des Testaments«, und sie selbst war die Antragstellerin. In Paragraph Nummer eins war zu lesen, daß eine Person namens Charles Lawton Munson an einem bestimmten Tag im Jahr 1990 aus dem Leben geschieden sei und in Kalifornien Grundbesitz besessen habe. In Paragraph drei las sie, daß sie die einzige gesetzliche Erbin des Verschiedenen sei. Das Testament selbst befand sich nicht im Ordner, woraufhin sie sich eine Dollarsumme mit vielen Nullen ausmalte. Ihre Aufregung wurde durch das Ableben des Charles Lawton Munson nicht gemindert, denn sie wußte nicht, wer er war.

Auf diese Glückssträhne hin nahm sie noch einen Bissen Salat und wandte sich dem nächsten Ordner zu. Rechnungen vom Kabelfernsehen. Nun denn. Und im nächsten ein Packen getilgter Schecks des laufenden Jahres. Wahrscheinlich waren sie von der Steuer abzusetzen, dachte Ariel, während sie sie durchsah.

Jessie kam wieder zur Tür hereingetappt, leckte ungefähr soviel Wasser auf, wie sie tropfend auf den Boden verteilte, und ließ sich mit einem mächtigen Schnaufer zu Ariels Füßen nieder. Als sich der Hund auf die Seite legte und der weiße Verband sichtbar wurde, spürte Ariel, wie ihr plötzlich heiß und kalt wurde. Der Appetit war ihr vergangen, sie schob den Teller weg und versuchte, das gleiche mit den Erinnerungen an die vergangene Nacht zu tun. Sie streichelte Jessie liebevoll und wandte sich wieder den Geschäften vor sich zu.

Der nächste Ordner enthielt Unterlagen der Krankenkasse zu Versicherungsleistungen, auf denen Zeile für Zeile Zahlungen aufgelistet waren. Keines der Formulare datierte aus jüngster Zeit, der größte Posten lag einige Jahre zurück, und nichts davon war für Ariel von Interesse. Der letzte Ordner allerdings durchaus.

Er war mit PERSÖNLICH beschriftet und enthielt eine Kopie ihrer Geburtsurkunde, die verkündete, daß Ariel Rose Munson, weiblich, weiß, am 3. Juni 1961 um 8 Uhr 20 im St.-John's-Krankenhaus, Los Angeles, geboren wurde. Die Mutter, deren Mädchenname Gladys Anne Wood lautete, war neununddreißig, der Vater einundvierzig. Sein Name war Charles Lawton Munson. Ihrer beider Adresse stimmte mit der überein, die ihr jetzt als ihre eigene vertraut war.

Ihre Eltern.

Der Vater war offensichtlich verstorben. Sie hatte das Gefühl, als fehlte ihr etwas – nicht weil er tot war, sondern weil sie trotz dieses Umstandes keine Trauer empfinden konnte.

Er schien Besitzer einer Reifenhandlung gewesen zu sein, und ihre Mutter war »Hsf.«. Hausfrau. Ariel starrte auf das Papier. War ihre Mutter noch am Leben? Bestimmt nicht, sonst gäbe es irgendwo im Haus ein Anzeichen dafür. Briefe. Fotos. Irgend etwas.

Sie las weiter. Die Zahl der Kinder, die ihre Mutter geboren hatte, lautete auf zwei. Die Zahl der Kinder, die lebten, auf eins. Sie fragte sich, ob sie einen Bruder oder eine Schwester gehabt hatte und wann das Kind gestorben war, ob diese Einsamkeit, die ihre Seele quälte, schon in ihrer Kindheit begonnen hatte, als sie der einzige lebende Nachwuchs nicht mehr ganz junger Eltern war.

Sie seufzte und nahm das nächste Dokument in die Hand. Die Universität von South Carolina, so hieß es da, verlieh an Ariel Rose Munson den Titel eines Bachelor im Fach Journalismus.

Ariel klappte der Mund auf. Irgendwie war ihr bislang nicht

aufgefallen, daß die Namen nicht übereinstimmten. Wie war aus Ariel Munson Ariel Gold geworden?

Es gab nur eine Möglichkeit: Sie war verheiratet.

Ihre Hand zitterte, sie blätterte das Diplom um, und da sah sie die Bestätigung ihrer Schlußfolgerung. Eine Heiratsurkunde, die im Staat Kalifornien, Bezirk Los Angeles, ausgestellt war, bescheinigte, daß Jordan Michael Gold und Ariel Rose Munson am vierten Dezember im Jahr des Herrn 1984 in den heiligen Bund der Ehe getreten waren.

Ariel starrte auf die Urkunde und schaute, was im Ordner noch alles nachkam. Es folgte weiter nichts. Behutsam schloß sie die Akte. Sie legte sie auf den Stapel zu den anderen, ihre Gedanken waren ein wirres Durcheinander von Fragen und Spekulationen. Vielleicht war sie geschieden, dachte sie. Aber befänden sich die Unterlagen einer Scheidung nicht auch im Ordner? Vielleicht lebten sie und dieser Mann nur getrennt? Oder vielleicht war er auch nur geschäftlich unterwegs. Oder sonstwas. Sie schüttelte den Kopf, um klarer denken zu können. Quatsch! Außer einem einzigen Foto, das sie gefunden hatte – Jordan Michael Gold? –, gab es nicht den geringsten Hinweis auf einen Mann im Haus. Keine Kleider, keine Toilettenartikel, nichts, worauf sein Name stünde. Aber sie war dennoch Ariel Gold, sie hatte also, sollten sie geschieden sein, seinen Namen behalten. Aus Karrieregründen?

Sie schluckte. Oder weil sie ein Kind oder Kinder hatte? Und es war ihnen nicht zuzumuten, daß sie einen anderen Namen trugen als ihre Mutter? Himmel! Das war ja noch idiotischer! Wo sollten sie denn sein? Versteckten sie sich im Keller?

Als das Telefon klingelte, fuhr sie zusammen.

Sie hob den Apparat vom Boden auf, erwog, ob sie den Anrufbeantworter übernehmen lassen sollte, drückte schließlich die EIN-Taste. Sie sagte nichts.

»Ariel?«

Sie war erleichtert. »Victor, hallo.«

»Ich wollte nur mal hören, wie's geht. Ich hoffe, ich habe dich nicht aufgeweckt?«

»Nein, nein. Du warst so freundlich und hast meine Küche aufgeräumt, Victor. Wirklich, das war weit mehr, als ich hätte erwarten können. Ich kann dir gar nicht sagen, wieviel es mir bedeutet hat, daß mir der Anblick erspart blieb.«

Er tat ihren Dank mit einem Laut ab. »Die Polizei meinte, man könne schon saubermachen. Wie geht's Jessie?«

Ariel sah hinunter auf die Hündin, die auf dem Boden ausgestreckt dalag, die Augen halb geschlossen, und gegen den Schlaf kämpfte. »Gut, und das haben wir dir zu verdanken.«

»Hör zu, Ariel, du wirst eine ganze Weile nicht in der Lage sein, mit ihr spazierenzugehen. Wie wär's, wenn ich morgen nach der Arbeit vorbeischauen würde? Ich könnte sie mir noch mal ansehen und einen ordentlichen Streifzug mit ihr machen.«

Nachdem Ariel anstandshalber Einspruch dagegen erhoben hatte, daß er sich solche Umstände machen wollte, und Victor ihr versichert hatte, daß er nichts lieber tue, verabredeten sie sich für halb sieben abends und wünschten einander eine gute Nacht.

Gleich danach holte Ariel sich das Telefonbuch und schlug unter G nach. Es gab mindestens zweihundert Golds – und das war nur der Westen von L. A., Beverly Hills und Santa Monica! Ihr Blick fiel auf Gold, A. mit der ihr nun vertrauten Adresse, und ein eher belangloser Gedanke kam ihr in den Sinn: Vielleicht hatte Luis Rodriquez sie auf diese Weise ausfindig gemacht. Ein Eintrag, der lediglich mit einer Initiale versehen war, verwies in der Regel auf eine alleinstehende Frau. Vielleicht war die Wahl rein zufällig auf sie gefallen, als eine von vielen schutzlosen Frauen, die er schikaniert hatte.

Ihr kam ein Gedanke, der noch beunruhigender war. Womöglich war ihr Ehemann, der so wenig greifbar war, irgendwie in diese ganze Sache verwickelt!

Der Fetzen fliederfarbenen Briefpapiers fiel ihr wieder ein und der Buchstabe, der vielleicht für einen Namen stand. Sie holte den Brief aus dem Arbeitszimmer und las das schauerliche Fragment noch einmal.

»... Anschuldigungen sind sehr gefährlich«, las sie. »Wenn Du diesen Schmutz an irgend jemanden weitergibst, dann sorge ich dafür, daß Du es bereuen wirst. Man wird denken, Du hättest vor Kummer den Verstand verloren. Keiner wird Dir glauben, weil Du eine Null bist.«

Wieder versuchte sie das Geschmiere eines Wortes zu entziffern, das mit einem großen M begann. Sie hatte nicht mehr Glück als am Tag zuvor. Es könnte Michael heißen. Genausogut könnte es auch Minneapolis bedeuten. Ariel wandte sich wieder dem Telefonbuch zu und suchte unter den Golds nach einem Michael. Davon gab es sieben, und einen Jordan. Sie begann zu wählen.

Eine halbe Stunde später hatte sie Kontakt mit drei Hausfrauen aufgenommen, die schroff bis gereizt reagierten und deren Ehemänner nie zuvor mit jemandem namens Ariel verheiratet waren, mit drei Michaels, von denen keiner jemals eine Frau mit ihrem Namen hatte (einer allerdings war daran interessiert, sie kennenzulernen); und mit einem Anrufbeantworter, auf dem sich eine forsche Frau als Michael ausgab. Ein Anruf blieb ohne Reaktion. Diese Nummer notierte sie sich.

Jordan war ein Zweitkläßler, der einen eigenen Anschluß besaß. Als sie andere Namen probierte, denen nur die Initialen M und J folgten, erging es ihr nicht besser. Sie entschuldigte sich bei einem Malachi, einer Marian und einer Mimsy, bei zwei Johns und einer sehr neugierigen Judith. Beim letzten Anruf meldete sich ein Anrufbeantworter, auf den eine Frau nur ihre Telefonnummer gesprochen hatte, keinen Namen, aber sie benutzte das Pronomen »ich« statt »wir«.

Es gab keine Golds mit der Kombination beider Initialen J und M.

Ariel war überwältigt und fragte sich, wie viele Golds es wohl in Kalifornien gab. Im ganzen Land. Auf der Welt. Wie sollte sie zu ihren Lebzeiten den finden, den sie suchte? Sie saß da und starrte auf die Legionen von Golds, und plötzlich fiel ihr etwas ein.

Sie fand die Schmuckschachtel dort, wo sie sie tags zuvor verstaut hatte, nachdem sie einen flüchtigen Blick hineingeworfen hatte. Jetzt stöberte sie darin herum, schob eine Halskette mit einem winzigen Diamantherz als Anhänger zur Seite sowie eine kaputte Uhr und eine Perlenkette, die echt sein mochte oder auch nicht. Einen Augenblick lang musterte sie einen Jahrgangsring der Universität von Südkalifornien von 1981 und einen anderen Ring, vielleicht aus Platin, der auf altmodische Weise mit winzigen Diamanten besetzt war. Möglicherweise war es ein Verlobungsring, dachte sie, aber es war wohl ein Erbstück und offenbar nicht ihr eigener. Dann nahm sie einen goldenen Ring heraus, sehr schlicht, aber breit und schwer – und nicht billig. Er sah nicht so aus, als wäre er besonders oft getragen worden. In der Innenseite befand sich eine Gravur. Sie hielt den Ring in das Licht der Nachttischlampe und konnte so die Initialen und das Datum lesen: Von JMG für AMG 4. 12. 84.

Ariel wollte den Ring über ihren Finger streifen. Aber die Gipsschale störte, und sie schnallte sie ab. Der Ring paßte. Sie betrachtete ihn und beschwor ihn, einige Antworten hervorzuzaubern. Wo war JMG jetzt? Und was, wenn es überhaupt etwas gab, verband sie noch?

Sie warf noch einmal einen Blick auf die Ordner im Arbeitszimmer, fand aber keinen mit der Aufschrift GOLD oder JMG oder SCHEIDUNG. Sie stöhnte. Es gab heute abend zu viele Fragen und keine Antworten.

Na ja, verängstigt, verwirrt und frustriert zu sein hatte auch einen Vorteil, dachte Ariel, während sie ihr Abendessen, das sie hatte stehenlassen, in den Müll kratzte; es war eine wirksame Diät.

Als sie das Licht löschte, blinkten die drei roten Lämpchen ihrer neuen Alarmanlage neben dem Eingang zum Garten. Sie schlurfte durch den Flur ins dunkle Wohnzimmer, sah, daß auch das zweite Gerät der Alarmanlage neben der Haustür beruhigend leuchtete. Sie zog den Vorhang auf und sah in den Garten vor dem Haus hinaus.

Die Stille war in kaltes Mondlicht getaucht. Der blühende Zierbirnbaum wirkte wie eine geisterhafte weiße Wolke. Hinter den Fenstern des Hauses direkt gegenüber auf der anderen

Straßenseite flackerte hin und wieder ein schwaches Licht. Jemand sah fern. Ariels Blick wanderte zum nächsten Haus, wo Gartenlampen einen sanften Schein über eine Reihe von Beetpflanzen neben dem Gehweg warfen. In diesem Augenblick tauchten Scheinwerfer auf, und ein Auto kam vor einem dunklen zweistöckigen Haus auf der anderen Seite der Leute mit dem Fernseher zum Stehen. Ariel lehnte sich gegen das Fensterbrett und schaute müßig hinaus. Sie hatte noch keinen der Nachbarn zu Gesicht bekommen, außer der lieben, neugierigen Mrs. Harris, und sie war gespannt, wie sie wohl waren.
Die Scheinwerfer erloschen, und die Szenerie war so ruhig wie zuvor. Niemand stieg aus dem Wagen. Wahrscheinlich wartete jemand darauf, daß die Bewohner des Hauses zurückkamen, mutmaßte Ariel. Sie kniff die Augen zusammen, aber sie konnte nichts weiter als einen umfangreichen Schatten sehen, der sich nicht bewegte.
Sie fand ihre Brille und humpelte zum Fenster zurück. Im Wagen saß nur eine Person. Sah sie zu ihrem Haus herüber? Instinktiv wich Ariel zurück, dachte sich dann aber, daß sie in der Dunkelheit wohl kaum zu sehen war. Sie schalt sich für ihren Verfolgungswahn und versuchte, das ungute Gefühl zu unterdrücken, das ihre Arme mit einer Gänsehaut überzog.
Welche Farbe hatte das Auto? Dunkel. Es konnte jede dunkle Farbe sein. Das Mondlicht ließ alles einfarbig erscheinen. Waren das die Nachbarn, von denen Mrs. Harris erzählt hatte, daß sie verreist seien? Sie hatte nicht den Eindruck. Sie blieb beobachtend stehen, bis ihr Knöchel zu pochen begann. Das Auto hatte sich nicht von der Stelle bewegt. Die Gestalt darin ebensowenig. Sollte sie jemanden anrufen? Detective Massey? Was sollte sie ihm denn sagen? Ariel setzte ihr Vertrauen auf starke Schlösser und elektronische Sicherung, wünschte aber dennoch, sie hätte ihren Revolver zurückbekommen, trat vom Fenster zurück und zog die Vorhänge zu.
Sie putzte sich die Zähne und zog einen frischen Pyjama an. Dabei fiel ihr ein, daß sie den Schlafanzug der vergangenen Nacht und auch das Sweatshirt waschen sollte, sonst würde das

Blut nie mehr herausgehen. Noch besser, beschloß sie müde, sie würde sie wegwerfen.
Sie schüttelte die Kopfkissen im Bett auf, als ein leises, fast unhörbares Geräusch hinter ihr sie jäh innehalten ließ. Langsam richtete sie sich auf und drehte sich um. Und sah, wie sich die Digitalanzeige des Videogeräts klickend anschaltete. Eine Sendung wurde aufgezeichnet.
Ariel spürte, wie sich ihre Nackenhaare vor Anspannung aufstellten. Die Erleichterung darüber, allein zu sein, rang mit der schaurigen Erkenntnis, daß sie diejenige war, die das Gerät, irgendwann einmal in grauer Vorzeit, programmiert hatte. Sie atmete geräuschvoll aus und ließ sich schwer aufs Bett fallen. Nachdem sie minutenlang auf den Fernseher gestarrt hatte, wobei ihr Kopf so leer war wie der Bildschirm, kam ihr ein Gedanke.
Neben dem Fernseher stand alles mögliche herum, zum Glück auch ein Handbuch für die Bedienung von Videogerät und Fernseher. Sie blätterte die Fernsehzeitschrift durch und schlug die Seite für den Montag auf. Hier war *Die offene Akte* aufgeführt. Ariel gab den Code ein und las die Beschreibung der Sendung, die Mrs. Harris so unbedingt sehen wollte. Demzufolge, was Ariel von ihrer Nachbarin und auch von Henry erfahren hatte, handelte es sich um ein Nachrichtenmagazin. In der Sendung der vergangenen Woche war über einen Berufsboxer berichtet worden, der 1956 im Ring gestorben war, über einen Mann, der seinen Liebhaber wissentlich mit Aids infiziert hatte, und über einen kleinen Jungen, der in den Great Smokey Mountains verlorengegangen war und behauptete, eine Vision habe ihn zu den Suchtrupps geführt. Hmmm, dachte sie. Kein Kommentar, bis ich es selbst gesehen habe. Sie suchte nach ähnlichen Beiträgen der Konkurrenz, die täglich auf Sendung gingen, und gab die Codenummern für die Aufnahme von drei Beiträgen am nächsten Tag ein. Dann sah sie neugierig nach, was das Gerät im Augenblick so eifrig aufzeichnete. Das knorrige Gesicht Humphrey Bogarts, in Zigarettenrauch gehüllt, trieb ihr fast die Tränen in die Augen. Es war *Casablanca,* und sie hatte nur ein paar Minuten am Anfang verpaßt.

Sie lehnte sich versunken in die Kissen zurück und bewegte gelegentlich die Lippen zu den Dialogen der Schauspieler. Als sich Bogie und Claude Rains jedoch schließlich in die Nacht hinein entfernten, lag sie wie ein Fötus zusammengerollt da, versäumte den Beginn ihrer wunderbaren Freundschaft.
Längst war auch das dunkelgraue Auto auf der anderen Straßenseite in die Nacht davongefahren.

13

Nun, brütete er vor sich hin, als er den Wagen über eine leere Kreuzung steuerte, diese kleine Überwachung ist ja wenig aufschlußreich gewesen.
Er mußte die Zeit zwischen den abendlichen Geschäften und seinem Abflugtermin totschlagen. Und obwohl es ihm lieber gewesen wäre, die Zeit mit aussichtsreicheren Beschäftigungen zu verbringen, hatte er Disziplin vor Ablenkung gestellt, Gewißheit, soweit möglich, vor Zweifel. Also war er zu ihrem Haus gefahren.
Er war darauf vorbereitet gewesen, bei dem geringsten Anzeichen von Polizeipräsenz weiterzufahren – war, genaugenommen, zweimal um den Block kutschiert, bevor er vor dem einzigen leer wirkenden Haus geparkt hatte, von wo aus er ihr Haus beobachten konnte, aber er hatte niemand gesehen und nichts gehört. Bedauerliche Tatsache war, daß seine Erkundungen weder bewiesen hatten, daß sie tot war, noch das Gegenteil.
Er sah, während er vor einem Stoppzeichen verlangsamte, in den Rückspiegel. Das Gesicht, das zurückblickte, wirkte grimmig. Diese ganzen Spekulationen, dachte er, wurden allmählich langweilig.
Seit seinem Treffen mit diesem inzwischen verstorbenen Rodriquez, dem keiner nachtrauerte, hatte ihn ein ungutes Gefühl im Fall Gold beschlichen. Rodriquez war ein zu großer Unsicherheitsfaktor gewesen. Mit Rodriquez hatte er, milde ausgedrückt, einen Fehler gemacht.

Nach dem heutigen Tag zweifelte er daran nicht länger.
Er hatte einen Termin bei seinen Anwälten gehabt, deren Büro zufällig in der Nähe des Gerichts lag. Als er zu seinem Wagen zurückkehrte, war ein Mann auf ihn zugekommen, ein Mann, den er nun ganz gewiß nicht hatte treffen wollen.
Daryl Benson, bekannt als »Zaster« – ein Tribut an sein fachmännisches Können im Gewerbe der Straßenkriminalität –, Exhäftling und seit kurzem »Berater«, war einer der Informanten, die er gelegentlich als Quelle benutzte, um seiner eigenen Arbeit Glaubwürdigkeit zu verleihen. Wenn Benson auch zu seinen eher absonderlichen Kontaktpersonen gehörte, so war er trotzdem nicht weniger hilfreich. Zaster war übertrieben selbstgefällig, aber stets bereit, über seine Heldentaten zu sprechen, solange nichts aufgezeichnet wurde. Er beherrschte sein Handwerk, allerdings nicht so gut, daß er nicht die meiste Zeit seines Lebens hinter Gittern verbracht hätte. Deshalb kannte er jede Menge brauchbarer Leute. Er war eine Goldgrube, was Informationen anging, und er war es, der ihm Rodriquez' Namen zugespielt hatte.
Benson hatte der Schilderung des Szenarios gelauscht, das einen Berufskiller verlangen würde, und eifrig Hilfe angeboten. Nicht direkt mein Fall, hatte er gesagt, aber es gibt einen Typen, mit dem du reden könntest. Geschickt und indirekt war der Kontakt hergestellt worden. Allerdings nicht geschickt und indirekt genug, denn Benson erinnerte sich daran.
An diesem Nachmittag brachte er, nachdem er jede Menge plumper Vertraulichkeiten vom Stapel gelassen hatte, ohne weitere Umschweife die Sprache auf seinen alten Kumpel und ehemaligen Zellengenossen.
»Hey!« hatte Benson geblökt. »Ist das ein Zufall! Erinnerst du dich an Rodriquez? Der Typ, von dem ich dir erzählt hab'? Ihn hat's in der letzten Nacht erwischt, und wie. Von irgendeiner Tussi weggefegt. Es heißt, dieser Oberidiot ist in ihr Haus eingebrochen oder was, und die hat's ihm gegeben.«
Wenn er sich die Szene jetzt in Erinnerung rief, staunte er, daß er die Fassung bewahrt hatte. Er hatte Unkenntnis vorgetäuscht,

verworrenes Zeug von sich gegeben. »Rodriquez? Ich glaube nicht, daß ich ...?«
Seine Sorge war nicht vorgetäuscht gewesen.
Er hatte das Gespräch so kurz wie möglich gehalten und war davongeeilt, nachdem er dem Exhäftling noch viel Glück bei seinen jüngsten Scherereien mit dem Gesetz gewünscht hatte.
Rodriquez, gestand er sich ein, war eine unbekannte Größe gewesen, nicht berechenbar. Er hätte niemals einen derart bekifften Versager anheuern sollen, hätte niemals zulassen dürfen, daß sein Urteilsvermögen durch Hast getrübt wurde. Er hätte, um Klartext zu sprechen, bei der Gold-Eliminierung niemanden einschalten sollen. So abstoßend es auch gewesen wäre, er hätte die Sache selbst in die Hand nehmen müssen. Dann wären keine Fehler unterlaufen.
Es hätte keinerlei Zweifel gegeben, ob sie noch am Leben war und ob Rodriquez ihr in der vergangenen Nacht tatsächlich einen Besuch abgestattet hatte.
Ein Stoppzeichen erinnerte ihn daran, daß er sich bis zu einem gewissen Grad auf das Fahren konzentrieren mußte, und umsichtig hielt er an. Obwohl zu dieser späten Stunde nur wenige Autos unterwegs waren – zumindest in dieser Gegend –, geboten genau diese leeren Straßen Vorsicht, und Vorsicht war zu seiner zweiten Natur geworden. Das hatte er in jungen Jahren gelernt.
Er war noch nie vor dem Gesetz zur Rechenschaft gezogen worden, hatte noch nie einen Strafzettel für eine Verkehrssünde bekommen, noch nicht einmal für eine abgelaufene Parkuhr. Er bezahlte seine Steuern in voller Höhe und rechtzeitig. Sein Ansehen in der Öffentlichkeit war lupenrein, gestützt durch seine weitbekannten Spenden; er war großzügig, zumindest dem Ruf nach. Seine Entgleisungen wurden diskret gehandhabt, und jeglicher Umgang, der gesellschaftlich nicht vollständig akzeptabel war, ließ sich leicht mit seiner Arbeit erklären. Er war die Rechtschaffenheit in Person, soweit die Lebenden das beurteilen konnten, und er beabsichtigte, dieses Bild aufrechtzuerhalten.
Was die vergangenen Stunden erklärte, die nun eher verschwendet waren.

Er bog in die Auffahrt zum 405er Highway ein, fädelte sich in den schwachen Verkehr Richtung Süden ein und dachte über seine nächtlichen Beobachtungen nach.
Vor jedem der Häuser in der Straße der Frau hatte eine Mülltonne gestanden, die auf die Müllabfuhr am Morgen wartete. Vor ihrem nicht. Das konnte ein Hinweis sein, vielleicht war sie aber auch einfach nur faul. Die Außenbeleuchtung funktionierte wahrscheinlich über einen Zeitschalter; daß sie brannte, war also ohne Bedeutung. Das gleiche galt für die Sprinkleranlage auf dem Rasen, die plötzlich aktiv geworden war wie Old Faithful, und für den Anrufbeantworter, der sich angeschaltet hatte, als er zuvor angerufen und – natürlich ohne eine Nachricht zu hinterlassen – aufgelegt hatte. Warum auch sollte irgend jemand die Lichter oder die Sprinkleranlage ausgeschaltet oder den Anrufbeantworter abgestellt haben?
So wie das Böse, das der Mensch verursacht hat, nach ihm weiterlebt, dachte er frustriert, so laufen die Maschinen weiter, die er in Bewegung gesetzt hat. Das Haus funktionierte automatisch weiter, ohne daß ein Mensch eingriff, bis der Strom abgeschaltet wurde oder die Glühbirnen durchbrannten.
Genaugenommen, bemerkte er, als wäre ihm ein Licht aufgegangen, war es durchaus von Bedeutung, daß die Sprinkleranlage lief. Es hatte in den letzten drei Tagen die meiste Zeit geregnet. Würde jemand im Haus wohnen, hätte er dann nicht den automatischen Sprinkler abgestellt?
Er bog in die Ausfahrt La Tijera ein und trommelte auf sein Lenkrad, während er darauf wartete, daß die Ampel auf Grün schaltete.
Es gab keinen Grund, anzunehmen, daß die »Tussi«, von der Benson gesprochen hatte, tatsächlich die Gold war. Keinen Grund, zu glauben, daß Rodriquez sich wirklich dazu herabgelassen hatte, in ein Haus einzubrechen, zumal er gerade erst auf einem ganz anderen und gehobeneren Feld der kriminellen Betätigung einen beachtlichen Betrag an Geld eingeschoben hatte. Wahrscheinlich handelte es sich bei dem Vorfall, der mit seinem Tod geendet hatte, um eine Art schmutzigen Disput.

Vielleicht irgendeine Frau, die er in einer Bar kennengelernt hatte und die seine Avancen zurückgewiesen hatte. Oder etwas, was mit Drogen zu tun hatte – das war die näherliegende Erklärung. Es stimmte, zugegebenermaßen, daß er Rodriquez Golds Namen gegeben und ihm damit Zugang zu ihrer Adresse verschafft hatte. Es war ihm einfach herausgerutscht, und er hatte diesen Fehler damals schon bedauert. Aber vielleicht war es auch gar kein Fehler gewesen. Vielleicht war es nur ein weiteres Beispiel dafür, daß er in seinem Leben stets einen Schutzengel zur Seite hatte.

Es war von Anfang an unwahrscheinlich gewesen, daß Rodriquez ihn mit diesem Projekt in Verbindung brachte; nun war es mehr als unwahrscheinlich. Es war unmöglich. Der Mann war von der Bildfläche verschwunden.

Er bog nach links in den Airport Boulevard ein und hielt an einer Tankstelle, die die ganze Nacht über geöffnet hatte. Während der gleichgültig wirkende Tankwart den Tank auffüllte, ging er in Gedanken erneut die Fakten durch.

Der kurze Bericht in der Zeitung, mit dem die Sache noch einmal aufgegriffen wurde, war irgendwo im Regionalteil der heutigen Ausgabe versteckt gewesen und hatte nur einige wenige Neuigkeiten zu bieten. Entweder war das Auto unglaublich demoliert worden, oder die Polizei war verschwiegener als sonst. Das Opfer, so schrieb das Blatt, sei immer noch nicht identifiziert. Aber wäre die Gold als vermißt gemeldet worden, so hätten sie in der Zwischenzeit mit Sicherheit eine Verbindung hergestellt. Warum also hatte niemand sie als vermißt gemeldet? Hatte die Frau keine Freunde? Keine Familie? Sie war tot genauso lästig wie lebendig.

Er verfluchte, nicht zum ersten Mal, das verhängnisvolle Interview. Es lag viele Jahre zurück. Und seine kurze Stellungnahme war so unbedeutend gewesen. Unglaublich, daß sie sich daran erinnerte und daß sie, obwohl sie so wenige Anhaltspunkte hatte, am Ball geblieben war. Das war am erschreckendsten – zu erfahren, wie hartnäckig die Schlampe hinter ihm hergewesen war. Er fragte sich, ob sie tatsächlich irgendwelche echten

Beweismittel in der Hand hatte oder ob sie, wonach es jetzt aussah, einfach nur geblufft hatte. Er wünschte, er wäre bei der Suche in ihrem Haus nicht unterbrochen worden, obwohl die Beweise an sich nie der springende Punkt waren. Sie selbst war entscheidend. Und das wenige, was er in ihrer Kleiderkammer versteckt fand, hätte ausgereicht, um viele Fragen aufzuwerfen. Die Mappe mit den Zeitungsausschnitten, die Transkription des Interviews und die Notizen, in denen sie ihre überaus treffenden Mutmaßungen festgehalten hatte, hätten bei weitem genügt, um ihn durch Anspielungen, wenn nicht sogar durch eine offizielle Ermittlung, zu ruinieren.

Bis er das Benzin bezahlt hatte und vorsichtig zurück in den geringfügig regeren Verkehr manövriert war, hatte er sich selbst davon überzeugt, daß sie tot war. Sie mußte tot sein! Wäre die Sache verpatzt worden, hätte er in der Zwischenzeit von ihr gehört, auf direktem oder indirektem Weg. Er wußte, daß sie das Haus zum gegebenen Zeitpunkt verlassen hatte und in Richtung Restaurant davongefahren war. Er wußte es, weil er sie dabei beobachtet hatte. Wäre sie dort gewesen und würde noch leben und die Story machen, dann könnte sie einen echten Knüller landen – dann gäbe es erheblich mehr als nur Verdachtsmomente und nebensächliche Beweise. Zweifelsohne hätte die Angst sie eher dazu getrieben, die Polizei einzuschalten, als diese Einzelkämpfermentalität beizubehalten.

Er bog links in die Century ein. Je länger er darüber nachdachte, desto überzeugter war er, daß er bedenkenlos nach New York fliegen konnte. Diese Episode abhaken konnte. Die Früchte seiner Arbeit genießen konnte, frei von Sorgen, die ihn aus irgendeiner Ecke bedrängten.

Er fuhr auf den Parkplatz der Autovermietung und notierte sich den Meilenstand, bevor er nach seiner Umhängetasche auf dem Rücksitz griff.

Dennoch, dachte er, als er die Unterlagen in den Schlitz warf und in die Straßenbahn stieg, wäre es eine Erleichterung, wenn die Polizei das Bombenopfer identifizieren würde – nur um alles ordentlich abschließen zu können.

14

152 850 Dollar.
Sie war 152 850 Dollar wert!
Ariel konnte es noch immer nicht fassen. Und sie konnte nicht aufhören, so dümmlich zu lächeln.
Am Morgen war sie, verdrossener denn je, aus einem grauenvollen Traum von Totenschädeln aufgewacht. Sie hatte sich wie ein Hund mit Staupe gefühlt und sah aus wie Hundefutter. Derart trübe Vergleiche waren ihr durch den Kopf gegangen, als sie für Jessie etwas zum Fressen und Wasser hingestellt hatte, und letzterer war bestätigt worden, als sie zum Arzneischränkchen gegangen war, um sich ein Aspirin zu holen. Ihr Spiegelbild hatte sie mitten im Gähnen ertappt. Sie hatte den Mund zugeklappt und ihr Gegenüber gemustert. Alles andere als erhebend.
Die Beule auf ihrer Stirn war zwar zurückgegangen, aber der Bluterguß auf ihrer Wange leuchtete nun widerlich gelbgrün. Die Haut um ihre Augen war nach zuviel Schlaf geschwollen. Das dauergewellte Haar wirkte strähnig und brauchte eine Wäsche. Sie spülte seufzend das Aspirin hinunter.
Sie hatte sich mit ihrem Kaffee auf die Chaiselongue im Schlafzimmer gezwängt, die letzte Aktenmappe und die Post von gestern stapelten sich neben ihr. Als sie den ersten Brief geöffnet hatte, nahm der Morgen eine dramatische Wendung hin zum Besseren.
In einem Umschlag der Coast National Bank war ihr die Nachricht übermittelt worden, daß ihre Depotscheine erneuert werden mußten – ihre beiden Depotscheine über jeweils 50 000 Dollar. Der neue Zinssatz war zwar nicht gerade überwältigend, das Wissen darum, daß sie sich über ihre unmittelbare Zukunft keine Sorgen zu machen brauchte, allerdings durchaus.
Der Rest der Post hatte nicht mehr ergeben als ein Bedauern darüber, daß für die Papierherstellung Bäume geopfert worden waren, die Aktenmappe dagegen hatte sie – mit der Kaffeetasse auf halbem Weg zum Mund – innehalten lassen.

Es schien so, als hätte sie 5000 Anteile zu je 10,57 Dollar in einem Vanguard-Investment-Fonds. Eine einfache Multiplikation ergab, daß sie dadurch um 52 850 Dollar reicher war. Hastig blätterte sie den Ordner durch. Die Daten waren aktuell; es gab keinerlei Anzeichen dafür, daß sie die Anteile nicht mehr besaß.

Sie setzte sich auf die Terrasse hinter dem Haus und sah Jessie zu, die sich in der Sonne rekelte, was ihrer Wunde offenbar nicht schadete. Ein Hibiskusbusch leuchtete in voller Blüte. Die zurückgeschnittenen Rosen entlang dem Gartenzaun trieben die ersten kräftigen kleinen roten Blätter. In der Ecke hing an einem Gitter eine japanische Glyzinie, die gerade zu blühen begann. Um die Terrasse herum nickten Stiefmütterchen freundlich mit den Köpfen, und im Schatten eines Zitronenbaums, der voller Früchte hing, boten Alpenveilchen einen anmutigen Anblick. Die Vögel lieferten die passende Hintergrundmusik und zwitscherten fröhlich aus vollem Herzen. Es war ein ganz wunderbarer, ein strahlender Morgen, ja, es war der wundervollste Morgen, an den Ariel sich entsinnen konnte, und die Tatsache, daß es überhaupt erst der dritte war, besagte gar nichts.

Sie besaß ein schönes Haus in einer – nach dem zu urteilen, was sie gesehen hatte – guten Gegend, auch wenn sie erst wenig davon gesehen hatte. In ihrer Brieftasche befanden sich 317 Dollar plus Münzen, auf ihrem Konto 2224 Dollar, und sie besaß zudem 152 850 Dollar als Kapitalanlage. In der Garage stand ein erstklassiger Wagen, und auch wenn sie die Eigentumsurkunde noch nicht gefunden hatte, so hatte sie doch den leisen Verdacht, daß er ohne Einschränkung ihr gehörte – sie schien einer jener Menschen zu sein, die die Dinge unbelastet einfach besitzen konnten. Sie war begeistert. Sie war euphorisch. Und hoffte, daß sie nicht unrechtmäßig zu ihrem Besitz gekommen war.

Sie schob alle Gedanken an Erpressung und Banküberfälle zur Seite und staunte, wie verzagt sie noch vor einer Stunde gewesen war. »Beständigkeit ist die letzte Zuflucht des Phantasielosen«, sagte sie zu sich selbst und mußte ein Kichern unterdrücken.

Jessie, aufmerksam wie immer, sprang auf, um ein plünderndes Eichhörnchen zu verscheuchen, das dann einen Baum hinauf- und über den Zaun flitzte. Das freche Nagetier ließ es sich nicht nehmen, seine Version eines verächtlichen Schnaubens von sich zu geben, bevor es wie ein pelziger Blitz verschwand. Ariel lachte. Sie schloß die Augen und sog mit jeder Pore die wärmenden Sonnenstrahlen auf. Einige Sekunden lang tanzten grelle Farben unter den Lidern, bevor sie sich in ein gleichmäßiges rotes Leuchten verwandelten. Zum ersten Mal, seit dieses Fegefeuer begonnen hatte, fühlte sie sich absolut entspannt. Mit träger Hand griff sie nach ihrer Kaffeetasse. Da läutete das Telefon.

Die Seifenblase platzte.

Sie stemmte sich hoch und erreichte das Telefon, bevor der Anrufbeantworter übernehmen konnte.

Sie meldete sich zögernd.

»Ariel! Neely hier. Hab' gehört, daß deine Party neulich leicht außer Kontrolle geraten ist. Das wird dich lehren, in Zukunft nicht mehr jeden Scherzkeks aus all diesen Nuttenschuppen mit nach Hause zu nehmen, in denen du herumhängst.«

Neely? Wer zum Teufel war Neely?

»Massey wollte dich anrufen, um dir zu sagen, daß du deinen Revolver abholen kannst. Wir haben uns bei der Untersuchung echt rangehalten – aber ich hab' gesagt, ich mach' das. Hey, alles in Ordnung?«

In Gedanken ging Ariel noch einmal das Gespräch mit Massey durch. Er hatte einen Neely erwähnt, irgend jemand, mit dem er zusammenarbeitete. Jemand, der sie kannte und sie für eine Nervensäge hielt, wie sie sich erinnerte, nervtötend, aber korrekt. Hart im Nehmen, hatte er gesagt. Sie räusperte sich, mußte entscheiden, welchen Ton sie anschlagen sollte. War er jemand, den sie von der Arbeit kannte? Was, wenn er ein enger Freund war, und wenn dem so war, wie eng? Ihr fiel nichts ein, wie sie sich gleichzeitig kameradschaftlich und neutral geben könnte, und deshalb sagte sie schließlich höflich: »Oh, mir geht's – gut, glaube ich. Und dir?«

»Gut. Super. Hör zu, willst du vorbeikommen und dir das Ding abholen? Oder ich bring's dir ins Studio. Ich habe zuerst dort angerufen, aber man sagte mir, daß du Urlaub hast.«

»Ich hole es ab. Danke.«

Sie wollte schon auf die Jemand-ist-an-der-Haustür-Masche zurückgreifen, als ihr einfiel, nach dem Einbrecher zu fragen. Offensichtlich war dieser Mann eine Quelle für Informationen. Sie versuchte, korrekt zu klingen. Hart im Nehmen.

»Sag mal, dieser Mann, der hier eingebrochen ist – dieser Rodriquez. Wer war das eigentlich? Weißt du was über ihn?«

»Gold, Gold! Schäme dich. Was ist denn das? Eine kleine Zeugenbestechung vielleicht? Es gibt auch so was wie eine Privatsphäre, verstehst du.«

Sie zuckte zusammen. Sie hatte ihn etwas gefragt, und das hätte sie besser nicht tun sollen. Ihre Unkenntnis hatte sie verraten.

»Es ist … für dich?« fragte Neely. »Es ist von persönlichem Interesse für dich, oder?« Die herzliche Stimme wurde offiziell, gerade so, als würde Neely etwas vorlesen. »Die meisten Einträge in seinem Strafregister haben mit Drogen zu tun. Vor langer Zeit gab es einige Einbrüche und Diebstähle, und dann, als er bei der Armee war, passierte etwas ganz Seltsames. Ich nehme an, er ist irgendwie abgedriftet. Von da an war alles einigermaßen harmlos. Ein paar Festnahmen, aber keine Anzeigen. Vor ein paar Jahren gab es eine größere Geschichte. Einen Bombenanschlag. Er wurde zum Verhör hereingebracht, nachdem ein Rechtsanwalt in tausend Stücke zerrissen und über seinen Beemer verteilt worden war. Offenbar war das Rodriquez' Spezialgebiet in der Armee. Sprengsätze. Und die Ausbildung dort hat Luis eine ganz neue Welt eröffnet.«

Ariel vernahm etwas, das wie ein Schnauben klang. Vielleicht war es Gelächter.

»Du und ich, und das ist die schlechte Nachricht, haben dafür bezahlt, daß dieser Psychopath sein Handwerk erlernt hat. Die gute Nachricht ist, daß es ein Anwalt war, den er erledigt hat, wenn er der Täter war.«

Sie hatte keine Ahnung, was sie darauf erwidern sollte.

»Hallo? Mensch, Gold! Dir muß es echt miserabel gehen, Lady. Ich krieg ja gar nichts aus dir raus! Nach allem, was ich gehört habe, war dieser Spinner mit einem Messer hinter dir her. Da brauchst du doch keine Gewissensbisse zu haben. Komm schon!«
Ariel unterdrückte ihren plötzlichen Ärger. »Vielleicht«, sagte sie, »hättest du dabeisein sollen.«
»Na ja, ich habe so was schon hinter mir, meine Liebe. Und jetzt warst du eben mal dran.«
»Warum lief der überhaupt frei herum? Auf offener Straße. Wenn er einen An – einen Mann getötet hat, ›vor ein paar Jahren‹? Wie lange ist das her?«
»Das fragst *du* mich? *Du?* Ach, ach! Es ändert sich wohl alles, wenn man selbst betroffen ist, was! Übrigens habe ich nicht gesagt, daß er angezeigt wurde, sondern verhört. Aber wenn du über drinnen und draußen reden willst. Über Drehtüren. Über den Abschaum, der schon wieder frei herumläuft, noch bevor wir den ganzen Papierkram erledigt haben. Da war letzte Woche dieser Trottel – Ach! Schluß damit! Diese Woche schonen wir unser Magengeschwür und reden nicht darüber. Verreist du denn irgendwohin im Urlaub, oder sitzt du nur zu Hause und leidest?«
Ich sitze und leide. Schätze ich mal.
»Und wann willst du den Revolver holen?«
»Ich glaube ... morgen. Geht das in Ordnung? An wen soll ich mich wenden?«
»Ganz egal. Wenn ich da bin, seh' ich dich schon, aber du mußt dich nur ausweisen, dann kriegst du das Ding. Keine Sorge, wie meine australischen Freunde sagen. Aber ich muß los. Ich muß zum Gericht und bin wie immer spät dran.«
»Einen Moment noch! Wo ist das gleich wieder?«
»Glaubst du etwa, wir wären aus dieser schönen Behausung weggezogen? Wir sind immer noch in der Butler, soweit ich weiß. Vielleicht seh' ich dich morgen – wenn du mich nicht zuerst siehst. Ciao, Baby.«
Ariel sah ungläubig auf den Hörer. Was für phantastische Freunde ich doch habe, dachte sie. Herrjemine!

Zerstreut und in Gedanken noch bei dem Gespräch, begann sie nach etwas zu suchen, was als Frühstück durchgehen könnte. Ein Gang zum Supermarkt und einige andere Besorgungen standen definitiv an.
Eine schwarze Banane wanderte in den Müll. Marzipankugeln *light?* Sie las, was auf der Schachtel stand. Nur 130 Kalorien statt der üblichen 140 oder 150 oder wieviel auch immer – ein Traum für jeden, der auf Diät ist. Und verdorben waren sie zudem. Sie wollte gerade die wenig verführerischen Süßigkeiten zur Banane in den Müll werfen, als es an der Tür läutete, was ihre Zielgenauigkeit erheblich beeinträchtigte. Sie humpelte zur Eingangstür und spähte durch das Guckloch.
Rodriquez starrte sie an.
Sie unterdrückte einen Schrei und wich zurück.
Das war nicht möglich. Sie schloß die Augen und atmete einige Male tief durch, kämpfte gegen die Panik an.
Er ist tot. Du hast ihn gesehen. Die Polizei hat ihn gesehen. Victor hat ihn gesehen.
Sie zwang sich, noch einmal hinauszuschauen.
Der Mann auf der Veranda war tatsächlich dunkelhäutig. Aber er war, wie sie jetzt sah, jünger als Rodriquez und schmächtiger. Über die Tatsache hinaus, daß sie beide südamerikanischer Herkunft waren, hatte dieser Mann eigentlich nur wenig Ähnlichkeit mit dem Toten.
Sie schob den Riegel zurück, ließ die Kette aber vorgehängt und sah durch den Spalt hinaus.
»Missus? Sie haben vergessen aufzusperren«, sagte der Mann höflich.
Er trug einen dunkelblauen Overall und Handschuhe und hatte einen Laubsauger in Händen. Sie sah an ihm vorbei in den Garten, wo ein zweiter Mann, ähnlich gekleidet, aber ohne Maschine, neben einem knatternden Rasenmäher wartete, der schwarzen Rauch und unangenehme Dämpfe ausstieß.
Sie fand ihre Stimme wieder. »Aufzusperren?«
»Das Tor. Damit wir hinten in den Garten reinkommen.«
»Sind Sie die Gärtner?«

Er lächelte unbestimmt, so wie man einen Menschen anlächelt, der nicht ganz zurechnungsfähig ist. »Ja, Missus.«
»Ach ja, natürlich ... Ich habe noch nicht ... Ich gehe und öffne das Tor.«
Sie schloß und verriegelte die Tür.
Am Tor fand sie Jessie, die mit wedelndem Schwanz wartete. Nun, ich schätze, damit ist die Sache klar, dachte sie, als sie das Tor aufsperrte. Ihre Vorsicht schien ihr gerechtfertigt, dennoch kam sie sich albern vor, als sie die fröhliche Begrüßung zwischen Mann und Hund sah, und sie zog sich ins Haus zurück.
Als sie später an einem Salzcracker kaute, beobachtete sie die Männer, die sich eifrig an die Arbeit machten, und sah, wie Jessie neben dem Mann herumtollte, der geklingelt hatte. Okay, dachte sie, blinder Alarm. Dieses Mal. Aber ich werde trotzdem warten, bis sie gegangen sind, bevor ich mich dusche. Und, beschloß sie, ich werde den Revolver noch heute holen, nicht erst morgen.
Als der Laubsauger in Gang gesetzt wurde, hielt sich Ariel die Ohren zu und zog sich mit finsterem Blick ins Schlafzimmer zurück. Sie durchsuchte ihre Kleiderkammer; was sie fand, trug nicht dazu bei, ihren Blick aufzuhellen.
Wie kommt es, daß ich einen solch sicheren Geschmack habe, was die Wohnungseinrichtung betrifft, und blind bin, wenn es um mich selbst geht? fragte sie sich. Ihre Kleidung war zugegebenermaßen von guter Qualität, aber völlig durchschnittlich, die Farben wirkten verwaschen, eher Tarnung als Kolorit. Sie befühlte ein für ihre Figur höchst unpassendes Kostüm. Darin muß ich aussehen wie die berühmte Idaho-Kartoffel, dachte sie. Bis die Kakophonie draußen schließlich ein Ende nahm und wieder heilige Stille eingekehrt war, hatte sie aus dem Schrank eine schwarze Hose, eine schwarze Strickjacke und ein Webtuch genommen, das wahrscheinlich irgendwann einmal irgend jemandes Flügel geziert hatte. Schwarze flache Schuhe und Strümpfe vervollständigten das Arrangement, das ein wenig ausgefallen wirkte, aber nicht unelegant, verdammt noch mal.
Wieder klingelte es an der Tür.

Sie stützte sich auf ihren Stock und stapfte schwerfällig zur Tür, spähte wieder durch das Guckloch und öffnete dem Gärtner, der Jessies bester Freund war. »Ja?«
»Würden Sie bitte zahlen, Missus? Wir haben den zweiten Mittwoch.« Er sah aus, als wäre er lieber sonstwo auf der Welt als vor ihrer Haustür.
»Oh, natürlich. Den üblichen Betrag, nehme ich an?«
Er half ihr nicht weiter. »Ja, Missus.«
»Wieviel, bitte?«
»Siebzig.« Er fühlte sich von Minute zu Minute unwohler.
Sie fand ihre Geldbörse und zählte achtzig Dollar ab.
»Ein kleiner Bonus. Der Garten sieht phantastisch aus. Danke.«
Das kaum wahrnehmbare Lächeln wurde ein wenig breiter. »Sie haben gestern abend die Mülltonnen nicht rausgestellt«, teilte er ihr hilfsbereit mit, *quid pro quo,* »aber das geht schon in Ordnung. Nächste Woche.«
Damit hatte er seine Pflicht getan, und lächelnd ging er weg.
Innerhalb der nächsten Stunde war Ariel angezogen und ausgehfertig. Ihre willkürlich zusammengestellte Garderobe sah ziemlich gut aus, das Haar war gewaschen und, fast schon geschmackvoll, mit Kämmen zurückgesteckt, und die Adresse der Polizeiwache steckte in ihrer Tasche. Zum ersten Mal würde sie nun der Außenwelt die Stirn bieten, und sie fühlte sich unwohl, sogar bedroht, als sie das Haus verließ. Sie schalt sich, zu allem anderen, auch noch der Platzangst und drückte auf den Knopf, um das Garagentor zu öffnen. Da kam ihr ein unangenehmer Gedanke: Was sollte sie tun, wenn der Wagen mit Schaltung betrieben wurde? Sie sah abwägend auf ihren Gipsverband; es war ausgeschlossen, daß sie lenkte und gleichzeitig schaltete, ganz zu schweigen davon, die Kupplung zu treten. Sie ließ die Eingangstür offenstehen, ging zum Auto und spähte durch das Fenster. Automatik.
»Ja!« hauchte sie, als sie zum Haus zurückkehrte, Jessie Lebewohl sagte und mit großer Konzentration die Alarmanlage einschaltete.
Der Wagen sprang sofort an. Während er warm lief, machte sie

sich mit dem Armaturenbrett vertraut, bei dem alles irgendwie ungewohnt wirkte. Die Spiegel und der Sitz andererseits waren perfekt eingestellt. Sie legte die linke Hand in den Schoß und setzte zurück.

Sie hatte gedacht, sie würde sich an den Weg, den Detective Massey am Morgen zuvor gefahren war, noch erinnern. Aber es war nicht so. Bedächtig schlich sie eine Straße nach der anderen entlang. Nichts kam ihr bekannt vor. Dann bog sie aus dem abgeschiedenen Viertel auf eine belebte Kreuzung, die ihr allerdings bekannt vorkam. Hier waren sie gestern nicht entlanggefahren; das wußte Ariel mit Sicherheit. Aber sie war sich genauso sicher, daß sie ein andermal sehr wohl hier war. Sie atmete kaum, bog nach rechts ab, und innerhalb weniger Sekunden lag der Wilshire Boulevard vor ihr. Sie wußte genau, wo sie war.

Sie fuhr an den Straßenrand, ignorierte das Gehupe und die ungeduldigen Fahrer, die sie überholten, und beruhigte das Knie, das unkontrolliert zu zittern begonnen hatte. Sie kannte die Straße, ganz bestimmt; es war eine Hauptverkehrsstraße. Aber sie konnte keine persönlichen Erinnerungen damit verbinden. Sie kam ihr auf die gleiche Weise bekannt vor, wie man eine Landkarte der Vereinigten Staaten kannte oder Mount Rushmore oder das Empire State Building. Nach einer ganzen Weile schließlich atmete sie tief durch und fädelte sich wieder in den Verkehr ein. Sie schluckte ihre Enttäuschung hinunter, wunderte sich dennoch über ihre seltsame Auswahl von Erinnerungen und bog links dorthin ab, wo, wie sie wußte, Beverly Hills lag.

Nachdem Ariel einige Blocks lang das Tempo des stetig fließenden Verkehrs gehalten hatte, war sie schlapp vor Anstrengung. Sie war grenzenlos erleichtert, als sie ihr erstes Ziel, das Verwaltungsgebäude von Beverly Hills mit seiner unverwechselbaren Kuppel, entdeckte.

Sie fuhr auf den Parkplatz, der sowohl für die Bibliothek als auch für Rathaus und Polizeiwache da war – leider nicht für die

Wache, zu der sie gehen mußte. Sie schenkte dem Parkplatzwächter ihr schönstes Fräulein-in-Not-Lächeln und erklärte, daß sie erst vor kurzem einen Unfall gehabt habe, der es nötig machte, daß sie einen Behindertenparkplatz bekam. Bitte. Und im übrigen, wo erhielt man eine Sonderparkerlaubnis?

Der Wächter riet ihr, ins Rathaus zu gehen, und winkte sie verschwörerisch auf einen nahe gelegenen Parkplatz, der mit blauen Streifen gekennzeichnet war.

Ariel folgte verschiedenen Schildern und stieß schließlich auf einen Wegweiser, der zum Rathaus führte. Sie warf einen mißbilligenden Blick auf die vielen Treppen und ansteigenden Biegungen des Gehwegs, der zu dem Gebäude führte, und entschied sich doch für die ebenerdige Bibliothek, zunächst zumindest. Aber vielleicht würde es auch dabei bleiben.

Eine imposante Marmorfigur im Foyer (»Vereinigung«, laut einer dezent angebrachten Tafel) hätte sie auf eine eher untypische Bibliothek vorbereiten sollen, aber als sie durch die Schwingtür in den riesigen Raum trat, der sie an eine Bahnhofshalle in der Pracht vergangener Tage erinnerte, blieb sie abrupt stehen. Weiches, natürliches Licht fiel auf Marmor und Mahagoni, auf bunte Fliesen und abstrakte Pastellzeichnungen. Gewölbte Decke und Oberlichter, mit Bogen versehene Galerien und geometrisch angeordnete Beleuchtungskörper vereinten in sich eine Mischung aus maurischen Verzierungen und Art-déco-Präzision. Und überall in diesem unglaublich riesigen Raum standen Bücher, Hunderttausende.

Sie war sich fast sicher, daß sie hier noch nie zuvor war, und froh, die Haare gewaschen und sich anständig gekleidet zu haben. Sie humpelte vorbei an einem breiten Treppenaufgang, vorbei an Gemälden und gemeißelten Torsi und blieb stehen, um eine Tafel zu lesen. Rodin. Sie betrachtete die geschmeidig wirkende schwarze Bronze gründlicher. In Beverly Hills, staunte sie.

Als sie den ersten von mehreren Räumen mit den Nachschlagewerken erreichte, blieb sie stehen und sah sich verwirrt um. »Entschuldigen Sie«, flüsterte sie einer gepflegten asiatischen

Frau hinter einer Informationstheke zu, »wo ist denn der Kartenkatalog?«
Die Augenbrauen wurden unauffällig millimeterweit gehoben. Die Frau zeigte hinter Ariel auf einige Computerbildschirme. »Wenn Sie Hilfe brauchen, wenden Sie sich an mich.«
Schließlich hatte sich Ariel auf einem der malvenfarbenen Plüschsofas niedergelassen, ein Stapel dicker Wälzer lag vor ihr auf einem kniehohen Tisch. Flüsternd versicherte ihr die hilfsbereite Bibliothekarin, daß sie sich nicht darum zu kümmern brauche, die Bücher zurückzustellen, und nach einem neugierigen Blick auf Stock, Gipsschale und Gesicht ließ sie sie allein. Ariel öffnete das erste Buch und schlug unter dem Stichwort »Amnesie« nach.
»Hervorgerufen durch Verletzung oder Krankheit jener Gehirnregion, die für Gedächtnisfunktionen zuständig ist«, las sie.
Sie überflog den Text und erfuhr, daß der Zustand »die Folge einer Kopfverletzung, zum Beispiel einer Gehirnerschütterung, sein konnte [wie sie wußte] oder einer degenerierenden Störung wie etwa der Alzheimerschen Krankheit [sicherlich nicht zutreffend] und anderer Formen der Demenz«.
In *Harrisons Grundzüge der Inneren Medizin* las sie, daß sich der Verlust des Erinnerungsvermögens in extremen Fällen auf alle Ereignisse der Vergangenheit des Patienten ausdehnen könne, einschließlich der persönlichen Identifizierung, daß dies aber häufig auf »Hysterie oder Simulation« zurückzuführen sei.
Sie schloß das Buch und nahm das nächste, aus dem sie erfuhr, daß die hysterische Amnesie ein »real existierendes Syndrom« sei, das nicht »bewußt kontrolliert« werde. In einem anderen Buch wurden Fälle der Amnesie angeführt, bei denen sich eine drastische Persönlichkeitsveränderung manifestiert und ein Verhalten durchgesetzt hatte, das der früheren Persönlichkeitsstruktur diametral entgegengesetzt war.
In der folgenden Stunde las sie über mögliche organische Ursachen – Infektionen wie Enzephalitis, Thiaminmangel bei Alkoholikern, der zum Korsakow-Syndrom führen konnte, Gehirntumoren, Schlaganfälle und subarachnoide Hämatome – sowie

über psychogene Ursachen: Psychosen ohne sichtbare physische Verletzung. Sie erfuhr von der retrograden Amnesie (bei der die Erinnerungslücke vom Zeitpunkt der Verletzung in die Vergangenheit reicht), an der sie offensichtlich litt, und über die anterograde Amnesie (bei der die Lücke vom Einsetzen der Amnesie an immer größer wird, bis sich das Langzeitgedächtnis wieder einschaltet, »wenn überhaupt«, und bei der der Patient unter Umständen vorübergehend nicht in der Lage ist, neue Informationen zu speichern). Aber sie war sich nicht sicher, ob sie letztere Form verstand.

Nur am Rande nahm Ariel wahr, daß sich ihr gegenüber jemand setzte, während sie einen Abschnitt mehrmals las, in dem darauf hingewiesen wurde, daß die Gegenwart – oder all das, was zwischen dem Eintritt der Gedächtnisstörung und dem Zurückgewinnen von Erinnerungen liegt – unter Umständen gelöscht wird, sobald die Erinnerung wiederkommt. Ihr eigenes jüngstes Verhalten vor Augen, las sie, daß der Patient möglicherweise größter Impulsivität ausgesetzt sei, an schnellen und häufigen Stimmungswechseln leide und unangemessenes Verhalten an den Tag lege; er könne zum Beispiel plötzlich wütend werden oder in Gelächter oder Tränen ausbrechen.

Schließlich erfuhr sie, daß ein kataklystisches oder auch ganz alltägliches Ereignis das Gedächtnis plötzlich wieder zurückbringen könne, daß, wenn Hypnose angewandt werde, um das Erinnerungsvermögen wiederherzustellen, das Ergebnis in der Regel enttäuschend sei, und daß ein Psychiater nur dann zu Rate gezogen werden solle, wenn »der Patient allein nicht mehr zurechtkommt«.

Ariel saß da und versuchte herauszufinden, was davon wichtig war und was nicht, was sie verstand und was nicht, ob sie etwas unternehmen sollte und wenn ja, was. Erst jetzt nahm sie die Frau wirklich wahr, die auf der anderen Seite des Tisches saß.

Sie war ein wenig jünger als Ariel und ziemlich hübsch. Als sie ihre Sachen zusammenpackte, um zu gehen, fiel ihr glänzendes blondes Haar anmutig nach vorne und dann wieder zurück, wo es hingehörte, als folge es einer Choreographie.

»Entschuldigen Sie«, flüsterte Ariel spontan und verdrängte alle Gedanken an ein anormales impulsives Verhalten, die ihr verspätet durch den Kopf schossen, »Ihr Haarschnitt ist echt toll. Würde es Ihnen etwas ausmachen, mir zu verraten, wo Sie zum Schneiden waren?«

Wie die meisten Menschen konnte die Frau einer solch schmeichelhaften Frage nicht widerstehen. Sie lächelte Ariel freundlich an, wobei in ihren Wangen zwei tiefe Grübchen entstanden, und antwortete flüsternd: »Danke. Der Schnitt ist neu, und ich war mir gar nicht ganz sicher, ob er mir gefällt. Hier, ich schreibe Ihnen den Namen des Salons auf. Er ist sogar ganz in der Nähe.« Sie sah sich flüchtig um, nahm ein kleines quadratisches Papier von einem Stapel Bücher und Unterlagen auf ihrem Schoß und kritzelte die Adresse darauf.

»Ich bin bei Sean, aber die anderen sollen auch gut sein.«

Sie stand auf, um zu gehen, sah dabei unsicher auf Ariels Gips. »Brauchen Sie Hilfe?«

Ariel lehnte dankend ab und sah der Frau nach, als sie sich entfernte, neidete ihr die zierliche, dennoch wohlgeformte Figur, ihre perfekten langen Beine, ihren selbstbewußten, graziösen Gang. Wahrscheinlich dumm wie Stroh, dachte sie und fühlte sich dieses Gedankens wegen falsch wie eine Schlange. Sie las den Namen des Friseursalons und darunter »Sean«. Sie wendete das Papier. In der gleichen ordentlichen Handschrift waren etwa sechs wissenschaftliche Titel aufgeschrieben, jeder davon mit einer Menge Doppelpunkten und ungefähr zehn vielsilbigen Wörtern. Sie schienen alle mit dem Codex Hammurabi zu tun zu haben.

Mit einem Gefühl, als könnte sie jeden Augenblick in unangemessenes Gelächter ausbrechen, hängte sich Ariel die Handtasche über die Schulter und humpelte aus der Bibliothek hinaus.

15

Weil sie so etwas wie den Drehort von *The Detective Story* erwartet hatte – trist und spartanisch und voll pulsierendem, fadenscheinigem *Film-noir-Leben* –, war Ariel von der nüchternen Polizeiwache eher enttäuscht, in der sie sich nun wiederfand.

Entlang der Fensterwand standen in einer ordentlichen Reihe ein Dutzend gegossene Plastikstühle, die am Boden festgeschraubt waren; keiner war besetzt. Der Linoleumboden war vor kurzem erst gewachst worden. Ein Poster neben einer Tür an der gegenüberliegenden Wand verkündete in kursiven Großbuchstaben *DIE POLIZEI IST DAS VOLK. DAS VOLK IST DIE POLIZEI.* Hinter einem kunststoffversiegelten Schalter stellte ein großer Schwarzweiß-Stadtplan den Zuständigkeitsbereich der Wache dar. Darunter standen zwei Schreibtische, einer davon war bis auf die Standardausstattung und einen kräftigen Philodendron leer. Am anderen saß weder Kirk Douglas noch William Bendix, sondern eine attraktive dunkelhaarige Polizistin, die gerade telefonierte.

Sie sah zu Ariel herüber und hielt einen Finger in die Höhe. Nachdem sie noch etwas notiert hatte, legte sie auf. »Bin gleich bei Ihnen«, sagte sie und verschwand durch eine Schwingtür.

Als die Tür sich schwingend schloß und auch als die Frau ein paar Sekunden später wiederauftauchte, konnte Ariel ein lebhaftes Getöse hören. Schrille Stimmen, klingelnde Telefone und der harte Klang einer Metalltür verwiesen darauf, daß das Verbrechen nicht schlief; die bösen Jungs wurden nur dem Blick der Öffentlichkeit entzogen.

»Ja, Ma'am«, fragte Officer Presnell (wie auf dem Namensschildchen an ihrer Brusttasche zu lesen war), »was kann ich für Sie tun?«

Ariel nannte ihren Namen und erläuterte ihr Anliegen, wobei sie sich wie das Mitglied einer Selbstschutzgruppe fühlte. Wenn die Polizistin allerdings irgendeine Meinung zu der Frage hatte, ob Bürger Waffen tragen sollten, so ließ sie sich nichts anmerken.

Sie führte ein kurzes Telefongespräch und forderte Ariel auf, sich zu setzen. Lieutenant Neely, meinte sie, sei gleich da.

Noch bevor Ariel in einem der Plastikstühle eine bequeme Haltung fand, drückte sich ein extrem großer, extrem dicker Mann durch die Schwingtür und grinste breit. Er sah aus wie Mitte Dreißig und hatte jenes dünne, rotblonde und natürlich gewellte Haar, das mit sehr weißer Haut einhergeht. Um die dunkelbraunen Augen mit den kaum erkennbaren Wimpern verliefen feine Linien, die gewöhnlich darauf hinweisen, daß viel gelacht oder gezwinkert wird – oder, in Neelys Fall, beides.

»Hey, Gold«, rief er und tauchte unter der Theke des Schalters durch, »ich dachte, du wolltest morgen herkommen. Gibt's jemanden, den zu erschießen du nicht mehr erwarten kannst?«

Er warf den Revolver, noch immer in eine Plastiktüte verpackt, in ihren Schoß und ließ sich auf einen Stuhl zwei neben dem ihren plumpsen. Er legte den Fuß über sein Knie, zog die kaum sichtbaren Augenbrauen zusammen und musterte ihre verschiedenen nicht zu übersehenden Gebrechen.

»Du siehst aus, als wärst du einer Straßenschlacht entflohen.«

»Danke«, sagte Ariel und wandte ihr Gesicht ab.

»Hast du immer noch Gewissensbisse, weil du diesen Scheißkerl umgelegt hast?«

»Nun, ich habe nicht vor, in einer Neufassung von *Death Wish* den Star zu mimen, aber es ist nicht gerade mein Fall.« Sie versuchte, forsch zu klingen, vermutete aber, daß sie eher in die Defensive geraten war. »Habt ihr eigentlich noch etwas über den Toten herausgefunden?«

»Was ich dir erzählt habe, ist alles, was wir bislang wissen. Ich nehme an, Rodriquez kam zu dem Schluß, daß Bomben zu gefährlich sind, und entschied sich, sein Drogengeld auf üblichem Weg zu holen – Einbrüche und Diebstähle. Zeigt mal wieder, wie falsch man liegen kann.« Er wies mit dem Zeigefinger auf Ariel, den Daumen nach oben gerichtet. »Peng!« formte er mit den Lippen.

Der Zynismus dieses Mannes vermittelte Ariel allmählich das Gefühl, als brauchte sie ein Bad. Sie schob den Revolver in ihre

Handtasche und griff würdevoll nach ihrem Stock. Und weil es ein Tag der Filmklassiker zu sein schien, dachte sie an Gladys Cooper in *Now, Voyager.* Vielleicht glich sie auch eher Helen Hayes in *Anastasia.* Sie starrte stur geradeaus und sagte: »Wenn ich das richtig verstanden habe, dann hat mich Detective Massey gestern deinetwegen nach Hause gebracht. Vielen Dank.«
Neely hob eine Schulter. »Keine Ursache. Man tut, was man kann.«
Er räusperte sich. »Wie auch immer«, sagte er dann mit viel sanfterer Stimme, »das war ich dir schuldig. Du hast die ganzen letzten Nächte im Krankenhaus neben Marcie gesessen, und ich wußte immer, daß sie nicht allein war, während ich arbeiten mußte. Das hat mir viel bedeutet.«
Verwirrt warf Ariel einen Blick auf den Mann, aber nun hatte er sein Gesicht abgewandt. Als er sich ihr wieder zuwandte, war auch sein Grinsen zurückgekehrt.
»Genug davon. Hey, wie bist du denn hierhergekommen? Du fährst doch wohl nicht mit dieser kaputten Hand?«
Sie fragte sich, ob sie sich die flüchtige Verwandlung des Riesen neben ihr nur eingebildet hatte, und gestand, daß sie sehr wohl fuhr. »Ja. Ich bin nicht ... Übrigens, vielleicht kannst du mir weiterhelfen. Ich brauche vorübergehend eine Sonderparkerlaubnis. Weißt du, wo ich die kriege? Oder wie?«
Er blinzelte. »Rühr dich nicht von der Stelle.«
Er zwängte seine Massen wieder unter dem Schalter durch und verschwand durch die Schwingtür.
Sie starrte ihm nach, das Vertrauen in ihre Menschenkenntnis war ernstlich ins Wanken geraten. Hinter dem ganzen groben Gepolter und dem schwarzen Humor schien, wenn auch nicht ein Herz aus Gold, so doch ein Herz zu schlagen – und zwar offensichtlich eines, das gelitten hatte. Sie fragte sich, wer Marcie war. Und was mit ihr geschehen war.
Beide, Ariel und die Polizistin an ihrem Schreibtisch, fuhren hoch, als die Eingangstür aufgestoßen wurde. Eine kleine Politesse kam herein, verfolgt von einem äußerst stimmgewaltigen, spitzbärtigen Mann, der zerrissene Jeans und ein Sweatshirt

trug, von dem die Ärmel abgetrennt waren. Er blieb der Frau auf den Fersen, wedelte mit seinem Strafzettel und verlangte wütend eine Antwort auf seine Frage, die er offenbar schon gestellt hatte, bevor sie hereingekommen waren.

»Welches Zeichen?« schrie er ihr hinterher. »Wo? Zeigen Sie mir das Verkehrsschild!«

Ohrenbetäubender Lärm warf Ariel schier vom Stuhl. Neely war plötzlich in Erscheinung getreten und hatte die Klappe am Schalter zurückgeschlagen. Dieses Mal kam er aufrechten Gangs durch die Öffnung. Er plazierte seine riesige Hand auf die Schulter des Mannes und sagte: »Wenn Sie nach einem Zeichen suchen, Junge, dann versuchen Sie's mal in der Kirche. Wenn Sie was zu Ihrem Strafzettel erklärt kriegen wollen, dann fragen Sie besser anständig.«

Der zornige Bürger sah auf. Bis sein Blick sich mit Neelys traf, war sein Kopf schon so weit zurückgeworfen, daß der Bart, der kampflustig hervorstach, parallel zum Boden stand. Ariel sah, wie der Adamsapfel hüpfte.

Er nickte und trat zwei Schritte zurück, bevor er sich seitwärts aus der Tür hinausschlich.

Die Politesse musterte Neely mit dumpfem Gesichtsausdruck, während sie verärgert mit den Fingernägeln auf den Schalter klopfte. »Danke. Das war nötig. Was?«

Sie ging durch die Tür neben dem *DIE POLIZEI IST DAS VOLK*-Poster hinaus.

Neely glotzte ihr ungeniert nach. »Sie ist ein bissiges Weibchen, nicht?«

Widerwillig wandte er seine Aufmerksamkeit wieder Ariel zu und reichte ihr eine schwarzweiße Karte. »Deine Sondererlaubnis, Madam.«

»Das ist alles?« Überrascht nahm sie die Karte entgegen. »Brauche ich kein Attest vom Arzt, und muß ich keine Gebühr bezahlen oder irgendwas?«

»Normalerweise schon.« Neely schnalzte, lehnte sich gegen den Schalter und verschränkte die Arme. »Wie du siehst, ist sie einen Monat lang gültig; wenn das nicht reicht, dann gib mir Be-

scheid. Außerdem wußte ich nicht, ob du meine Privatnummer hast. Ich habe sie dir auf die Rückseite geschrieben.«
Beklemmend langsam verstrich der nächste Augenblick, und er wirkte erleichtert, als ihm noch etwas anderes einfiel.
»Machst du eigentlich irgendwas aus dem Zeug, das ich dir über Carroll gegeben habe?«
Carol? ... Ariel runzelte die Stirn. Wer war Carol?
»Nun ... Wir werden sehen, was wir sehen werden.« Es fiel ihr keine geistlosere Antwort ein.
Er warf einen Blick auf die übergroße Uhr hinter sich, pfiff durch die Zähne und schlug nachdrücklich mit der flachen Hand auf den Schalter.
»Ich bin schon weg. Hör zu, du Kanone, bleib cool, und schieß das nächste Mal erst, wenn du das Weiße in seinen Augen siehst, okay?«
Abrupt hielt er inne. »Du rufst mich an, wenn du mich brauchst.«
Im Nu hatte er sich durch die Schwingtür nach draußen geschoben, und der Raum wirkte, nachdem er weg war, so leer wie ein Vakuum.

16

Als Ariel schließlich die letzte Tüte mit Lebensmitteln in die Küche gehievt hatte, zitterte sie vor Erschöpfung. Sie ließ sich keuchend auf einen Stuhl fallen, um wieder zu Kräften zu kommen, und erzählte Jessie, welches Ereignis nun bevorstand.
»In ein paar Minuten kommt Victor, um dich auszuführen«, versprach sie dem Hund, der ihr schwanzwedelnd zu verstehen gab, daß er etwas witterte. »Und in ein oder zwei Tagen werde ich selber mit dir rausgehen. Gott weiß, daß ich Bewegung brauche! Du und ich, wir werden zusammen mit Mrs. Harris und Rudy, dem Wunderhund, die Straße rauf und runter marschieren.«
Nachdem sie alle leichtverderblichen Lebensmittel – Joghurt und Milch (fettarm), Huhn (ohne Haut) und eine ganze Gärt-

nerei an rohem Gemüse – verstaut hatte, gelang es ihr, einen Apfel und Cheddarkäse in ziemlich schiefe kleine Stücke zu schneiden und mit Crackern anzurichten. Dann humpelte sie ins Wohnzimmer, wo sie dankbar auf das Sofa sank. In diesem Augenblick klingelte es an der Tür.

Victor wirkte in seinem Sportsakko und mit Krawatte erheblich professioneller als im Pyjama.

»Du siehst viel besser aus«, sagte er; seine Gedanken waren also in die gleiche Richtung gegangen. »Aber warum bist du so schick angezogen? Du bist doch nicht etwa heute schon wieder zur Arbeit gegangen?«

Ariel versicherte ihm das Gegenteil und grinste, während Jessie den Tierarzt zähnefletschend begrüßte. »Gott segne dich, Victor, dafür, daß du das tust. Ich schwöre, sie weiß, daß sie endlich mal aus dem Haus kommt!«

»Na, dann ziehen wir zuerst mal die Show auf der Straße ab, und ich schaue mir die Stiche nachher an, wenn wir zurück sind. Wo ist die Leine?«

Gute Frage, dachte Ariel, die sich nicht erinnern konnte, irgendwo eine Leine gesehen zu haben. »Ich weiß nicht, wo ich sie hingelegt habe. Ich schau' gleich nach ...«

»Laß das meine Sorge sein! Du bleibst hier sitzen und ruhst dich aus. Ich habe immer eine zusätzliche Leine im Auto und eine Taschenlampe und zudem einen Plastikbeutel für, äh ... für den Fall.«

Sie sah ihnen nach, wie sie in der Dunkelheit verschwanden, und wandte sich dem Haus zu, das ohne den Hund sehr leer wirkte. Sie verriegelte die Tür.

Bis sie zurückkehrten, hatte sie die restlichen Lebensmittel weggeräumt, unnötigerweise das Spülbecken gescheuert, sich selbst frisch gemacht, die Häppchen ins Wohnzimmer geholt, die noch jämmerlicher aussahen als zuvor, weil der Apfel anfing, braun zu werden, und die Nachrichten angeschaltet, um die Stille zu übertönen. Jessie ließ ihr die kürzeste aller Begrüßungen zukommen, bevor sie in die Küche trottete, aus der dann nur noch dankbares Schlabbern und das Knirschen von Trok-

kenfutter zu hören war. Die Menschen wandten sich ihrem eigenen Essen zu, und Ariel schlüpfte in ihre Detektivrolle.
»Wir haben noch nie richtig über deine Praxis gesprochen«, ermunterte sie ihn und hoffte, daß es der Wahrheit entsprach. »Wie du angefangen hast, was deine Pläne sind und so weiter. Erzähl mir doch ein bißchen davon.«
Victor wirkte verwirrt und kam sich offensichtlich albern vor, weshalb er nur eine kurze und bescheidene Beschreibung davon lieferte, wie alles angefangen hatte. Schließlich erzählte er, wobei er immer wieder darauf hinwies, daß sie das doch alles schon wisse, von der Klinik, in der man sich um Kleintiere kümmerte, und von dem ganz normalen Tierheim, das in seiner Schilderung nicht nur menschlich, sondern geradezu luxuriös wirkte. Und weil Ariel freundlich drängte, fuhr er fort, von dem Tierasyl zu erzählen, das offenbar seine besondere Freude war.
»Du weißt ja, daß das Personal aus freiwilligen Helfern besteht, aber auch aus Leuten, die sich unsere Dienste sonst nicht leisten könnten. War dir das bekannt? Sie arbeiten die Kosten dafür ab, was für beide Seiten von Vorteil ist. Habe ich dir übrigens schon erzählt, daß wir noch für jedes heimatlose Tier, das zu uns gebracht wurde, ein neues Heim gefunden haben? Für jedes! Und das gilt auch für die sonderbare Boa Constrictor oder den Alligator, die wir in den Zoo bringen. So«, schloß er, »das ist soweit alles. Nur eins noch. Wir hätten kein Tierasyl, wenn es nicht Leute wie dich gäbe. Ich bin einfach froh, mich bei dir revanchieren zu können.«
Er biß in einen Cracker und sah aus, als wolle er noch mehr sagen.
»Was denn?« Ariel lächelte aufmunternd.
»Du wirkst so ... anders. Wenn ich das sagen darf. Liegt das daran, daß wir uns nicht in der üblichen Umgebung befinden?«
»Wie anders?«
»Du warst sonst immer so reserviert. So zurückgezogen.« Die Worte brachen aus ihm heraus, möglicherweise gerade noch bevor er sich nicht mehr traute. »So – wie sagt man? – so

förmlich?« Er zögerte. »Oder vielleicht auch nur schüchtern. Ich kann es wirklich nicht genau beurteilen.«
»Sag doch, wie ich sonst immer auf dich gewirkt habe.«
»Ich hatte immer das Gefühl, daß du ... Willst du es wirklich wissen?« Er wartete ihre Bestätigung ab. »Daß du irgendwie traurig warst. Ich habe mich immer gefragt, ob das mit deiner Ehe zusammenhängt.«
Bingo! dachte Ariel. »Wie kamst du denn darauf?«
»Ich weiß nicht genau. Nur so ein Gefühl. Du hast nur einmal erwähnt, daß du verheiratet bist. Oder zumindest warst?«
Wer quetscht hier eigentlich wen aus, fragte sich Ariel. »Ich weiß nicht mehr, was ich gesagt habe.«
»Es war, als Mrs. Bonaccolto ihren Shar-Pei gebracht hat. Und ihr Mann war dabei. Und er trug so einen, du weißt schon, so einen anliegenden Seidenanzug und ein goldenes Halskettchen und einen protzigen Ring am kleinen Finger. Ich finde, er wirkte irgendwie wie ein typischer Sizilianer ...« Er zuckte die Schultern. »Ich komme vom Thema ab, und außerdem klingt das schon ganz bigott. Du hast irgendwas davon gesagt, daß er dich an ›Michaels Geschäftspartner‹ erinnere, und als ich dich fragte, wer Michael sei, hast du geantwortet: ›Der Mann, mit dem ich verheiratet war.‹ Du bist nicht näher darauf eingegangen, und die Art und Weise, wie du dich geäußert hast, ließ, um ehrlich zu sein, auch keine weiteren Fragen zu. Das ist nicht böse gemeint.«
Ariel öffnete den Mund und schloß ihn wieder. Ihr Mann oder Exmann verkehrte mit Mafia-Typen?
»Ariel? Habe ich dich an was Unangenehmes erinnert? Das tut mir leid!«
»Nein, nein.« Sie zwang sich zu einem Lächeln. Darüber mußte sie nachdenken. Ausführlich. »Ich glaube, ich bin nur einfach ein bißchen übermüdet«, sagte sie. Außerdem falle ich gleich in Ohnmacht – aber das sagte sie nicht. »Hast du dir Jessies Kriegsverletzung schon angesehen?«
Nachdem auch das erledigt war, machte sich Victor auf den Weg. Er wirkte überrascht und ziemlich munter, als sie ihn zum

Abschied auf die Wange küßte. Dann überprüfte Ariel jede Tür und jedes Fenster sowie die Alarmanlage. Sie nahm den Revolver aus ihrer Handtasche und riß die Plastikhülle auf. Als sie die Waffe geladen hatte, ging ihr Atem gleichmäßiger, aber in Gedanken war sie noch immer aufgewühlt. Es war ihr unmöglich, darüber nachzudenken, was sie als nächstes zu tun hatte. Jessie spürte die Unruhe und legte unerbittlich eine Pfote auf Ariels Knie.

»Schon gut, mein Mädchen«, plapperte Ariel und beruhigte sich damit selbst genauso wie den Hund. »Ich suhle mich nur wieder in meiner Paranoia. Mache riesige mentale Sprünge von ein paar unbedachten Worten – die Victor wahrscheinlich noch nicht einmal mehr genau in Erinnerung hatte – hin zur Cosa Nostra, die unter meinem Bett lauert. Und selbst wenn ich tatsächlich gesagt habe, was er behauptet, so weiß ich nicht mehr, als daß Michael Gold ein Juwelier sein könnte. Dafür hätte er genau den richtigen Namen, findest du nicht? Vielleicht handelt er mit Goldkettchen und geschmacklosen Ringen, die er aus seinem Trenchcoat herauszieht. Oder, hey! Vielleicht ist er Schneider und hat sich auf enganliegende Anzüge spezialisiert.«

Sie fühlte sich ein bißchen besser. Es gelang ihr sogar ein Lachen, das allerdings mit einem Schrei endete, als das Telefon klingelte. »Ein klein wenig schreckhaft, nicht wahr, meine Liebe?« verspottete sie sich selbst, als sie den Hörer abnahm.

»Ms. Gold? Marguerite Harris. Wenn es unpassend ist, daß ich anrufe, sagen Sie es mir ruhig. Ich wollte nur nachfragen, ob alles in Ordnung ist, wissen Sie? Carl und ich, wir sind gerade aus San Francisco zurückgekommen – wir waren zur Wiederaufnahme meines ersten Stückes dort. Glücklicherweise kann ich sagen, daß alles gut über die Bühne ging, aber ich schweife ab, nicht wahr? – und von Anita Stroud nebenan habe ich gehört, daß Sie in Ihrem Haus einige Aufregung hatten. Sie hat erzählt, daß mitten in der Nacht Polizeiautos dastanden und ein Notarztwagen! Halten Sie mich nicht für aufdringlich, aber ich habe mir Sorgen gemacht, ob Sie verletzt sind. Sind Sie verletzt?«

Ariel hatte, wie immer, wenn sie mit Mrs. Harris sprach (ihr zuhörte!), das Gefühl, als würde die Unterhaltung blitzartig außer Kontrolle geraten. Dieser Maschinengewehrsalve zu folgen war ihr nur zur Hälfte gelungen. »Ihr erstes Stück? Sind Sie Schauspielerin?«

»Guter Gott, nein! Aber einige meiner besten Freundinnen haben das Glück, und ich versuche, es ihnen nicht übelzunehmen. Merken Sie eigentlich, daß Sie selten eine Frage beantworten?«

»Nein.« Ariel grinste.

»So ist es schon besser. Nun, erzählen Sie, ist alles in Ordnung?«

»Es ging mir schon mal besser, Mrs. Harris; es ging mir schon mal besser.« Sie wollte gerade näher darauf eingehen, als sie einen leisen Piepton hörte. »Piept es da in Ihrem Telefon?«

»Ich glaube nicht. Warum?«

»Oh, warten Sie. Wahrscheinlich kommt jetzt bei mir noch ein Gespräch herein. Bleiben Sie einen Augenblick dran?« Ariel drückte auf die BLITZ-Taste. Sie meldete sich zögernd.

»Henry hier. Ich wollte dir nur Bescheid geben.«

»O Henry. Warte einen Moment.« Wieder bei Mrs. Harris in der Leitung, versicherte Ariel, daß sie physisch und psychisch gesund sei, entschuldigte sich und versprach, sie bald zu besuchen.

»Henry! Pardon. Plötzlich habe ich hier eine Art Kommunikationszentrale.«

»Ich dachte, du sollst dich ausruhen. Das ist auch der Grund, warum ich anrufe. Du kannst sechs Wochen freihaben, wenn du willst, obwohl du dir die Zeit eigentlich verscherzt hast, die du im letzten Jahr nicht genommen hast. Du kriegst trotzdem in diesem Jahr noch drei Wochen frei. Kannst du folgen?«

»Danke, Henry, das ist sehr freundlich, aber ich bleib' im Moment bei drei Wochen.«

»Du hörst dich so ruhig an.«

»Findest du?«

Henry antwortete nicht sofort.

Sie hörte das quietschende Geräusch, das mit gründlichem

Nachdenken seinerseits einherzugehen schien. »Du solltest mal deinen Stuhl ölen«, bemerkte sie.
»Was? Hör zu, heute sind die Lohnschecks gekommen, und ich dachte, ich könnte dir deinen vorbeibringen. Ich habe nämlich für Peacock einen Termin übernommen, der ganz in deiner Richtung liegt. Merkst du, daß ich zuerst anrufe und nicht einfach vorbeikomme? Ich will mich nicht wieder mit Fang anlegen.«
»Oh, mach dir wegen des Schecks keine Gedanken, Henry. Wirklich. Warum schickst du ihn mir nicht einfach zu?«
»Ich bin zwischen fünf und sechs da«, sagte er und legte auf.
Ariel sah den Hörer an. »Du solltest echt lernen, wie man sich verabschiedet«, sagte sie in die tote Leitung hinein, »ganz zu schweigen davon, was ein Nein als Antwort zu bedeuten hat.«
Wie sollte sie mit diesem Besucher zurechtkommen? fragte sie sich. Henry war nicht Victor. Sie vermutete, daß er ihre Fehler nicht so ohne weiteres übersehen würde und daß sie mit der Rolle der flatterhaften Maid bei ihm nicht landen würde. Ob er sich daran erinnerte, welche ihrer Hände verletzt war? Ob sie von rechts oder links gesprochen hatten, wußte sie nicht mehr; er hatte sich so sehr auf das Karatethema versteift. Na, dachte sie, darum würde sie sich morgen kümmern. Sie könnte ihm immer noch Jessie auf den Hals hetzen.
Aber zurück zu den Überlegungen, wie sie etwas über ihren verschollenen Ehemann und seine fragwürdigen Geschäftspartner herausfinden könnte.
Wenn sie hier in Los Angeles geschieden worden waren, überlegte sie, so müßte das Urteil zu ermitteln sein. Sie hatte keine Ahnung, welche Informationen Scheidungsurteile enthielten, aber es mußte eine Adresse geben, und selbst wenn sie nicht mehr aktuell war, könnte sein Anwalt genannt sein.
Sie wußte, daß es keine Aktenordner mehr gab, die sie noch nicht eingesehen hatte, trotzdem warf sie noch einmal einen Blick darauf. Sie stieß auf ein neues Detail. Aus unerfindlichem Grund waren die Fahrzeugpapiere mit den Benzinrechnungen abgeheftet, was sie zuvor übersehen hatte. So angenehm es war,

zu wissen, daß das Auto ihr gehörte – was erst seit einigen Wochen der Fall war, wie sie feststellte –, für den Augenblick war es doch wenig hilfreich. Sie durchsuchte die Schubladen. Aber kein Zauber half; die Scheidungsunterlagen tauchten nicht auf.
Frustriert und gereizt spielte Ariel mit einem Halsband, das, wie sie jetzt wußte, dem Hund gehört hatte, der vor Jessie bei ihr war. Etwas, was irgendwo in ihrem Kopf genagt hatte, fiel ihr nun wieder ein. Jessies Papiere! Die hatte sie auch nicht gefunden, und sie machte sich, obwohl dies eher nebensächlich war, eine Notiz, am nächsten Tag die Nummer auf der Hundemarke anzurufen.
Für diesen Abend gab Ariel auf. Sie bereitete sich eine kleine Mahlzeit zu und aß – pflichtschuldig, nicht weil sie hungrig war. Sie war erschöpft und ruhelos, aber es war noch zu früh, um schon ins Bett zu gehen. Sie spielte mit dem Gedanken, sich die Sendungen anzuschauen, die sie aufgezeichnet hatte, um sich ein wenig mit ihrem Job vertraut zu machen, damit sie wenigstens etwas wußte, bevor Henry kam. Aber sie war zu nervös, und es blieb ihr dafür noch der ganze morgige Tag. Es sah nach einem weiteren Abend mit einem altbewährten Film aus. Auf halbem Weg ins Schlafzimmer blieb sie abrupt stehen und starrte an die Decke im Flur.
Dort hing eine Kette, die sie zuvor nicht bemerkt hatte. Ein Ventilator? Nicht möglich – es gab ja keine Rotationsblätter. Die Kette hing an einer Tür. Einer Falltür. Ariel konnte den Ring am Ende der Kette gerade eben erreichen. Sie zog daran. Sie mußte sich nicht besonders anstrengen, und schon öffnete sich die Klappe nach unten und ließ die Stufen erkennen, die an der Innenseite befestigt waren. Die Stufen reichten bis etwa auf Bauchhöhe herunter. Die letzten Sprossen waren noch eingeklappt. Oben am Ende der Treppe war ein dunkles rechtwinkliges Loch, ungefähr ein Meter mal ein Meter fünfzig. Den Blick zur Decke gerichtet, tastete Ariel nach dem Lichtschalter. Als sie den dritten Schalter anknipste, ging das Licht oben an. Sie fand einen Griff und klappte die letzten Stufen herunter. Vorsichtig stieg sie hinauf.

Auf der obersten Stufe blieb Ariel stehen. Als sie ihre Hand auf das rauhe Gebälk legte, um sicheren Halt zu haben, spürte sie einen stechenden Schmerz. Sie entfernte vorsichtig einen Splitter und sah sich, an dem winzigen Einstich saugend, um.
Der Speicherboden war fertiggestellt, aber die Wände und die Dachbalken lagen offen. Beleuchtet war nur die Mitte, und nur dort konnte man aufrecht stehen.
Kreuz und quer verteilt standen ein Überseekoffer, ein paar Pappschachteln und einige heruntergekommene Möbelstücke. Ariel musterte einen dänischen Designer-Tisch. Furniert. Der Stuhl mit der leiterförmigen Rückenlehne gefiel ihr besser, aber das Rohrgeflecht im Sitz war schon zur Hälfte verschwunden. Eine geradezu groteske Lampe aus den fünfziger Jahren lauerte im Dunkeln, ihr schnörkelig verzierter Fiberglasschirm hing traurig herunter, und dahinter konnte Ariel den Lenker eines Fitneßrades erkennen, das seiner qualvollen Einsamkeit überlassen worden war, eine unwillkommene Erinnerung an versäumtes Streben. Ariel fragte sich, ob es in der Natur der Sache lag, daß ein Speicher ein so trauriger Ort war.
Der erste Pappkarton war voller staubiger Taschenbücher. Ariel nahm *Die sinnliche Frau* in die Hand und legte das Buch, die Augen verdrehend, wieder weg. Als sie die Truhe öffnete, trieb ihr der Geruch von Mottenpulver Tränen in die Augen. Die Kleider, die darin verstaut waren, schienen nicht älter als zehn oder fünfzehn Jahre zu sein, wenn überhaupt. Sie zog ein Paar Hosen heraus, die aussahen, als könnten sie ihr jetzt passen, aber das nächste Stück, ein wadenlanges Kleid, schien zu klein für sie. Sie nahm noch ein Dutzend Klamotten heraus, wobei die kleiner und größer werdenden Nummern deutlich dafür sprachen, daß hier eine Frau abgenommen hatte, nur um dann wieder zuzulegen.
Und noch etwas deuteten die Kleidungsstücke an. Einige waren im gleichen schlichten Stil geschneidert wie die Kleider, die Ariel auch unten gefunden hatte, andere dagegen wirkten extrem mädchenhaft. Sie hob ein blumiges Chiffonkleid hoch und eine Crêpe-Georgette-Bluse, die triefte vor lauter Spitze. Entweder war sie bei ihren Einkäufen schizophren gewesen, vermutete

sie, oder sie hatte mit ihrer Garderobe jemandem gefallen wollen, der einen radikal anderen Geschmack hatte als sie selbst. Gedankenverloren schob sie die Kleider zurück in die Truhe und schloß den Deckel.
Ein zweiter Karton mit Taschenbüchern auf der anderen Seite überzeugte Ariel beinahe, daß die Entdeckung des Dachbodens ein Reinfall war. Dann hob sie den Deckel des letzten Kartons. Er war voller Papier. Da lagen vergilbte Seiten, die wohl einer High-School-Zeitung entstammten, und andere, geringfügig weniger vergilbt, von einer Zeitung, die ebenfalls einen akademisch klingenden Namen trug. In der Verfasserzeile stand überall ihr Name. Sie überflog einen Bericht über ein Basketballspiel der USC gegen die UCLA. Letztere hatte gewonnen. Sie legte den Artikel zurück und nahm einen Spiralblock heraus. Auf dem Deckblatt waren der Name »Ariel Munson« und ein Datum geschrieben. 1973. Sie griff nach einem weiteren Notizbuch. Hinter ihrem Namen stand 1974. Sie nahm noch einen zur Hand. Wenn sie für jedes Jahr ein Buch angelegt hatte, könnten dann nicht auch Informationen über Michael Gold enthalten sein? Aber das letzte Notizbuch stammte von 1982, zwei Jahre vor ihrer Hochzeit.
Ariel spürte die aufwallende Enttäuschung, zog sich den Stuhl heran, setzte sich vorsichtig auf den zerfransten Sitz und öffnete die letzte beschriebene Seite des Notizbuches für das Jahr 1982. 16. Dezember. Sie blätterte zurück. Täglich hatte sie nicht geschrieben; manchmal gab es eine Lücke von einer ganzen Woche oder mehr ohne die ordentliche, aber seltsam schräg gestellte Handschrift. Sie blätterte wieder zur letzten Seite, drehte das Buch zum Licht und las.

Ich verstehe M. von Tag zu Tag weniger.
Er ist so unglaublich klug und belesen, so intellektuell. Er weiß viel mehr als ich.
Seine Gefühle für mich sind ein einziger Widerspruch. Er versichert mir, daß er auf meine Intelligenz stolz ist, daß er sich sonst nichts aus mir machen würde, aber trotzdem wertet

er meine Äußerungen oft ab. (»Kindlich« nannte er eine Bemerkung, die ich neulich gemacht habe. Es war das einzige Mal, daß ich mir zugestanden habe, daß er ein Angeber ist, aber zu wissen, daß auch er nicht perfekt ist, hat meine Liebe zu ihm noch gesteigert.)
Er sagt mir, ich sei gerade das Gegenteil seiner Mutter (die schreckliche Muriel!), er liebe mich, weil ich nicht oberflächlich bin und mein festes Wertesystem habe. Und auf der anderen Seite kritisiert er, wie ich aussehe und mich kleide, und er wurde fuchsteufelswild, als ich mir bei Muriels Dinnerparty am letzten Wochenende zuviel Fleisch genommen hatte. (Ich hasse diese Fahrten nach San Diego! Ich bin froh, daß sie Weihnachten in Palm Beach verbringt.)
Die Stimmungswechsel von M. sind verblüffend. Heute morgen schlug er wild um sich, weil ich nicht da war, als er anrief. Ich hätte etwas für ihn tippen sollen, und er hätte »mich gebraucht«. Natürlich hat er mir vorher nichts davon erzählt. Und heute abend war er dann ein ganz anderer Mensch. Beim Essen mit seinen Freunden hat er versucht, mich aus der Reserve zu locken, hat von meinem Stipendium erzählt und ihnen Geschichten darüber aufgetischt, was er mein »sagenhaftes« Gedächtnis nennt (und das er in weniger glücklichen Augenblicken mein »idiotisches Gelehrtengedächtnis« nennt). Und später, als wir allein waren, war er so zärtlich.
Wenn er selbst zuläßt, verletzbar zu sein, dann habe ich das Gefühl, als wäre ich die Starke.
Ich wünschte, Geld und Aussehen wären für ihn nicht so wichtig, aber ich wäre ja schon ganz zufrieden, wenn er wenigstens zugeben würde, daß er es für wichtig hält.
Ich weiß nicht, was er in mir sieht und wie er will, daß ich bin. Manchmal fürchte ich, daß er es selbst nicht weiß. Obwohl ich darüber mit ihm nie spreche, glaube ich doch, daß er hin- und hergerissen ist. Er weiß nicht, was er gut finden soll und was er tatsächlich gut findet. Ich weiß nur eins: Ich werde alles mir Mögliche tun, so zu sein, wie er will.

Ariel schloß das Buch. Sie war verwirrt, weil sie einerseits etwas wie einen Verstoß empfand, und andererseits glaubte, alles, was sie gelesen hatte, genau zu verstehen, gerade so, als hätte sie es selbst geschrieben. Nun, wie sollte es auch anders sein? dachte sie finster. Sie hatte es ja selbst geschrieben!
Nüchtern betrachtet, legte diese Seite zweierlei nahe. Zum einen war »M.«s Handeln durch Geld motiviert, und zwar so sehr, daß sie sich in jüngeren Jahren damit auseinandergesetzt hatte, und zum zweiten wohnte er möglicherweise in San Diego. Zumindest seine Mutter schien dort zu leben.
Ariel schob alle Notizbücher zusammen und nahm sie mit hinunter. Sie stapelte sie auf dem Bett und kehrte in die Küche zurück, um sich eine Kanne starken Kaffee zu brühen.

17

Heute ist meine Mutter gestorben.

So lautete die einzige Zeile auf der ersten Seite des Tagebuchs von 1973.
Ariel wurde von einer äußerst ungewöhnlichen Mischung aus Empathie und Sympathie, aus Mitleid und distanzierter Neugierde ergriffen, und sie blätterte auf die nächste Seite weiter, die drei Tage später notiert war.

> *Ich wollte eigentlich jeden Tag etwas aufschreiben, aber ich habe ein so komisches Gefühl, seit Mutter gestorben ist, daß ich gar nicht weiß, was ich schreiben soll. Ich habe versucht, darüber nachzudenken, was ich empfinde, damit das, was ich schreibe, einen Sinn ergibt. Was Anne Frank geschrieben hat, ergab immer einen Sinn, obwohl sie solch schreckliche Dinge durchgemacht hat. Mein Leben ist nicht so gefährlich, aber ich glaube, wir haben dennoch eine Menge gemeinsam. Ich glaube, das wichtigste ist, einfach aufzuschreiben, was ich fühle – so gut ich kann. Ich bekomme dafür ja keine Noten, und es wird ja auch niemand sonst lesen.*

Die Handschrift des elfjährigen Kindes war weniger ausgeprägt, als dies neun Jahre später der Fall war, aber die eigenartigen Bogen und Haken waren in den Grundzügen bereits angelegt.

> *Ich glaube, ich habe Mutter geliebt. Ich weiß, daß ich nicht so viel hätte lesen und lernen dürfen, wenn sie nicht gewesen wäre. Sie hat Daddy dazu überredet. Aber ich wollte, sie wäre mehr wie die Mütter von anderen Kindern gewesen. Ich wollte, sie hätte mir gesagt, daß sie mich liebhat, und mich manchmal umarmt.*
>
> *Ich weiß nicht einmal, woran sie gestorben ist. Sie war schon seit langem so anders. Manchmal haben ihre Hände gezittert, und in letzter Zeit gab es noch andere Sachen. Sie hat vergessen, was die Leute ihr erzählt haben, und komisches Zeug geredet. Ich meine nicht haha-komisch. Und dann war sie plötzlich verschwunden. Als ich von der Schule nach Hause gekommen bin, sagte Daddy einfach, daß sie verstorben ist. Aber er hat sich nicht so verhalten, als wäre er traurig. Eher so, als wäre er böse. Aber er ist ohnehin meistens böse, also hat es mich nicht besonders überrascht.*
>
> *So wie Daddy sich verhält und auch Mutter, wenn auch ein bißchen anders, frage ich mich, warum sie mich überhaupt gekriegt haben. Er zeigt mir ja deutlich, daß er gerne eine andere Tochter gehabt hätte. Eine wie Ruth. Manchmal habe ich das Gefühl, ich gehöre hier gar nicht her.*
>
> *Ich wollte, Mutter hätte tschüs gesagt.*

Die Eintragungen waren auch im folgenden unregelmäßig, manchmal bestanden sie aus nicht mehr als ein oder zwei Zeilen, aber dies reichte aus, um das trübe Bild eines einsamen, molligen kleinen Mädchens hervorzurufen, das sich nach Zuneigung sehnte.

»Ruth« wurde verschiedene Male erwähnt, ein Vorbild, das zu erreichen Ariel nicht gelungen war. Ruth war die Ordentliche. Die Gehorsame. Die Niedliche. Ariel folgerte, daß Ruth das erste Kind der Munsons war, das schon nicht mehr gelebt hatte, als sie geboren wurde.

Es war auch die Rede von irgendwelchen Klassenkameradinnen, aber es fehlte jeglicher Hinweis auf eine echte Freundschaft. Es gab Notenvergleiche und neidische Beschreibungen dessen, was irgend jemand trug oder sagte oder tat – und die unglückliche Feststellung, daß alle, sogar die Jungen, kleiner waren als sie.
Es gab Anspielungen auf die Kirche, in der der Vater eine wichtige Rolle spielte. Obwohl die Sekte nicht namentlich genannt war, handelte es sich offenkundig um strenge Fundamentalisten, um jene Sorte, die Make-up, Tanzen und all diese weltlichen Dinge mit Mißbilligung betrachteten. Bis Ariel in das Jahr 1974 vorgedrungen war, war sie gründlich deprimiert. Und wenn sie die Möglichkeit gehabt hätte, ihren Vater tätlich anzugehen, dann hätte sie ihn erwürgt. Er war ein kalter, beherrschender Fanatiker, der eine weltliche Erziehung und die Ablenkungen einer »gottlosen Gesellschaft« verabscheute. Als sie jedoch die Eintragungen der Zwölfjährigen las, wandelte sich Ariels Niedergeschlagenheit in Wut. Hier zeichnete sich das Bild eines Mannes ab, der nicht mehr nur streng war, sondern perverse Züge angenommen hatte.
Offensichtlich hatte der Vater nie irgendwelche Skrupel gehabt, zu bestrafen, die körperliche Züchtigung eingeschlossen. Aber der knappen kleinlauten Beschreibung konnte Ariel entnehmen, daß die Vorfälle eskalierten und mehr als eifrig betrieben wurden, milde ausgedrückt. Aus Ohrfeigen wurden Schläge, und daraus Prügel. Eines schönen Tages hatte sie sich über einen Stuhl beugen müssen und war dann, bis auf die Unterhose entkleidet, mehrfach mit einem Gürtel gepeitscht worden.
Das Mädchen, das von Natur aus gesprächig war, hatte sich immer mehr zurückgezogen, sogar vor sich selbst. Das Mädchen, das mollig gewesen war, wurde dick.
Ariel weinte hemmungslos und schlug das Buch zu.
Warum haben die Leute, die Lehrer und die Geistlichen dieser Kirche, nicht bemerkt, was vor sich ging? Wie hatte sie es mit diesem Wahnsinnigen aushalten können? Und wie hatte sie überhaupt in dieses Haus zurückkehren können, den Schauplatz ihrer unglückseligen Kindheit?

Sie schneuzte sich und starrte auf die Wand. Allmählich wurde ihr Atem wieder gleichmäßiger. Sie goß sich den letzten Rest Kaffee ein.

Selbst heute, wo Kindesmißhandlung eher ins Bewußtsein gerückt war, wurde noch immer die große Mehrzahl der Vorfälle nicht angezeigt. In der damaligen Zeit wäre die Strafe noch nicht einmal hoch ausgefallen, wenn sie nicht sogar ganz ausgeblieben wäre.

Und wohin hätte sich ein Mädchen dieses Alters flüchten sollen? Zum Busbahnhof der Stadt? Bis jetzt waren keine Großeltern oder Tanten und Onkel erwähnt, und die glorreichen Tage von Haight-Ashbury waren vorbei. Außerdem hatte sie genug gelesen, um das Mädchen zu verstehen, um sich selbst als Kind zu verstehen. Das Mädchen war stolz. Es war unabhängig. Es war zäh.

Ariel schlich durch das Schlafzimmer. Sie zog die Vorhänge zurück und schaute zum bläulichweißen Vollmond hinauf.

Warum sie nach dem Tod ihres Vaters zurückgekehrt war, darüber konnte sie nur Spekulationen anstellen. Zweifelsohne hatte das Haus unglaublich an Wert gewonnen, seit er es gekauft hatte; der finanzielle Aspekt mußte eine große Rolle gespielt haben. Die Renovierungsarbeiten sahen aus, als stammten sie aus allerjüngster Zeit. Sie war sich fast sicher, daß sie selbst sie durchgeführt hatte, möglicherweise eine Art Exorzismus.

Ariel fragte sich, wie der alte Mann wohl gestorben war. Nun, eigentlich war er noch nicht so alt gewesen. Sie rechnete von seinem Alter, das auf ihrer Geburtsurkunde vermerkt war, bis zum Datum seines Testaments und fand heraus, daß er nicht älter als neunundsechzig oder siebzig gewesen sein konnte. Sie wünschte ihm einen langsamen, qualvollen Tod. Und was war mit ihrer Mutter? Laut Geburtsurkunde war sie vierzig, als Ariel geboren wurde, und sie starb im Jahr '72. Das hieß, sie war fünfzig geworden. War im Zusammenhang mit ihrem Tod etwas Außergewöhnliches geschehen, was den Zorn des Ehemanns oder eine Reaktion, die als Zorn aufgefaßt wurde, hervorgerufen hatte? Oder war er einfach von Natur aus niederträchtig gewesen? Ariel machte sich auf einiges gefaßt, als sie das Buch von 1975 aufschlug.

Es gab weniger Eintragungen als in den vorherigen Tagebüchern, und zudem waren sie kürzer. Ihr Vater wurde nur noch selten erwähnt. Die Notizen wirkten fast unpersönlich, einige davon waren offenkundig erfunden. In diesem Buch wie auch im folgenden sprang das Kind von einem Abschnitt zum nächsten, vom Wetter oder der Hausarbeit zu Footballstars und treuen Freundinnen, die ihre außergewöhnlichen Qualitäten anerkannten.

Und dann, nach einer langen Pause im Jahr 1977, gewannen die Eintragungen an Schwung. Sie waren weder länger noch regelmäßiger, aber sie wandten sich wieder der Realität zu. Offenbar hatte sie sich mehr als zuvor in der Schule engagiert. In der Schülerzeitung schien sie eine Nische gefunden zu haben. Ihr Schreibstil entfaltete sich. Natürlich konnte sie sich mit den Jahren besser artikulieren, aber sie klang nun auch selbstbewußter. Manchmal sogar experimentell. Manchmal auf amüsante Weise affektiert.

Das Tagebuch von 1978 hörte sich ähnlich an, auch wenn sich die Sprache inzwischen weiter verfeinert hatte, und 1979 war die gute Nachricht vermerkt, daß sie ein volles Stipendium für die USC bekommen hatte. Alles wurde besser, besonders als sie im Sommersemester ihres ersten Jahres am College in das Studentenwohnheim zog.

In den darauffolgenden Notizbüchern beschrieb sie ausführlich die verschiedenen Seminare und ihre Sorge, ob sie das Stipendium halten könnte. Sie war noch immer Außenseiterin, und unglückliche Anspielungen auf ihre äußere Erscheinung, besonders auf ihr Gewicht, mehrten sich. Gelegentlich wurde eine Diät erwähnt, die im besten Fall bedingt erfolgreich war.

Im Jahr 1982 schließlich tauchte Michael Gold auf.

Eine Romanze war für Ariel etwas völlig Fremdes, so exotisch und gefürchtet wie Pan, und genauso unwiderstehlich. »Dr. McDermott nennt ihn immer Gold«, begann der erste Hinweis auf ihn. »Heute habe ich herausgefunden, daß er mit Vornamen Michael heißt.« Gespannt las Ariel weiter.

Er ist älter als der Rest und fleißiger. Man kann gar nicht anders, als ihn zu beachten, weil er in »Moderner Dichtung« zu den wenigen Leuten gehört, die sich freiwillig zu Wort melden. Es mangelt ihm nicht an Meinungen, und er vertritt sie ohne die geringste Spur von Unsicherheit.
Ich habe ihn immer für einen Angeber gehalten, aber jetzt bin ich mir nicht mehr so sicher. Was ist schon dabei, wenn man sich für etwas interessiert, wenn man sich traut, dazu zu stehen. Wenn ich verstanden habe, was er sagt, dann stimme ich in der Regel mit ihm überein, und er drückt sich bemerkenswert klar aus.
Ich habe noch nie jemanden kennengelernt wie ihn.

Wie sie Michael kennengelernt hatte, war minutiös beschrieben, jedes Wort, jede Geste, jede Kleinigkeit. Was er gesagt hatte, wie sie angezogen war, ihr Bedauern, daß sie an diesem Tag nicht andere Klamotten ausgesucht hatte – solche, die sie dünner erscheinen ließen, wie sie meinte –, all das beschäftigte sie immer wieder. Ariel lächelte nachsichtig, als sie die endlos detaillierten Beschreibungen überflog. Ihr Lächeln schwand allerdings, als sie den letzten Abschnitt wieder aufmerksamer las.

Wir kamen gerade aus dem Seminar heraus, und ich war stehengeblieben, um mir die getönten Gläser auf die Brille zu knipsen, als es hinter mir hieß: »Dein Kommentar zu dem Dickinson-Gedicht war interessant.« Ich hatte nicht bemerkt, daß er mich eingeholt hatte, und zuerst dachte ich, er würde mit jemand anderem sprechen. Dann dachte ich, daß er sarkastisch wäre. »Ich bin der gleichen Meinung«, sagte er. »Im ersten Vers wird alles gesagt. Der Rest ist überflussig.« Ich murmelte irgend etwas Dummes, keine Ahnung, was. Ich stand da wie Lots Frau, bis er sich selbst vorstellte. Dann sagte ich nur: »Hi.« Er mußte mich nach meinem Namen fragen. Dann meinte er noch: »Bis bald«, und verschwand in die Bradley Hall.
Was hatte das nur zu bedeuten? Er ist nicht an meinen

Notizen oder meiner Hilfe interessiert. Zum einen ist er dafür zu intelligent, zum anderen ist er nur als Gasthörer im Seminar. Und außerdem sieht er viel zu gut aus. Ich habe den ganzen Nachmittag darüber nachgedacht und komme nicht drauf.

Michael wurde im folgenden immer häufiger erwähnt. Die verletzbare junge Ariel rätselte und hinterfragte, und schließlich erlag sie, immer noch ungläubig, aber hingerissen.

Es überraschte kaum, daß die Liebe einschlug wie eine Bombe. Und vielleicht lag es nahe, daß der Mann, zu dem sie sich so hingezogen fühlte, ihrem Vater nicht unähnlich war. Während sie die zunehmend intimere Freundschaft beschrieb, fanden auch Michaels Wutanfälle und Entschuldigungen, die Bekundungen seiner Bedürfnisse und seine Komplimente, die sich mit Kritik abwechselten, immer mehr Beachtung. Allmählich war Ariel selbst immer weniger zu finden. Zu häufig war unterschwellig eine andere Stimme zu hören.

Ariel überflog ungeduldig die schwärmerischen Ansichten aus zweiter Hand und erfuhr dabei, daß Michael, fünf Jahre älter als sie selbst, im letzten Jahr seines Jurastudiums steckte. Sein Vater, ein wohlhabender Pelzhändler mit Sitz in San Diego, war gestorben, als sein Sohn noch ein Teenager war, und seine Mutter, »die schreckliche Muriel«, war eine Tyrannin, deren Haltung Ariel gegenüber von schamloser Herablassung zeugte.

Gegen Ende des letzten Buches wurde ein ungewöhnlich heftiger Wutanfall beschrieben, nach dem Michael für zwei Tage verschwand. Verärgert und verwirrt griff Ariel auf die Dichterin zurück, von der bei ihrem ersten Treffen die Rede gewesen war. »›Trennung ist, was wir vom Himmel wissen‹«, zitierte sie Emily Dickinson, »›und was wir von der Hölle brauchen.‹« Ohne Michael, schrieb sie verzweifelt, gebe es wenig Anreiz, ihr Leben zu leben.

Michael kam zurück.

Auf die einundzwanzigjährige Ariel hatte Michael Gold großen Einfluß gehabt; heute empfand sie ihn als einen Blödmann.

Einen tyrannisierenden Maulhelden und Pedanten, der sehr von sich eingenommen war.
Ihre Augen juckten vor Müdigkeit, als sie zur letzten Seite kam, zu dem Eintrag, mit dem sie begonnen hatte. Schließlich bemerkte Ariel, daß sie eine große Sympathie für das Mädchen entwickelte, das die Tagebücher geschrieben hatte. Nein, mehr als Sympathie – es war ein Empfinden des Einsseins. Als hätte sie zu sich selbst gefunden. Auch Michael Gold kam ihr bekannt vor. Ariel hatte das Gefühl, als kenne sie ihn oder jemanden, der ihm sehr ähnlich war.
Sie ließ sich noch einmal durch den Kopf gehen, was sie alles gelesen hatte, und kam zu dem Schluß, daß er sehr intelligent war; daß er zwar dominierte, aber auch sehr charmant war; daß er sie geliebt hatte, so gut er konnte. Sie vermutete, daß die junge Ariel, verknallt, wie sie war, richtiglag, wenn sie Michael für idealistisch hielt und glaubte, daß ihn seine Erziehung in einen unangenehmen Konflikt mit seinen Idealen gestürzt habe. Aber der intellektuelle Anspruch, der das Mädchen so gefesselt hatte, wirkte aus reiferer Sicht eher wie billiges Furnier. Michael, so dachte sie jetzt, war ein Mann mit einer einzigen ausgleichenden Eigenschaft: Von Unschuld fühlte er sich instinktiv angezogen.
Sie lag lange wach, und als der Schlaf sie schließlich übermannte, schlief sie unruhig. Eine Variante des »weißen Traums« kehrte wieder, die gleichen grellen Lichter und der durchdringende Geruch von Lilien. Dieses Mal jedoch konnte sie mit einem teleskopischen Auge in den weißen Sarg in der Ferne hineinsehen.
Der Körper darin gehörte einer Frau. Sie war groß und schlank, und obwohl sie nicht gerade hübsch war, hatte sie etwas ungewöhnlich Schönes. Im Traum kam Ariel das Gesicht bekannt vor. Sie wollte die unbewegliche, kalte Frau rufen, sich über das mitleiderregende Jammern hinweg Gehör verschaffen, aber sie brachte keinen Ton heraus. Dann vernahm sie Neelys Stimme nahe an ihrem Ohr, die drohte: »Wenn du nach einem Zeichen suchst, Gold, dann geh in die Kirche.«
Ariel bemühte sich, dem Traum zu entfliehen, und hatte eigent-

lich auch das Gefühl, wach zu sein, aber die Stimme fuhr fort, nahm den salbungsvollen, frommen Tonfall eines Erweckungspredigers an. »Suchet, so werdet ihr finden«, psalmodierte die Stimme. »Klopfet an, und es wird euch aufgetan.«

Sie mußte fliehen. Vor der Stimme, aus dem Zimmer, aus dem Traum. Das Licht wurde greller, schluckte jegliches Bild, schmolz sie in eine weiße Leere ein. Sie wußte, daß die Katastrophe jeden Augenblick ausbrechen würde – eine Explosion des Lichts und ohrenbetäubender Lärm. Sie kämpfte sich ihren Weg in den wachen Zustand und in die Stille ihres Schlafzimmers.

Sie drehte sich um. Unwillkürlich nahm sie wahr, daß sie in Sicherheit war, und ließ sich wieder treiben. Minuten, vielleicht auch nur Sekunden später war sie wieder eingeschlafen.

Sie träumte von einem kleinen Mädchen, das dahockte und eine sanfte Welle beobachtete, die über ihre Füße wogte. Als der Schaum davonschwemmte, blieben prickelnde Sandkörner auf ihren nassen Zehen zurück. Ariel wußte, daß sie dieses kleine Mädchen war, aber sie fühlte sich nicht traurig oder einsam. Sie lachte. Sie befand sich am Ufer des weiten, klaren Ozeans, spielte in den Wellen und rief nach jemandem, der am Strand wartete. Das Wasser war warm und umzingelte sie sanft. Sie spürte die warme Sonne auf ihrem Rücken. Sie schmeckte das Salz auf ihren Lippen, hörte die Möwen über sich schreien, sah die winzigen silbrigen Fischchen, die im kristallklaren Wasser um ihre Füße schwirrten.

Das Glücksgefühl, das ihr durch den Traum vermittelt wurde, war überwältigend. Die Erinnerung an den Traum selbst verblaßte, aber das Gefühl bestand, noch lange nachdem sie aufgewacht war, in ihrem Herzen fort.

18

Ariel trank ihre erste Tasse Kaffee auf der Terrasse. Sie hatte erwartet, sich nach der kurzen Nacht angeschlagen zu fühlen, aber sie war, gewärmt von einem unerklärlichen Wohlbehagen, bereit, der Welt gegenüberzutreten. Eine leise Stimme in ihrem

Hinterkopf murmelte etwas Lästiges über Stimmungsschwankungen bei Amnesie; aber sie entschloß sich, dies zu ignorieren. Ihr Knöchel, so hatte sie beim Aufwachen bemerkt, ließ sich wieder ganz gut bewegen, und die blauen Flecken im Gesicht hatten inzwischen eine weniger abstoßende Schattierung von Gelb. Das Hirngespinst sizilianischer Buhmänner hatte sich mit dem Tageslicht verflüchtigt, und auch das Hirngespinst Henry Heller beschäftigte sie nicht weiter.

Jessie war mit einem Tennisball angekommen. Und als sie schließlich einwilligte, ihn freizugeben, warf Ariel ihn so oft, bis der Hund keuchend neben ihr niedersank. Ariel tätschelte sanft die Gegend um das Pflaster und drückte ihren Kopf an das Tier. Sie las die Telefonnummer auf der Marke am Halsband und ging hinein, um diese Besitzerfrage ein für allemal zu klären.

Nach viermaligem Läuten wiederholte eine Männerstimme, sonor selbst auf dem Anrufbeantworter, die Nummer und versprach, daß ihr Anruf erwidert würde, wenn sie so freundlich wäre und eine Nachricht hinterließe. Der Piepton war zu hören, und Ariel wollte gerade anfangen zu sprechen, als sie es sich noch einmal anders überlegte. Vorsichtig legte sie den Hörer auf die Gabel. Sie hatte keinen rechtmäßigen Beweis dafür, daß Jessie jetzt ihr gehörte, und war dadurch im Nachteil. Sie wollte Mr. Morgan nicht die Möglichkeit geben, seine Entscheidung, den Hund wegzugeben, zu überdenken. Sie würde warten, bis sie persönlich mit ihm sprechen und die Situation besser kontrollieren könnte.

Ariel sah auf die Uhr. Es war noch immer zu früh, als daß die Behörden schon geöffnet hätten, also mußten ihre Nachforschungen bezüglich der Scheidung warten.

Falsch sang sie einige Fetzen aus *Song of the South* und machte sich zuversichtlich an den nächsten Punkt, den es zu erledigen galt: die Arbeit. Die Zeile »Zip a Dee Do Dah« wurde frei durch gesummte »Dum-de-dah-dums« ersetzt, während sie alles dafür vorbereitete, die Sendungen anzuschauen, die sie aufgezeichnet hatte. »Everything's going my way«, sang sie monoton und drückte auf den Startknopf des Videorecorders.

Neunzig Minuten später war sie sich dessen nicht mehr so sicher.
Was sie gesehen hatte, war zum größten Teil ziemlich mies. Verdiente sie sich damit ihr Geld? Sie hoffte, daß Mrs. Harris recht hatte und *Die offene Akte* tatsächlich mehr Format hatte als das Chaos, die Anspielungen und das Ausschlachten eines Themas, wie sie es eben erduldet hatte. Sie wünschte, sie hätte die Möglichkeit gehabt, ihre eigene Sendung aufzuzeichnen.
Sie wiederholte den Abspann der ersten Sendung und notierte die Berufsbezeichnungen, die über den Bildschirm rollten. Himmel! Es waren eine ganze Menge, und fast alle waren näher bestimmt. »Verantwortlicher« Produzent. »Chef«-Korrespondent. »Chef«-Redakteur. Die Autoren gehörten zu den wenigen Posten, die nicht zusätzlich definiert waren. Ariel fragte sich, ob dies bedeutete, daß sie am qualifiziertesten waren. Die beiden anderen Sendungen boten in ihrem hierarchischen Abspann eine ganze Schar von Produzenten auf, und sogar die Adjektive waren noch mit Zusätzen versehen. Den »Leitenden« und »Beauftragten« waren die Vokabeln »geschäftsführend« und »koordinierend« protzig voran- oder nachgestellt.
Während sie über all die Häuptlinge und ihre Indianer nachdachte, warf sie einen Blick auf die Fachbücher, die sie in die Regale im Arbeitszimmer gestellt hatte. Es waren nur wenige, wie sie feststellte, und die waren fünfzehn oder mehr Jahre alt. Sie zog *Der Journalist und die elektronischen Medien. Ein Handbuch* von O. F. Anderson heraus und schlug es auf. Die ersten Sätze legten nicht gerade nahe, daß das Buch besonders hilfreich wäre.
»›Eine Nachricht‹«, las sie laut, »›setzt voraus, daß Sie etwas haben, worüber Sie berichten wollen.‹ Was ich daraus schließe, Mr. Anderson«, murmelte sie, »ist, daß Sie ein Lehrbuch der englischen Sprache benötigen.« Unschlüssig blätterte sie das Buch durch. Es gab ein Kapitel darüber, wie Fernsehen eigentlich funktionierte. Sie beschloß, daß sie sich dieses Thema für einen verregneten Tag aufsparen wollte, obwohl es zweifelsohne faszinierend war, wie optische Lichtsignale in elektronische

Impulse umgewandelt wurden. Das Kapitel über fernsehgerechtes Make-up ebenfalls. Und weil wahrscheinlich kaum von ihr verlangt wurde, real eine Kamera zu führen, überblätterte sie zudem einen Abschnitt über Linsendrehkränze und Plumbikonröhren. Schnell prägte sie sich die Definitionen von Schwenk und Vertikalschwenk, von Kamerawagen und Fahraufnahme ein und fragte sich, ob dieses Zeug nicht zum Teil oder gar vollständig überholt war.

Das zweite Buch war so alt, daß das Farbfernsehen für den Autor eine aufregende Neuigkeit gewesen wäre, und zwei weitere Bücher, die sich mit Moral und Macht und Politik im Nachrichtenraum auseinandersetzten, waren nicht nur veraltet, sondern auch ohne Bedeutung.

Okay, gut. Zurück in die Bibliothek. Aber zuerst, dachte Ariel, würde sie noch ein bißchen nach Gold graben.

Sie kramte das Telefonbuch mit den Eselsohren heraus und schlug unter Behörden nach. Wo, fragte sie sich, konnte man etwas über Scheidungsvorgänge herausfinden? »Scheidungsurkunden«, einfach so, war nicht zu finden, aber der allererste Eintrag unter Los Angeles, County lautete »Ämter, Verwaltungsbehörde«. Damit zu beginnen schien genausogut wie mit irgendwelchen anderen Stellen.

Sie trug ihre Frage vor und wurde auf Warteschleife gestellt. Man verband sie endlich weiter, und eine Frau sagte etwas vollkommen Unverständliches. Wieder fand sie sich in der Warteschleife. Eine Ewigkeit lang lauschte sie der Stille, und gerade als sie auflegen wollte, meldete sich eine freundliche Männerstimme.

»Landesgericht. Werden Sie schon bedient?« erkundigte er sich.

»Nicht direkt«, erwiderte Ariel ein wenig gereizt.

»Na, dann jetzt. Mein Name ist Walters. Wie kann ich Ihnen helfen?«

»Wie«, fragte Ariel, »findet man heraus, ob eine Scheidung stattgefunden hat?«

»Name?«

»Gold.«

»Vornamen?«
»Ariel Rose und Jordan Michael.«
»Welches Jahr?«
»Oh, nun, verstehen Sie, das weiß ich nicht. Ich weiß, um ehrlich zu sein, nicht einmal, ob es eine Scheidung gab. Das will ich ja gerade herausfinden«, erklärte Ariel.
Der geduldige Walters zögerte keine Sekunde. »Wissen Sie, in welchem Jahrzehnt?«
»Irgendwann zwischen 1985 und jetzt. Hilft das weiter, oder ist die Angabe zu vage?«
»Wir können einen Blick auf das Mikrofiche werfen und schauen, was dabei herauskommt«, meinte er und las Sekunden später eine Auflistung herunter.
»Albert, Alfie, Andrew, Andrew, Andrew – Heiraten Sie niemals einen mit dem Namen Andrew«, riet Walters ihr nebenbei, »sie scheinen nicht viel Durchhaltevermögen zu haben. Keine Ariels.« Offenbar sprang er nun zu einem anderen Abschnitt. Ariel hörte, wie er leise las.
»Wow! Hier gibt es eine Firma, mit der man besser keine Geschäfte macht«, meinte er. »Die sind von allen außer Ihnen und mir verklagt worden!«
»Eine Firma?« hakte Ariel nach. »Moment mal, ich dachte, Sie schauen unter den Scheidungsvorgängen nach?«
»Wir haben alles hier drin, familiär, zivilrechtlich und testamentarisch. Nun«, teilte er ihr mit, »kein Michael, dem das Initial ›J.‹ vorausgeht. Es gibt zwei Michael, aber bei dem ersten folgt noch Alonzo und beim zweiten steht davor ein ›D.‹ Und es gibt einen Mike; hilft Ihnen das weiter?«
Ariel hatte nicht den Eindruck.
»Versuchen wir's noch mit den neunziger Jahren«, meinte er – und fand auch hier nichts.
»Ich mache Ihnen einen Vorschlag«, sagte Walters. »Ich kann wirklich keine Zeit mehr darauf verwenden, aber sie könnten herkommen und selbst suchen, wenn Sie noch weiter zurückgehen wollen. Wir haben unseren Sitz in der Verwaltungsbehörde.«

»Walters«, versicherte ihm Ariel, »Sie sind ein Engel, aber da die Heirat erst Ende 1984 stattgefunden hat, war's das, glaube ich.« Sie bedankte sich, legte auf und überdachte die verschiedenen Möglichkeiten.

Die Scheidung konnte außerhalb von Los Angeles ausgesprochen worden sein. Sie könnte noch in den Counties Ventura und San Bernardino und Riverside und Orange und all den anderen anrufen. Das würde ewig dauern – und dann gab es womöglich überhaupt keinen Eintrag. Vielleicht waren sie nie geschieden worden.

Sie rief die Auskunft von San Diego an. Es gab weder einen Eintrag für einen Rechtsanwalt Gold noch für eine Muriel Gold.

Ariel hatte noch eine letzte Idee. Sie suchte im Telefonbuch nach der Anwaltskammer. Sie konnte keinen Eintrag finden, rief noch einmal bei der Auskunft an und bekam die Nummer der Anwaltskammer von Los Angeles, die sie an die überregionale Kammer weiterleitete. Von der Abteilung »Mitgliedschaften« erfuhr sie, daß man ihr lediglich mitteilen könne, ob ein bestimmter Anwalt eine Zulassung für Kalifornien habe, aber nicht, ob er tatsächlich auch praktiziere, und sie erfuhr, daß niemand mit dem werten Namen Jordan Michael Gold aufgelistet war. Um herauszufinden, ob er anderswo praktiziere, müsse sie in jedem einzelnen Staat anrufen.

Ihr fiel nichts mehr ein, was sie in der verbleibenden Zeit noch tun könnte. Und so ließ sie ihre Recherche ruhen und zog sich rasch an.

Auf dem Parkplatz des Rathauses war derselbe Wächter wie zuvor beschäftigt, der ihr ein Okay-Zeichen gab, als er ihre Sondererlaubnis sah. Ariel dachte sich, daß er ein außergewöhnliches Gedächtnis für Gesichter haben müsse (oder daß ihr Gesicht außergewöhnlich einprägsam sei), bis seine Begrüßung deutlich machte, daß es nicht ihr Gesicht war, an das er sich erinnerte.

»Klasse Wagen!« Er kam zu ihrem Auto, und während er ehrfürchtig über den Kotflügel strich, lobte er sie, daß sie den

Fünfundfünfziger und nicht den Sechsundfünfziger gewählt habe. »Die europäische Ausstattung sieht astrein aus, fährt sich aber schlecht. Klar, der Sechsundfünfziger gibt mehr her – aber was soll's! Und Sie sind doch diejenige, die ihn fährt, was?«

Ariel ging, inzwischen ein alter Hase, entschlossen auf einen der Computer in der Bibliothek zu und tippte zuversichtlich FERNSEHNACHRICHTEN ein. Es erschienen drei Titel – geschichtlich und/oder biographisch –, die aber ausgeliehen waren. Sie probierte es mit allen denkbaren Wortkombinationen und hatte schließlich eine Liste von sieben Büchern zusammengestellt, die erhältlich und – möglicherweise – nützlich waren. Zwei davon waren für Kinder.

Einige Stunden später hatte sie einen Krampf in der rechten Hand, sah sich mit einem ihr völlig fremden Fachvokabular konfrontiert und war voller Bewunderung für die Leute hinter der Kamera. Zudem hatte sie kapiert, daß sie nicht in den Nachrichtenraum oder in ein Studio hineinspazieren und irgend jemandem vorspielen könnte, sie wäre fähig, ihren Job zu machen. Wie diese Glanzleistung zu bewerkstelligen sein sollte, dazu war ihr noch keine Erleuchtung gekommen.

Sie ging in den Zeitschriftensaal, stieß dort auf etwas, was sich InfoTrac nannte und von ihr mit erfreulicher Leichtigkeit gemeistert wurde, sowie auf Mikrofiche-Geräte, die ihr Kopfschmerzen bereiteten und den Wunsch hervorriefen, anderswo zu sein.

Sie hatte sich eine Belohnung für ihre Arbeit verdient. Und weil auch ein paar anständige Kleider angebracht waren, hielt sie auf dem Nachhauseweg am Westside Pavillon.

Als es um Viertel nach fünf an der Tür klingelte, sah Ariel gerade finster in den Spiegel. Die neuen Klamotten waren in Ordnung. Der Schnitt sollte schlank machen, und der Schal um den Hals sollte den Blick auf sich lenken. Das wollte sie auch hoffen.

Ihr impulsiver Einkaufstrip hatte in einem Kosmetiksalon geendet, wo eine ernste, äußerst junge Frau ohne erkennbare Poren Ariel davon überzeugt hatte, daß sie deren natürliche Aversion gegen unnatürliches Make-up verstehe, und sie dann, während sie ihre Utensilien locker in der Hand schwang, in Bette Davis in *Was geschah mit Baby Jane?* verwandelt hatte.

Jetzt brannte Ariels Gesicht vom vielen Waschen. Weil sie es besser wußte, hatte sie sich geweigert, sich in Unkosten zu stürzen, die der nationalen Verschuldung entsprachen, indem sie dieser porenlosen Person die diversen Schlangenöle abkaufte. Aber schließlich war sie doch mit einigen duftenden Mixturen aus dem Laden gegangen, die wahrscheinlich gar nichts bewirkten, aber immerhin wohltaten.

Sie zog die Schultern zurück und öffnete Henry die Tür, dessen Blick weit kürzer auf ihr verweilte, als ihre Anstrengungen es gerechtfertigt hätten.

»Du siehst ausgeruht aus«, meinte er wenig überzeugend. »Der Urlaub tut dir gut.«

Jessie schlich ins Wohnzimmer und ließ sich ausgestreckt mitten im Raum nieder. Sie spürte keine Spannung und deshalb auch keinen Bedarf ihrer Dienste, ließ ihre Zunge heraushängen und sah ziemlich dämlich zu ihnen herüber.

Ariel warf einen Blick auf die beiden und erinnerte sich daran, daß sie zwei Abende zuvor geglaubt hatte, Henry sei ein granatenwerfender Terrorist. Sie vergaß sich selbst – ihren Anblick und all ihre Bedenken – und lachte laut heraus. »Du kannst dir selbst einen Drink mischen«, sagte sie. »Scotch steht da drüben.«

»Du siehst wirklich ganz gut aus«, sagte Henry anerkennend. »Wenn du so auf einen Einbruch bei dir reagierst, dann solltest du den Kerl bezahlen. Hier, gib ihm das.« Er zog einen Umschlag aus der Brusttasche seiner abgetragenen Cordjacke und wedelte damit in der Luft. »Dein Lohnscheck.« Er warf ihn auf den Sofatisch und benutzte ihn nun, nachdem er sich ihr gegenüber niedergelassen hatte, als Untersetzer.

»Dafür ist es jetzt schon zu spät«, murmelte Ariel.

»Haben sie ihn nicht erwischt? Wie üblich, leider.«

»Nein. So war das nicht gemeint. Außerdem *habe* ich ihn erwischt.«

»Du? Du meinst, du hast ihn ...? Du machst Witze!«

Henrys Staunen wandelte sich in Argwohn. Eben erst hatte er den Stock entdeckt, der an die Armstütze des Sofas gelehnt war. »Was ist denn mit dir passiert?« Sein Argwohn steigerte sich noch, während er mit dem Finger auf sie zeigte. »Der Gips ist ja an der falschen Hand?«
»Ich habe den Mann erschossen.« Ihre Stimme war fast nicht zu hören. »Er ist tot.«
»Ihn erschossen?« Er reagierte mit klassischer Verzögerung. »Wieso hattest du einen Revolver? Lieber Himmel, ich hasse Revolver! Du gehörst aber nicht zu dem Pöbel, der nach den Krawallen in die Waffenläden rannte? Weißt du überhaupt, wie man die Dinger benutzt? Na, offensichtlich schon.« Er strich sich über seinen Bart. »Warum hast du das denn bislang verschwiegen? Hat er dich verletzt?«
»Welche Frage soll ich nun beantworten?«
»Bist du verletzt?«
»Ein angebrochener Knochen in der Hand. Und ein verstauchter Knöchel. Ich hatte Glück.« Sie lächelte schwach. »Und ich hatte Jessie.«
Und während sie von dieser Nervenprobe berichtete, kehrte der Schrecken der Nacht in einem gewissen Maß zurück. »Weißt du, woran ich gerade gedacht habe? Die Art, in der er mich ansah, bevor ...« Sie hatte das Gesicht vor Augen. »In seinem Gesicht lag Schock. Oder Angst. Es sah aus, als fürchtete er sich genauso vor mir, wie ich mich vor ihm.«
»Nun – das ist verständlich. Du hattest einen Revolver.« Henry löste seine Krawatte. »Vielleicht dachte er, niemand sei zu Hause. Du hast ihn überrascht, und er geriet in Panik. Außerdem, und ich spreche aus Erfahrung, wenn einen dieser Rin-Tin-Tin hier anspringt, wird man leicht ein wenig nervös.«
Er lehnte sich zurück und schlug ein langes Bein über das andere. »In diesem Fall, muß ich zugeben, war der Hund nützlich, und ich bin um deinetwillen froh, daß er nicht schlimmer verletzt wurde. Max Neely hält große Stücke auf dich, scheint zumindest so.« Sein Blick fiel auf den Umschlag mit dem Scheck.

»Oh! Bevor ich's vergesse, die Personalstelle hat ein Formular mitgeschickt, das du unterschreiben sollst. Hat mit deinem Urlaub zu tun.« Er zog zwei oder drei Papiere aus der Innentasche seiner Jacke, setzte eine Brille mit halben Gläsern, die ihn dümmlich wirken ließ, auf die Nase und überflog das zerknitterte Sortiment von Notizen und Belegen, pickte einen Zettel heraus und streckte seine Hand aus, um ihn, zusammen mit einem Stift aus einer anderen Tasche, Ariel zu reichen.
In Gedanken noch bei der Geschichte, die sie gerade erzählt hatte, ließ Ariel den Blick über das Papier gleiten und fand die Stelle, wo sie unterschreiben sollte.
»Was? Hast du was gesagt?« fragte sie, als sie die Kappe auf den Stift setzte, und sah auf. Henry starrte sie seltsam an.
»Ich wollte gerade sagen, daß ich vergessen habe, daß du ja mit deiner Rechten gar nicht unterschreiben kannst ... mmh.«
Was auch immer er hatte sagen wollen, offensichtlich hatte er es sich anders überlegt. Er griff nach dem Formular und sah sich ihre Unterschrift an. Dann faltete er das Papier zusammen, nahm die Brille ab, steckte beides zurück in die Tasche und lehnte sich in seinen Sessel zurück. »Gordon läßt dich grüßen«, sagte er beiläufig.
»Oh, wirklich? Vielen Dank.« Ariel spürte einen Anflug von prickelndem Unbehagen in der Magengegend.
»Ja. Er meinte, daß er das alte NewsStar-Programm für dich aufrüsten wird.«
»Ah.«
Henrys schlaksiger Körper rührte sich nicht mehr. Sein Mund war zu einer geraden Linie geworden.
»Wir haben das Programm NewsStar gar nicht; wir haben NewsMaker. Und der einzige Gordon, den ich kenne, ist mein Exschwager.«
Ariel fuhr sich mit der Zunge über die Oberlippe. Das Schweigen im Raum wurde drückend.
Langsam beugte Henry sich nach vorn. Er stützte die Ellbogen auf seine knöcherigen Knie und preßte die Hände zusammen.
»Ich würde sehr gerne erfahren, wie ein Mensch, der Linkshän-

der ist, plötzlich bequem und flüssig mit rechts unterschreiben kann. Welche Hand war übrigens vor drei Tagen verstaucht oder ›vielleicht gebrochen‹ und ist jetzt vollkommen in Ordnung? Und wie kommt eine Raucherin auf Entzug, ohne irgendwelche Probleme zu haben? Aber sie hat doch ein Problem, weil sie nicht weiß, welches Computerprogramm sie fast täglich benutzt. Ich würde gerne erfahren, warum ein Workaholic, der, solange ich ihn kenne, selten über etwas anderes als die Arbeit gesprochen hat, *ad nauseam,* bislang keinen Ton darüber verloren hat. Weder heute abend noch neulich und auch nicht am Telefon.«

Er beugte sich noch weiter vor. »Und schließlich wüßte ich gern, warum eine Frau innerhalb weniger Tage eine vollständige Metamorphose ihrer Persönlichkeit und ihrer Handschrift und sogar ihrer Art zu reden durchmacht – ganz zu schweigen davon, wie sie aussieht. Und ich spreche nicht von Kleidern und Parfum! Ich spreche davon, wie sie sich bewegt und wie sie ihre Klamotten trägt und wie sie einen anschaut.«

Nichts im Raum bewegte sich außer Henrys Augenbrauen, die hochgezogen waren bis fast dahin, wo der Haaransatz einmal gewesen sein mußte.

»All das wüßte ich wirklich gern«, schloß er.

Ariel hörte ihren eigenen Atem. »Welche Frage soll ich zuerst beantworten?«

Er wartete.

»Okay, okay.« Ariel seufzte, resigniert, aber auch erleichtert – obwohl in ihrem Kopf heftig ein Warnlicht blinkte. Womit sollte sie am besten beginnen?

Sie wünschte, sie könnte sich mit einer Zigarette ablenken. Nicht der Zigarette, sondern der Ablenkung wegen. Sie hob vage die Hand.

»›Ich fürchte, daß ich kann mich nicht erklären, mein Herr. Denn sehen Sie, ich bin nicht ich.‹«

»Ariel ...«, warnte Henry.

»Nein, warte. Das ist wahr. Alice hat es schöner gesagt, als ich es könnte, aber vielleicht hättest du selbst durch das Spiegelland gehen müssen, um es zu würdigen.«

Sie atmete noch einmal tief durch und sah in Henrys dunkle Augen, unter denen tiefe Ringe lagen.

»Als ich am Montagmorgen aufwachte, hatte ich keinerlei Erinnerungen mehr. Ich wußte nicht, wer ich bin.«

Sie konnte sehen, wie es in seinem Kopf arbeitete. Die Skepsis. Die Vorsicht. Schließlich brach er sein Schweigen.

»Du wußtest nicht mehr, wie du heißt?«

»Nein.«

»Du konntest dich an nichts erinnern?«

»Nein.«

»Du leidest an einer Amnesie?«

»Vermutlich.«

Henry stand abrupt auf. »Ich glaube, ich brauche noch einen Drink.«

Als er mit seinem gefüllten Glas zurückkam, schwieg er noch eine Zeitlang und beobachtete sie forschend.

»Gibt's einen besonderen Grund, warum du diese kleine Veränderung für dich behalten hast?«

»Irgendwann in der Nacht von Sonntag auf Montag ist jemand in dieses Haus eingebrochen und hat ein vollkommenes Chaos angerichtet.«

»Sekunde. Ich dachte der Typ brach …« Er dachte nach. »Ich dachte, du hättest gesagt, es sei von Montag auf Dienstag gewesen.«

»Das war das zweite Mal. Oder ein anderer Mann, ich weiß es nicht so genau.«

Henry bemühte sich, die Informationen zu verarbeiten. »Dieser erste Einbruch … Da hast du dir also deine Hand verletzt?«

»Nein. Ich habe mir in Wirklichkeit meine Hand erst beim zweiten Mal verletzt.« Sie senkte die Stimme. »Beim ersten Mal habe ich gespielt.«

»Warum?« Er sah sie verblüfft an.

»Weil ich keine Ahnung hatte, was Ariel Gold tat oder wie sie es tat. Und ich kann nicht am Computer arbeiten, also erfand ich einen Grund, warum ich nicht zur Arbeit gehen konnte.«

»Ach so, ja.« Er hob die Hände. »Aber einen Augenblick noch.

Aufzuwachen und zu merken, daß man sein Gedächtnis verloren hat, ist zugegebenermaßen ein wenig beunruhigend – wenn nicht gänzlich unfaßbar.« Er hob die Augenbrauen, um zu signalisieren, daß er dies immer noch nicht wirklich geschluckt hatte. »Aber ich kapiere einfach nicht, warum du nicht darüber geredet hast. Warum diese Geheimniskrämerei?«

»Schau, versuch dich an meine Stelle zu versetzen. Ich wußte nicht, wer hier eingebrochen war oder warum. Ich kannte *dich* nicht! Nach allem, was ich wußte, hättest du der Einbrecher sein können – oder sonst irgend jemand. Ich kannte niemanden! Mich eingeschlossen!«

»Du hast gedacht, ich sei in dein Haus eingebrochen? Gütiger Gott, warum?«

»Das ist es ja eben! Ich *wußte* es nicht! Und ich weiß es im übrigen immer noch nicht. Und da gibt es noch etwas, was ich dir vorenthalten habe.«

»Oh, wunderbar! Was kommt jetzt? Du glaubst, du bist Anastasia? Du hast Elvis Presley gesehen? Du glaubst, die CIA ist hinter dir her? Oder was?«

Vier Tage lang hatte Ariel sich zusammengenommen. Sie war stark gewesen. Hatte durchgehalten. Hatte alles allein bewältigt. Jetzt schossen Tränen in ihre Augen.

»Willst du es hören, oder willst du ein Klugscheißer sein?«

»Tu mir das nicht an.« Henry schloß die Augen. »Werd mir bloß nicht weinerlich, verdammt. Ich versuch's ja. Ich versuch's.«

»Hast du Hunger?«

»Bist du verrückt?«

»Das ist auch eine Möglichkeit.« Sie stand auf, um ein Taschentuch zu suchen. »Wenn du mir zuhören willst, dann wird's 'ne Weile dauern, und ich dachte, ich mache uns was zu essen. Du kannst einfach sagen: ›Ja, gerne‹ oder ›Nein, vielen Dank.‹ Oder du kannst Leine ziehen und mich in Frieden lassen.«

Henry roch eine Story und nahm sich zusammen. »Was hast du denn zu essen?«

Ariel ging voran in die Küche, wobei sie sich mehr auf ihren Stock stützte, als es notwendig war. Sie bot Henry eine Schürze an. Als er ablehnte, nahm sie sie selbst und bat ihn, sie zuzuschnüren. Sie reichte ihm ein scharfes Messer und ließ ihn schnipseln.

Sie breitete Eier, eine grüne Paprika, Lauchzwiebeln und Pilze aus und sagte: »Da gibt es noch etwas ...«

»Fang nicht jetzt davon an«, befahl Henry und konzentrierte sich, als würde er einen Diamanten bearbeiten. »Es gibt schon zu viele verletzte Glieder hier.«

Er schnitt das Gemüse in gleichmäßige kleine Stückchen, wie Ariel es nicht besser hätte zustande bringen können, wischte seine Hände an der Hose ab und forderte sie auf zu erzählen.

»Warte noch einen Augenblick. Ein perfektes Omelett bedarf der ungeteilten Aufmerksamkeit. Warum deckst du nicht den Tisch.« Sie nickte in Richtung des Küchenschranks. »Da drin sind die Teller, und wo die Platzdeckchen und die Servietten sind, weiß ich nicht. Schau dich einfach ein bißchen um.«

Als sie sich gesetzt hatten, jeder mit einem halben Omelett, richtete sie ihren Blick auf Henry und sagte ruhig: »Eines mußt du zuerst noch wissen. Wenn du mit irgend jemandem darüber sprichst, was ich gesagt habe oder was ich jetzt sage, dann werde ich es abstreiten.«

»Ja, ja, ja. Fang an.«

Ihr Essen wurde kalt, während sie berichtete, wie sie in einem fremden Haus mit einem fremden Hund aufgewacht war. Sie beschrieb den Zustand der Wohnung und erklärte, warum sie vermutete, daß sie zum Zeitpunkt des ersten Einbruchs nicht im Haus war. Sie legte die Gabel nieder, richtete sich auf und erzählte ihm, wie sie den Revolver und das blutige Kleidungsstück gefunden hatte. Und gab zu, daß sie keineswegs ahnte, ob sie selbst die Waffe benutzt hatte.

»Was hast du mit dem Sweatshirt gemacht? Hast du es aufbewahrt?« unterbrach er sie.

»Es ist im Wäschekorb. Ich habe vergessen, es wegzuwerfen.«

»Tu's nicht. War es mit Sicherheit nicht dein Blut?«

»Nein, es sei denn, dieser Schnitt auf meiner Wange war ein Geysir. Meine Haut war sonst nirgendwo verletzt.«

»Und du weißt nicht, wo du die Nacht zuvor warst, als in das Haus eingebrochen wurde? Oder worauf sie aus waren?«
»Nein.«
»Hast du nicht bemerkt, ob etwas fehlte?«
»Nicht daß ich wüßte, aber wie sollte ich es auch wissen?«
»Als du aufgeräumt hast, ist dir da nichts aufgefallen – irgend etwas –, was einen Einbruch rechtfertigen würde? Ein Bild? Ein Brief? Ein Tonband? Ein Name oder eine Adresse oder eine Telefonnummer in einem Terminkalender? Notizen für eine Story? Irgend etwas?«
»Nein, und auch keine Streichhölzer aus einer Bar.« Sie warf ihm einen Verschon-mich-damit-Blick zu. »Ich hätte es erwähnt.«
Sie versuchte ihm verständlich zu machen, wie es war, nicht zu wissen, wonach gesucht worden war. Nicht zu wissen, wen man verdächtigen mußte, und deshalb jeden zu verdächtigen. Sie versicherte ihm, daß sie die Schlösser ausgewechselt habe, daß eine Alarmanlage installiert worden sei und sie die Waffe zurückerhalten habe.
»Du hast mir noch nicht gesagt, ob du wußtest, wie man sie handhabt, ob du darauf trainiert bist.«
Ariel sah ihn spöttisch an, wartete, bis er selbst die Frage beantwortete.
»Okay, du weißt es nicht mehr, aber du wußtest, wie man die Waffe lädt? Wie man die Sicherung löst? Du wirst dir nicht in die Füße schießen oder den Postboten abknallen oder sonstwas?«
»Im Gegenteil. Als ich den Schock überwunden hatte, so ein Ding bei mir zu finden, fühlte ich mich irgendwie ganz wohl damit, es zu besitzen – wesentlich wohler als ohne. Also habe ich vielleicht eine gewisse Erfahrung damit.«
Sie hielt inne und dachte nach, ob sie noch etwas vergessen hatte.
»Ich habe dir alles über den Einbrecher erzählt, über Rodriquez. Oh! Spät in der darauffolgenden Nacht parkte ein Auto für lange Zeit gegenüber auf der anderen Straßenseite – vor dem

Haus, das im Augenblick unbewohnt scheint –, und jemand saß darin.« Sie zuckte die Schultern. »Es fällt nicht leicht zu klären, was tatsächlich eine Gefahr darstellt und wo die Paranoia anfängt. Ich habe zum Beispiel herausgefunden, daß ich verheiratet war, aber alles weist darauf hin, daß dies nicht länger der Fall ist. Ich weiß nicht, ob mein Mann damit zu tun hat oder nicht.«
»Wie hast du das denn herausgefunden?«
»Du wirkst nicht überrascht«, stellte sie fest. »Wußtest du, daß ich verheiratet war?«
»Du hast einmal davon gesprochen.«
»Ach ja?« Ariel wurde ganz aufgeregt. »Was habe ich gesagt?«
»Nur wenig, soweit ich mich erinnere. Dem Sinn nach, wie du schon sagtest, daß du nicht mehr verheiratet bist.«
»Oh. Und was weißt du sonst noch über mich?«
»Persönlich so gut wie nichts. Unser Verhältnis war streng geschäftlich. Wie hast du das mit deinem Ex also herausgefunden?«
Enttäuscht berichtete Ariel von der Heiratsurkunde, die sie gefunden hatte, und gab, stark zensiert, die Tagebucheintragungen wieder. Sie erzählte ihm auch von Victors Bemerkungen über »Michaels Geschäftspartner«.
»Einen Augenblick, bitte. Wer ist Victor?«
»Jessies Tierarzt und ein Freund.«
Ariel lehnte sich zurück und sah Henry in die Augen. »Glaubst du mir, was ich dir erzähle?«
»Es klingt zu unwahrscheinlich, als daß es erfunden sein könnte.« Er legte den Arm über die Lehne seines Stuhls, schlug die Beine übereinander und dachte lange Zeit nach.
»Ich würde mir keine allzu großen Sorgen machen, was du Sonntag nacht mit dem Revolver angestellt hast. Zum einen hätte die Polizei ihn dir nicht zurückgegeben, wenn er bei irgendeinem anderen Verbrechen in Gebrauch gewesen wäre, von dem sie wußten. Zum zweiten hätte *ich* davon erfahren, wenn es eine außergewöhnliche Schießerei gegeben hätte, etwas anderes als den üblichen Überfall oder einen Schußwechsel zu Hause oder so was. Und ich würde mir auch keine Sorgen über

die Mafia machen. Die Andeutung, die dein, äh, Freund Victor machte, ist ziemlich vage, und wenn du Verbindungen gehabt hättest, dann würdest du sie – wie ich dich kenne – als Informationsquelle genutzt haben. Okay, okay«, er hob die Hand, um ihr zuvorzukommen, »ich meine, solange es sich nicht um illegale Verbindungen gehandelt hätte. Aber ich glaube, das ist ein bißchen weit hergeholt.«

Er dachte wieder nach.

»Ich weiß, daß du die Beule an deiner Stirn nicht erfunden hast, weil ich sie gesehen habe. Hast du sie untersuchen lassen?«

»Im Krankenhaus haben sie einen Blick darauf geworfen, aber weil es keine frische Verletzung war – ich hatte sie mir nicht in der Nacht zugezogen –, haben sie keine richtigen Untersuchungen oder so was gemacht, verstehst du.«

Er zeigte mit einem langen, dürren Finger auf sie. »Morgen gehen wir zum Arzt. Du kennst ihn – kanntest ihn –, einen Psychiater, der uns oft mit Informationen dient, als sogenannter Experte. Ich werde ihn bitten, daß er sich um dich kümmert.«

Aus dem Warnlicht in Ariels Kopf wurde nun ein Feuerwerk. »Das wird nichts nützen«, platzte sie heraus. »Ich habe keine Symptome einer Gehirnerschütterung oder eines Korsakow-Syndroms oder ...«

»Wovon?« Er sah sie mißtrauisch an.

Ariel faßte zusammen, was sie über die organischen und psychologischen Aspekte einer Amnesie gelernt hatte. »Du siehst also, daß die Wissenschaft sich wirklich nicht im klaren darüber ist, wie das Gedächtnis funktioniert, und solange es sich nicht um eine organische Amnesie handelt, kann man auch nicht viel tun, und mein Erinnerungsvermögen kann auch so zurückkehren. Ich will wirklich nicht zu ihm gehen.«

»Wie auch immer.« Henry kraulte nachdenklich seinen Bart. »Amnesie! Ich dachte, so was gibt's nur in Seifenopern.«

»Es kommt nicht ganz so häufig vor wie eine Erkältung. In einem Buch hieß es, daß in unserem Land weniger als fünftausend Fälle registriert worden seien, aber das war irgendwann in den achtziger Jahren. Soweit ich weiß, gibt es seither eine regelrechte Epidemie.«

Henry zog ein kleines Adreßbuch heraus und ging, während er darin herumblätterte, zum Telefon an der Wand.

Er wählte und kam zurück. »Du hast in kürzester Zeit eine erstaunliche Menge an Informationen zusammengetragen. Du hast also nicht vergessen, wie man recherchiert.«

»Du solltest hören, was ich nach einem Nachmittag in der Bibliothek alles über Nachrichtensendungen weiß. Ich könnte Unterricht geben.«

Er hob seine Hand.

»David?« sagte er in den Hörer hinein. »Hier spricht Henry Heller. Wie geht es dir? Wie geht's Miriam?«

Die Antwort war offenbar komisch. Henry prustete los, wurde dann schnell wieder ernst und kam zur Sache.

»David, du mußt mir einen Gefallen tun. Erinnerst du dich an Ariel Gold aus unserer Sendung? Richtig. Nun, sie scheint – lach jetzt nicht – an einer Amnesie zu leiden. Kannst du mit ihr sprechen? Rausfinden, was da los ist?«

Nachdem Henry einige Details durchgegeben hatte, hörte er eine Zeitlang zu, legte dann die Hand auf die Muschel und fragte: »Geht morgen halb elf?«

Sie nickte, fühlte sich aber mit dem Verlauf des Gesprächs immer noch entschieden unwohl. Sie staunte, daß alles so schnell organisiert wurde.

»Sie wird dasein. Danke, Dave, dafür geb' ich einen aus.« Er legte auf.

»Er kommt an seinem freien Tag rein, um dich zu sehen.« Henry setzte sich und zog einen Notizblock heraus. »Einiges davon, was du gesagt hast, stimmt laut David, aber er hat auch gemeint, daß du unbedingt deinen Kopf untersuchen lassen mußt. Wegen möglicher physischer Probleme. Er wird die Untersuchungen in die Wege leiten.«

Henry schrieb zügig eine Adresse nieder und sah auf. »Kannst du fahren?«

Er riß, nachdem sie genickt hatte, die Seite heraus und reichte

sie ihr. »Und was hast du da noch gesagt? Du willst einen Kurs geben über Nachrichtensendungen?«
Schüchtern entgegnete Ariel: »Ich dachte, ich sollte wissen, womit ich meinen Lebensunterhalt verdiene. Bevor du kommst.«
»An einem einzigen Nachmittag wolltest du werden wie Diane Sawyer? Und mich mit deinem Wissen beeindrucken? Sollen wir ein wenig fachsimpeln?« Henry grinste.
»Nun.« Ariel verschränkte die Arme vor der Brust. »›Der Zufall schont den gewappneten Verstand.‹«
»Das ist auch eines der Dinge, die ich von dir nicht kenne!« Henry schlug auf den Tisch. »Was soll diese Zitiererei? Das hört sich ganz schön daneben an.«
»Entschuldige! Ist mir nicht aufgefallen. Aber wie willst *du* denn wissen, ob das meine Art ist oder nicht? Du hast doch behauptet, du würdest mich außerhalb der Arbeit kaum kennen.«
»Und noch was. Du hast mir noch nicht erklärt, wieso du plötzlich mit der rechten Hand schreiben kannst.«
»Woher soll ich das denn wissen?« rief sie und schlug, ihn nachahmend, auf den Tisch. »Vielleicht kann ich mit beiden Händen schreiben. Hä? Hast du daran schon mal gedacht?«
Von der Stelle, wo Jessie schlief, kam ein leises Knurren, oder vielleicht auch nur ein Schnarchen.
Ariel senkte die Stimme. »Also, was machen wir mit der Arbeit? Nach diesen drei Wochen, meine ich?«
»Weiß ich jetzt auch noch nicht. Warten wir ab, was David sagt.«
»Aber du wirst mit niemandem darüber reden? Was ist mit diesem Peacock, den du erwähnt hast? Ist er dein Boß? Steht er über dir?«
Henry lächelte sie gequält an. »In vielerlei Hinsicht, kein Zweifel. Nein, nein, er ist einer unserer Korrespondenten, und er ist sowieso nicht in der Stadt. Ich werde deine Misere nicht mit ihm besprechen. Und auch mit sonst niemandem ... im Moment zumindest.«
»Wie kommt's«, sie sah auf das Stück Papier, »daß dieser Dr. David Friedman eingewilligt hat, all das so schnell zu erledigen?«
»Ich habe dir gesagt, daß er dich kennt. Ihr habt zusammenge-

arbeitet. Und«, Henry zuckte die Schultern, »er war einmal mein Schwager.«
»Ich dachte, dein Schwager hieß Gordon?«
»Das ist ein anderer.«
»Deine Frau muß ja eine Menge Brüder haben.«
»Jede hat nur einen.«
»Jede? Was soll das denn? Gehörst du zu den Mormonen?«
Er klapperte mit seinem Messer gegen den Teller. »Nacheinander. Die Frauen kamen nacheinander.«
»Wie viele waren es denn?«
»Drei. Und ich will nicht darüber reden.«
»Bist du derzeit verheiratet?«
»Im Augenblick nicht, und ich habe es auch nie wieder vor.« Er schob seinen Stuhl zurück und trug seinen Teller zur Spüle. »Bringst du mich zur Tür?«
Sie gehorchte. Er stand auf der Veranda.
»Sperr die Tür gleich ab. Und ruf mich an, wenn du morgen wieder zu Hause bist.«
Sie hielt die Tür auf.
»Mach die Tür zu und sperr ab. Und sag Jessie, sie soll wachsam sein. Und *das* war ein Entgegenkommen meinerseits, für den Fall, daß du es nicht bemerkt haben solltest.«
Er wartete, bis sie die Tür geschlossen hatte und das Klicken des Riegels zu hören war. Dann drehte er sich um und ging. Er blickte suchend über den Garten, die Straße, die ruhige, solide Nachbarschaft.
Es überraschte ihn, wie ungern er wegging.

19

Nachdem Ariel gepikst und gestochen, von grellen kleinen Lichtern in dunklen Räumen geblendet, mit Salben eingeschmiert und für ein EEG verdrahtet worden war, nachdem man sie mit einem wortkargen Neurologen und mit Fachleuten, deren Funktionen zu durchschauen sie zu nervös war, bekannt gemacht und ihr schließlich viele seltsame Fragen gestellt hatte, die irgendwelche Sprichwörter und Tintenkleckse betrafen, wartete sie, eingehüllt in eine klaustrophobische Jules-Verne-Phantasie, in einem Büro auf Dr. David Friedman, der den ganzen Zirkus veranstaltet hatte.

Sie schlug die Beine mal in der einen, mal in der anderen Richtung übereinander und versuchte, die morgendliche Unruhe zu verdrängen. Sie sehnte sich leidenschaftlich nach einer Zigarette und sah sich nervös um.

Irgend jemand hatte irgendwann einmal große Anstrengungen unternommen, diesem Ort den Anstrich einer gutgehenden, renommierten psychiatrischen Praxis zu verleihen, aber der Eigentümer hatte dem Designer entgegengewirkt. Der waldgrüne Teppichboden war so sorgfältig gepflegt wie der Augusta National Park. Ariel konnte die frischen Spuren des Staubsaugers erkennen, von keinerlei Fußtritten zerstört außer ihren eigenen. Aber alles, was sich über Knöchelhöhe befand, war eine andere Geschichte.

Bücher, Akten, Zeitschriften und Zeitungen stapelten sich auf allen verfügbaren Flächen, außer auf dem Stuhl, auf dem sie saß, und dem edlen Lederstuhl hinter dem Schreibtisch, auf den sie blickte. Trotz der witzigen Drucke an der Wand und den staubigen *objets d'art* auf dem Schränkchen wirkte dieses Büro nicht schick. Aber es war seltsam angenehm und beruhigend, ebenso wie sein bescheidener Eigentümer.

Ariel konnte sich nicht an Dr. David Friedman erinnern, aber sie mochte ihn.

Friedman war mindestens fünf Zentimeter kleiner als Ariel (die flache Schuhe trug), untersetzt, fast vollkommen kahl, hatte allerdings stark eingefallene Wangen und Arme, die mit einem Pelz schwarzer Haare bedeckt waren. Er sah aus wie ein kleiner gutmütiger Bär.

In seinem Gesicht lagen, als er ihr gegenübertrat, Freundlichkeit, Ruhe und eine offene Neugier, die zu verbergen er keine Anstrengung unternahm.

Sie sprachen über das außergewöhnliche Ausmaß ihres Gedächtnisverlusts, woran sie sich erinnern konnte und woran nicht. Auto fahren, kochen, den Geldautomaten in der Bank bedienen (den sie brillant überlistet hatte, indem sie die Ziffern ihres Geburtstages eingab) stellten kein Problem dar. Einen Computer zu bedienen dagegen schon. Geographie war unproblematisch; sie wußte, wo Hollywood und Beverly Hills und Santa Monica lagen. Aber ihr eigenes Viertel war bislang Neuland für sie. Ihr Zugriff auf die laufenden Ereignisse funktionierte mehr oder weniger normal; sie konnte den Präsidenten benennen, den Polizeipräsidenten von L. A., den Gastgeber der *Tonight Show.* Sie würde dagegen, so war ihr Eindruck, ihren Exmann nicht erkennen, sollte er an ihrer Tür läuten.

Die Fragen, die Friedman zwischen endlosen Persönlichkeits-, Abfrage- und Intelligenztests einschob, waren knapp, aber nicht schroff formuliert, und er verstand es irgendwie, seine Stimme geschäftlich und gleichzeitig warm klingen zu lassen. Er strahlte enorme Energie aus, aber Ariel fand auch nach längerem Überlegen nicht heraus, woran das lag. Seine wenigen Bewegungen waren ökonomisch und überhaupt nicht hastig. Seine Stimme war ruhig, sein Handeln besonnen. Und als sie jetzt auf die Uhr sah, fiel ihr auf, daß er sie fast eine halbe Stunde hatte warten lassen.

So wie sie es verstanden hatte, war dies sein freier Tag, und er war nur gekommen, um seinem früheren Schwager einen Gefallen zu tun, was also hatte er da draußen zu tun? Hatte der gute Doktor beschlossen, daß er, wo er nun schon einmal da war, auch ein paar Patienten mehr drannehmen konnte, damit sich der Aufwand lohnte? Als sie gerade zu dem Schluß gekommen war, daß er der Gier anheimgefallen war und deshalb viel zu viele Termine vergeben hatte, wofür südkalifornische Ärzte (oder gar alle Ärzte?) berühmt-berüchtigt waren, stieß David Friedman die Tür auf und schloß sie hinter sich wieder.

»Nada«, sagte er ohne jegliche Vorrede und setzte sich auf den Lederstuhl hinter dem Schreibtisch. Über seinem Kopf waren etliche Zentimeter der Rückenlehne zu sehen.

»Den Ergebnissen zufolge, die uns bislang vorliegen, sind Sie körperlich so einwandfrei wie ein Kinderfilm. Keine Anzeichen für eine Krankheit und, abgesehen von der Beule an Ihrer Birne, keine Hinweise auf eine Gehirnerschütterung. Aus psychologischer Sicht sind Sie nicht auffälliger als der Durchschnitt«, er lächelte, »und Sie haben auf mich nie den Eindruck gemacht, labil zu sein.« Er stützte sein Kinn auf beide Hände und sah sie an. »Fangen Sie an. Erzählen Sie mir alles, was Sie über sich selbst wissen.«

Ariel schaute in die dunklen, klaren Augen, die auf sie gerichtet waren, und wußte nun, woher seine kraftvolle Ausstrahlung kam. Der Mann schien ihr uneingeschränkte Aufmerksamkeit zu schenken. Sein Blick war durchdringend, vermittelte ein tiefgreifendes und aufrichtiges Interesse.

»Nun, wie ich Ihnen schon sagte«, begann sie zögernd, »ich kann mich an alles erinnern, was seit vergangenem Montag morgen passiert ist. Aus erster Hand, meine ich. Darüber hinaus habe ich keine Ahnung, abgesehen davon, was man mir erzählt hat und was ich über mich gelesen habe.«

»Was Sie über sich gelesen haben?« Die dunklen Augen blinzelten einmal; das Gesicht blieb unbewegt. »Ich wußte nicht, daß Sie berühmt sind. Glauben Sie, daß Sie einen besonderen Status hatten, bevor Sie vergaßen, wer Sie sind? Habe ich da etwas in den Medien verpaßt?«

Ariel sah ihn erstaunt an. Was war das denn für ein Psychiater, der sich so benahm? Ihre Anspannung löste sich, und sie legte ihre Zurückhaltung ab.

»Sie meinen, Sie haben mich noch nie gesehen?« Sie schielte zu dem kleinwüchsigen Arzt hinüber und sagte: »Nun, dann haben wir ja was gemeinsam. Soweit ich weiß, bin ich wirklich unbedeutend. Vollkommen unbekannt, wörtlich genommen. Ich habe meine vertraulichen Informationen alten Tagebüchern entnommen, die ich auf dem Speicher gefunden habe. Traurige alte Tagebücher«, fügte sie noch hinzu.

»Sie wirken ganz unbeteiligt, wenn Sie über Ihre Traurigkeit sprechen.«

»Es war verrückt.« Sie überlegte, wie sie sich am besten erklären sollte. »Ich hatte das Gefühl, als würde ich schnüffeln, obwohl mein Verstand mir sagte, daß ich meine eigenen geheimen Gedanken las. Alles, was ich las, war mir klar. Nicht nur das, was wirklich geschrieben war, sondern auch das, was zwischen den Zeilen stand. Ich hatte keine der konkreten Ereignisse oder Fakten mehr im Kopf, aber in dem Moment, als ich darüber las, hatte ich die gleichen Gefühle wie damals oder konnte sie mir zumindest lebhaft vorstellen.« Sie sah ihn unsicher an. »Aber *erinnern* konnte ich mich nicht.«

»Und was Sie gelesen haben, war traurig?« hakte er nach.

»Ja, aber es betrifft Dinge, die vor langer Zeit passiert sind, vor fünfzehn Jahren und länger. Ich kann nicht glauben, daß die Gefühle, die ich als kleines Mädchen hatte oder als Collegestudentin, Auswirkungen darauf haben, was im Augenblick passiert.«

Kaum merklich hob Dr. Friedman eine Augenbraue, oder aber Ariel hatte es sich eingebildet. Er nahm die Hände vom Kinn, aber sein Blick wich, während er sich in seinem Stuhl zurücklehnte, nicht von Ariel. Er faltete die Hände vor dem Bauch und schlug die Beine übereinander.

»Diese Fugue, in der Sie sich befinden, Ariel, ist nicht gewöhnlich – wie Sie selbst bei Ihrem Lesemarathon erfahren konnten, von dem Sie mir erzählt haben.« Er lächelte. »Gewiß, eine schwere Amnesie bei jungen, augenscheinlich gesunden Menschen ist an sich schon nicht gewöhnlich, und ich bin kein Spezialist für diese Störung. Aber wie auch immer, ich bin überrascht, keinerlei Hinweise auf irgendwelche organischen oder funktionellen Probleme zu erkennen. In Ihrem Fall bin ich sogar überrascht, nicht beides vorliegen zu sehen.«

»Warum?«

»Wegen des Ausmaßes und der Komplexität Ihrer Amnesie, die Sie mir schildern.« Sein Gesichtsausdruck wurde ernst.

»Sie sagten, Sie hätten keinerlei Erinnerung an die Ereignisse, die zu dem Gedächtnisverlust geführt haben, oder an Ihre eigene Identität. Das ist für eine Amnesie natürlich nicht ungewöhnlich. Aber Sie sagten zudem, daß Sie sich auch an sonst niemanden erinnern konnten, weder an Namen noch an Gesichter. Zwei Fälle sind nie genau gleich, aber das ist wirklich ungewöhnlich.

Wie auch Ihr Verlust bestimmter Fertigkeiten. Während bei einer Feld-Wald-und-Wiesen-Amnesie vielleicht einige Fähigkeiten verlorengehen«, ein Lächeln huschte über sein Gesicht, »haben Sie keinerlei umfassendes Wissen mehr – zumindest nicht, was Ihren Beruf angeht. Sie erinnern sich nicht daran, was alles zu Ihrer Arbeit gehört oder welche Rolle Sie dort spielen. Ich habe oft genug mit Ihnen zu tun gehabt, um zu wissen, daß Sie sich mit allen Gerätschaften Ihres Metiers auskennen: mit der Kamera und den Schneidetischen und so weiter. Und dennoch wissen Sie nicht einmal mehr, wie ein Computer bedient wird.«

Er sah sie prüfend an. »Habe ich Sie richtig verstanden?«

Leicht irritiert fragte sich Ariel, ob er erwartete, daß sie ihre Meinung ändern würde. »Werde ich wieder in der Lage sein, Geige zu spielen?« fragte sie.

In seinem Mundwinkel war ein leichtes Zucken zu sehen. »Konnten Sie denn zuvor Geige spielen?«

»Nein«, antwortete sie unschuldig, »aber ich hatte gehofft ...«

»Ariel, Ariel«, seufzte er und schlug die Beine andersherum übereinander. »Wissen Sie«, fuhr er fort, »Patienten mit Amnesie tauchen in diesem Büro nicht allzuoft auf. Die wenigen Fälle, die ich gesehen habe, waren durch Alkohol oder Drogen verursacht oder gingen auf eine Schädigung des Gehirns zurück, die von einer Krankheit oder degenerativen Störungen hervorgerufen wurde. Gehirnschlag, Tumor, Alzheimer ...« Er machte eine Handbewegung, mit der er sich die weitere Aufzählung ersparte.

»Wenn die Amnesie psychogene Ursachen hat«, fuhr er fort, »und ich spreche von Fällen von Kollegen und von Fällen, über die ich gelesen habe, dann ist der Gedächtnisverlust häufig nur von kurzer Dauer. Das Gedächtnis kann spontan und ohne Behandlung zurückkehren. Manchmal allerdings ist der Verlust auch bleibend – trotz jahrelanger Behandlung –, aber der Patient ist nicht notwendigerweise schlechter dran. Und von Patienten, deren Gedächtnis wiederkehrte, um auf das erste Beispiel zurückzukommen, weiß man, daß manche dennoch ihrem neuen Leben verhaftet blieben.«

»Was wollen Sie mir damit sagen?«

»Zum einen ist die Behandlung nicht zwingend notwendig, zumindest nicht in Ihrem Fall und meiner Meinung nach.«
»Und?«
»Und ich weiß nicht, ob Sie so sehr davon profitieren, wenn ich Sie als meine Patientin übernehme – sollten Sie daran gedacht haben.«
Ariel war sich nicht sicher, woran sie gedacht hatte, aber sie merkte, daß sie entmutigte, was er gesagt hatte. Sie fühlte sich abgewiesen. Sie wunderte sich, wie schnell man einer psychologischen Übertragung zum Opfer fallen konnte.
»Nehmen Sie hier eine Art antikapitalistische Haltung an?« fragte sie. Sie bemerkte die Gereiztheit in ihrer Stimme, und weil sie ohnehin keine Antwort bekam, fuhr sie etwas vernünftiger fort: »Warum sagen Sie so etwas?«
Friedman seufzte und richtete sich auf. Er stützte die Ellbogen auf seinem Schreibtisch auf und fragte: »Sie wissen, daß ›hysterische Amnesie‹ kein abwertender Begriff ist?«
»Ich weiß, daß es sich dabei um eine ernstzunehmende Krankheit handelt. Und daß das Opfer nicht absichtlich etwas vergißt«, sagte Ariel zögernd.
»Ich vermute, daß Sie an diesem Syndrom leiden, das durch ein emotionales Trauma hervorgerufen wurde, und meine Erfahrung damit ist, wie ich schon sagte, sehr begrenzt. Zudem kenne ich Sie persönlich. Sie sind mit jemandem, der vollkommen objektiv ist, besser bedient. Wenn Sie wollen, kann ich Sie zu einem Spezialisten überweisen, und Sie können abwarten, was unter einer Barbiturat- oder unter einer Thiopentalnarkose passiert. Soll ich Ihnen das erklären, oder«, er neckte sie freundlich, »wollen Sie es mir erklären?«
Ihre Antwort kam völlig mechanisch. »Ein klinisches Hilfsmittel. Ein durch Drogen hervorgerufener, enthemmter Dämmerzustand, in dem unter Umständen nicht mehr zugängliche Bestände des Gedächtnisses abgerufen und vergegenwärtigt werden können. Ergebnisse im allgemeinen unbefriedigend.«
»Mit Ihrem anterograden Gedächtnis ist ganz bestimmt alles in Ordnung«, gratulierte er ihr.
»Ich möchte keinen anderen Arzt konsultieren. Ich werde zu

keinem anderen Arzt gehen.« Ariel klang sehr bestimmt. »Ich möchte bei Ihnen in Behandlung bleiben.«
Friedman wollte Einspruch erheben, aber Ariel kam ihm zuvor. »Ich hätte mich vielleicht schon früher dazu äußern sollen, nehme ich an. An jenem ersten Morgen hatte ich Grund zu glauben, daß in der vorangegangenen Nacht etwas Außergewöhnliches passiert war.«
Sie hatte es nicht für möglich gehalten, daß sich sein Blick noch schärfen könnte. Und doch war es so.
»Ich fand eine Bluse, blutverschmiert, und einen Revolver. Beides lag auf dem Bett, in dem ich geschlafen hatte. Und offenbar ist jemand in mein Haus eingebrochen, als ich selbst nicht da war. Offenbar, während ich mit dem Revolver unterwegs war und Blut auf meine Bluse kam.«
»Ariel, das bestärkt nur, was ich zuvor sagte. Sie sollten mit jemandem sprechen, der mit Amnesien, hervorgerufen durch einen emotionalen Schock, mehr Erfahrung hat. Und Sie sollten außerdem mit der Polizei sprechen.«
»Sie unterliegen der Schweigepflicht.« Ihre Stimme schwoll an. »Sie dürfen Ihre Schweigepflicht nicht verletzen, oder?«
»Das wissen Sie doch.«
»Die Polizei weiß von dem Einbruch und von dem Revolver. Sie haben die Waffe geprüft und mir zurückgegeben, und sie hätten dies, wie Henry richtig bemerkte, nicht getan, wenn irgend etwas ... wenn ich sie illegalerweise gebraucht hätte. Dann gab es einen zweiten Einbruch, und ich mußte ... den Einbrecher erschießen.«
»Lassen Sie mich sicherstellen, daß ich den Ablauf noch richtig verstehe. Die Schießerei fand nach Ihrem Gedächtnisverlust statt?«
»Ja.«
»Innerhalb der letzten Tage haben Sie einen nahezu vollständigen Gedächtnisverlust erlebt, Blut auf Ihren Kleidern entdeckt, das von einem Vorfall stammt, an den Sie sich nicht erinnern. Es wurde zweimal in Ihr Haus eingebrochen, und Sie haben den Einbrecher erschossen.«

»Ja.«
»Ihr Leben ist nicht gerade langweilig, Ariel.«
»Nein.«
Sie bemerkte die winzigen Regungen seiner Augen, die einen inneren Konflikt nahelegten.
»Ist das Ihr Ernst, daß Sie keinen anderen Psychiater konsultieren wollen?«
»O ja. Ich werde allein damit zurechtkommen, worauf ich mich ohnehin eingestellt hatte, bevor Henry mich überrumpelte.« Sie zögerte. »Will sagen, ich bin nicht scharf darauf, mich sozusagen in die Klauen eines anderen zu begeben. Aber ich merke, daß ich Ihnen vertraue, und deshalb habe ich Ihnen erzählt, was ich Ihnen eben alles erzählt habe.«
»Ich schlage vor«, er riß sich sichtlich zusammen, »daß wir uns die Untersuchungsergebnisse noch einmal anschauen und einen weiteren Termin für nächste Woche vereinbaren, am Montag, wenn es mein Terminplan erlaubt. In der Zwischenzeit denke ich darüber nach. Tun Sie das bitte auch. Wenn sich irgend etwas verändert, wenn Sie mich brauchen, dann rufen Sie an.«
Sie kannte die Antwort bereits und zögerte deshalb einen Augenblick, bevor sie ihre Frage stellte. »Wie wäre es mit einem weiteren Schlag gegen den Kopf. Könnte auf diese Weise mein Gedächtnis wiederkehren?«
»Hollywood.«
»Was ist mit Hypnose?«
»Im Grunde das gleiche wie mit Drogen. Ein Spiel des Zufalls. Es funktioniert ab und zu.«
»Haben Sie selbst die Hypnose genutzt?«
»Hin und wieder.«
»Würden Sie es mit mir probieren?«
»Wenn Sie es wünschen.«
»Es gibt noch eine Sache, die Sie wissen sollten.«
»Erzählen Sie.«
»Als ich aufwachte und nicht wußte, wer ich bin, da wußte ich nicht nur nicht, wer ich bin. Das war nicht ... ich.«
Sie versuchte nicht länger, Zeit zu schinden. Sie mußte über den

einfachen Vorgang des Atmens nachdenken, der ihr plötzlich sehr kompliziert schien. Ein. Aus. Ganz langsam.

»Ich war von mir selbst ... angewidert.«

Er lehnte sich wieder zurück. Sagte nichts.

»Ich war dick. Und häßlich. Aber ich wußte, daß ich nicht so war. *Ich* war nicht so!« Ihre Unterlippe zitterte. Sie versuchte sich zu beruhigen. Sie brachte es nicht richtig heraus. Es klang dumm und oberflächlich. Neurotisches Gejammer. Wunschdenken. Sie verschränkte energisch die Arme, rieb frustriert ihre Ellbogen. »Ich weiß nicht, wie ich Ihnen erklären soll, wie ... fremd sich dieser Körper anfühlte. Ich konnte nicht richtig sehen! Ich konnte mich nicht richtig bewegen. Es war nicht nur so, daß ich mich an nichts erinnern konnte. Es war vielmehr so, daß ich nicht ich war.«

Es war sehr ruhig im Zimmer. Irgendwo tickte eine Uhr. Alle Geräusche schienen durch eine Staubschicht zu dringen. Durch irgendein seltsames Phänomen der Zeitlosigkeit.

»Wie würden Sie sich fühlen«, flüsterte Ariel, »wenn Sie aufwachten und bemerkten, daß Sie nicht mehr Sie selbst sind? Aber am schlimmsten ist, daß Sie nicht wissen, *wer* Sie sind. Sie sind verschwunden.« Sie rang die Hände. »Sie sind einfach weg.«

David Friedman bewegte sich nicht.

»Interessant«, meinte er schließlich.

Ariels Hände entspannten sich. Sie atmete tief durch. »So würde ich mich nun nicht gerade ausdrücken«, sagte sie.

20

Du erzählst mir also, daß wir heute nicht mehr wissen als gestern abend?« beanstandete Henry. Er hatte einen weiteren zermürbenden Tag hinter sich und war erst am Spätnachmittag dazu gekommen, Ariel zurückzurufen. Seine Gereiztheit war durch die Leitung hindurch zu spüren.

»Du gehörst wirklich zu dem Schlag Menschen, für den das Glas halb leer ist, was?« fragte Ariel zuckersüß. »Wir haben nichts herausgefunden, was von Bedeutung wäre, außer daß ich weder einen Schlaganfall noch eine Gehirnerschütterung erlitten und auch keinen Gehirntumor habe. Und ich bin – zumindest in den Augen deines Exschwagers – nicht komplett verrückt. Darüber hinaus war der Tag völlig umsonst.«

»Hm.«

»Ich mag David Friedman gern, zufälligerweise. Ist seine Schwester genauso toll wie er?«

»Darüber mag ich nicht reden.«

»Ach! Du Miesepeter!«

Ariel hatte sich, seit sie aus der Praxis zurückgekommen war, eigentlich ohne triftigen Grund unbeschreiblich leicht gefühlt. Die psychologische Reise, die sie und Dr. Friedman am Montag antreten würden, mochte vielleicht sehr schmerzhaft werden. Vielleicht würde sie etwas erfahren, was sie lieber nicht wußte. Oder sie würde gar nichts herausfinden. Aber sie packte zumindest etwas an, und sie mußte es nicht allein tun.

An diesem Abend dagegen, der sich vor ihr erstreckte, hatte sie das Gefühl, sehr allein zu sein. Plötzlich wurde ihr bewußt, wieviel Zeit sie in den letzten fünf Tagen in völliger Isolation verbracht hatte, und die Aussicht auf einen weiteren solchen Abend war nicht gerade berauschend. Victor hatte auf den Anrufbeantworter gesprochen und ihr mitgeteilt, daß er Jessies neue Marke bekommen habe und später am Wochenende noch einmal anrufen wolle. Aber jetzt sei er nach San Luis Obispo gefahren, um einige Geräte abzuholen, die er einem Tierarzt abgekauft habe, der in den Ruhestand getreten sei. Sonst kannte sie buchstäblich niemanden.

»Was hast du heute abend vor?« Sie war selbst überrascht, daß sie gefragt hatte.

Aus der verzögerten Antwort schloß sie, daß Henry nicht minder überrascht war.

»Ich gehe mit meinem Sohn zu einem Basketballspiel.«

»Deinem ...?« stammelte Ariel, und ihr Mut sank. Sie war mit Henry Heller so schnell, so unkompliziert vertraut geworden, daß sie vergessen hatte, ihn so wenig zu kennen. Sie war eine Angestellte, eine übergewichtige Angestellte mit emotionalen Problemen. Sie fühlte, wie ihr das Blut ins Gesicht stieg.

»Das ist ja toll!« rief sie aus. (Ein wenig übertrieben, Ariel, sagte sie sich. Und laß uns die Stimmungsschwankungen nicht aus den Augen verlieren, ja?) »Wie viele Kinder hast du denn?«
»Nur eins.«
»Aha. Und zu welchem Spiel?«
»Zu den Lakers. Ted, der Beleuchter, hat mir zwei Karten gegeben.«
»Gibt es tatsächlich einen ›Ted, den Beleuchter‹, oder ist das noch ein Schwager?« (Locker, Ariel, locker. Sehr gut!) Ihr Gesicht schmerzte, so angestrengt lächelte sie.
»Bleib einen Augenblick dran. Es kommt gerade noch ein Anruf rein.« Mit einem Klicken wurde an Henrys Ende der Leitung Tschaikowskys Sechste Symphonie, die *Pathétique,* hörbar. Ariel verdrehte die Augen, ihr Lächeln wurde echt. Zu perfekt, dachte sie.
Dann war wieder ein Klicken zu hören, und die dramatisch sich erhebende Melodie wurde, gerade als sie anschwoll, von Henrys Kraftausdrücken unterbrochen.
»Was ist los?«
»Ach, wir hatten da eine Geschichte über einen Malermeister in Little Rock in der Mache«, meckerte Henry. »Verschwand in den späten siebziger Jahren. Geliebter Familienvater und so weiter. Und eines schönen Tages war er weg – dieses ganze rätselhafte Zeug.
Und jetzt bekomme ich gerade die Mitteilung«, fuhr er schnaubend fort, »daß gestern ein Diakon aus seiner Kirche bei der Polizei auftauchte und gestand, daß er den Mann umgebracht und in seinem Keller vergraben hat. Sagte, daß ihn sein schlechtes Gewissen über fünfzehn Jahre hinweg nicht mehr habe schlafen lassen und daß er es nicht mehr aushalte. Scheint so, als habe der Maler versucht, die Frau des Diakons zu verführen. Der Teufel soll ihn holen! Warum konnte der Mann seine schlaflosen Nächte nicht noch zwei Wochen lang ertragen, bis der Beitrag gesendet worden wäre, bevor er sein Gewissen erleichterte. Hätte unseren Einschaltquoten nicht geschadet.«
»Ich nehme nicht an, daß es sich unbedingt gelohnt hätte,

deinen Glauben an die menschliche Natur wiederherzustellen«, meinte Ariel trocken.

»Nicht unbedingt.« Henrys Tonfall änderte sich unvermittelt. »Was hast du morgen vormittag vor?«

Das ließ sie innehalten. »Ich mache keine Pläne«, antwortete sie dann. »Mein Leben war dafür in letzter Zeit ein bißchen zu chaotisch.«

»Ich finde, wir sollten über die Sendung reden. Über die Arbeit. Oder?«

»Was meinst du?«

»Es hört sich so an, als ob die Therapie mit Dave eine ganze Weile dauern könnte, und so, wie du es beschrieben hast, wird dein Gedächtnis vielleicht trotzdem nicht zurückkehren. Offensichtlich kannst du nicht einfach wieder in die Arbeit einsteigen, aber vielleicht möchtest du darüber reden. Darüber, ob du irgendeine Funktion in dieser Branche übernehmen willst, sollte das Schlimmste passieren. Ich dachte mir, ich könnte dir die Sendung beschreiben und wie wir dabei vorgehen, dir vielleicht alles zeigen. Was hältst du davon?«

»Warum? Warum willst du das tun?«

»Du warst gut«, sagte er schlicht.

»Oh.«

»Also?«

»Gern. Das würde ich gern tun. Wenn du ...« Ariel überlegte, ob sie nun falsche Signale setzte. »Soll ich ein Brunch vorbereiten? Sagen wir um elf?«

»Aber ich schneide nichts mehr. Und prüfe nach, ob du die Türen verriegelt hast.«

Henry legte auf.

Ariel trat auf die Terrasse hinaus und setzte sich auf die Stufen. Irgendwo in der dämmrigen Ferne hörte sie das helle Klingeln eines Eisverkäufers, immer und immer wieder. Gedankenverloren versuchte sie die Melodie einzuordnen, während sie über das Gespräch mit Henry nachdachte.

Es tat ihr gut, daß er sie beraten wollte, wenngleich sie überhaupt nicht damit gerechnet hatte. Aber das war morgen, und jetzt war erst einmal noch Abend, und sie fühlte sich niedergeschlagen. Sie war, dachte sie sich, reif für eine Portion Selbstmitleid.

Jessie hatte diesen Eindruck nicht.

Sie ließ ihren Tennisball in Ariels Schoß fallen und rannte in den Garten. Sie fuhr herum und sah nach ihrem Frauchen, ließ dabei ihre Zunge seitlich heraushängen und wartete.

Das Spiel funktionierte dann so, daß Ariel den Ball auf Jessie warf, die ihn einfing und zu Ariel zurückbrachte, die wiederum Jessie beschwatzte, ihn loszulassen, um ihn erneut zu werfen. Ariel dachte sich, daß sie wesentlich mehr Zeit damit zubrachte, Jessie zu überreden, als daß diese apportierte.

Als es zu dunkel und zu kühl geworden war, um weiterzuspielen, zumindest Ariels Ansicht nach, ging sie hinein. Seufzend stieß sie auf die Notiz, die sie sich gemacht hatte, und rief den letzten Michael Gold in der Stadt an. Diesmal war er zu Hause. Er hatte einen starken deutschen Akzent, und seine Frau, die verschieden war, hieß Ilse.

Ariel entschuldigte sich, unterbrach eine Lobrede auf die verstorbene und vielbeweinte Ilse, drückte auf die Gabel und wählte lustlos die Nummer von Jessies Hundemarke. Sie erinnerte sich nun sowohl an die Nummer als auch an die Bandansage, von der sie sich aber nur die erste Hälfte anhörte. Sie legte auf, und in diesem Augenblick fielen ihr wie aus heiterem Himmel ihre eigenen Basketballtickets wieder ein. Sie sah aus dem Fenster in die Dunkelheit. Der Gedanke daran, bei Nacht allein irgendwohin zu gehen, verursachte ein bebendes Flackern in ihrem Magen. Aber, dachte sie, sollte noch immer jemand in der Nähe sein, der ihr Schaden zufügen wollte, so wahrte dieser Jemand ganz gewiß Zurückhaltung. Keine Frage, das Gefühl der Bedrohung hatte mit jedem Tag nachgelassen, an dem nichts passiert war.

Aber da fiel ihr noch etwas anderes ein. Wenn es tatsächlich ein Heimspiel gab, dann führte der Weg in diesen Stadtteil nicht gerade durch das allerschönste Viertel. Sie wog das Risiko gegen die Alternative ab, einen langen und langweiligen Abend ganz allein zu verbringen, und dieser Gedanke wurde plötzlich unerträglich. Ihr gesunder Menschenverstand plädierte für Sicherheit und verlor.

Wo waren die Eintrittskarten? Sie rief sich den Nachmittag ins Gedächtnis, an dem sie sie gefunden hatte, ging ins Arbeitszimmer, stöberte dort herum und fand die rot-weiß-blauen Karten unter einer Schachtel Büroklammern. Sie warf schnell einen Blick darauf und entdeckte das heutige Datum. Der Gott der einsamen Herzen hatte nicht nur dafür gesorgt, daß die Clippers überhaupt spielten, es war zudem auch ein Heimspiel!

So, ihr Mörder und Vandalen und Phantasten, dachte sie auf dem Weg zur Dusche, macht, was ihr wollt. Ich gehe.

Adrett zurechtgemacht, erreichte Ariel unbelästigt die Sporthalle. Ihr Sitzplatz lag auf der seitlichen Tribüne, wie sie erfreut feststellte, und hoch genug, daß sie das Geschehen mühelos verfolgen konnte. Sie verdrückte einen lauwarmen Hot dog mit allen Zutaten (einschließlich der Zwiebeln – ein Trostpreis dafür, daß sie allein war) und trank ein unverschämt teures Bier. Eingequetscht zwischen einem großmäuligen Vater und dessen kleinem Sohn (der die Buhrufe des Vaters mit schriller Sopranstimme imitierte) auf der einen Seite und einer temperamentvoll Kaugummi kauenden Frau auf der anderen, die eine selbsternannte Statistikerin zu sein schien, legte Ariel jegliche Anspannung ab und brüllte genauso laut wie ihre Nachbarn.

Obwohl die Mannschaft von L.A. im dritten Viertel ihren Vorsprung von achtzehn Punkten fast verlor und Stoppbälle und Rebounds für nicht besonders wesentlich zu halten schien, amüsierte Ariel sich prächtig. Als sie nach dem Spiel über den Parkplatz schlenderte, wobei der Stock an ihrem Arm baumelte, war sie unendlich vergnügt. Sie war froh, daß sie sich die Mühe gemacht hatte und gekommen war.

Sie hatte gerade den gelblichen Schein einer Straßenlaterne hinter sich gelassen, als sie Schritte hörte.

Sie wünschte, dieser Teil des Parkplatzes wäre nicht so verlassen, und ging etwas schneller. Die Schritte paßten sich ihrem Tempo an. Sie nahm eine Abkürzung und zwängte sich durch eine

Reihe parkender Autos. Ihr Verfolger ging denselben Weg. Ariel hörte schlurfende Geräusche, als würde er die Füße nicht heben, als hätte er Mühe, ihr Tempo zu halten – oder den Abstand zwischen ihnen zu verringern. Sie hörte ein Stöhnen, aggressiv und zu nah. Sie fuhr herum, hielt den Stock fest umklammert. Der Mann hinter ihr war nur wenige Schritte entfernt. Sein Gesicht sah schrecklich aus, seine Augen funkelten wild, sein Mund stand offen. Er faßte nach ihr. Sie hob den Stock, bereit zuzuschlagen. Da hörte sie schwere Tritte aus der anderen Richtung. Sie war eingeschlossen, in die Ecke getrieben. Sie drehte sich um, suchte nach einer Fluchtmöglichkeit. Der zweite Mann sagte etwas.

»Mach, daß du weiterkommst.«

Aus dem Dunkel trat ein uniformierter Polizist. Er wirkte jung, aber tüchtig. Seine Stimme klang sehr nüchtern.

Ariel unterdrückte einen Schrei und wandte sich wieder ihrem Verfolger zu. Sie bemerkte, daß die ausgestreckte schmutzige Hand bettelte. Daß sie zu jemandem gehörte, der in viele Schichten zerrissener Kleider gehüllt war.

»Los, Mann, mach, daß du weiterkommst«, forderte der Polizist ihn erneut auf. Er blieb stehen, hakte seinen Daumen in den Gürtel ein. Während sie beide noch dem Penner nachsahen, der davonschlurfte und dabei etwas murmelte, was nicht zu verstehen war, wandte der Polizist sich Ariel zu.

»Welches ist Ihr Auto?« fragte er.

Ariel wagte nicht zu sprechen und zeigte auf ihr Auto.

Er nahm sie beim Arm, und sie marschierten in diese Richtung los. Ihre Knie waren weich vor Erleichterung. Er machte ihr Vorwürfe.

»Dieser Kerl lungert immer hier rum«, warnte er. »Verrückt, aber harmlos. Viele von denen sind es nicht, aber ... wissen Sie ... sorgen Sie besser dafür, daß Sie in Zukunft hier nicht allein herkommen. Wenn Sie keine Begleitung haben, dann fragen Sie einen Polizisten. Wir mögen diese Überfälle nicht«, fügte er noch hinzu, während er ihr in den Wagen half. »Der Papierkram ist eine Qual.«

21

In einer Blitzaktion war Ariel zum Supermarkt gefahren, um die Zutaten für einen ostasiatischen Hühnchensalat zu kaufen. Dann fritierte sie die Wan-Tan-Nudeln und versuchte sich zu erinnern, wieviel Erdnußöl man für das Dressing brauchte. Es wäre interessant zu wissen, dachte sie, wo die Amnesie aufhört und schlichte Vergeßlichkeit einsetzt.

Sie ließ die Wan-Tan-Nudeln abtropfen und schnitt nun den Salat, als sich Jessie durch ihre Tür zwängte. Die Hündin saß unter dem ausklappbaren Schneidebrett, wartete hoffnungsvoll darauf, daß etwas hinunterfiel, und erinnerte Ariel durch ihre Anwesenheit daran, daß sie den früheren Besitzer hatte anrufen wollen. Zum x-ten Mal.

Ariel wählte, klemmte sich den Hörer ans Ohr und zählte das viermalige Klingeln mit, während sie weiterschnitt. Als die wohltönende Stimme am anderen Ende der Leitung erklang, wollte sie schon ganz automatisch auflegen, bis sie merkte, daß sie nicht die gewöhnliche Nachricht gehört hatte. Die Stimme hatte einfach »Hallo« gesagt.

Sie schnappte nach dem widerspenstigen Hörer, der schon halb über ihre Schulter gerutscht war, und ohrfeigte sich in Gedanken dafür, daß sie sich nicht überlegt hatte, was sie eigentlich sagen wollte. »Mr. Morgan? Entschuldigen Sie, wenn ich Sie störe, aber ...«

Die plötzlich verdrießliche Stimme unterbrach sie. »Das ist nicht ...« Es entstand eine Pause. »Wer spricht da, bitte?«

Verdammt, dachte Ariel, erzähl mir nicht, daß ich die ganzen Tage über die falsche Nummer gewählt habe! »Ist dort 470-33 42? Der Anschluß Morgan? Ich versuche, die frühere Besitzerin meines Hundes zu erreichen. Ich meine, ihren Ehemann, den äh, Witwer.« Himmel, Ariel! jaulte sie. Immer mit der Ruhe!

Sie fühlte sich vollends mies, als sich das Schweigen am anderen Ende noch verdichtete.

»Verzeihen Sie, wenn ich taktlos war«, stockte sie. »Habe ich die richtige Nummer gewählt?«

Die Stimme klang nun wesentlich dünner, angespannter. »Wie, sagten Sie, sei Ihr Name?«
»O Gott! Ich bitte um Verzeihung! Ich habe mich gar nicht vorgestellt. Mein Name ist Ariel Gold.«
Sie wartete. »Hallo? Sind Sie noch dran?« Was, wenn sie die Papiere längst erhalten hatte? Er würde sie für verrückt halten!
»Ja. Und was genau wollen Sie?«
»Rufe ich in einem ungünstigen Augenblick an? Ich kann mich später noch einmal melden.«
Die Stimme hatte ihr Timbre noch nicht wiedergewonnen, aber es hatte sich nun eine gewisse Arroganz eingeschlichen. »Vielleicht sind Sie so freundlich und hinterlassen mir Ihre Nummer, dann kann ich zurückrufen, wenn ich nicht beschäftigt bin.«
»Natürlich. Das ist besser«, stimmte Ariel zu.
Sie gab ihm ihre Nummer und legte den Hörer mit feuchten Händen auf. Sie wischte sie an ihrer Schürze ab und überlegte, was sie sagen würde, wenn oder falls der arme Mann zurückriefe. Wenn die Sache erledigt worden war, so legte sie sich ihre Strategie zurecht, würde sie vorgeben, als wüßte sie Bescheid und hätte die Papiere nur verlegt. Sie würde nach dem Namen des Züchters fragen und dort ein Duplikat der Unterlagen anfordern. Jessie mußte von einem Züchter gekommen sein, dachte sie sich, mit Sicherheit kam sie nicht aus einer Zoohandlung.
Victor! dachte sie. Vielleicht wußte er etwas.
Sie suchte seine Nummer und hörte die Ansage auf dem Anrufbeantworter ab, die die Praxiszeiten verkündete, eine Notrufnummer für das Wochenende und eine andere Nummer, unter der man am Samstagvormittag zwischen halb neun und zwölf das Tierheim erreichen konnte. Dort informierte sie eine freundliche Frau, daß Dr. Pollock leider bis morgen nicht in der Stadt sei, daß er aber anrufen wolle. Ariel hinterließ ihren Namen.
Während Ariel das Hühnchenfleisch in Streifen schnitt, plante sie ihr weiteres Vorgehen. Sollte dieser Morgan bislang noch nichts von ihr gehört haben, dann würde sie ihm erklären, daß

der Tierarzt seiner Frau – der Tierarzt des Hundes seiner Frau – Jessie an sie weitergegeben und ihr vorgeschlagen habe, daß sie sich um die Unterlagen kümmern sollte, aber sie sei weg gewesen (eine Untertreibung) und habe nicht früher anrufen können. Was auch immer er sagte oder nicht, Papiere hin oder her, für Ariel gab es keinen Zweifel, daß der Hund bleiben mußte, wo er war.

Sie strich gerade Butter in die Förmchen für die Sauerteigbrötchen, als Henry kam. Er hatte abgetragene Jeans an, ein kariertes Hemd und ein Sweatshirt mit einem Cleveland-Browns-Aufdruck, das so oft gewaschen war, daß die Buchstaben kaum noch lesbar waren. Er sah darin jünger und sogar noch legerer aus als gewöhnlich.

»Riecht gut«, meinte Henry, während er Jessie tätschelte. »Willst du zuerst essen und danach ›Mr. Hellers Rätselstunde‹ spielen?«

»Zuerst essen. Ich habe in der Zeitung gelesen, daß eure Jungs gestern abend verloren haben«, spottete Ariel, als sie den Eistee neben seinen Teller stellte. »Meine Jungs haben gewonnen.«

»Deine Jungs?«

»Die Clippers. Ich habe mir selbst Eintrittskarten vermacht, und ich dachte, ich könnte sie genausogut auch nutzen.«

»Hm«, brummte Henry. Ob sich sein Mißmut aber auf die Wahl ihres Basketballteams bezog oder auf das Essen, hörte Ariel nicht heraus.

Vornehm stocherte er nach einem Sesamkorn zwischen den Zähnen und sagte: »Nicht besonders klug, am Abend allein wegzugehen, oder?«

»Ach, ich hatte polizeilichen Geleitschutz«, wich sie aus und wechselte das Thema. »Die Clips könnten es dieses Jahr schaffen, die Play-off-Runde zu erreichen.«

»Wenn sie endlich richtig zusammenspielen. Talent haben sie. Wie du übrigens auch«, fügte er hinzu. »Ich wußte nicht, daß du so gut kochen kannst.«

»Sieht man mir das nicht an?«

»Was meinst du damit?«

»Offensichtlich habe ich doch eine Menge Zeit in der Küche zugebracht.«

Henry hatte sich gerade eine Gabel voll Salat in den Mund gestopft, als er kapierte, was sie meinte. Er verschluckte sich amüsiert und mußte etwas Eistee trinken, bevor er wieder sprechen konnte. »Du meinst, weil du ein bißchen mollig bist? Komisch, das hast du noch nie gemacht.«

»Was?«

»Über deine, äh, Üppigkeit zu sprechen.«

Jetzt war es an Ariel, sich zu verschlucken. »Üppigkeit? Ich bitte dich! Wie auch immer, Amnesiepatienten verhalten sich häufig ganz anders als zuvor, das habe ich zumindest gelesen – und anders heißt komplett anders. Und was meine Kochkünste angeht: ›Was hindert ein Lammkotelett im Ofen daran, gar zu werden?‹«

Auf seinen leicht verwirrten Blick reagierte Ariel mit einem schelmischen Grinsen. »Das stammt von Joan Crawford, in *Die Frauen.* Eines meiner berüchtigten Zitate – auch etwas, woran du dich bei mir nicht erinnern kannst.«

Er strich Butter auf sein Brötchen und sagte übertrieben nonchalant: »Du hast dich wirklich sehr verändert. Diese Amnesiegeschichte hat ihre Vorzüge.«

»Wenn das ein Kompliment war, danke. Was hat dich zuvor an mir gestört?«

»Es hat mich nichts gestört. Du warst nur anders.«

»Mich dünkt, du weichst mir aus.«

»Na ja«, meinte Henry. »Ich habe dich ja eigentlich nur als Mitarbeiterin gekannt, deshalb kann ich gar nicht sagen, wie du privat warst. Mag ja sein, daß du unter Freunden Mittelpunkt der Party warst, aber bei der Arbeit gab es nur das Geschäft. Du warst, soweit in diesem Umfeld möglich, eine Einzelgängerin.«

»Oh, Klasse!« Ariel verdrehte die Augen. »Das sagt man von Massenmördern auch immer! Ich nehme an, ich war auch schüchtern. Und ruhig.«

»In der Tat, das warst du. Du hast nur etwas gesagt, wenn du was zu sagen hattest, und du hast dich so knapp wie möglich ausgedrückt. Und ich habe nie mitbekommen, daß du einen Spaß gemacht hättest. Ich wußte nicht einmal, daß du Humor hast, geschweige denn, daß du über dich selbst lachen kannst. Du warst immer ein bißchen, äh, abwehrend.«

Henry wischte sich den Mund ab, überlegte, was er noch sagen könnte, suchte nach etwas Positiverem. »Du hast, wie ich schon sagte, deine Arbeit sehr gut gemacht . . .«

»Tolle Grabinschrift. ›Sie hat ihre Arbeit gut gemacht.‹«

»Mehr noch«, fuhr er fort und warf ihr einen Wenn-du-es-unbedingt-wissen-willst-Blick zu, »ich würde sagen, du warst wie besessen. Rastlos. Und einfallsreich. Du hast gute Kontakte hergestellt und sie einwandfrei gepflegt, besonders am Telefon.« Er legte die Hand an sein Kinn, rieb sich den Bart, der, wie Ariel bemerkte, frisch gestutzt war.

»Ich habe nie darüber nachgedacht«, sinnierte er, »aber ich glaube, du hattest eine Seite, die niemand im Studio kannte. Max Neely hatte sich einmal in dieser Richtung geäußert. Ich weiß nicht mehr genau, was er sagte, aber ich habe daraus entnommen, daß du ihm in einer persönlichen Krise ziemlich geholfen hast. Und Lisa«, sagte er und schielte zu Ariel hinüber, »eine reale Person – kein Schwager –, deren Schreibtisch neben deinem steht, hat einmal erwähnt, daß sie dich gesehen habe, wie du bei einer Aids-Demonstration mitmarschiert bist.« Er räusperte sich, irgendwie peinlich berührt, und fand einen interessanten Fleck an der Wand neben ihrem Kopf, den er anstarren konnte.

»Wie lange habe ich denn für dich gearbeitet?«

»Zwei Jahre ungefähr.«

Henry streckte seine langen Beine unter dem Tisch aus und verschränkte die Arme. Er hatte von dieser Persönlichkeitsanalyse genug, eindeutig.

»Erzähl mir, wie es ist, wenn man eine Amnesie hat«, forderte er sie auf. »Ich finde, das klingt nach einer heißen Story. Nicht über dich – keine Panik –, aber es ist eine ganze Weile her, daß jemand was über Amnesie gemacht hat.«

»Wer ist hier ›besessen‹?« spottete Ariel. Dann wurde sie ernst und sagte: »Es ist unmöglich, zu beschreiben, wie es ist, wenn man sich selbst verliert. Ich will nicht wieder mit irgendwelchen Zitaten daherkommen, aber es gibt da eine Passage in *Wendekreis des Steinbocks,* die irgendwie so geht – ich glaube, ich weiß es noch recht genau –: ›Irgend etwas hat mich umgebracht, aber ich war am Leben. Doch ich hatte keinerlei Erinnerung, wußte meinen Namen nicht mehr ... Ich war lebend begraben, in einem Vakuum ...‹ Das kommt ziemlich genau hin.« Sie nahm einen Schluck Tee und bemühte sich, die Stimmung wieder aufzuhellen.

»Es gibt alle möglichen Formen der Amnesie. Bei einer vergißt man nichts weiter als Gesichter. Gesichtsagnosie wird sie genannt. Du erkennst deine Mutter nicht mehr oder den Präsidenten, aber alle anderen Gehirnfunktionen sind intakt. Manche Patienten, besonders diejenigen mit Kopfverletzungen, müssen wieder bei Null anfangen. Sie müssen lernen, wie man sich selbst anzieht und daß man nicht mit den Fingern ißt; andere haben einfach vergessen, was mit ihnen geschehen ist. Einige wissen nicht mehr, wer sie sind, erinnern sich aber an alle anderen oder zumindest an deren Gesichter. Eine Frau wußte weder, wer sie selbst war, noch wen sie um sich hatte, erinnerte sich aber an eine Telefonnummer aus der Zeit, als sie noch ein Kind war. Und wieder ein anderer Patient, ein Mann, erinnerte sich an rein gar nichts, kam aber mit der Adresse eines Mechanikers daher, dessen Dienste er Jahre zuvor einmal beansprucht hatte. Eine Geschichte, die ich gelesen habe, eine wahre Geschichte, berichtet über einen Amnesiepatienten, der sich wahllos den Namen eines Ladens, einer chemischen Reinigung oder so etwas, herausgepickt hatte. Der Name auf dem Schild lautete James Williamson. Und es stellte sich heraus, daß der richtige Name des Patienten William Jameson war.

Mein Gedächtnisverlust ist offenbar ziemlich umfassend. Ich erinnere mich an allgemeine Dinge – wie man liest und Auto fährt und so weiter –, aber ich habe keinen Zugang zu meinem früheren Leben. Am Anfang wußte ich noch nicht einmal, ob ich an einer Amnesie leide oder an etwas noch Unheimlicherem.«

Ariel mußte über Henrys plötzlich besorgten Blick lachen. »Immer mit der Ruhe! Erzähl mir nicht, daß sich schon lange niemand mehr mit Exorzismus oder Hexerei oder was auch immer beschäftigt hat! Nein, ich denke, bei mir haben wir es mit einer Standardamnesie zu tun. Und«, sie fuchtelte mit ihrer Gabel, »ein interessanter Nebenaspekt ist, daß ich möglicherweise alles, was diese Übergangszeit betrifft, vergesse, wenn ich mein Erinnerungsvermögen wiedererlange. Möglicherweise erhalte ich meine Vergangenheit zurück und verliere meine Gegenwart, und dann hast du wieder deine humorlose, aber philanthropische und befähigte alte Ariel. Wie würde dir denn das schmecken?«

Henry ignorierte ihre Frage. »Darüber möchte ich irgendwann einmal noch genauer sprechen. Aber jetzt sollten wir besser ein bißchen Schule spielen. Warum fangen wir nicht damit an, was du schon weißt.« Er grinste von einem Ohr zum anderen. »Was hat unsere Ariel denn in der Bibliothek gelernt?«

Sie spuckte alles wieder aus, woran sie sich erinnern konnte, und sah, wie sein Lächeln schwand. Sie durchsetzte eine Abhandlung der Geschichte des Fernsehens mit Aspekten der Moral und Technologie. Sie sprach über Objektive und wichtige Persönlichkeiten, über Sendeanstalten, Kabelfernsehen und Verkauf von Senderechten, über Auflösungen und Formate sowie über Pre-Production und Studioschnitt. Und obwohl nicht alles zur Sache gehörte, beeindruckte doch die schiere Länge ihres Vortrags. Schließlich hob Henry die Hand. Wenn noch eine Spur von Spaß in seinem Gesicht lag, dann gepaart mit Respekt.

»Genug, genug. Und davon hast du wirklich nichts mehr gewußt?« fragte er. »Von vorher? Das hast du dir alles an einem Tag reingepaukt?«

»In ein paar Stunden, um genau zu sein«, sagte sie ein wenig blasiert und trank ihren Tee aus.

»Okay.« Henry lächelte, und in seinen Augenwinkeln entstanden kleine Fältchen. »Die Ausdrücke hören sich zwar manchmal ungefähr so an, als würde man einen Düsenjet Flugmaschine

nennen, aber abgesehen von diesen Anachronismen war's ganz passabel.«
Er kaute auf seiner Backe herum und sah sie erwartungsvoll an. »Wenn du vorher schon ein so gutes Gedächtnis hattest, dann war mir das einfach nicht bekannt. Ich frage mich, ob dein fotografisches Gedächtnis irgendwie ein Nebenprodukt der Amnesie ist...«
»Noch ein Beispiel«, entgegnete Ariel, »deiner Ignoranz mir gegenüber.« Sie nahm die Brille ab und reinigte sie mit ihrer Serviette. »In einem der Tagebücher, die ich erwähnt habe, gab es einen Hinweis auf mein außergewöhnlich gutes Gedächtnis. Das entbehrt nicht einer gewissen Ironie. Aber was auch immer ich jetzt so gut kann, ich konnte es offensichtlich schon zuvor – dazu gehören auch die Zitate, die dich so erfreuen. So, und jetzt bist du dran. Kläre mich über *Die offene Akte* auf.«
Henry fischte mit den Fingern das letzte Salatblatt vom Teller und erzählte ihr, daß die Sendung ein Nachrichtenmagazin sei, das an mehrere Fernsehstationen verkauft werde und sich auf die Ermittlung in ungelösten Fällen spezialisiert habe, Kriminalfällen und anderen. »Wenn wir Hinweise vorliegen haben, daß sich ein Begnadigungsgesuch lohnen würde, dann recherchieren wir. Oder daß eine Wahl manipuliert wurde oder daß jemand aus der Gerüchteküche ein vernichtendes Urteil abbekommen hat. Ungelöste Morde. Rätselhaftes Verschwinden. Nicht hinterfragte Ungerechtigkeiten. Ungeklärte Phänomene, die Natur oder den Menschen betreffend.
Mit anderen Worten«, fuhr er fort, »wir versuchen ein Gleichgewicht herzustellen zwischen Gegenwart und Vergangenheit, zwischen menschlichen Belangen und alltäglichen Nachrichten. Wir schlachten das Material nicht so rücksichtslos aus wie die Boulevardpresse, aber wir sind manchmal kontrovers und oft provokant. Wir inszenieren nichts und machen keine Toneffekte, nichts wird nachgespielt oder dramatisiert. Wir sind nicht ganz unschuldig, was das Bezahlen von Informanten angeht, aber wer ist das schon?
Warte.« Henry kniff ein Auge zu und sah mit dem anderen zur

Decke. »Was noch? Manchmal benutzen wir versteckte Kameras, aber wir haben, hoffe ich, genügend Gespür dafür, wann wir unberechtigt in die Privatsphäre der Leute eindringen würden. Wir bedienen ungefähr einhundertfünfzig verschiedene Zielgruppen. Unsere Einschaltquoten sind gut genug, daß wir auf Sendung bleiben können, aber sie wären besser, wenn wir mehr Po und Busen zeigen würden.«

Er zuckte die Schultern. »Wir versuchen, eine gute Geschichte nicht auf Kosten der Wahrheit zu machen, und bislang haben wir es auch vermieden, eine Sendung über den Yeti oder das Ungeheuer von Loch Ness zu bringen. Und nachts kann ich in aller Regel schlafen.

Hör zu«, schlug er vor, »warum fahren wir nicht ins Studio hinüber, und ich zeige dir alles.«

Ariel griff nach ihrer Jacke und dem Stock und wollte sich gerade der Alarmanlage widmen, als das Telefon klingelte.

»Einen Augenblick«, sagte sie zu Henry, »ich erwarte einige Anrufe, die ich ganz gern entgegennehmen möchte.«

Die Stimme klang wieder sonor, selbstbewußt und charmant.

»Ms. Gold? Verzeihen Sie bitte, daß ich vorhin so schroff war, aber Sie mögen es verstehen ... Fionas Tod kam so unerwartet, verstehen Sie, und es war sehr schwer. Nun«, sein Ton wurde munterer, »wie kann ich Ihnen helfen?«

Ariel entschuldigte sich noch einmal und erklärte ihr Anliegen.

»Haben Sie die Papiere«, schloß sie, »oder könnten Sie sie vielleicht auftreiben?«

»Oh, ich denke schon«, versicherte er. »Fiona war sehr ordentlich, was ihre Tiere anging. Wollen Sie, daß ich sie Ihnen vorbeibringe?«

»Nun, das ist überaus freundlich! Aber ich wollte gerade weggehen, und es ist wirklich nicht notwendig –«

»Wie wär's am Nachmittag?«

»Ich werde wahrscheinlich immer noch im Studio sein. Hören Sie, Mr. Morgan, machen Sie sich keine Mühe. Warum schikken Sie die Unterlagen nicht einfach mit der Post?«

Als er Einspruch erhob und meinte, daß er wirklich gern die

neue Besitzerin des Hundes kennenlernen würde, daß er das Gefühl habe, als schulde er dies seiner verstorbenen Frau, schlug Ariel vor, bei ihm vorbeizukommen, und sie verabredeten sich für den folgenden Nachmittag um drei.
Noch bevor sie den Hörer ganz aus der Hand gelegt hatte, läutete es wieder.
»Ms. Gold?« fragte eine fremde männliche Stimme. »Ms., äh, mmh, Ariel Gold?«
Sie bejahte, woraufhin der Anrufer sich als George Mueller zu erkennen gab, ein Partner in der Kanzlei Mueller & Lupo, Rechtsanwälte, San Diego.
Mueller entschuldigte sich, daß er sie am Wochenende störe, daß er aber für einen Monat verreise und daher noch einige Kleinigkeiten auf seinem Schreibtisch wegarbeite, zu denen sie offenbar gehörte.
»Es geht um eine unserer Klientinnen, die vor einigen Wochen verstorben ist, Ms. Gold. Äh, ich weiß nicht, ob Sie von ihrem unglückseligen Ableben wissen, und es tut mir leid, wenn ich nun der Überbringer dieser traurigen Nachricht bin, für den Fall, daß es Ihnen noch nicht bekannt war. Muriel Coskey Gold? Eine Verwandte, vermutlich?«
Er hielt taktvoll inne.
»Muriel ...?« wiederholte Ariel. »Oh! San Diego. Das ist die Mutter meines Mannes. Ist sie gestorben?«
»Ihre Schwiegermutter. Ich verstehe.« Dem verwirrten Ton des Anwalts war aber eindeutig zu entnehmen, daß er nichts verstand.
Es folgte nachhaltiges Räuspern, dann fing Mueller wieder an zu sprechen, jetzt ganz schnell. »Ja, nun. Ich bin der Nachlaßverwalter, und ich bin in ihrem Nachlaß auf einen Brief gestoßen, einen Brief mit der Aufschrift ›vertraulich‹, der an Sie adressiert ist. Es war eine Mitteilung daran geheftet, in der sie darum bittet, daß wir den Brief nach ihrem Tod weiterleiten sollen.«
»Einen Brief. An mich?« fragte Ariel verblüfft.
»So ist es. Darf ich Ihre Adresse überprüfen, Ms. Gold? Wohnen Sie immer noch in der Denair Street Nummer 11 742?«

Mueller versicherte Ariel, daß der Brief sofort per Einschreiben losgeschickt würde. Er murmelte gerade noch einige Beileidsbezeugungen, als Ariel ihn aufgeregt unterbrach.

»Mr. Mueller, können Sie mir irgend etwas über Michael sagen? Über Muriel Golds Sohn?«

»Muriels ...? Ihren Mann, meinen Sie?«

»Ja.«

Wieder war es einen Augenblick lang ruhig, bevor Ariel einen Seufzer und Papierrascheln hörte. Mueller sehnte sich offenkundig nach einem Strand oder einem Kreuzfahrtenschiff oder was auch immer er vorhatte.

»Ich fürchte, es gibt nichts in den Unterlagen, was einen Sohn betrifft.«

»Oh. Nun, können Sie mir dann vielleicht sagen, ob sich Mrs. Gold Ihnen gegenüber zu diesem Brief geäußert hat? Eine Erklärung?«

»Wie ich bereits sagte, ist mir nur dieser Brief untergekommen. Es gab kein Gespräch. Mrs. Gold war erst seit kurzem meine Klientin, verstehen Sie. Ich hatte Gelegenheit, sie zu treffen, aber dabei ging es stets um ihr Testament. So«, er klang ganz zuversichtlich, »wenn Sie keine weiteren Fragen haben ...«

»An wen ging Mrs. Golds Vermögen?« hakte Ariel nach.

»Der größte Anteil des Vermögens wurde der Universität von Kalifornien in San Diego vermacht, um dort ein Stipendium einzurichten«, antwortete Mueller. »Aber wie ich schon sagte ...«

Er gab ihr eine Telefonnummer und den Namen seines Partners in seiner Kanzlei, für den Fall, daß Ariel noch Fragen hätte, wünschte ihr einen angenehmen Tag, hörbar erleichtert darüber, daß er einen weiteren Punkt auf seiner Liste abhaken konnte.

Ariel legte fassungslos auf. Sie wandte sich Henry zu, der mit dem Fuß klopfte und genervt aussah.

»Es scheint so, daß meine ehemalige Schwiegermutter gestorben ist«, berichtete sie ihm, »so teilte mir dies zumindest Rechtsanwalt Mueller mit.«

»Sag nur, du bist die Erbin?«

»Nein, und laut Mueller ist es auch Michael nicht. Aber sie hat mir etwas hinterlassen.«
»Muß ein anderer Typ Schwiegermutter sein als alle, mit denen ich belastet war«, meinte Henry. »Keine von ihnen hat mir irgend etwas zukommen lassen, solange ich mit ihren Töchtern *verheiratet* war, geschweige denn nach der Scheidung. Lediglich schlechte Ratschläge.«
Ariel schaltete die Alarmanlage ein, verriegelte die Tür und ging zu Henrys ziemlich heruntergekommenem Oldsmobile. Sie schob eine zusammengeknüllte Fast-food-Tüte vom Beifahrersitz und stieg ein, noch immer verwirrt darüber, welch neue Entwicklung sich ergeben hatte.
»Bist du sicher, daß dieser Rechtsanwalt ganz auf der Höhe ist? Ich habe noch nie einen Anwalt kennengelernt, der am Samstag arbeitet.« Henry fuhr mit quietschenden Reifen aus der Einfahrt.
»Er hat auf jeden Fall so geklungen wie ein Anwalt. Ich wundere mich nur, daß Mrs. Gold nahezu ihr ganzes Vermögen einer Universität hinterlassen hat. Warum, um alles in der Welt, hat es nicht ihr Sohn geerbt? Ihr einziger Sohn?«
Ariel schwieg nachdenklich. Besaß Michael Gold selbst so viel Geld, daß seine Mutter das Gefühl hatte, er brauche ihr Geld nicht? Oder waren Mutter und Sohn zerstritten gewesen? Was könnte so schrecklich gewesen sein, eine Enterbung zu rechtfertigen?
»Klingt der Name Lupo italienisch?« fragte sie Henry.
»Was?«
Sie versuchte die Geschwindigkeit zu ignorieren, in der sie im Schatten der überhängenden Jakarandabäume dahinbrausten, und teilte ihm den Namen der Kanzlei mit. »Ich habe mich nur gerade gefragt, ob Lupo ein italienischer Name sei.«
»Warum? Hast du was gegen Ausländer?« Dann dämmerte ihm etwas. »Oh, du hast was gegen Sizilien! Sobald dein Exmann ins Spiel kommt«, er sah äußerst belustigt zu ihr herüber, »hast du Visionen von Pferdeköpfen in deinem Bett!«
Als er ihren erstaunten und erschrockenen Blick sah, klärte er sie

auf. »Oh. Ich nehme an, du hast den Film nicht gesehen. Du bist wahrscheinlich zu jung dafür. Schau, in *Der Pate* gab es eine Szene ...« Er seufzte. »Ach, vergiß es, man kann es nicht erzählen.«

Als sie über eine Kreuzung brausten, machte der Oldsmobile plötzlich einen Schwenker nach rechts, wich einem entgegenkommenden Auto nur knapp aus. Ariel wurde zur Seite geworfen, der Türgriff bohrte sich in ihre Rippen.

»Au!« schrie sie und sah zurück auf die bereits weit hinter ihnen liegende Szenerie einer nahen Katastrophe. »Er hatte Grün! Willst du uns umbringen!« Sie warf Henry einen finsteren Blick zu und verriegelte ihre Tür. »Verdammte Scheiße!« rief sie. »Mit Freunden wie dir brauche ich keine Einbrecher oder Mafiosi!«

Reuelos und völlig unbeeindruckt fragte Henry: »Was hat es mit dieser Flucherei auf sich. Mit was für Leuten hast du zu tun?«

»Versuch nicht, das Thema zu wechseln«, knurrte Ariel, der weder eine Retourkutsche noch eine Antwort einfiel.

»Ein bißchen ordinär«, gluckste Henry, »aber irgendwie auch süß.«

Er riß den Wagen herum und fuhr in eine Einfahrt, kam vor einer Schranke zum Stehen und schob eine Plastikkarte in den Schlitz. Die Schranke hob sich. Er steuerte auf einen Parkplatz zu, an dem hinten mittels einer Schablone HELLER geschrieben worden war, und schaltete den Motor ab.

»So, Ms. Gold, kommt Ihnen hier irgendwas bekannt vor?«

»Oh, Mr. Heller«, Ariel legte die Hand an ihre Stirn, »ich glaube, jetzt kommen all meine Erinnerungen zurück.« Sie warf ihm einen abfälligen Blick zu. »Versuchen wir sachlich zu bleiben, ja? Wenn ich mein eigenes Gesicht nicht mehr gekannt habe und dein unvergeßliches Antlitz auch nichts hat klingeln lassen, warum um alles in der Welt sollte ich dann ausgerechnet einen nichtssagenden Betonkomplex wiedererkennen?«

»Wenn du mich fragst ...«, sagte Henry gleichmütig. »Wir wissen nicht, wo du am Sonntag abend warst. Vielleicht hier. Vielleicht hast du an einer Geschichte gearbeitet, die dazu führte, was auch immer geschehen ist.«

Sie löste ihren Sicherheitsgurt und öffnete die Tür. »Wer weiß«, räumte sie ein. »Aber, nein. Keine Gedankenblitze, keine Lichtblicke.«

Henry schloß die Tür zum Studio auf, und während er ein kompliziertes Manöver mit der Alarmanlage durchführte, schlenderte Ariel durch den Eingangsbereich. Der Raum, der sich daran anschloß, war riesig und mündete in dunkle Unendlichkeit, und alles wirkte auf Ariel wie ausgestorben. Es war so ruhig, daß die ungefähr zwei Dutzend Arbeitsplätze gemeinsam und ungeduldig darauf zu warten schienen, ihre reguläre hektische Betriebsamkeit wiederaufzunehmen. Scheinwerfer hingen an skelettartigen Sparren von der mattschwarzen Decke, und alles sonst in dem Raum war grau und farblos. Überall standen erwartungsvoll wirkende Fernsehbildschirme und Monitoren, die ausgeschaltet waren; an jedem Arbeitsplatz mindestens zwei. Notizblocks, Zeitschriften und Zeitungen stapelten sich auf jeder Abstellfläche. Der Raum strotzte von mangelnder Aktivität.

Sie wandte sich Henry zu. »Wo ist mein Schreibtisch?« fragte sie kaum hörbar. Es fiel ihr auf, daß sie das Possessivpronomen betont hatte.

»Hier arbeiten alle Berichterstatter und Redakteure und Fernsehjournalisten«, antwortete er in ganz normalem Tonfall und zeigte dann auf einen Arbeitsplatz. »Das ist dein Schreibtisch. Nimm diese Aktenordner mit nach Hause, wenn wir gehen, und schau sie durch. Vielleicht klingelt es dann.«

Henry zeigte auf eine verglaste Kabine, die aussah wie der Kontrollraum in einem am Aufsteigen gehinderten Raumschiff. »Dort drüben ist die Zentrale, und ganz am Ende, dort, werden die Studioteile der Sendung aufgezeichnet.«

Er ging hinüber, und Ariel folgte ihm, die Gummispitze ihres Stockes pochte dumpf. Mehrere Kameras waren auf eine lange schreibtischähnliche Konstruktion gerichtet, dahinter war groß das Logo der Sendung zu sehen, ganze Nester von Scheinwerfern hingen von der Decke, Kabel schlängelten sich über den Fußboden.

»Hier«, erklärte er, als sie in den Korridor hinaustraten, »sind die Schneideräume, in denen wir unsere Beiträge schneiden.«
Zu ihrer Rechten lagen ein halbes Dutzend kleine Räume mit Glaswänden, in Dunkelheit gehüllt. Henry langte hinein und knipste das Licht an.
»Das ist ein Schneidetisch. Setz dich.« Er drückte auf einen Knopf, und die Anlage wurde lebendig, klickte und blinkte.
»Flug 999 an Tower.« Ariel konnte nicht widerstehen. Sie benutzte den Griff ihres Stockes als Mikrophon, hielt ihn dicht vor ihren Mund und senkte die Stimme. »Flug 999 bittet um Starterlaubnis.«
»Spinn dich aus.« Henry sah sie vorwurfsvoll an. »So, ich weiß, daß du über das Schneiden gelesen hast, aber es ist ein wenig ...«
Der Rest des Satzes ging in dem Lärm vor dem kleinen Raum unter. Licht durchflutete das ganze Stockwerk, und bevor Ariel, geblendet, genau erkennen konnte, was vor sich ging, machte sich etwas in der Tür breit, hielt das Licht ab.
Dieses Etwas war ein Jemand, ein Mann, der eine Art Knüppel in der erhobenen Hand hielt. Ariel riß die Arme hoch, um ihren Kopf zu schützen, Henry hinter ihr sprang auf die Füße, und sein überraschter Aufschrei wurde von dem Mann in der Tür erwidert.
»Was zum Teufel ...? Was machst du denn?« schrie Henry, während der Mann brüllte: »Du hast mich zu Tode erschreckt!«
Beider Männer Brust hob und senkte sich. Sie standen einander wie angewurzelt gegenüber und stierten sich an. Ariel war starr vor Schreck.
Plötzlich hörte Ariel einen erstickten Schrei hinter sich, und Henry, dessen Stimme um eine Oktave angestiegen war, verlangte zu wissen: »Ist das mein Louisville-Schläger? Das Ding mit dem Autogramm von Wade Boggs? Gib her!«
Der große blonde Mann hatte seinen Blick der völlig verängstigten Ariel zugewandt. Er rührte sich noch immer nicht vom Fleck, sein Gesicht war undurchdringlich, aber zumindest nahm er den Baseballschläger herunter. Es dauerte einige Sekunden,

bis sich seine Muskeln entspannten und er Henry den Schläger reichte.
»Es war die einzige Waffe, die zur Verfügung stand«, sagte der Mann. »Hallo, Henry. Ariel. Wie man sieht, bin ich überrascht, euch hier anzutreffen.« Sein wohlgeformter Kiefer lockerte sich. »Was genau tut ihr eigentlich hier?«
Henry sah zu Ariel hinüber und bemerkte, etwas verspätet, in welcher Verfassung sie war. Sanft legte er eine Hand auf ihre Schulter und antwortete: »Wir arbeiten, Peacock – wir haben zumindest gearbeitet, bevor du uns zu Tode erschreckt hast. Ariel macht Ferien, und wir wollten noch einige Details besprechen, was das, äh, Projekt mit dem Flugzeugunglück in Alaska angeht.«
»Pardon.« Die Entschuldigung fiel ziemlich schroff aus.
Ariel bemerkte, wie sich der Mund des Mannes – das war also Peacock – zu einem winzigen verkniffenen Lächeln verzog. Seine Lider senkten sich ein wenig über die außergewöhnlich hellblauen Augen, sein Blick wirkte wachsam. Er trug einen dunkelgrauen Zweireiher, der ihm möglicherweise nicht nur auf den Leib geschneidert, sondern auch extra für diesen entworfen worden war. Das nadelgestreifte Hemd darunter wirkte so gestärkt, als könnte man es aufstellen.
»Ich dachte, Carol macht diese Alaska-Geschichte?«
»Stimmt schon«, räumte Henry unverbindlich ein. Er beobachtete Ariel, die wiederum Peacock beobachtete. In ihrem Gesicht lag immer noch Argwohn. »Und was tust du hier? Ich dachte, du seist an der Ostküste.«
Peacock schien die Frage überhört zu haben. »Du hast also Urlaub, Ariel?« meinte er und lehnte sich lässig an den Türpfosten. Sein Lächeln erfaßte jetzt auch die hellblauen Augen, sie blitzten geradezu. »Hast du was Aufregendes vor?«
»Nichts, was die letzten Minuten überbieten könnte«, sagte sie, »das hoffe ich zumindest aufrichtig.«
»Sieht aber so aus, als wäre das bereits der Fall gewesen. Was ist denn passiert? Ist das ein Stock?«
»In der Tat«, antwortete Ariel, die gar nicht bemerkt hatte, daß

sie das Ding umklammert hielt. »Ich habe eben so schnell keinen Baseballschläger gefunden.«

Peacocks Augenlider senkten sich um einen weiteren Bruchteil eines Millimeters. Ein oder zwei Pulsschläge lang blieb er noch regungslos stehen, bevor er sich aufrichtete, leicht und mühelos. »Aha.« Er sah auf seine Rolex. »Na, dann lass' ich euch zwei mal wieder an die Arbeit gehen.« Und mit einem weiteren taxierenden Blick auf Ariel und der Andeutung eines Lächelns, an sie beide gerichtet, ging er.

Henry brach das Schweigen, das einen endlosen Augenblick zu dauern schien. »Jetzt ist dir also Peacock über den Weg gelaufen. Und wenn du dich an ihn nicht erinnerst«, fügte er trocken hinzu, »dann solltest du deinen Kopf wirklich untersuchen lassen.«

22

Henry meinte es, wie Ariel herausfand, wirklich ernst damit, sie mit ihrem Job wieder vertraut zu machen.

Am Schneidetisch erklärte und demonstrierte er die Möglichkeiten und Anforderungen des Studioschnitts in betäubender Ausführlichkeit. Er referierte über Einstellungen und Timecodes, erklärte das Verhältnis von Zuspieler zu Recorder, sprach über Farbabstimmungen, Graphiken und Blenden, Off-Kommentare und Synchronisation.

Im Studio sprach er über vorgefertigte Statements und erklärte den Unterschied zwischen aufgezeichneten Interviews und Originalinterviews. Er zeigte ihr den Teleprompter und mehrere Mikrophone – am Galgen, in der Hand gehalten und um den Hals gehängt – und wies auf die verschiedenen Typen von Beleuchtung und Effektfolien und Reflektoren hin. Er erklärte ihr einfache Kamerabewegungen und einige besondere Ausdrücke: »Start« und »läuft« und was man unter *light* und *heavy* und *taking* verstand. Er zählte auf, wer welche Funktion hatte: die Korrespondenten, das Ermittlungsteam und die verschiedenen Fernsehjournalisten und Redakteure, Autoren und Berichterstatter. Er erwähnte, daß sie besonders gut mit dem technischen Stab habe umgehen können, dessen Aufgaben er ebenfalls beschrieb.

An ihrem Computer öffnete er NewsMaker und verglich die Vorzüge mit anderen Informationssystemen, Nexus und Basis und NewsStar. Er referierte über Satelliten, Scanner und den Wert des Videoarchivs sowie über eher altmodische, dennoch stets gebrauchte Ideenquellen: Zeitungen und Zeitschriften jeglicher Couleur. Dann folgte der Papierkrieg; er zeigte ihr Manuskripte, Schemata für den Ablauf der Sendung und Transkriptionen und sprach von Tausenden von Listen: Kontrollisten und Equipmentlisten, Mitarbeiterlisten und Listen für die Außenaufnahmen, Requisiten-, Aufnahme- und Schnittlisten.

Und als Ariel gerade den Eindruck hatte, er käme zum Ende, hatte Henry noch einen Einfall.

»Komm mit«, grinste er geheimnisvoll.

»Jetzt«, sagte er und schob ein Band in den Videorecorder, »haben wir Rätselstunde. Wir haben Schnittreste unserer Sendungen und ein paar weniger gelungene Momente der Konkurrenz zusammengeschnitten, und wir fügen regelmäßig mehr hinzu. Wir machen jetzt ein kleines Quiz, bei dem du mir erzählst, wo der ›Fehlerteufel‹ sitzt, okay?«

Einige der Pannen waren wahnsinnig komisch und sofort erkennbar. Einige waren langweilig, aber subtil. Einige verstand Ariel überhaupt nicht. Ich nehme an, dachte sie, man hätte dabeisein müssen.

»Okay, wo liegt hier der Fehler?« Nach jedem weniger offenkundigen Fauxpas stoppte Henry das Band und sah sie erwartungsvoll an.

Ariel dachte sich sofort in die Sache hinein und antwortete. »Hier sehen wir nur den Rücken. Der Reporter hätte vor die Frau treten und sie zurückhalten sollen.« Oder: »Die Interviewerin hat sich zu früh eingeschaltet. Hätte sie noch einen Augenblick gewartet, dann hätte dieser Börsenspekulant geredet.« Oder: »Die Ausdrucksweise ist zu abgehoben, zu ›in‹. Die Hälfte

der Zuschauer wird nicht wissen, wovon sie spricht.« Oder: »Er redet zuviel. Die Bilder erzählen die Geschichte doch schon.«
Nach einer Sequenz, die mit versteckter Kamera gefilmt war, saß Ariel mit offenem Mund und rotem Kopf da. »Das haben die wirklich aufgenommen?« fragte sie Henry erstaunt. »Himmel, kein Wunder, daß man immer von dem Schrott im Fernsehen spricht!«
Zwischen einem Ausschnitt über ein dirigierendes Wunderkind, in dem der Off-Kommentar das letzte Musikstück als »'ne kleine Nachtmusik« bezeichnete, und einem anderen Beitrag, in dem die Reporterfrage so lang dauerte, daß der Politiker, der interviewt werden sollte, nur noch mit »Nein« antworten konnte, hörte Henry, daß sein Telefon läutete. Als er zurückkehrte, schien er mit seinen Gedanken ganz woanders zu sein, und erst eine Aufnahme von Tammy Faye Bakker brachte ihn in die Gegenwart zurück.
Schließlich legte Henry ein anderes Band ein. Der letzte Beitrag war ein Interview mit einer Ghetto-Mutter, deren Sohn in einer Schießerei unter Gangmitgliedern ums Leben gekommen war. Es war kein sehr schönes Ende einer Sendung, aber Ariel fand die Art und Weise, Fragen zu stellen, meisterhaft.
»Hör dir das an«, forderte sie Henry auf. »Sie formuliert die aggressivsten Fragen so, daß sie damit niemandem zu nahe tritt. Wie kann sie gleichzeitig so durchdringend und sympathisch wirken? Wer ist sie überhaupt?«
Henry war mit seinen Gedanken wieder woanders. »Hmm? Was?«
»Wer ist sie?« Ariel zeigte auf den Bildschirm.
»Carol Lloyd«, antwortete er abwesend.
»Die Carol, von der auch Peacock gesprochen hat?«
»Ja. Warum?«
»Seltsam.« Ariel runzelte konzentriert die Stirn. »Ich habe neulich erst irgendwo den Namen Carol gehört, aber ich weiß nicht mehr ... Doch, jetzt fällt es mir wieder ein. Neely hat eine Carol erwähnt. Nach der ich mich, wie er meinte, erkundigt hätte.«
»Warum solltest du dich bei Neely nach Carol Lloyd erkundi-

gen? Hör zu, ich werde noch ein paar dieser Kassetten mit Interviews heraussuchen, die du zu Hause anschauen kannst – du hast doch einen Videorecorder, oder? –, und du packst dir inzwischen die Aktenordner auf deinem Schreibtisch zusammen. Machen wir, daß wir hier rauskommen. Ich habe Durst.«
Keiner der beiden bemerkte den unauffälligen dunkelgrauen Sedan, der sich hinter Henrys Wagen einreihte, als sie den Parkplatz verließen.
Auf dem Weg nach Hause versuchte Ariel, mit ihren Gedanken bei den vergangenen Stunden zu bleiben. Die Sitzung war beeindruckend gewesen, aber sie konnte sich nicht richtig darauf konzentrieren, weil ihr Leben vor ihren Augen Revue passierte, was in ihrem Fall ja nicht besonders lang dauerte.
»Würdest du bitte langsamer fahren!« verlangte sie zum dritten Mal in einer Viertelstunde. Und zum dritten Mal in einer Viertelstunde gehorchte er – bis seine Gedanken wieder abdrifteten und die Gewohnheit sich durchsetzte.
Ariel umklammerte den Sicherheitsgurt und trat alle paar Minuten reflexartig mit dem Fuß auf die Bremse, dann lehnte sie sich zurück und schloß die Augen.
»Schon gut! Schon gut! Leg den Rosenkranz zur Seite.« Henry gab geringfügig weniger Gas. Beim Abbiegen zog er eine Schau ab, denn er setzte den Blinker und streckte gleichzeitig noch den Arm zum Fenster hinaus.
Der Blinker des Wagens einen halben Block und zwei Autos hinter ihnen begann ebenfalls aufzuleuchten.
Beiläufig bemerkte Henry: »Du hast dich noch gar nicht zu Peacock geäußert. Hat er dich dermaßen sprachlos gemacht?«
»Was sollte ich sagen?«
Er sah zu ihr herüber. »Oh, komm schon.«
»Paß auf, wo du hinfährst! Warum sollte ich über Peacock reden?«
»Aber das tun die meisten Frauen. Du solltest seine Fanpost sehen.«
Schließlich ließ Ariel sich ablenken. Breit grinsend platzte sie heraus: »Du bist auf diesen eingebildeten Kleiderbügel eifer-

süchtig! Das gefällt mir!« Das Grinsen blieb. »Warum äußerst du dich nicht über ihn? Offensichtlich hast du etwas zu sagen.«

»Peacock ist intelligent. Er ist begabt. Er ist aggressiv. Und ich glaube nicht, daß es etwas mit Einbildung zu tun hat. Er ist einfach sehr selbstbewußt.«

»Sein Name paßt zu ihm – Peacock, der eitle Pfau.« Neugierig fragte sie: »Du magst ihn nicht, oder?«

»Ich kenne ihn nicht gut genug, um ihn zu mögen oder nicht zu mögen. Ich finde nicht, daß er unbedingt der herzlichste ist.«

»Du magst ihn also nicht«, sagte Ariel bestimmt. »Ich glaube übrigens, mir geht es ähnlich. Er sieht gut aus, klar, aber er hat was Reptilienhaftes, findest du nicht?«

Henry sah sie an. »Interessante Reaktion«, meinte er. Er ging nicht weiter darauf ein, was genau er interessant fand.

Sie fuhren wortlos ein paar Häuserblocks weiter. »Er kann nichts dafür, daß er gut aussieht«, sagte Henry schließlich und klang vernünftig. »Hätte man den Spiegel nicht erfunden, dann könnte er diese Mitteilung eben im Gesicht einer jeden Frau lesen. Emily, meine letzte Exfrau«, erklärte er und richtete völlig überflüssigerweise den Rückspiegel neu ein, »hat ihn einmal getroffen. Sie kam vorbei, um Sam abzuliefern . . .«

»Sam ist dein Sohn?« vermutete Ariel.

»Emily stand da, als wäre ihr eins übergezogen worden, nachdem er sie so . . . angeschaut hatte.«

Ariel brauchte nicht um eine Erklärung zu bitten. Sie wußte, welchen Blick er meinte.

»Man kann ihm nicht vorhalten, daß er daraus Kapital schlägt. Aus diesem Blick. Diesen Blicken«, räumte Henry ein.

»Ist Emily David Friedmans Schwester?«

»Nein.« Er schwenkte das Lenkrad herum und bog in ihre Straße ein.

»Kommst du noch mit rein?« fragte sie, als er in die Einfahrt fuhr. Sie hatte aufgehört, sich über irgendwelche falschen Signale Gedanken zu machen; sie wollte einfach nicht, daß er ging.

»Ich glaube nicht.« Er schaltete den Motor ab.
»Was hast du denn damit gemeint, daß meine Reaktion interessant sei?«
Er zog die Augenbrauen zusammen, verstand nicht.
»Du hast gesagt, wie ich auf Peacock reagiert hätte ... Ich weiß nicht, ob du damit das ›Reptilienhafte‹ gemeint hast oder sonstwas, aber du hast von einer interessanten Reaktion gesprochen. Was hast du gemeint?«
»Oh. Mir fiel nur ein, daß du vorher überhaupt nie irgendwie auf Peacock reagiert hast. Punkt. Als wäre er – das kann ich nicht erklären. Es war nur so ein Eindruck.« Er vollführte einen verbalen Eiertanz.
Sie hörten über sich ein Brummen, und einen Augenblick lang saßen sie im Schatten, als ein Goodyear-Zeppelin über Ariels Haus schwebte. Henry beobachtete das schwerfällige Fortkommen, bevor er weitersprach.
»Schau, du hast nie auf Peacock reagiert, nicht auf sein Aussehen, seinen Charme. Frauen flirten sonst immer mit ihm oder schmelzen in hilfloser Bewunderung dahin – du allerdings nicht. Von dir kam rein gar nichts, nicht mal ein kleines Zwinkern. Na ja, ich glaube, es lag daran, daß Peacock zu den Menschen gehört, die, was ihren Körper betrifft, privilegiert sind. Und du hast aus irgendeinem angeborenen, vorgegebenen Mangel an Erwartungen heraus nicht reagiert.«
Ariel wirkte nachdenklich.
Nach einer Weile sagte sie: »Ich verstehe. Ich verstehe, was du meinst. ›Wasser sucht sich seinen eigenen Weg.‹ Wer ein gutes Urteilsvermögen hat, lernt, wie durch Osmose, was er vom Leben zu erwarten hat. Und ich habe wohl von ›schönen Menschen‹ nichts erwartet.«
»Ja, ich glaube, das stimmt.«
»Und heute war es anders?«
»Das ist es ja, was ich meine.« Entgegen seiner Gewohnheit verfolgte Henry das Thema weiter. »Nachdem du heute die Fassung wiedererlangt hast, warst du einfach ... kühl. Wenn du heute nicht reagiert hast, dann weil er dich schlicht nicht be-

eindruckt hat. – Der Unterschied ist himmelweit«, fuhr er fort, »und alles ist nur eine Sache der Reaktion.«

Einen Moment lang sahen sie einander in die Augen, bevor Henry den Blick abwandte. »Wie komme ich bloß darauf?« fragte er. »Und wer will das überhaupt wissen?«

Dies kam einer Entschuldigung näher, als Ariel dies je von Henry Heller erwartet hatte.

Sie löste ihren Sicherheitsgurt. »Was war das für ein Anruf, den du da im Studio bekommen hast? Muß ja sehr interessant gewesen ein.«

»War er auch.« Henry zupfte an seinem Bart. »Am vergangenen Wochenende ging in Santa Monica eine Autobombe hoch. Das interessiert mich, weil die Sprengstoffexperten die Hintergründe zu kennen scheinen, aber so gut wie nichts bekanntgeben. Seit heute weiß ich, warum.

Ein Polizist, den ich kenne, ein Typ, der mir noch was schuldet, hat gehört, daß man den Besitzer des Autos identifiziert hat. Es ist ein pensionierter Senator aus Florida. Er war ein hohes Tier in Washington und Vorsitzender in einem Dutzend wichtiger Komitees. Mit seinem Namen wird nicht der geringste Skandal in Verbindung gebracht.«

Laut denkend fuhr Henry fort. »Sie können den Senator nicht ausfindig machen, obwohl klar ist, daß er das Fahrzeug nicht gefahren hat. Vielmehr handelte es sich dabei um eine Frau, die mindestens dreißig Jahre jünger war. Wer sie war, weiß man noch nicht.«

»Woher haben sie diese Informationen? Über Geschlecht und Alter?«

»Die Zähne«, antwortete Henry lakonisch. Er warf ihr einen nüchternen Blick zu. »Eine Hand mit lackierten Fingernägeln. Und noch ein paar Dinge.«

Ariel schauderte. »Glauben sie, glaubst du, daß es irgendein Mafia-Anschlag war?«

Henry schnaubte verächtlich. »Ich hätte wissen sollen, daß du die Mafia ins Spiel bringst! Los jetzt, ich trag' dir noch deine Videokassetten und Aktenordner hinein, und dann muß ich weiter.«

Sie gingen gerade auf die Tür zu, als der graue Sedan, der geduldig einige Häuser weiter ausgeharrt hatte, langsam am Haus vorbei- und dann weiterfuhr, bis ans Ende der Straße, wo er nach links abbog.
Ariel sperrte die Tür auf, stellte die Alarmanlage ab und fragte: »Hat Peacock auch einen Vornamen?«
»Winston. Seine Freunde nennen ihn Win.« Henrys Mund verzog sich ironisch. »Natürlich.«

23

Dieser idiotische, stümperhafte, drogensüchtige Krüppel!«
Er knipste das Licht an, schnappte sich ein Kissen von dem Brokatsofa und pfefferte es wild durch den Raum. Das Klirren von zerbrechendem Glas machte ihn nur noch wütender. Er stürmte in die Bibliothek, griff nach einer Karaffe und goß sich ein Kristallglas mit bernsteinfarbener Flüssigkeit voll.
Er hob das Glas und betrachtete es einen langen Augenblick. Etwas vom Inhalt verspritzte, als er den Drink, ohne davon getrunken zu haben, auf die polierte Messingoberfläche der Bar knallte.
»Ich bin froh, daß dieser Hurensohn tot ist«, brummte er mit zusammengebissenen Zähnen. »Ich wollte, *ich* hätte ihn umgebracht.«
Er dachte nur an Rodriquez und an die Frau, die noch am Leben war, und verschwendete dabei keinen einzigen Gedanken an die unbekannte Frau, die ihr Leben gelassen hatte.
Rodriquez war, hier war er sich ziemlich sicher, von der Frau umgebracht worden, die er getötet zu haben behauptete. Von der Frau, die er gegen Bezahlung hatte umlegen sollen – »ein Kinderspiel« hatte er den Job genannt. Und es lag eine gewisse Ironie darin, die er in einem anderen Zusammenhang sicherlich geschätzt hätte. Er trat ans Fenster, starrte hinaus, ohne etwas zu sehen, trat zurück.
Irgendwo tief in seinem Herzen hatte er die ganze Zeit über

gewußt, daß dieser Job verpfuscht worden war. Er hatte sich selbst hinreißen lassen, zu glauben, diese Gold-Frau sei tot. Er hatte sich erlaubt, diese Illusion trotz nagenden Zweifels aufrechtzuerhalten. Als er sie heute gesehen hatte, als er ihre Stimme gehört und sie mit eigenen Augen gesehen hatte, war er schockiert gewesen. Er war wütend geworden. Aber es hatte ihn nicht wirklich überrascht. Dennoch mußte er sich unglaublich beherrschen, um nicht durchzudrehen. Ihr Wiedererscheinen hatte schlicht bestätigt, was er seit einer langen, unangenehmen Woche tief in seinem Innersten wußte. Was seine Reise beschwerlich gemacht und seine frühe Rückkehr ausgelöst hatte.
»Was haben die beiden ausgeheckt?« flüsterte er. Sie und der Bärtige ... Immer wieder drückte er die Faust sanft auf die Bar. Sie mußten etwas im Sinn haben! Etwas, was mit ihm zu tun hatte!
Das Verhalten der Frau, ihr Handeln ergab aber keinen Sinn. Das machte ihn ganz verrückt; das hatte ihm in den vergangenen Stunden das Gefühl vermittelt, als lebte er in einer Art phantastischer Halluzination.
Diese verfluchte Frau verhielt sich, als hätten die Ereignisse vor zwei Wochen nicht stattgefunden! Was für ein Spiel spielte sie? Was hatte sie die ganze Woche über getan? Warum hatte sie *nichts* unternommen? Was konnte sie vorhaben?
Bitter starrte er in den Whiskey, bevor er ihn wieder in die Karaffe goß und den Stöpsel darauf setzte.
Etwas an ihr hatte sich sehr verändert. Die Stimme. Ihr Auftreten. Ihre Hand war eingegipst, sie ging am Stock. Was hatte das zu bedeuten? Vielleicht hatte Rodriquez noch ein paarmal zugeschlagen, spekulierte er, bevor er seinen Abgang machte.
Er fragte sich, ob Ariel Gold wußte, wie knapp sie heute dem Tod entkommen war. Gott weiß, seine Wut und seine Panik hätten fast die Oberhand gewonnen. Aber die beiden zusammen ...
Und später dann, als er ihnen zu ihrem Haus gefolgt war und sie beide aus dem Auto gestiegen waren, blieb ihm natürlich nichts anderes übrig, als weiterzufahren. Aller Voraussicht nach würde

sie bald genug wieder allein sein. Allerdings hatte er etwas entdeckt, was am Sonntag abend noch nicht vorhanden war. »Westside Systems« war auf dem Schild im Vorgarten zu lesen, »Bewaffneter Dienst«. In ihr Haus zu gelangen wäre nicht mehr so einfach wie noch vor einer Woche, und es war wenig wahrscheinlich, daß sie ihn zur Haustür hereinlassen würde. Oder vielleicht doch? Seine Gedanken rotierten und kamen immer wieder auf das verwirrende Verhalten der Frau zurück. Die Wahrheit lautete, daß er keine Ahnung hatte, was sie tun würde.

Vielleicht war sie zu dem Schluß gekommen, daß ihre Vermutungen nicht stichhaltig genug seien. Vielleicht hatte das Fiasko vom Sonntag abend sie verführt, zu glauben, er würde nun etwas ganz Dummes tun, um sein eigenes Schicksal zu besiegeln, etwas selbstmörderisch Verwegenes. Vielleicht trug *sie* sich mit Selbstmordgedanken.

Und was du hier tust, sagte er sich, ist völlig sinnlos. Er ging zum Telefon, um die Verabredung für den Abend abzusagen, auf die er keine Lust mehr hatte. Bald genug, kein Zweifel, würde er wissen, was in ihrem Kopf vorging. Dieses Mal würde er nicht überstürzt handeln. Er würde abwarten, was sich ergab. Und wenn er den Zeitpunkt für günstig hielt, würde er sie umbringen.

24

Ariel hatte sich nun durch vier Nächte gekämpft, in denen von Schlaf kaum die Rede sein konnte. Nachdem sie das Fahrrad vom Speicher gehievt hatte, langweilte es sie, einfach nur in die Pedale zu treten. Jetzt, wo ihr Knöchel fast wieder in Ordnung war, beschloß sie, daß es Zeit war, wieder zu gehen. Bis zu Marguerite Harris' Haus; das war eine geeignete Unternehmung für den Anfang.

Sie schlug die Telefonnummer nach, verabredete sich auf einen kurzen Besuch, steckte den Keramikkohl in ein Einkaufsnetz und griff nach Jessies Leine.

»Heute bekomme ich deine Papiere«, sagte sie zu der aufgeregten Schäferhündin, die so wenig hinauskam. »Es ist nur eine Formalität, klar. Du gehörst zu mir, und damit basta. Aber es ist trotzdem ganz gut, findest du nicht?«

Entweder Jessie stimmte zu, oder aber sie wollte einfach nur vorankommen. Auf jeden Fall stand sie neben der Tür, wedelte mit dem Schwanz, sah ungeduldig über die Schulter zurück.

Es war ein herrlicher goldener Sonntagmorgen. Die Luft roch nach Zitronenblüten. Jessie warf Ariel fast zu Boden, so schnell wollte sie laufen.

»Bei Fuß!« befahl Ariel, und Jessie gehorchte. Gemächlich gingen sie bis zu dem Haus der Harris, und weil Ariel sich ganz wohl fühlte, überquerten sie die Straße, gingen noch einen Block weiter und dann zurück.

Obwohl das Haus von Mrs. Harris wie ihr eigenes aus den dreißiger Jahren stammte, war es doch größer und imposanter, gebaut auf einem Grundstück von mindestens eineinhalbfacher Ausdehnung. Das Anwesen wurde im Westen von einer zwei Meter hohen Ficushecke abgeschlossen und im Osten von einer Jamaikapfefferhecke der gleichen Höhe. Vor dem Haus stand ein riesiger Amberbaum, an dessen Ästen nur noch Spitzkletten hingen, und Ariel stellte sich vor, wie schön es aussehen mußte, wenn sich die Blätter verfärbten. Sie stieg die Stufen zu einer geschwungenen Veranda mit einem verputzten Mäuerchen hinauf und klingelte.

Der große weißhaarige Mann, der die Tür öffnete, stand so aufrecht vor ihr, daß man an das Militär erinnert wurde. Ariel schätzte ihn auf Anfang Siebzig; er war aber beeindruckend rüstig geblieben. Sein Pullover mit Zopfmuster leuchtete gelb, das blau-weiß gestreifte Hemd darunter wirkte teuer, aber ausgewaschen genug, um bequem zu sein. Versponnen fragte sich Ariel, wo sein Halstuch war. Er sah so aus, als gehörte es ganz selbstverständlich zu ihm.

»Ah, Ms. Gold, ich bin Carl Harris«, sagte der Mann in einem Tonfall, der zum Hollywood der vierziger Jahre paßte. Er hatte einen leicht britischen Akzent und sprach wie der Stimmlehrer einer Schauspielschule. »Wir sind uns einmal vor Jahren begegnet. Wollen Sie beide nicht hereinkommen?«

Er ließ ihren Protest nicht gelten und führte sie durch einen langen Gang, in dem sich ein alter orientalischer Läufer erstreckte, dessen Farben mit den Jahren ausgeblichen waren. Er blieb vor dem lichtdurchfluteten Wohnzimmer stehen und ließ sie eintreten.

»Machen Sie es sich bequem«, sagte er einladend und zeigte auf das Sofa mit einem palmengemusterten Schonbezug, der schon das Interieur von *Casablanca* hätte zieren können. Auf einem Bambustischchen davor stand ein silbernes Teeservice bereit. Neben einem Schälchen mit Zitronenschnitzen lagen winzige gefaltete Servietten, in einem Kännchen war echte Sahne. Neben einer kleinen Kristallschüssel mit grober Orangenmarmelade war auf einem Tellerchen zartestes Teegebäck aufgeschichtet. Aus seiner Hosentasche zauberte Carl Harris einen Hundekeks.

»Darf ich?« fragte er Ariel, bevor er sich bei Jessie erkundigte: »Wie sagt man, mein Fräulein?«

Die Hündin saß aufrecht da und nahm grazil den Leckerbissen zwischen die Zähne. Dann legte sie sich auf den Bauch und kaute auf ganz kultivierte Art. Ein tiefer Seufzer entfuhr ihr.

Ariel stellte die Terrine auf einen Tisch mit Einlegearbeit und sah sich um. Jeglicher freie Platz an den Wänden war mit Bücherregalen vollgestellt. Es gab Hunderte von Büchern, und dazwischen waren Kunstobjekte verteilt: eine Bronzebüste, Porzellanteller, gerahmte Fotografien und ein halbes Dutzend Objekte aus Holz und Messing, die aussahen wie altertümliche Navigationsinstrumente. Oben auf den Regalen saßen zwischen Pflanzen und einem seltsamen Wasserspeier schlichte Puppen. Auf einem großen Flügel standen weitere Fotos sowie eine hohe Vase, in der langstielige weiße Lilien arrangiert waren. In diesem Raum versammelten sich fast wahllos alle möglichen Stile, ein Sammelsurium aus schönen und schrulligen persönlichen Gegenständen.

»Das ist alles so ...« Ariel suchte nach einem passenden Adjektiv, als ihr Blick auf etwas im Raum nebenan fiel, was sich

bewegte. Sie schob die Brille höher und schaute noch einmal hinüber.
Hinter einem offenen Türbogen entdeckte sie, wohl auf einer Glasveranda, ein Paar kleine, nackte Füße, die zwischen einem Korbstuhl und einem gigantischen Farn in die Höhe gestreckt waren. Sie befanden sich ungefähr in Kopfhöhe – hätte Marguerite Harris aufrecht dagestanden. Die Füße verschwanden, und statt dessen tauchte ein Kopf mit absurd gefärbten Haaren auf.
»Bin gleich da«, rief die bekannte Stimme. »Ich trockne mich nur noch schnell ab. Carl? Würdest du bitte schon eingießen?«
Der bemerkenswert gut aussehende Mann gehorchte. Er reichte Ariel eine Tasse Tee und sagte, mit einem kaum sichtbaren Zucken in den Mundwinkeln, feierlich: *»Sarvangasana.«*
»Ich glaube, ich weiß nicht ...« Ariel versuchte, das Gesicht nicht im geringsten zu verziehen, um sich alle Möglichkeiten einer Reaktion offenzuhalten. Sie hatte nicht den Eindruck, daß er mit einer tödlichen Krankheit zum Beispiel scherzen würde, allerdings kannte sie den Mann nicht.
»Sarvangasana. Der Kopfstand«, erklärte Carl Harris, »Yoga.« Er schenkte sich selbst ein und rührte eine großzügige Portion Zucker hinein. »Ich glaube, dieses spezielle *asana* soll die Schilddrüse wiederbeleben und besonders die Schmerzen lindern, die von Hämorrhoiden, Verdauungsstörungen und Krampfadern herrühren.«
Er nahm einen kleinen Schluck Tee. »Ich denke, es funktioniert, denn Marguerite leidet an keiner dieser Krankheiten.«
Aus dem Zucken wurde nun ein breites Lächeln. »Was machen Ihre Verletzungen? Und der arme Hund hat auch was abgekriegt, wie ich sehe. Geht es Ihnen beiden besser?«
Bevor Ariel antworten konnte, erschien Mrs. Harris. Ohne Make-up wirkte sie irgendwie jünger und entschieden weniger exzentrisch.
Sie nahm sich eine Tasse und sagte: »Ich war erleichtert, als Sie anriefen, Ariel. Darf ich Sie beim Vornamen nennen? Und Sie müssen Marguerite und Carl zu uns sagen. Wir waren in Sorge, und ich mußte mich wirklich auf meine Hände setzen, um nicht

wieder anzurufen. Man darf nicht zu aufdringlich sein, nicht wahr? Was ist passiert?«

Ariel mußte wirklich einen anderen Gang einlegen, um Marguerite Harris' Redefluß folgen zu können.

»Ein Einbruch«, antwortete sie nach einem Augenblick. »Es geht mir gut. Und Jessie auch. Aber reden wir nicht von mir. Sie haben nicht zu Ende erzählt, als Sie neulich anriefen! Sie sind keine Schauspielerin, aber Sie haben von ›Ihrem‹ Stück gesprochen. Verzeihen Sie, wenn ich Sie kennen sollte, aber wer sind Sie denn?«

»Dramatikerin. Emeritiert, wenn ich ehrlich bin, denn ich halte eigentlich nur noch Vorträge und gehe hin und wieder zu einer Talk-Show, damit die Leute sagen können: ›Lebt die immer noch?‹« Ihr Gesichtsausdruck wurde sarkastischer. »Es macht großen Spaß, auf irgendwelchen Partys Leuten vorgestellt zu werden und den Schreck in ihren Gesichtern zu sehen, wenn sie feststellen, daß ich noch immer nicht vermodert bin, wissen Sie.«

Carl bot Ariel etwas Gebäck an. »Zumindest, mein Liebling«, sagte er zu seiner Frau, »stellt man dir nicht die Fragen, die ich zu hören bekomme. Meine Lieblingsfrage kam von dieser reizbaren kleinen alten Witwe in Cincinnati, die sich erkundigte: ›Waren Sie nicht mal wer?‹«

»Waren Sie?« fragte Ariel unbesonnen.

»Ganz und gar nicht, meine Liebe, ganz und gar nicht.« Er zog die Wörter zu einem *Ganzun'garnich* zusammen. »Viele Jahre bevor Sie das Licht der Welt erblickten, habe ich an der Ostküste auf den Brettern gestanden und später dann hier einige Filme gedreht. Ich habe meinen bescheidenen Erfolg Mitte der dreißiger Jahre genossen, als ich zweite Hauptrollen gespielt habe; den ernsthaften, aber stets erfolglosen Frauenliebhaber.«

»Mitte der dreißiger Jahre?« Ariel rechnete schnell nach, und ihr Erstaunen ließ sie alles gute Benehmen vergessen. »Aber dann wären Sie ja fast achtzig!«

»Vielen Dank, meine Liebe«, entgegnete Carl trocken, »ich nehme Ihr Erstaunen als großes Kompliment. Tatsache ist, daß

Sie der Wahrheit näherkommen, wenn Sie das ›fast‹ weglassen.«

»Nein!«

»Ich war damals, in grauer Vorzeit, als Herbert DeForest bekannt – oder eher unbekannt.«

»Aber ich kann mich an Sie erinnern! Sie waren Joseph Cottens Bruder in – was war es gleich? – irgendwas mit Privilegien. Sie sind ganz nobel an einer verheerenden Krankheit gestorben. Stimmt's?«

»*A Privileged Life.* Sehr gut, das stimmt!« Er lächelte. »Es freut mich, wenn sich jemand in so zartem Alter wie dem Ihren an einen derart vorsintflutlichen Film erinnert. Noch Tee?«

Ariel hielt ihm ihre Tasse entgegen. »Was haben Sie dann später gemacht? Nach Ihrer Filmkarriere?«

»Sie meinen, nachdem ich erwachsen geworden war? Dieses und jenes. Ich habe ein kleines Gerät patentieren lassen, an dem ich jahrelang herumgebastelt hatte. Nichts Aufregendes. Wissen Sie, eines von diesen praktischen Dingen, das wahrscheinlich auch in Ihrem Badezimmer installiert ist und jetzt im Augenblick dort vor sich hin gurgelt.«

Ariel nickte und verstand jetzt, wie es zu dem großen schönen Grundstück und dem riesigen, wundervoll möblierten Haus gekommen war.

Sie wandte sich an Marguerite, die entgegen ihrer sonstigen Gewohnheit schwieg. »Erzählen Sie mir von sich. Habe ich vielleicht schon eines Ihrer Stücke gesehen?«

»Möglich«, antwortete die kleine Frau sachlich, »wenn Sie sich in sehr jungen Jahren für das Theater begeistert haben. Oder wenn Sie ein Fan alter Filme sind und den Abspann abwarten. Ist das der Fall?«

»Nun«, wich Ariel aus, »letzteres auf jeden Fall.« Sie hoffte, daß sie sich zumindest an einen der Titel erinnern oder andernfalls überzeugend darauf reagieren konnte. »Geben Sie mir ein Beispiel.«

»Warten Sie«, sagte Marguerite und strich sich Marmelade auf einen Keks. »*In Mixed Company.* Das war eines der ersten Stücke. Und *Cartwheel* war das letzte.«

»Aber die wurden von Marguerite ... Lambert geschrieben«, entgegnete sie ehrfurchtsvoll.
Marguerite Harris, geborene Lambert, die keineswegs wie eine Theaterlegende wirkte, wischte sich Marmelade vom Kinn.
Ariel schüttelte verwundert den Kopf. »Wie die Großmutter in Ihrem Stück *Whistling Dixie* so oft sagt: ›Nun, ich staune!‹«
»Sie haben den richtigen Tonfall getroffen«, meinte Carl. »Stammen Sie aus dem Süden? Oder haben Sie gar selbst ein bißchen geschauspielert?«
»Weder noch«, antwortete Ariel. Die erste Frage konnte sie klar beantworten, bei der zweiten hielt sie das Gegenteil für höchst unwahrscheinlich. Diese Unsicherheit erinnerte Ariel vage an einen der Gründe ihres Besuchs.
»Sagen Sie, wie lange leben Sie schon hier? Ich kann mich nicht richtig entsinnen.«
»Seit, lassen Sie mich nachdenken, Mitte der achtziger Jahre. 84, oder?« Carl wandte sich, Bestätigung suchend, an seine Frau.
»März 1985«, antwortete Marguerite. »Weißt du nicht mehr? Kurz bevor Cynthia mit dem College fertig war. Ein Patenkind«, setzte sie an, Ariel zu erklären, hielt dann aber inne, um den trägen Rudy zu begrüßen, der hereingewatschelt kam. Der Dackel schnüffelte kurz an Jessie, sprang dann auf eine Ottomane und zog die dicken Beine unter seinen Körper.
»Wir haben spät geheiratet«, fuhr Marguerite fort, »zu spät für Kinder, aber wir freuen uns an den manchmal ausgedehnten Besuchen unserer Nichten und Neffen und Patenkinder. Cynthia, die ich schon erwähnt habe, gehört zu den letzteren, die Tochter einer lieben Freundin, die zwar eine exzellente Schauspielerin, aber eine nachlässige Mutter war. Warum?«
»Warum war sie ...? Oh. Ich fragte mich gerade, ob Sie meinen Vater kannten?«
Ariels Frage wurde nicht sofort beantwortet. Das Paar sah sich in schweigender Übereinstimmung an, bevor Marguerite sagte: »Wir kannten uns so gut, daß wir uns am Morgen grüßten oder die Post herüberbrachten, die versehentlich bei uns gelandet war, aber wir waren nicht gerade seine Kragenweite. Warum?«

»Neugierde«, sagte Ariel unbestimmt. »Sie schienen mit der Antwort zu zögern.«
»Man spricht über die Toten nicht schlecht«, meinte Carl freundlich, »und der arme Mann litt in seinen letzten Lebensjahren schrecklich. Ich hoffe«, fügte er hinzu, »daß ihm sein Glaube am Schluß Trost war.«
»Ich verstehe. Ich war ja nicht besonders viel hier«, dachte sich Ariel aus. »Er litt an ...«
Marguerite sah sie scharf an. »An der Huntingtonschen Krankheit. Schreckliche Beschwerden. Ja, ich hatte immer den Eindruck – Nachbarschaftsklatsch, wissen Sie –, daß Sie beide sich nicht besonders nah waren. Er war nicht einfach, was? Ich würde behaupten, wenn ich so sagen darf, daß Sie fast genauso zurückgezogen lebten wie ihr Vater, seit Sie hierhergezogen sind. Diese jüngsten Vorfälle haben, so beunruhigend sie gewesen sein müssen, eine bemerkenswerte Wandlung bewirkt. Sie scheinen ein anderer Mensch zu sein – sind Sie sich dessen bewußt?«
»Finden Sie?« Ariel lächelte entwaffnend und wechselte das Thema. »Meine Mutter haben Sie also nicht gekannt.«
»Nein«, antwortete Carl. »Sie war schon einige Jahre fort, als wir hier auftauchten. Aber ich weiß, wer sie kannte, und ich glaube sogar, ziemlich gut. Anita Stroud. Sie lebt seit den sechziger Jahren hier, wie Sie vielleicht wissen.«
Ariel stand auf, und Jessie, die dem Anschein nach geschlafen hatte, kam ebenfalls sofort auf die Beine.
»Nun habe ich so viel von Ihrer Zeit in Anspruch genommen«, sagte sie, »aber es war sehr nett. Und die Kasserolle war ausgezeichnet. Oh!«
Ganz spontan, als sei es völlig bedeutungslos, fragte Ariel: »Meinen Mann haben Sie nicht kennengelernt, oder?«
Die beiden alten Herrschaften erhoben sich nun ebenfalls.
Carl überragte seine Frau, die, sofort alarmiert, antwortete: »Nein. Warum?«
»Ach, nur so.« Ariel zog völlig überflüssigerweise Jessies Halsband zurecht. »Das ist mir nur gerade eingefallen. Vielen Dank.«

Nach vielerlei Ermahnungen ihrer Gastgeber, Ariel solle sich doch nicht weiterhin wie eine Fremde benehmen, begleitete Carl sie zur Tür.

»Und Ihre Verletzungen haben Sie sehr gut überstanden, meine Liebe«, schmeichelte er ihr, als sie sich verabschiedeten. »Sie sehen nämlich wirklich ganz wunderbar aus. Wenn ich vierzig Jahre jünger wäre und Marguerite nicht so sexy«, zwinkerte er, »dann würde ich Ihnen jetzt gleich ein Techtelmechtel vorschlagen.«

25

Ariel fuhr den Sunset Boulevard in Richtung Osten entlang und dachte sich aus, was sie Mr. Morgan erzählen wollte, um möglichst unkompliziert an Jessies Papiere zu kommen.

Fluchend war es ihr gelungen, das Dach ihres Wagens aufzuklappen, und nun genoß sie die Sonne, die ihr ins Gesicht schien, und den Wind in ihrem Haar, und sie malte sich die verschiedenen Szenarien aus. Alle »Was, wenn«-Varianten waren, wie sie hoffte, überflüssig, aber sie wollte sich kein zweites Mal überrumpeln lassen. Außerdem wollte sie nur kurz hineingehen, die Papiere in Empfang nehmen und sich wieder verabschieden. Und seit sie von den Harris zurückgekommen war, hatte sie dafür auch eine einwandfreie und legitime Entschuldigung. Victor hatte auf ihrem Anrufbeantworter eine Nachricht hinterlassen. Er wolle später vorbeikommen und Jessies Hundemarke abgeben.

Ariel bog nach links in den Benedict Canyon Drive ein und schlängelte sich den Hügel hinauf. Sie bog noch einmal nach links ab, dann nach rechts. Plötzlich bot sich ihr ein weiter, atemberaubender Ausblick auf die Stadt. Sie gönnte sich nur einen kurzen würdigenden Blick. Es war gut, dachte sie, daß sie so früh von zu Hause aufgebrochen war; diese engen Straßen waren sehr kurvenreich, und viele waren Sackgassen. Sie fuhr etwas langsamer. Auf weiten Strecken gab es so gut wie keine

Parkstreifen, und die Abhänge in die engen Täler hinunter waren sehr steil.

Ariel scherte auf den Seitenstreifen aus, nahm den Stadtplan und die Adresse zur Hand, die sie sich von Jessies Marke abgeschrieben hatte, und bemerkte, daß sie an der Straße bereits vorbeigefahren war. Vorsichtig wendete sie den Wagen und fuhr zurück, fand die Laurel Street und bog nach rechts ab. Sie fuhr noch ungefähr einen Kilometer weiter, bevor sie die Hausnummer entdeckte. Sie haftete an einer weißgetünchten, zwei Meter hohen Ziegelsteinmauer, die von einem schmiedeeisernen Tor unterbrochen wurde, das sogar noch höher ragte. Verzierungen rankten sich bis zu einem Türknauf in Form von zwei graziösen Ananasfrüchten in der Mitte hoch. Daneben erwartete eine Sprechanlage, daß sie ihr Anliegen vortrug.

Umständlich streckte sie ihre rechte Hand aus dem Fenster und drückte auf einen Knopf. Nach einigen Sekunden, in denen sich nichts rührte, vernahm sie die Stimme, die sie auf dem Anrufbeantworter so oft gehört hatte. »Ja?«

»Ariel Gold, Mr. Morgan.« Ariel fragte sich, ob sie den Knopf gedrückt halten mußte, während sie sprach. Offensichtlich nicht. Sie wurde begrüßt und aufgefordert hereinzufahren. Das Tor öffnete sich langsam, und während sie die mit Bäumen gesäumte Auffahrt hinaufbrauste, hörte sie, wie es sich hinter ihr ratternd wieder schloß.

Sie hielt den Wagen auf einem Hof an, dessen Steinplatten im Fischgrätmuster gelegt waren und in dessen Mitte ein Springbrunnen stand. Oben sprudelte Wasser heraus und floß über immer breiter werdende Stufen in ein flaches Becken.

Jessie, meine Gute, dachte sie, als sie sich umsah, du hast dich verschlechtert.

Das Haus selbst hätte jeder als »stattliche alte Villa« beschrieben. Zwar hatte sie kaum erwartet, in dieser Gegend eine armselige Hütte vorzufinden, aber dieses Anwesen war wirklich sehr imposant – und für die Verhältnisse in Los Angeles auch alt. Es war aus grauem Stein und Holz erbaut, hatte zwei Stockwerke und sah aus wie ein französisches Schlößchen. Wie ein französisches Schloß. Ariel stieg gerade aus dem Auto, als die Haustür geöffnet wurde.

Der Mann, der heraustrat, sah auf glatte, auffällig gepflegte Art gut aus und wirkte jünger als der »Witwer«, der in ihrer Vorstellung existiert hatte. Der silbrig glänzende Jogginganzug war aus Fallschirmseide genäht und trug, wie Ariel entdeckte, als sie näher trat, das Logo irgendeines Designers. Obwohl er ganz athletisch wirkte, konnte sich Ariel nicht vorstellen, daß dieser anspruchsvolle Mr. Morgan tatsächlich einen Dauerlauf durchhielt. Er würde eher in ein exklusives Fitneßstudio passen, dachte sie, wahrscheinlich mit einem eigenen Trainer.

Er blieb stehen, wo er war, und begrüßte sie, wartete ab, bis sie die Stufen heraufgestiegen war, bevor er sie hereinbat. Sein Ton war ein wenig unterkühlt, dachte Ariel, aber sie erinnerte sich daran, daß er erst kürzlich seine Frau verloren hatte und daß sie ihm im Augenblick wahrscheinlich sehr ungelegen kam.

Morgan schloß die Tür hinter ihnen und zeigte schweigend auf ein Zimmer zu seiner Linken. Die Schritte hallten in der runden marmorgefliesten Diele und über die Marmorstufen, die in einen riesigen, tiefer gelegenen Raum hinunterführten. Die gegenüberliegende Front war vollständig mit Fenstern ausgestattet, die vom Boden bis zur Decke reichten. Vor den Fenstern entdeckte Ariel eine Veranda und eine riesige Rasenfläche, die bis zu einigen Eukalyptusbäumen in der Ferne reichte; es waren keine anderen Häuser zu sehen. Zwischen der Zimmertür und den Fenstern erstreckte sich das sehr streng eingerichtete Wohnzimmer. Sie ging die Treppe hinunter, wobei sie auf den polierten Stufen vorsichtig ihren Stock benutzte. Als ihre Füße in einen Aubussonteppich sanken, wandte sie sich ihrem verschlossenen Gastgeber zu.

Er wirkte, als sei er um die Vierzig, aber das Haar an den Schläfen begann grau zu werden. Diese kleinen Ecken waren tatsächlich so perfekt, daß Ariel sich flüchtig fragte, ob sie vielleicht gefärbt seien. Oder vielleicht war das übrige, eher längere Haar gefärbt.

»Was haben Sie nur für ein wundervolles Zuhause«, lächelte sie.

»Danke«, lächelte er mechanisch zurück.

Dieser Mann, dachte Ariel, war entweder über die Maßen reserviert oder über die Maßen unfreundlich.
»Ich möchte Sie nicht lange stören, Mr. Morgan ...«
Die Spur einer Gefühlsregung – Ärger? – huschte über sein Gesicht, bevor er sie unterbrach. »Bitte. Warum sagen Sie nicht Philip zu mir.«
»Wenn Sie möchten«, meinte sie unbehaglich. »Nun, ich wollte sagen, ich bin sicher, Sie haben noch allerlei Wichtiges zu tun, ich würde also gerne einfach die Papiere entgegennehmen und Sie wieder in Ruhe lassen.«
»Ich habe nichts zu tun, was nicht warten könnte«, entgegnete er, und plötzlich veränderte sich sein Gesichtsausdruck völlig. Ein Lächeln huschte über sein Gesicht, und seine Stimme klang herzlich. »Mein Benehmen ist schrecklich, und Sie sehen so angeschlagen aus, daß ich Sie nicht länger herumstehen lassen kann.«
Er nahm sie beim Arm und führte sie zu einem der makellosen weißen Sofas. »Hatten Sie einen Skiunfall? Oder einen Unfall mit dem Wagen?«
»Eher einen häuslichen Unfall«, antwortete Ariel, über seinen plötzlichen Wandel völlig verblüfft. Dann fiel ihr ein, daß sie ihre Verletzungen auch ausspielen könnte, wo sie ja offensichtlich auf einiges Mitleid damit stieß.
»Na ja, es war so, daß bei mir zu Hause eingebrochen wurde. Ich wurde nicht ernsthaft verletzt, zumindest bei weitem nicht so ernsthaft, wie der Einbrecher vorhatte.«
»Nein! Nicht möglich!« rief er aus. »Und der Einbrecher? Hat die Polizei ihn geschnappt?«
»Mr. ... Philip, lassen wir das Thema für den Augenblick. Und ich wollte Sie ja außerdem auch gar nicht stören ...«
»Aber nein, Ariel – darf ich Ariel zu Ihnen sagen? –, so leicht kommen Sie mir nicht davon!« Er lächelte wieder. »Wirklich, bleiben Sie doch für ein paar Minuten hier. Lassen Sie mir bitte meinen Willen. Seit Fiona verschieden ist und hier kein Personal mehr arbeitet, klappere ich in diesem Mausoleum so vor mich hin, wie Sie sich vorstellen können. Aber lassen Sie mich

einen Kaffee für Sie organisieren. Oder lieber einen Drink? Ich mixe eine ganz feine Bloody Mary.«

Ariel wollte keinen Kaffee, und erst recht wollte sie keinen Drink, bevor sie die Serpentinenstraßen wieder in Angriff nahm, aber sie wollte diesen sprunghaften Mann auch nicht vor den Kopf stoßen. Dr. Jekyll mochte zwar ein wenig schmierig sein, aber er war ganz gewiß dem versteinerten Mr. Hyde vorzuziehen.

»Kaffee, bitte«, stimmte sie zu. »Wenn Sie meinen.«

Er klatschte in die Hände. »Kaffee soll's sein. Es dauert nur einen Augenblick. Fühlen Sie sich in der Zwischenzeit wie zu Hause.«

Ariel saß, wo er sie plaziert hatte, horchte, wie sich seine Schritte entfernten, und dachte über das erstaunliche Verhalten des Mannes – Philips Verhalten – nach. Nun, dachte sie, Menschen, die trauern, haben das Recht, sich seltsam zu benehmen.

Sie entdeckte ein kunstvoll gerahmtes Foto auf dem Tisch neben sich und griff danach, um es genauer zu betrachten. Abgebildet war eine kleine, zierlich gebaute Frau, die neben einem Rennpferd posierte. Die Frau – Mrs. Morgan, wie Ariel vermutete – war ungefähr gleich alt wie ihr Mann, aber entweder hatte sie kein Interesse daran, sich modisch zu kleiden und einen modernen Haarschnitt zu tragen, oder das Foto war schon einige Zeit alt. Sie lächelte glücklich, sah zu dem Pferd hinauf. Das Tier trug stolz einen Kranz Rosen zur Schau und wirkte ebenfalls ganz vergnügt. Ariel stellte das Foto wieder so hin, wie sie es vorgefunden hatte, und stand auf. Unruhig ging sie zu den hohen Fenstern hinüber und sah auf das riesige Grundstück hinaus. Sie fragte sich, wie lange der Tod von Mrs. Morgan zurücklag. Hatte Victor es gesagt? Sie wußte es nicht mehr genau, ihr Eindruck war aber, daß es noch nicht lange hersein konnte.

Sie bemerkte, daß die Tür nicht verriegelt war, und trat hinaus auf die steinerne Veranda. Das Anwesen war wunderbar gepflegt, der Rasen um das Haus ordentlich gemäht, die Blumenbeete waren hübsch angelegt, wenn auch für ihren Geschmack ein wenig zu streng. Der Bereich bei den Bäumen war eher in seinem natürlichen Zustand belassen worden, gut gepflegt, aber nicht kultiviert. Ungefähr zehn Meter links neben dem Haus entdeckte Ariel eine zweigeschossige Garage. Das Erdgeschoß faßte mit Sicherheit bequem vier Wagen nebeneinander, und darüber befanden sich wohl die Personalunterkünfte. Nichts rührte sich, und sie erinnerte sich daran, daß Philip erzählt hatte, daß es auf dem Anwesen keine Angestellten mehr gab. Außer Vogelgezwitscher war absolut nichts zu hören.

»›Reichtum ist besser als Armut‹«, seufzte Ariel, »›und wenn auch nur aus finanziellen Gründen.‹«

Sie lehnte sich gegen die Balustrade und sah zum Dachfirst hinauf, zu den beiden Enden des Hauses. Von vorne hatte es wie ein einfaches Rechteck ausgesehen, nun aber bemerkte sie, daß es wie ein E geformt war. Die Veranda, auf der sie stand, bildete den mittleren Strich, und zu beiden Seiten erstreckten sich nach hinten zu die Flügel. Jener Flügel, der jetzt zu ihrer Rechten in Richtung der Garage lag, war kürzer als der andere und mit einigen hohen Fenstern versehen. Sie kniff die Augen zusammen. Einen Moment lang war ihr, als hätte sie eine Bewegung wahrgenommen. Sie blinzelte und schaute noch einmal hinauf. Sie konnte nichts weiter erkennen als das Schwarz hinter den Fenstern und Licht, das sich darin spiegelte.

Sie schlenderte zurück in das Wohnzimmer, dachte sich, daß Philip ja offenbar ein großes Trara um den Kaffee veranstaltete. Sie hoffte, daß er sie nicht getäuscht hatte, daß er Jessies Papiere wirklich in Händen hatte. Erst jetzt fiel ihr auf, daß er die Hündin bislang mit keiner Silbe erwähnt hatte.

Sie hatte gerade eine Zeitschrift in die Hand genommen, als Philip wieder auftauchte und sich für die Verzögerung entschuldigte. Er hatte tatsächlich ein großes Trara veranstaltet. Auf einem Silbertablett balancierte er feinstes Designergeschirr und -besteck. Er stellte das Tablett auf einem niedrigen Tischchen ab und betrachtete es kritisch. Als er sich wieder aufrichtete, bemerkte Ariel, daß er sich geradehielt, daß er, wie sie schon zu Beginn festgestellt hatte, wirklich sehr gut aussah. Das ist, dachte sie, als sie ihn über die durchscheinende Tasse und den Unterteller hinweg ansah, die er ihr reichte, mein Tag für distinguierte ältere Herren und vornehme Verköstigungen. Allerdings war dieser distinguierte Herr keineswegs über vierzig Jahre älter als sie selbst.

Philip merkte, wie sie ihn musterte. »Na? Habe ich die Pocken bekommen?« Er lächelte, um den scharfen Tonfall zu mildern.

»Ich wollte Sie nicht anstarren. Es ist nur so, daß Sie mir bekannt vorkommen.« Sie fühlte, als sie es sagte, daß es stimmte.

»Seltsam, was Sie da sagen; mir ging es mit Ihnen genauso. Haben wir uns vielleicht schon einmal getroffen?«

Ariel schüttelte gedankenverloren den Kopf. »Nicht daß ich wüßte.« Ich habe in der vergangenen Woche nur mit einer sehr begrenzten Anzahl von Menschen zu tun gehabt, dachte sie, warum also kommt er mir bekannt vor?

»Nun, allzu bedauerlich. Daß sie eine äußerst attraktive Frau sind, ist ein unerwartetes Vergnügen, und ich habe die Absicht, es auszukosten. Erzählen Sie mir etwas von sich, Ariel. Sie erwähnten gestern ein Studio. Arbeiten Sie in der Filmindustrie?«

»Ich bin Journalistin für ein Fernsehmagazin«, antwortete sie und fühlte sich wie eine Hochstaplerin, als sie sich dies sagen hörte. »Haben Sie von *Die offene Akte* gehört?«

»Das ist Ihre Sendung? Im großen und ganzen ziemlich gut gemacht. Vielleicht habe ich Sie im Fernsehen gesehen? Vielleicht kommen Sie mir deshalb bekannt vor.«

»O lieber Gott, nein!« Ariel schreckte bei dem Gedanken zusammen, selbst auf Sendung zu sein. Und wirkte man im Fernsehen nicht ohnehin zehn Pfund dicker? »Ich arbeite hinter der Bühne.«

»Ja. Als Journalistin, sagten Sie. Und was genau tut man als Fernsehjournalistin? Ich könnte mir vorstellen, daß es nicht das gleiche ist wie, sagen wir, bei der Zeitung oder im Bereich Spielfilm zu arbeiten.«

Ariel ratterte ihr eben erst erlerntes Wissen darüber herunter, was sie – theoretisch – tat.

»Dann sind Sie so etwas wie ein Spürhund? Woran arbeiten Sie denn im Augenblick?« Philip schien ernsthaft interessiert zu sein. »Irgend etwas Abenteuerliches? Etwas mit Drogensüchtigen? Unehrlichen Beamten? Gemeinen Schurken?«
Ariel dachte sich, daß es wohl nicht der geeignete Zeitpunkt sei, darauf hinzuweisen, daß sich all diese Fragen erübrigten. »Nichts, worüber ich sprechen kann.« Sie lächelte. »Und was machen Sie beruflich?«
»Im Augenblick bin ich vollauf damit beschäftigt, den Nachlaß meiner kürzlich verstorbenen Frau zu verwalten und noch einige nicht abgeschlossene Details zu klären.«
Wenngleich sie ihm mit ihrer Frage nicht gerade eine besonders informative Antwort entlocken konnte, so hatte sie doch dazu gedient, weiteren Fragen über ihre Arbeit zuvorzukommen.
»Es ist nicht zu fassen, wie viele Kleinigkeiten es zu erledigen gilt«, meinte er, »und alles ist bedrückend. Wie man sieht, ist dieses Haus für eine Person viel zu groß, und es zu unterhalten ist wahnsinnig teuer. Also werde ich es verkaufen und nur die kleine Zweitwohnung in der Stadt behalten.« Er lächelte bitter. »Immobilienhändler sind Haie, fast so schlimm wie Anwälte! Und stellen Sie sich vor, nächste Woche werde ich den Verkauf von zwei reinrassigen Rennpferden abschließen. Können Sie das glauben?«
»Hatten Sie mit Pferderennen zu tun?«
»Fiona beschäftigte sich damit. Ich habe null Ahnung von Pferden. Ich habe mich noch nicht einmal in die Nähe dieser unberechenbaren Kreaturen gewagt.«
Und wo wir gerade bei Kreaturen sind, dachte Ariel und sah verstohlen auf ihre Uhr. Obgleich dieser Besuch nun ganz nett geworden war, so fragte sie sich doch, ob sie ihn nicht bald ganz höflich an den eigentlichen Grund erinnern könnte.
»Haben Sie meine Frau gekannt?«
Ariel fühlte sich überrumpelt.
»Ich ... habe sie getroffen. Ein- oder zweimal. Glaube ich. In der Praxis des Tierarztes, zu dem wir beide gehen. Gingen. Warum fragen Sie?«

Philip zuckte gleichgültig die Schultern. »Wissen Sie etwas darüber, wie sie zu Tode gekommen ist?«
Ariel erschrak erneut. Das Gespräch nahm einen entschieden morbiden Verlauf. »Es tut mir leid, hätte ich wissen ...? Ist sie keines natürlichen Todes gestorben?«
»Oh, jetzt habe ich Sie in eine unangenehme Situation gebracht. Verzeihen Sie.« Philip rutschte auf seinem Sessel nach vorne, steckte die Hände zwischen die Knie. »Fiona war nicht besonders umgänglich – sie schien, offen gesagt, lieber mit Pferden und Hunden zusammenzusein als mit Menschen. Aber sie war hier in der Gegend ziemlich bekannt. Ihr Tod hat in der Presse einige Aufmerksamkeit auf sich gezogen, und ich dachte, weil Sie in der Branche arbeiten, hätten Sie vielleicht davon gehört.«
Er saß da, beobachtete, musterte sie schweigend. Ihr wurde immer unbehaglicher zumute, und sie wollte gerade auf die Absicht ihres Besuchs zu sprechen kommen, als er wieder zu reden begann.
»Sind Sie sicher, daß wir uns nicht schon einmal gesehen haben?«
»Sollte dies der Fall gewesen sein, so kann ich mich, wahrheitsgemäß, nicht daran erinnern.«
»Das Gefühl der Vertrautheit macht mich ganz verrückt«, fuhr er unbeirrt fort. »Denken Sie nur. Sie haben mich nie zuvor gesehen? Ich habe Sie nie zuvor gesehen?«
Sie schüttelte den Kopf. »Warum um alles in der Welt sollte ich es nicht zugeben, hätten wir uns tatsächlich schon einmal getroffen?« Sie lächelte heiter. »Wissen Sie, Philip, ich erwarte Besuch, ein Freund wird«, sie sah ganz offen auf die Uhr, »in einer halben Stunde bei mir vorbeikommen. Ich sagte ihm, daß ich nur ein paar Minuten hier sei. Er wird mich für schrecklich unhöflich halten. Ich hoffe, Sie haben nun nicht diesen Eindruck, aber ich muß wirklich gehen.«
Sie stand auf, und er sah einen Augenblick lang zu ihr auf, bevor er sich ebenfalls erhob.
»Na, dann muß ich Sie wohl gehen lassen, oder? Ich werde nur noch eben die Unterlagen für Sie heraussuchen.«

Als er hinausgegangen war, schnaubte Ariel wütend. Sollte das heißen, daß er bislang noch gar nicht nach den verflixten Papieren gesucht hatte?
Philip war nicht lange verschwunden, allerdings kam er mit leeren Händen zurück. »Nun werden Sie sich bestimmt ärgern, fürchte ich, aber der Aktenordner ist nicht dort, wo er sein sollte. Ich war mir so sicher. Jetzt sind Sie umsonst hergekommen.«
Er nahm ihre Hand in seine Hände. »Hören Sie, Ariel, ich werde das ganze Haus auf den Kopf stellen, wenn es sein muß, und ich werde die Unterlagen finden und sie Ihnen persönlich vorbeibringen.« Sein Bedauern war entwaffnend. »Ich werde Ihnen auch das gesamte Futter zukommen lassen, das noch hier herumsteht. Ich weiß, daß meine Frau immer riesige Mengen gekauft hat. Wer weiß, wieviel noch da ist. Stehe ich damit wieder in Ihrer Gunst?«
Ariel schluckte ihren Ärger hinunter. »Abgemacht«, meinte sie. »Rufen Sie mich einfach an. Ich weiß, es macht Umstände, aber wegen der Impfungen und der Abstammung und für den Fall, daß Jessie einmal krank wird – ich würde die Unterlagen einfach lieber in Händen haben.«
Ariel saß schon wieder in ihrem Auto und steckte den Zündschlüssel in das Schloß, als sie ihren Namen hörte. Philip kam die Stufen heruntergelaufen und schüttelte lächelnd den Kopf. »Ihre Adresse«, meinte er. »Sie haben vergessen, mir Ihre Adresse zu geben. Ich muß doch wissen, wo ich Sie finden kann.«

26

Wie anzunehmen war, wartete Victor schon auf Ariel, als sie nach Hause kam. Er lehnte mit geschlossenen Augen an seinem Auto, hatte die Arme verschränkt und ein Bein über das andere gelegt. Auf seinem Gesicht lag ein Lächeln. Er hatte sich einen Kopfhörer aufgesetzt, und an seinem Gürtel hing ein kleiner Walkman. Er schlug rhythmisch mit dem Fuß auf.

Als sie in die Einfahrt bog, öffnete Victor die Augen. Er schaltete den Walkman aus, nahm die Kopfhörer ab und warf das Ding durch das Fenster seines Wagens.
»Ich wollte gerade einen Suchtrupp losschicken«, scherzte er und kam auf sie zu, um ihr aus dem Wagen zu helfen. »Ich glaube, es ist das erste Mal, daß du zu spät kommst.«
Ariel entschuldigte sich mehrmals und führte ihn ins Haus, wo sie beide überschwenglich begrüßt wurden.
»Hallo, Jess!« sagte Victor. »Gib Pfötchen!« Er schüttelte die gehobene Pfote. »Ich habe ein Geschenk für dich«, meinte er und ließ ein Metallschildchen vor ihr baumeln. »Das ist jetzt dein Zuhause, und sogar dein Name ist richtig geschrieben. Nun ist zumindest alles offiziell und vollständig, mit all diesen beeindruckenden Unterlagen. Stimmt's?« fragte er nach.
»Ich fürchte, nein«, antwortete Ariel. »Es entpuppte sich als fruchtloses Unterfangen.«
Sie nahm Jessies neues Namensschild entgegen, dankte Victor und schnalzte mit der Zunge, als er sich weigerte, sie dafür bezahlen zu lassen.
»Es scheint so, als wären die Unterlagen verschollen, aber Philip meinte, er würde sie auftreiben und bei mir vorbeibringen. Ich hole jetzt eine Zange, und dann werden wir die Marke anbringen.«
»Philip?«
»Mr. Morgan. Himmel, wenn ich gewußt hätte, daß das so eine Aktion wird...« Ariel stöberte in einer Schublade. »Ich weiß nicht, wie ich es anders hätte anstellen können. Einen solchen teuren reinrassigen Hund gibt man nicht so ohne weiteres fort – einen gut abgerichteten, reinrassigen Hund –, und ich will nicht in einem Monat irgendeinen Sohn oder eine Tochter hier antanzen sehen...« Sie reichte Victor eine Zange. »Allerdings hat er keine Kinder erwähnt. Haben sie welche? Weißt du was davon?«
»Keine Ahnung. Mrs. Morgan war nicht besonders gesprächig.« Er kniete sich nieder und entfernte die alte Marke. »Aber mit dir hat sie doch eine ganze Weile geredet damals, als sie zum ersten Mal zu uns kam. Hat sie da nicht irgendwas gesagt?«

»Oh. Nein, ich könnte nicht sagen, ob sie welche hatte«, erwiderte Ariel und fragte sich, was sie mit der inzwischen verstorbenen Frau wohl geredet hatte.
Victor zog den Klammerhaken fest und reichte Ariel die Zange zurück. »Ich habe keine Ahnung, tut mir leid. Sitz«, befahl er Jessie. Sie gehorchte. Er nahm den Verband ab und legte nach einer kurzen Untersuchung einen neuen an. »Sieht gut aus, mein Mädchen«, meinte er und kraulte ihren Bauch, bevor er sich wieder aufrichtete.
»Hast du ihn mal kennengelernt?« fragte Ariel. »Philip Morgan?«
»Nee. Nicht daß ich wüßte.«
»Du weißt nicht zufällig, ob ich ihn irgendwann mal kennengelernt habe, oder?«
»Keine Ahnung. Warum?«
Ariel zuckte die Schultern. »Er kam mir so bekannt vor. Ich glaube eigentlich nicht, daß wir uns je zuvor begegnet sind, aber er hatte den gleichen Eindruck. Ich weiß auch nicht: es bereitet mir irgendwie Kopfzerbrechen. *Er* bereitet mir Kopfzerbrechen – alte Schule, irgendwie, und sehr charmant, aber ...«
Ariel brach ab, als ihr ein überraschender Gedanke durch den Kopf schoß, der sie leicht erröten ließ. Sie fragte sich, wie sehr Philip Morgan wohl trauerte. Man könnte – und bestimmte Frauen würden dies mit Sicherheit tun – sein Verhalten als einen kleinen, nun, als einen Flirt betrachten.
»Was?« fragte Victor neugierig.
»O nichts, nichts.« So war Morgan eben einfach, sagte sie sich. Ein weiterer schöner Mensch, der in lebenslanger Gewohnheit Charme versprühte, eine reflexartige Reaktion, so selbstverständlich wie das Atmen.
»Victor, hast du Lust, mit Jessie einen Spaziergang zu machen? Hast du Zeit? Und solange ihr unterwegs seid, könnte ich irgend etwas zu essen holen. Wie wär's damit?«
Später nahm Ariel den kleinen tragbaren Fernseher mit zum Küchentisch, und sie sahen sich *60 Minutes* an, während sie ihr Grillhähnchen aßen.

»Ich muß auf dem laufenden bleiben, was die Konkurrenz angeht«, meinte sie, halb scherzhaft, halb ernst. »Ha! Die Einschaltquoten müßte man haben! Allerdings«, prahlte sie mit ihren neuentdeckten Insider-Kenntnissen über Fernsehmagazine, »haben sie sieben Jahre gebraucht, bis sie Erfolg hatten.«

»Wie lange gibt es deine Sendung jetzt?«

»Noch nicht so lange«, antwortete Ariel ausweichend und wischte sich die fettigen Finger ab und lenkte ihre Aufmerksamkeit auf Mike Walace.

Nachdem Victor gegangen war – er hatte noch darauf bestanden, das wenige Geschirr, das sie benutzt hatten, abzuspülen –, schaute Ariel sich die Videokassetten mit den Interviews an, die Henry ihr geliehen hatte.

Diese Carol Lloyd war wirklich gut, dachte Ariel, obwohl sie, weil es sich um aufgezeichnete Interviews handelte, nie zu sehen war. Wenn das Zeug auf Sendung ging, hatte Henry erklärt, sah der Zuschauer nur den Interviewten und einen der drei Korrespondenten, die für die Sendung arbeiteten. Aber aus den Fragen im Off ging hervor, daß die Interviewerin die Fakten parat hatte und wußte, wie man Fragen stellte, so daß sich der Befragte nicht in die Enge getrieben fühlte. Ariel hatte den Eindruck, daß sie manchmal, aus der Reserve gelockt, sogar mehr sagten, als sie beabsichtigt hatten.

Ariel nahm die Kassette aus dem Recorder und fragte sich, ob es die Carol war, nach der sie sich bei Neely erkundigt hatte. Es schien wenig wahrscheinlich.

Seufzend blätterte sie durch die Unterlagen, die Henry von ihrem Schreibtisch genommen hatte. Die gekritzelten Randbemerkungen waren für sie ebensowenig verständlich wie für ihn, aber in einem dicken Ordner, auf dem »N. C. Robin Hood« stand, fand sie einen Schwung getippter Interviewabschriften, die sich ganz flüssig lasen. Sofort war Ariel – offensichtlich zum zweiten Mal – in die Geschichte eines außergewöhnlich edelmütigen Bankräubers aus den dreißiger Jahren vertieft. Nach jedem seiner Überfälle fanden sich in der Umgebung, im ländlichen North Carolina, bedürftige Familien, wie sich mehrere Bürger erinnerten, im Besitz von Hühnern oder einem Schwein oder einer jungen Kuh. Die Überfälle hatten dann plötzlich aufgehört. Die Freigebigkeit ebenfalls, und der Wohltäter war nie identifiziert worden.

Der Umfang des Materials und ein ganzer Packen von Reisebelegen wiesen darauf hin, daß sie bereits ziemlich intensiv in die Geschichte eingestiegen war, und während Ariel las, erinnerte sie sich plötzlich daran, daß Henry sie am Tag zuvor geneckt hatte, ein wenig »ordinär« zu klingen. In die Beschreibungen hatten sich hin und wieder Ausdrücke aus dem Süden eingeschlichen. »Hey«, gab sie Jessie gegenüber grinsend zu verstehen, »vielleicht habe ich ja einen Treffer gelandet! Vielleicht habe ich ein kleines Mysterium gelöst, was meinst du?«

Erfreut über ihre kombinatorischen Fähigkeiten, schlurfte Ariel ins Schlafzimmer. Sie warf noch einen Blick auf die Tagebücher, die gestapelt dort lagen, wo sie sie zurückgelassen hatte, und sie beschloß, daß sie sie genausogut auch wieder wegräumen könnte. Sie legte die Notizbücher in den Pappkarton zurück, als sie unter dem vergilbten Zeitungspapier eine andere Art Buch entdeckte. Sie mußte, des Staubes wegen, niesen, als sie ein altmodisches Fotoalbum auspackte.

Endlich, dachte sie – Fotos!

Aber nicht viele. Offensichtlich hatte ihre Familie kein Geld dafür ausgegeben, bedeutungsvolle Momente für die Nachwelt festzuhalten, und es schien so, als hätte selbst dieses halbherzige Bemühen mit Gladys Munsons Tod geendet. Man hatte die Fotos, bei denen es sich fast durchweg um bereits ziemlich vergilbte Schwarzweißaufnahmen handelte, in kleine Fotoecken gezwängt. Die einzige Studioaufnahme, wahrscheinlich aus den vierziger Jahren, bildete einen ernst blickenden jungen Mann und eine Frau ab, die vor einem dilettantisch verschwommenen Hintergrund posierten. Ein Hochzeitsporträt, vermutete Ariel.

Sie musterte die Gesichter in der schlechten Beleuchtung. Sie konnte keine Ähnlichkeit mit sich selbst feststellen. Das kleine Mädchen allerdings, dessen Fotos nun auftauchten, ähnelte ihrer Mutter sehr. Das war Ruth, vermutete Ariel, die Schwester, die gestorben war. Den Kleidern des Kindes und dem Auto im Hintergrund nach zu urteilen, spielte sich ihr kurzes Leben Mitte der vierziger, Anfang der fünfziger Jahre ab. Auf dem letzten Foto sah sie aus wie acht oder neun und lächelte wie auf fast allen anderen auch.

Ariel wurde traurig und blätterte zur nächsten Seite, auf der eine älter gewordene Gladys zu sehen war, die ein ernstes Kleinkind auf dem Arm hielt. Das kleine, nüchterne Gesicht sah seinen Eltern auch nicht ähnlicher als die erwachsene Ariel. Und irgend etwas stimmte nicht damit. Als sie auf ein Farbfoto stieß, das zwischen zwei leeren Seiten steckte, wußte Ariel auch, was nicht stimmte. Auf diesem letzten Foto trug sie eine Studentenmütze und einen Umhang, und das pausbäckige Gesicht entsprach, selbst wenn man das Alter berücksichtigte, nicht ganz den gegenwärtigen Zügen, die sie im Spiegel sah.

Sie nahm das Foto mit hinunter und verglich es mit ihrem Spiegelbild. Es war die Nase. Sie hatte eine neue Nase! Sie schaute sich die ziemlich lange Nase auf dem Foto und dann die Nase im Spiegel genau an und hatte ganz plötzlich den Eindruck, als wüßte sie, auf wen diese grandiose Idee zurückging. Sie erinnerte sich an die Tagebucheintragungen und an all die Klamotten in der Truhe auf dem Speicher, die absolut nicht zusammenpaßten, und vermutete dahinter den subtil kritischen Einfluß des Michael Gold.

Du Schwein! dachte sie. Diese Nase hatte Format! Zu der, die ihr im Gesicht stand, konnte sie nicht mehr sagen, als daß sie perfekt war. Sie knipste das Licht aus, voller Mitleid für dieses arme Menschenkind, dem es so sehr an Selbstvertrauen gemangelt hatte und das, um welchen Preis auch immer, um Anerkennung kämpfte.

In dieser Nacht kehrten Fragmente des weißen Traums zurück, noch bizarrer als zuvor. Ariel warf sich im Schlaf hin und her und wachte schließlich angsterfüllt und tränenüberströmt auf. Die rot leuchtenden Ziffern der Uhr zeigten drei Uhr sechzehn an. Sie stand auf und trank ein Glas Wasser. Dann glättete sie das Laken, legte sich wieder hin und versuchte, sich ganz bewußt zu entspannen. Schließlich gelang es ihr, den Traum zu vergessen.

Statt dessen verbrachte sie die Stunde, bis sie wieder einschlafen konnte, mit Sorgen über die Sitzung mit David Friedman am folgenden Tag.

27

Ein ganzes Drittel der fünfzig Minuten dauernden Sitzung war vorbei, bevor Dr. Friedman auf die Hypnosebehandlung zu sprechen kam.

Sie gingen die Untersuchungsergebnisse durch, die sowohl Friedmans ersten Eindruck als auch den des Neurologen bestätigten: Es gab keine organische Ursache für die Amnesie. Er erkundigte sich nach den ersten Reaktionen auf ihre mißliche Lage, nach der Panik und wie sie damit umgegangen war, nach den Tagebüchern, die sie gefunden hatte, und nach dem Einbruch und seinem traumatischen Ausgang.

Je länger sie sprachen, desto wohler fühlte sich Ariel bei dem unkonventionellen David Friedman. Wie war es möglich, wunderte sie sich, daß jemand so zurückhaltend und aufmerksam zugleich war? Und wie konnte man so vollkommen neutral bleiben? Es gelang ihr sogar selbst, zu ihren Erlebnissen eine gewisse Distanz herzustellen und die Fragen ohne Ekelgefühl oder Angst zu beantworten.

Schließlich lehnte sich Friedman in seinem Stuhl zurück. Er sah ihr wie stets in die Augen und faltete die Hände über dem Bauch.

»Es gibt ebenso viele Modelle darüber, wie das Gedächtnis funktioniert, wie Wissenschaftler, die auf diesem Gebiet forschen«, begann er. »Wir könnten stundenlang über Theorien und Ansätze sprechen – über das kognitiv Unbewußte und das implizite und explizite Gedächtnis ...« Er machte eine vage, allumfassende Handbewegung. »Kybernetik und RNS und so

weiter und so fort. Das Gebiet ist riesig, und es kann sich mehr oder weniger jeder darauf tummeln.«
Er legte die Hände wieder behaglich ineinander.
»In einem Punkt allerdings herrscht Übereinstimmung. Was auch immer im Leben eines Menschen geschehen ist, es bleibt in aller Ausführlichkeit im Unterbewußten gespeichert. Das heißt nun nicht, daß es an einer physisch definierbaren Stelle im Gehirn einen Speicherplatz für Erinnerungen gibt. So ist es nicht – soweit wir wissen. In Ihrem Fall, Ariel, können wir einfach sagen, daß es im Stromkreislauf – im limbischen System, um genau zu bleiben – einen Kurzschluß gegeben hat.« Er lächelte. »Vermutlich kann im Augenblick aufgrund eines emotionalen Traumas keine Botschaft, die Ihre Vergangenheit betrifft, an ihre Schaltstelle gelangen. Verstehen Sie?«
»Ich verstehe«, antwortete Ariel und nickte wissend. »Ich weiß, was jetzt gleich kommt. Letzte Woche wollten Sie mich an einen anderen Arzt weiterreichen; heute wollen Sie mir sagen, daß ich den Elektriker zu Rate ziehen soll. Warum nur habe ich das seltsame Gefühl, daß Sie mich loswerden wollen?«
Er sah sie geduldig an und fuhr fort: »Ich wollte gerade erklären, daß uns verschiedene Methoden zur Verfügung stehen, um Sie wiederherzustellen – oder zu reparieren, wenn Sie so wollen. Da gibt es die herkömmliche Behandlung, natürlich, mit und ohne Psychopharmaka. Wir können ideomotorische Reaktionen auswerten, mit oder ohne hypnotische Behandlung. Oder es gibt die Möglichkeit der hypnotischen Behandlung allein, die unter Umständen am schnellsten zum Ziel führt. Oder auch nicht.«
Dr. Friedman beugte sich über seinen Schreibtisch. »Das möchte ich betonen, Ariel. Hypnose ist kein Wundermittel. Sie ist auch keineswegs ein Allheilmittel. Aber in einem Trancezustand öffnet sich der Patient für hypnotische Beeinflussungen und kann möglicherweise verdrängte Erinnerungen hervorholen.«
»Was, wenn ich nicht auf die Hypnose anspreche?« fragte Ariel stirnrunzelnd.
»Dann fahren wir mit anderen Behandlungsmethoden fort. Oder Sie entschließen sich, wie wir besprochen haben, die

Natur walten und Ihr Erinnerungsvermögen zurückkommen zu lassen, wann immer es sein soll. Vielleicht auch nie.«
Ariel machte den Mund auf, um etwas zu sagen, aber Dr. Friedman hob die Hand. »Lassen Sie mich zuerst ausreden. Meiner Meinung nach, Ariel, und aufgrund der Untersuchungen und Beobachtungen, geht es Ihnen unter diesen schwierigen Umständen recht gut. Sie weisen keine Anzeichen einer klinischen Depression auf. Ihr Verhalten ist angemessen, Ihre Einstellung positiv. Sie wirken nicht manieriert oder gehemmt oder zerstreut. Sie sind ein bißchen schnoddrig, aber ich glaube, das ist für eine starke Persönlichkeit, die ihre Integrität schützen will, ein natürlicher Abwehrmechanismus. Kurz gesagt, Sie scheinen zurechtzukommen, und zwar gut.«
»Schon möglich«, sagte Ariel. »Ich bin ja froh, daß Sie diesen Eindruck haben, aber auf Godot zu warten ist eine Option, die mir nicht so recht behagt. Was auch immer passiert ist, was auch immer dieses Problem verursacht hat – es ist doch zumindest möglich, daß ich in Gefahr bin. Ich gebe zu, diese Angst schwindet ein wenig. Es ist immerhin eine ganze Woche her, seit irgend jemand versucht hat, mich umzubringen. Aber wenn ich doch recht habe? Ich bin nicht bereit, einfach nichts zu tun.« Sie machte ein entschlossenes Gesicht.
»Okay. Da widerspreche ich Ihnen gar nicht. Ich schlage vor, wir probieren es mit Hypnose. Wir fangen heute ein bißchen damit an und steigen dann in den nächsten Sitzungen richtig ein. Je nachdem, wie die Sache läuft, können wir dann entscheiden, mit welcher Behandlung Sie fortfahren wollen. Einverstanden?«
»Einverstanden.« Sie lehnte sich in ihrem Stuhl zurück. »Glauben Sie, daß es funktionieren wird? In meinem Fall?«
Friedman zuckte die Schultern, forderte Ariel auf, es sich auf der Couch bequem zu machen, und reichte ihr ein extra Kissen. »Im allgemeinen kann man sagen, daß intelligente Menschen die geeigneteren Patienten sind. Ebenso wie willensstarke Menschen. Sie sind beides. Ich selbst allerdings«, gestand er ein, »war eine Niete. Konnte nicht aufhören, kritisch zu sein.«

Er zog die Jalousien herunter. Nun leuchtete im Zimmer nur noch der warme Schein seiner Schreibtischlampe.
»Ich habe gelesen«, sagte Ariel absichtlich unbekümmert, »daß man trotzdem noch Kontrolle über sich hat – verstehen Sie, während der Hypnose?«
»Absolut. Ich werde dich nie in meiner Gewalt haben, *mein Liebling«,* sagte er mit affektiertem deutschem Akzent und zuckte mit den Augenbrauen. »Der Hypnotiseur ist einfach ein Begleiter. Sie sind ganz bei Bewußtsein, und Sie sagen nur, was Sie auch sagen wollen. Ich weiß, daß es Ihnen Sorgen bereitet, die Kontrolle zu verlieren, Ariel, und ich werde Sie vielleicht fragen, ob Sie sich an eine bestimmte Antwort erinnern wollen. Sie dürfen mir ruhig ganz offen mitteilen, wenn Sie nicht können – oder wollen.«
»Nun«, meinte Ariel und legte sich nieder, »bringen Sie die Kerze oder die Taschenuhr oder was auch immer. Lassen Sie uns anfangen.«
»Betrachten Sie einfach das Bild an der Wand dort drüben«, schlug Friedman ruhig vor, »und hören Sie auf meine Stimme.« Er setzte sich hinter sie. »Ich möchte, daß Sie sich, so gut es geht, entspannen. Entspannen Sie sich und werden Sie ganz locker. Atmen Sie langsam und tief, konzentrieren Sie sich auf Ihren Atem, konzentrieren Sie sich auf meine Stimme. Einatmen, ausatmen. Einatmen, ausatmen.«
Er wiederholte die Worte, seine Stimme wurde gemächlicher, noch sanfter. Schließlich nahm sie den Klang ihres Atems nicht mehr wahr. Es war im Raum nur noch seine Stimme zu hören.
»Sie können jetzt Ihre Füße lockern. Ihre Füße werden locker. Ihre Füße sind ganz locker«, suggerierte er. »Sie können jetzt die Beine lockern; die Knöchel, die Waden, die Schenkel, eins nach dem anderen, alles wird ganz locker. Ihre Beine werden locker. Ihre Beine sind ganz locker.«
In Worten wanderte er ihren Körper hinauf, benannte jedes Teil und hielt sich am längsten bei den Schultern und im Nackenbereich auf. Ariel nahm immer weniger die Wiederholung der Worte wahr. Auf seine Anweisung hin stellte sie sich alle Glieder

ihres Körpers vor, betrachtete sie und spürte sie und entspannte sich allmählich.

»Sie werden warm, als lägen Sie in der freundlichen wärmenden Sonne. Stellen Sie sich vor, Sie wären an einem Strand. Sie spüren den Strand. Sie liegen auf einem weichen schaukelnden Floß im Wasser. Die Sonne ist warm und wohlig. Sie spüren die Wärme der Sonne. Das Strahlen und die Wärme der Sonne. Sie hören die Brandung am Ufer. Gleichmäßig und beruhigend. Sanft und regelmäßig. Sie spüren die sanften Wogen des Wassers unter Ihrem Körper. Sie sind ganz, ganz schläfrig, treiben dahin, werden vom weichen Rhythmus des Wassers geschaukelt, so leicht wie ein Blatt auf dem Wasser ...«

Bilder des Traums, den sie einige Nächte zuvor geträumt hatte, tauchten vor Ariel auf. Das Glück, das sie als kleines Mädchen am Strand empfunden hatte. Das Gefühl vollkommener Sicherheit und des Wohlbehagens. Sie sah das klare Wasser vor sich. Sie spürte die milde, wohlige Sonne. Ihre Augen fielen zu. Der Atem war tief und regelmäßig. Die Muskeln in ihrem Gesicht glätteten sich.

»Sie fühlen sich ganz entspannt. So angenehm entspannt und schläfrig. Sie schlafen. Sie schlafen ganz tief. Tiefer und tiefer ...«

Ariel vernahm die Stimme noch immer, aber die Wörter waren unwichtig geworden. Sie nahm ihren Körper nicht mehr wahr, sie nahm nichts mehr wahr außer dem Gefühl einer angenehmen Trägheit. Jede Bewegung hätte zuviel Mühe bedeutet.

»Wenn ich jetzt bis drei zähle, werden Sie Ihre Augen nicht öffnen können. Eins – Ihre Lider sind geschlossen. Ihre Lider sind schwer. Ihre Lider sind so schwer, daß Sie sie nicht bewegen können. Zwei – Ihre Lider sind fest zusammengepreßt ...«

Bald darauf oder vielleicht auch eine ganze Weile später – Ariel hatte jegliches Zeitgefühl verloren – fuhr die Stimme fort: »Ich möchte, daß Sie Ihren Arm heben. Strecken Sie ihn von ihrem Körper weg. So ist es richtig. Ich möchte, daß Sie Ihren Arm ganz starr halten, als wäre er eine Stange, die mit Ihrem Körper verbunden ist. Es ist Ihnen möglich, Ihren Arm in dieser Position zu halten, so lange Sie wollen, und es wird nicht unbequem werden. Ihr Arm wird nicht ermüden. Er wird sich sehr gut anfühlen. Es wird ein überraschend angenehmes Gefühl sein.«

Ariel dachte an ihren Arm. Spürte, wie sich ihr Arm hob. Der Arm war leicht. Es strengte sie überhaupt nicht an. Die Stimme fuhr fort und forderte sie schließlich auf, den Arm zu senken. Dann sollte sie sich daran erinnern, wie sie am Morgen aufgewacht war.

»Gehen Sie in der Zeit zu heute morgen zurück. Gehen Sie in Zeit und Raum zurück. Sie treiben durch die Zeit zurück bis zum heutigen Morgen. Und wenn ich Sie frage, dann können Sie mir antworten. Sie wachen jetzt auf, und es ist heute morgen. Montag morgen. Sie haben das angenehme Gefühl, sich zu strecken ...«

Obwohl sie kein Glied ihres Körpers bewegte, spürte Ariel eine angenehme Lockerung in ihren Armen und Beinen.

»Sagen Sie mir, was Sie sehen.«

Ariel hörte ihre eigene zaghafte Stimme. »Ich sehe das Licht hinter den Vorhängen.«

»Was sehen Sie sonst noch?«

»Ich sehe ... meinen Hund.«

Die Stimme fuhr immer weiter fort, bis Ariel alles in ihrem Schlafzimmer sah, wie es am Morgen war.

»Gut«, murmelte die Stimme. »Ruhen Sie sich jetzt aus, und entspannen Sie sich. Wir gehen weiter zurück in der Zeit, bis gestern, gestern abend ...«

Ariel beschrieb die Belange eines jeden Tages der vergangenen Woche – manchmal, wenn sie dazu aufgefordert wurde, dachte sie auch nur darüber nach. Sie schilderte Menschen, Orte, Stimmen. Sie nahm ihre Gefühle in grenzenloser Genauigkeit wahr.

»Gut, ruhen Sie sich jetzt aus, und entspannen Sie sich. Wir gehen in der Zeit weiter zurück bis zum vergangenen Montag, vor einer Woche. Es ist Montag morgen vor einer Woche. Sie werden jetzt aufwachen, und wenn ich Sie frage, dann werden

Sie mir meine Frage beantworten. Sie wachen jetzt am vergangenen Montag morgen auf. Was sehen Sie?«
»Ah ... Alles ist verschwommen. Ich kann nichts ...« Sie spürte, wie sie sich zu verkrampfen begann.
»Ruhen Sie sich aus. Entspannen Sie sich. Wie heißen Sie?«
»Ariel. Ariel.«
»Wie alt sind Sie?«
Einunddreißig.
»Wo wohnen Sie?«
Sie zögerte kurz. »Denair Street Nummer 11742.«
»Wo arbeiten Sie?«
Es entstand eine längere Pause. »Woolf Television.«
Er fuhr mit seinen Fragen fort. Immer wenn sie sich zu fürchten begann, wurden zwischen den eindringlichen eher harmlose Fragen gestellt. Ihre Antworten kamen manchmal sofort, manchmal zögerlich.
»Ruhen Sie sich jetzt aus, und entspannen Sie sich. Wir gehen in der Zeit noch weiter zurück. Wir gehen zum Tag vor jenem Montag zurück. Wir gehen zum Sonntag der vergangenen Woche zurück. Sie wachen an dem Sonntag der vergangenen Woche auf. Was sehen Sie?«
Ariels Lider zuckten, sie schlug die Augen auf. Sie antwortete nicht.
Die Stimme beruhigte sie immer wieder und redete ihr dann zu, sich an Sonntag abend zu erinnern.
»Wenn es Ihnen behagt, sich an jenen Abend zu erinnern, dann werden Sie sich auch daran erinnern und meine Frage beantworten können. Es ist Sonntag abend. Was sehen Sie?«
»Nichts. Nichts.«
»Wie heißen Sie?«
Es kam keine Antwort.
Plötzlich wurden ihre Augen wie vor Schreck ganz groß.
»Jessie?« flüsterte sie, und unmittelbar darauf machte sich Entsetzen in ihrem Gesicht breit. »Jessie, bitte!« schrie sie. »Die Lichter!« Sie warf beide Arme vor ihr Gesicht, bedeckte es. Ihr Körper bäumte sich kurz und heftig auf, bevor er absolut regungslos verharrte.

»Wer ist Jessie?«

Ariel antwortete nicht. Ihr Körper zeigte keinerlei Regung.

»Sie haben den Namen Jessie erwähnt. Wer ist Jessie?«

Wieder blieb eine Antwort aus.

Friedman beugte sich zu Ariel, und seine Stimme klang unendlich ruhig, als er sie bat, sich auszuruhen und zu entspannen. »Alles ist gut«, versicherte er. »Ich bin bei Ihnen, und Sie sind in absoluter Sicherheit, Sie können sich entspannen ...«

Langsam nahm Ariel einen Arm herunter. Ihr Gesicht war blaß, ihre Haut feucht. Ermunternd, besänftigend fuhr die Stimme fort, und allmählich merkte sie, wie sie sich wieder entspannte. Sie spürte, wie das Blut in ihr Gesicht und ihre Hände zurückkehrte. Sie war erschöpft und sehr verwirrt. Sie wollte schlafen und allein gelassen werden, aber die Stimme fuhr fort.

»Gut. Ruhen Sie sich aus, und ordnen Sie Ihre Gedanken. Ordnen Sie nur Ihre Gedanken. Sie werden jetzt in die Gegenwart zurückkehren. Sie werden jetzt in Raum und Zeit in die Gegenwart zurückkehren. Ich werde gleich von fünf herunterzählen, und wenn ich zur Eins komme, werden Sie hellwach sein. Sie werden sich ganz entspannt fühlen. Sie werden sich aus den vergangenen Minuten an all das erinnern, an das Sie sich erinnern wollen. Sie werden sich wunderbar entspannt und klar fühlen. Ich beginne nun, von fünf bis eins zu zählen. Fünf ... vier ... drei ... zwei ... eins. Sie sind hellwach.«

Ariel schaute in die dunklen, lächelnden Augen. Wie versprochen, konnte sie sich an alles erinnern. Wie versprochen, fühlte sie sich munter und bemerkenswert entspannt. Sie konnte noch nicht einmal sagen, ob sie der mangelnden Enthüllungen wegen enttäuscht war. »Nun, keine Neuigkeiten sind eben keine Neuigkeiten«, meinte sie.

»Hypnose ist nun einmal kein Patentrezept. Keine Form der Therapie ist das.«

»Warum habe ich den Namen meines Hundes genannt?«

»Ist Jessie der Name Ihres Hundes?«

»Ja.«

»War Ihr Hund – könnte es sein, daß Ihr Hund am Sonntag abend bei Ihnen war?«
»Ich weiß es nicht. Ich glaube, eher nicht.«
»Mögen Sie sie?«
Ariel lächelte. »Wenn ich bedenke, daß ich sie erst seit einer Woche kenne, dann würde ich sagen, daß ich sie über die Maßen mag.«
»Vielleicht«, gab er zu bedenken, »haben Sie einfach Ihrer Sorge um sie Ausdruck gegeben. Sie haben mir erzählt, daß sie verletzt wurde, als sie Sie verteidigt hat.«
Er stand auf und öffnete die Jalousien. »Zwei Dinge haben mein Interesse vor allem geweckt. Zum einen die Lichter, von denen Sie gesprochen haben. Haben Sie irgendeine Idee, was diese Lichter bedeuten könnten?«
»Möglicherweise. Aber der Zeitablauf stimmt nicht.« Sie runzelte die Stirn und konzentrierte sich. »Ich hatte ein und denselben Traum – oder zumindest ähnliche Träume – mehrmals hintereinander, und was darin immer wiederkehrt, ist die Helligkeit in dem Raum. Es ist eine Art Explosion. Es blendet ...« Sie suchte in ihren Erinnerungen. »Nein, viel gewaltiger. Es ist wie ein Vulkanausbruch. Allerdings habe ich diesen Traum das erste Mal in der Nacht von Montag auf Dienstag geträumt. Davon bin ich aufgewacht, als in mein Haus eingebrochen wurde. Das war Montag nacht, nicht Sonntag nacht.«
»Interessant. Über diesen Traum möchte ich beim nächsten Mal noch ausführlicher mit Ihnen sprechen.«
Sie setzte sich auf. »Was noch? Sie haben von zwei Dingen gesprochen.«
»Ja, das andere. Am Freitag sagten Sie, es sei eigentlich weniger so, daß Sie sich nicht erinnerten, wer Sie sind. Ich glaube, Ihre Worte lauteten eher: ›Das war nicht ich.‹ Darüber werden wir beim nächsten Mal ebenfalls sprechen, ja?«

28

»Was hältst du davon, mich heute nachmittag zu einem Lokaltermin zu begleiten? Komm doch so schnell du kannst hierher.« Ariel hatte, gleich nachdem sie wieder zu Hause war, Henry angerufen, um von ihrer jüngsten Sitzung bei David Friedman zu berichten, aber kaum hatte sie zu erzählen begonnen, schaltete er sich auf eine andere Leitung. Wieder in der Leitung, hatte er sie mit dieser Frage überrumpelt.
»Ich?« Ariel war wie vom Donner gerührt. »Warum sollte ich mitkommen?«
»Das gibt dir die Möglichkeit, ein bißchen Abwechslung zu haben. Die Geschichte kam ganz unvermutet, und man hat mir gerade verkündet, daß wir dran sind. Alle anderen Journalisten sind entweder nicht in der Stadt oder anderweitig nicht erreichbar, also hat's mich getroffen. Was hältst du davon?«
»Nun«, sagte sie zweifelnd, »ich würde nur zuschauen, oder? Ich müßte nicht richtig mitarbeiten?«
»Eine unschuldige Zuschauerin«, versprach er, »die sich wieder einarbeitet.«
Ariel willigte ein, und sie vereinbarten, sich zwanzig Minuten später auf dem Parkplatz vor dem Studio zu treffen. Sie würden dann im Kleinbus mit dem Kamerateam fahren, teilte Henry ihr mit. Er überprüfte noch, ob Ariel sich an die Adresse erinnerte, und legte dann auf, wie immer ohne jegliche Abschiedsfloskeln.
Als Ariel dieses Mal beim Studio ankam, gab es keine Hilfe von Henry, der seinen Parkausweis in der Hand hielt. Aber alles ging glatt. Der Wächter, der aus einem kleinen Häuschen herausspähte und den sie am Sonntag nicht bemerkt hatte, erkannte sie offensichtlich wieder und lächelte. Das Tor schwenkte auf.
Weil sie nicht wußte, welcher Parkplatz ihr zugeteilt war oder ob sie überhaupt einen hatte, fuhr sie in eine Lücke, die mit BESUCHER markiert war. Sie schloß den Wagen ab, stand daneben und schaute sich unsicher um. Sie entdeckte keinen Firmenwagen, nichts, was nach einem Kleinbus für die Kameraausrüstung aussah.

»Hallo, Ariel.«
Sie drehte sich in die Richtung, aus der die Begrüßung gekommen war, aber dort stand nicht Henry. Es war Win Peacock – »Winner« hatte sie ihn in Gedanken getauft, nachdem sie seinen Namen gehört hatte.
»Mann, das ist ja vielleicht ein Wagen.« Er strich bewundernd mit der Hand über den Kotflügel und lehnte sich mit dem Hintern dagegen. »Ich dachte, du hättest Urlaub.«
Ariel strich ihr bereits glattes Haar noch glatter. Ihre Gedanken rasten. Sie konnte doch nicht sagen, daß sie mit Henry zu einem Termin fuhr. Wenn sie ihren Urlaub hätte opfern wollen, warum sollte sie Henry dazu brauchen? Und wenn er irgendwohin fuhr, wozu brauchte er sie? Sie öffnete den Mund, wartete ergeben ab, was wohl gleich aus ihr herausbrechen würde.
»Ariel!« Henry kam auf die beiden zu. »Höchste Zeit, daß du hier bist. Hallo, Peacock. Kommst du oder gehst du?«
»Ich gehe. Aber ich habe Ariel gerade noch gefragt, was so wichtig ist, daß sie ihren Urlaub unterbrechen muß.«
»›Man kann das Nichtstun nur genießen, wenn es wirklich viel zu tun gibt.‹« Ariel ließ sanften Tadel mitschwingen, zwinkerte Peacock zu und hakte sich bei Henry ein. »Los, komm, du Armer. Ich suche dir die Unterlagen.«
»Diese Zitate kommen ja ganz gut«, meinte Henry, als sie entschlossen davonmarschierten, »besonders, wenn sie nur Blech bedeuten.«
»Nur nicht stehenbleiben. Wo gehen wir überhaupt hin?«
»Zur Tür, drinnen auf dem Korridor biegen wir dann nach links ab und kommen auf einem Umweg zur Laderampe. Der Fluchtwagen steht mit laufendem Motor bereit.«
»Was hast du denn dem Team erzählt, warum ich mitkomme?« fragte Ariel.
»Nichts. Ich bin der Boß. Ich muß meine manchmal rätselhaften, aber stets klugen Aktionen vor niemandem rechtfertigen. Verhalte dich einfach ruhig, bleib im Hintergrund, und sie werden vergessen, daß du überhaupt da bist.«
Ariel begrüßte die beiden Männer im Bus ziemlich lässig, was,

wie sie hoffte, typisch für sie war. Sie grüßten freundlich zurück und diskutierten, wenn Ariel richtig gehört hatte, weiter über ihre Eishockeymannschaft, die Mighty Ducks. Und bis sie einen Block weit gekommen waren, hatte Henry ihre Namen und Positionen ziemlich unauffällig in das Gespräch einfließen lassen. Freddy, der Kameramann, war jederzeit abrufbereit, erfuhr sie, und Perc, der Fahrer, machte Ton und Licht.

Als Ariel das auf kleinem Raum zusammengepackte Equipment betrachtete, fühlte sie sich gründlich eingeschüchtert. Als sie erfuhr, worum es bei diesem Auftrag ging, wollte sie den Bus sofort verlassen.

»Wir fahren zu der Wohnung eines Mannes, der gerade erfahren hat, daß seine Frau in Stücke zerfetzt wurde?« gelang es ihr im Flüsterton zu kreischen. »Vielen Dank, Henry. Das zahl ich dir heim!«

Henry gab zu bedenken, daß sie irgendwo ja schließlich anfangen müsse und daß die Zeit dränge.

Im frühen Stadium der Trauer, bevor der Schock nachlasse, sagte er, gewährten die Menschen manchmal ein Interview. Danach machten sie dicht. Deshalb habe er das Treffen mit dem Ehemann so dringlich gemacht, deshalb konnte er nicht erst die üblichen Formalitäten erledigen.

»Schlag zu, solange sie verletzbar sind«, meinte Ariel gehässig.

»Genau.« Henry zog einen Notizblock aus seiner Tasche und fügte in einer nicht zu entziffernden Geheimschrift noch eine Frage hinzu.

»Es ist furchtbar.«

»Genau.« Er steckte den Block wieder ein. »So. Und das ist Sache: Du erinnerst dich an die Autobombe, von der ich dir erzählt habe – der Wagen, der dem pensionierten Senator aus Florida gehörte? Und diese Unbekannte, die auf keine Vermißtenbeschreibung paßte? Nun, jetzt haben sie auch den Senator selbst ausfindig gemacht. Es stellte sich heraus, daß er mit seinem Segelboot unten auf den Keys war und irgendwo für zehn Tage fischte. Hatte keine Ahnung, daß man nach ihm suchte, und der Wagen gehörte ihm auch schon gar nicht mehr. Auf dem Papier zumindest.«

Henry schlug die Beine übereinander, versuchte es sich auf dem engen Raum bequem zu machen.

»Soweit ich das verstanden habe«, fuhr er fort, »hat der Senator das Auto verkauft, aber er war nach Islamorada oder wohin auch immer gesegelt und hatte die Fahrzeugpapiere noch nicht übergeben. Und die Person, der er den Wagen verkauft hatte, war mit auf Reisen. Kannst du mir bis hierher folgen?«

»Ich denke, es ist mir gelungen, den Kern deiner Erzählung zu begreifen«, meinte Ariel.

»Die Bullen haben also die beiden aufgetrieben, diese beiden älteren Herren. Und der andere, derjenige, der den Wagen gekauft hat – zufälligerweise ein Großmagnat im Ruhestand –, sagte, er habe ihn seiner Enkelin gegeben. Ein Geschenk. Bei Abreise der beiden Herren sei sie mit dem Wagen nach Kalifornien aufgebrochen. Tatsache ist, daß sie nie zu Hause ankam. Aber jetzt kommt der Knüller.« Er schlug die Beine andersherum übereinander. »Die Enkelin war ein Model, ziemlich bekannt. Sie lebt – sie lebte – mit ihrem Mann, der seinerseits nicht unbekannt ist, hier in L.A. Robert Macaulay ist einer der erfolgreicheren Börsenmakler in der Stadt. Wir haben es also mit einer stattlichen Besetzung zu tun.«

»Und Mrs. Macaulay war, wenn ich das recht verstehe, die Frau, die in dem Auto zu Tode gekommen ist?«

»Laut Coroner und Gerichtszahnarzt, ja.«

Ariel sah Henry in die Augen. »Wie machst du das?« fragte sie mit gesenkter Stimme. »Wie trittst du einem Mann gegenüber, der gerade seine Frau verloren hat, um ihn auszufragen? Um ihn zu fragen, was das für ein Gefühl ist, wenn die eigene Frau in Stücke zerrissen wird, und ihn um einen Kommentar für die Presse zu bitten? Werden wir ihn uns mit der Kamera heranholen und das Leid in Nahaufnahme drehen, damit Amerika beim Abendbrot hinglotzen kann? Vielleicht bricht er wirklich zusammen! Dann kann sich jedermann an seinem Unglück ergötzen und ›So Gott will‹ sagen und rülpsen und dann das Geschirr abwaschen. Gütiger Gott!«

Sie bekam keine Antwort.

Ariel verschränkte die Arme, klopfte mit dem Fuß, wandte den Kopf von Henry ab, starrte auf die blanke Wand des Busses und wünschte sich, sie wäre irgendwo anders, nur nicht hier. Damit wollte sie nichts zu tun haben.
Sie fuhren einen Häuserblock oder zwei weiter.
»Warum hat der Mann seine Frau nicht vermißt gemeldet?« fragte sie.
Henry lächelte.

Nachdem der Kleinbus angehalten hatte, beugte sich Ariel nach vorn, um aus dem Fenster zu schauen. Und erstarrte. Binnen weniger als einer Sekunde begann ihre Haut wie elektrisiert zu kribbeln, weil ihr alles bekannt vorkam. Ein Déjà-vu. Dann gelang es ihr, die Verbindung herzustellen. Es ist nur das Tor, dachte sie, überwältigt von der Wucht ihrer Reaktion, aber immerhin wieder in der Lage zu atmen. Das Eingangstor, vor dem sie warteten, ähnelte jenem tatsächlich sehr, durch das sie erst am Tag zuvor gefahren war. Die Szenerie dagegen hätte sich kaum mehr unterscheiden können. Das Morgansche Anwesen hatte vollkommen schlicht und ruhig gewirkt; hier herrschte Chaos.
Die Sicht aus dem Kleinbus heraus war beschränkt, aber Ariel sah doch genug, um festzustellen, daß der Zirkus in die Stadt gekommen war, und es handelte sich dabei nicht um die Ringling Brothers. Hier hatten die Medien die Macht übernommen. Stimmen riefen, forderten, drängten. Gesichter, Körper und Equipment tauchten in dem kleinen Ausschnitt auf und verschwanden wieder, und der Lärm war ohrenbetäubend. Als ein Wächter den *Offene Akte*-Bus hineinfahren ließ, wurde der Tumult aggressiver, bevor sie ihn hinter sich zurückließen.
»Warum wir?« fragte sie Henry.
»Glück. Ich habe einen alarmierenden Anruf von einem alten Kumpel bekommen, der jetzt beim *Herald* arbeitet, Ham Snyder. Ham war mit der Mordkommission in Miami unterwegs, die den Senator heute morgen nach dem Anlegen in Empfang nahm. So bekam ich hier in L.A. vor allen anderen die Rückmel-

dung. Ich habe mich, sofort nachdem er benachrichtigt war, mit Macaulay in Verbindung gesetzt – bevor er dann nicht mehr ans Telefon ging.«

Er unterbrach sich und bat Perc, ihn vorne aussteigen zu lassen. Dann sagte er noch zu Ariel: »Für Macaulay war es heute morgen am Parker Center ein Spießrutenlauf, aber sein Anwalt verweigerte jeglichen Kommentar. Bis jetzt haben auf jeden Fall nur wir ein Interview.«

Perc ließ den Motor laufen, während Henry ausstieg und Vereinbarungen traf. Vier oder fünf Minuten vergingen in müßigem Plaudern, bevor er am Fenster auf der Fahrerseite wieder auftauchte. Ariel verstand nicht alle seiner Anweisungen, aber sie hörte, daß sie im Wohnzimmer aufbauen und darauf achten sollten, daß ein Gemälde groß ins Bild kam.

Der Motor wurde abgestellt, die Kameraausrüstung herausgezerrt. Das Team begann zu arbeiten, ohne Zeit zu verschwenden oder einen Handgriff zuviel zu machen. Ariel zog hinter ihnen her, beobachtete alles aufmerksam und ging, wie befohlen, aus dem Weg.

Das Haus war sehr vornehm, wie es sich für einen prominenten, erfolgreichen Börsenmakler gehörte. Ariel folgte dem Team durch eine zweiflügelige Tür in ein Foyer, das fast vollständig in Weiß und Cremefarben ausgestattet war. Unter einem riesigen Kronleuchter standen in einer weißen Bodenvase weiße und gelbe Lilien sowie Gladiolen und Schwertlilien. Ein Treppenaufgang mit einem weißen Geländer und einem runden Fenster auf dem ersten Absatz führte zu einer Galerie im ersten Stockwerk. Es war eine sehr elegante, aber einladende Eingangshalle.

Als Ariel ihren Namen hörte, ging sie durch eine breite Tür in das Wohnzimmer, wo Perc und Freddy geschäftig nach Steckdosen suchten und das Equipment aufbauten. Henry stand ein wenig abseits und sprach mit einem Mann, der einen grauen Anzug trug. Er bat sie herüber und stellte sie schlicht als seine Kollegin vor, setzte dann das Gespräch fort, wo er stehengeblieben war, und lenkte die Aufmerksamkeit des Mannes wieder von ihr ab.

Robert Macaulay war groß, mindestens einsneunzig oder einsfünfundneunzig, und gut gebaut. Das braune Haar war aus der hohen Stirn gekämmt, und die großen, klugen grauen Augen traten ein wenig hervor. Der vorstehende Kiefer verlieh ihm einen Ausdruck der Entschlossenheit. Oder der Arroganz.

Er hatte Ariel kaum beachtet, als sie einander vorgestellt worden waren, aber als sie zum Kamerateam zurückging, spürte sie, wie sein Blick ihr folgte. Sie sah zu ihm hinüber. Er wirkte geistesabwesend, wie jemand, der versucht, ein Gesicht einzuordnen. Er machte nicht den Eindruck, besonders traurig zu sein, dachte Ariel, und aus unerfindlichen Gründen bekam sie eine Gänsehaut.

Sie drehte sich um und schaute direkt auf ein fast lebensgroßes Ölporträt. Sie staunte, hingerissen. Es überraschte sie, wie sehr die Traurigkeit sie überwältigte. Das war Mrs. Macaulay, und Mrs. Macaulay war tot. Sie trat einen kleinen Schritt näher, versuchte das Porträt objektiver zu betrachten.

Die dargestellte Frau war nicht besonders schön, fand Ariel, aber wer ihr einmal begegnet war, würde sie so schnell nicht wieder vergessen. Sie kam Ariel sogar seltsam bekannt vor. Sie schauderte ein wenig. Die Frau war ein bekanntes Model gewesen, erinnerte sie sich. Da überraschte es wenig, daß sie ihr bekannt vorkam.

Sie war groß und schlank. Die Lichtverhältnisse ließen ihr kurzes glattes Haar fast weißglühend erscheinen. Vielleicht lag es aber auch an der Fertigkeit des Künstlers. Das Gesicht war zart geschnitten, die Wangenknochen standen vor, das Kinn hatte eine tiefe Furche.

Sie wirkte ernst, dachte Ariel. Dann entdeckte sie, daß der breite, geschwungene Mund fast unmerklich nach oben gezogen war, eine der feinen Augenbrauen ebenso. Etwas Spöttisches lauerte in den ungewöhnlich grünen Augen. Der Künstler hatte eine außergewöhnliche Begabung, sein Werk lebendig wirken zu lassen, dachte sich Ariel. Oder sein Modell war außergewöhnlich lebendig gewesen. *Lebendig.* Sie hatte das Wort vor Augen. Es war unbegreiflich, daß diese Frau, so voller Leben, nicht länger existierte.

Hatte Henry ihren Namen erwähnt?
Als sie die Männer herankommen hörte, wandte sie widerstrebend den Blick ab und suchte sich einen unauffälligen Platz, wo sie sich hinsetzen konnte.
Macaulay musterte Perc, als dieser ein kleines Mikro an seiner Krawatte befestigte. Nickend bejahte er einige Fragen, die Henry ihm stellte, dann setzte er sich in einen Ohrensessel direkt neben dem Gemälde. Henry setzte sich in einen zweiten Sessel, beriet sich kurz mit Freddy und sagte: »Film läuft.«
In monotoner Stimme setzte er an: »Montag, 25. Februar 1993, Interview im Haus von Robert Macaulay, Gesprächspartner Robert Macaulay, Produzent Henry Heller. Einstellung eins, die erste.«
Die Kamera blieb einige Sekunden lang auf das Porträt gerichtet, dann schwenkte Freddy langsam zu Macaulay. Dieser wirkte gelassen. Seine Beine waren übereinandergeschlagen, seine Hände lagen ruhig da, die Finger waren lose ineinander verflochten. In der Mitte seiner Stirn verliefen zwei tiefe vertikale Furchen, und sein Mund war zu einer geraden Linie gespannt.
Langjährige Erfahrung ließ Henry routiniert und mit ruhiger, eintöniger Stimme beginnen. Die Kamera schwenkte nie auf ihn, und er wurde, selbst für Ariel, fast zu einer körperlosen Stimme.
»Sehr früh heute morgen, Mr. Macaulay, haben Sie erfahren, daß Ihre Frau, wie die Polizei in L.A. bestätigte, Opfer eines Bombenanschlags geworden ist. Was wissen Sie über die Todesumstände?«
Macaulay räusperte sich, sah auf seine Hände und dann wieder in die Kamera. »Man sagte mir, daß mit der Zündung im Auto Dynamit verbunden war. Als Jane den Zündschlüssel drehte, detonierte die Bombe.« Sein Gesicht war wie versteinert. »Sie war auf der Stelle tot.«
Jane, dachte Ariel und sah zu dem Gemälde hinüber. Jane war ihr Name.
»Es gibt keine Zweifel darüber, daß das Opfer tatsächlich Ihre Frau war? Jane Macaulay?«

»Die Identifizierung war eindeutig.«
»Mrs. Macaulay war Model?«
»Ja. Sie hat über Jahre hinweg erfolgreich als Model gearbeitet. Allerdings hat sie sich seit unserer Heirat ein wenig zurückgezogen.«
Ariel vergaß die Scheinwerfer, die Kamera und die Männer, die sie bedienten. Henry war zu ihrer eigenen Stimme geworden. Sie war ganz auf Robert Macaulays Antworten fixiert.
»Wie lange waren Sie verheiratet?«
»Drei Jahre.«
»Heute morgen bat man Sie, zum Polizeipräsidium zu kommen?«
»Natürlich, wie zu erwarten war. Ich habe den Beamten eine Liste mit Janes Freunden und Kollegen gegeben, so vollständig wie möglich. Es werden mit Sicherheit sehr viele Menschen verhört werden.«
»Werden Sie selbst von der Polizei verdächtigt?«
Die Frage war ebenso ruhig gestellt worden wie die vorangegangenen. Ariel beobachtete Macaulay genau.
Er wirkte nicht übertrieben beunruhigt. »Nein«, antwortete er.
»Wie kommt das, Mr. Macaulay?«
»Wegen der ... spektakulären Art des ...« Der Mann zögerte und begann noch einmal. »Zum Zeitpunkt der Explosion waren eine ganze Reihe von Menschen in der Nähe des Tatorts. Es bestehen also keine Zweifel darüber, wann es passiert ist. Mein Verbleib zur Tatzeit ist nachweisbar.«
»Eine Autobombe ist ja nicht unbedingt eine Waffe, die man mit einem Mord in Verbindung bringt, bei dem ein Mensch den anderen persönlich umbringen will. Eine Bombe ist nicht gerade eine besonders direkte Methode. Würden Sie darin übereinstimmen, daß häufig eine dritte Person daran beteiligt ist?«
Wieder brachte die Frage, obwohl es eine Fangfrage war, keine sichtbare Reaktion hervor.
»Die Polizei scheint überzeugt davon, daß ich kein Motiv habe«, erklärte Macaulay gelassen.

»Die naheliegende Frage: Warum? Warum wurde Ihre Frau ermordet, und warum auf eine solch besonders dramatische Weise?«

Macaulay schaute direkt in die Kamera. »Meines Wissens gibt es niemanden, der irgendeinen Grund haben könnte, Jane Schaden zuzufügen. Für mich gibt es keine Zweifel, daß ihr Tod unbeabsichtigt war. Ich meine damit nicht, daß die Bombe nicht tödlich sein sollte. Ich meine vielmehr, daß, wer auch immer die Bombe im Auto plaziert hat, nicht Jane als Opfer im Sinn hatte.«

»Warum wurde Mrs. Macaulay nicht vermißt gemeldet?«

Ariels Sinne schärften sich.

»Meine Frau war nach Florida geflogen, um ihren Großvater zu besuchen. Soweit ich weiß, hatte er spontan eine Einladung für einen Segeltörn angenommen, und sie hatte abgelehnt, mitzukommen. Jane ...« Macaulay bewegte kaum merklich die Beine. Zum ersten Mal schien er sich in seiner Haut nicht wohl zu fühlen. »Mr. Coulter, Janes Großvater, hatte ihr einen Wagen geschenkt, und sie beschloß, mit diesem Wagen nach Hause zu fahren. ›Um ein Gefühl dafür zu bekommen.‹ Damit habe sie ihre Entscheidung begründet, sagte man mir.«

Macaulay hielt inne, sein Blick wirkte für einen Augenblick introvertiert. Dann schaute er wieder in die Kamera.

»Ich wußte bis heute morgen nichts davon, daß sie ihre Pläne geändert hatte. Ich wußte nichts von dem Wagen. Ich wußte nicht, daß sie nach Kalifornien zurückgekehrt war. Alles, was ich wußte, war, daß sie bei ihrem Großvater ist.«

»Ihr Großvater ist B. F. Coulter, von ›Coulter Industries‹?«

Ariel erinnerte sich an den Namen der Firma, wenn nicht sogar an den des fraglichen Mannes.

»Ja.« Macaulay wirkte wieder unerschütterlich.

»Warum, Mr. Macaulay, glauben Sie, fuhr sie noch zu Anthony's, dem Restaurant, vor dem sie ums Leben kam, warum kam sie nicht direkt nach Hause, hierher?«

Ariel bemerkte, wie sich Macaulays Finger fester ineinander verflochten.

»Ich habe keine Ahnung. In diesem Restaurant haben Jane und ich hin und wieder gegessen. Wir feierten unseren ersten Hochzeitstag dort, wenn ich mich recht entsinne. Aber warum sie an diesem Abend dort war ... Ich weiß es einfach nicht.«
Bevor Henry eine weitere Frage stellen konnte, drang lautes Geschrei sowohl vom Foyer als auch aus der entgegengesetzten Richtung herein.
Aus den Augenwinkeln heraus sah Ariel, daß sich etwas bewegte. Sie drehte sich um und bemerkte einen großen, sehr stämmigen Mann, der in der Eingangshalle stand. Er atmete schwer, als er die Szenerie im Wohnzimmer überblickte. Sein Gesichtsausdruck war unmißverständlich. Verachtung.
Von nebenan, welcher Raum auch immer neben dem Wohnzimmer lag, drang ein kratzendes Geräusch und Kreischen. Die Tür wurde aufgestoßen, und ein eher kleiner Hund von unbestimmbarer Rasse schoß in das Zimmer. Die Pfoten rutschten über den Holzfußboden, und schlitternd kam er zum Stehen, wedelte freundlich mit dem Schwanz und sah von einem zum anderen. Er rannte direkt auf Ariel zu und sprang auf ihren Schoß, bellte und leckte ihr Gesicht, begrüßte sie überschwenglich.
Wenn nicht schon geschehen, dann brach das Chaos jetzt aus.
Ariel hörte, wie Henry sagte: »Aus! Ausschalten!« Macaulay donnerte: »Nancy!« Und der Mann im Foyer brüllte etwas, was sich wie »Stonewall!« anhörte.

29

Der löwenfarbene Hund rutschte mit seinem struppigen Hinterteil halb von Ariels Schoß herunter, aber er tat nichts weiter, als sich wieder festen Halt zu verschaffen. Er rollte sich schutzsuchend zusammen, versuchte, sich ganz klein und, wie es schien, unsichtbar zu machen.
Es waren noch keine dreißig Sekunden vergangen, seit der Tumult ausgebrochen war, aber Ariels Schock darüber, plötz-

lich einen Hund auf ihrem Schoß sitzen zu haben und alle Augen auf sich gerichtet zu fühlen, verflüchtigte sich rasch.
»Ich weiß, wie du dich fühlst«, murmelte sie, »laß uns verduften.« Sie nahm den Hund in ihre Arme, stand auf und lächelte die Männer an, die sich jetzt ebenfalls alle erhoben hatten. In ihren Gesichtern lag Heiterkeit, Verwirrung und Wut.
»Ich werde meinen kleinen Freund irgendwohin bringen, wo es weniger voll ist«, sagte sie in den Raum hinein, ohne sich an jemanden im einzelnen zu wenden.
Das uniformierte Hausmädchen, das hinter dem Hund hereingerannt war, warf ihrem Dienstherrn einen beschämten Blick zu und eilte mit hilflos ausgestreckten Armen zu Ariel.
»Es tut mir so leid«, sagte sie. »Er hat selbst die Tür geöffnet und war drin, bevor ich ihn aufhalten konnte. Geben Sie ihn mir.«
Aber der Köter wollte nichts davon wissen. Er legte seine Pfoten um Ariels Hals und schmiegte sich an sie.
»Warum gehen Sie nicht einfach voraus?« meinte Ariel.
»Aber Ihr Arm ...«
»Schon gut«, murmelte Ariel, »gehen Sie nur zu.«
Die Frau eilte dorthin zurück, woher sie gekommen war, und schaute des öfteren dankbar über die Schulter.
Ariel folgte ihr. Der überdimensionale Fremde im Foyer – der lediglich dieses eine Wort von sich gegeben hatte, was auch immer es heißen sollte – stampfte davon, verschwand in einen anderen Teil des Hauses.
Als sie sich in den Raum nebenan gerettet und die Tür fest hinter sich geschlossen hatten, gab Ariel ihren Schützling frei, der aber augenblicklich versuchte, an ihren Waden hochzuklettern. Sie kraulte seinen Kopf und erkundigte sich nach dem Namen des Tiers.
»Er heißt Stonewall, und diese lästige Kreatur ist ein rechter Teufel.« Das Hausmädchen schaute ihn argwöhnisch an. »Würde es Ihnen etwas ausmachen«, fragte sie mit zitternder Stimme und einem leichten irischen Einschlag, »wenn Sie einfach weitergingen, bis wir ihn draußen haben. Ich glaube, er wird Ihnen nachlaufen.«

Sie führte Ariel durch eine große Küche und durch eine Hintertür in den Garten. Stonewall spürte ihr begierig nach.
»Tausend Dank!« Das Mädchen wischte sich die Hände an der Schürze ab. »Darf ich Ihnen eine Tasse Tee anbieten, Miss, oder müssen Sie gleich zu den anderen zurück?«
»Sagen Sie ruhig Ariel zu mir, und ich hätte gern eine Tasse Tee, vielen Dank.«
»Und ich heiße Nancy.« Das breite Gesicht verzog sich zu einem entspannten Lächeln. Langsam wich das Blut, das ihr zu Kopf gestiegen war, und ließ nur noch rotgefärbte Wangen zurück, die aber, wie sich Ariel vorstellen konnte, zu ihr gehörten. »Bleiben Sie doch einfach hier und genießen Sie die Sonne, und ich bringe Ihnen den Tee.«
Ariel setzte sich in einen Gartenstuhl mit prallen Sitzkissen und tätschelte Stonewall, der sich so sonderbar verhalten hatte. Sie wußte, daß sie eigentlich wieder hineingehen sollte, dennoch zögerte sie. Es war angenehm hier draußen; merkwürdigerweise fühlte sie sich wie zu Hause. Sie atmete die frische Luft ein und sah sich auf dem Anwesen um.
Am anderen Ende des Gartens gab es ein nierenförmiges Schwimmbecken mit einer Art Wasserfall. Daneben stand ein kleines adrettes Häuschen, und dahinter lag der Tennisplatz. Der Garten war atemberaubend schön. Es gab ganze Beete üppig leuchtender Blumen, und an den schattigeren Flecken wuchsen saftiggrüne Farne. Das Grundstück war nicht so abgelegen wie Philip Morgans Anwesen, aber riesige Kamelienbäume, die rundherum blühten, vermittelten den Eindruck von Abgeschiedenheit.
Ariel begutachtete, was mit viel Mühe und Engagement entstanden war, und fragte sich, wie sehr sich Jane Macaulay wohl darum gekümmert hatte. Die Traurigkeit und der Schock, die sie beim Betrachten des Porträts empfunden hatte, kehrten zurück, und als eine Wolke die Nachmittagssonne einen Moment lang verdeckte, fröstelte sie nicht nur der kühlen Luft wegen.
Stonewall, der es leid war, übersehen zu werden, verlangte nach

Aufmerksamkeit. Er wedelte so heftig mit dem Schwanz, daß der ganze Körper zitterte. Dann machte er sich daran, ihr bellend ein ganzes Sammelsurium von Beutestücken zu bringen, eines nach dem anderen. Ein zwanzig Zentimeter langer Knochen, ein weicher Ball, eine Frisbeescheibe und eine Gummibanane wurden zu ihren Füßen angehäuft. Da ging die Hintertür wieder auf. Zu Ariels Überraschung aber trat nicht die rotwangige Nancy heraus, sondern der Riese aus dem Foyer, der, wie Ariel jetzt Gelegenheit hatte festzustellen, nicht mehr der Jüngste war. Er trug ein Tablett.

»Nancy hat ordentlich damit zu tun, für die Leute drinnen Kaffee zu kochen«, polterte er mit tiefer, träger Stimme, die so voll klang, wie er selbst schwer war. »Platz, du flachshaariger Barbar!« Dies galt dem Hund, dessen ausgelassene Sprünge das Tablett durch die Luft segeln zu lassen drohten. »Sie hat zuviel zu tun, diese Nancy, also habe ich mich angeboten, Ihnen den Tee zu servieren«, fuhr er fort und merkte gar nicht, daß er sich, als er das Tablett auf dem Tisch absetzte, ausdrückte wie das Dienstmädchen selbst.

»B. F. Coulter.« Er streckte ihr schroff seine fleischige Hand entgegen. Einige Strähnen seines grauen Haars flatterten in einer leichten Brise.

»Ariel Gold.« Ihre Augen waren groß geworden. Dieser gewichtige, eigensinnige alte Mann in dem zerknitterten schwarzen Anzug und dem offenen weißen Hemd entsprach nicht gerade ihrer Vorstellung von einem Industriemagnaten. »Es tut mir leid wegen Ihrer Enkelin, Mr. Coulter«, sagte sie ernst.

Als er ihr flüchtig die Hand drückte, bemerkte Ariel einen kleinen Schnitt vom Rasieren und eine zehncentstückgroße Stelle grauer Stoppeln, die er vergessen zu haben schien. Sie bemerkte außerdem, daß seine Augen rot gerändert waren und daß er stark nach Alkohol roch. Außer dem Tee standen noch ein Glas und eine Flasche Jack Daniels auf dem Tablett. Er nippt Whiskey, dachte Ariel. Als sie die Flasche musterte, argwöhnte sie, daß er mehr als nur nippte.

Der alte Mann ließ sich schwer in einen Gartenstuhl neben dem ihren sinken. »Dieses räudige Tier scheint Gefallen an Ihnen zu finden.« Er hatte ein wachsames Auge auf den Hund geworfen und reagierte auf ihre Beileidsbekundungen nicht. »Er ist nicht gerade bekannt für guten Geschmack. Nehmen Sie's mir nicht übel.«

Ariel ging darüber hinweg, obwohl er keineswegs versöhnlich klang. »Er hat wahrscheinlich meinen Hund gerochen«, sagte sie freundlich. »Und mich für einen Trottel gehalten.«

Coulter stieß einen tiefen Seufzer aus und sagte nichts. Er rutschte in seinem Stuhl noch weiter hinunter, streckte die Beine von sich. Die Spitze einer dunklen weinroten Krawatte hing schlaff aus der Brusttasche, in die sie nachlässig hineingestopft worden war.

Es war ein Tag starker erster Eindrücke, sinnierte Ariel, und das hier war der stärkste – daran zweifelte sie nicht. Sie goß den Whiskey in das Glas, schob es zu seinem Ellbogen hinüber, bereitete sich dann ihren Tee zu und ließ das Schweigen währen.

»Was haben Sie mit der Hand gemacht?« Er schien an der Antwort nicht besonders interessiert.

»Einen Knochen gebrochen«, antwortete Ariel, ebenso gleichgültig. »Schon auf dem Weg der Besserung.«

Langsam glitt sein Blick über das Anwesen, gedankenverloren, als sähe er etwas oder jemanden, der nicht da war.

»Jane hat das alles hier gemacht«, sagte er. »Sich alles ausgedacht. Und auch eigenhändig daran gearbeitet.«

»Ich dachte mir, daß sie etwas damit zu tun haben könnte.«

Wieder machte sich Schweigen breit. Ariel nippte an ihrem Tee.

»Sie war mir ebenso Tochter wie Enkelin«, meinte er schließlich, mehr zu sich selbst als zu Ariel. »Ich habe sie aufgezogen.«

Überrascht von dem Zutrauen, wartete Ariel einen Augenblick ab, bevor sie ganz beiläufig fragte: »Leben ihre Eltern noch?«

»Ihre Mutter – meine Tochter – starb, als Jane ein Baby war.«

Ariel fragte sich, was wohl mit dem Vater sei, hielt es aber für besser, nicht zu drängen. Sie lauschte der Musik des Wasserfalls. Beobachtete einen Kolibri, der sich an einer Futtervorrichtung zu schaffen machte, die in einem Tulpenbaum hing.

Der große Kopf wandte sich ihr zu. »Ich bin im übrigen nicht wie der Mann meiner Enkelin, und ich bin nicht daran interessiert, interviewt zu werden«, warnte er sie. »Ich muß mich nicht rechtfertigen.«

Ariel kraulte den Bauch des Hundes, den er ihr entgegenkommend zugestreckt hatte.

Coulter stürzte den Whiskey in einem Zug hinunter. Er stellte das leere Glas auf seinen dicken Bauch und starrte in die Ferne. »Wenn das eine Methode sein soll«, fuhr er mürrisch fort, »dann verschwenden Sie Ihre Zeit.«

»Pardon?«

»Mir macht das Schweigen nichts aus.« Er sprach langsamer, eine Nuance gedehnter, aber er lallte nicht. Vielleicht verachtete er sie einfach nur. »Mir kann man gar nicht genug schweigen. Ich werde es Ihretwegen nicht überbrücken.«

»Mr. Coulter.« Ariel stellte ihre Tasse mitsamt dem Unterteller auf das Tablett. »Wenn Sie es vorziehen, allein zu sein, dann will ich Ihnen den Gefallen gern tun.«

Er warf ihr einen taxierenden Blick zu. »Wie, sagten Sie, war Ihr Name?«

»Ariel Gold.« Sie rutschte auf ihrem Stuhl nach vorn und war gerade dabei aufzustehen.

Er sah auf den Hund hinunter, der auf seinem Rücken zu Ariels Füßen lag. »Sie hat diese Kreatur aus dem Tierheim geholt, das hat Jane gemacht. Das Mädchen ist mit einigen der besten Vorstehhunde aufgewachsen, die diese Erde jemals gesehen hat, und dann geht sie ins Tierheim und holt diesen hier.«

Er verzog leicht den Mund. »Ihr Mann wäre mit einem verdammten Dalmatiner glücklicher gewesen, oder was auch immer man heutzutage schick findet. Etwas Reinrassiges.« Sein Gesicht wurde weicher. »Stonewall ist in Ordnung. Vom ersten Tag an mochte er Jane. Und sie war ganz verrückt nach ihm.«

»Das kann ich gut verstehen.«

»Bemühen Sie sich nicht.« Sein Argwohn kehrte zurück.

»Ich wollte damit nur sagen, daß mein Hund auch aus dem Tierheim ist«, meinte Ariel freundlich.

»Oh.«
»Jessie.«
»Was?«
»So heißt sie. Jessie.«
»Ach«, sagte er, was sie an Henry erinnerte.
»Warum ›ach‹?«
»Nur so.«
»Was ist damit?« fragte Ariel neugierig und begann sich zu amüsieren.
»Nichts ist damit. Es erinnert mich nur an etwas aus vergangenen Zeiten.«
»An was denn?«
Coulter schwieg so lange, daß Ariel schon überzeugt war, er würde dieses Mal nicht antworten. Sie saß ganz still.
»Am Anfang, als Jane zu mir kam, nachdem mein Mädchen, nachdem Suzanne, meine eigene Tochter, gestorben war ...« Er räusperte sich und wischte sich ungeduldig mit dem Handrücken über den Mund. »Als Jane zu mir kam, war sie so hoch ...« Er streckte seine Hand ungefähr einen dreiviertel Meter über dem Boden mit der Innenfläche nach unten aus. »Sie war etwas älter als ein Jahr und fing gerade an zu sprechen. Ich wußte nicht, was ich mit ihr anfangen sollte. So ein kleines Mädchen, wie sie war.«
Er schwieg wieder, und Ariel empfand Mitleid für ihn, wunderte sich aber immer noch, was das alles mit dem Namen ihres Hundes zu tun hatte.
»Sehen Sie, als Suzanne klein war«, begann er wieder, »war ich nicht viel zu Hause. Zu sehr damit beschäftigt, reich zu werden. Aber bei Jane, da war ich im Ruhestand – so sehr ich eben überhaupt zur Ruhe kommen konnte –, und ich habe mehr Zeit mit ihr verbracht als je mit ihrer Mutter. Viel mehr.«
Er schüttelte den Kopf und kehrte wieder in die Gegenwart zurück. Er goß sich einen großzügigen Schluck Whiskey ein und sah unter seinen buschig überhängenden weißen Augenbrauen hervor zu Ariel hinüber.
»Keine Angst«, knurrte er. »Ich bin nicht senil. Und ich bin

nicht betrunken. Noch nicht. Ich komme noch auf den Punkt. Wie ich sagte, Jane fing gerade an zu sprechen, und in den ersten Wochen war sie sehr unglücklich und verängstigt und rief nach ihrer Mama und weinte.« Er runzelte die Stirn. »Sie brabbelte immer etwas von ›Yessa‹ oder ›Yessy‹. Irgendwie so etwas. Sie weinte und sagte immer wieder dieses Wort.«

Er nahm einen Schluck, schwenkte ihn im Mund hin und her und schluckte. »Ich weiß nicht, warum mir das nun einfiel. Ich habe, ich nehme einmal an, dreißig Jahre nicht mehr daran gedacht. Habe nie herausgefunden, was sie eigentlich sagen wollte, es sei denn, es sollte ›Yes, Sir‹ heißen. Im Süden drücken sich die Kinder immer noch so aus, wissen Sie. Zu dumm, daß die Yankees, die das Land dort unten vergewaltigt haben, diesen Brauch nicht übernommen haben.«

»Sie sind aus Florida?« fragte Ariel überflüssigerweise.

»Nordflorida«, differenzierte er, »was davon noch übrig ist.«

Coulter stemmte sich auf die Füße, was mühselige Anstrengung bedeutete. »Sie sind nicht schlecht für eine Yankee, Ariel Gold. Und für eine von der Presse auch nicht.«

Er sah aus seiner eindrücklichen Höhe auf sie herunter. »Aber wenn ich im Fernsehen auch nur ein Wort davon höre, wozu ich unglücklicherweise hier draußen Stellung genommen habe«, sagte er, wobei seine gedehnte Sprechweise fast normal wurde, »dann sorge ich persönlich dafür, daß Sie es bedauern werden.«

Ariel stand nun ebenfalls auf, ihrerseits nicht weniger stattlich. Sie war ihm nahe genug, um sein Rasierwasser zu riechen und die Alkoholfahne, die sich mit diesem Geruch vermischte, und trat schnell zurück.

»Mr. Coulter«, begann sie ruhig und hielt dann inne. Sie grinste. »Ich habe Urlaub.«

Er kniff die blutunterlaufenen Augen zusammen, legte die Stirn in Falten. »Sind Sie sicher, daß sie eine Yankee sind?«

»Danke«, meinte Ariel trocken. »Ich glaube, ich gehe jetzt besser wieder hinein.«

Sie gingen auf die Hintertür zu, als Coulter abrupt stehenblieb. »Hey, Ariel Gold, tun Sie mir einen Gefallen. Sagen Sie dem

Mann meiner Enkelin, daß er mich bitte wissen lassen soll, wenn er damit fertig ist, seine Autogramme zu verteilen. Es müssen einige Dinge geregelt werden, wenn er die Zeit erübrigen könnte. Sagen Sie ihm, daß ich hier draußen bin.«
Er kehrte zu dem Gartenstuhl zurück, den er eben erst geräumt hatte, und ließ sich wieder hineinfallen. Als Ariel die Tür schloß, wobei sie den winselnden, drängenden Stonewall sanft hinausschubste, sah sie, wie sich der alte Mann einen weiteren Drink eingoß.

Auf der Rückfahrt zum Studio versuchte Ariel dem begeisterten Gespräch der Männer über das Interview zu folgen, aber ihre Gedanken kehrten immer wieder zu der Unterhaltung mit B. F. Coulter zurück.
Während sie für Macaulay nur wenig Sympathie empfand (regelrechte Antipathie traf ihr Gefühl, wenn sie ehrlich war, genauer), hatte sie mit Coulter Mitleid. Sie wünschte, sie könnte etwas für ihn tun, sie könnte ihm seinen Kummer erträglicher machen. Es war ihr natürlich nicht möglich, und jede Geste von ihrer Seite würde er – fremd, wie sie ihm war, und, schlimmer noch, durch ihren Beruf stigmatisiert – falsch interpretieren.
»Was?« Sie hatte bemerkt, daß Henry ihr eine Frage gestellt hatte.
»Wohin bist du gegangen?« fragte er mit leiser Stimme. »Du solltest aufpassen und von dem großen Meister lernen. Wohin bist du denn mit Bowser verschwunden?«
»Ach, nur nach hinten. Ich habe eine Weile mit dem Großvater gesprochen.«
»Mit Coulter?« Henrys dunkle Augen leuchteten auf. »Du hast mit dem Alten gesprochen? Was hatte er zu sagen? Etwas von Interesse?«
Ariel sah ihn voller Abscheu an. »Nichts zur Sache. Außer ...« Sie unterbrach sich, als ihr die abfällige Anspielung auf Macaulay und dessen Rechtfertigung wieder einfiel. Sie überlegte, was sie sagen könnte, ohne die Ausschweifungen des alten Mannes zu verraten, dessen Herz gebrochen war. »Ich glaube, er mag den Mann seiner Enkelin nicht allzu gern. Übrigens bin ich

neugierig zu erfahren, was Macaulay dazu bewegt hat, dieses Interview zu gewähren. Ich meine nicht, warum uns im besonderen, sondern überhaupt jemandem?«

»Das hast du dich auch gefragt? Nun, ungeachtet meiner eindrucksvollen Überzeugungskünste ging es mir genauso.« Er dachte eine Weile nach und sagte dann: »Daß ich als erster angerufen habe, hat, glaube ich, den Ausschlag gegeben. Als klar wurde, daß wir gar nicht sofort senden würden, schien er seine Zusage zu bedauern. Meiner Meinung nach brauchte er so schnell wie möglich ein Forum – um sich selbst als liebenden und trauernden Ehemann darzustellen, der von der Polizei vollständig entlastet worden ist.

Seine Absicht war es, sich unmittelbar von dem Mord zu distanzieren«, mutmaßte Henry, »und ich glaube, daß er sich eine Interviewsituation verschaffen wollte, die er soweit wie möglich unter Kontrolle hatte. Er wußte natürlich, daß sich die Presse für ihn interessieren würde. Die Geschichte hat Furore gemacht. Aber er wollte weder eine Pressekonferenz noch eine sensationslüsterne Talk-Show haben, wo er an ein paar Stellen hart in die Mangel genommen und, hätte er nicht geantwortet, mit subtilen Andeutungen konfrontiert worden wäre.«

»Zum Beispiel, wo er war, als das Auto in die Luft ging?« schlug Ariel vor.

»Zum Beispiel. Ich habe ihn selbst in diese Ecke drängen wollen, aber er wich mir aus wie Ali in seinen besten Tagen.«

»Da muß es etwas geben.« Ariel erinnerte sich, wie seine ungewöhnliche Gelassenheit bei dieser Frage doch leicht gebröckelt war. »Schuld«, sagte sie mit Bestimmtheit. »Kann sein, daß er an ihrem Mord keine Schuld hat, aber er fühlt sich ihr gegenüber an einer anderen Stelle schuldig.

Erzähl mir, was ich versäumt habe«, forderte sie ihn auf. »Hat er zufällig irgendwelche Gründe verlauten lassen, warum er und seine geliebte Jane mindestens eine Woche lang nicht miteinander gesprochen haben? Oder sogar länger? Wann ist Jane überhaupt in Florida aufgebrochen?«

»Am Donnerstag nachmittag, vor zwölf Tagen. Er sagte, daß er zwei- oder dreimal versucht habe, sie anzurufen, aber niemand sei ans Telefon gegangen. Es scheint so, als hätte Coulter zu Hause keinen Anrufbeantworter. Hat was dagegen.«

»Und er hat sich nicht gewundert, wo sie alle waren? Er war nicht ein winziges bißchen in Sorge?«

»Du magst Macaulay offensichtlich selbst nicht besonders gern«, kommentierte Henry ihren Sarkasmus. »Aber das kannst du ihm wirklich nicht so ganz zum Vorwurf machen. Sie sind zum Angeln gegangen oder liegen in der Sonne oder trinken Orangensaft oder tun, was auch immer man in Florida tut. Soweit er das geschildert hat, war der spontane Segeltörn bei Sonnenuntergang nicht der erste. Die hatte es zuvor schon gegeben, und er wäre zwar, wie er sagte, überrascht gewesen, wenn sie eine Spritztour gemacht hätte, ohne ihm davon zu erzählen, aber sie war immerhin bei ihrem Großvater. Soweit er wußte.« Henry zuckte die Schultern.

»Nun gut, also«, Ariel gab sich stur, »er hat sie nicht erreicht. Sie hat ihn nicht angerufen. Bei so einem verliebten Ehepaar kommt es mir schon ein wenig seltsam vor, daß sie fast zwei Wochen lang nichts voneinander hören. Und er macht sich keine Sorgen.«

»Vielleicht kommt dir das mit deiner Erfahrung so vor«, meinte Henry.

Sie sah ihn an. Er schaute auf seine Notizen.

»Sprechen wir über den Dreh«, schlug er vor.

Als sie das Studio erreichten, gab Henry sich wieder ganz geschäftsmäßig. Er, Freddy und Perc berieten sich und gingen dann gemeinsam ins Gebäude.

»Kommst du nicht mit?« Er bemerkte, daß Ariel zurückblieb.

»Nein, ich glaube nicht«, sagte sie. »Es war ein sehr langer Tag, und ich gehe jetzt nach Hause, wenn es recht ist. Ich habe Urlaub, wie du weißt.«

Henry kam die Stufen wieder herunter, die er verdammt schnell hinaufgespurtet war.

»Alles in Ordnung?«

Ariel streckte ihren Daumen in die Luft. »Alles bestens. Ich bin

nur müde. Und Coulter war echt nicht ohne. Wird das mit der Zeit eigentlich einfacher? Mit Leuten in den schlimmsten Momenten ihres Lebens umzugehen?« Sie wollte es wirklich wissen.
»Es ist eine Gratwanderung«, meinte Henry und bemerkte oder verstand erst jetzt, daß Ariel heute, so schwer ihm dies vorstellbar war, eine völlig neue Erfahrung gemacht hatte. »Es ist eine Gratwanderung. Auf der einen Seite gibt es Empathie – die Absicht, sich in etwas hineinzuversetzen oder Vertrauen zu gewinnen –, und auf der anderen Seite dringt man in die Privatsphäre anderer Menschen ein. Und schlägt aus deren Gefühlen Kapital. Schließlich gewinnt man eine gewisse Distanz dazu, ohne aber, so kann man nur hoffen, völlig abzuhärten«, er lächelte sie vage an. »Was auch immer das bedeutet.«
»Warum wolltest du, daß ich mitkomme?«
Die Frage war ohne jeglichen Hintergedanken gestellt. Sie wußten beide, daß er sie nicht nur mitgenommen hatte, um ihr wieder auf die Sprünge zu helfen.
»Es ist mir immer noch verhaßt«, gab Henry ebenso direkt zu. »Ich habe es tausendmal gemacht – mit Menschen gesprochen, die gerade ihre Frauen, ihre Väter, ihre Söhne verloren haben. Menschen, die, soweit mir bekannt war, gerade ihre Frauen, ihre Väter, ihre Söhne *umgebracht* haben.«
Er setzte sich auf die Stufen der Laderampe. »Ich habe diese Arbeit jahrelang gemacht. Habe mich gewappnet, alles mit Fassung getragen, all das Leid aufgenommen. Nun bin ich schon wieder eine ganze Zeit lang in einer Position, in der ich das Leid an andere abgebe. Ich schleiche im Studio herum, arbeite mit den Filmspulen, nicht mehr mit den Menschen. Heute allerdings habe ich einfach niemanden gefunden, dem ich die Arbeit hätte abgeben können. Ich hätte gern jemand anderen damit beauftragt«, versicherte er ihr. »Hätte keine Sekunde gezögert. Aber ich dachte mir, warum soll ich mir nicht ein bißchen Unterstützung holen? Ein wenig Ablenkung? Ich habe natürlich nicht wissen können, daß Macaulay so eine Art Roboter ist.«
Er grinste. »Du hast zufällig genau im richtigen Moment angerufen, und jetzt hast du einen Geschmack bekommen von der

glitzernden Welt der Nachrichtenmagazine, was? Hey!« Er war froh, das Thema wechseln zu können. »Du wolltest mir erzählen, daß du heute morgen bei David warst. Wie lief's?«

»Es lief nicht.« Ariel setzte sich neben Henry. »Ich war hypnotisiert, aber ich konnte mich an nichts erinnern, was ich nicht schon wußte. Es dauert, meinte er. Aber laß mich dich noch etwas fragen.« Sie nahm ihre Brille ab und hielt sie gegen das schwächer werdende Licht, suchte nach Schmutzflecken. »Warum machst du das? Warum treibst du dieses Spielchen und erzählst Peacock oder sonst jemandem nicht von meiner ...«, sie wedelte mit ihrer Brille, »... Situation?«

Henry mußte überlegen, bevor er antworten konnte. Er habe ganz automatisch reagiert; es sei keine bewußte Entscheidung gewesen.

»Vielleicht aus Eigensinn«, sagte er. »Ich war nie der große Geschäftsmann – was mir bekanntermaßen eher geschadet hat. Und außerdem«, er legte seinen Arm über ihr Knie und drückte dagegen; soweit sie sich erinnern konnte, war es das erste Mal, daß er sie berührte, »wollte ich schon immer mal Pygmalion spielen. Das macht Spaß.«

»›Frauen‹«, sagte Ariel ernst, »›bringen alles durcheinander. Wer sie in sein Leben läßt, merkt schnell, daß eine Frau *eine* Sache betreibt und man selbst eine andere.‹«

»O Gott, verschon mich! Wieder eines deiner verflixten Zitate.« Henry stand auf.

»Du hast angefangen damit, Henry Heller, vergiß das nicht. So, und jetzt geh und spiel mit deinen Videokassetten. Ich fahre nach Hause.«

30

Win Peacock lag auf der Lauer. Kaum war Henry bei seinem Schreibtisch angelangt, hatte er schon durch die Glasscheiben seines Büros hindurch und hinter der anschließenden Zentrale den schnittigen Blondschopf entdeckt. Unmittelbar darauf stand Peacock in Henrys Tür, in seinem sonnengebräunten, unangenehm makellosen Gesicht lag Respekt. Er lehnte sich gegen den Türpfosten. Die Anzugjacke hatte er sich, den Daumen durch den Aufhänger geschoben, salopp über die Schulter geworfen. Henry konnte einen Teil des Hugo-Boss-Etiketts am Revers erkennen.

»Was ist mir da zu Ohren gekommen«, fragte Peacock anstelle einer Gratulation, »ein Interview mit Robert Macaulay? Ein Exklusiv-Interview noch dazu? Nicht schlecht. Also, wo ist der Knüller? Ich höre, man tappt noch immer im dunkeln, was die Gründe angeht, warum seine Frau ermordet wurde? Stimmt das?«

»Macaulay ist überzeugt oder behauptet dies zumindest, daß es sich um eine Verwechslung handelt. Die falsche Dame, meint er.«

Peacock zog die feingeschwungenen Augenbrauen zusammen. »Ziemlich unwahrscheinlich, oder? Sie war eine ganze Zeit lang im Restaurant ...« Er hängte sein Jackett sorgfältig über den Stuhl. »Offensichtlich lange genug, daß der Wagen präpariert werden konnte. Und es war ja nicht gerade irgendeine Klapperkiste, oder? Das ist wenig stichhaltig.«

»Ja, ich weiß. Wenn es sich um einen Anschlag per Kontrakt handelte – was eigentlich naheliegt – und der Killer sie nicht kannte, dann könnte ich mir vorstellen, daß er die falsche Frau mit einer Pistole hätte abknallen können. Aber die Frau *und* das Auto zu verwechseln ...?« Henry drehte seine Hand hin und her. »Andererseits hat Coulter vor der Polizei ausgesagt, daß seine Enkelin ihren Mann seines Wissens nicht angerufen hat, bevor sie in Florida aufgebrochen war, und daß Macaulay weder wußte, daß sie sich auf dem Nachhauseweg befand, noch mit welchem Auto sie fuhr.«

»›Seines Wissens‹«, wiederholte Peacock und prüfte, ob auf dem Stuhl Staub lag, bevor er sich setzte.

Henry bestätigte die Stichhaltigkeit des Einwandes. »Macaulay sagt außerdem, die Polizei habe sich damit zufriedengegeben, daß er kein Motiv habe. Aber er führt uns an der Nase herum.

Wir wissen, daß sie mit den Ermittlungen gerade erst angefangen haben.«

Er legte die Beine auf den Tisch. »Aber ich sage dir eines, Win: Ich wäre überrascht, wenn sich herausstellte, daß Macaulay mit der Sache etwas zu tun hatte. Aus zwei Gründen. Zum einen sind mir Gerüchte zu Ohren gekommen, daß sich Senator Osborne nicht für eine Wiederwahl aufstellen läßt, und Macaulay gilt als möglicher Kandidat für diesen Sitz. Und er ist durchaus interessiert.« Henry hielt wirkungsvoll inne.

»Sehen wir uns also das Szenario an. Da gibt es einen Typen, der im Moment eine völlig reine Weste haben muß. Nehmen wir einmal an, nur um dies durchzuspielen, daß seine Frau irgend etwas in der Hand hatte, was ihm Schaden hätte zufügen können, okay? Er würde sie doch eher bestechen, als sie in die Luft sprengen zu lassen. Und selbst wenn es einen uns nicht bekannten Grund dafür gab, daß sie beseitigt werden mußte, dann gibt es doch weit weniger spektakuläre – und gleichzeitig effizientere – Möglichkeiten, dies zu erledigen.«

»Jetzt mal ernst! Erstens mangelte es Jane Macaulay nicht gerade an Geld. Zum anderen wissen wir beide, daß ein Mord selten logisch ist. Wäre jeder Mörder im wirklichen Leben so schlau wie im Kino, dann würden noch weniger gefaßt. Tatsache ist, daß die sogenannten perfekt geplanten Morde keineswegs perfekt geplant und daß die meisten Mörder unfähig sind. Schau dir die Brüder Menendez an. Die Jungs haben ihre Eltern umgebracht – keine Zeugen, kein Problem. Das Vierzehn-Millionen-Dollar-Erbe war ihnen sicher. Richtig? Falsch. Einer verplapperte sich beim Psychologen, und der hatte mitgeschnitten. Und was war mit diesem Spinner, der die Bombe im World Trade Center gelegt hatte? Er wurde geschnappt, weil er den verdächtigen Lieferwagen zurückbrachte, um seine vierhundert Dollar Anzahlung zurückzubekommen. Und ich kann dir sogar ein noch besseres Beispiel geben.«

Peacock beugte sich nach vorn. »Diese Geschichte mit dem Rechtsanwalt aus Atlanta, die wir gemacht haben. Wie hieß er gleich? Tokars! Der Mann hatte Grips, Geld – sogar einschlägige Beziehungen zur Verbrecherwelt. Vorgeblich verbündet er sich also mit einem Kollegen, der so intelligent ist, herumzulaufen und offen nach einem Killer zu suchen. Lieber Himmel, er interviewt die Leute geradezu! Und dieser Klugscheißer findet tatsächlich einen Junkie, der ihm den Job einwandfrei verpfuscht. Der Punk versteckt sich unter dem Bett, als die Polizei kommt!«

Peacock entspannte sich ein wenig auf seinem Stuhl, kippte damit nach hinten. »Nur ungewöhnliche Menschen planen einen Mord, und nur noch ungewöhnlichere führen den Plan auch aus.«

»Aber ...« Henry spitzte einen Bleistift, fuchtelte damit in der Luft herum. »Du sprichst von denen, die geschnappt werden, und du hast selbst gesagt, das sind die wenigsten. Außerdem hast du noch nicht nach dem zweiten Grund gefragt, warum ich glaube, daß Macaulay nichts damit zu tun hat.« Er grinste, als hätte er einen Royal Flush auf der Hand. »Der ausgefeilte alte Heller-Instinkt. Mein Instinkt sagt mir, daß er nicht mehr darüber weiß, warum sie tot ist, als wir. Und ich sage dir noch was: Es würde mich nicht im geringsten überraschen, wenn wir nie herausfinden, wer die Frau in die Luft gejagt hat.«

»Wenn es eher ein Zufallsprojekt war«, argumentierte Win, »dann stimme ich dir zu. Jemand, der keinerlei Verbindungen zu dem Opfer hat. Irgendein Verrückter, der von Außerirdischen die Botschaft erhalten hat, daß Macaulays Frau mit dem Satan verbündet war, oder einer, der einfach ein schönes Feuerwerk sehen wollte. Aber ich glaube nicht, daß der Fall so liegt. Ich setze auf Macaulay, und da spricht *mein* ausgefeilter Instinkt. Im übrigen«, Peacock stand auf und schlüpfte in sein Jackett, »hoffe ich, daß du in einer Sache recht behältst: Hoffentlich finden sie nicht heraus, wer es war, zumindest nicht so schnell. Das ist eine perfekte Geschichte für uns, mit Zins und Zinseszins. Und dir verdanken wir, daß wir das einzige Interview in der Stadt mit dem Mann haben, der der Hauptverdächtige sein muß.«

Peacock war schon halb aus der Tür. »Was ist mit deiner Freundin, Ms. Gold?« fragte er noch.

»Was meinst du damit, ›Was ist mit deiner Freundin, Ms. Gold‹?«

»Du willst mir doch wohl nicht erzählen, daß du nichts bemerkt hast?«

»Was bemerkt habe?«

Peacock neigte den Kopf, sah Henry hämisch an.

»Ach, Henry ... Das ist nicht dieselbe Frau, die in den zwei Monaten, die ich jetzt hier arbeite, diesen Schreibtisch besetzt«, sagte er und zeigte hinüber. »Oder?«

Henry sah ihn nur komisch an.

»Hat die unerschütterliche Ms. Gold – was ich immer für ausgeschlossen hielt – vielleicht Gefallen an jemandem gefunden?« Peacock zog eine Augenbraue hoch.

»Woher soll ich das wissen? Warum fragst du mich?«

»Der Zeit nach zu urteilen, die ihr beide miteinander verbringt, dachte ich, du könntest vielleicht eingeweiht sein. Oder Objekt ihrer Zuneigung?«

»Komm zur Vernunft«, sagte Henry knapp, schwang die Beine vom Tisch und vertiefte sich in die Berge von Papier auf seinem Schreibtisch.

Peacock lehnte sich wieder gegen den Türrahmen.

»Ach? Na, dann wird es dir ja wohl nichts ausmachen, wenn ich sie selbst einmal anrufe?«

Henry sah ihn scharf an. »Du machst Witze!«

»Hast du damit ein Problem?«

Henry konnte in dem ausdruckslosen Gesicht nicht lesen, ob er scherzte oder nicht, aber er hatte Peacock noch nie für besonders humorvoll gehalten.

»Was ist mit dir los, Peacock? Ausgehungert? Geht's um irgendeine Quote, die du erreichen mußt?«

»Na, na. Klingt ja so, als *hättest* du ein Problem damit.«

Henry warf ihm einen finsteren Blick zu.

Peacock gluckste und richtete sich auf. »Na dann, gute Nacht. Oh, wir haben uns immer noch nicht den Schnitt angeschaut, von dem ich dir erzählt habe. Morgen, okay?«

Er schlenderte davon.

31

Ariels Anrufbeantworter hatte während ihrer Abwesenheit einiges zu tun gehabt.

Philip Morgan hatte angerufen, um zu fragen, ob es ihr passen würde, wenn er die Unterlagen am folgenden Tag vorbeibrächte. Victor hatte sich gemeldet und um nichts weiter gebeten, als daß sie ihn zurückrufe, wenn sie die Zeit habe, und die Sprechstundenhilfe von David Friedman hatte mitgeteilt, daß der Termin von Donnerstag auf Mittwoch vorverlegt werden solle.

Sie teilte Morgan über seinen Anrufbeantworter mit, daß es am nächsten Tag prima passen würde; sie schwatzte mit Victor, der, soweit sie dies beurteilen konnte, nur aus dem einen Grund angerufen hatte, eben ein kleines Schwätzchen zu halten; und sie sprach auf Dr. Friedmans Anrufbeantworter, daß auch der Mittwoch kein Problem darstelle. Sie legte auf und dachte sich, daß B. F. Coulter Anrufbeantworter wohl zu Recht verabscheute und daß R2D2 und seine Kohorten die Macht ergriffen.

Woraufhin sie ihren Videorecorder darauf programmierte, *Die offene Akte* aufzuzeichnen, damit sie die Sendung in Ruhe studieren konnte.

Im Zusammenhang mit der Sendung dachte sie noch einmal über B. F. Coulter nach, was aber letztendlich sinnlos war. Es gab nichts, was sie hätte tun können. Unruhig überlegte sie hin und her, ob ein Spaziergang im Dunkeln ratsam sei, und schob schließlich ihre Angst zur Seite. Sie griff nach der Leine und ihrer Jacke, schaltete die Alarmanlage wieder ein und trat in den Vorgarten hinaus, schwor sich zum einen, sich nicht länger irgendwelche Gefahren auszumalen, und zum anderen, morgen eine Spraydose mit Reizgas zu kaufen. Dann sah sie, daß all ihre Überlegungen ohnehin rein theoretischer Natur waren – denn sie hatte Gesellschaft. Marguerite Harris kam den Gehsteig entlang und zog Rudy hinter sich her, der beschlossen hatte, wenigstens ein letztes Mal an einem Feuerhydranten zu schnüffeln.

Sie gingen gemeinsam eine Runde um mehrere Blocks, wobei

Marguerite ihren Stechschritt mit Rücksicht auf Ariel verlangsamte.
»Es geht Ihnen wirklich schon besser, oder?« fragte die kleine Frau. »Ich sehe, Sie kommen ohne den Stock aus.«
Ariel wollte gerade zustimmen, als sie aus dem Azaleenbusch direkt neben sich ein leises, geisterhaftes Geräusch vernahm. Sie schnappte nach Luft und zog unwillkürlich an der Leine, aber Jessie zeigte sich seltsamerweise nicht beunruhigt, und auch Marguerite war nicht erschrocken.
»Anita!« rief sie lächelnd. »Zeig dich! Was um alles in der Welt tust du dort hinten in der Dunkelheit?«
Eine Taschenlampe ging an, leuchtete in den Himmel. Im senkrechten Lichtkegel tauchte ein weißhaariges, unheimliches Gespenst auf.
»Schnecken.« Der Lichtstrahl bewegte sich, und aus dem Gespenst wurde eine sehr alte Frau, die einen Seidenkimono trug. »Wenn man sie erwischt, bevor sie sich fortpflanzen«, sagte sie und leuchtete auf den Boden, schnappte nach etwas und schleuderte es auf die Straße (Ariel hörte ein Knacken), »dann werden einem diese armen, ekelhaften Dinger im Frühjahr nicht alles auffressen, was ihnen in den Weg kommt. Es ist dieses Steinkraut«, klagte sie. »Ich bin so begeistert davon, aber es gewährt diesen gruseligen kleinen Schnecken Unterschlupf.«
Der Lichtstrahl blitzte für einen Augenblick über Ariels Gesicht. »Na, das ist doch Ariel Gold, oder?« rief die hochbetagte Frau offenbar erfreut aus. »Es ist Jahre her! Wie geht es Ihnen, meine Liebe? Haben Sie sich von dieser Nervenprobe erholt?«
Ariel nahm an, daß dies die Nachbarin war, von der sowohl Marguerite als auch Carl gesprochen hatten. Sie wollte antworten, aber zum zweiten Mal innerhalb von dreißig Sekunden blieb ihr der Mund offenstehen.
»Womit wir beim Thema wären, Anita Stroud«, schalt Marguerite, »mit dir habe ich noch ein Hühnchen zu rupfen! Du solltest anrufen, sobald du dich von deiner Grippe wieder erholt hast. Du hast versprochen, zum Essen oder auf einen Tee oder sonst etwas herüberzukommen. Erkläre dich!«

»Hör auf, jemanden zu tadeln, der älter ist als du selbst, Marguerite. Ariel, treten Sie ins Licht, damit ich Sie sehen kann. Bringen Sie den Hund ruhig auch mit herein.«
Sprach's und marschierte davon, und ihre Gäste folgten gezwungenermaßen.
Ariel zog die Augenbrauen hoch und sah Marguerite an, aber zur Antwort bekam sie nur: »Na los! Da wartet was auf Sie.« Und sie schubste Ariel ziemlich rigoros in Richtung des nett verputzten Hauses, wo ihr das Verandalicht einen besseren Blick auf ihre Gastgeberin ermöglichte.
Das Gesicht der alten Dame war heiter, ihr Lächeln freundlich, und ihre Stimme klang nur leicht zittrig, aber sie sah gebrechlich aus. Ariel hatte jedoch den Eindruck, daß Anita Stroud sich von niemandem etwas sagen ließ.
Sie schob Mensch und Tier in ein äußerst bemerkenswertes Wohnzimmer. Das einzige Möbelstück war ein niedriger, rotlackierter Tisch, um den einige Bodenkissen lagen. Der Naturholzboden war hell gemasert, und alle Wände waren weiß gestrichen. Die Wand gegenüber der Tür bestand aus glatten Paneelen mit feinen Holzrahmen, die mit Transparentpapier ausgekleidet waren. In einer Ecke gab es einen kuriosen Alkoven, in dem ein Seidengemälde hing, das zwei Amseln vor einem Hintergrund von verstreuten Kirschblüten zeigte. Auf dem erhöhten Fußboden davor standen in einer Vase drei Aspidistrazweige, und die hölzerne Säule in dem Alkoven diente, soweit Ariel dies beurteilen konnte, überhaupt keinem Zweck.
Anita schien die Wirkung ihres Heims vergessen zu haben. Sie schlüpfte aus ihren Schuhen, tätschelte Jessie und sah sie durchdringend an. Sie stellte keine Fragen. Statt dessen bemerkte sie, daß die Sonne schon längst hinter dem Horizont verschwunden sei, und sagte: »Ich werde mir jetzt einen Martini genehmigen. Soll ich eine Karaffe mitbringen, oder wollt ihr was anderes? Ariel? Was hätten Sie denn gern, mein Kind?«
»Ein Martini ist prima«, antwortete Ariel ein wenig atemlos. Diese Nachbarschaft war für allerlei Überraschungen gut, und ein perfekt japanisch eingerichteter Raum hinter einer mittel-

mäßigen pseudospanischen Fassade gehörte zu den besseren. Fragend wandte sie sich an Marguerite, die neben ihrer Gastgeberin wie ein junges Küken wirkte. Marguerite lächelte und sagte: »Ich bin dabei.«

Als Anita durch die Schwingtür hinausging, befahl Marguerite Rudy, zu sitzen und sitzen zu bleiben (einen Befehl, den er ignorierte), und meinte fröhlich: »Weiß nicht mehr, wann ich den letzten Martini hatte, und früher mochte ich sie so sehr! Nun«, sie zuckte die Schultern, »wir müssen ja nicht mehr fahren, was?«

»Was soll das alles?« zischte Ariel.

»Pssst, haben Sie einfach Ihren Spaß daran. Ich bin mitgekommen, weil ich wollte, daß sie nicht länger in der Kälte bleibt, aber wo wir jetzt schon mal da sind, kann ich Ihnen auch noch etwas zeigen.«

Sie ging hinüber zu der Papierwand und schob eines der Paneele zur Seite, hinter dem ein Fenster zum Vorschein kam. Mit einer Abrakadabra-Gebärde knipste sie einen Schalter an, und hinter dem Haus erstand, in Flutlicht getaucht, ein japanischer Garten. Riesige Sukkulenten schmiegten sich an große Steine. Dutzende von prächtigen langstieligen Schmucklilien ragten über fleischige Jadepflanzen und Echeverien und Portulake hinaus. Es gab sogar eine Miniatur-Bogenbrücke über einem winzigen, geschickt angelegten Bach.

»Oh!« entfuhr es Ariel.

»Ist das nicht was?« Marguerite genoß ihre Überraschung gründlich. Die Tür schwang auf, und die achtzigjährige (oder neunzigjährige) Anita erschien mit einer Glaskaraffe.

»Sie gibt wieder an, wie ich sehe«, meinte sie. »Mach dich lieber nützlich, und hol die Gläser aus dem Gefrierfach und die anderen Dinge auch. Bitte, Marguerite!« Sie stellte die Karaffe auf den niedrigen Tisch und zeigte auf die Kissen am Boden. »Setzen Sie sich. Ihr Rücken ist in Ordnung, oder? Er ist nicht verletzt worden?«

»Nein, nein«, versicherte Ariel, ließ sich umständlich nieder und fragte sich besorgt, wie die beiden viel älteren Damen dies bewerkstelligen würden.

Anita sank behende auf die Knie, und Marguerite, die die frostigen Martini-Gläser und ein Schälchen mit Oliven und Silberzwiebeln trug, bewegte sich so grazil, daß sie sanft zu fallen schien. Sie verschränkte die Beine zum Lotossitz, stellte ein Glas vor Ariel und Anita, ließ ein paar Oliven in ihr eigenes plumpsen und rieb sich voller Vorfreude die Hände.

»Salud!« sagte sie, als ihr Glas gefüllt war.

»Kanpai«, erwiderte Anita.

»Auf viele schöne Tage in Ihrem Leben«, fügte Ariel hinzu. Sie nippte an dem klaren, eiskalten Getränk und musterte über den Rand ihres Glases hinweg ihre barfüßige Gastgeberin. Das dichte weiße Haar war zu einem Knoten zusammengebunden, die Augen hinter der randlosen Brille waren hellgrau. Das zierliche Gesicht wirkte engelgleich und fast ebenso durchscheinend wie die Papierflächen der Paneelwand. Die erstaunlich wenigen Falten verliefen, wie Ariel feststellte, um die Augen und in den Winkeln des lachenden Mundes.

»Sie sehen wundervoll aus, Ariel, und es ist schön, Sie endlich einmal bei mir zu haben«, sagte Anita freundlich und rührte ihren Drink mit einem Zahnstocher um, auf den eine Zwiebel gespießt war.

»Ich nehme an, ich war wenig gesellig.« Ariel fragte sich, warum sie wie ein Eremit gelebt hatte, wo sie doch so reizende Nachbarn hatte. »Aber wo ich nun einmal da bin, erzählen Sie doch bitte etwas über Ihr Haus.«

»Mein Haus?« Die erstaunte Reaktion der alten Dame veranlaßte Ariel, sich zu fragen, ob diese vielleicht weniger aufgeweckt sei, als sie zunächst gewirkt hatte.

»Ariel spricht über deine eher ungewöhnliche Einrichtung, Anita«, warf Marguerite ein. Und zu Ariel sagte sie: »Sie merkt gar nicht, daß es anderen Leuten hier vielleicht ein bißchen exzentrisch vorkommt. Oder so, als sei der Gerichtsvollzieher hiergewesen, verstehen Sie?«

»Oh, das!« Anita ließ eine Zwiebel im Mund verschwinden. »Nun, nachdem mein Felix gestorben war, habe ich zwei Jahre in Japan gelebt. Das wollte ich immer schon tun, nachdem ich als Lehrerin in den Ruhestand getreten war, aber Felix hat's ein wenig an Neugierde gefehlt. Er glaubte, man braucht ein Visum für eine Reise nach San Francisco, Gott hab diesen Chauvinisten selig. Also habe ich ihn zu Grabe getragen, das Haus vermietet und mir ein Flugticket nach Tokio gekauft.« Sie lächelte gütig, und dann legte sie, weil ihr offenbar etwas eingefallen war, die Stirn in Falten.

»Ich war in Japan, als Ihr Vater verstarb und Sie hier einzogen. Das ist auch der Grund, warum Sie von mir nie einen Kondolenz- oder Willkommensgruß erhalten haben. Darf ich beides, mit einiger Verspätung, jetzt nachholen?«

»Vielen Dank. Und Sie kommen gerade zur rechten Zeit«, meinte Ariel leicht ironisch. »Aber erzählen Sie doch etwas über das Haus.«

»Da gibt es nicht viel zu erzählen, Kindchen. Obwohl ich die Schlichtheit der japanischen Häuser bewundere, war es in Wahrheit doch eher die Zweckmäßigkeit und weniger die Wertschätzung des Stils, die mich veranlaßt hat, mein Haus so zu gestalten.« Sie fuchtelte mit ihrem blanken Zahnstocher vage in der Luft. »Ich war es einfach gründlich leid, Nippes abzustauben und den riesigen Garten zu pflegen. Alles dort draußen verträgt die Trockenheit, verstehen Sie. Ich habe Besseres zu tun«, fuhr sie ernsthaft fort, »und ich bin nicht mehr ganz so jung, wie ich es einmal war.«

»Und was ist mit diesem kleinen Alkoven hier?« fragte Ariel und rutschte von einer Pobacke auf die andere. Ihre Füße waren eingeschlafen.

»Das ist ein *tokonoma.* Dort legt man seine Dekorationen hinein.« Mit einem Finger, der kaum dicker war als eine Hühnerkralle, zeigte sie auf die Säule. »Und das ist nur zum Anschauen, weil das Holz so schön ist. In einem japanischen Haus allerdings würde die Säule wahrscheinlich dazu dienen, das Dach zu stützen. Interessiert Sie das wirklich, oder wollen Sie nur höflich sein?«

»Laß das, Anita, und erzähl weiter.« Marguerite tätschelte die knöcherne Hand.

»Die Paneele heißen *shoji,* und sie werden aus *washi* gemacht, aus Reispapier. Aber um noch einmal auf den *tokonoma* zurückzukommen. Das Arrangement in der Vase entspricht dem klassischen Stil, der *sho-ka* heißt und Regeln aufgreift, die Jahrhunderte alt sind. Sie wissen bestimmt, daß die Kunst, Blumen zu binden, in Ostasien sehr ernst genommen wird. Ein Arrangement sieht nicht nur schön aus; es erzählt auch eine Geschichte.«
»Das müssen Sie erklären.« Ariel war hingerissen.
»Kommen Sie wieder, mein Fräulein, und ich werde mehr darüber erzählen. Ich will nicht mein ganzes Wissen schon bei Ihrem ersten Besuch aufbrauchen.«
Ariel streckte ihre tauben Beine aus und wartete auf das Prickeln und Stechen, das signalisierte, daß das Blut zurückströmte. »›Ungebetene Gäste sind besonders geschätzt, wenn sie von dannen gehen‹«, seufzte sie.
»Shakespeare?« vermutete Anita.
Marguerite unterbrach das Geplauder. »Bevor wir gehen, Anita, möchte ich dich noch etwas fragen.« Sie klang nun nicht mehr so heiter. »Was war es, woran Ariels Mom gestorben ist? Erinnerst du dich noch?«
»Um Gottes willen, Marguerite! Du verstehst es aber auch, einen Abend ausklingen zu lassen, was?« Anita sah ihre Freundin milde tadelnd an. »Ich werde dir antworten, indem ich Ariel eine Frage stelle: Was wissen Sie noch, und was wußten Sie je über den Tod Ihrer Mutter?«
»Sehr wenig.« Ariel war von Marguerites Frage ebenso überrascht worden wie Anita. Sie hatte völlig vergessen, daß Carl erzählt hatte, ihre Mutter und Anita seien Freundinnen gewesen.
»Fragt Marguerite in Ihrem Interesse? Wollen Sie, daß ich ehrlich bin?«
»Ja.« Ariels Magen fühlte sich plötzlich bleischwer an.
»Nun, ich kann mich nicht erinnern, weil ich es nie wußte. Zumindest nicht mit Sicherheit. Gladys litt an einer degenerativen Krankheit, soviel weiß ich, obwohl sie nie darüber gesprochen und sich Mühe gegeben hat, zu verheimlichen, daß sie

überhaupt krank war und auch, wie schlimm es um sie stand.« Anitas scharfer Blick wurde, als sie sich erinnerte, weicher. »Tapfer versuchte sie das Zittern zu verbergen, aber es wurde zunehmend schlimmer, und ich merkte, daß sie nicht mehr nur physisch, sondern auch psychisch betroffen war. Sie wurde immer vergeßlicher. Schrecklich. Und sie verzagte.

Ihr Vater hätte sich natürlich um sie gekümmert, aber Gladys hätte sehr darunter gelitten, wenn sie sich von ihm hätte versorgen lassen müssen. Es war immer andersherum gewesen, verstehen Sie. Ich nehme an, Sie wissen, daß die beiden zusammen aufgewachsen sind, in einem kleinen Dorf im Norden, wo jeder mit jedem verwandt war. Sie war immer die Starke, obwohl man das nicht sofort merkte. Er war eben – verzeihen Sie, Ariel, aber es war nicht gerade einfach, Lawton Munson zu mögen –, er war eben eher ein Tyrann, das ist alles.«

Anita schwieg, ihre Gedanken schweiften zwanzig Jahre zurück. »Sie war eine stolze Frau, meine Freundin Gladys, und ich bin sicher, sie war ... voller Verzweiflung über ihre Krankheit. Darüber, was die Zukunft ihr bringen würde. Ich glaube, sie beschloß, die Krankheit auszutricksen.«

Sie schaute Ariel fest an. »Ich glaube, sie hätte sich nicht anders entscheiden können.«

Ariel war sehr traurig, aber eher, weil ihr Anita leid tat. Sie selbst erinnerte sich nicht an die Frau, die ihre Mutter war, aber diese Frau hier war mit ihr befreundet gewesen.

»Haben Sie sie lange gekannt?« fragte Ariel.

»O ja, natürlich. Erinnern Sie sich nicht an all die Zeit, die wir miteinander verbracht haben? Ich kannte sie von dem Tag an, als ihr hierhergezogen seid, als Sie noch ein kleines Kind waren. Und was waren Sie für ein ernstes kleines Ding! Überhaupt nicht wie der Luftgeist, nach dem Sie benannt waren. Oh! Ihr Zitat aus Shakespeare bringt mich darauf: Wissen Sie etwas über Ihren Namen?«

Ariel schüttelte den Kopf.

»Lawton hat Sie Ariel getauft, weil er, wie mir Gladys erzählte, gehört hatte, daß es die Löwin Gottes bedeute. Sie willigte ein, aber es war immer ihr persönlicher kleiner Scherz, daß sie den anderen Ariel im Sinn hatte.«

Anita wurde wieder munterer. »Nun, das liegt alles eine lange Zeit zurück, nicht wahr? Und ich bin froh, Ariel, daß Sie keine schlimmen Erinnerungen haben.«

Ohne sich besonders anstrengen zu müssen und ohne erkennbar ungelenkig zu sein, kam Anita auf die Füße und rief aus: »Was haben Sie nur für einen braven Hund, der hier so geduldig daliegt? Rudy schläft. Das ist der einzige Grund, warum nichts von ihm zu hören ist.«

»Oh, laß das arme alte Ding in Frieden«, sagte Marguerite gutmütig und küßte ihre Freundin auf die Wange.

Als Marguerite, Ariel und die Hunde wieder draußen in der ziemlich kühlen Nacht waren, wurde Marguerite ungewöhnlich schweigsam. Vor ihrer Tür wünschte Marguerite Ariel eine gute Nacht und drehte sich weg.

»Was ist los?« fragte Ariel. »Etwas nicht in Ordnung?«

Marguerite machte eine Kehrtwendung, in ihrem Gesicht lag Unentschlossenheit. »Oh, verdammt! Ich muß Sie fragen. Hat man Sie schon einmal untersucht, ob Sie an der Huntingtonschen Krankheit leiden? Es fiel mir wieder ein, als ich Anita über Ihre Mutter sprechen hörte. Sie kann die Krankheit selbst nicht gehabt haben, Gott bewahre, aber selbst wenn nur Ihr Vater daran erkrankt war, besteht die Möglichkeit, daß Sie ebenfalls betroffen sind. Sie müssen es wissen.« Ihre Stimme stockte. »Haben Sie? Haben Sie sich untersuchen lassen?«

»Nun ... Machen Sie sich keine Sorgen«, antwortete Ariel matt. »Und danke für den Abend.« Spontan umarmte sie ihre Nachbarin und ging weiter. Mit jedem Schritt senkte sich die Angst in ihr tiefer.

Weil Ariel andere, viel dringlichere Dinge im Kopf gehabt hatte, war sie nicht auf die Idee gekommen, daß sie die Krankheit des Vaters geerbt haben könnte. Und was, wenn ihre Mutter – unglaublicherweise – doch auch daran gelitten hatte? Würde das nicht bedeuten, daß sie selbst ganz gewiß die Anlagen dafür hatte? Kalte Angst ergriff ihr Herz. In der Stadt, aus der ihre

Eltern stammten, hatte es offenbar Inzucht gegeben; vielleicht waren sie Cousin und Cousine oder so etwas. Oder hatte Anita ihre Bemerkung, jeder sei mit jedem verwandt, im übertragenen Sinn gemeint?

Während Ariel ins Haus trat, versuchte sie, ihre Gedanken zu ordnen. Es spielte keine Rolle, ob ihre Eltern beide die Krankheit hatten oder nicht. Sie mußte sich untersuchen lassen, und zwar sofort. Plötzlich fiel ihr wieder ein, daß sie beim Aufräumen im Arbeitszimmer auf etwas gestoßen war. Es war ihr klar, daß sie sich früher schon eines Risikos bewußt war. Bestimmt war sie schon untersucht worden! In Windeseile war sie an ihrem Schreibtisch, ging die Ordner durch. Sie zog die Akte der Krankenkasse heraus und prüfte das Datum auf dem Leistungsnachweis der Krankenversicherung: 1990, das Jahr, in dem ihr Vater gestorben war. Sie überflog die Eintragungen. Wenn daraus hervorging, was ihr in Rechnung gestellt worden war, dann konnte Ariel dies zumindest nicht entschlüsseln, aber es war ein Labor genannt sowie der Name eines Arztes. Morgen würde sie dort anrufen, um herauszufinden, was das alles zu bedeuten hatte, und entsprechende Schritte in die Wege leiten. Bis dahin, beschloß sie, wollte sie sich keine Sorgen mehr machen.

Klar.

Sekunden bevor es an der Tür läutete, fing Jessie an zu bellen.

Marguerite, dachte Ariel; ihr ist eingefallen, daß sie mir noch etwas sagen wollte. Ariel eilte ins Wohnzimmer.

Sie sah zum Fenster hinaus, stellte wie nebenbei fest, daß sie vergessen hatte, die Vorhänge zu schließen, und entdeckte am Randstein einen langen, dunklen Sedan. Rasch trat sie zurück, ihr Herz begann schwer zu schlagen. Sie schlich sich zur Tür. Vorsichtig, als könnte die Person von draußen hereinschauen, sah sie durch den Spion.

Auf der Veranda stand B. F. Coulter, sein wuchtiger Körper verdeckte alles hinter ihm.

32

Ariel Gold. Ich hoffe, es ist nicht zu spät für einen Besuch.«

Ariel hielt Jessie am Halsband fest, flüsterte »Platz« und spähte hinaus. Die Augen des alten Mannes waren blutunterlaufen, mehr als zuvor. Sein Anzug war noch zerknitterter. Seine Haare sahen aus, als wäre er in einen Sturm gekommen, und entweder schwankte die Veranda oder er.

B. F. Coulter war, wie Ariel feststellte, total betrunken.

»Mr. Coulter, ich möchte ja nicht unhöflich erscheinen, aber was um alles in der Welt tun Sie hier?«

Er sah sie traurig wie ein beschimpfter Basset an und sagte sehr würdevoll: »Einen Besuch abstatten. Ich dachte, ich hätte mich klar geäußert.«

Ariel zitterte in der kühlen Nachtluft. »Nun, ich glaube, es ist besser, wenn Sie hereinkommen«, meinte sie. »Das ist meine Hündin Jessie. Ich habe Ihnen von ihr erzählt.«

Als Coulter an ihr vorbei ins Wohnzimmer ging, übertrieben vorsichtig einen Fuß vor den anderen setzte, bemerkte Ariel draußen im Wagen eine Bewegung. Sie reckte den Hals und starrte in die Dunkelheit, aber sie konnte nur feststellen, daß da jemand hinter dem Lenkrad saß.

»Wer ist bei Ihnen?« fragte sie, erleichtert, daß er nicht selbst gefahren war.

»Das ist nur Roy. Er wartet.«

»Wer ist Roy?« Ariel schloß die Tür.

»Mein Chauffeur.«

»Ihr ...« Ariel schaute noch einmal zur Tür. »Meinen Sie das im Ernst?«

»Warum sollte man stinkreich sein, ohne die Vorteile davon zu genießen?« tat er die Frage ab.

»Ich dachte, Sie leben in Florida? Haben Sie Ihren Chauffeur nach Kalifornien einfliegen lassen?«

»Wer sagt, daß ich nur einen Wohn...« Er hielt inne und dachte einen Augenblick nach. »Wohnsitz habe«, beendete er seinen Satz dann mit Genugtuung.

Gefährlich schwankend, sah er sich im Zimmer um. »Sehr nett«, sagte er höflich. »Darf ich mich setzen?«

»Bitte. Selbstverständlich, setzen Sie sich.« Sie verkniff sich zu sagen: »Bevor Sie umfallen.«

»Mr. Coulter, gestatten Sie mir die Frage. Woher wußten Sie, wo ich wohne?«

»In meiner Position kann man so ziemlich alles herausfinden. Ich habe Ihren Boß angerufen und ihn gefragt.«

»Sie haben Henry angerufen?« fragte sie ungläubig.

»Wer ist Henry? Ich habe mit Bill Silverstein gesprochen, und er hat jemanden angerufen, der wahrscheinlich wieder jemand anderen angerufen hat. Auf jeden Fall hab ich's herausgefunden, oder?«

Jessie schnüffelte an seinen Knien. »Hübscher Hund. Was hat er an seinem Bauch?« Er kraulte den Kopf des Tieres.

»Wer ist Bill Silverstein?« Ariel war gründlich verwirrt.

Coulter drückte ein Auge zu, um sie mit dem anderen genauer anschauen zu können. »Bill Silverstein. Präsident der Woolf Television.«

»Präsident der ...« Ariel schloß die Augen. »Lieber Gott, steh mir bei«, murmelte sie.

»Wieso wissen Sie nicht, wer Billy Silverstein ist?« fragte er.

»Vergessen Sie's. Hören Sie. Warum erzählen Sie mir nicht, warum Sie soviel Mühe auf sich genommen haben, um mich ausfindig zu machen. Mit anderen Worten – ich will die Karten offen auf den Tisch legen –, warum sind Sie hier?«

Coulter kratzte sich am Ohr, zog eine Grimasse und überlegte. »Um die Wahrheit zu sagen, es ist so lange her, daß ich darüber nachgedacht habe, daß ich es ehrlich nicht mehr weiß. Und unterwegs haben wir in ein oder zwei Bars haltgemacht.«

Seine Stimme wurde unklarer. »Ich wollte nicht länger in Macaulays Haus bleiben und all den fremden Leuten zuhören, die sich im Flüsterton über Jane unterhielten, also bin ich nach Hause gegangen. Aber sie war überall. Fotos von ihr an jeder Wand und auf jedem Tisch, all das Zeug ... Die Geschenke, die sie mir von der Arbeit auf der ganzen Welt mitgebracht hatte.

Ihr Zimmer. Nun, es ist jetzt ein Gästezimmer, aber früher war es ihres.«

Sein Blick schweift durch das Wohnzimmer, ohne etwas zu sehen, dachte Ariel.

»Ich wollte niemanden um mich haben, der sie kannte, und ich merkte, daß ich es auch nicht aushalten konnte, allein zu sein.« Coulter richtete seine trüben Augen auf Ariel. »Da gab es heute nachmittag etwas an Ihnen, das mich an Jane erinnerte. Ich hatte also irgendwie keine andere Wahl, als hierherzukommen«, schloß er.

»Ich? Ich erinnerte Sie an *Jane?* Mr. Coulter, ich glaube, Sie brauchen einen Kaffee. Und etwas zu essen. Wann haben Sie denn das letzte Mal etwas gegessen?«

Sie erhob sich halb.

»Nein«, sagte er. »Ich gehe gleich wieder und lasse Sie in Ruhe, aber bleiben Sie nur noch einen Augenblick sitzen, und sprechen Sie mit mir. Warum haben Sie so darauf reagiert?«

»Worauf reagiert?«

»Sie haben reagiert, als hätte ich etwas Lächerliches gesagt, als ich erzählt habe, daß Sie mich an Jane erinnern.«

»Mr. Coulter.« Ariel war hin- und hergerissen zwischen Sympathie und Ärger. »Ihre Enkelin war ein erfolgreiches Model. Sie war hübsch. Sie war *sehr* schlank.«

Ariel saß ganz still da, forderte ihn schweigend auf, sie anzusehen, ließ ihre stattliche Erscheinung für sich selbst sprechen.

»Was?« Er schien ernstlich verwirrt. »Ich habe ja nicht behauptet, Sie seien ihr Spiegelbild; ich habe nur gesagt, daß Sie mich an sie erinnern. Und zwar ziemlich.«

Der Schleier vor seinen Augen hatte sich aufgelöst, zumindest teilweise.

»Wo liegt das Problem, Ariel Gold?«

»Welches Problem?« fragte sie. Der Verlauf des Gesprächs wurde ihr unbehaglich. »Mir geht's gut. Ich fühl mich wohl, pudelwohl. Ich entspreche, körperlich gesehen, nur einfach nicht einem Covergirl.«

Coulter runzelte die Stirn, musterte Ariel von Kopf bis Fuß, als

wäre sie ein Vorstehhund, den er zu kaufen gedachte. »Fünf oder zehn Pfund abgenommen, und alles wäre in Ordnung mit Ihnen. Nehmen Sie mal die Brille ab«, forderte er sie auf.
»Mr. Coulter! Bitte. Lassen Sie das. Ich weiß, wie ich aussehe.«
»Mit meinen Augen ist alles in Ordnung. Sie sind diejenige, die die Brille trägt. Und ohne sehen Sie besser aus. So war das bei Jane im übrigen auch.«
»Nun, sie hatte unglaublich schöne Augen, die sie herzeigen konnte, oder? Ich habe nie ein so wunderbares Grün gesehen.«
Er schnaubte. »Würden Sie getönte Linsen tragen wie Jane, könnten Sie es auch bei sich im Spiegel sehen. Überhaupt, Sie reden, als hielten Sie sich nicht für eine gutaussehende Frau. *Wie* schlecht sind denn Ihre Augen?« Er starrte sie an, sein Gesicht glich einer tragikomischen Studie der Entrüstung.
»Hören Sie, Jane war nicht hübsch. Sie sah«, er fuchtelte wild mit dem Arm in der Luft, so daß Ariel um die Lampe neben ihm fürchten mußte, »sie sah geradezu absonderlich aus, als sie ein Kind war. Zu groß, die Nase irgendwie zu lang, und ihr Mund war zu breit für das Gesicht. Und sie war schlaksig. Einmal stolperte sie und schlug sich das Kinn an einer Dose Wiener Würstchen auf – ich war zu Tode erschrocken, aber, verdammt noch mal, als es heilte, blieb diese Kerbe, die ... nun ...« Coulter hob einen zittrigen Finger. »Sache ist, ich habe ihr klargemacht, daß sie für mich etwas Besonderes war und daß ich sie hübsch fand. Sie gewöhnte sich an ihr Aussehen wie viele andere Mädchen auch.
Wir ließen alles richten, was gerichtet werden mußte – gaben ein verdammtes Vermögen für Zahnspangen aus. Schickten sie zum Ballett und zur Gymnastik. Und was machte sie für ein Theater um ihr Gewicht! Ließ mir keine Ruhe mit irgendwelchen fettarmen Diäten und was weiß ich noch alles. Ich glaube, deshalb fiel es ihr so schwer, mit dem Rauchen aufzuhören; sie hatte Angst, daß sie zunehmen würde.«
Ariel entspannte sich, war froh, daß sie wieder über Jane sprachen. Als sie merkte, was er wollte und brauchte, klemmte sie sich ein aufgeschütteltes Kissen vor den Bauch und sagte: »Erzählen Sie mir, wie sie war.«

Es war lange ganz ruhig im Raum, so lange, daß Ariel schon glaubte, der alte Mann sei eingeschlafen.
Coulter sah sie argwöhnisch an. »Es ist idiotisch, daß ich hier bin. Ich weiß«, sagte er leise. »Mit jemandem von der Presse zu reden. Idiotisch.«
»Ich gebe Ihnen mein Wort«, sagte Ariel ebenso leise, »ohne jeglichen Vorbehalt. Was Sie in meinem Haus von sich geben, wird nicht nach draußen dringen. Und wenn Sie nicht reden wollen«, fügte sie hinzu, »dann lassen Sie es eben sein. Ich werde Ihnen etwas zu essen machen.«
»Mir wäre viel lieber, Sie würden mir etwas zu trinken geben.«
»Ich nehme an, es wird nichts nützen, wenn ich Sie daran erinnere, wie Sie sich morgen fühlen werden?«
»Sehen Sie«, sagte er und fühlte sich bestätigt, »das hätte auch von Jane kommen können. Aber, nein, es wird nichts nützen.«
Ariel fand eine Miniaturflasche Kentucky Bourbon. Na, dachte sie, während sie einschenkte, zumindest etwas aus dem Süden.
»Das ist alles, was ich für Sie habe«, sagte sie. »Mehr ist nicht da.«
Er nahm das Glas, dankte ihr und stierte eine Weile darauf, bevor er es in zwei großen Zügen austrank. Jessie, die sich schon längst zu Coulters Füßen ausgestreckt hatte, seufzte. Eine Vorderpfote zitterte im Traum.
»Jane«, sagte er schließlich mit einem Seufzer, der dem des Tieres ähnelte, »war freundlich. Sie war ein gutmütiges kleines Mädchen, das zu einer gutmütigen Frau heranwuchs. Das ist uns beiden, Hattie und mir, zuzuschreiben.«
»Hattie?« unterbrach Ariel.
»Was? Oh. Meine Haushälterin. Ist bei mir, seit meine Frau vor vielen Jahren verstarb. Sie hat Jane ebenso erzogen wie ich.
Und gnade Gott, als ich ihr heute morgen die Nachricht überbringen mußte . . .« Sein Gesicht schien vor Ariels Augen zu altern.
»Eines sage ich Ihnen«, meinte er mit weicher Stimme. »Jane war aufrichtig. Keine Spur von hinterhältig. Fröhlich und unbeschwert. Sie las sehr gern, ja, das tat Jane gern. Und sie legte

Puzzlespiele ... sammelte Kochrezepte. Ich glaube, man könnte eigentlich sagen, daß sie irgendwie, ich weiß auch nicht ... passiv war, auf eine Weise.«

Jessie, die von wer weiß welchen Abenteuern zu träumen schien, begann zu wimmern, und Coulter beugte sich nach vorn, um sie zu beruhigen.

»Mit ihrem Aussehen kam sie ganz gut durch«, fuhr er fort und keuchte vor Anstrengung, als er sich wieder aufrichtete. »Und mit ihrem Verstand. Sie mußte nicht allzu hart arbeiten, mußte sich nicht übermäßig anstrengen. Es fiel ihr alles mehr oder weniger zu.

Sie empfand keine ... Leidenschaft für das, was sie tat. Es gab keine Ziele, keine echte Berufung. Ihr Potential war noch nicht erschlossen.«

Er dachte lange Zeit nach.

»Aber sie war voller Leben und Humor und, wie ich dachte, Selbstvertrauen. Ich hielt sie für stark, und das war sie in mancherlei Hinsicht auch.

Jane war kein Kind mehr, als sie heiratete, wissen Sie, aber ich glaube, sie war an einen Punkt gekommen, wo sie es satt hatte, allein zu leben, wo sie sich Kinder wünschte. Ich hatte gehofft, daß sie, wo sie schon so lange gewartet hatte, auf jemanden treffen würde, der ebenso aufrichtig war wie sie. Ebenso unkompliziert. Aber es kam gerade anders.«

Coulters Gesicht verhärtete sich. Ariel sah, eigentlich zum ersten Mal, eine Spur des Mannes, der ein Megaunternehmen aufgebaut und es skrupellos geführt hatte.

»Macaulay ist ein Tyrann, und sie überließ ihm die Macht über sich«, sagte er mit bitterer Stimme. »Ich weiß nicht, ob es Stolz war – sie konnte nicht zugeben, daß ihre Ehe ziemlich schieflief. Vielleicht konnte sie den Gedanken nicht ertragen, noch einmal von vorn anzufangen, nicht zugeben, daß sie einen Fehler gemacht hatte. Sie war stolz, kein Zweifel, und stur wie ein Ziegenbock. Wenn sie sich erst einmal etwas in den Kopf gesetzt hatte, konnte noch nicht einmal eine Meute von Barbaren sie aufhalten.

Oder vielleicht«, überlegte er, »war es auch viel einfacher. Vielleicht suchte sie einen Daddy, jemanden, der sie führte. Sie hatte, weiß Gott, nie eine ›Vaterfigur‹«, er mokierte sich über das Wort, »außer mir.«
»Was ist denn aus ihrem Vater geworden?«
»Oh, Harrison war auch so ein Typ! Ziemlich intelligent, aber schwächlich. Naiv. Hat sich seine Ideale aus irgendwelchen Songtexten statt aus dem Leben geholt. Ich sage damit nicht, daß er ein schlechter Junge war – aber Kinder waren sie, er und Suzanne, als sie zusammen davonliefen. Hätten wir ihr nicht verboten, ihn zu sehen, dann wäre ...«
»Was?«
Coulter zog eine Grimasse. »Diese Wenn und Aber sind idiotisch.«
»Erzählen Sie.«
»Ihre Mutter und ich, wir haben in drei Jahren nur einmal von ihr gehört, von irgendwo aus Colorado. Ich hatte natürlich jemanden auf sie angesetzt, der die beiden beinahe erwischte. Ihre Spur hier irgendwo aufgenommen hatte. Dann wieder nichts.«
Ariel wartete schweigend.
»Na ja, und dann tauchte Harrison eines schönen Tages wieder in Florida auf, mit dem Baby. Zu diesem Zeitpunkt war meine Frau schon verstorben – sie wußte nicht einmal, daß es Jane gab. Ich war nicht zu Hause, Hattie schon. Der Junge habe irgendwie unter Drogen gestanden, erzählte sie. Und daß sie nichts aus ihm herausbekommen habe, was irgendeinen Sinn ergäbe, nur daß Suzanne ... daß sie gestorben sei. Hattie versuchte ihn aufzuhalten, aber er verschwand, behauptete noch, er würde zurückkommen, sobald er sich um Jane kümmern konnte. Er kam nicht – was ich nicht anders erwartet hatte –, und ich konnte ihn nicht ausfindig machen. Fand nicht heraus, was meiner Tochter zugestoßen war.«
»Sie haben nie wieder von ihm gehört?«
»O doch, auf indirektem Weg, drei oder vier Jahre später. Ich habe einen Anruf aus einem Krankenhaus in Kanada bekom-

men. Nehme an, daß er sich vor der Armee gedrückt hat. Sie fanden meine Telefonnummer bei seinen Sachen, nachdem er an einer Überdosis gestorben war.
Immer wieder der Tod«, sagte er. »Und jetzt Jane ...«
Er starrte Ariel an, durch sie hindurch.
»Ich würde viel Geld dafür bezahlen«, fuhr er fort, »herauszufinden, was sie in diesem Restaurant getan hat. Warum sie nicht direkt nach Hause ging, sollte dies tatsächlich stimmen.«
Sein Blick wurde klar. »Hätte ich mich nicht davon überzeugen können, daß dieser Scheißkerl nichts über Janes Verbleib und über den Wagen, in dem sie saß, wußte, dann wäre er jetzt tot. Sollte ich etwas anderes herausfinden, dann wird er es sein.«
Ariel hegte nicht die geringsten Zweifel, daß er wirklich meinte, was er sagte.
Coulter grübelte schweigend vor sich hin.
Ariel spürte, daß er genug gesagt hatte – mehr als genug. Sie spürte, daß er bedauern würde, was er gesagt hatte, wenn er sich an dieses Gespräch erinnerte, sofern er sich überhaupt erinnern konnte.
»Hören Sie, ich werde uns jetzt etwas zu essen holen, okay? Ich habe auch noch nichts gegessen, und wir können es beide gebrauchen.«
Sie stand auf. »Es dauert nicht lang. Bleiben Sie einfach hier sitzen.«
Er schien gar nicht zu bemerken, daß sie aus dem Zimmer ging, und als sie mit Kaffee und belegten Broten zurückkehrte, war B. F. Coulter auf dem Sofa noch weiter hinuntergerutscht, der Kopf war ihm auf die Brust gefallen. Er schnarchte.
Ariel trug das Essen wieder in die Küche. Sie holte ein Kissen und sprach Coulter halb zu, sich hinzulegen, halb zerrte sie seine Beine auf das Sofa. Sie streifte seine Schuhe ab und deckte ihn fest zu.
Dann fiel ihr der Chauffeur ein. Sie ging zu dem riesigen Wagen hinaus, klopfte an das Fenster. Der Mann, der seinerseits zu schlafen schien, hob den Kopf, drehte am Zündschlüssel und ließ per Knopfdruck die Scheibe herunter.

»Bitte, Madam?« fragte er, während das Fenster aufging, und blinzelte, bis er richtig wach war.
»Sie sind Roy, nicht wahr?«
»Ja, Madam.«
»Mr. Coulter ist auf meinem Sofa eingeschlafen, und ich glaube nicht, daß es viel Sinn hat, ihn aufzuwecken. Ich bin nicht sicher, ob es uns gelingen würde, um ehrlich zu sein. Warum fahren Sie nicht einfach nach Hause, und er ruft Sie dann morgen früh an.«
»Nun ...« Roy, der so geduldig gewartet hatte, kratzte sich das dünne graue Haar und sah auf das Armaturenbrett, als erwarte er sich von dort Anweisung.
»Es ist schon in Ordnung«, versicherte Ariel und rieb sich die Arme gegen die Kälte. »Wollen Sie vielleicht einen Kaffee, bevor Sie fahren?«
»Vertrage ich so spät nicht mehr«, lächelte er. »Trotzdem vielen Dank. Und, Miss? Tut mir leid, daß wir Sie so überrumpelt haben, aber er kann wirklich ein Dickschädel sein. Ich fahre B. F. seit achtzehn Jahren, und ich habe nie erlebt, daß er von einem Entschluß abzubringen war, den er einmal gefaßt hatte.«
Roy legte den Gang ein, schaltete die Scheinwerfer an, griff dann in seine Tasche und zog eine Visitenkarte heraus, die er Ariel reichte.
»Rufen Sie mich an, wenn es nötig sein sollte. Ansonsten bin ich morgen früh ungefähr um neun wieder hier, wenn es Ihnen recht ist.«

33

Während B. F. Coulter vorübergehend seinen Kummer vergessen konnte, war einige Meilen entfernt ein Mann hellwach.
Er saß im Dunkeln. Der einzige Laut, der die Stille hin und wieder störte, war ein Klicken, die einzige Bewegung die nervösen Finger, die mit einer altmodischen Taschenuhr spielten, dem einzigen Vermächtnis einer längst zu Grabe getragenen,

nicht betrauerten Mutter. Gedankenverloren ließ er den Deckel mit der Gravur aufschnappen, schloß ihn dann wieder. Es war nicht sein Name, der in die Uhr eingraviert war, auch nicht der seiner Mutter, die sie einem ihrer Freier gestohlen hatte. Es war das einzige wertvolle Stück, das sie nicht versetzt hatte, um dafür Schnaps zu kaufen; er hatte ihr die Uhr gestohlen, bevor sie sie verpfänden konnte.

Er war sich nur am Rande dessen bewußt, was er in der Hand hielt; seine Gedanken konzentrierten sich auf das Problem Ariel Gold.

Seine Wut war längst verraucht, und er war wieder er selbst: überlegt, gründlich und berechnend. Letzteres vor allem. Alles, was er gesehen und gehört hatte, führte zu einem unglaublichen, aber zwingenden Schluß: Die Frau erinnerte sich an nichts. Die beste Schauspielerin in der Geschichte des Theaters hätte die Szenen der letzten Tage nicht so spielen, ihren Text nicht so überzeugend darbieten können. Sie spielte nicht.

Überdies gab es keinen Grund, warum sie Unwissenheit vorgeben sollte. Was könnte sie sich dadurch erhoffen? Warum sollte sie sich einem solchen Risiko aussetzen? Und warum sollte sie zögern, ihre Anschuldigungen bekanntzumachen? Sie hätten ausgereicht, um zumindest einen Skandal in der Öffentlichkeit auszulösen, im schlimmsten Fall aber, um erneut Fragen über längst begrabene Ereignisse aufzuwerfen. Die Frau selbst stellte die Gefahr dar, und alles wies darauf hin, daß er nicht in Frieden gelassen werden würde, es sei denn, sie hätte wundersamerweise vergessen, was sie wußte.

Er gab sich nicht länger mit Spekulationen ab, wie es zu dieser Sachlage gekommen war; sie bestand nun einmal. Er verschwendete keine weitere Zeit damit, Rodriquez für sein Versagen zu verfluchen oder sich selbst Vorwürfe zu machen, weil er Rodriquez eingesetzt hatte. Es gab nur ein Problem. Was sollte mit dieser Frau geschehen? Tatsache war, daß es, woran auch immer sie sich heute erinnerte oder nicht, unweigerlich auch ein Morgen gab. Sie war ein Pulverfaß.

Eines wußte er aus Erfahrung: Irgend etwas geriet immer außer

Kontrolle. Selbst für einen so intelligenten Menschen wie ihn, selbst mit dem ausgeklügeltsten aller Pläne, selbst mit der kaltblütigsten aller Exekutionen – das perfekte Verbrechen existierte nicht. Das ungelöste Verbrechen durchaus.

Auch das wußte er aus Erfahrung.

Er mußte nur nachdenken. Er brauchte Zeit. Ms. Gold würde, wie andere vor ihr, herausfinden, daß man ihm nicht drohen konnte.

Entspannt lehnte er den Kopf gegen die Stuhllehne, ließ seine Gedanken wandern, genoß das erste Mal. Creighton Arnold.

Seine Lippen verzerrten sich, als ihm dieser Hahnrei und sein ausgeprägter Sinn für Wichtigtuerei, sein Glaube daran, daß Geld ihn aufwertete, einfiel. O ja, Arnold hatte seine kurzlebige Rache gehabt. Wegen Arnold war er gezwungen gewesen, seine Identität zu ändern. Dies an sich war nicht das Problem gewesen. Mit seiner eigenen Tarnung zu experimentieren amüsierte ihn. Mit der Finesse eines Chamäleons konnte er sich älter oder jünger oder unsichtbar machen – wichtiger aber war, daß er sich stets verändern konnte. Er konnte sein, wer oder was ihm zum Vorteil gereichte, was auch immer den Bedürfnissen entsprach, die er bei anderen verspürte.

Zweckmäßigkeit war alles, und Arnold hatte bewirkt, daß er, ganz zweckmäßig, einfach einen Gesichtschirurgen aufgesucht hatte. Dieser war keineswegs radikal vorgegangen. Das neue Kinn wirkte entschlossener, genaugenommen schicklicher, und um die Augen hatte er ein oder zwei Jahre weggenommen. Bedauerlicherweise hatte er auf seinen Schnurrbart verzichten müssen, aber auch dies hatte ihn jünger aussehen lassen.

Nein, die äußeren Veränderungen waren nicht das Problem gewesen. Aber Arnold hatte ihn gezwungen, eine viel größere Mühe auf sich zu nehmen; er mußte die bittere Erniedrigung eines Neuanfangs erdulden, mußte sich selbst noch einmal aufbauen. Er war mit neuem Namen in Erscheinung getreten, hatte eine neue Karriere begonnen und dabei noch einen Vorzug verbucht: Er sah sogar noch besser aus. Er sah besser aus und war, so hatte er geglaubt, nicht wiederzuerkennen. Er hatte sich getäuscht.

Selbst jetzt noch fröstelte ihn, wenn er sich an das lange zurückliegende Wohltätigkeitsdinner erinnerte, bei dem er unglücklicherweise zugegen war. Es hatte gerade nach einem erneuten Durchbruch für ihn ausgesehen, alles schien sich wunderbar zu fügen. Und dann hatte ihn die Frau, als deren Begleiter er eingeladen war, eine Frau, die ihm zu jener Zeit sehr dienlich war, am Arm gefaßt und gesagt, sie wolle ihn jemandem vorstellen, jemand Wichtigem. Er hatte sich, eine Gelegenheit witternd, lächelnd umgedreht und Arnold direkt in die Augen geschaut. Er hatte gesehen, wie dieser ihn zu erkennen schien. Er hatte gesehen, wie sich Arnolds Mund verzog, wie er sich auf dem Absatz umdrehte und davonging, hatte gesehen, wie sein eigenes, sorgfältig wiederaufgebautes Leben in einem einzigen Moment in sich zusammenfiel.

Aber er hatte auch eine Chance gesehen.

Arnolds Frau war mehr als dienlich gewesen.

In ihr hatte er eine perfekte Waffe, die einzige, mit der Arnold ihn, töricht genug, bedroht hatte. Durch sie hatte er von Arnolds Plänen für die Nacht erfahren, die die letzte seines Lebens sein sollte.

An jenem Abend hatte auch Arnold etwas gelernt: Alles Geld und all seine Beziehungen nützten ihm am Ende doch nicht.

Der Zwischenfall war nicht mehr und nicht weniger als Notwehr gewesen, und das gleiche galt nun für diese lästige Ariel Gold.

Hatte die Frau vor ihrem merkwürdigen Gedächtnisverlust tatsächlich mit niemandem gesprochen – und er hatte allen Grund, davon auszugehen; sie wollte ihn unbedingt selbst schnappen –, dann war er in Sicherheit. Weil sie die Geschichte zu ihrer persönlichen kleinen Fehde gemacht hatte, gab es kein Belastungsmaterial, das sie miteinander in Verbindung bringen würde. Diese Distanz zu wahren bedeutete viel. Das beste wäre, wenn ihr Tod wie zufällig wirkte. Würde das gelingen, wäre alles in Ordnung. Wenn nicht, müßte er sicherstellen, daß man ihn nicht damit in Verbindung brachte. Er mußte noch mehr über sie herausfinden; er mußte sich noch ein wenig Zeit lassen. Er wollte nichts unternehmen, bis er nicht alles aus jedem Blickwinkel heraus betrachtet hatte. Immerhin war die Planung vom Feinsten – darin lag die Herausforderung. Das Töten an sich war nur ein notwendiges Übel.

34

Als die Glocke um acht Uhr früh durch das Haus hallte, eilte Ariel zur Tür, um einem weiteren Läuten zuvorzukommen und den noch immer schnarchenden Coulter nicht zu wecken. Vor ihr stand nicht der übermäßig besorgte Roy, den sie erwartet hatte, sondern ein Postbote, der ihr gegen eine Unterschrift einen Umschlag von Mueller & Lupo, Rechtsanwälte, überreichte. In gespannter Vorahnung schlitzte Ariel das Kuvert auf. Darin steckte ein zweiter Umschlag, blaßlila, auf dem ihr Name geschrieben stand und die Worte PERSÖNLICH und VERTRAULICH, dreimal unterstrichen.

Das lila Papier, gewichtig und kostbar, erinnerte sie an etwas. Ebenso die ausladende Handschrift. Immerhin wußte sie nun, von wem der ruinierte Brief stammte, den sie am ersten Tag gefunden hatte. Sie atmete tief durch und öffnete den Umschlag, der eigentlich eine Botschaft aus dem Jenseits darstellte.

Der Brief der jüngst verstorbenen Muriel Gold datierte vom August des vergangenen Jahres, und die Anrede lautete einfach »Ariel«. Keine Beschönigung.

»Du wirst Dich wahrscheinlich sehr wundern, eine Nachricht von mir zu erhalten«, las sie, »besonders unter diesen Umständen. Ich weiß nicht, wann Du diesen Brief lesen wirst, aber ich glaube nicht, daß es lange dauern wird bis dahin.

Wenn man weiß, daß die Tage gezählt sind, sieht man alles ein bißchen anders, und ich möchte mein Gewissen um etwas entlasten.

Es hat damit zu tun, was ich Dir bei Deinem letzten Besuch gesagt und was ich Dir danach geschrieben habe. Ich war natürlich schockiert, und bei der Arbeit, die Du tust, kannst Du mir kaum vorhalten, daß ich glaubte, Du würdest aus diesem Unrecht Kapital schlagen. Ich muß zugeben, daß ich mich getäuscht habe.

Wenn man den offiziellen Berichten Glauben schenken kann, dann sind zumindest einige Deiner häßlichen Behauptungen wahr. Ich weiß noch immer nicht, wie sich Michael solch bösen und gefährlichen Menschen anschließen konnte, wie er mir eine derartige Demütigung zumuten und mein Leben ruinieren konnte.

Auf jeden Fall hast Du Dein Schweigen nicht gebrochen, und ich gehe davon aus, daß Du Deine Nachforschungen eingestellt hast. Ich weiß natürlich nicht, was Dich dazu bewogen hat, aber Deine Entscheidung war klug. In manchen Fällen ist es besser – und sicherer –, etwas ruhenzulassen.«

Ariels erste Reaktion war Genugtuung: Sie hatte recht, und Henry hatte sich ziemlich getäuscht. Sie wußte nicht, mit wem Michael zu tun hatte, ob mit der Mafia oder nicht, aber es waren »gefährliche Menschen«. Bevor die Angst in ihr aufsteigen konnte, fiel ihr noch etwas anderes ein. Dieser Brief war vor sechs Monaten geschrieben worden, und der erste Brief war sogar noch älter. Die Zeitspanne verwirrte sie. Sie wußte, was Henry, zynisch wie er war, daraus machen würde. Sie las den Brief noch einmal. Als sie zum Ende gekommen war, verspürte sie Abscheu.

Sollte dieser widerwillig klingende kleine Schrieb eine Entschuldigung sein? fauchte Ariel. Das war nicht Reue; das war eine billige Abfindung – eine selbstsüchtige Frau, die im Angesicht des Todes auf Nummer Sicher ging.

Ariel tappte leise zurück in die Küche, wo sie gerade Kaffee gekocht hatte, bevor die Türglocke sie unterbrach. Sie hätte am liebsten die Kaffeemühle auf den Tisch und den Wasserkessel zurück auf den Herd geknallt, hielt sich aber zurück. Jessie, die friedlich an einem sonnigen Plätzchen in der Küche gelegen hatte, sah sie argwöhnisch an und trottete hinaus. Schließlich atmete Ariel tief ein, setzte sich und stierte in ihre Kaffeetasse. Sie stieß den Atem aus, wischte sich über den Mund und schüttelte den Kopf.

Wo war Michael? fragte sie sich. Was hatte all das zu bedeuten und was, um alles in der Welt, hatte der Mann angestellt?
Als aus dem Wohnzimmer Geräusche drangen, schlug sie ein rohes Ei in das Mixgerät, schüttete Tomatensaft dazu und würzte mit Pfeffer, Selleriesalz und einem Spritzer Wodka. Sie mixte das Gebräu, das sie in diesem Augenblick erst kreiert hatte, und goß es in ein Glas. Schließlich schlenderte B. F. Coulter, der aussah, als ginge die Welt gleich unter, in die Küche, und Jessie trottete ihm hinterher.
»Guten Morgen, Mr. Coulter«, sagte sie. »Hier, trinken Sie das und machen Sie mir kein Theater. Ich bin schlecht gelaunt.«
Coulter rieb sich das Kinn und setzte sich. Er roch an dem Inhalt des Glases und beschloß, nicht zu fragen, worum es sich handelte. Er nippte vorsichtig und trank es dann in einem Zug aus.
»Hören Sie auf, Mr. Coulter zu mir zu sagen«, brummte er mit rauher Stimme. »Gott weiß, daß ich steinalt bin, und ich spüre es in meinen Knochen, aber tun Sie mir trotzdem den Gefallen und sagen Sie B. F. zu mir.«
»Wofür stehen die Buchstaben?«
»Nichts«, antwortete er. »So heiße ich. Na ja, eigentlich hieß mein Vater auch so. Ich bin B. F. junior.« Mit finsterem Blick schaute er in das Sonnenlicht, das in die Küche fiel, und versuchte, einige seiner weißen Haare an seinem Schädel anzuklatschen. »Sie können auch Junior zu mir sagen, wenn Sie wollen.«
»Nun, B. F., ich glaube nicht, daß ich Junior zu Ihnen sagen werde. Und wie wär's jetzt mit einem Frühstück? Roy wird in ungefähr einer halben Stunde dasein. Sie haben also noch Zeit.«
Während Ariel Rührei mit Speck briet, saß Coulter da und versuchte, klar zu denken. Keiner der beiden sprach ein Wort, bis sie seinen Teller auf den Tisch stellte.
»Ich habe kalorienarme Aprikosenmarmelade, aber ich empfehle sie Ihnen nicht«, meinte sie. »Ich glaube, hier ist Honig gefragt.«
Sie wartete seine Zustimmung erst gar nicht ab und stellte

Toastbrot, ein Honigglas und den Kaffee vor ihn hin. Ihren eigenen Kaffee wärmte sie noch einmal auf und fragte dann, geringfügig weniger aggressiv: »Und was geschieht nun heute?« Sie verzog das Gesicht. »Ich meine, es gibt noch keine Trauerfeier, oder?« Abrupt setzte sie sich. »Entschuldigen Sie«, sagte sie. »Ich bin ein Idiot.«

»Sind Sie mit dem falschen Fuß aufgestanden, oder ist mir etwas entgangen?« fragte B. F. mit vollem Mund.

»Ach, nicht der Rede wert. Tut mir leid, daß Sie das nun abgekriegt haben.«

»Ihr Hund hat mich aufgeweckt – mit der Nase in meinem Gesicht.« Es gelang ihm ein schwaches Grinsen. »Ich glaube, sie suchte nach Verstärkung. Haben Sie sie auch so angefegt?«

»Kaum anzunehmen.« Ariel kraulte Jessie fest am Bauch. »Wenn es sie nicht gäbe, wäre ich heute morgen wohl kaum hier.«

Als er sie verwirrt ansah, lieferte ihm Ariel eine kurze Zusammenfassung des Einbruchs und der heroischen Rolle, die Jessie dabei gespielt hatte.

Er zog die buschigen weißen Augenbrauen zusammen. »Hören Sie, Ariel Gold, glauben Sie, es ist sicher, wenn Sie hierbleiben? Ich habe eine große alte Wohnung am Wilshire Boulevard, und dort gibt es mehr als genügend Platz für euch beide. Warum wohnen Sie nicht so lange dort, bis die Polizei diese Sache geklärt bat.«

Nun berichtete Ariel auch von dem Part, den sie zunächst ausgelassen hatte, erzählte, daß sie sich gezwungen gesehen hatte, den Einbrecher zu erschießen.

»Nicht möglich!« B. F. lächelte voller Bewunderung. »Ihr Glück, daß Sie wußten, wie man mit einer Waffe umgeht!« Sein Gesicht wurde melancholisch. »Als Jane noch ein Mädchen war. habe ich ihr beigebracht, wie man mit einem Revolver und einem Gewehr schießt. Sie hat 'ne ganze Menge Einmachgläser zertrümmert – sie war ziemlich gut geworden –, aber ich habe sie nie überreden können, zur Jagd mitzukommen.«

Impulsiv legte Ariel ihre Hand auf die große rauhe Hand von

B. F. »Hören Sie, B. F., ich weiß, daß Sie mich nicht kennen, und es gibt keinen besonderen Grund für Sie, mir zu vertrauen, aber wenn ich irgend etwas für Sie tun kann, wenn Sie einfach reden wollen oder was auch immer, ich habe im Moment viel Zeit.«

Tränen schossen in seine Augen und verschwanden fast ebenso schnell wieder. »Sie haben schon genug für mich getan«, sagte er. »Das paßt mir gar nicht. Ich nehme nicht an, daß Sie es sich zur Gewohnheit machen, Fremde auf Ihrem Sofa nächtigen zu lassen – betrunkene Fremde noch dazu. Ich werde mich nicht dafür entschuldigen. Ich sage nur, daß ich Ihnen dankbar bin, daß Sie mich nicht hinausgeworfen haben. Und daß Sie mich haben reden lassen. Sie sagten, Sie hätten Urlaub. Heißt das, Sie arbeiten nicht an der Geschichte, die Ihre Kollegen über Jane machen?«

Ariel wollte schon verneinen, als ihr einfiel, sich zuerst zu erkundigen, warum ihn dies interessiere.

»Sie sagten, Sie würden nichts von dem, was ich erzählt habe, weiterleiten«, antwortete B. F., »und das erwarte ich auch, aber ich könnte Ihnen einige Leute nennen, mit denen Sie offiziell sprechen könnten. Wenn das für Sie persönlich von Vorteil wäre, Sie verstehen?«

»Nun ... ich weiß nicht ...«

»Los«, unterbrach er sie barsch, »holen Sie einen Bleistift und Papier, und ich gebe Ihnen ein paar Namen.«

Als der Chauffeur an die Tür klopfte, hatte B. F. fertig gegessen und allen Kaffee getrunken, und Ariel hatte den Namen des Eigentümers von Janes Agentur, die Vornamen von vier Models, mit denen Jane oft zusammengearbeitet hatte, sowie den Namen ihres Friseurs, einiger ihrer Freunde, des Gärtners und zweier weiterer Hausangestellter, darunter auch des Dienstmädchens Nancy.

»Wer weiß«, meinte B. F., »vielleicht finden Sie ja noch etwas heraus, was die Polizei nicht weiß. Wir bleiben in Kontakt.« Er strich ihr grob über den Kopf, tat das gleiche bei Jessie und schlurfte hinaus zu Roy, der in dem Cadillac wartete.

Ariel sah ihm nach, wie er durch den Garten ging, und starrte dann auf die Liste in ihrer Hand, fragte sich, was sie damit anfangen sollte. Sie suchte Henrys Nummer heraus und wählte. Win Peacock war am Apparat.

»Guten Morgen, Ariel. Was für eine nette Überraschung«, sagte er, als sich Ariel erstaunt meldete. »Ich habe gerade etwas auf Henrys Schreibtisch gesucht, weiß Gott eine Herausforderung. Er ist im Augenblick nicht da. Kann ich dir helfen?«

In ihrem Kopf schwirrten verschiedene Antworten, sie murmelte nur »vielleicht« und überlegte, was sie tun solle. Sie hatte etwas mitzuteilen, was vielleicht wirklich wertvoll war, und die Zeit spielte sicherlich eine Rolle. Win gehörte natürlich zum Team, aber dennoch ...

Um sich eine Denkpause zu verschaffen, erkundigte sie sich, wann Henry wohl zurück sei.

»Jemand sagte, er sei heute morgen nach Sacramento geflogen«, teilte Win ihr mit, »und ich weiß nicht, ob er heute noch einmal ins Büro kommt. Kann ich wirklich nichts für dich tun?«

»Na ja, die Sache ist die, ich habe Zugang zu einigen Namen, die mit der Macaulay-Geschichte zusammenhängen, und ich wollte mich erkundigen, was er mir rät, damit anzufangen.«

»›Damit anzufangen‹? Na, mit ihnen reden, was glaubst denn du! Ach so, du meinst, weil du Urlaub hast? Na ja, das hat ja bislang noch nie eine Rolle gespielt. Was für Namen? Wessen Namen?«

»Freunde, Hausangestellte, ihr Friseur ... in der Art. Vielleicht hat Henry auch schon einige davon?«

»Ich weiß nicht, aber selbst wenn, doppelt hält besser. Wie bist du darangekommen?«

»Informanten«, antwortete Ariel und mußte fast kichern, weil so unwahrscheinlich klang, was sie von sich gab. »Sag Henry bitte Bescheid, ja? Ich arbeite so lange daran, bis ich von ihm höre.«

»Gut, gut«, meinte Win ungeduldig, »aber du rufst an, wenn in der Zwischenzeit was Wichtiges passiert. Oder besser, ich rufe dich noch einmal an, um das Neueste zu hören.«

Ariel hörte ein Piepsen in ihrer Leitung, das einen zweiten Anruf signalisierte, und sie entschuldigte sich, bekam wegen ihrer Unverfrorenheit feuchte Hände.

»Ariel, guten Morgen«, vernahm sie Philip Morgans unverwechselbare Stimme. »Ich hoffe, ich rufe nicht zu früh an.«

»Oh, Sie wären erstaunt zu hören, was ich heute schon alles getan habe«, entgegnete Ariel. »Sie haben also die Unterlagen gefunden? Wunderbar. Ist es Ihnen nicht zuviel, vorbeizukommen? Wollen Sie sie nicht einfach mit der Post schicken?« fragte sie höflich und hoffte, er würde nein sagen. Sie hatte das ganze höfliche Getue satt.

Er tat ihr den Gefallen. »Unter keinen Umständen! Ich habe auch noch Hundefutter für Jessie, Sie erinnern sich? Das kann ich schlecht mit der Post schicken. Außerdem . . .« Er hielt inne. »Haben Sie heute abend schon etwas vor? Ich finde, ich schulde Ihnen zumindest noch ein Abendessen.« Es folgte wieder eine Pause, bevor er ein wenig verunsichert fortfuhr. »Die Wahrheit ist, daß Sie mir damit einen Gefallen tun würden. Ich werde hier schon ganz melancholisch und fange an, mit mir selbst zu reden. Bitte?«

»Nun, Sie schulden mir mit Sicherheit nichts, aber wenn Sie wollen, dann können wir gern zusammen essen.«

Sie einigten sich auf die Zeit und darauf, daß alles ganz zwanglos sein sollte, und stellten sicher, daß er keine Schwierigkeiten haben würde, ihr Haus zu finden.

»Da ist noch etwas«, fügte Philip hinzu. »Würde es Ihnen etwas ausmachen, nicht darüber zu sprechen? Mit niemandem? Es gibt leider Menschen, die dies mißverstehen würden.«

Wieder stimmte Ariel zu. Sie legte auf und starrte einen Augenblick lang gedankenverloren auf das Telefon. Dann holte sie die Versicherungsformulare vom Abend zuvor. Jetzt war es an der Zeit, herauszufinden, ob sie auf die Huntingtonsche Krankheit hin untersucht worden war.

Der Arzt, dessen Namen sie in den Unterlagen gefunden hatte, war, wie Ariel erfuhr, inzwischen im Ruhestand, und ein anderer hatte die Praxis übernommen. Seine Sprechstundenhilfe war nicht davon abzubringen, daß Ariel zu einer Untersuchung vorbeikommen müßte, da sie nun einmal für den neuen Arzt eine neue Patientin sei. Selbst als es ihr schließlich möglich war, die Situation zu erfassen, bestand sie darauf, daß Ariel mit dem Arzt sprechen müsse, und der sei bei einer Konferenz in Houston. Außerdem sei die Akte schon so alt und daher nicht im Computer erfaßt. Die Unterlagen seien weggeräumt, und es würde Tage dauern, meinte die Frau, bis man sie gefunden hätte.

Ariel gab sich geschlagen, hinterließ ihre Telefonnummer und rief die Auskunft an, um die Nummer des Labors zu erfragen, das ebenfalls auf den Formularen verzeichnet war. Es gab keinen aktuellen Eintrag.

Sie schlug die Nummer von Anita Stroud nach und kam, nachdem sie sich bei der Frau für ihre Gastlichkeit bedankt hatte, zur Sache.

»Ich weiß, daß Ihnen meine Mutter nie erzählt hatte, was eigentlich los war, aber ich habe mich gefragt, ob sie vielleicht zufällig einmal den Namen ihres Arztes erwähnt hat?«

Anita konnte ihr nicht weiterhelfen. Aber sie wollte wissen, warum dies für Ariel von Bedeutung sei.

Ariel wich der Frage aus, indem sie nuschelnd das Thema wechselte, und sie plauderten ein wenig über völlig belanglose Dinge. Frustriert legte Ariel schließlich auf und griff nach der Liste, die B. F. ihr diktiert hatte. Sie konnte ihr Debüt als Reporterin nicht länger hinausschieben.

35

Der erste Anruf, der der Inhaberin von Janes Agentur galt, erwies sich als der schwierigste.

Ariel hatte sich zum einen aufgeschrieben, wie sie sich vorstellen wollte, zum anderen hatte sie sich eine Liste von Fragen notiert, für den Fall, daß sie tatsächlich in die Situation kam, Fragen zu stellen. Aber sie wurde das Gefühl nicht los, daß sie unter falscher Flagge segelte, und sie konnte das Zittern in ihrer

Stimme nicht unterdrücken, als sie nach Eleanor Ashby fragte.
»Richten Sie ihr bitte aus«, bat Ariel die Dame an der Rezeption, »daß ich auf Empfehlung von B. F. Coulter anrufe.«
Der Name hatte durchschlagende Wirkung.
Augenblicklich war Ms. Ashby am Apparat und erkundigte sich mit angenehmer Stimme und starkem Akzent, wie sie ihr helfen könne.
»Und wie geht's Mr. Coulter? Wie kommt der arme Kerl mit dieser tragischen Angelegenheit zurecht?«
Texas, dachte Ariel, wenn ich mich nicht täusche.
»Wie man sich wohl denken kann«, antwortete sie. »Ms. Ashby, wir würden gerne alles unternehmen, um herauszufinden, warum Jane Macaulay ermordet wurde, und ich habe gehofft, Sie könnten sich vielleicht ein paar Minuten Zeit nehmen und mit mir über Jane sprechen. Wenn es sich terminlich einrichten ließe.«
»Aber ja, sicher. Ich kann Ihnen aber auf der Stelle sagen, daß es sich um einen Irrtum handeln muß. Niemand auf der Welt hatte einen Grund, dieses Mädchen umzubringen. Aber hören Sie, Sie haben nicht etwa vor, hier mit ein paar Kameras und allem aufzukreuzen, oder? Sie meinen ein Gespräch unter uns, oder?«
»Im Moment meine ich nur ein Gespräch unter uns.« Ariel war sich fast sicher, daß man so vorging. »Ich möchte ein bißchen mehr über Jane Macaulay erfahren. Wie war sie, wie sah ihr Leben aus – etwas in der Art. Geht das für Sie in Ordnung?«
»Ich könnte Sie am ...« Ariel hörte, wie Ashby sich leise murmelnd mit ihrer Sekretärin beriet – »Sie sind nur heute in der Stadt« und dann »Der kann warten« und »Leg ihn auf einen der Termine morgen« –, und dann war die Stimme wieder ganz kräftig zu vernehmen.
»Ich könnte mich heute nachmittag um drei Uhr für eine halbe Stunde mit Ihnen zusammensetzen; ist das für Sie zu machen?«
»Hervorragend«, stimmte Ariel zu und erkundigte sich dann, ob sie noch die Nachnamen der Models erfahren könne, die B. F. ihr genannt hatte. Ashby gab ihr die Namen von drei Models

durch, die sie vertrat, sowie den der vierten Frau, die zwar bei der Konkurrenz vermittelt wurde, aber sehr bekannt war. Ariel wurde dann zu einer Assistentin durchgestellt, die ihr auch noch die Telefonnummern gab und zudem die Auskunft, daß sich eines der Models gerade im Ausland befinde, aber die anderen beiden, meinte sie – Pepper Sills und Marianne Milke – seien in der Stadt.

Erstgenannte willigte ein, sich mit Ariel um eins in ihrem Fitneßstudio zu treffen. Die andere war für den Nachmittag und den ganzen nächsten Tag ausgebucht. »Aber jetzt würde es passen«, kam ihr Marianne Milke entgegen, die atemlos und ein wenig durcheinander klang.

Mit aller Tollkühnheit, die sie aufbringen konnte, meinte Ariel: »Prima! Also, dann stelle ich jetzt den Lautsprecher an, damit ich das Gespräch mitschneiden kann, okay?« Nervös beobachtete sie den Kassettenrecorder und überflog dann die Fragen, die sie für Eleanor Ashby vorbereitet hatte. Sie pickte sich diejenigen heraus, die sich für das Model eigneten.

»Lassen Sie uns damit anfangen, wie lange Sie Jane Macaulay kannten«, schlug Ariel vor, um mit der leichtesten Frage einzusteigen.

»O je. Ich glaube, seit einem Jahr, nein, länger. Vielleicht seit zwei Jahren. Ich habe sie kennengelernt, gleich als ich nach L.A. kam. Bei einem meiner ersten Jobs – was war ich aufgeregt! Aber Jane war so nett. Ich weiß noch, daß sie sagte, daß ich es mit meinen Augen und mit meiner Haut schon schaffen würde. Sie hat sogar dem Stylisten gesagt – ganz nett, meine ich, sie war überhaupt nicht unverschämt oder irgendwas –, daß er meine Lippenkontur weicher machen soll ...«

Ariel merkte schnell, daß die Herausforderung darin bestand, den Redefluß dieser Frau einzudämmen.

Fünfundzwanzig Minuten später schaltete sie den Kassettenrecorder aus und fühlte sich, als hätte sie sich durch Zuckerwatte gebissen. Sie hatte mehr über Frisuren und Make-ups erfahren als über Jane, und sie wußte, daß sie lernen mußte, wie man ein Interview lenkte. Interessant zu hören war lediglich, daß es einige »stinkige« Models gab, die eifersüchtig auf Jane waren und das Gefühl hatten, daß sie sich mit all ihrem Geld verziehen und anderen Mädchen das Feld überlassen sollte. Marianne war natürlich anderer Meinung, aber sie räumte ein, daß Jane »irgendwie alt war und sich vielleicht ohnehin bald ganz zurückgezogen« hätte.

Ariel hinterließ eine Nachricht für den Friseur, der gerade »eine Tönung vornahm«, und machte die Nummer des letzten Models ausfindig, das nicht bei Ashby arbeitete. Die Putzfrau teilte ihr in gebrochenem Englisch mit, daß »Miz Coe Arbeit. Rufen an später«. Macaulays Gärtner, den sie erst an den Apparat bekam, nachdem sie mit einigen anderen Leuten gesprochen hatte, die Hashimoto hießen, legte, heftig beteuernd, daß er nichts wüßte, einfach auf. Von den anderen Hausangestellten war niemand zu Hause. Ariel nahm an, daß sie bei Macaulay waren, und weil sie sie dort bestimmt nicht anrufen wollte, beschloß sie, es am Abend noch einmal zu versuchen.

Sie wollte gerade die erste von Janes Freundinnen anrufen, als es an der Tür läutete. In ihrer Einfahrt parkte der Lieferwagen eines Blumenhändlers, wie sie durchs Fenster sah. Der Ausfahrer hielt eine weiße Schachtel in der Hand, und ein Strauß riesiger Sonnenblumen stand in einer Vase an der Tür.

Ariel nahm die Schachtel entgegen und bat ihn, die Vase auf den Tisch zu stellen. Sie war dabei, ein Trinkgeld zu holen, aber der Mann grinste, als würde er sich über einen Witz amüsieren, und sagte: »Einen Moment noch!« Er trottete zurück zu seinem Lieferwagen und kam mit einem flachen Messingbehälter voller Jonquillen, einer Schale mit Narzissen und einer Kristallvase mit Freesien wieder. Bei seinem dritten Gang trug er einen hell blühenden Azaleenstrauß und einen riesigen Eimer voller gelber Tulpen.

Wie versteinert beobachtete Ariel sein Tun. Er fuhr davon – nachdem er ein Trinkgeld verweigert und erklärt hatte, daß dies schon erledigt sei. Sie sah sich in ihrem Wohnzimmer um. Es glich einem Gewächshaus. Sie öffnete die Schachtel, die sie noch immer in der Hand hatte. Ein kleiner Antik-Krug mit einem

Sträußchen Stiefmütterchen kam zum Vorschein, aber keine Karte – die fand sie schließlich im Tulpeneimer.

»Diese ganzen weißen Gestecke bei Macaulay haben mich richtig deprimiert«, stand da. »Das hier sieht doch schon viel fröhlicher aus.«

Unterschrieben war die Karte mit B. F.

Sie arrangierte die Fülle der Blumen, berührte die Blütenblätter und roch an den betörend duftenden Freesien. Die Stiefmütterchen stellte sie sich auf den Küchentisch, um sich an etwas aufzurichten, während sie die restlichen Telefonate erledigte.

Diese erwiesen sich als ergiebig.

Die erste Freundin – laut B. F. eine Yogalehrerin – hieß Laya, und sie war bereit, sich mit Ariel um halb fünf bei sich zu Hause zu treffen. Die zweite, Mindy Gorham, zeigte sich wenig geneigt, mit Ariel zu sprechen, wollte es sich aber noch überlegen. Dann rief der Friseur zurück. Raoul (dessen Stimme der von Inspektor Clouseau verdächtig ähnlich klang) war keineswegs abgeneigt zu sprechen. Sein Salon in Beverly Hills, genau der im übrigen, den die blonde Frau in der Bibliothek ihr empfohlen hatte, lag ganz in der Nähe der Agentur Ashby, und so verabredete sich Ariel mit ihm um zwei. Die letzte Person auf der Liste, eine weitere Freundin, war nicht in der Stadt, wollte aber, wie Ariel von ihrer Mitbewohnerin erfuhr, am Abend zurückkehren.

Um die Zeit totzuschlagen, sah sich Ariel *Die offene Akte* an, die sie am Abend zuvor aufgezeichnet hatte. Sie war ungeheuer erleichtert zu sehen, daß man, wie angepriesen, tatsächlich Unterhaltung bot, ohne allzu sensationsheischend vorzugehen. Selbst nachdem sie einige Kommentare und Fragen für Henry notiert hatte, blieb noch Zeit, mit Jessie spazierenzugehen, bevor sie sich umziehen mußte, was sie mit besonderer Sorgfalt tat. Sie packte einen Notizblock und den Kassettenrecorder in ihre Handtasche, sprach sich selbst Mut zu und machte sich auf den Weg.

Pepper Sills' Fitneßstudio war in der Sepulveda, nur fünf Minuten entfernt, und Ariel war zu früh da; die sehr große, sehr

verschwitzte Pepper war mit ihrem Programm erst zur Hälfte durch. Während Ariel an der Saftbar wartete, purzelten ihr die Fragen, wie (und ob) sie die vor ihr liegenden Interviews führen sollte, durch den Kopf wie Klamotten im Wäschetrockner.
Das Model, das ihr bald Gesellschaft leistete, hatte sich ein Handtuch um den Hals geworfen und trug nichts dazu bei, Ariels Zweifel zu beseitigen. Pepper war erstaunlich ungekünstelt, entsprach überhaupt nicht dem glamourösen Covergirl, das Ariel erwartet hatte. Und sie verhielt sich ebenso ungeniert. Offen, fast schon schroff, stellte sie sofort und nicht gerade leise klar, daß sie nicht die Absicht habe, über Jane herzuziehen.
»Sie war aufrichtig, und sie war meine Freundin«, erklärte die Rothaarige bestimmt, »verschwenden Sie also Ihre Zeit nicht mit mir, wenn Sie auf ein schmutziges Doppelleben oder so etwas aus sind, denn das hat, soweit ich weiß, nicht existiert.«
Sprach's und trank eine halbe Flasche Mineralwasser aus, knallte die Flasche dann auf den Tisch und begann, sich mit dem Handtuch Nacken und Ausschnitt abzutupfen.
Ariel bemerkte, daß einige neugierige Gesichter zu ihnen herüberschauten, und sah sich verlegen um, überlegte, wie sie die Situation entschärfen könnte. Ihr Blick fiel auf einige gerahmte und signierte Fotos, die über der Bar hingen, alles Studioaufnahmen von wunderschönen Männern und Frauen. Sie betrachtete das drittletzte Foto genauer, schaute dann fragend in das Gesicht ihres Gegenübers.
»Ja, das bin ich. Erstaunlich, nicht wahr, was so ein bißchen Make-up ausmachen kann. Ganz am Ende, das ist Jane.« Pepper drehte sich um und schaute die Fotos an. Sie hatte Ariel den Rücken zugewandt, als sie sagte: »Tut mir leid, daß ich Sie so angefahren habe. Es ist nur – ich glaube, bei keinem anderen, der auf diese Weise umgebracht worden wäre, hätte es mich mehr geschockt.« Sie wandte sich wieder Ariel zu, gefaßt und entschlossen. »Hören Sie, ich habe nur deshalb zugestimmt, mit Ihnen zu sprechen, weil ich sicherstellen wollte, daß Sie erfahren, daß Janes Tod auf irgendeinem schrecklichen und dummen Irrtum beruht. Es kann nicht anders sein.«

»Sie könnten recht haben.« Ariel sprach leise, aber schnell. »Ihr Ehemann ist der gleichen Meinung. Wenn es aber kein Irrtum war, dann wollen wir dahinterkommen. Und selbst wenn es einer war, dann wollen wir alles tun, was in unserer Macht steht, um den Mörder zu finden. Also sollten Sie mir helfen, okay? Wann haben Sie Jane das letzte Mal gesehen?«

»Zwei Tage bevor sie nach Florida aufbrach. Wir arbeiteten zusammen an Aufnahmen für ein Parfum. Sie hat noch gescherzt, daß sie gebräunt und mit Rändern vom Badeanzug zurückkommen würde. Und das ist«, erklärte sie, »ein Tabu für ein Model. Jane hat immer Spaß gemacht. Sie war sehr professionell, sehr tüchtig, aber sie hat dieses ganze Geschäft auch für ziemlich sinnlos gehalten. Jane hatte Grips. Viel mehr Grips, als Models in der Regel haben, mich eingeschlossen.«

»Hat sie Ihnen je etwas von einer Bedrohung erzählt? Von anonymen Telefonanrufen? Von irgendwelchen Bewunderern, die sie vielleicht etwas seltsam fand?«

»Nie.«

»Was war mit enttäuschten Bittstellern? Eifersüchtigen Freunden?«

»Ich habe Jane nicht gekannt, bevor sie verheiratet war, aber, nein, sie hat nichts dergleichen erwähnt, und wenn sie sich irgendwie herumgetrieben hätte, dann würde mich das überraschen. Jane war ziemlich altmodisch. Sie war sogar bescheiden, was in dieser Branche so gut wie nie vorkommt, vor allem nicht nach so vielen Jahren, in denen man sich jeden Tag viele Dutzend Male an- und wieder auszieht, während Visagisten und Friseure um einen herumflitzen und Stylisten, sagen wir, ziemlich intime Veränderungen an einem vornehmen.« Pepper verzog das Gesicht. »Vielleicht lag es daran, daß sie im Süden aufgewachsen war.«

»Hat sie jemals etwas von ihrem Mann erzählt? Seinen Geschäften? Hatte es vielleicht jemand auf ihn abgesehen, der sich nun an ihm gerächt hat, indem er sich Jane vornahm?«

»Hören Sie – wie war Ihr Name gleich wieder? Ariel? –, Jane und ich waren nicht privat befreundet. Wir haben außerhalb der

Arbeit keine Zeit miteinander verbracht oder so etwas, also ist es irgendwie nicht wahrscheinlich, daß sie mir oder einem anderen Model von soi nen Sachen erzählt hätte. Wenn sie nicht vor der Kamera stand, lann las sie meistens oder machte ein Kreuzworträtsel.«

Ariel stellte ein paar Fragen mehr, die ihr noch eingefallen waren, und überreichte dem nun wesentlich höflicheren Model ihre Visitenkarte, auf deren Rückseite sie ihre Privatnummer vermerkt hatte. Sie eilte durch das Fitneßstudio, ohne nach links oder rechts zu sehen, fühlte sich übergewichtig und hatte ein schlechtes Gewissen.

Ariel mußte, als sie schließlich drei Blocks vom Friseursalon entfernt einen Parkplatz gefunden hatte, den ganzen Weg zurückgehen und kam deshalb zu ihrer zweiten Verabredung um ein paar Minuten zu spät. Atemlos fragte sie nach Raoul.

Man zeigte ihr einen sehr kleinen, dünnen, extrem auffällig gekleideten Mann, und sie beobachtete, wie er mit großer Geste einen Plastikumhang von den Schultern einer Kundin fegte. Der Kobold drückte seine Wange an die der Frau, sah ihr im Spiegel in die Augen, strich ihr sanft über die Frisur, die er gerade kreiert hatte, und flüsterte ihr etwas ins Ohr. Ob es sich um den Ratschlag eines Profis oder um Klatsch handelte, konnte Ariel nicht beurteilen, aber die Kundin nickte vehement und lächelte. Raoul drückte abschließend die fleischigen Schultern und schob die Frau zur Kasse, wobei er einen gefalteten Geldschein in seiner Tasche verschwinden ließ. Seufzend wandte er sich Ariel zu und streckte ihr eine Hand entgegen, die fast zu zerbrechlich wirkte, um geschüttelt zu werden.

»Ich werde mir jetzt eine Pause genehmigen«, verkündete er mit durchdringender Tenorstimme. »Gehen wir doch auf einen *Café au lait* ins Café nebenan.«

Als sie auf der Terrasse unter dem gestreiften Sonnenschirm saßen, änderten sich Raouls Haltung und Benehmen abrupt. Er bestellte mit normaler, ungekünstelter Stimme einen schwarzen Kaffee, legte ein Bein über das andere, zündete sich eine fleckige Bruyèrepfeife an und fragte Ariel dann erst, ob es sie störe, was sie mit ausdruckslosem Gesicht verneinte. Ihr war, als hätte sie eben so etwas wie die Wandlung eines Frosches zum Prinzen (oder vielmehr die Wandlung einer Tunte zum Prinzen) beobachtet, und sie beschäftigte sich übereifrig mit ihrem Equipment. Sie hatte die erste Frage halb gestellt, als er eine Wolke aromatischen Rauchs ausstieß und zu reden begann.

Sie erfuhr, daß Raoul, der eigentlich Ralph hieß, über Jahre hinweg in Jane verknallt war. Er habe den Boden vergöttert, über den sie gegangen war, gab er fröhlich zu, aber er sei sich im klaren gewesen, daß er nicht die Spur einer Chance bei ihr gehabt habe und daß sie zusammen ohnehin ein lächerliches Paar abgegeben hätten.

»Sie war ungefähr so groß wie Sie«, kicherte er. »Ich reichte ihr gerade bis zur Schulter. Können Sie sich vorstellen, wie sie sich zu mir herunterbeugt, um mir einen Gutenachtkuß zu geben?« Ralph schien mit seiner Größe keine Probleme zu haben und daher auch mit sich selbst nicht.

»Jane war ein prima Kerl«, sagte er. »So natürlich und freundlich. Sie redete fast nie über sich selbst; sie erkundigte sich immer nach mir. Was ich tat. Was ich vorhatte. Warum ich mich«, er grinste durchtrieben, »wie ein Schwuler verhielt. Als ich ihr davon erzählte, daß ich mit meiner Verlobten Margaret verabredet war, wollte sie alles über sie wissen. Wollte sie kennenlernen. Wir sind nicht dazu gekommen.« Sein Lächeln schwand.

»Ich kann Ihnen also gar nicht besonders viel über Jane sagen, verstehen Sie. Sie erzählte nicht dauernd von sich, wie die meisten meiner Kundinnen, und wenn sie mir etwas Persönliches mitgeteilt hätte, würde ich es mit Sicherheit nicht wiederholen. Aber etwas gibt es, das ich Ihnen erzählen möchte. Über ihren Mann.

Letzten Sommer war ich zu einer Party bei ihnen zu Hause eingeladen, eher zum Ärger von Macaulay, glaube ich. Er verhielt sich so, als habe er sofort wieder vergessen, wer ich sei, und als könne er sich darüber hinaus nicht vorstellen, was ich dort zu suchen hätte. Kann sein, daß der Mann ein echter

Charmeur ist – etwas mußte ja an ihm sein, sonst hätte Jane ihn, glaube ich, nicht geheiratet –, aber mir gegenüber hat er's nicht gezeigt. Na ja, um mich kurz zu fassen, vor ungefähr einem Monat habe ich ihn in einem roten Porsche gesehen. Er hielt an einer Ampel, und die Frau, die neben ihm saß, war nicht Jane.«
Erstaunt setzte Ariel ihre Kaffeetasse ab. »Aber das muß noch gar nichts bedeuten«, warf sie ein. »Die Frau könnte seine Schwester sein. Eine Klientin. Irgend jemand. Man darf keine voreiligen Schlüsse ziehen.«
Ralph deutete mit seinem Pfeifenstiel auf Ariel. »Na, wenn sie seine Schwester war, dann sollte ihn mal besser jemand über Inzest aufklären. Die beiden hielten sich umklammert wie in einer Pornoszene. Der Typ hinter Macaulay mußte zweimal hupen, als die Ampel auf Grün schaltete.«
Ariel öffnete den Mund und schloß ihn wieder. Sie räusperte sich. »Sind Sie sicher, daß es Macaulay war?«
»Ich wartete an der Ecke auf Margaret. Der Typ war keine zwei Meter von mir entfernt, und er hatte das Dach zurückgeklappt.«
»Verzeihen Sie, aber ich muß nachhaken: Sind Sie sicher, daß die Frau nicht Jane war?«
»Sie war klein, sie sah aus wie Mitte Zwanzig, und sie hatte sehr schwarzes Haar. Übrigens einen ziemlich guten Schnitt.
Hören Sie, ich muß jetzt wieder an die Arbeit gehen, aber ich wollte, daß irgend jemand davon erfährt, was ich gesehen habe. Vielleicht ist Macaulay nicht schlimmer als jeder andere Schürzenjäger, aber wenn er etwas mit Janes Tod zu tun hatte, dann möchte ich nicht, daß er ungeschoren davonkommt.«
Ariel gab ihm ihre Karte, wieder mit ihrer privaten Telefonnummer versehen, und begleitete ihn zu seinem Salon zurück.
»Und warum verhalten Sie sich wie ein Schwuler?« konnte sie nicht widerstehen zu fragen.
»Nun, es hat mit einer Wette angefangen.« Ralph schaute durch die Glasscheibe seines Salons, sah, daß seiner nächsten Kundin bereits die Haare gewaschen wurden, und wandte sich wieder Ariel zu. »Ich arbeitete damals direkt nach der Schule in einem zweitklassigen Laden, und ich wollte weiterkommen. Ich habe

es bei drei piekfeinen Salons probiert und bekam einfach keine Anstellung, verstehen Sie? Ein Freund von mir hat dann fünfzig Dollar lockergemacht. Er hat gewettet, daß ich einen Job kriege, sobald ich mich ein bißchen tuntig aufführe, und er hatte recht – beim nächsten Vorstellungsgespräch hat's geklappt.«

Er steckte die Hände in die Hosentaschen und meinte ironisch: »Diskriminierung der Mehrheit, was soll man dazu sagen? Hey, Sie brauchen einen neuen Haarschnitt, dringend. Rufen Sie mich an; Sie haben einen gut.«

Von der eindrucksvoll gepflegten, unnahbaren Eleanor Ashby, die ungefähr Mitte Sechzig sein mochte, erfuhr Ariel nichts Neues, außer daß sie gerne die nächste Mrs. B. F. Coulter wäre. Sie platzte nicht sofort damit heraus, aber Ariel bekam so ein Gefühl.

»B. F. ist so ein charmanter Mann, nicht wahr? War er schon immer. Er und mein verstorbener Mann machten zusammen immer diese wochenlangen Angelausflüge«, erzählte sie Ariel. »Das behaupteten sie zumindest. Einige der Fische, die sie mitbrachten, leben meines Wissens in unseren Gewässern gar nicht.«

Ihr Akzent schwächte sich im Lauf des Interviews ein wenig ab, und das Tempo zog an. Ms. Ashbys Ehemann, erfuhr Ariel, war einige Jahre zuvor Geschäftspartner von B. F. Coulter gewesen, und nach John Ashbys Tod hatten sich die Witwe und der Witwer gelegentlich zusammengetan. Eleanor hatte Jane dazu ermuntert, in dieses Metier einzusteigen, nachdem sie selbst beschlossen hatte, eine Agentur zu gründen.

»Sie hatte einen außergewöhnlichen Blick und eine Unbekümmertheit, die sich sehr für die Kamera eigneten«, erinnerte sich Eleanor. »Dieser Mund, die Kerbe im Kinn, sogar die Nase. Sie hatte nicht die Größe, um ein Supermodel zu sein, und auch nicht die Ambition, was das betrifft. Sie bekam eher zufällig die Chance, und sie hat sie genutzt. Aber privat«, Eleanor hob die klar gezogenen Augenbrauen, »hat sie diese Art und Weise, seinen Lebensunterhalt zu verdienen, für dumm erklärt. Meinte, wenn sie wirklich darüber nachdenken würde, dann würde sie sich wie ein Stück Fleisch fühlen.«

Die Frau schüttelte in liebevoller Erinnerung ihr silberglänzendes, perfekt frisiertes Haar. »Ich mußte sie, weiß der Teufel, dauernd antreiben, daß sie ihre Mappe auf dem laufenden hielt und sich hin und wieder ein neues Deckblatt anfertigen ließ. Sie haßte Casting-Termine wie die Pest, und sie war dafür bekannt, daß sie einen Vertrag ablehnte, wenn sie etwas Besseres zu tun hatte oder wenn ihr die Sache nicht gefiel. Aber«, betonte Eleanor, »wenn Jane einen Auftrag angenommen hatte, dann hinterließ sie stets gute Mienen. Das Mädchen war unglaublich gut und unglaublich charmant.«

Ariel verließ die Agentur mit dem Gefühl, daß sie wenig erfahren hatte, und überlegte, welche noch triftigeren Fragen sie hätte stellen können. Sie tröstete sich mit dem Gedanken, daß sie, sollte die Geschichte gesendet werden, die Vorarbeit für ein gutes Interview am Rande geleistet hatte, das dann allerdings ein anderer führen würde.

Laya-ohne-Nachnamen, die Yogalehrerin, wohnte in einem Apartmentkomplex in West Hollywood. Ariel drückte auf den Klingelknopf mit der Nummer, die ihr mitgeteilt worden war, und stellte sich eine exotische, fernöstlich angehauchte Höhle vor, in der Kissen auf dem Boden herumlagen und in der es durchdringend nach Weihrauch roch. Der Türsummer ertönte, und Ariel trat ein. Sie stellte sich Laya als eine Frau mit ebenholzfarbenen Augen vor, die sich einen Sari übergeworfen hatte, an deren durchstochenem Nasenflügel ein Edelstein blinkte und auf deren Stirn ein roter Punkt leuchtete.

Die große schwarze Frau, die ihr öffnete, trug eine Gymnastikhose und ein T-Shirt, und die Wohnung hinter ihr hätte sich auch in der Bronx oder in Hannibal, Missouri, befinden können, so durchschnittlich wirkte sie. Laya sah aus wie die weibliche Ausgabe von Sydney Poitier, und sie hatte tatsächlich noch die Spur eines exotischen Akzents, obwohl dieser eher auf Westindien als auf das fernöstliche Indien verwies. Sie bedachte Ariel mit einem langen abschätzenden Blick.

»Setzen Sie sich«, sagte sie, »und kümmern Sie sich nicht um Arthur.« Sie zeigte auf einen orangefarbenen Kater, der träge blinzelte. »Er ist zu dick, um noch etwas Gefährlicheres zu tun, als in Ihrer Gegenwart zu haaren. Ich habe in einer guten Stunde einen Kurs zu geben. Sagen Sie mir doch, was genau Sie von mir wollen.«

Ariel schaltete den Kassettenrecorder an und stellte die nun schon geläufigen Fragen. Laya war nicht besonders verschwiegen, aber auch nicht gerade gesprächig. Unverbindlich war sie, und Ariel wurde das Gefühl nicht los, daß sie selbst diejenige war, die taxiert wurde, daß diese Frau sich Zeit ließ, zu überlegen, was sie sagen wollte und was nicht. Als fast die Hälfte der gewährten Stunde um und Ariel am Ende ihrer Weisheit angelangt war, unterbrach Laya sie mitten in einer Frage.

»Sie haben Janes Großvater erwähnt. Hat er Ihnen tatsächlich vorgeschlagen, mit mir zu sprechen?«

»Er hat mir Ihren Namen gegeben«, antwortete Ariel. »Ich hätte sonst gar nichts von Ihnen gewußt.«

»Warum?«

»Warum er mir Ihren Namen gegeben hat? Ich finde das ziemlich naheliegend. B. F. Coulter will, wahrscheinlich mehr als irgend jemand sonst, wissen, warum seine Enkelin sterben mußte.«

Die gutaussehende Schwarze winkte ab.

»Das kann ich Ihnen sofort sagen. Jane starb, weil irgend jemand ausgesprochen böse und gleichzeitig – tragischerweise – sehr nachlässig war.«

»Wie können Sie so sicher sein, daß man es nicht auf sie abgesehen hatte?«

»Zum einen hat Jane nicht diese Art von Leben geführt, sie kannte nicht die entsprechenden Leute, die sie in eine derartige Gefahr bringen konnten. Zum anderen hätte ich es gewußt, wenn Jane Angst gehabt hätte oder in Schwierigkeiten gewesen wäre.«

»Hätte sie Ihnen davon erzählt?«

»Das wäre nicht nötig gewesen.«

»Ah.« Ariel war sich nicht ganz sicher, was dies zu bedeuten hatte. Laya sagte nichts.

»Wann haben Sie Jane das letzte Mal gesehen?« fragte Ariel.

»Wann ich sie gesehen habe, oder wann ich das letzte Mal mit ihr gesprochen habe?«

»Das heißt, es gibt einen Unterschied?«

»O ja.«

»Dann fangen Sie doch damit an, wann Sie sie das letzte Mal gesehen haben.«

»Im Kurs, zwei Tage bevor sie abgereist ist.«

»Und wann haben Sie zuletzt mit ihr gesprochen?«

»Am Abend bevor sie gestorben ist.«

Ariels Herz begann zu pochen. »Jane rief Sie an?«

»Ja.«

»Von woher?«

»Aus einem Hotel in Phoenix.«

»Wollen Sie mir nicht sagen, worüber Sie gesprochen haben?« Ariel hatte das Gefühl, als müßte sie ihr jedes Wort aus der Nase ziehen.

»Warum sollte ich?«

Besonnen meinte Ariel: »Ich weiß keinen einzigen Grund. Außer daß es vielleicht ein wenig Licht darauf werfen könnte, was in ihrem Kopf vorging, was in ihrem Leben passierte, warum sie und ihr Mann offenbar zwei Wochen lang nicht miteinander gesprochen haben, und warum sie quer durch das ganze Land fuhr, um dann erst einmal in einem Restaurant einzukehren, anstatt direkt nach Hause zu gehen. Hat sie sich dort mit jemandem getroffen? Mit jemandem, der vielleicht etwas gesehen hat? Oder gehört? Der vielleicht etwas weiß, was wir nicht wissen? Dem der Anschlag vielleicht wirklich galt?«

Ariel holte Luft. »Vielleicht haben Sie ja recht, und Janes Tod war ein Irrtum. Vielleicht gibt es, was sie betrifft, ›keine Wahrheit, die gefunden werden kann, nur den Irrtum, der aufgedeckt werden muß‹.«

Die dunklen Augen wurden groß. »Haben Sie Jane gekannt? Waren Sie jemals mit ihr zusammen?«

»Nein. Warum fragen Sie?«
Laya blinzelte und schien sich wieder zu fassen. »Ach, unwichtig. Wen haben Sie da eben zitiert?«
»Äh, Mencken, glaube ich. Warum?«
Laya lächelte unvermutet. »Ich frage mich, ob Sie bei jeder Ihrer Geschichten so leidenschaftlich dabei sind oder ob diese hier aus irgendeinem Grund etwas Besonderes für Sie ist.«
»Wenn ich Ihnen sage, daß es eine besondere Geschichte ist, werden Sie dann mit mir sprechen?« Ariel lächelte nun ihrerseits. »Ich werde ein bißchen schnoddrig; verzeihen Sie. Sie haben völlig recht – es ist aus verschiedenen Gründen eine besondere Geschichte. Einer dieser Gründe ist – aber das gelten zu lassen wird Ihnen vielleicht schwerfallen – persönlicher Natur. Aber ich hoffe, Sie glauben mir, daß ich Mr. Coulter ziemlich gern mag. Ich möchte wirklich, daß er trotz dieser Geschichte seinen Frieden wiederfinden kann.«
»Was ich Ihnen erzählen kann, wird seinen Frieden nicht gerade fördern. Im Gegenteil. Und ich überlasse es Ihnen selbst, ob Sie, was ich Ihnen sage, in Ihre Sendung aufnehmen wollen. Ich hoffe nicht.«
Ariel schwieg.
»Obwohl Macaulay ein sehr fürsorglicher Mann ist, sehr ...«, Laya blickte zur Seite, suchte nach dem richtigen Wort, »... umsichtig, so hatte Jane doch seit einem Monat oder länger den Verdacht, daß er eine Affäre hatte. Sie hatte keine Beweise, und sie konfrontierte ihn nicht damit. Offen gestanden hatte sie, glaube ich, ein bißchen Angst vor ihm. Mir ist nicht bekannt, daß er sie jemals mißhandelt hätte, aber er war selbstherrlich und konnte ziemlich gemein sein. Jane nahm ihre ehelichen Pflichten sehr ernst und setzte sich für ihre Ehe ein. Sie hoffte, daß sich die Affäre, wäre sie nur geduldig genug, in Wohlgefallen auflösen würde. Und sie glaubte, daß Robert, hätten sie erst einmal Kinder, aus eigenem Antrieb in den Schoß seiner Familie zurückkehren würde.«
Laya beobachtete Ariel genau, während sie sprach. »Jane versuchte seit langer Zeit, schwanger zu werden. Kurz bevor sie

nach Florida aufgebrochen war, hat sie erfahren, daß sie ein Kind bekommt.«

»O mein Gott«, flüsterte Ariel.

»Sie machte einen Test. Und der war positiv.«

»Aber warum hat sie nichts davon erzählt? Ihrem Großvater? Oder ihrem Mann? Warum hat sie ihren Mann nicht angerufen, um es ihm zu erzählen? Oder hat sie?«

»Sie wollte Macaulay die gute Nachricht persönlich überbringen, wollte seine Reaktion sehen. Außerdem wollte sie es zuerst von einem Arzt bestätigt haben, bevor sie irgend jemandem davon erzählte, auch ihrem Großvater. Ich glaube, sie konnte es selbst noch nicht richtig fassen.«

»Warum hat sie dann Ihnen davon berichtet?« fragte Ariel schlicht.

»Sie war so aufgeregt, daß sie es nicht länger für sich behalten konnte; sie mußte es jemandem erzählen. Und außerdem«, Laya lächelte weise, »brauchte ich keinen Test, und ich mußte nicht warten, bis Jane es mir erzählte. *Ich* habe es zu *ihr* gesagt. Während dieser letzten Yogastunde. Oh, sie hat mir nicht geglaubt – das sei nur wieder eine meiner ›jenseitigen Visionen‹, wie sie es nannte. Sie sagte, daß ihre Periode fällig sei und wie immer wohl rechtzeitig einsetzen werde, unglücklicherweise. Jane hatte für Übersinnliches nicht so viel übrig. Wenn ich ihr etwas gesagt habe, wovon ich eigentlich keine Ahnung haben konnte, dann war sie immer ganz entsetzt.«

Laya sah Ariel fest an. »Was werden Sie denn jetzt mit dieser Information anfangen?«

»Ich weiß es nicht«, antwortete Ariel, und sie wußte es tatsächlich nicht. Aber als sie sich B. F. Coulters Gesicht vorstellte, wenn er davon erfahren würde, fiel ihr noch etwas ein. »Lassen Sie mich Ihnen noch eine Frage stellen: Warum ging sie an dem Abend zu Anthony's? Ist Ihnen das bekannt?«

»Eines weiß ich, und das hat nichts mit einem sechsten Sinn zu tun. Mein gesunder Menschenverstand sagt mir, daß Jane zuerst nach Hause gefahren war. Sie konnte es kaum erwarten, ihrem Mann von dieser Neuigkeit zu berichten. Es könnten sich dann verschiedene Dinge abgespielt haben. Die drei nächstliegenden Möglichkeiten sind die: erstens, er war nicht zu Hause, zweitens, er war zu Hause, bat sie aber aus irgendeinem Grund, schon einmal allein ins Restaurant vorauszufahren, um sie später dort zu treffen, und drittens – und ich glaube, das ist tatsächlich passiert –, er hat Jane nicht erwartet, und sie war diejenige, die überrascht war. Unangenehm.«

»O je.« Ariels Herz krampfte sich schmerzlich zusammen vor lauter Mitleid mit einer Frau, die sie nicht einmal gekannt hatte. »Aber warum dann ins Restaurant?«

Laya warf einen kurzen Blick auf eine kleine Uhr, die auf dem Tisch zwischen ihnen lag, und redete nun noch schneller. »Als sie sich kennengelernt hatten und auch noch, als sie frisch verheiratet waren und bevor die Ehe schiefging, waren sie sehr oft dort. Macaulay hat ihr im Anthony's den Heiratsantrag gemacht. Am Telefon hat Jane mir erzählt, daß sie dort einige der glücklichsten Abende in ihrem Leben verbracht habe und daß sie ihm dort von dem Kind erzählen wolle. Sie wollte alles so, wie es mal war, sie wollte die Glut ihrer Romanze neu anfachen und all so etwas.« Laya fuhr sich mit der Hand durch das kurzgeschorene Haar. »Sollte tatsächlich geschehen sein, wovon ich ausgehe, dann kann ich nur vermuten, warum sie allein unterwegs war.«

»Dann vermuten Sie mal«, forderte Ariel sie auf.

»Den Ehemann zu verdächtigen, daß er anderweitig herumturtelt, und ihn tatsächlich mit einer anderen Frau zu erwischen sind zwei vollkommen unterschiedliche Dinge. Jane war natürlich schrecklich verletzt, aber auch sehr wütend. Sie hatte Macaulay – endlich – durchschaut. Weil ich ihre Gedankengänge kenne, glaube ich, daß sie zu Anthony's ging, um einen Kreis zu schließen Sie wollte einen letzten feierlichen Drink zu sich nehmen und sich von ihrer Ehe verabschieden.«

Einen Augenblick lang waren die beiden Frauen in trauriges Schweigen gehüllt, dann stand Laya auf. »Ich muß los. Tut mir leid. Kommen Sie, ich begleite Sie noch hinaus.«

Im Aufzug sagte Ariel: »Sie wissen, daß zumindest einer der

Abläufe, die Sie für Sonntag abend entworfen haben, die Möglichkeit beinhaltet, daß Macaulay wußte, wo Jane sich aufhielt, und zwei der drei Szenarien legen nahe, daß er wußte, welchen Wagen sie fuhr.«

Laya sah sie spöttisch an. »Und er hat zufällig einen Bombenleger abrufbereit?«

»Nun ... Aber Sie sagten, sie habe sich vor ihm gefürchtet.«

»Ich bin nur ein Yogi; Sie sind diejenige, die Nachforschungen anstellt.«

Sie reichten einander die Hand, und Laya ging weg. Aber Ariel rief ihr noch einmal hinterher.

»Warum haben Sie mir das alles nun erzählt?«

»Mir liegt auch daran, daß der Mörder geschnappt wird. Sie werden sehen, daß ich recht habe – Robert Macaulay hat seine Frau nicht umgebracht. Aber ich glaube, daß Sie herausfinden werden, wer es war.«

Ariel war überrascht. »Wie kommen Sie denn darauf?«

»Ich weiß ja nicht, warum Sie selbst glauben, daß dieser Fall ein besonderer ist, aber ich denke, daß Sie andere, sehr viel aufschlußreichere Gründe finden werden.« Die Yogalehrerin grinste sie einen Augenblick lang breit an, hängte sich ihren Turnbeutel über und verschwand in die Tiefgarage.

36

Liebe Güte! Was machst du denn hier?«

Ariel führte Win Peacock in ihr Wohnzimmer und befahl Jessie, ruhig zu bleiben. »Tut mir leid. Ich bin sonst nicht so unhöflich, aber dich habe ich wirklich nicht erwartet. Wie man merkt.«

Win pfiff durch die Zähne, als er das Blumengelage entdeckte. »Das muß ja ein Bewunderer sein. Oder sogar mehrere.«

»Ziemlich verschwenderisch, was?« Ariel war ein wenig verlegen, als sie sich umsah. Aber da war noch etwas anderes. Sie empfand auch eine Spur Zufriedenheit. Sie freute sich darüber, was die Blumen bedeuteten, und sie war froh, daß sie noch Zeit gehabt

hatte, sich umzuziehen und frisch zu machen, bevor dieser Überraschungsbesuch aufkreuzte.
Er schenkte ihr sein breitestes Lächeln, und seine unglaublich weißen Zähne – Zeugnis seines Erbguts oder guter Haftwirkung – blitzten. »Hast du Geburtstag? Gibt es etwas, wozu man gratulieren kann?«
»Nein. Nichts dergleichen. Willst du dich nicht setzen?«
Er kam der Aufforderung nach und zog seine Hosenbeine einen Zentimeter nach oben, bevor er die Beine übereinanderschlug.
»Ich wäre nicht einfach so hereingeplatzt, aber ich habe den ganzen Nachmittag über versucht, dich anzurufen. Immer war besetzt. Ich wohne nicht weit von hier und habe einfach einen kleinen Umweg genommen. Und nachdem hier die Drähte heißgelaufen sind, dachte ich, es gibt vielleicht etwas Neues im Fall Macaulay.«
Ariel behielt für sich, daß sie, nachdem sie am Vormittag ihren letzten Anruf getätigt hatte, den Hörer nicht richtig aufgelegt hatte, was ihr erst ein paar Minuten zuvor aufgefallen war.
»Ich war gerade erst fertig«, wich sie aus. »Ich habe mit Macaulays Dienstmädchen gesprochen.«
»Und was hast du herausgefunden? Etwas Neues?«
»Nicht von ihr. Sie ist recht ... umsichtig, was ihren Arbeitgeber angeht«, sagte Ariel und lieh sich dabei das Wort, das Laya für den Schürzenjäger Robert Macaulay benutzt hatte. »Von ihr habe ich nur erfahren, daß sie am Sonntag abend freihatte, und das war nicht einer ihrer regulären freien Abende.«
»Und was war mit den anderen Leuten, mit denen du gesprochen hast?«
Das Telefon klingelte und ersparte Ariel zu antworten.
»Warum zum Teufel hast du deinen Zweitanrufanzeiger nicht eingeschaltet. Ich versuche seit einer Stunde, dich zu erreichen.«
»Hallo, Henry. Ich sprach gerade mit Win Peacock, der zufällig hier vorbeikam«, flötete Ariel und lächelte Win an.
Einen Augenblick lang war von Henry nichts zu hören.
»Was tut er denn bei dir?«
»Wir sprachen gerade über die Interviews, die ich heute im Fall

Macaulay gemacht habe. Hast du meine Nachricht nicht bekommen?«

»Ariel, was treibst du eigentlich? Woher hast du diese Namen, die Peacock mir aufgeschrieben hat? Würdest du mir freundlicherweise sagen, wer diese ›Informanten‹ sind?«

»Wir können das im einzelnen später besprechen, ja? Ich habe im Augenblick nicht furchtbar viel Zeit. Ich bin heute abend verabredet.« Sie warf Win einen entschuldigenden Blick zu. »Soll ich dir – euch, natürlich – erzählen, was ich herausgefunden habe? Oder willst du mit Win sprechen? Oder was?«

Fünfzehn Sekunden lang brachte Henry kein Wort heraus. Ariel hörte ihn fauchen, hörte, wie er förmlich heißlief. Schließlich gewann die Neugierde Oberhand.

»Schieß los«, meinte er.

Ariel reichte Win das schnurlose Telefon. »Ich geh in der Küche dran«, rief sie ihm über die Schulter zu.

Als die drei schließlich zusammengeschaltet waren, sagte Ariel: »Eines möchte ich klarstellen: Ihr beide versprecht mir jetzt, daß ihr alles, was ich euch erzählen werde, nicht verwendet, ohne es zuvor mit mir abgesprochen zu haben. Ist das klar?«

»Logisch«, sagte Win, während Henry bellte: »Komm zur Sache.«

»Ich glaube, ich weiß, warum Jane nicht gemeinsam mit ihrem Großvater zum Segeln fuhr und statt dessen nach Hause kam. Und warum sie ins Restaurant ging. Und warum Macaulay so nervös wurde, als du darauf zu sprechen kamst, Henry.«

In den darauffolgenden Sekunden verstand Ariel, was es hieß, wenn man sagte, daß das Schweigen greifbar wird.

»Du meinst, du hast nicht herausgefunden, wer der Mörder ist?« brummte Henry schließlich.

»Noch nicht, aber man hat mir gesagt, daß ich es herausfinden werde.« Ariel hätte den Augenblick noch viel mehr genossen, hätte in ihrem Hinterkopf nicht das Phantom B. F. gelauert.

»Worauf wartest du? Brauchst du eine formelle Einladung?« fragte Henry, und Win sagte: »Ariel? Willst du uns nicht alles erzählen?«

Grimmig berichtete sie den beiden, was sie erfahren hatte.
»Jane Macaulay hatte gerade erst festgestellt, daß sie ein Kind bekommen würde. Sie war sofort hierhergefahren, um ihrem Mann davon zu erzählen. Sie hatte gehofft, daß diese Neuigkeit ihre offenbar wenig glückliche Ehe festigen würde. Als sie hier angekommen war, fuhr sie höchstwahrscheinlich direkt nach Hause und erwischte Macaulay möglicherweise in flagranti. Dieses letzte Detail ist Spekulation, aber sie hatte ihn im Verdacht, fremdzugehen, und er war von einer dritten Person mit einer Frau in einer kompromittierenden Situation gesehen worden.«
Beide Männer fingen gleichzeitig an zu reden. Ariel fuhr dazwischen. »Einen Moment noch! Ich habe mir diese Fragen selbst gestellt. Ja, er wußte vielleicht durchaus, daß sie zurück war, und, ja, er wußte vielleicht auch, welchen Wagen sie gefahren hat – was war es denn im übrigen für einer? –, aber woher hätte er in so kurzer Zeit einen geschickten Killer auftreiben sollen? Und was soll sein Motiv gewesen sein? Man bringt nicht gleich seine Frau um, nur weil sie vielleicht – *vielleicht* – entdeckt hat, daß man ihr untreu war. Es war ja nicht so, daß er arm war und sie alles Geld hatte. Er muß mindestens genausoviel haben, wie sie selbst eines Tages haben wird – gehabt hätte.«
Was auch immer Henry hatte sagen wollen, er wurde von irgend jemandem im Büro unterbrochen. Ariel hörte, wie er zwei- oder dreimal abfällig brummte, dann war er wieder in der Leitung. »Wir können später noch darüber sprechen«, sagte er zu Ariel. »Ich rufe dich an. Oh, du sagtest, du hättest dich verabredet.« Das Quietschen eines Stuhls war zu hören. »Vielleicht wäre es nicht ungünstig, wenn du mich anrufen würdest, sobald du wieder zu Hause bist«, meinte er in bedeutungsschwangerem Tonfall. »So, und laß mich jetzt noch einen Augenblick mit Win über Sacramento sprechen.«
»Ja, Chef.« Ariel legte auf, ohne sich zu verabschieden.
»Ich mache mich auf den Weg«, sagte Win, als sie ins Wohnzimmer trat, »du hast ja noch etwas vor. Mit dem Absender dieser ganzen Vegetation, nehme ich an?«

»Um ehrlich zu sein, nein. Tut mir leid, wenn ich dich jetzt dränge, aber ich habe noch ein, zwei Dinge zu erledigen, bevor ich meinen, du verstehst, Begleiter erwarte.«
Als Win davonfuhr, bemerkte er, daß vor Ariels Haus ein Wagen langsam an den Straßenrand gelenkt wurde. Neugierig schaute er in den Rückspiegel, aber er war schon zu weit entfernt, als daß er die Insassen hätte erkennen können.

Auch Philip Morgan war von Ariels Gewächshaus gehörig beeindruckt, von ihrem Zuhause und ihrem Aussehen aber offenbar nicht weniger. Er war, genaugenommen, so durch und durch charmant, daß sich Ariel kaum noch an den angespannten, unfreundlichen Mann erinnern konnte, dem sie zuerst gegenübergetreten war.
»Hier sind die Papiere«, sagte er und überreichte sie mit einer Verbeugung und einem harten Zusammenschlagen der Absätze. »Und im Kofferraum habe ich genügend Futter, um die Bestie einen Monat lang zu füttern.«
Ohne auf seine einwandfreie Anzughose und das Jackett zu achten, hievte er einen noch ungeöffneten Zehnkilosack Trockenfutter herein und ging noch einmal hinaus, um einen Karton mit Dosenfutter zu holen, in dem lediglich zwei Dosen fehlten. Ariel bemerkte, daß seine Jacke einen Fleck abbekommen hatte, aber er wischte nur völlig gleichgültig darüber. Sie lächelte in sich hinein, stellte sich den schicken »Winner« Peacock in der gleichen Situation vor.
»Ich dachte, wenn es Ihnen recht ist«, schlug Philip vor, »dann könnten wir ein kleines polnisches Restaurant ausprobieren, von dem ich gehört habe. Es ist ein bißchen außergewöhnlich. Ich war selbst noch nie dort, aber mir ist doch zu Ohren gekommen, daß das Essen ausgezeichnet und die Preise angemessen sein sollen.«
Ariel willigte ohne weiteres ein und erlebte ihre erste Überraschung. Der Wagen, zu dem er sie führte, war neu – dies an sich wenig überraschend –, aber weit bescheidener, als sie es für einen so wohlhabenden Mann erwartet hätte.
»Ich weiß nicht genau, wo ...« Philip grub zwischen den Sitzen

nach der anderen Hälfte ihres Sicherheitsgurtes, fand das Teil mit einem »Ah« und erklärte: »Ich habe das Auto seit weniger als einer Woche, und ich bin selbst immer noch dabei, alles ausfindig zu machen.«

Auf der Fahrt zum Restaurant fuhr er dann fort zu erzählen, daß eines der ersten Dinge, die er nach dem Tod seiner Frau erledigt habe, gewesen sei, sowohl ihr Auto zu verkaufen als auch sein eigenes, das sie für ihn gekauft hatte.

»Beide ungemein protzig.« Er verzog das Gesicht. »Und geradezu eine Aufforderung für Diebe. Ich stamme aus New York – und verbringe dort immer einen großen Teil meiner Zeit – und bin dieser Westküstenmentalität – ›Man ist, was man fährt‹ – nicht so sehr verbunden, verstehen Sie?«

Auch das Restaurant war eher unscheinbar. Es war in mehrere Räume unterschiedlicher Größe aufgeteilt, die, so vermutete Ariel, einmal Zimmer einer regulären Wohnung waren, Wohnzimmer, Eßzimmer und so weiter. Der kleinste Raum, in dem sie einen Platz zugewiesen bekommen hatten, war wahrscheinlich das Gästezimmer gewesen, dachte sie und sah sich um. Es gab nur zwei Tische, und der andere war nicht besetzt.

Das Essen jedoch war köstlich, und Philips Gabe für Konversation war eindrucksvoll. Er sprach nur wenig von sich selbst (»Im Moment viel zu entmutigend«, meinte er) und schien viel mehr an allem interessiert, was Ariel von sich zu berichten hatte. Sein Interesse war verführerisch. Während sie ziemlich gefordert war, genügend Fakten über sich selbst zusammenzukramen, um seine Fragen in allen Einzelheiten beantworten zu können, so empfand sie doch die gelegentlichen Pausen ihrer Unterhaltung nicht als peinlich.

Im gemütlichen Kerzenschein und bei gedämpften Chopin-Melodien aus dem Lautsprecher über ihnen erzählte Ariel ihm ein wenig über ihre Arbeit und die Interviews, die sie im Lauf des Tages geführt hatte. Sie achtete sorgsam darauf, nichts Unangebrachtes zu verraten, plauderte statt dessen über die Herausforderungen eines Interviews im allgemeinen. Philip stellte intelligente Fragen und hörte ihren Antworten aufmerksam zu. Sein

Verhalten, dachte Ariel, war für einen kürzlich verwitweten Mann genau angemessen. Er war liebenswürdig, sogar galant, aber sie empfand keinen Zwang. Er hatte sie nur einmal berührt, und zwar als er ihr aus dem Auto geholfen hatte, und die Fragen, die er zu ihrem Leben gestellt hatte, würden vor der strengsten Anstandsdame bestehen. Wenn es eine Unzulänglichkeit gab, dann die, daß er ihren Humor gelegentlich nicht nachvollziehen konnte. Vielleicht, dachte Ariel, sollte ich mir was Neues ausdenken.

Philip schenkte Wein nach, ohne auf ihre Proteste zu achten – sie bemerkte, daß er sein eigenes Glas nicht angerührt hatte –, und hielt plötzlich inne. Die Flasche schwebte in der Luft, sein Gesicht wirkte entrückt. Er lauschte, wie Ariel bemerkte, der Musik.

»Fiona hat das auf dem Klavier gespielt«, sagte er. »Es war eines ihrer Lieblingsstücke.«

»Es ist wunderbar. Eines der Nocturnes, nicht wahr?«

Philip goß vollends ein und wechselte das Thema, aber der kurze Augenblick blieb Ariel im Gedächtnis. Er wirkte so verletzlich, so ungeschützt.

Als er ihr später eine gute Nacht wünschte – wobei er nichts Aufdringlicheres tat, als ihre Hand zu ergreifen, sein Anstand tadellos bis zum Schluß –, erinnerte sie sich an diesen Moment, als er seine Fassung verloren hatte. Spontan drückte sie ihm einen Kuß auf die Wange.

»Das war sehr schön«, versicherte sie ihm ernsthaft, »und ich bin froh, daß Sie am Sonntag die Unterlagen nicht gefunden haben. Jetzt sind Sie von allen Sünden befreit, und wenn Sie sich wieder einmal einsam fühlen, dann rufen Sie einfach an. Nächstes Mal lade ich Sie ein.«

»Dann wird es ein nächstes Mal geben«, meinte Philip. »Das freut mich.« Er warf ihr einen langen, taxierenden Blick zu, drückte noch einmal ihre Hand und war verschwunden.

Ariel hatte schon ihre Alarmanlage eingeschaltet, als ihr noch etwas einfiel.

»Mist«, sagte sie zu Jessie. »Zeit für den Abfall, wenn ich's recht erinnere. Der alte ...« Sie merkte, daß sie den Namen des Gärtners nicht wußte. »Der alte Wie-hieß-er-noch kriegt einen Anfall, wenn ich den Müll wieder vergesse.«

Als sie eine Tonne nach der anderen hinauszog, kam ihr in den Sinn, daß sie sich nun schon eine ganze Woche lang in dieser unbekannten Existenz befand. Der Tag, an dem sie den Gärtner getroffen, und noch weiter zurück, die Tage, an denen sie das Haus erkundet hatte, auf Jessie gestoßen war und dann Marguerite und Henry kennengelernt hatte, schienen irgendwie gerade erst gewesen zu sein. Immerhin war ihr Leben, so wie sie es jetzt kannte, eher reduziert. Aber diese Erlebnisse schienen gleichzeitig sehr weit zurückzuliegen. Innerhalb kurzer Zeit hatte sich eine ganze Menge ereignet.

Sie stand am Straßenrand und warf einen Blick zurück auf ihr Haus, dann auf die Nachbarschaft. Aus den Mülltonnen drang ein herbes Aroma, und sie lächelte.

Die Bedrohung, in der sie lebte, schien im Moment nebensächlich geworden zu sein. Ihre Vorsicht aufzugeben war dennoch nicht unbedingt vernünftig, dachte sie; noch immer gab es zu viele offene Fragen. Aber immerhin fühlte sie sich hier zu Hause.

Ariel träumte nicht länger vor sich hin und bemerkte voller Ekel, daß Jessie der Spur einer Schnecke über den Gehsteig folgte. Die neugierige Nase der Schäferhündin war nur noch ein paar Zentimeter von dem schleimigen Ding entfernt.

»Weg da«, befahl sie. »Hör auf, dich wie ein Hund zu benehmen.«

Sie ging hinein und rief, wie befohlen, Henry an.

37

Nachdem sie Henry besänftigt hatte, weil sie die Interviews sozusagen ohne Erlaubnis durchgeführt hatte, gab sie ihm alle weiteren Informationen durch, die sie bislang aufgespürt hatte. Schließlich zeigte er brummend seine Anerkennung darüber, wie sie gearbeitet hatte, und am nächsten Morgen legte er sich richtig ins Zeug, um mit der Geschichte voranzukommen. Er wollte die Sache selbst in die Hand nehmen, um naheliegende Schwierigkeiten mit anderen Mitarbeitern zu vermeiden, bis Ariel wieder voll einsatzfähig wäre. Während er sich mit den »Experten« auseinandersetzte – mit Polizei, Staatsanwalt und allen möglichen Versicherungen sowie mit Robert Macaulay und seinen Kollegen –, sollte sie diejenigen Leute aufsuchen, die sie noch nicht erreicht hatte, und die Situation im Restaurant durchleuchten, vor dem Jane getötet worden war.

»Ich habe deinen Urlaubsschein nicht bei der Personalstelle eingereicht«, ließ Henry sie wissen, »du wirst also für deine Arbeit richtig bezahlt.«

In den nächsten Tagen hatte sie alle Hände voll zu tun. Die Zeit rannte so schnell davon, daß sich Ariel an das klassische Motiv im Film erinnert fühlte, bei dem die Kalenderblätter davonfliegen. Bis zum nächsten Montag hatte sie mit allen Angestellten des Restaurants sowie mit den wenigen Gästen gesprochen, die sie hatte ausfindig machen können. Allerdings hatte sie dabei nichts von Belang erfahren, bis sie auf Martin Sprague gestoßen war, einen Aushilfsbarkeeper, der in der Nacht des Attentats eingesprungen und seither auf einem Angeltrip gewesen war.

Der tranäugige, schnurrbärtige Barkeeper sah aus, als hätte er schon zu viele Jammergeschichten gehört – oder vielleicht wünschte er sich auch nur, mit einer Angel in seinem Boot zu sitzen. Auf jeden Fall wirkte er ziemlich trübselig. Und er machte nicht den Eindruck, als wollte er auf dem Balkon seines Apartments am Venice Pier sitzen, um über den Tod von Jane Macaulay zu sprechen.

Ariel drehte der bunten Menschenparade, die unten auf der Strandpromenade entlangbummelte, den Rücken zu und beobachtete Sprague, der den Inhalt seiner Anglerbox prüfte und ihr zum dritten Mal erklärte, daß er wirklich nicht glaube, irgend etwas Nützliches beitragen zu können.

»Ich kann Ihnen nicht mehr sagen, als ich schon den Bullen gesagt habe«, beteuerte Sprague und fingerte an einem grellen Köder herum. »Ich wollte, ich könnte. Ich mochte Mrs. Macaulay wirklich gern.«

»Das klingt ja, als hätten Sie sie gekannt«, meinte Ariel.

»O ja. Ich habe vor einigen Jahren die Abendschicht im Anthony's geschoben. Sie und ihr Mann kamen damals ziemlich oft. Sie hat immer einen Margarita getrunken. Mit Cointreau statt Triple Sec.«

»Wie hat sie denn an dem Abend auf Sie gewirkt?«

»Nun, wie ich schon der Polizei gesagt habe ...« Sprague hielt inne und machte einen flinken Handgriff, der etwas Abschließendes hatte. Er legte den Köder in die Anglerbox zu seinen Füßen, nahm einen anderen heraus und fuhr fort: »Sie war ruhig. Nicht so freundlich und gesellig wie sonst. Sie saß einfach an der Bar, sah sich um, als wolle sie sich das Lokal gut einprägen, und nippte an ihrem Margarita. Einem Virgin Margarita, daran erinnere ich mich.«

»Wirkte sie unruhig? Oder verängstigt?«

Sprague schürzte verneinend seine Lippen und schüttelte den Kopf.

»Traurig. Sie sah traurig aus. Sie fragte mich, ob ich verheiratet sei. Und als ich ihr erzählte, daß ich einmal verheiratet war und daß meine Frau sich mit einem Typen von den Stadtwerken aus dem Staub gemacht hat, da nickte sie und lachte irgendwie. Ich glaube nicht, daß sie es lustig fand, es klang eher wie: ›Was kann man da schon machen?‹ Verstehen Sie?«

»Haben Sie denn beobachtet, ob irgend jemand sonst mit Mrs. Macaulay gesprochen hat? Oder sogar zu ihr gekommen war?«

»Nur der *Maître*. Sie sagte ihm, daß sie nicht zu Abend essen wollte.«

»Haben Sie irgend jemanden bemerkt, der sich auffällig verhalten hat? Der sie beobachtet hat, vielleicht? Oder jemand, der außergewöhnlich aussah?«

»Ms. Gold, ich bin Barkeeper in einer Bar in Südkalifornien. Da ist es wahrscheinlicher, daß ich mich an jemanden erinnere, der normal aussieht.«

Ariel ließ die Frage fallen. »Hat sie sonst noch etwas gesagt?«

Er sah sie scheel an, wirkte noch erbärmlicher. »Ja. Als sie aufstand, um zu gehen, sagte sie: ›Leb wohl, Martin.‹«

Die Hände des Barkeepers ruhten. »Ich habe mir natürlich nichts dabei gedacht, aber später dann – Sie wissen schon, im nachhinein dann? – klang es, als hätte sie es so endgültig auch gemeint. Ich sage damit nicht, daß sie wußte, sie würde sterben oder so was. Ich glaube, sie wollte einfach nicht wiederkommen.«

»Erinnern Sie sich sonst noch an etwas, was Mrs. Macaulay an diesem Abend gesagt oder getan hat? Irgend etwas?«

»Um ehrlich zu sein, ja. Ich habe es den Bullen nicht erzählt, weil es mir erst eines Nachmittags beim Angeln wieder einfiel. Plötzlich dachte ich wieder daran. Als sie da an der Bar saß, streifte sie ihren Ehering ab und schob ihn in ihre Handtasche.«

Sprague sah einer Riesin in superkurzen Shorts und rückenfreiem Oberteil nach, die mit dem Skateboard unten auf dem Weg entlangfuhr. »Sie machte keinen großen Akt daraus, sagte auch nichts. Es war, als ob ...« Er zuckte die Schultern. »Als ob es ihr gleichgültig geworden sei.«

Später brüteten Henry und Ariel über den Erinnerungen des Barkeepers. Sicher, sie schienen Layas Theorie zu bestätigen, daß Jane ihre Ehe abgeschrieben und daß irgend etwas, möglicherweise genau der Vorfall, den die Yogalehrerin ausgemalt hatte, sie zu dieser Entscheidung gebracht hatte. Aber selbst wenn Jane Robert Macaulay in einer kompromittierenden Situation erwischt hatte, selbst wenn die Ehe in die Brüche gegangen war – es waren doch nur Spekulationen. Es gab keine Beweise dafür, daß die Ehekrise irgend etwas mit dem Mord zu tun hatte. Als Henry in Macaulays Büro anrief, um einen weiteren Interviewtermin zu vereinbaren, erreichte er gar nichts.

Im Lauf der Woche ging Ariel mehrmals ins Studio, um zu sehen, welche Fortschritte die Geschichte machte. Wortlos und sanft lächelnd hielt sie sich im Hintergrund und sah zu, wie Henrys erstes Gespräch mit Macaulay geschnitten wurde sowie die anderen Interviews mit Sprague, Ashby, Laura Jennings (dem Model, das sich im Ausland aufgehalten hatte), Laya und Janes zurückhaltender Freundin Mindy Gorham, die Win später noch gedreht hatte.

Wunderten sich ihre Mitarbeiter tatsächlich, warum sie in ihren Ferien dort herumging, so behielten sie ihre Fragen zumindest

für sich. Gelegentlich warf ihr jemand einen neugierigen Blick zu oder lächelte sie verwirrt an, aber nach ein- oder zweimal wurden ihre Besuche nicht mehr beachtet oder kommentiert, als hätte sie zum Equipment gehört. Nur Win Peacock war anders. Eines Nachmittags verfolgte Ariel die hektischen Schnittarbeiten an einem Beitrag für die laufende Woche, und als sie aufschaute, merkte sie, daß er sie beobachtete.
»Gut, was?« meinte er und nickte zum Bildschirm. »Sie geben noch fünfundvierzig Sekunden zu, und das geht zu Lasten meines Beitrags.« Er sah sie mit leicht zusammengekniffenen Augen an. »Du schaust auf die Steuereinheit, als würde es dich schon wieder in den Fingern jucken. Ich bin ein bißchen verwirrt. Hast du jetzt Urlaub oder nicht?«
»Sieht nicht so aus, oder?« wich sie aus.
Win warf ihr einen spöttischen Blick zu und konzentrierte sich auf den Monitor, auf dem ein anderer Korrespondent gerade einen weißen Rassisten interviewte. »Das«, er zeigte auf den Bildschirm und trat näher heran, »ist echt gut. Hier kommt Kathryn wirklich zur Sache.«
Er stand jetzt direkt hinter Ariels Stuhl. Als er seine Hände auf die Armlehnen stützte und sich nach vorne beugte, spürte Ariel ganz intensiv seine Nähe. Sie konnte sein feines Rasierwasser riechen. Und sie merkte, wie sich ihr Körper leicht anspannte. Ein sehr langer Augenblick schien zu vergehen, bevor er mit sanfter Stimme zu sprechen anfing.
»Reitest du?«
Ariel hatte Mühe, nicht herauszuplatzen. »Wie bitte?« Sie drehte ihren Kopf nach hinten und sah, daß seine hellen Augen nur wenige Zentimeter entfernt waren. Es gelang ihr, ihrem Lächeln einen fragenden Ausdruck zu verleihen.
»Pferde«, erklärte er. »Hättest du nicht einmal Lust, mit mir auszureiten? Essen zu gehen? Aus der Stadt rauszukommen?«
Ariel fand sich durch seine Pupillen hypnotisiert, die aus dieser Nähe enorm wirkten. Sie hatte die Frage vergessen.
Er legte seine Hände auf ihre Schultern und ließ sie dort eine Zeitlang liegen. »Denk mal darüber nach.«

Die Augen verschwanden. Als Henry kurz darauf in den Schneideraum kam, mußte er Ariel zweimal rufen, bevor sie reagierte.

Ariel war zu Hause ebenso beschäftigt wie bei der Arbeit, mit der es stetig weiterging.

Auf B. F.s Bitte hin nahm sie an der Trauerfeier für Jane teil. Die Medien wurden mit Hilfe von Barrikaden und der Polizei in Schach gehalten, aber selbst noch aus der Ferne ließ das Verhalten Ariel schaudern, und sie schämte sich ihres Berufsstandes. Das Schlimmste aber war, in die kleine Kapelle zu treten. Der überwältigende Geruch der Lilien kam fast einer Attacke gleich, und einen schockierenden Augenblick lang war der »weiße Traum« wahr geworden. Ariel mußte alle Kraft zusammennehmen, um ganz normal weiterzugehen und einen Sitzplatz zu finden.

Die Kapelle war, wie sie sah, bis auf den letzten Platz besetzt. In der trübsinnigen Menge saßen auch alle ihre Interviewpartner sowie, deutlich erkennbar, Geschäftsfreunde von Macaulay. Sogar einige Models waren da, noch deutlicher zu erkennen. Einige Leute gehörten, wie Ariel vermutete, zum Hauspersonal. Viele andere, ganz unterschiedliche Menschen waren weniger leicht einzuordnen. Die würdevolle schwarze Frau, die neben B. F. saß und seine Hand umklammert hielt, war, davon ging Ariel aus, »Hattie«, die Haushälterin, die geholfen hatte, Jane großzuziehen.

Als Ariel später B. F. und Hattie am Flughafen verabschiedete (er begleitete sie zurück nach Florida, wollte aber, wie er meinte, ein oder zwei Wochen später wieder dasein), merkte Ariel, ohne es zu wollen, daß diese Frau mittleren Alters sie genau musterte. Hattie war nicht besonders dunkelhäutig, hatte funkelnde Augen und einen harten Mund. Ariel hoffte, daß sie von ihr nicht als Opportunistin eingeordnet wurde, aber sie wußte auch nicht, was sie in diesem Fall dagegen tun könnte.

Auf dem Weg vom Flughafen zurück nach Hause blieb ihr Wagen, der zuvor schon hin und wieder gestreikt hatte, ganz auf der Strecke. Ein Mechaniker riet ihr später zu einer Generalüberholung, und Ariel ließ das Auto in der Werkstatt stehen, wobei sie die Dollarzeichen vor Augen sah, als sie für die Übergangszeit einen Wagen lieh.

Schließlich rief der Arzt an, der die Praxis übernommen hatte, die auf dem Versicherungsformular genannt war. Ariel mußte schnell erklären, warum sie noch einmal nachfragte, aber schließlich hatte sie ihn so weit, zu bestätigen, daß sie auf die Huntingtonsche Krankheit hin untersucht worden war – und daß die Ergebnisse negativ ausgefallen waren. Ein kleiner harter Knoten der Angst, dessen Existenz sie negiert hatte, löste sich auf. Sie war froh, bislang nicht gewußt zu haben, daß die Chancen fünfzig zu fünfzig gestanden hatten.

Sie erledigte alles, was erledigt werden mußte, ließ Jessies Bauch kontrollieren (»So gut wie neu«, lautete Victors Feststellung) und ihre eigenen Verletzungen nachschauen (»Wird schon«, hieß es hier; sie könne, wenn sie wolle, auf den Gipsverband verzichten, solange sie vorsichtig sei), und schließlich wollte sie auch noch nach dem Tränengas schauen, das zu kaufen sie sich fest vorgenommen hatte. Sie stellte fest, daß es ohne Zulassung nicht erhältlich war, und nahm statt dessen Cayennepfeffer-Spray – nicht beim Menschen anzuwenden, wie das Etikett warnte.

Victor, der voller Ideen für ein Seminar in Boston steckte, kam zum Abendbrot vorbei, und am nächsten Vormittag ging Ariel ihren Pflichten im Tierheim nach. Es war eine bittersüße Erfahrung. Nur mit Mühe konnte sie sich beherrschen, nicht mit einem halben Dutzend Hunden nach Hause zu kommen.

Sie ging erfolglos einem Gedanken nach, der ihr im Zusammenhang damit gekommen war, wie sie ihren Exmann ausfindig machen könnte; der Verband ehemaliger Studenten an der Universität von Südkalifornien hatte seit Jahren keine Verbindung mehr mit ihm. Was auch immer Michael getan hatte, dachte Ariel, es muß etwas ganz Großes gewesen sein. Er schien verschwunden zu sein.

Sie ging noch zweimal mit Philip aus, beide Male in ganz

abgelegene Lokale, die er wählte, um mißbilligenden Freunden aus dem Weg zu gehen. Trotz seiner Zurückhaltung, über sich selbst zu sprechen, erfuhr Ariel allmählich ein wenig mehr über ihn, und sie mochte, was sie zu hören bekam.

Er war in jeder Hinsicht ein Gentleman, sein Benehmen höflich, seine Ausdrucksweise absolut korrekt, sein Stil, sich zu kleiden, konservativ und unauffällig. Er war nicht die Spur großtuerisch. Im Gegenteil, er benahm sich keineswegs wie ein Mann, der das große Geld besaß, wie das ja nun offenbar doch der Fall war. Seine Korrektheit wie auch seine Genügsamkeit vermittelten Ariel den Eindruck, daß er vielleicht in ärmlichen Verhältnissen groß geworden war, und ein Vorfall legte sogar nahe, daß er sich sehr hatte plagen müssen.

Es war am Abend jenes Tages, an dem sie die Ergebnisse ihrer Untersuchungen erfahren hatte, und Ariel war sehr erleichtert und daher gut gelaunt, sogar impulsiv. Sie fuhren nach Malibu in ein Restaurant, das direkt am Strand lag, und als sie vom Wagen zum Gebäude gingen, blickte sie in den rabenschwarzen Himmel hinauf und ließ eines ihrer Zitate fallen.

»›Mondlos, sternlos und bibelschwarz‹«, deklamierte sie theatralisch, »um auf den furchteinflößenden Dylan zurückzugreifen.«

»Dylan?« fragte Philip. »Meinen Sie Bob?«

Ariel kicherte richtig.

»Nein, nicht Bob und auch nicht Matt«, sagte sie. »Thomas.«

In diesem Moment hatten sie die Eingangstür erreicht, und zufällig sah Ariel Philips Gesicht.

»Hey? Was ist los?« Sie lächelte und berührte seinen Arm, der sich zu ihrer Überraschung ganz steif anfühlte.

»Freut mich, daß Sie meine Unwissenheit so unterhaltend finden«, sagte er harsch. »Es haben vielleicht nicht alle Ihre Möglichkeiten gehabt.«

Die Kellnerin kam auf sie zu, und als die beiden an ihrem Tisch Platz genommen hatten, verhielt sich Philip wieder, als hätte sich dieser unangenehme Vorfall nicht zugetragen. Ariel wollte sich entschuldigen, ihm erklären, daß sie nicht über ihn gelacht hatte, er ging aber lediglich auf ihre außergewöhnlich gute

Laune ein. Zweifellos war es ihm peinlich, so zurückweisend reagiert zu haben; offensichtlich wollte er das Thema nicht weiterverfolgen; klugerweise gab Ariel nach. Und geschickt lenkte Philip das Gespräch wieder auf sie.

Er war wieder respektvoll wie immer. Er war ein exzellenter Zuhörer, und er erinnerte sich an alles, was sie ihm erzählt hatte. Er machte Ariel Komplimente, die überlegt waren, nic platt. Er warf ihr Blicke zu, die sie nur als Bewunderung verstehen konnte, aber er berührte sie nur flüchtig und auf ganz harmlose Weise. Er blieb nüchtern, im eigentlichen wie auch im übertragenen Sinn, und irgend etwas an ihm wirkte eher altmodisch. Ersteres war sicherlich auf die besonderen Umstände zurückzuführen, letzteres empfand Ariel, wie sie feststellte, als rührend.

Als sie einmal laut darüber nachdachte, warum er für alles bar bezahle, lieferte er ihr ein wenig verdrossen, aber durchaus überzeugend eine Erklärung.

»Ich mag nicht, daß meine persönlichen Daten im Computer anderer Leute herumschwirren«, sagte er und fügte hinzu, »und warum sollte man riskieren, eine Rechnung zu übersehen und der Zinsen wegen Geld zu verschleudern – Fiona ist das wiederholt passiert, bis ich sie davon überzeugen konnte, ihre Kreditkarten zu kündigen.«

Es war eine der wenigen Bemerkungen, die er über seine verstorbene Frau machte. Und der Eindruck, der bei Ariel entstand, daß sie die ältere der beiden war und daß sie nicht besonders viel gemeinsam hatten, gründete sich auf nichts, was er tatsächlich gesagt hätte; nie war ein schlechtes Wort über Fiona Morgan gefallen.

Ariel ging weiterhin zu Dr. David Friedman, bis sie eines Morgens das Gefühl hatte, die Sitzungen seien überflüssig. Wenn es einen Fortschritt gab, dann bestand er eher darin, daß sie ihre Situation akzeptierte, als daß sich etwas Neues offenbarte.

Die Hypnose blieb ohne Erfolg, und sie konnte sich nicht weiter zurückerinnern als beim ersten Mal. Es war, als sei sie am Montag, dem 18. Februar, geboren worden. Als Friedman noch einmal auf den »weißen Traum« zu sprechen kam, merkte Ariel, daß ihre Erinnerung daran vage geworden war und daß sie, genaugenommen, nicht mehr wußte, ob sie in den zurückliegenden Nächten überhaupt geträumt hatte. Was die Tagebücher anging, mußte Friedman zugeben, daß sie zwar Aussehen und Auftreten jener Ariel, die er aus *Die offene Akte* kannte, erklärten, daß sie aber keinerlei Aufschluß über die Frau gaben, die er jetzt behandelte. Diese Spaltung schien er zu berücksichtigen, als er Ariel zuhörte, die wieder einmal zu beschreiben versuchte, wie fremd sie sich anfänglich in ihrem eigenen Körper gefühlt hatte.

»Daß Sie sich nicht wiedererkennen«, sagte er, nachdem er eine ganze Weile nachgedacht hatte, »ist normal, nehme ich an. Aber ich würde gerne über den Abscheu sprechen, den Sie beschreiben. Oder – gehen wir noch einen Schritt weiter – wie fühlen Sie sich denn jetzt?«

Ariel dachte über die Frage nach und war nicht wenig überrascht, festzustellen, daß sie keine Rolle mehr spielte. Sie hatte sich an ihr Gesicht, an ihren Körper gewöhnt, den sie zuvor als anstößig empfunden hatte. Es war ihr Körper, er gehörte zu ihr.

»Ich glaube«, sagte sie, »es ist ein bißchen wie mit der Verletzung meiner Hand. Zuerst dachte ich dauernd daran. Ich mußte innehalten und mir jede Kleinigkeit überlegen, die ich tun wollte, und alles war unbekannt und umständlich. Jetzt denke ich fast nicht mehr darüber nach.« Sie zuckte die Schultern. »So ist das.«

»Ariel ...« Friedman setzte sein durchdringendes Lächeln auf. »Ich frage mich, ob Sie sich allmählich zugestehen, die Realität zu akzeptieren, sich selbst so zu sehen, wie Sie nun einmal sind. Ihre Reaktion, die Sie beschreiben, war sicherlich extrem, gelinde gesagt. Als wären Sie entstellt gewesen. Sie erinnern mich an eine Magersüchtige: ein wandelndes Skelett, das in den Spiegel schaut und eine dicke Frau darin sieht.«

Ariel lachte: »Sie wollen mir damit aber nicht sagen, ich sei mager!«

»Nein«, entgegnete er ruhig, »aber Sie arbeiten daran, stelle ich fest. Und obwohl Sie dauernd so reden, als hätten Sie ein großes

Gewichtsproblem, so stelle ich immerhin fest, daß Sie darüber lachen können.« Er faltete seine Hände, wie er das am liebsten tat, vor seinem durchaus stattlichen Bauch.

»Ich hatte einmal das Vergnügen«, sagte er, »einer Frau zu begegnen, die den Ruf hatte, eine große Schönheit zu sein. Sie war zu jenem Zeitpunkt Mitte Siebzig und hatte immer noch eine undefinierbare ... sagen wir ›Ausstrahlung‹, in Ermangelung eines besseren Wortes. Ich fragte sie, was ihrer Meinung nach eine schöne Frau ausmache. Sie zögerte keinen Augenblick. Mit größter Überzeugung antwortete sie: ›Witz, Charme und Anmut.‹

Aber eigentlich war sie nicht körperlich schön – auch früher nicht. Sie dagegen, Ariel, sind eine sehr attraktive Frau. Aber als ich Sie kennengelernt habe, bevor die Amnesie eingesetzt hat, da haben Sie sich verhalten, als wüßten Sie dies nicht. Ihre Haltung, Ihre Körpersprache, Ihre Abwehrmechanismen gehörten zu einer Frau, die sich selbst für nicht begehrenswert hielt. Das stimmt nicht länger. Sie haben die drei Eigenschaften, von denen ich gesprochen habe, und Selbstvertrauen zudem.«

Er wippte einen Augenblick lang mit seinem Stuhl. »Liege ich damit völlig daneben? Ich finde es eben einfach interessant, wie sehr Sie sich verändert haben, Ariel. Dieses Phänomen ist für Amnesiepatienten nicht selten – das Phänomen der Kompensation, wenn man so will.«

Ariel schüttelte den Kopf. »Ich dachte immer, Psychiater sitzen herum und schauen würdevoll vor sich hin. Geben ihre ›Ähs‹ und ›Ahs‹ von sich und lassen den Patienten sprechen.«

»Bin ich deshalb nicht berühmt und erfolgreich?« fragte sich David Friedman. »Vielleicht mache ich einen Fehler.«

»Ich glaube, Sie wissen, daß ich hier meinen Abgang vorbereite. Vielleicht ist es nur eine Art List.«

»Tun Sie das?«

»Tu ich was?«

»Ihren Abgang vorbereiten?«

»Ja.«

»Na, dann *bon voyage.«* Wieder ließ er sein warmes Lächeln

aufblitzen. »Erzählen Sie mir, warum Sie beschlossen haben, nicht mehr hierherzukommen.«

Ariel sah auf ihre Hände, dann auf die des Psychiaters. »Ich glaube, daß die Bedrohung, worin auch immer sie bestanden hat, nicht mehr existiert, und damit ist es auch nicht mehr so dringlich, sich zu erinnern. Dieser Mann, den ich erschossen habe – Rodriquez? –, er ist bei mir eingebrochen, hat Panik bekommen und kehrte in der darauffolgenden Nacht zurück, um seine Arbeit zu vollenden. Jetzt ist er tot. Basta. Der Revolver, den ich gefunden habe? Ich bin wahrscheinlich nach Hause gekommen, habe gesehen, daß jemand eingebrochen war, und holte den Revolver, um mich verteidigen zu können. Was es mit dem blutigen Sweatshirt auf sich hat, weiß ich nicht, aber es kann alles mögliche sein. Vielleicht habe ich Jessies Krallen zu kurz gestutzt. Das blutet wie verrückt, wissen Sie. Und das Blut war eingetrocknet. Vielleicht stammte es von einer alten Verletzung. Oder vielleicht habe ich an diesem Abend angehalten, um einem Unfallopfer zu helfen – vielleicht war das der traumatische Vorfall, der den Gedächtnisverlust ausgelöst hat. Wer weiß? Vielleicht hat irgendeine kleine Synapse in meinem Gehirn verrückt gespielt.«

Mit ihren Fingern klopfte sie nachdenklich einen Rhythmus auf Friedmans Schreibtisch. »Genau so könnte es gewesen sein, verstehen Sie – es wäre sogar plausibel! Und ich möchte in die Zukunft schauen. Sollte mein Gedächtnis zurückkehren, Teile davon oder vollständig, wunderbar. Wenn nicht, dann eben nicht. Es hat auch Vorteile«, meinte sie, »reinen Tisch zu machen.«

Es war Samstag, der neunte März, als Ariel schließlich die Zeit fand, auf Ralphs Angebot zurückzukommen und sich die Haare schneiden zu lassen.

Wie sich herausstellte, hatte er nicht nur einen Haarschnitt im Sinn. Aber sie vertraute sich, nur geringe Zweifel hegend, seinen kleinen Händen an. Das Ergebnis war überwältigend. Zuerst war sie ganz begeistert, dann betrachtete sie ihr Spiegelbild

genauer. Die jämmerliche Dauerwelle war verschwunden, und ihr kurzes Haar glänzte um einige Grade heller, aschblonde Strähnchen funkelten darin. Aber etwas tangierte sie heftiger als die riesige Veränderung.
»Das ist Jane Macaulays Haarschnitt«, warf sie ihm vor, »und ihre Haarfarbe!«
»Sie haben recht«, gab Ralph zu, »genau. Ich sollte es wissen; ich habe den Schnitt vor einigen Jahren für sie kreiert. Er stand Jane sehr gut, und er steht auch Ihnen. Oder finden Sie nicht?«
Sie konnte ihm nicht widersprechen, aber sie wurde ihr ungutes Gefühl auch nicht los.
»Ich mache Ihnen noch einen Vorschlag.« Er sah sich um, um sicherzustellen, daß niemand hören konnte, wie sein Scheinakzent verschwand. »Wir haben hier eine Frau, die Gesichtsmassagen und Make-up und all so etwas wirklich gut beherrscht. Sie ist im Augenblick frei, also lassen Sie sie etwas mit diesem schrecklichen Gebüsch machen, das Sie Augenbrauen nennen, ja?«

Am Spätnachmittag desselben Tages kam Henry bei Ariel vorbei, holte sie von der Gartenarbeit weg. Was auch immer er hatte sagen wollen, es blieb ihm im Halse stecken, als sie die Tür öffnete.
»Ariel?« fragte er unsicher.
»Klingt das nach ›Ariel, wie siehst du gut aus‹ oder eher nach ›Ariel, was haben sie denn mit dir angestellt?‹« fragte sie und war selbst ganz verunsichert.
»Du siehst so ... anders aus.«
»Gütiger Gott, Henry! Nur nicht so überschwenglich.« Ariel wandte das Gesicht ab und fühlte sich an ihre Verwirrung an jenem Abend erinnert, als sie Henry kennengelernt hatte. Jetzt war ihr sogar noch unbehaglicher zumute. Sie stapfte wieder in den Garten hinter dem Haus, ließ ihn an der Tür stehen.
Einige Minuten später folgte er ihr, setzte sich in einen Gartenstuhl und starrte sie an. »Was haben sie denn mit dir angestellt?« fragte Henry.

Ariel drückte die Erde um ein frisch gepflanztes Alpenveilchen fest und antwortete nicht.
»Hast du gemerkt, wem du ähnlich siehst?« fragte Henry.
»Ich finde, eigentlich nicht so sehr. Oberflächlich betrachtet vielleicht.« Sie schaute nicht auf.
»Ha!«
Ariel nahm ihre Brille aus der Tasche und setzte sie auf.
»Was soll das denn nun sein?« meinte Henry spöttisch. »Eine Verkleidung? Warum hast du das gemacht ... mit deinem Haar? Und deinem Gesicht? Und *wie* hast du das hingekriegt?«
Ariel stach den Spaten in die Erde und warf Henry einen vernichtenden Blick zu. »Es war nicht meine Idee. Ich wollte mir die Haare schneiden lassen. Punkt. Und zufällig geriet ich an Ralph – Jane Macaulays Friseur – und an die Kosmetikerin, die für sie arbeitete. Wenn hier jemand morbide ist, dann die beiden, nicht ich!«
»Okay, beiß mir nicht gleich den Kopf ab!« Henry wurde ein wenig lockerer. »Es war nur ein Schock. Und im übrigen siehst du verdammt gut aus – ich nehme an, ich hätte das erwähnen sollen –, aber ich merke, daß du noch immer die alte Ariel bist ... Zumindest die Ariel der vergangenen Wochen. Du hast mit Sicherheit nichts mehr von der *ursprünglichen* Ariel!«
»Was auch immer das heißen soll. Wieso bist du eigentlich hier?«
Henry entspannte sich zunehmend und erklärte den Anlaß seines Besuchs. Er berichtete, daß er Macaulay auf dem Parkplatz vor dessen Büro überrumpelt habe und daß es ihm schließlich gelungen sei, ihm mit Bluffs – ganz inoffiziell – eine »Bestätigung« ihrer Vermutungen zu entlocken.
»Ich bin überzeugt«, sagte Henry, »daß er Jane an diesem Abend nicht gesehen hat und daß er herumrätselt, was sie gesehen haben könnte, genau wie wir. Um die Wahrheit zu sagen, ich glaube, er leidet. Niemand wird so wütend und verteidigt sich mit so viel Nachdruck, solange er sich nicht schuldig fühlt.«
»Du hast ihm aber nichts von der Schwangerschaft erzählt, oder?« hakte Ariel alarmiert nach. »Ich habe dir gesagt, ich will nicht, daß B. F. Wind davon bekommt!«

»Ich habe es versprochen, oder nicht? Ich bin nicht die Stimme der Vergeltung.« Henry lümmelte auf seinem Stuhl herum und überkreuzte seine endlos langen Beine auf Höhe der Knöchel. »Der Coroner hat nichts davon gesagt, daß sie schwanger war – ich denke mal, es war von der armen Frau nicht genug übrig, um eine Schwangerschaft festzustellen –, also tu ich's auch nicht. Obwohl es Pfeffer in die Story bringt.« Er warf Ariel einen forschenden, hoffnungsvollen Blick zu, schützte seine Augen vor dem Sonnenlicht. »Aber wenn du es dir anders überlegst . . .«

»Vergiß es«, meinte Ariel kurz angebunden. Sie streifte ihre Gartenhandschuhe ab und warf sie auf den Liegestuhl. »Ich werfe dich nur ungern hinaus, aber ich habe heute abend etwas vor, und ich möchte noch ein ausgiebiges heißes Bad nehmen.«

Henry sah sie verwirrt an.

»Du tust ungeheuer geheimnisvoll, was dein Privatleben angeht. Worin besteht denn das große Geheimnis?«

»Du bist vielleicht neugierig. Los. Hinaus mit dir«, war alles, was Ariel antwortete.

»Schon gut, schon gut. Aber solange du dich in deinem Schaumbad vergnügst, schau ich mir schnell noch die Nachrichten an – ein Durchbruch in dem Entführungsfall, den wir verfolgt haben. Bis ich zu Hause bin, ist es zu spät.«

Sie gingen gemeinsam in die Küche, wo Ariel den tragbaren Fernseher anschaltete. Es kam gerade eine alte Vorabendserie, und sie wollte schon auf den Nachrichtenkanal umschalten, als sie mitten in der Bewegung innehielt. Sie starrte auf eine der beiden winzigen Figuren auf dem Bildschirm. Die Kamera zeigte die Nahaufnahmen einer Brünetten im Negligé und wechselte dann wieder in die Totale. Der Mann, der die Frau mit den kalten Augen zu bedrohen schien, sah ziemlich vornehm aus. Er trug ein Smokingjackett und hatte eine Flasche Champagner und zwei tulpenförmige Gläser in der Hand. Sein Gesicht wirkte hart. Die Stimme kam Ariel bekannt vor.

Henry sah auf Ariels Gesicht, dann auf den Bildschirm.

»Was?« fragte er. »Hast du eine Fortsetzung versäumt, oder was?«

»Aber das ist ja ...« Mit offenem Mund zeigte sie auf den Fernseher.
Henry schaute wieder auf den Bildschirm. »Das ist Scheiße«, sagte er. »Erzähl mir nicht, daß du ein heimlicher Fan von *Tulsa* bist.«
»Nein! Dieser Mann, das ist Philip!«
»Ja. Das ist Philip Wie-hieß-er-gleich ... Carroll. Extraordinärer Serienheld, mittelmäßiger Schauspieler. Na und?«
Ariel fuhr herum. »Philip *Carroll?* Bist du sicher?«
»Ariel«, fragte Henry ungeduldig, »wo liegt das Problem?«
»Vergiß es.« Sie warf einen letzten Blick auf den Bildschirm und schaltete um. Dann nahm sie zwei Gläser aus dem Schrank, goß Limonade ein, gab Eiswürfel dazu und setzte sich.
Henry war mit einem Auge bei den Nachrichten, mit dem anderen beobachtete er Ariels verschlossenes Gesicht, bis der Bericht, den er hatte sehen wollen, vorbei war. Er machte den Fernseher aus.
»Ich dachte, du wolltest ein Bad nehmen?«
»Nun, meinen Rücken kriege ich auch ohne dich geschrubbt.«
Henrys stets schwelende Neugierde war angestachelt worden, und er ging in der Küche auf und ab, hoffte, daß sie mehr sagen würde. Es kam nichts.
»Was ist denn das?« fragte er und fingerte an dem Notizblock neben dem Telefon herum. »Warum rufst du den Verband ehemaliger Studenten an?«
»Henry!« rief Ariel verärgert aus. »Schalt dein Radargerät aus! Das geht dich nichts an, und es hat außerdem nichts zu bedeuten. Ich habe dir erzählt, daß ich versuchte, meinen Exmann ausfindig zu machen, und ich habe hiermit einen letzten Versuch unternommen. Er ist in Brasilien untergetaucht oder wo auch immer, soweit ich weiß. Wolltest du nicht gehen?«
Er sah gedankenverloren auf die Notiz, die sie auf ihren Block gekritzelt hatte.
»Weißt du, Ariel ... Da gibt es noch eine Möglichkeit, die du offensichtlich nicht bedacht hast. Vielleicht ist er tot.«
Sie starrte ihn an, vergaß ihre schlechte Laune. Er hatte recht. Dieser Gedanke war ihr nie gekommen.

Henry nahm den Telefonhörer in die Hand, hieb eine Nummer in die Tastatur und wartete.
»Gil Chen«, sagte er und dann, einen Augenblick später: »Gil. Wie geht's, Kumpel?«
Nach einem kleinen berufsmäßigen Schlagabtausch unter großen Jungs sagte Henry: »Ja, ich weiß, daß ich dir noch was schulde. Danke. Aber du mußt mir trotzdem noch mal einen Gefallen tun. Kannst du mir unter der Rubrik ›Nachrufe‹ einen Namen suchen? Michael Gold, ein Anwalt – von hier, glaube ich.«
Und zu Ariel gewandt: »Weißt du, wie er mit vollem Namen hieß?«
»Michael Jordan.«
Henry wiederholte den Namen, nickte ein- oder zweimal und gab Ariels Telefonnummer durch. »Ungefähr fünfzehn Minuten«, sagte er und legte auf.
»Ein Freund bei der *Times*«, antwortete er, ohne daß sie gefragt hatte. »Aber mach du nur, was du machen wolltest; ich warte hier.« Er grinste sie an wie Groucho. »Es sei denn, du hast deine Meinung geändert, was das Schrubben deines Rückens betrifft.«
Als das Telefon zwanzig Minuten später klingelte, war Ariel (die sich doch für eine kurze Dusche statt eines vergnüglichen Bades entschlossen hatte), in einen Frotteebademantel gehüllt, schon zurück. Sie nahm den Hörer und reichte ihn dann an Henry weiter.
»Ja.« Henry hörte eine Zeitlang zu, wich dabei aber Ariels Blick aus. Schließlich sagte er: »Ja, jetzt fällt's mir wieder ein. Ich hatte den Namen vergessen. Vielleicht machen wir eine Story daraus, man kann nie wissen.«
Er bedankte sich bei dem Reporter, legte auf und sah Ariel an. Sein Gesichtsausdruck bestätigte, was sie schon vermutet hatte.
»Was ist mit ihm passiert?« fragte sie.
»Er ist ums Leben gekommen. Ermordet worden, um genau zu sein. Er und ein anderer Mann, ein Beifahrer in seinem Auto. Und du hast recht gehabt: Gold hatte ein paar ziemlich anstößige Kameraden. Es gab Gerüchte, daß Gold unter anderem mit

Geldwäsche zu tun hatte. Die Polizei hat mit einigem Interesse nachgeforscht, aber man konnte ihm nie etwas nachweisen. Es ist noch nicht geklärt, aber, Ariel, es ist auch nichts Neues. Ich meine, es ist schon vor vier Jahren passiert.« Er wich ihrem Blick wieder aus. »Du bist im übrigen nicht geschieden worden. Du bist als überlebende Ehepartnerin geführt.«

Sie saßen beide schweigend da, bis Ariel sich zusammenriß. Sie sah auf die Küchenuhr und sagte: »Ich muß mich jetzt wirklich fertig machen, Henry.«

Als sie ihn hinausbegleitete, legte er einen Arm um ihre Schultern.

»Das muß ein sonderbares Gefühl sein«, sagte er schlicht, »wenn man herausfindet, daß der Ehemann, an den man sich noch nicht einmal erinnern kann, tot ist.«

An der Tür blieb Ariel stehen. Die Hand am Türgriff, lächelte sie ihn freudlos an. »Na ja, es ist auch etwas Gutes, oder? Es ist, wie du sagst, ›nichts Neues‹. Er und seine ›anstößigen Kameraden‹ sind Geister, die ich verbannen kann. Es sieht so aus, als gingen mir allmählich die Bösewichter aus, und das habe ich dir zu verdanken.«

38

Warum haben Sie mich in dem Glauben gelassen, Sie hießen Morgan? Warum das große Geheimnis um Ihre Person?«

Die Gedecke des Abendessens und alles, was sonst noch dazu gehörte, waren abgetragen worden, der Kaffee war eingeschenkt, und Ariel hatte schließlich ihre Frage gestellt. Sie hatte so lange damit gewartet, weil sie die ganze Situation mindestens ebenso peinlich wie verwirrend fand. Sie kam sich ziemlich dumm vor und erwartete, daß Philip möglicherweise ähnlich empfand, aber überraschenderweise wirkte er verärgert. Dieser Eindruck währte nur einen kurzen Augenblick. Was sie da gesehen hatte, war, entschied Ariel, vielleicht auch nur ein Schattenspiel der flackernden Kerzen. Als die Flammen sich wieder beruhigt hatten, merkte sie, daß in Philips Gesicht nicht Ärger, sondern Bedauern lag.

»Ich habe nie behauptet, mein Name sei Morgan. Den Schluß haben Sie gezogen, und ich habe Sie einfach ... nicht korrigiert.« Er lächelte traurig. »Als ich merkte, daß Sie mich tatsächlich nicht erkennen, nun da ... Sie können sich nicht vorstellen, wie selten ich die Möglichkeit habe, mich zu entspannen und ich selbst zu sein. Mir keine Gedanken machen zu müssen, was ich sage. Und ob vielleicht irgendein falsch gedeutetes Ereignis auf der Titelseite eines Boulevardblattes landet.«

»Ich will Ihnen nicht zu nahe treten, Philip, aber ich kannte weder Ihren Namen noch Ihr Gesicht. Ich meine, es tut mir leid, aber ich konnte Sie, obwohl Sie mir bekannt vorkamen, nicht einordnen. Offensichtlich. Wie berühmt sind Sie denn eigentlich?«

»Ariel, meine Liebe, Sie sind wohl keine Anhängerin von Vorabendserien, Hunderttausende von Menschen dagegen sind es. In den vier Jahren, seit *Tulsa* läuft, wurde unzählige Male über mich geschrieben – in *People* und *Cosmopolitan* und so weiter. Natürlich habe ich schon vor *Tulsa* eine ansehnliche Zahl von Erfolgen gehabt. Ich habe auch einen Kinofilm gemacht und spielte in den Monaten seither in einigen anderen Serien.«

Philip wirkte ziemlich verstimmt, kam Ariel nicht umhin zu denken, für einen Mann, der gerade die Vorzüge der Anonymität gepriesen hatte. Als hätte er ihre Gedanken gelesen, grinste er sie leicht beschämt an.

»Ich gebe zu, ich war überrascht – und, okay, auch ein wenig gekränkt, daß Sie mich nicht kannten. Ich versichere Ihnen, das ist sehr ungewöhnlich.

Und es ist unerhört«, fuhr er fort, »wie sehr die Presse herumschnüffelt. Und wie unverschämt Fans sein können. Das ist ein weiterer Grund, warum ich mit Ihnen in so unbekannte Lokale gegangen bin, schwach beleuchtet und leer, wie Sie bestimmt bemerkt haben – damit wir ungestört sind.« Er sah von seiner Tasse auf, die er langsam im Kreis gedreht hatte. »Mit jemandem zusammen sein, der *mich* mag und nicht eine Rolle, die ich gespielt habe, oder ein Image, das von der Presse geschaffen wurde, war für mich wie ein Geschenk. Und da täusche ich mich doch nicht, oder? Sie haben diese letzten beiden Wochen auch genossen, nicht wahr?«

Ariel musterte Philips ernstes Gesicht. Der Ruf, unsicher zu sein, in dem Schauspieler standen, war offensichtlich wohlbegründet und galt generell. Hier war ein gutaussehender Mann, reich wie Krösus, seiner eigenen Einschätzung nach, wie auch nach der anderer Leute, erfolgreich, und er fragte sie, ob sie ihn mochte.

»Sonst wäre ich nicht hier«, antwortete sie.

»Dann ist ja alles gut.« Philip nickte zufrieden, runzelte dann aber die Stirn. »Aber, Ariel, es ist mir sehr wichtig, mein Privatleben auch privat zu halten. Das ist mir besonders seit Fionas Tod ein großes Bedürfnis. Ich hoffe, ich kann auch weiterhin mit Ihrer Diskretion rechnen. Versprechen Sie mir das.«

Ariel, die von seiner Eindringlichkeit eher durcheinander war, schwor, daß sie kein Sterbenswörtchen über ihre Freundschaft verlauten lassen werde. Und wieder nickte er. Ein Pakt war besiegelt.

»Gut. Aber lassen Sie uns nun über etwas Interessanteres als meine kleinen Schwächen sprechen. Zum Beispiel darüber, wie wundervoll Sie aussehen. Ich habe es ganz ernst gemeint, als ich sagte, daß Sie mich mit Ihrer neuen Frisur an die arme Macaulay erinnern. Ich habe im übrigen herausgehört – es ging gar nicht anders, wissen Sie, trotz Ihrer Besonnenheit –, daß es der Fall Macaulay ist, an dem Sie arbeiten. Wie kommen Sie voran?«

»Comme ci, comme ça.« Sie lächelte und bewegte die Hand vage hin und her, und der Rest des Abends verlief sehr angenehm. Nur wenn sie Henry erwähnte, vielleicht einmal zu viel, wurde die wiederhergestellte Harmonie kurz gestört.

»Er muß ja ein toller Detektiv sein«, unterbrach Philip sie. »Wie sieht er aus, dieser Henry?«

»Henry? Groß, mit Bart. Dünn. Was tut denn sein Aussehen zur Sache?«

»Sie mögen diesen Henry?«

»›Dieser Henry‹ ist ein guter Freund von mir, ja«, antwortete

Ariel langsam. Dann wurde ihr klar, was die Gereiztheit in Philips Stimme implizierte. »Wir sind gute Kollegen«, meinte sie indifferent und wechselte das Thema.
Sie saßen schon im Auto, als Ariel plötzlich eine naheliegende Frage einfiel. Sie drehte den Kopf und sah Philips feines Profil, das genau in diesem Augenblick von den Scheinwerfern eines entgegenkommenden Wagens beleuchtet wurde.
»Warum«, fragte sie, »hieß Ihre Frau Morgan? Warum nicht Carroll?«
Philip berührte eine Taste am Kassettenrecorder, und Placido Domingo wurde auf die hinteren Lautsprecher verbannt.
»Warum fragen Sie?«
»Ich mag keine Ungereimtheiten.«
»Ja, ja. Die Nachrichtenfrau in Ihnen, nehme ich an.« Philips Gesicht wurde hart. »Fiona erfreute sich selbst eines kleinen Erfolgs als Künstlerin. Pferde waren ihr Spezialgebiet, gemalt in kalifornischer Landschaft, und die Galerien, in die Touristen kommen, schätzten sie. Sie hatte schon einige Zeit vor ihrem Tod fast ganz damit aufgehört ... Aber um Ihre Frage zu beantworten, um ihrer Karriere willen, um der Kunst willen, behielt sie ihren Mädchennamen. In ihren beiden Ehen.«
»Ich wußte gar nicht, daß sie zuvor schon einmal verheiratet war«, bemerkte Ariel. »Sie haben wirklich herzlich wenig über sich erzählt. Über Ihr Leben. Über Ihre Frau.«
Er bremste ein wenig ab, um in ihre Straße einzubiegen, und sah sie an. »Ich könnte das gleiche von Ihnen behaupten, wissen Sie.« Er hielt an und schaltete den Motor aus. »Merken Sie eigentlich«, fragte er, »daß Sie fast nie über Ihre Vergangenheit reden? Ich weiß noch nicht einmal, ob Sie je verheiratet waren.«
»Verwitwet.« Ariel spürte, wie sich ihr Magen verkrampfte, als sie offenbarte, was sie selbst gerade erst herausgefunden hatte. »Wie Sie.«
»Da teilen wir ja etwas ganz Trauriges. Seit kurzem erst?«
»Nein.« Sie versuchte, wieder fröhlicher zu klingen, als sie nach ihren Schlüsseln kramte. »Dann haben wir wohl beide in diesem Staat der sprichwörtlichen Offenheit nichts verloren, wenn es

uns nicht gelingt, über uns zu reden. Ich glaube nicht, daß ich bereit bin, mein Innerstes nach außen zu kehren, aber ich erzähle Ihnen von meinem Psychiater, wenn Sie mir von Ihrem Astrologen erzählen, okay?«

Philip lächelte nicht. »Ich habe keinen. Ich glaube, wir haben unser Schicksal selbst in der Hand, finden Sie nicht?«

»Lieber Gott, Philip, wer weiß das schon?« Ariel lachte. »Ich kann nicht gerade sagen, daß ich meinem Schicksal gewachsen wäre. Aber wenn wir jetzt philosophisch werden, dann gilt, glaube ich: ›Ihr seid Sklaven des Schicksals, des Zufalls, der Könige und der Verzweifelten.‹ Ganz bestimmt.«

»Warum sagen Sie das?«

»Ich war das eigentlich gar nicht. Das war John Donne. Wollen Sie vielleicht noch einen Kaffee? Und ich habe heute morgen noch einen nahezu fettfreien Käsekuchen gebacken. Mokka-Schokolade. Wollen Sie nicht hereinkommen und ihn probieren?«

»Ich glaube, es ist besser, wenn ich weiterfahre.« Philip wandte sich Ariel nun ganz zu und betrachtete sie mit einem Zögern, das ungewöhnlich für ihn war. »Nehmen Sie es mir nicht übel, wenn ich noch etwas sage – und Sie brauchen mir nicht zu erzählen, daß es unpassend sei. Was als wundervolle Möglichkeit begann, der Einsamkeit zu entkommen, verändert sich nun allmählich. Vielleicht zu schnell schon.« Er schob die Hände zwischen seine Knie und rieb die Daumenballen gegeneinander, ohne daß er merkte, dachte Ariel, was er tat.

»Ich habe nicht viel über meine Ehe erzählt, Sie haben recht, aber die Wahrheit ist, daß nicht alles so war, wie ich mir das gewünscht hätte. Ich mache Fiona keine Vorwürfe; sie war sehr hingebungsvoll. Aber ihre Gesundheit, seelisch und körperlich ... Ich fühlte mich schon einsam, lange bevor sie starb.«

Diese letzte Äußerung hing bedeutungsschwanger in der Luft. Ariel war überrascht, aber nicht aus dem Grund, der noch vor zwei Wochen gegolten hätte. Ihre Überraschung ging nicht auf irgendein Gefühl der Unzulänglichkeit zurück, sondern darauf, wie sie Philip inzwischen beurteilte. Er war ein Mann, dachte sie, dem unbeherrschte Emotionen und spontane Zugeständnis-

se nicht gerade gegeben waren. Nachdenklich prüfte sie ihre Gefühle diesem Mann gegenüber, der ihr in vielerlei Hinsicht immer noch fremd war.
Keine Frage, sie fand ihn attraktiv. Und es gab vieles an ihm, was sie bewunderte, nicht zuletzt seine Zurückhaltung. Mühelos konnte sie sich eine wachsende Beziehung vorstellen, in der man sich gegenseitig entdeckte und sich allmählich liebgewann. Aber zuerst mußte sie jemand Wichtigeren kennenlernen. Sich selbst.
Sie beugte sich nach vorne und legte ihre Hand auf seine Wange. Er bedeckte ihre Hand mit der seinen, ließ sie einen Augenblick lang liegen.
»Sie haben recht, Philip«, sagte Ariel weich, »es kommt zu schnell, aus mehr Gründen als nur dem einen naheliegenden. Wir haben jede Menge Zeit, und ich habe das Gefühl, daß keiner von uns beiden bereit ist.«
Philip küßte sie, drückte seinen Mund sanft und sehnsüchtig auf ihre Lippen und gab ihre Hand frei. Als sie ihm an der Tür eine gute Nacht wünschte, war sie überzeugt, daß sie mit ihrer Einschätzung richtig lag und der geeignete Zeitpunkt noch nicht gekommen war. Oder zumindest fast überzeugt.
Vier Stunden später, als sie aufwachte und der Geruch von Lilien schwand und ein Hagel von Lichtern explodierte und dann vergessen war, schaltete sich ihr Verstand ein. Sie war auf der Stelle hellwach und fragte sich: Was, wenn Max Neely an jenem Nachmittag auf der Polizeiwache nicht »Carol« sondern »Carroll« gesagt hatte? Sie grub die Frage wieder hervor, die sie damals als so verwirrend empfunden hatte. Was, wenn er gefragt hatte: »Machst du eigentlich was mit dem Zeug, das ich dir über Carroll gegeben habe?«

39

Der wenige Schlaf, den Ariel sich nach ihrer Offenbarung (ihrer sträflich verspäteten Offenbarung, schalt sie sich verärgert) noch hatte holen können, war unruhig gewesen. Um sechs Uhr gab sie auf und kochte sich eine Kanne Kaffee. Sie nahm sich einen

Notizblock und schrieb ihre Gedanken nieder, versuchte sie zu ordnen, bevor sie Neely anrief.
Die große Frage lautete natürlich, ob sich die beiläufige Bemerkung des Detective auf den Namen »Carol« bezogen hatte, vermutlich eine Frau (bei der es sich um Carol Lloyd von Woolf Television oder um Legionen von Frauen handeln konnte, von denen sie noch gar nichts wußte), oder auf den Namen »Carroll«, den Ariel nur einmal kannte.
Wenn es letzteren betraf, dann wurden die folgenden Fragen gleichermaßen wichtig: Warum hatte sie nachgefragt, wonach hatte sie gefragt, und was hatte Neely geantwortet?
David Friedman – und vielleicht auch Hermann Rorschach – hätten die phantasievollen Formen, die auf Ariels Notizblock entstanden, als sie nachdachte, geschätzt. Je länger sie ihre Verbindung zu Philip betrachtete, desto eindringlicher fragte sie sich, ob sie sich vor ihrer scheinbar ersten Begegnung schon einmal getroffen hatten. Wenn ja, dann war ihre ganze Beziehung eine Groteske.
Sie versuchte sich zu erinnern, was Victor dazu gesagt hatte, wie sie Jessie zu sich genommen hatte. Aber sie konnte sich lediglich dunkel daran erinnern, daß das Tier nicht lange nach Fiona Morgans Tod zu ihr gekommen war. Wann war das gewesen? War noch Zeit geblieben, Kontakt zu Fionas Mann aufzunehmen? Sie hatte Victor offenbar erzählt, daß sie dies plane. Aber wenn dem so war, warum hatte Philip sich dann so verhalten, als wären sie einander nie zuvor begegnet? Und warum hatte er nicht hinterfragt, warum *sie* sich verhielt, als wären sie Fremde?
Ein neuer Gedanke tauchte in ihrem Kopf auf. Wenn sie sich tatsächlich schon länger als drei Wochen kannten, dann mußte Philip wissen, daß sie an einer Amnesie litt. Oder annehmen, daß sie dies zumindest vorgab. Oder daß sie völlig verschroben war. Dennoch hatte er seltsamerweise nichts in Frage gestellt. Er fühlte sich sogar zu ihr hingezogen. Der heimtückische Gedanke wurde zu einer Hydra. Er war Schauspieler. Und sie wußte fast nichts von ihm.
Sie erinnerte sich an den Tag, an dem sie sich das erste Mal – so dachte sie – verabredet hatten. Lebhaft hatte sie sein Gesicht vor

Augen, als sie vor dem Haus vorgefahren war. Sein Verhalten, das sie als unfreundlich empfunden hatte, erschien ihr jetzt geradezu feindselig. Verkrampft. Verdächtig. Seine Fragen, ob sie ihn kenne – Fragen, die er wiederholt gestellt hatte, wie ihr jetzt schien –, stammten von einem Mann, der erstaunt war, nicht erkannt zu werden. Nicht weil er eine Berühmtheit war, die sich nach Anonymität sehnte, sondern weil er wußte, daß sie sich zuvor schon getroffen hatten.

Und dann fiel ihr wieder ein, wie zärtlich Philip sie am Abend zuvor geküßt hatte. Wie zuvorkommend er ihr gegenüber war. Die besonnenen Anmerkungen, die er von sich gab, nie neugierig, immer taktvoll und ihrer Stimmung entsprechend. Henry hatte ihn als mittelmäßigen Schauspieler abgetan, aber wenn Philip ihr die letzten beiden Wochen etwas vorgespielt hatte, dann war er von jeglicher Mittelmäßigkeit weit entfernt; er bot eine oscarreife Leistung.

All ihre bösen Ahnungen, dachte Ariel, während sie die Fragezeichen auf ihrem Notizblock schraffierte, basierten auf Vermutungen und einem beiläufig erwähnten Namen, dessen Schreibweise ihr immer noch nicht bekannt war. Es handelte sich um Vermutungen einer dummen Gans, die sich irgend etwas mit der Mafia zurechtspann, weil die Geschäftspartner ihres Mannes so piekfeine Typen waren. Die sogar eine Weile mit der Idee gespielt hatte, sie könnte besessen sein.

Sie rief in der Bezirksinspektion an, in der Neely arbeitete.

Seine Schicht gehe heute von neun bis sechs, wurde ihr mitgeteilt. Sie hinterließ eine Nachricht. Dann fiel ihr ein, daß sie auch seine Privatnummer hatte. Sie suchte die Sonderparkerlaubnis, auf die er sie notiert hatte, widerstand einem Impuls, die Daumen zu drücken, und hieb in die Tasten.

»Klar war es *C-a-r-r-o-l-l*«, sagte Neely. »*P-h-i-l-i-p* Carroll. Du hast dich nach allem erkundigt, was wir über den Tod seiner Frau auf Lager hatten, und nach dem Namen des Coroner, der die Autopsie durchgeführt hatte. Was ist los, Gold? Leidest du an einer Amnesie, oder was?«

»Ja«, antwortete Ariel zu ihrer eigenen Überraschung. »Um die Wahrheit zu sagen.« Sie war zu niedergeschlagen, um sich eine glaubwürdige Geschichte auszudenken. »Aber ich wäre dir dankbar, wenn du es für dich behalten würdest. Und wenn du alles wiederholen könntest, was du mir schon einmal gesagt hast.«
Neelys flapsiger Ton verschwand. »Du meinst es ernst, was? Was zum Teufel ist passiert?«
»Neely, wenn ich wüßte, was passiert ist, würde ich es dir erzählen. Ich bin von Außerirdischen entführt und in die Tiefen der Lethe geschmissen worden, soweit ich weiß. Was hast du mir über Philip Carrolls Frau berichtet?«
»In die Tiefen der was?«
»Der Lethe. Dem Fluß des Vergessens im Hades.«
»Du weißt die komischsten Sachen, meine Gute. Aber was ist mit dieser Amnesie? Das ist nicht wahr, oder?«
»Ich verspreche dir, das nächste Mal liefere ich dir eine Demonstration, aber bis dahin – bitte? Carrolls Frau?«
»Nun, das ist 'ne ganze Weile her.« Dem Tonfall war deutlich zu entnehmen, daß Neely das Thema der Amnesie nur ungern fallenließ. »Laß mich nachdenken. Hey! Ich habe vielleicht noch eine Kopie von den Notizen, die ich dir gegeben habe. Ich weiß, daß ich sie damals mit nach Hause genommen habe.«
Ariel hörte, wie Schubladen zugeschlagen wurden, wie Papier raschelte und wie Neely sein Vokabular von Kraftausdrücken durchexerzierte, bevor er wieder an den Apparat kam. »Fiona Morgan – aus irgendeinem Grund hatte sie nicht den gleichen Namen wie ihr Mann – wurde von dem obengenannten Ehemann zwei bis drei Tage nach ihrem Ableben tot aufgefunden. Sie starb eines natürlichen Todes, wie der Coroner, ein gewisser W. Sparks, berichtete.«
»Warum wurde eine Autopsie durchgeführt?«
»Soweit man festgestellt hat, war sie allein zu Hause, als sie den Löffel abgab, und weil sie nicht altersbedingt gestorben sein konnte und an keiner unheilbaren Krankheit litt, von der ihr Arzt gewußt hätte, mußten wir der Sache nachgehen. ›Tod ohne Beisein eines Arztes‹ und so weiter. Hätte Selbstmord sein können, war es aber nicht.«

»Und was war die Todesursache?«
»Du weißt wirklich nichts mehr von dem ganzen Zeug, oder?« fragte Neely verwundert. »Herzversagen, meinte der Coroner. Sehr aufschlußreich, nicht wahr? Das heißt nur, daß sie irgendein Problem mit dem Herz hatte. Moment noch, laß mich zu Ende lesen.«
Er murmelte eine Zeitlang vor sich hin und sagte dann: »›Arteriosklerose‹, laut Auskunft ihres Arztes. Vor ein paar Jahren wurde eine Angioplastik durchgeführt, und als sie das letzte Mal bei ihm war, schien alles in Ordnung, aber das war vier Monate vor ihrem Tod.«
»Du – die Polizei«, ergänzte Ariel, »hat sich also zufriedengegeben damit, daß kein Gewaltverbrechen vorlag?«
»Sieht so aus, als hätte es keinen Grund gegeben, jemanden zu verdächtigen. Keine Anzeichen eines gewaltsamen Eindringens. Kein Raubüberfall. Keine äußeren Verletzungen an der Leiche. Kein Gift. Niemand, der ein Motiv hatte. Außer dem Ehemann, natürlich; er hat ein Vermögen abkassiert.«
Ariels Magen verkrampfte sich vor Angst. »Wurde er verdächtigt?«
»Wir haben uns natürlich umgehört. Niemand hatte je von irgendwelchen Schwierigkeiten zwischen den beiden gehört. Sie waren drei Jahre lang zusammen, und obwohl es eine Art Ferngesprächsehe gewesen sein mußte – Carroll war viel unterwegs –, erzählten die Nachbarn, daß sie ganz verrückt nach ihm war, richtig anhänglich. Er ist sauber, laut Unterlagen, aber das ist sowieso nur Theorie.«
»Was meinst du mit ›das ist Theorie‹?«
»Er war dreitausend Meilen weit entfernt, als sie in die ewigen Jagdgründe ging.«
Ariel setzte sich abrupt auf. Sie schloß die Augen und schluckte hart. »Bist du dir da ganz sicher?«
»Gott, nein, Ariel, er hat nur einen Eid abgelegt«, sagte Neely. »Carroll war gerade erst nach L.A. zurückgeflogen. Er hatte als Beleg sein Ticket, sein Platz war besetzt gewesen, und die beiden Stewardessen erkannten ihn auf dem Foto wieder. Genauge-

nommen hätten sie ihn auch ohne Foto erkannt. Carroll war also im Flugzeug, und, glaube mir, die Frau fing nicht erst in den ein oder zwei Stunden, nachdem sein Flugzeug gelandet war, so zu duften an.«

»Woher weißt du, daß er nicht schon früher hergeflogen war? Und dann zurückkehrte, wohin auch immer?«

»Er war zu Dreharbeiten in New York, und für alle Zeiten, in denen er nicht arbeitete, ist sein Verbleib belegt. Ich habe die Details nicht hier, aber ich könnte sie beschaffen.«

»Nein, nein.« Ariel klemmte sich mit der Schulter den Hörer ans Ohr und wischte ihre feuchte Hand am Bademantel ab. »Wenn du sagst, daß er zu bestimmten Zeiten an bestimmten Orten gesehen wurde, dann bin ich sicher, daß es der Wahrheit entspricht.«

»Rechnen wir's durch, nur zum Spaß«, schlug Neely vor. »Gehen wir von, sagen wir, elf oder zwölf Stunden für Hin- und Rückflug vom Flughafen in New York oder Newark aus, plus der Weg zum und vom Flughafen hier und dort. In L. A. braucht man für einen Weg selbst mitten in der Nacht mindestens fünfundvierzig Minuten. Es sind also, grob geschätzt, fünfzehn Stunden zusätzlich zu der Zeit, die er sich hier in seinem Haus aufhielt. Unmöglich.«

»Nun gut«, erwiderte Ariel, »mag sein. Oh, einen Moment noch. Du hast noch gar nicht gesagt, wann sie gestorben ist.«

»Doch, habe ich. Zwei bis drei Tage bevor Carroll sie gefunden hat, und das war am Samstag, dem zweiten Februar, um ein Uhr mittags.«

Sie gab ihr Bestes, Neely davon zu überzeugen, daß sie wirklich nicht wußte, warum sie zunächst nach Philip gefragt hatte. Dann versprach sie ihm, daß sie es irgendwann nachholen würde, ihm zu erklären, warum sie ein zweites Mal nachfragen mußte, und dankte ihm noch, daß er alles mit ihr durchgegangen war.

»Schon gut«, brummte er. »Hey, und laß mich wissen, wenn du das nächste Mal zu einem Spiel von den Clippers gehst, okay? Mein Bruder und ich gehen manchmal, wenn ich abends nicht arbeite. Wir können zusammen hinfahren, in der Halbzeit ein paar Würstchen essen und uns Zwiebelgeruch ins Gesicht hauchen. Wie wär's damit?«

»Vielleicht. Kann gut sein, daß ich dich anrufe.«

»Und du kannst mir von dieser Amnesiegeschichte erzählen«, meinte Neely. »Nächsten Mittwoch ist zufällig ein Spiel.«

Ariel verbrachte den restlichen Vormittag damit, auf der Terrasse hinter dem Haus Sonnenstrahlen zu tanken und über alles nachzugrübeln, was Neely gesagt hatte. Fiona war vor fünf Wochen gestorben, da blieben noch zwei Wochen, bevor die Amnesie aufgetreten war. Aber das war wenig aufschlußreich. Solange sie nicht wußte, wann sie Jessie bekommen hatte, konnte sie auch nicht wissen, ob Zeit geblieben war, mit Philip Kontakt aufzunehmen. Sie hatte Victor eine Nachricht auf seinem Anrufbeantworter hinterlassen, da er vor Dienstag nicht zurück sein würde. Nur er konnte den Zeitablauf genau kennen. Und noch etwas. Sie kramte in ihrem Gedächtnis, was Victor an diesem ersten Morgen nach dem Einbruch noch gesagt hatte. Aber sie war zu diesem Zeitpunkt nicht gerade auf Hochtouren gelaufen, weiß Gott nicht – genausowenig wie jetzt. Es fiel ihr nicht ein.

Kurz vor Mittag bezog sich der Himmel, und ein kräftiger Wind fegte durch die Gegend, blätterte die Seiten der vernachlässigten Sonntagszeitung neben ihr durch und verursachte eine Gänsehaut auf ihren Armen. Jessie folgte Ariel hinein, blieb kurz stehen, um – rein routinemäßig – aus ihrem Trinknapf zu schlabbern, und ließ sich dann schwerfällig auf einem Teppich nieder. Sie legte den Kopf auf ihre Pfoten und sah Ariel trübselig an.

»Ich weiß, mit mir ist es heute nicht besonders lustig, Miss Jessie«, gab Ariel zu. »Das Frustrierende ist, daß ich nicht weiß, wie's weitergehen soll. Philip ist unschuldig, soweit ich weiß, aber ich wünschte, ich könnte sicher sein, ob wir uns schon einmal begegnet sind. Und ich wüßte vor allem gerne, warum ich mich nach seiner verstorbenen Frau erkundigt hatte.«

Das grelle Läuten des Telefons riß Ariel aus ihrem Monolog. Sie war sich plötzlich sicher, daß Philip anrief, und sie war nicht im entferntesten in der Lage, mit ihm zu sprechen. Sie rannte zum

Anrufbeantworter und wartete die Ansage ab. Eine zornige männliche Stimme sagte: »Verdammt! Ich hasse diese Dinger!«

Ariel griff nach dem Hörer und drückte auf den PAUSE-Knopf. »Einen Moment, bitte«, sagte sie, als ein gellendes Geräusch aus dem Apparat drang und ihr fast das Trommelfell zerriß. »Alles in Ordnung?« erkundigte sie sich. »Tut mir leid.«

Sie hörte, wie er leidend und voller Abscheu seufzte. »Wenn das Ding in dem Ohr losgegangen wäre, in dem ich mein Hörgerät trage, wären wir, glaube ich, nicht länger Freunde«, sagte B. F. Coulter.

»Sie tragen doch kein Hörgerät.«

»Nun, ich sollte. Besteht überhaupt eine Chance, daß Sie heute abend nichts vorhaben?«

»Aber ja«, erwiderte sie und fühlte sich gleich erheblich besser als noch zwei Minuten zuvor. »Sind Sie wieder da? Soll ich Ihnen was zum Abendessen kochen?«

»Ja und nein. Kommen Sie doch zu mir. Ich schicke Roy um sechs rüber.«

Ariel legte auf und rief, breit grinsend, nach Jessie.

»Los, Süße! Wir machen einen Spaziergang!«

Nach einem ausgiebigen Spaziergang, einem ausgiebigen Bad, so heiß, wie sie es nur aushalten konnte, und nach einem noch ausgiebigeren Mittagsschlaf schaute Ariel in den Spiegel. Die Frisur à la Jane konnte sie nicht zulassen: B. F. würde der Schlag treffen. Sie kramte in ihren Sachen, bis sie ein Töpfchen mit Gel fand, und experimentierte. Minuten später sah ihre Frisur ziemlich schleimig aus, im ganz eigentlichen Sinn. Die Haare waren fest angeklatscht und in etwa so gestylt, wie das einem »wet look« entsprach – glaubte sie zumindest. Und sie wirkten dunkler. Die Frisur sah zudem auch nicht so aus, als würde eine vornehme Jane – oder wahrscheinlich irgendeine Frau, die etwas auf sich hielt – damit herumlaufen. Ariel schminkte sich nachlässig und setzt die Brille auf. Sie zog ein Kleid an, das in der Umkleidekabine des Ladens elegant locker gewirkt hatte und jetzt schlicht zu groß war. Nachdrücklich verkündete sie, der guten alten Ariel wieder gleich zu sein.

Roy war pünktlich auf die Minute da, und als sie ihm den Käsekuchen reichte, den sie am Tag zuvor gebacken und nun ordentlich als Geschenk in Zellophanpapier gewickelt hatte, lächelte er durchtrieben.
»Ganz reizend, Madam, und B. F. wird sich freuen, das zu sehen. Sarge läßt ihn gar nicht erst in die Nähe eines Desserts kommen.«
»Wer ist Sarge?« sagte sie zu seinem Hinterkopf, als sie davonfuhren.
»Der Koch«, erklärte Roy, »und selbsternannte Leibwächter.«
Ariel rutschte nach vorne und stützte ihre Arme auf die Lehne des Vordersitzes. »Ungewöhnliche Kombination, oder?«
Er lachte. »Es ist nicht böse gemeint, aber ›ungewöhnlich‹ ist ein Wort, das beinahe auf jeden paßt, mit dem sich abzugeben B. F. Laune hat.«
»Ungewöhnlich« war untertrieben.
Der Mann, der Ariel die Penthousetür öffnete, hatte die Form eines altmodischen Kühlschranks, genauso massiv und kaum größer. Er trug die Haare in einem strengen Bürstenschnitt, durch den hindurch der größte Teil seines Schädels zu sehen war. Sein Kopf schien direkt auf dem rechteckigen Körper zu sitzen. Es gab eigentlich gar keinen Hals. Er wirkte ungefähr wie sechzig, Ariel konnte sich allerdings nicht vorstellen, daß es viele Dreißigjährige gab, die sich mit ihm anlegen würden. Der Umfang seiner Bizepse, die unter dem rosafarbenen Golfhemd hervortraten, und der furchteinflößende Gesichtsausdruck ließen auch Ariel unsicher werden, ob sie selbst das so gerne wollte.
»Ariel Gold?« fragte er. Es klang wie eine Herausforderung.
»Na, wer glaubst du denn, wer sie ist?« bellte der Dienstherr des Mannes hinter ihm. »Golda Meir? Hör auf, sie so böse anzuschauen, und laß sie herein.«
Der stämmige, alternde Türsteher blieb lange genug stehen, um zu demonstrieren, daß er sich keinen Befehlen unterwarf. Dann streckte er ihr seine fleischige Hand entgegen.
»Sarge. Kommen Sie herein. B. F. ist da.«
Er nickte mit dem Kopf in Richtung des Raums hinter sich und

wartete, bis Ariel eingetreten war, bevor er in eine andere Richtung verschwand. B. F. lag ausgestreckt auf dem Boden.
»Alles in Ordnung mit Ihnen?« rief Ariel und eilte zu ihm. Sie stand da und schaute auf den riesigen alten Mann hinunter. »Ich glaube, doch; Sie lächeln ja. Was um alles in der Welt tun Sie am Boden?«
»Was haben Sie mit Ihren Haaren gemacht?« fragte er.
»Antworten Sie mir.«
»Kreuzschmerzen. Ich stehe gleich wieder auf. Nehmen Sie sich in der Zwischenzeit, was Sie wollen. Die Bar liegt zwei Meter in dieser Richtung.« Er zeigte darauf.
Als Ariel sich etwas eingegossen hatte, was nach einem sündhaft teuren Weißwein aussah, erhob sie ihr Glas auf ihren niedergestreckten Gastgeber. »Wollen Sie, daß ich Ihnen dort unten Gesellschaft leiste, oder könnte ich etwas ganz Absonderliches tun und mich in einen Sessel setzen?«
»Setzen Sie sich dorthin, wo ich Sie sehen kann.« Er zeigte auf einen überdimensional großen Ledersessel. »Erzählen Sie mir, was es Neues gibt.«
Ariel ließ sich Zeit, bevor sie darauf einging, sah sich zuerst in dem riesigen Raum um. Die ganze Wand hinter der wirkungsvollen Bar in dunkelgrünem Leder bestand von der Decke bis zum Fußboden aus Jalousien, die geschlossen waren. Ariel erinnerte sich daran, wie lange sie mit dem Aufzug unterwegs gewesen war, und konnte sich mühelos vorstellen, was dahinter zu sehen war.
Alles im Raum war überdimensional, und was vollgestopft werden konnte, war es auch. Warme goldgelbe Tupfer hier und dort verhinderten, daß das dominierende Dunkelgrün überhandnahm. Mit Möbelstücken aber war man sparsam umgegangen, so daß das Gefühl der Geräumigkeit nicht nur aus der Größe des Raums resultierte. Ein riesiges Ölgemälde hing beleuchtet über dem Kamin, wo es alle Aufmerksamkeit auf sich zog. Ariel vergaß B. F.s Bitte, durchquerte den Raum und stellte sich davor.
Dargestellt war ein junger Indianer – ein Seminole, wenn Ariel

sich nicht täuschte. Er kniete auf der Erde, und sein Kopf war geneigt, als lauschte er auf etwas in der Ferne. Wie ein paar wenige Linien und einige Pinselstriche Farbe die Vielschichtigkeit von Traurigkeit, Resignation und Wut vermitteln konnten, die Ariel darin entdeckte, war unerklärlich. Und eindrucksvoll.
»Wissen Sie, wer er ist?«
»Nein, und es ist mir recht so. Er ist entweder ein alter Mann oder schon tot. Ich möchte ihn lieber so in Erinnerung behalten. Sie nicht?«
»Und was ist mit dem Künstler?« Sie schielte auf die unleserliche Signatur.
»Tot«, antwortete B. F. schroff. »Das ist eine andere Geschichte. Aber kommen Sie jetzt und setzen Sie sich. Was haben Sie Nützliches getan, seit ich Sie das letzte Mal gesehen habe?«
»Nun, Sir. lassen Sie mich nachdenken.« Ariel konnte ein leichtes prickelndes Gefühl des Übermuts nicht unterdrücken, als sie sich setzte und die Beine überkreuzte. »Wenn wir schon vom Tod sprechen, gestern habe ich herausgefunden, daß ich Witwe bin.«
B. F. blinzelte wie eine Eule. »Ich wußte nicht mal, daß Sie verheiratet waren.«
»Ich wußte ja selbst kaum Bescheid.«
»Sie wirken ziemlich unbekümmert, was?«
»Na ja, wissen Sie, es ist Jahre her, seit mein Mann verstorben ist.«
»Und das wissen Sie erst seit gestern?«
»Genau.«
»Hatten Sie sich, äh, auseinandergelebt?«
»Nicht daß ich wüßte.« Ariel verzog den Mund. »Aber ich kann mich daran nicht richtig erinnern, weil ich an einer Amnesie leide.«
»Es ist wahrscheinlich gerade gut, daß ich ohnehin schon am Boden liege«, sagte B. F. nach einigem Überlegen.
Ariel weigerte sich, das Schweigen zu brechen.
»Ich werd's schon schlucken.« Er starrte unverwandt zur Decke. »Das kann aber dauern.«

»Haben Sie noch was vor? Ich nicht.«

Nachdem sie sich durch gekochten Wels (»Man sollte ihn nur fritiert essen«, nörgelte B. F.), sahniges Maisgemüse (»Silver Queen. Sarge hat es im vergangenen Sommer eingelagert«), grüne Bohnen mit Vidalia-Zwiebeln (»Die Bohnen sind wieder nicht richtig gar«, brüllte er durch die Eßzimmertür) und unglaublich lockere Biskuitkekse gegessen hatten, fühlte Ariel sich schließlich wie Scheherazade. Als sie ihre Geschichte zu Ende erzählt hatte, lehnte sie sich zurück, war aber trotz des vollen Magens erleichtert.

»Kann ich Ihnen irgendwie helfen«, fragte B. F. aufrichtig.

»Nicht daß ich wüßte.« Ariel hatte Philip nicht erwähnt. Zu diesem Zeitpunkt über ihre Zweifel zu sprechen wäre zu sehr einer Verleumdung gleichgekommen, und ohne weitere Informationen, von denen sie noch nicht wußte, wie sie sie erlangen konnte, kam es ihr einfach unanständig vor.

»Und was Michael betrifft, ich nehme an, das ist vollendete Tatsache, aber ich bin immer noch gespannt. Morgen werde ich in die Bibliothek gehen und nachschauen, was über seinen Tod geschrieben wurde. Ein paar mehr Lücken in meinem Kopf schließen.«

»Ich könnte einen Ermittler anheuern.«

»Nun, das sollte ich ja eigentlich sein, irgendwie. Sie erinnern sich?«

»Ja, aber *Sie* erinnern sich nicht. Vielleicht waren Sie früher einmal eine Kanone, was die Recherche angeht, aber die Wahrheit ist, daß Sie jetzt völliger Neuling sind. Stimmt's?«

B. F. rückte den Stuhl vom Tisch ab und legte einen Arm über die Lehne. »Mir gefällt das alles nicht, Ariel. Irgend etwas ziemlich Schreckliches passiert, und Sie verlieren Ihr Gedächtnis, und unmittelbar darauf wird in Ihr Haus eingebrochen, nicht nur einmal, sondern zweimal – das ist nicht gerade gewöhnlich –, und dann finden Sie noch heraus, daß Ihr Mann ermordet wurde. Okay, kann sein, daß dieses unglückliche Ereignis nichts mit allem anderen zu tun hat. Wahrscheinlich ist dem so, nachdem es schon einige Zeit zurückliegt, aber wir wissen es nicht, oder? Und man hat nie herausgefunden, wer dahintersteckte.«

Sein leicht vorspringender Unterkiefer mahlte langsam vor und zurück, als würde er auf dem Problem herumkauen.

»Mir gefällt das nicht, Ariel Gold, und ich mache Ihnen einen Vorschlag. Meine Geschäfte hier in L.A. werden nicht lange dauern. Lassen Sie uns eine Reise machen. Nach Europa oder Südafrika. Oder Australien. Oder überallhin – warum nicht? Sie sollten sowieso im Urlaub sein, und mir würde es auch guttun, meine ganzen Probleme hinter mir zu lassen. Sie würden mir einen Gefallen tun. Ich würde Hattie oder sonst eine Frau überreden, auch mitzukommen, Sie müßten also nicht um Ihren Ruf fürchten.«

Diese letzte Bemerkung war mit Ironie gewürzt, aber Ariel wußte, daß alles andere absolut ernst gemeint war.

»Was sagen Sie dazu? Ich habe eine ziemlich große Yacht, oder wir fliegen, wenn Sie das Wasser nicht mögen.«

Ariel wagte nicht, mit dem schmerzenden Kloß im Hals zu sprechen. Sie schluckte, und es gelang ihr sogar zu lächeln.

»Ich sage ›später‹. Ich möchte hier sein und wissen, wie die Geschichte über Jane ausgeht. Und da gibt es noch etwas, das mir ein wenig Sorgen bereitet, ein ... Nun, nicht der Rede wert.« Wieder lächelte sie und versuchte damit, das Thema rasch abzutun. »Wie auch immer, ich habe vor, herauszufinden, wer ich bin, nicht nur rein biologisch gesehen, sondern generell. Ich würde mich gerne an meine Vergangenheit erinnern, auch wenn ich mich dem Psychiater gegenüber anders geäußert habe.«

B. F. schüttelte kaum merklich den Kopf. »Sie sind zu dickköpfig, zu Ihrem eigenen Nachteil. Sie erinnern mich an Jane, wenn sie sich in etwas hineinverbissen hat. Ich wünschte nur, sie hätte lange genug gelebt, um etwas zu tun, was ihren Mut wert war, etwas außer ihrer verdammten Ehe.«

Ariel fühlte einen unbegründeten Stich der Schuld, weil sie etwas über Jane und ihren Mann erfahren hatte, wovon B. F. nichts wußte. Aber sie war überzeugt, daß es richtig war, ihm nichts davon zu erzählen, und sie schauderte bei dem Gedanken, welche Wut und welchen Kummer sie damit hervorrufen würde. Sie suchte nach einer Ablenkung und schaute sich wieder im Raum um, merkte jetzt erst, daß etwas fehlte.

»Warum gibt es hier keine Fotos von Jane?«

»Hab' sie für den Augenblick weggeräumt.«

So weit also dieser Versuch, ein Gespräch zu beginnen, dachte Ariel, schaute in das verschlossene Gesicht des Mannes und fühlte sich noch schrecklicher. Sie nahm ihre Brille ab, spielte damit herum und meinte: »Ja, nun ... wegen Jane. Ich wollte mich noch für die Namen bedanken, die Sie mir gegeben haben. Das hat mir wirklich weitergeholfen, und ich ...«

In diesem Moment bahnte sich Sarge aus der Küche seinen Weg durch die Schwingtür – einem unverwüstlichen Panzer gleich; er trug den Käsekuchen, als handelte es sich um eine zusammengerollte Wassermokassin.

»Das hat mir Roy gegeben.« Die Bemerkung kam einem wütenden Knurren gleich. »B. F. braucht das ebenso, wie er seine Arteriosklerose braucht.«

Er knallte das Dessert auf den Tisch und kehrte im nächsten Augenblick mit Tellern, Gabeln und einem Serviermesser zurück.

»Ich hatte wunderbare Himbeeren vorbereitet«, brummte er.

Ariel strengte sich an, das Gesicht nicht zu verziehen. »Drei Gramm Fett pro Stück, Sarge. Wollen Sie nicht probieren?«

»Drei Gramm?« fragte er argwöhnisch.

»Ein bißchen mehr vielleicht.«

Er schnitt den Käsekuchen an und legte sich, nachdem er ihnen aufgetan hatte, ein winzig kleines Stück auf einen dritten Teller, den er wie zufällig bei sich hatte. Er setzte sich Ariel gegenüber und nahm kommentarlos eine Gabel voll.

»Das Essen war ausgezeichnet. Vielen Dank.« Jemand mußte hier schließlich den Anstand wahren.

Sarge hatte Anstand. Er schluckte höflich, bevor er Ariel einen Blick zuwarf, der Torquemada stolz gemacht hätte.

»Wo haben Sie B. F. kennengelernt?« verlangte er zu wissen.

Sein Dienstherr (der offensichtlich eine eher unorthodoxe Beziehung zu seinem Helfer hatte) verdrehte die Augen.
»Gnade uns Gott«, flehte er die Zimmerdecke an, sagte aber nichts zu Sarge oder zu Ariel, wohl in dem Glauben, wie Ariel annahm, daß sie die Situation eigenständig handhaben könne.
»Im Hause seines Schwiegersohns, wo wir ein Interview gedreht haben«, antwortete Ariel unschuldig und setzte dann noch nach. »Ich bin Reporterin.«
Die dünnen Haare auf dem Kopf des Kochs stellten sich auf wie kleine Antennen. Während er bedächtig die Gabel zur Seite legte, durchbohrte sie sein Blick, und Ariel hatte den bestimmten Eindruck, daß er drauf und dran war, über den Tisch zu hechten. Für den Bruchteil einer Sekunde erstarrte ihr Körper angesichts des zu erwartenden Angriffs, und sie bedauerte ihre schnoddrige Bemerkung zutiefst.
»Sarge. Platz.« Zu Ariels Erstaunen lachte B. F. »Ich weiß nicht, warum du mich immer für einen Idioten hältst. Hast du übrigens bemerkt«, fragte er und leistete sich nun seinerseits eine übermütige Bemerkung, »wie sehr Ariel Gold unserer Jane ähnlich ist? Erinnert sie dich nicht auch an Jane?«
Sarge warf beunruhigt den Kopf herum. Seine Gedanken lagen bloß.
»Ich dachte zuerst nur, daß sie sich ganz ähnlich wie Jane *verhält.*« B. F.s Stimme wurde ernst, als er fortfuhr: »Aber jetzt, wo ich ihre Augen sehen kann, finde ich, daß sie ihr sogar ähnlich sieht. Findest du nicht? Der Mund? Und besonders die Augenpartie?«
Ariel hatte, soweit sie sich erinnern konnte, noch nie jemanden gesehen, der so nahe daran war, vor Wut zu platzen, aber hier schien es bevorzustehen.
»Hören Sie auf! B. F., das ist nicht lustig. Sarge«, sie wandte sich an den Koch, dessen Gesicht jetzt so rot war wie die Himbeeren, die er hatte servieren wollen, »ich bin unschuldig, ehrlich. Ich habe mein eigenes Geld, und ich bin an diesem riesigen Idioten hier weder finanziell noch beruflich noch sonst irgendwie interessiert. Darüber hinaus bin ich sicher, daß weder er noch Sie

auch nur die geringste Ähnlichkeit zwischen mir und seiner Enkelin feststellen können.«

Bevor B. F. Protest erheben konnte, schaltete sich Sarge ein.

»Das ist nicht wahr«, sagte er und sah aus, als überrasche er sich damit selbst. »Natürlich gibt es deutliche Unterschiede, aber Sie sehen Jane mehr als nur ein bißchen ähnlich. Und ich kenne außer ihr niemanden, der den Nerv gehabt hätte, B. F. einen Idioten zu nennen.«

Er schaufelte sich den Rest Käsekuchen in den Mund und sagte: »Dafür hätte ich gerne das Rezept, okay?« Damit verließ er den Raum weit weniger ungestüm, als er hereingekommen war.

»Nun«, meinte B. F., während er beobachtete, wie die Schwingtür zufiel. Dann wandte er sich belustigt den geweiteten Augen Ariels zu. »Den haben Sie erobert, glaube ich. Haben Sie wirklich Geld?«

»An Sie komme ich nicht ran, aber genug.«

»Woher stammt das Geld?«

Ariel sah ihn von der Seite an. »Wenn Sie mich provozieren wollen, bemühen Sie sich nicht. Ich weiß nicht, woher ich es habe. Jahrelang gearbeitet, nehme ich an. Vielleicht stammt es auch aus dem Nachlaß meines Vaters. Oder meines Mannes. Oder beides. Seit ich aufgehört habe zu glauben, ich hätte vielleicht eine Bank überfallen, mache ich mir auch keine Sorgen mehr.«

B. F. wurde wieder ernst. »Dieser Psychiater, den Sie aufgesucht haben – waren Sie zufrieden mit ihm? Wollen Sie, daß ich mich umhöre, den besten herausfinde?«

»Ich war zufrieden mit ihm, B. F. Ich vermisse ihn, um ehrlich zu sein. Hören Sie endlich auf, mehr für mich sein zu wollen als ein Freund. Aber jetzt erzählen Sie mir, wie es Stonewall geht? Und was macht Cap?«

»Ich spiele mit dem Gedanken, den Köter mit nach Flo. . .«

Der alte Mann hielt abrupt inne, sein Mund stand offen. Er klappte ihn zu, und seine Augen wurden zu schmalen Schlitzen. Sie wirkten feindselig.

»Was haben Sie da gerade gesagt?«

Ariel war fassungslos, daß er so heftig reagierte, und konnte sich für einen Augenblick tatsächlich nicht erinnern.

»Ich habe mich nach Janes Hund erkundigt und nach Hattie«, sagte sie zaghaft.

»Sie haben ›Cap‹ gesagt.«

»Habe ich das? Kann sein, ja. Warum sind Sie plötzlich so verärgert?«

»Wo haben Sie diesen Namen aufgeschnappt?«

»Bei Ihnen, nehme ich an. Haben Sie sie nicht gelegentlich so genannt? Hören Sie, es tut mir leid, wenn ich zu vertraulich war. Ich wollte Sie nicht verletzen ...«

Aber B. F. hörte nicht länger zu. Er erhob sich vom Tisch und ging weg. Den Rücken ihr zugewandt, öffnete er die Jalousien, offenbarte die wundervolle Sicht über die Stadt, die Ariel dort vermutet hatte. Sie ließ ihren Blick darüber hinweggleiten, aber gleich waren ihre Augen wieder auf B. F. gerichtet. Sie konnte kaum glauben, wie sehr es sie schmerzte, ihn so bestürzt zu sehen.

Als er sich wieder umdrehte, war sein Ärger verschwunden. Statt dessen lag mehr Verzweiflung in seinem Gesicht, als Ariel ertragen konnte.

»B. F. ...« Sie stand auf und ging zu ihm hinüber, nahm seine Hand. »Sagen Sie mir bitte, was Sie so unglücklich gemacht hat.«

Er räusperte sich, tätschelte Ariels Hand und zog seine eigene zurück, schaute wieder auf das ferne Lichtermeer dort unten. »Es ist irgendwie eine alberne Geschichte.«

»Erzählen Sie.«

»Ich sagte früher zu Hattie immer ›Cap'n‹. Weil sie so bestimmerisch war, mir immer sagte, was ich tun solle, weil sie immer alles regeln wollte. Na ja, in Wirklichkeit *hat* sie zu Hause alles geregelt. Auf jeden Fall ...« Er drehte die Schultern, als würde sein Rücken wieder schmerzen. »Jane hat dieses Wort, als sie klein war, aufgeschnappt, hat es aber falsch verstanden. Dachte, ich würde Cap sagen – wie Kappe, Hut. Verstehen Sie? Sie nannte sie immer so, auch als ich ihr erklärt hatte, daß das Wort nichts mit einer Kopfbedeckung zu tun hatte. – Verdammt«, sagte er nach einer Weile, ganz leise.

Zögernd legte Ariel ihre Hand auf seine Schultern und lehnte nach einem Augenblick den Kopf an seinen massiven Rücken.

»Am Morgen von Janes Beerdigung kam Laya mich besuchen«, sagte B. F. schließlich. »Sie kennen Laya, nicht wahr?«

Ariel nickte.

»Sie war so ungefähr Janes beste Freundin, glaube ich. Sie hat ... irgendwie besondere Fähigkeiten. Jane wollte es nicht glauben, weil sie mit einem sechsten Sinn und derlei Dingen nichts anfangen konnte, aber schließlich war sie doch davon überzeugt, und ihr wurde ganz unheimlich zumute. Ich glaube, meine liebe kleine Freundin, Sie haben auch so etwas wie Laya, was auch immer es ist, und ich hoffe, Sie können es dazu benutzen, herauszufinden, wer meinem Mädchen das angetan hat.«

Ariel hob den Kopf, runzelte die Stirn. »Was, um alles in der Welt, meinen Sie damit?«

»Ich meine, Ariel Gold, daß ich Hattie nie ›Cap‹ genannt habe. Das hat nur Jane getan.«

40

Als der Plan entwickelt war, schien er ganz naheliegend. Es handelte sich um eine so natürliche Lösung, daß sie wie vorherbestimmt wirkte. Zugegeben, es hatte länger gedauert, darauf zu kommen, als ihm lieb war, aber die unverfälschte Meisterhaftig keit war die Geduld wert. Immerhin hatten sich schon weite Teile davon bewährt.

Dieses Mal mußte er davon ausgehen können, daß das Ende ebenso perfekt funktionierte wie alles andere auch.

Er stellte die Höhensonne so ein, daß sie seinen Körper effektiver bestrahlte, schmierte sich noch ein wenig Sonnencreme ins Gesicht und setzte den Augenschutz wieder auf. Eine gesunde Bräune, dachte er; das war's.

Ultraviolette Strahlen mußte man mit Vorsicht genießen, wie so viele andere Dinge auch.
Er lächelte in sich hinein. Daß er die ganze Zeit die Mittel gehabt hatte, den Plan auszuführen, war, so konnte man argumentieren, Zufall. Er wußte es besser. Es ging auf seine Umsicht zurück, auf ein Mißtrauen, was Rodriquez' Referenzen betraf, daß er von diesem Trottel verlangt hatte, Beweise seiner Fähigkeiten zu liefern, und somit an das Material herangekommen war. Denn dieses Material war alles, was er brauchte, und dank seiner Voraussicht befand es sich hier und jetzt in seinem Besitz. Er mußte nur noch ein wenig recherchieren. Er wußte aus gutem Grund, daß man mühelos an die erstaunlichsten Informationen herankam, wenn man nur wußte, wo man suchen mußte. Ob er in der Lage wäre, den Plan in die Tat umzusetzen, war die geringste seiner Sorgen. Wenn ein geborener Idiot wie Rodriquez sich daran wagte, dann stellte es für jemanden mit seiner Intelligenz allemal kein Problem dar.
Die Irreführung dabei gefiel ihm besonders. Dadurch, fand er, bekam das Ganze einen Hauch von Raffinesse, und er hatte schon vor langer Zeit erfahren, wie wirksam dieses Mittel sein konnte. Fast vier Jahre ohne eine Spur der Verdächtigung von irgendeiner Seite außer von Ariel Gold hatten ihn dazu gebracht, derartige Täuschungsmanöver grundlegend zu schätzen. Ein weiterer Vorteil war der, daß der Plan sehr schnell umgesetzt werden konnte. Er spürte, daß er nicht mehr viel Zeit hatte.
Er drehte sich auf den Bauch und nahm den Augenschutz ab. Er prüfte jeden Aspekt seines Plans objektiv. Es gab zwei oder drei mögliche Schwachstellen. Sie waren zu beheben. Der Zufall spielte, zugegebenermaßen, eine gewisse Rolle, weil er die Reaktionen der anderen Person nicht vollkommen unter Kontrolle hatte; selbst ein Meister konnte seinen Gegner nur zu bestimmten Schritten nötigen. Die Lage wäre kalkulierbarer, das wußte er, wenn es sich um schlichten Mord handelte – eine Kugel aus nächster Nähe zum Beispiel –, aber Ariels Tod war nur mittelfristig das Ziel. Das eigentliche Ziel – und was ihren Tod zunächst notwendig machte – war seine Freiheit. Dieses Ziel

konnte nur mit Gerissenheit erreicht werden – indem er falsche Spuren legte. Indem er sich selbst heraushielt.
Er sah auf seine Armbanduhr. Noch fünfundvierzig Sekunden. Es war doch interessant, dachte er, wie sich alles zu einem Kreis schloß, wie seltsam genau die entscheidenden Ereignisse in seinem Leben ineinanderpaßten. Jedes Ereignis löste das nächste aus, jeder Mord forderte einen weiteren. Dieser sollte der letzte sein. Die letzte Schlüsselfigur in diesem Drama mußte beseitigt werden. Er griff nach einem Handtuch und schaltete die Höhensonne aus. Es gab Arbeit zu erledigen.

41

Ariel verbrannte sich die Zunge an ihrem zu heißen Kaffee und zuckte zusammen. Sie drehte die Dusche auf. Ihr Zeitplan für den Vormittag war ein wenig eng geworden, nachdem die Autowerkstatt angerufen hatte, um ihr die erstaunliche Neuigkeit mitzuteilen, daß ihr Wagen endlich fertig sei. Plan B sah so aus, daß sie ihren Mietwagen abgeben und mit dem Taxi zur Werkstatt fahren würde. Dadurch konnte sie möglicherweise genau dann bei der Bibliothek sein, wenn diese öffnete. Sie würde schauen, was sie über Michael finden könnte, und dann zum Studio fahren, wo die Geschichte über Jane bis am Abend zur Sendezeit fertig geschnitten werden mußte. Sie wollte gerade aus ihrem Bademantel schlüpfen, als es an der Tür läutete.
Ein Blick durch das Guckloch der Eingangstür zeigte eine besorgt wirkende Anita Stroud.
Ariel sah auf die Uhr. Sie überlegte, ob sie vorgeben sollte, nicht zu Hause zu sein. Sie schaute noch einmal in das zarte, verängstigte Gesicht, und ihre Ungeduld schwemmte in einer Woge der Schuld davon. Ihre Begrüßung fiel so überschwenglich aus, daß Anita ganz verwirrt war.
»Sie sind ja so munter«, bemerkte sie. »Ich kann also davon ausgehen, daß es nicht zu früh ist, bei Ihnen vorbeizuschauen?«
Ariel versicherte ihr das Gegenteil, unternahm einen Versuch,

ihr Haar glattzustreichen, das sie noch nicht gekämmt hatte, und bat die alte Frau herein.

»Wie wär's mit einem Kaffee? Trinken Sie eine Tasse?« Insgeheim betete sie, daß Anita ablehnen würde.

Anita tat ihr den Gefallen. »Ich hatte schon meinen Tee, vielen Dank, und ich will Sie auch gar nicht lange stören.«

Ariel schob ihre Nachbarin in die Küche, wo das Sonnenlicht gerade eben durch das nach Norden gerichtete Fenster hereinzukriechen begann.

»Wollen Sie bestimmt nichts? Ich kann Ihnen auch einen Tee kochen.«

»Ariel, setzen Sie sich und hören Sie auf zu quasseln, bitte. Ihre Frage über den Arzt Ihrer Mutter hat mich beschäftigt.« Anita kam sofort zur Sache. »Ich konnte mir nicht vorstellen, warum Sie das so viele Jahre später interessieren könnte. Und gestern dann hat Marguerite mich aufgeklärt. Sie war auf einer Vortragsreise, sonst hätte ich sie schon früher gefragt.«

Sie sah Ariel fest an, ihre Stimme klang ruhig. »Zuerst möchte ich Ihnen sagen, daß Ihre Mutter meiner Meinung nach an der Huntingtonschen Krankheit litt. Es ist die gleiche Krankheit, an der auch Ihr Vater litt, wie Marguerite mir erzählte.«

»Aber das kann nicht sein.« Ariel lächelte. »Ich habe die Veranlagung dazu nicht.«

»Sie sind untersucht worden?« vermutete Anita. Ihr Gesicht entspannte sich erleichtert, und sie sah zum ersten Mal aus wie eine alte Frau, die sie ja schließlich war. »Und die Ergebnisse sind negativ?«

»Genau. Ich weiß nicht, woran meine arme Mutter litt, aber diese Krankheit konnte es nicht sein, sonst hätte mein Test nicht negativ ausfallen können, oder?«

»Dann habe ich mich getäuscht, Gott sei Dank! Oder ... Nun, das ist wunderbar. Ariel. Das war alles.« Sie erhob sich.

»Was wollten Sie noch sagen?«

»Nichts von Belang.« Anita berührte Ariels Wange. »Ich werde Sie jetzt nicht weiter stören, und kommen Sie auf einen Besuch bei mir vorbei, wenn Ihnen nach einem guten Martini zumute ist.«

»Sie wollten noch etwas sagen«, insistierte Ariel. »Was?«
Anita blieb stehen. Sie musterte Ariel eindringlich, kniff die Augen zusammen.
»Soviel kann ich sagen«, entschied sie. »Ich glaube nicht, daß ich mich getäuscht habe, was Gladys' Krankheit angeht. Ich hatte danach noch eine Bekannte, die an dieser Krankheit gestorben ist, und die Symptome sind ziemlich charakteristisch, wie Sie bestimmt wissen.«
»Ich verstehe Sie nicht.«
»Natürlich nicht.« Anita setzte sich wieder. »Ich habe mir über dieses Gespräch eine Menge Gedanken gemacht, Ariel. Ich habe fast die ganze Nacht mit mir gerungen. Einmal dachte ich, ich muß mich wohl überall einmischen, dann wieder fühlte ich mich verantwortlich, weil ich die letzte Überlebende bin. Diese Krankheit hat mir klargemacht, daß Sie eines Tages möglicherweise noch etwas anderes herausfinden, und wenn nicht Sie, dann vielleicht Ihre Kinder.«
Sie holte tief Luft. »Ich glaube nicht«, sagte sie, »daß meine Freundin Gladys Munson Ihre leibliche Mutter war. Und Lawton war nicht Ihr Vater.«
»Nicht –! Warum?«
»Ich werde es Ihnen erklären, aber lassen Sie mich ganz offen sein: Ich habe keine Beweise für meine Behauptung.«
Ariel flatterte der Magen. Für eine erwachsene Frau, die sich nicht an ihre Eltern erinnerte, die sich nicht an ihre Kindheit erinnerte, die Gründe hatte, dankbar zu sein, wenn der Mann, über den sie in ihren Tagebüchern gelesen hatte, nicht ihr leiblicher Vater war, war sie doch erstaunlich niedergeschmettert.
»Aber ich habe meine Geburtsurkunde gesehen«, stotterte sie. »Alle Einzelheiten waren angegeben. Geburtszeit, das ... das Gewicht. Die Adresse. Alles.«
Anita nickte. »Es überrascht mich nicht; das wird immer eingetragen. Wenn ich recht habe, dann sind Sie im Besitz einer korrigierten Geburtsurkunde. Sie sieht genau gleich aus wie das Original. Es gibt keine Unterschiede, zum Schutz aller Beteilig-

ten. Ich weiß das, weil ein ehemaliger Schüler von mir, der adoptiert worden war, einmal zu mir kam, um mich um Rat zu fragen, und ich habe mir das Papier angesehen.«

Ariel fühlte sich, als wäre sie wieder ganz zurückgeworfen worden. All die Stunden, während deren sie versucht hatte, die Lücken zu schließen, herauszufinden, wer sie war. Millimeter um Millimeter, waren grausamerweise umsonst gewesen. Sie war nicht nur nicht sie selbst, sie war noch nicht einmal Ariel Munson Gold.

»Wie kommen Sie darauf, daß sie nicht meine Eltern waren?« fragte sie.

»Es gab nicht *einen* bestimmten Grund, Ariel. Es waren mehrere kleine. Sie haben keinem von beiden ähnlich gesehen – und die beiden waren ziemlich klein. Gladys war vielleicht einsfünfzig, einssechzig? Und Lawton war nicht so groß wie Sie. Außerdem waren Sie so eine begabte kleine Schülerin. Verzeihen Sie, meine Liebe. Keiner Ihrer – keiner der beiden war in irgendeiner Hinsicht dumm, aber Sie waren intellektuell gesehen von einer ganz anderen Welt. Und dann die Sache mit den Fotos. Von Ihrer armen Schwester gab es gerahmte Fotos aus der Zeit ihrer Kindheit. Das erste Foto von Ihnen, Ariel, zeigt, wie Sie laufen. Ich habe das nie angesprochen, aber gewundert habe ich mich schon.«

Ariel runzelte zweifelnd die Stirn. Die Argumente schienen dünn.

»Ich glaube, daß ich Ihre leibliche Mutter vielleicht kennengelernt habe«, fuhr Anita fort. Ihr tiefes Seufzen war das einzige Geräusch in der Küche.

»Nicht allzu lange Zeit, nachdem Gladys und Lawton hierhergezogen waren – Sie waren gerade ein Dreikäsehoch. Das hatte ich schon erzählt, wissen Sie noch? Ich arbeitete in meinem Garten, als eine große junge Frau heranfuhr, zu Ihrem Haus. Sie klopfte, und als keine Antwort kam, kehrte sie um. Da entdeckte sie mich. Sie war nervös und versuchte, ganz locker zu wirken. Sie fragte, ob hier die Munsons wohnten und ob ich wisse, wann sie zurück seien. Ich bot ihr an, daß ich etwas ausrichten könne, aber sie meinte, das sei nicht nötig, und murmelte etwas, daß ihre Mutter mit Mrs. Munson zur Schule gegangen sei. Sie hat sich nicht vorgestellt. Als ich Ihrer Mutter – als ich Gladys von diesem Besuch erzählt habe, wirkte sie ziemlich ... nun, ›besorgt‹ ist wohl durchaus das richtige Wort. Sie hatte keine Ahnung, wer das gewesen sein könne – sagte sie zumindest.«

Anita lachte leise und müde auf und sagte dann: »Ich hatte gar nicht vor, eine so große Geschichte daraus zu machen! Ich glaube, ich werde Sie um ein Glas Wasser bitten, Ariel.«

Ariel gab ihr etwas zu trinken, und nachdem Anita ein paar Schluck genommen hatte, fuhr sie fort.

»Im Lauf der Zeit wurden Gladys und ich Freundinnen, und eines Tages, einige Monate später, kam ich wegen irgend etwas herüber, ich weiß nicht mehr, was es war. Die junge Frau war hier, saß im Wohnzimmer und hatte Sie auf dem Schoß. Die Frau und Ihre Mutter schienen sich ganz gut zu vertragen – ich hatte den Eindruck, daß sie nicht zum ersten Mal da war –, und Gladys stellte sie vor. Sie sagte, Rachel – so hieß sie – habe in dem Krankenhaus gearbeitet, in dem Sie geboren wurden.

Gladys konnte nicht besonders gut lügen. Sie wurde rot wie ... Nun, es war nicht mehr die Rede davon, daß jemand mit irgendeiner Mutter zur Schule gegangen war.«

Anitas Blick war in die Ferne gerichtet gewesen, solange sie diese Geschichte erzählte, aber nun wandte sie sich wieder Ariel zu.

»Ich wollte, ich könnte mich an ihren Nachnamen erinnern, Ariel, aber er fällt mir nicht ein. Es tut mir leid.«

»Aber ich verstehe nicht«, stotterte Ariel. »Wie kommen Sie darauf, daß diese Rachel meine Mutter war?«

»Sie hätten es vielleicht selbst sehen müssen. Die Art, wie sie Sie hielt. Die Art, wie sie Sie ansah. Diese Frau und Gladys – es war, als hätten sie einen Pakt geschlossen.

Auf jeden Fall sah ich sie nur noch ein weiteres Mal, an Ihrem dritten Geburtstag. Ich kam herüber, um ein kleines Geschenk abzugeben, und sie ging gerade, als ich kam. Sie war erregt und weinte ein bißchen. Gladys erzählte mir später, daß Rachel ihr Krankenschwesterexamen bestanden habe und nun nach Bakersfield ziehe, wo sie eine Stelle antrete. Es war in einer Familie, und an deren Namen kann ich mich erinnern. Sie hießen Teasdale wie einer meiner liebsten Dichter«, meinte Anita. »Und dennoch hat es die halbe Nacht gedauert, bis ich draufgekommen bin.«

»Aber Anita, ich begreife es trotzdem noch nicht. Wenn ich adoptiert wurde, warum hat meine Mutter dann nicht einfach darüber gesprochen?«

»Auch darauf kann ich Ihnen eine genaue Antwort geben. Dieser Schüler, den ich erwähnt habe, wissen Sie, der adoptiert wurde und zu mir kam und mich um Rat fragte – nun, ich erfuhr, daß in Kalifornien Adoptionsurkunden unter Verschluß gehalten werden und daß man zu seiner eigenen Geburtsurkunde keinen Zugang hat, es sei denn, die biologischen Eltern initiieren die Suche. Ich war wütend! Ich hatte damals das Gefühl, daß es nicht fair ist, Kindern das Wissen um ihre Adoption vorzuenthalten, daß sie ein Recht darauf haben zu wissen, wer ihre Eltern sind. Und das meine ich auch heute noch. Eher zufällig habe ich Gladys gegenüber meine Meinung bekundet. Sie war entsetzt. Sie argumentierte, daß sowohl Adoptiveltern als auch leibliche Eltern ein Recht auf ihre Privatsphäre hätten. Nie habe ich sie wegen irgend etwas so heftig erlebt. Diejenigen, die ein Kind großziehen, die sich Tag für Tag um sie kümmern – und sie benutzte das Pronomen ›sie‹ –, sind die Eltern. Einem Kind zu erzählen, daß es adoptiert sei, meinte sie, sei ein Fehler. Das Kind würde sich weniger geliebt fühlen.«

Ariel wollte etwas sagen, merkte dann aber, daß sie völlig vergessen hatte, was es war. Nachdem sie beide einen Augenblick geschwiegen hatten, sagte Anita: »Sollten Sie sich dafür entscheiden, daß Sie diese Geschichte weiterverfolgen wollen, Ariel, dann könnten Sie vielleicht diese Teasdales anrufen. Ich nehme an, man erwartet zuviel, wenn man davon ausgeht, daß Rachel immer noch dort ist – wenn überhaupt die Familie noch dort ist. Aber vielleicht können sie Ihnen weiterhelfen.«

Als Anita gegangen war, kehrte Ariel in die Küche zurück und setzte sich gedankenverloren hin. Ihr Kopf war vor Benommenheit ganz leer, an ihre Pläne, gerade eben noch äußerst dringlich, konnte sie sich kaum noch erinnern. Sie kraulte Jessies Kinn und starrte zum Fenster hinaus. Sie spielte mit dem Gedanken, wieder ins Bett zu gehen. Dann goß sie sich noch eine Tasse Kaffee ein und griff nach dem Telefon.

»Es gibt drei Teasdales in Bakersfield«, verkündete die Frau von der Auskunft. »P., Randall und T. Welchen wollen Sie?«
»Kann ich alle drei Nummern bekommen?«
»Leider nicht. Wir können immer nur eine Nummer herausgeben.«
Ariel schluckte eine sarkastische Bemerkung hinunter und bat um das P., das, wie sich herausstellte, für Pamela stand, eine äußerst freundliche junge Frau, die sofort vermutete, daß Ariel wohl nach ihren Eltern suchte.
»Mein Bruder Randy leidet an Muskeldystrophie, und er hatte über Jahre hinweg private Krankenschwestern«, erzählte die redselige Pamela, »aber jetzt kommt er fast allein zurecht. Er hat seine eigene Wohnung und alles – ein Freund kommt jeden Tag für ein paar Stunden bei ihm vorbei. Ich kann mich an eine Rachel nicht erinnern, aber ich bin jünger als er, so daß dies auch nicht unbedingt der Fall sein muß. Aber Mom hat wahrscheinlich noch die Unterlagen aus der Zeit, von der Sie sprechen. Sie wirft nie etwas weg.«
Ariel erfragte die Nummer der Eltern Teasdale, bedankte sich und wählte erneut.
Das Hausmädchen, das ans Telefon ging, verkündete, daß Mrs. Teasdale im Garten sei, und fragte Ariel, ob sie warten wolle, bis sie sie geholt habe. Ariel wartete. Minuten verstrichen, bevor sie ein atemloses »Hallo?« hörte.
Sie wiederholte ihre Frage – und fügte noch eine behinderte Nichte hinzu, die ihr ganz spontan eingefallen war – und hatte Erfolg. Sie wußte nun auch, von wem Pamela das freundliche, gesprächige Wesen hatte.
»Natürlich kann ich mich an Rachel erinnern!« rief Mrs. Teas-

dale aus. »Obwohl ich mich beim besten Willen nicht an ihren Familiennamen erinnern kann. Ist das nicht schrecklich? Und sie war zwei oder drei Jahre hier! War es nicht Malirgendwas? Malvern? Oh, das macht mich ganz verrückt! Bleiben Sie einen Augenblick dran, und ich schau' nach, ob ich eine Adresse von ihr habe, okay?«

Ariel wartete. Sie trank ihren Kaffee aus und merkte, daß auch die Kanne leer war. Sie sah auf ihre Armbanduhr und dann auf die Küchenuhr, als würde die Zeit dort schneller vergehen. Sie öffnete den Kühlschrank und schloß ihn wieder und wollte schon auflegen, als ein Klicken in der Leitung signalisierte, daß in Bakersfield nun von einem Nebenapparat aus gesprochen wurde.

»Tut mir leid, daß es so lange gedauert hat«, entschuldigte sich Mrs. Teasdale, »aber ich habe schrecklich viele Unterlagen, die Randy betreffen.«

Ariel erfuhr schließlich, nachdem sie einen Vortrag über Bürokraten, Ärzte und Versicherungen höflich unterbrochen hatte, daß Rachel mit Nachnamen Mulkerne hieß.

»Himmel, glauben Sie nicht, daß sie in der Zwischenzeit im Ruhestand ist?« sorgte sich Mrs. Teasdale. »Sie war Mitte Zwanzig, als sie bei uns war, lassen Sie mich nachdenken, von vierundsechzig bis sechsundsechzig. Das heißt, sie ist jetzt ...«

Ariel wurde ganz nervös, während die Frau rechnete. »Irgendwas mit Sechzig?« Mathematik war nicht Mrs. Teasdales Stärke.

»Um-hm«, wich Ariel aus, »aber sie wurde mir sehr empfohlen. Selbst wenn sie kein Interesse hat, würde ich gern mit ihr sprechen. Vielleicht kann sie mir jemand anderen vermitteln. Haben Sie ihre spätere Adresse gefunden?«

»O ja. Hier ist sie. Sie arbeitete als nächstes in einer Schule für behinderte Kinder. St. Teresa, in Santa Barbara. Rachel konnte so gut mit Kindern umgehen! Wir ließen sie nur ungern gehen – ihre Nachfolgerin war ein Graus, das kann ich Ihnen sagen! Auf jeden Fall blieb Rachel noch eine Weile in Kontakt mit Randy. Ich habe ihn über unseren Zweitanschluß angerufen – auch ein Grund, warum es so lange gedauert hat –, aber er hat seit Jahren nichts mehr von ihr gehört, sagte er.«

In der Hoffnung, daß Mrs. Teasdales Fähigkeiten, irgendwelche Schlüsse zu ziehen, nicht überzeugender waren als ihre Rechenkünste, ließ Ariel wie beiläufig eine Frage fallen.

»Erinnern Sie sich zufällig, ob Rachel jemals über ihre Familie gesprochen hat? Wissen Sie noch, ob sie Kinder hatte?«

»Oh, das glaube ich nicht. Obwohl, warten Sie. Das sollte in ihrem Einstellungsformular stehen. Lassen Sie mich sehen, es ist keine Familie eingetragen und auch niemand, den man im Notfall kontaktieren soll. Als Referenz hat sie den Leiter der Schwesternschule angegeben. Wollen Sie die Nummer haben?«

Ariel schrieb die Telefonnummer nieder und war gerade im Begriff aufzulegen, als sie einen spitzen Schrei hörte. »Ja? Mrs. Teasdale?« Sie drückte den Hörer wieder gegen ihr Ohr. »Gibt es noch etwas?«

»Ich hätte es fast vergessen. Das hätte Probleme bereiten können! Randy hat mir erzählt, daß Rachel sich verheiratet hat. Auf einer der letzten Karten, die sie ihm geschickt hatte, berichtete sie, daß sie einen Lehrer der Schule St. Teresa geheiratet habe. Randy konnte sich aber nicht an den Namen des Mannes erinnern, muß ich leider sagen.«

Der Leiter der Schwesternschule war 1971 gestorben, aber die Schule St. Teresa war im Telefonbuch von Santa Barbara immer noch verzeichnet.

Der neue Direktor kannte keine Mitarbeiterin, die Rachel hieß. Ariel wurde an einen Geschenkeladen verwiesen, der von einer Lehrerin geführt wurde, die inzwischen im Ruhestand war und die, so wurde Ariel mitgeteilt, jeden kannte, der irgendwann einmal in St. Teresa gearbeitet hatte. Bald schon erfuhr Ariel, daß Rachel geborene Mulkerne einen Gerald Lynley geheiratet hatte, später allerdings von Mr. Lynley geschieden wurde, der inzwischen gestorben war. Sie selbst war schließlich weggezogen. Die Ladeninhaberin wußte nicht, ob sie seit der Scheidung den Namen Mulkerne oder Lynley führte, aber sie kannte eine Frau, mit der Rachel befreundet war und die immer noch in Santa Barbara lebte. Sie suchte die Telefonnummer der Frau heraus und las sie vor.

Ariel sah auf die Uhr. Noch einen Anruf, handelte sie mit sich selbst. Sie hieb die Nummer der Freundin von Rachel Mulkerne/Lynley in die Tasten.
Keine Antwort.
Widerwillig ging Ariel unter die Dusche.

42

Ariel gab ihren Mietwagen zurück, wartete Ewigkeiten auf das Taxi, das sie bestellt hatte, und bekam schließlich ihr jetzt leise brummendes Auto wieder. Sie bezahlte eine Summe, die Faruk ruiniert hätte. Eine Stunde später als geplant fuhr sie zur Bibliothek, die zum Glück auf dem Weg zum Studio lag. Als sie die Bibliothek wieder verließ, war sie sich nicht sicher, ob sie physisch in der Lage war, ins Studio oder sonstwohin zu fahren.
Die erste Überraschung hatte sie erlebt, als sie nach dem Mikrofiche der *Los Angeles Times* für März 1989 fragte, denn zu diesem Zeitpunkt war Michael Gold laut *Times Index* zu Tode gekommen.
»Das ist ja seltsam«, sagte die Frau am Informationsschalter. »Gleich als erster heute morgen war ein Mann da, der nach genau demselben Fiche gefragt hat! Das ist ja ein richtiger Ansturm.«
Ariel spulte den Film vorwärts, wie es das Diagramm auf dem Gerät gebot, und wunderte sich über den Zufall. War sonst noch jemand am Mord an ihrem Ehemann interessiert? Unwahrscheinlich, schloß sie, während die Zeitungsseiten bis März vorbeiflitzten. In diesem wie in allen anderen Monaten auch waren so viele Dinge geschehen, und es gab keinen Grund anzunehmen, daß Michaels Tod zu einem so späten Zeitpunkt für jemanden außer ihr von Interesse wäre.
Sie hielt das Gerät an und fuhr wieder ein paar Seiten zurück, zum richtigen Datum. Sie überflog die Seiten und fand den Artikel schließlich in der Spätausgabe vom Mittwoch, dem 15. März.
Anwalt Michael Gold, erfuhr sie, war zwischen neun und elf des

vorangegangenen Abends erschossen worden. Sein Leichnam war, als man ihn fand, über dem Lenkrad seines Wagens zusammengesackt, der an einer Baustelle in Long Beach geparkt war. Michael war aber, genaugenommen, als Opfer erst an zweiter Stelle genannt.

An erster Stelle ging es um einen »prominenten Geschäftsmann und Unternehmer« namens Creighton Arnold, dem der Löwenanteil des Artikels galt. Arnold stammte aus Rye, New York, und hatte weitreichende Geschäftsinteressen sowohl an der Ost- als auch an der Westküste. Er war ein Mandant von Michael und Eigentümer des Anwesens, vor dem sie ums Leben gekommen waren. Es gab keine Tatverdächtigen; die Polizei ermittelte.

Zwei Tage später war der nächste Artikel abgedruckt. Der Schwerpunkt hatte sich verändert. Über Arnold wurden im wesentlichen die gleichen Fakten geschrieben, aber die Polizei ging Behauptungen einer »zuverlässigen Quelle« nach, derzufolge Michael in bestimmte illegale Aktivitäten involviert war, darunter an erster Stelle Geldwäsche. Bekannte Geschäftspartner, las sie, hätten einen verurteilten »Drogenkönig« damit in Verbindung gebracht sowie einen Mann, der zu Beginn des Jahres Opfer eines professionellen Killers gewesen sein soll. Auf Michael waren drei Schüsse abgegeben worden, auf Arnold einer, und die Polizei vermutete, daß Arnold möglicherweise nur ein unschuldiger Begleiter war, der zufällig zum falschen Zeitpunkt mit dem falschen Mann zu tun hatte.

Ariel rieb sich die Augen, schluckte eine fusselige Aspirintablette, die sie in ihrer Handtasche gefunden hatte, und stieß auf eine weitere, kurze Meldung.

Michael hatte, wie aus der Meldung hervorging, vor seinem Tod »unter polizeilicher Beobachtung« gestanden. Und weiter hieß es, daß der Tatort keine hilfreichen Hinweise liefere. Dort habe es am Tag des Verbrechens sowie am Morgen des Tages, an dem die Leichen gefunden worden seien, von Bauarbeitern nur so gewimmelt.

Ariel spulte schon den Film zurück, als ihr einfiel, daß sie auch noch nach den Todesanzeigen schauen könnte. Henry hatte gesagt, daß sie als »überlebende Ehepartnerin« geführt sei, und so morbide es auch sein mochte, sie wollte die Anzeige lesen.

Ihr Name tauchte in der kurzen Aufstellung der »Hinterbliebenen« tatsächlich auf, zusammen mit Muriel Coskey Gold, Mutter, aus San Diego. Die Feier sollte im engsten Kreis stattfinden, und es wurde gebeten, »anstelle von Blumen« für ebenjenes College zu spenden, das später vom Tod der Mutter profitierte. Die Beerdigung selbst fand in San Diego statt. Wieder wollte Ariel an dem Knopf drehen, um zurückzuspulen, als ihr Blick auf den Namen »Arnold« fünf Absätze weiter oben fiel.

Creighton Arnold war 1929 in Schenectady geboren worden, las sie, und am 14. März verstorben. Er war Veteran des Koreakrieges, rühriger Philanthrop und Förderer der Künste sowie ein herausragender Geschäftsmann, dessen Interessen von Immobilien bis zur Filmindustrie reichten. Und er war »Fionas geliebter Ehemann«.

Ariel starrte auf den Namen. Unmöglich. Sie las noch einmal das Geburtsdatum. Arnold war sechzig gewesen, als er starb. Er wäre heute vierundsechzig, wäre er noch am Leben. Die Fiona, die mit Philip verheiratet war, konnte doch wohl kaum zwanzig Jahre älter gewesen sein als er selbst? Sie dachte an die Fotografie in ihrem Wohnzimmer. Die Frau war ungefähr in Philips Alter gewesen. Natürlich wußte sie nicht, wie alt die Aufnahme schon war.

Ariel schüttelte diesen lächerlichen Gedanken ab. Reiner Zufall, dachte sie, es gab in Los Angeles wohl Hunderte von Frauen mit dem Namen Fiona. Na ja, Dutzende. Vielleicht.

Das Ende des Films flatterte um die Spule, so hastig hatte Ariel zurückgespult, bevor sie zum Informationsschalter zurückging. Sie bat um jede Ausgabe der *Times* in der ersten Februarwoche 1993. Die Todesanzeige war am 3. erschienen.

Es war von der künstlerischen Vollendung der Verstorbenen die Rede wie auch von ihrer Heirat mit dem bekannten Schauspieler Philip Carroll und vom tragischen Herztod der Zweiundfünfzigjährigen. Die Informationen waren weniger detailliert und, natürlich, auch weniger schauerlich, als Neely sich geäußert hatte. Im letzten Absatz wurde etwas erwähnt, wovon der

Detective nicht gesprochen hatte. Fiona Morgans erster Ehemann war ein bekannter New Yorker Geschäftsmann, dessen Tod 1989 nie geklärt worden war.

Ariel saß volle fünf Minuten in ihrem Auto auf dem Parkplatz, bevor sie wieder ausstieg, die Tür zusperrte und in die Bibliothek zurückging.

In *Who's Who in the Motion Picture Industry* war zu lesen, daß Philip Carroll erst in jüngerer Zeit berühmt geworden sei. Seit 1986 sei er in verschiedenen Fernseh-, später auch in Kinofilmen aufgetaucht, zu den Statisten- und Nebenrollen seien, während die erfolgreiche Fernsehserie lief, in der er die Hauptrolle spielte, noch ein oder zwei andere Hauptrollen gekommen. Die Kritiken waren respektabel, und einige der Filmtitel kamen ihr irgendwie bekannt vor.

Ein Artikel in der *Us,* der ein Jahr zurücklag, bestand zum großen Teil aus Fotos, und Ariel vergaß ihre ermüdeten Augen und betrachtete jedes Foto leidenschaftslos. Eines zeigte einen jüngeren Philip in einem berühmten Coronado-Hotel. Was er seither an Jahren älter geworden war, hatte er gut weggesteckt. Ariel dachte, daß er jetzt fast noch besser aussehe, und eine Nahaufnahme aus jüngerer Zeit bestätigte ihren Eindruck. Nachdem sie einige Zeilen des Textes gelesen hatte, betrachtete sie die Fotos noch einmal, weil sie irgendwie dachte, sie sei in den falschen Bericht gerutscht.

Dieser Hochglanzausgabe zufolge hatte Philip auch im Theater Erfahrungen gesammelt – was ihr neu war –, und er interessierte sich für die Oper, für Impressionisten und für gute Weine. Das erste, gestand Ariel ein, war möglich; das zweite überraschte sie; und das dritte mußte, da war sie sich sicher, ein Druckfehler sein. Sie konnte sich nicht erinnern, daß Philip je Wein getrunken hätte, geschweige denn, daß er sich darüber ausgelassen hätte. Dieser Philip Carroll stammte von der Ostküste, aus einer Familie, die »in der Finanzwirtschaft« aktiv war, und er hatte eine nicht genannte Nobeluniversität besucht. »Tatsächlich?« wäre Ariel fast herausgeplatzt. Lag sie mit ihren Kenntnissen über seine Vergangenheit so daneben?

In *Cosmo* fand sie Pressefotos von verschiedenen Rollen, die Philip gespielt hatte: den schleimigen Jared Toland aus *Tulsa;* einen unrasierten Betrunkenen; einen Gangster mit vernarbtem Gesicht; einen weißhaarigen Wissenschaftler mit weißem Schnurrbart in einem weißen Laborkittel – er hielt ein Reagenzglas umklammert und wirkte traurig. Es gab keine Fotos von Fiona Morgan.

Der oberflächliche Artikel dazu berichtete, daß Philip »mit Vorliebe herausfordernde Charakterrollen« annehme, die er »fleißig studiere«, und daß er, »bevor er sein Talent für die Schauspielkunst entdeckt« habe, »auf so verschiedenen Gebieten wie dem Gastgewerbe und dem Immobilienhandel« tätig gewesen sei; erfolgreich, wie es schien. Ariel fragte sich, was er in seinen zwanziger und frühen dreißiger Jahren wirklich getan hatte.

Schließlich hatte Ariel das Gefühl, als hätte sie Jahrzehnte in der Bibliothek verbracht. Sie gab die Zeitschriften zurück und ging, dieses Mal endgültig. Es gelang ihr, zum Studio zu fahren, obwohl sie den Weg nicht hätte beschreiben können. Sie wollte mit Henry sprechen.

Ariel war so zerstreut, daß sie ihr verändertes Äußeres und welche Wirkung es auf die Rezeptionistin, eine dralle junge Frau namens Tara, haben mochte, völlig vergaß.

Tara war kaum weniger verwirrt. Mit großen Augen und ganz schamlos sagte sie: »O Ariel, du siehst ja heiß aus! Ich meine, echt! Du siehst ...«

Ariel lächelte ihr dankend zu und fragte noch einmal, wo Henry sei.

Laut Tara, deren Intelligenz ihr Aussehen und ihren unglückseligen Namen Lügen strafte, war Henry in einer dringlichen privaten Angelegenheit nach Catalina Island abberufen worden. Sie rechne damit, daß er für den Rest des Tages außer Haus sei. »Ich glaube, sein Sohn ist irgendwie in Schwierigkeiten«, vertraute sie Ariel an und starrte sie immer noch an, während sie mit einem unglaublich langen blutroten Fingernagel einen Umschlag aufschlitzte. »Ich habe so halb mitbekommen, wie er mit seiner Exfrau sprach.«

Ariel spürte den Blick der Rezeptionistin in ihrem Rücken, als sie zu den Schneideräumen ging und schweigend bei der Feinabstimmung des Abendprogramms zusah. Erst als der Macaulay-Beitrag dran war, strengte sie sich richtig an, sich zu konzentrieren.

Sie hatte fast das ganze Material unzählige Male gesehen, dennoch hatte die Geschichte für sie nichts an Biß verloren. Selbst jetzt, wo sie in Gedanken bei einem Mord war, der sich vier Jahre zuvor zugetragen hatte, bei einem neuen ungelösten Rätsel und einer Frau, die möglicherweise ihre Mutter war, fand sie den Beitrag immer noch zwingend. Sie ignorierte die verstohlenen Blicke eines Journalisten, der ständig zwischen Bildschirm und ihrem Gesicht hin- und herschaute. Dann sah sie sich noch neues Material an, Probeaufnahmen, die Jane während eines kurzen Ausflugs in die Filmindustrie gedreht hatte. Es war ihr ein Vertrag angeboten worden, vernahm Ariel, den sie abgelehnt hatte.

Ariel nahm einige beleidigend erstaunte Komplimente zu ihrem veränderten Äußeren entgegen, klopfte auf einige Schultern und lobte einen Techniker, der für sie persönlich sehr hilfreich gewesen war. Als sie hinausschlenderte, warf sie einen Blick in Henrys Büro. Es war immer noch leer.

An einer roten Ampel am Santa Monica Boulevard versuchte Ariel ihre Gedanken wieder auf Philip Carroll zu lenken. Ihre Hirnzellen arbeiteten zähflüssig wie Brei. Zum zwanzigsten Mal ging sie die außergewöhnliche Situation durch, in der sie sich befand. Dumpf und mechanisch, als würde sie einen Diavortrag in Zeitlupe anschauen, klickte sie die Fakten durch.

Punkt eins, sie traf sich mit einem Mann, dessen Frau kürzlich gestorben war. Punkt zwei, sie hatte irgendwann einmal einen Detective bei der Polizei um Informationen zu diesem Todesfall gebeten. Punkt drei, der erste Ehemann der Verstorbenen war vier Jahre zuvor neben Ariels eigenem Ehemann umgebracht worden. Punkt vier, Philip hatte ihr eine Sache verschwiegen, und es lag zumindest nahe, daß es nicht dabei geblieben war. Punkt fünf, ob er und Ariel sich nun zuvor schon einmal begegnet waren oder nicht, ob er nun wußte, daß sie an einer Amnesie litt – und aus irgendwelchen Gründen sein Wissen darüber nicht preisgab –, oder nicht, so kannte er doch mit Sicherheit die Umstände, wie Arnold zu Tode gekommen war, und wußte, daß der Mann, der mit ihm getötet worden war, Gold hieß. Wäre dieser Zufall nicht zumindest eine Bemerkung in einem Gespräch wert gewesen?

Und würde diese *verdammte* Ampel denn nie grün werden! Exakt in diesem Augenblick sprang sie auf Grün, aber der Verkehr kam trotzdem nicht in Fahrt. Ihre Augen schmerzten von den Kohlenmonoxidabgasen, und Ariel schloß das Fenster. Sie sah zu dem Mormonentempel zu ihrer Rechten hinauf. Wenn dieser vergoldete Halbgott, der auf dem Dach thronte (Gabriel oder Joseph Smith oder wer auch immer), irgendeinen Ausweg wußte, er rückte nicht heraus damit.

Sie verfluchte den Smog, den Verkehr und den Mangel an Antworten und suchte in ihrer Handtasche vergeblich nach etwas, womit sie sich über die Augen wischen könnte. Sie ließ das Handschuhfach aufspringen. Auch hier fanden sich keine Taschentücher, dafür etwas Besseres: ein behelfsmäßig montiertes Kassettendeck, von dem sie noch nicht einmal wußte, daß es existierte. Als sie das letzte Mal mit dem Auto gefahren war, hatte die Einhändigkeit all ihre Aufmerksamkeit gefordert, aber jetzt brauchte sie gerade die Ablenkung. Es waren sogar einige Kassetten da, ein halbes Dutzend oder sogar mehr. Sie schaute auf den immer noch blockierten Verkehr und pickte irgendeine Kassette heraus. Sie paßte nicht in den Schlitz. Ariel drückte auf START. Klar, es steckte schon eine Kassette drin. Während diese sich abzuspulen begann, löste sich der Stau langsam auf, und Ariel trat auf das Gaspedal. Und wäre fast auf das Auto vor ihr aufgefahren.

Die Stimme, die aus den Lautsprechern drang, kannte sie nun wirklich gut. Philip Carroll war mitten im Satz unterbrochen worden, als der Kassettenrecorder ausgeschaltet worden war, und die ersten Worte, die Ariel jetzt hörte, waren: »... sogar froh. Das Stück wurde nach einer Woche abgesetzt.«

Ariel ignorierte das laute Gehupe hinter ihr und setzte ihren

Blinker, um auf die rechte Spur zu wechseln. Sie drückte sich zwischen einen Saab und ein Müllauto und scherte dann auf einen Parkplatz vor einem Getränkemarkt aus. Ein beigefarbener Lieferwagen hinter ihr imitierte das trickreiche Manöver sofort. Ariel, die in diesem merkwürdigen Augenblick selbst einen Budweiser-Wagen und ein volles Gespann Clydesdale-Pferde übersehen hätte, war völlig blind. Der Lieferwagen bog langsam in eine Seitenstraße ein, wendete und fuhr an den Straßenrand. Der Fahrer hatte den Parkplatz bestens im Blick.
Ariel schaltete den Motor ab und nahm die Kassette heraus. Auf einem verschmierten handgeschriebenen Etikett stand »CARROLL – 8/9/89.« Sie legte die Kassette ein und spulte zum Anfang.
Die einzige andere Stimme hatte sich wohl in einiger Entfernung zum Mikrophon befunden. Obwohl sie stumpf und gedämpft klang, irgendwie aus dem Off, kam sie ihr doch auch bekannt vor. Es war die gleiche Stimme wie auch auf dem Anrufbeantworter zu Hause. Es war ihre eigene Stimme.
Nun, dachte sie mit versteinertem Gesicht, damit wäre eine Frage beantwortet: Philip und ich sind uns zuvor schon begegnet.
Sie hörte zu. Das war ein Interview, bemerkte sie sofort, und es mußte geführt worden sein, als sie noch für die Zeitung gearbeitet hatte. Philip hatte, so stellte sich bald heraus, gerade mit seiner Arbeit bei der Vorabendserie angefangen, die sein Sprungbrett zum Erfolg werden sollte – und er hatte Fiona Morgan geheiratet. Nur sechs Monate nachdem ihr erster Ehemann gestorben war, dachte Ariel. Interessant.
Ariel starrte durch die Windschutzscheibe, registrierte aber weder die Fußgänger noch den zähflussigen Verkehr. Sie lauschte der sonoren Stimme, die die Handlung der Serie, die Entwicklung der Charaktere und die befriedigenden Einschaltquoten rühmte. Philip hatte es sogar fertiggebracht, über erhebende gesellschaftliche Werte der Sendung zu sprechen; eine der Hauptrollen wurde von einem Indianer gespielt.
Ariels eigene, eher monotone Stimme dämmte den Fluß von Ausweichmanövern schließlich mit einer Frage zu Philips neuer Frau ein.

»Oh, Fiona ist eine wundervolle kleine Künstlerin«, schwärmte Philip. »Wir sind beide sehr glücklich mit unseren Berufen, Ariel, und sie ist mir für meine Karriere eine große Stütze.« Mit einem Minimum von Worten hatte er das Gespräch wieder auf sich gelenkt. Soviel also zu der wundervollen kleinen Künstlerin Fiona.

Minuten später hatte die Interviewerin sie wieder im Blickfeld.

»Ihre Frau hat, kurz bevor Sie sich kennenlernten, etwas sehr Schlimmes erlebt – Sie kannten sich noch nicht, solange ihr erster Mann noch lebte, oder?«

Philips Stimme wurde sachlich. »Nein, Ariel.«

»Haben Sie Creighton Arnold je kennengelernt?«

»Nein.« Philip klang ein wenig überrascht darüber, welchen Verlauf das Interview nun nahm. »Wie Sie sich sicherlich vorstellen können, waren Fiona und ich hin- und hergerissen, was eine Heirat innerhalb des ersten Jahres nach seinem Tod anging. Es gibt leider Menschen, die dies mißverstehen.«

Ariel merkte, wie sie eine Gänsehaut bekam, weil ihr die Worte so bekannt vorkamen. Sie kurbelte ihr Fenster herunter und atmete tief die verpestete Luft ein.

»Aber wir haben akzeptiert, daß es so sein soll«, fuhr Philips Stimme fort. »Wir sind am Leben und haben das Glück verdient, das wir ineinander fanden.«

Die Tonband-Ariel schien ungefähr das gleiche über diesen Schwätzer zu denken wie die reale Ariel.

»War da neben Mr. Arnold nicht noch ein weiterer Mann getötet worden?«

In Philips Stimme lag eine Spur von Ungeduld. »Ja. Jemand namens Gold, glaube ich.«

Eine weitere Frage war beantwortet, dachte Ariel grimmig, als die Tonbandstimme fragte: »Wurde der Mord je geklärt?«

»Leider nein. Haben Sie gewußt, daß ich einmal die Rolle eines Detektivs gespielt habe ...« Der redselige Schauspieler befand sich wieder auf sicherem Terrain, und Philip stand das ganze restliche Interview über im Mittelpunkt. Ariel spulte zurück und wunderte sich, warum er den Namen des zweiten Mordopfers nicht mit ihrem eigenen in Verbindung gebracht hatte.

Vielleicht war sie unter falschem Namen angetreten. Oder sie hatte sich nicht mit ihrem Nachnamen vorgestellt. Vielleicht war er auch so sehr mit sich selbst beschäftigt, daß er ihn gar nicht wahrgenommen hatte.

Aber das war im Moment nicht so wichtig, dachte sie. Die Frage war: Warum hatte sie das Interview gemacht? Vielleicht war es nur eines von vielen, das sie in dieser Zeit geführt hatte, und nicht unbedingt etwas Besonderes. Quatsch – bei den Notizen, die sie in ihrem Buch gefunden hatte, handelte es sich um aktuelle Nachrichten; sie hatte weder für die Klatschspalten noch fürs Feuilleton geschrieben. Und das Band steckte nicht einfach zufällig im Kassettenrecorder ihres Autos. Dreieinhalb Jahre später. Nein, wohl kaum. Aber das Interview war harmlos. Nichts davon war auch nur im entferntesten belastend, soweit sie das nun beurteilen konnte.

Ariel ließ den Motor anspringen und drehte eine Runde auf dem Parkplatz, um in die weniger befahrene Seitenstraße einzubiegen. Sie fuhr, während sie das Band von vorne abhörte, in Richtung Norden. Als sie zwei Blocks weit gekommen war, wendete der beigefarbene Lieferwagen erneut und fuhr ihr nach, ließ aber ein anderes Auto vor sich einscheren.

An der Kreuzung Wilshire und Sepulveda drückte Ariel wieder den Rückspulknopf. Nach einigen Versuchen fand sie die Stelle, an der das Band zuvor angehalten worden war. Sie hörte sich diese Passage noch einmal an. Und noch ein drittes Mal.

Als sie zu Hause ankam, hielt sie gar nicht erst an; sie fuhr direkt weiter bis vor Marguerite Harris' Haus.

43

Wenn Sie etwas über ein ganz bestimmtes, erfolgloses Broadway-Stück herausfinden wollten«, fragte Ariel, »wie würden Sie vorgehen?«

Sie hatte ihre Nachbarin in deren Arbeitszimmer voller Bücher und verstreuter Papiere angetroffen, wo sie vor einem Computer saß. Marguerite schloß mit kaum merklichem Bedauern die Datei und sah ihren unerwarteten Gast an.

»Was denn, zum Beispiel?«

»Wer zum Beispiel mitgespielt hat, im wesentlichen. Und worum es ging.«

»Wie heißt das Stück denn?« Marguerite war bereits so auf das Gespräch konzentriert, wie sie zuvor auf die Arbeit konzentriert war, die sie nun zur Seite gelegt hatte.

»*Blindflug.* Es wurde wahrscheinlich in den achtziger Jahren gespielt. Anfang der achtziger Jahre.«

»Aber daran kann ich mich ja erinnern!« Marguerite sprang von ihrem Stuhl auf. »Ich weiß sogar, wer es geschrieben hat! Einen Augenblick...« Sie fuhr mit ihrem Finger an einer Reihe Bücher an der hinteren Wand des Arbeitszimmers entlang und nahm, nachdem sie ungefähr die Hälfte durchgesehen hatte, eines aus dem Regal.

»*Who's Who in the Theater*«, frohlockte sie und blätterte den Buchstaben B durch. »Das ist eine Sammlung von Besetzungslisten, und ich glaube, hier werden wir finden, was wir wissen wollen.«

Nachdem sie allerdings eine Weile gesucht hatte, klappte sie das Buch zu und stellte es zurück. »Ich nehme an, es wurde nicht lange genug gespielt.« *Das Buch der 1000 Theaterstücke* führte zu keinem anderen Ergebnis.

»Aber hier kann ich alle Informationen ganz leicht bekommen«, sagte Marguerite und sah auf eine Männerarmbanduhr voller technischer Raffinessen, »allerdings nicht jetzt. Es ist schon fast zehn Uhr in New York, und Frank geht früh zu Bett.«

»Frank?«

»Eberhardt. Haben Sie von ihm gehört? *Blindflug* war der einzige Flop, den er je geschrieben hat. Ich habe das Stück nie gesehen, aber Frank und seine Frau Betsy sind gute Freunde von uns, und ich kann alles, was Sie wissen wollen, morgen herausfinden. Wie klingt das?«

»Ich hätte gerne noch gewußt...« Ariel hielt inne, um nachzudenken. »Wie ist das eigentlich, wenn jemand, einer der Hauptakteure, gar nicht wirklich mitspielt? Wenn jemand einen Tag vor der Premiere aus der Produktion aussteigt? Steht sein Name dann trotzdem im Programmheft?«

Marguerite überlegte. »Nun, ich glaube nicht, daß sie über Nacht ein neues Programmheft drucken können. Es wird dann einfach bekanntgegeben, daß diese Rolle in den ersten Vorstellungen mit jemand anderem besetzt sei. Wollen Sie mir nicht sagen, was das alles zu bedeuten hat?«

Ariel dachte darüber nach. Ernsthaft. Dann beschloß sie, zuerst mit Henry zu sprechen.

»Sobald wir die Informationen bekommen – oder sobald ich absehen kann, ob das alles überhaupt etwas bedeutet. Glauben Sie denn, es gibt irgendeine Möglichkeit, wie ich an das Programmheft von damals herankommen könnte?«

Die alte Frau sah Ariel streng an. Offensichtlich gefiel es ihr nicht, Auskünfte zu erteilen, ohne selbst etwas zu erfahren. »Das kann ich fast garantieren«, meinte sie schließlich. »Betsy hat die Programmhefte aller Premieren von Franks Stücken aufbewahrt. Sie ist ein Ein-Frau-Fanclub, und ich kann mir gut vorstellen, daß sie jede Kritik zu allen Stücken hat, die er je geschrieben hat. Ich rufe sie gleich morgen früh an, und wenn sie das Programm hat, dann bitte ich sie, es mir zu faxen. Aber«, ihr Gesicht wirkte wieder verschlossener, »Sie müssen mir den Namen des Schauspielers sagen. Ich kann sie wohl kaum bitten, das ganze Ding durchzufaxen, oder?«

»Niemals.« Ariel lächelte süß. »Nur den Teil mit der Besetzungsliste und den Kurzbiographien. Und natürlich die Fotos der Schauspieler. Sagen Sie ihr, daß ich darauf bestehe, für alles zu bezahlen. Bitte?«

Marguerite schnaubte. »Ich glaube, darüber müssen wir uns keine Gedanken machen. Frank Eberhardt schwimmt in Geld. Ich rufe Sie an, sobald ich das Fax habe, und dann bleiben Ihnen noch vierundzwanzig Stunden, um mir vollen Bericht über dieses Mysterium abzustatten. Das meine ich ernst!«

Ariel fuhr die kurze Strecke zu sich nach Hause völlig gedankenverloren. Sie war frustriert und unruhig. Der Mann hinter dem

Lenkrad des Lieferwagens hundert Meter weiter beobachtete, wie sie in die Garage fuhr und ins Haus ging. Als er sah, daß sich das Garagentor schloß und einige Sekunden später die Vorhänge zugezogen wurden, machte er es sich bequem und griff nach seinem Autotelefon.

Ariel, die der Grund für seinen Anruf war, schenkte der Alarmanlage mehr Aufmerksamkeit als gewöhnlich, begrüßte Jessie nachlässiger als sonst und ging sofort zum Kassettenrecorder im Schlafzimmer. Die relevante Stelle auf dem Band zu finden dauerte nicht lang; sie kannte den Verlauf jetzt fast auswendig. Sie kam, gleich nachdem Philip das Gespräch von dem Mord an Arnold und Michael abgelenkt und wieder auf sich gebracht hatte. Aber Ariel gewann jetzt entschieden den Eindruck, daß er seine Taktik sofort bereut hatte. Ihre eigene Tonbandstimme begann mitten im Satz.

»– dachte, ich hätte mich für dieses Interview vorbereitet, hätte mich mit allen Ihren Rollen vertraut gemacht, aber ich kann mich nicht daran erinnern, daß Sie je einen Detektiv gespielt haben.«

»Nun, genaugenommen habe ich die Rolle nicht gespielt.« Philips Lachen klang ein wenig gezwungen, dachte Ariel. »Es gab, äh, künstlerische Differenzen, und ich bin einen Tag vor der Premiere aus der Produktion ausgestiegen. Hinterher war ich sogar froh. Das Stück wurde nach einer Woche abgesetzt.«

»Ich habe nicht gewußt, daß Sie Theater gespielt haben. War das hier?«

»In New York.«

»Wie hieß das Stück?«

»Blindflug.« Philips Antworten waren schroff geworden, und sie hatte sein Unbehagen schnell gespürt.

»Wann war das?«

»Es liegt einige Jahre zurück, Ariel, und, äh, es ist nicht gerade eine meiner schönsten Erinnerungen. Lassen Sie uns auf etwas Interessanteres zurückkommen, ja? Habe ich Ihnen schon . . .«

Als er nun wieder für seine Fernsehserie warb, schaltete Ariel das Gerät ab. Vielleicht gab es etwas her, dachte sie, vielleicht nicht, aber es war das einzige auf dem Band, was andeutungsweise provozierend war.

Sie zitterte wie Espenlaub, als sie Henrys Privatnummer wählte. Die Ansage auf seinem Anrufbeantworter klang kurz angebunden; sie hinterließ eine Nachricht, nicht weniger kurz angebunden. Sie trommelte auf den Hörer und überlegte, ob sie sonst noch etwas unternehmen könnte. Victor würde nicht vor morgen zurück sein, und es gab keinen Grund, eine weitere Nachricht zu hinterlassen. Im Augenblick schien es, als befände sie sich in einer Sackgasse. Plötzlich schaute sie erschrocken auf die Uhr. Sie hatte die ersten zwei Minuten von *Die offene Akte* verpaßt.

Als das Telefon fast eine Stunde später klingelte, lief der Abspann noch. Ariel, die nervös an einem abgebrochenen Fingernagel herumzupfte, kritisierte in Gedanken einige der Schnittentscheidungen und wartete auf ihren Namen. Sie nahm an dem Apparat ab, der neben ihrem Bett stand. Auf ihr Hallo folgte keine Antwort außer einem schweren Atmen, und sie wollte den Hörer schon auf die Gabel knallen, als sie merkte, daß es B. F. war, der nicht wußte, wie er anfangen sollte.

»Gute Arbeit«, gelang es ihm schließlich zu sagen. »Hoffen wir, daß das jemand hinterm Ofen vorlockt. Jemand, der etwas gesehen hat.«

»Es überrascht mich fast, daß Sie sich den Bericht angeschaut haben.« Ariel spürte, wie sich ihr der Hals zuschnürte. »Ich bin froh ... Ich bin erleichtert, wenn Sie den Eindruck hatten, daß wir sensibel genug berichtet haben.«

»Ja. Nun, das war alles, was ich sagen wollte. Und passen Sie auf sich auf. Und nehmen Sie mich beim Wort, was mein Angebot angeht, jetzt, wo die Sendung gelaufen ist.« Nach Henry Hellerscher Art legte er, ohne sich zu verabschieden, auf.

Ariel griff nach einem Taschentuch und wischte sich über die Augen. Sie ging in die Küche, machte sich eine Tasse Earl Grey und suchte die Nummer von Rachel Mulkernes Freundin in Santa Barbara heraus. Sie war zu Hause und konnte ihr weiterhelfen. Ohne sich die Möglichkeit zu geben, sich noch einmal anders zu entscheiden oder überhaupt darüber nachzudenken, wählte Ariel die Nummer in Spokane, Washington.

»*Wer,* bitte, ist am Apparat?« Rachel Mulkerne klang keineswegs wie die tatterige Frau »irgendwas mit Sechzig«, die Mrs. Teasdale sich vorgestellt hatte; sie klang wie eine erschrockene, aber aufgeweckte Frau mittleren Alters.

»Mein Mädchenname war Ariel Munson, Ms. Mulkerne.«

Ariel zwang sich, tief durchzuatmen.

»Vielleicht erinnern Sie sich an meine Adoptivmutter, Gladys Munson. Sie haben sie und mich in den frühen sechziger Jahren ein paarmal besucht.«

»Nun, ich bin ...! Ich kann es kaum glauben. Ariel Munson! Ach, du meine Güte! Warten Sie einen Augenblick.«

Ariel hörte ein Schniefen und ein Geräusch, das klang, als würde heftig die Nase geschneuzt. Nun, dachte sie, zumindest hat sie nicht gleich aufgelegt. Im Gegenteil, sie hörte sich freudig erregt an. Kurz darauf war Rachel zurück, sie klang nasal, ungläubig und – Ariel hatte sich nicht getäuscht – erregt.

»Ich kann es nicht fassen! Ich glaube, ich könnte nicht überraschter sein, wenn Ed McMahon mit einem Scheck in der Hand an meiner Tür klingeln würde. Wie geht es Ihnen, meine Liebe? Von woher rufen Sie an? Liebe Güte, Sie müssen ja inzwischen Mitte Dreißig sein!«

Ariel machte den Mund auf, klappte ihn dann wieder zu. Sie war nach ihrem Alter gefragt worden? Natürlich hatte sie nicht gewußt, was sie von diesem Anruf erwarten konnte, aber damit hatte sie nicht gerechnet.

»Äh, ja«, stimmte sie zu. »Einunddreißig.«

»Ich kann es nicht ...« Die Stimme hielt inne. »Nun, ich weiß, daß Sie sich wahrscheinlich nicht an mich erinnern, ich sollte gar nicht fortfahren. Erzählen Sie mir von sich! Wie haben Sie mich ausfindig gemacht? Wie geht es Ihrer Mutter? Warum rufen Sie nach so langer –«

Wieder eine Pause. »Sie versuchen, Ihre Eltern zu finden, nicht wahr. Ihre leiblichen Eltern.«

»Ms. Mulkerne, verzeihen Sie. Ich bin sehr verwirrt. Ich dachte, daß – wer, genau, sind Sie?«

Es folgte ein langes, tiefgründiges Schweigen. Freundlich, behutsam forderte Rachel Mulkerne Ariel dann auf, zu erzählen, wie sie sie gefunden habe und warum sie eigentlich anrufe. Ohne Unterbrechung erzählte Ariel. Als sie zu Ende war, hörte sie, wie am anderen Ende tief Luft geholt wurde.

»O Liebling«, sagte Rachel, »ich bin nicht Ihre Mutter.«

In den Worten lag Sympathie oder Bestürzung, was Ariel aber nicht genau bestimmen konnte.

»Ich war für kurze Zeit Ihre Pflegemutter, bevor Sie adoptiert wurden. Tut mir leid, wenn ich Sie enttäuschen muß.«

»Ich verstehe.« Ariel bemühte sich, die dumpfe Traurigkeit zu ignorieren, die sich wie ein Gewicht auf sie gelegt hatte. Sie zwang sich, ihre Stimme entschlossen klingen zu lassen.

»Ist es denn möglich, daß Sie mir irgend etwas über meine Mutter erzählen? Über meine Eltern?«

Es dauerte eine ganze Weile, bis Rachel antwortete, und Ariel machte sich auf Unverständnis oder Zurückweisung gefaßt. Nichts dergleichen.

»Viel kann ich nicht sagen«, meinte Rachel, »aber ich werde Ihnen erzählen, was ich weiß. Nichts spricht dagegen.« Als sie diesen Entschluß erst einmal gefaßt hatte, wurde sie sachlicher.

»Von woher rufen Sie an, sagten Sie?«

»Los Angeles. Ich lebe noch immer hier.«

»Wollen Sie nicht nach Spokane kommen? Dann könnten wir persönlich miteinander reden.«

»Ich könnte schon«, meinte Ariel, »aber nicht sofort. Könnten Sie nicht jetzt mit mir reden? Bitte!«

Rachel seufzte tief. Als sie wieder zu sprechen begann, klang ihre Stimme bedauernd. »Ich kann Ihnen nur sagen, daß Sie Ihre Mom nicht finden werden.« Sie schwieg, als wartete sie auf eine Erlaubnis fortzufahren.

»Sie ... lebt also nicht mehr?« Für Ariel kam diese Mitteilung nicht völlig überraschend, aber sie war erstaunt, daß sie sich noch schlechter fühlte als ohnehin schon.

»Nein, meine Liebe. Sie starb nicht lange nach Ihrer Geburt, soweit ich weiß. Lassen Sie mich das Wenige erklären, was ich weiß.«

Ariel wartete.

»Sie waren das erste meiner Pflegekinder, Ariel, und auch eines der letzten. Ich fand heraus, daß ich dafür nicht geeignet war. Es war zu schmerzlich«, sagte Rachel schlicht.

»Aber mit Ihnen geschah folgendes: Da war diese junge Frau, die Ihre Eltern gekannt hatte. Sie hatten alle zusammen in einer Kommune gelebt, wie sie berichtete. Nun, diese Frau und zwei Männer haben Sie irgendwie bei mir ausfindig gemacht. Ich weiß nicht, wie. Fragen Sie erst gar nicht. Sie kamen in einem dieser angemalten Wohnwagen – sind Sie alt genug, um sich daran zu erinnern? –, und den sah ich zwei- oder dreimal vorbeifahren. Die Leute wirkten echt schmutzig und ließen ihre Musik sehr laut spielen. Als sie vor meinem Haus anhielten, rief ich die Polizei. Ich hatte ein Baby in Pflege, und ich wollte kein Risiko eingehen, Sie verstehen?«

Rachel hielt für einen Moment lang inne, sammelte ihre Gedanken.

»Nun, es war ein Fehler, die Tür zu öffnen. Ich hatte so eine Vorhängekette – wissen Sie? –, also dachte ich, ich sei sicher. Aber einer der Männer riß sie weg, als handelte es sich um eine Schnur. Sie drangen ins Haus ein und fanden Sie. Die Frau war nicht bösartig – nun, eigentlich keiner von ihnen. Sie verhielten sich nur so, als hätten sie ein Anrecht auf Sie. Auf jeden Fall sah sie ziemlich ausgeflippt aus, wie man damals so sagte, aber irgendwie wollte sie wohl, daß ich sie verstand. Sie sagte, Sie seien das Kind ihrer ›Schwester‹, und die sei gestorben. Ich glaube nicht, daß sie wirklich von ihrer Schwester sprach; Sie wissen ja, wie diese Blumenkinder waren. Diese Frau behauptete, sie und ihre ›Brüder‹ seien es ihrer ›Schwester‹ und Ihrem Daddy schuldig, Sie zurückzuholen.«

Aufgeregt fragte Ariel: »Was hat sie denn über meinen Vater gesagt?«

»Das war alles, außer daß er nicht da war, als die Leute von der

Behörde Sie geholt haben ... Nun, sie verwendete nicht das Wort ›Behörde‹. Ich drücke mich ein bißchen gefälliger aus. Diese Leute hatten für das Establishment nicht besonders viel übrig, das kann ich Ihnen sagen!«

»Und was noch?« bohrte Ariel. »Was hat sie noch gesagt?«

»Sie hatte gar keine Möglichkeit, noch viel zu sagen, weil dann nämlich die Polizei auftauchte. Als die Beamten die Situation erfaßt hatten, führten sie alle drei in Handschellen ab. Es war eines der schrecklichsten Dinge, die mir je passiert sind.«

»Haben Sie jemals wieder etwas von ihnen gehört? Wissen Sie, was aus ihnen geworden ist?«

»Nein. Aber man sollte davon ausgehen, daß ich als Zeugin geladen worden wäre, hätte man ihnen tatsächlich den Prozeß gemacht, glauben Sie nicht? Ich weiß nicht, ob sie ins Gefängnis gesteckt wurden oder was.«

»Aber diese ... Hippie-Frau ... hat Ihnen erzählt, daß meine Mutter tot sei?« Ariel gab sich alle Mühe, diese Information zu verarbeiten.

»Ja«, antwortete Rachel. »Aber sie hat sich eigentlich fast so verhalten, als seien Sie ihr Kind. Ich nehme an, so war das eben in diesen Kommunen.«

»Ihren Namen wissen Sie nicht zufällig? Oder haben Sie irgendeine Idee, wie ich sie finden könnte?«

»Ich wollte, ich könnte Ihnen helfen, aber an mehr kann ich mich nicht erinnern. Na ... das stimmt nicht ganz.«

»Was denn noch?« Ariels Herz pochte beunruhigend.

»Ich weiß noch, wie sie Sie genannt hat.«

»Wie sie ...? Sie meinen, sie hat Ihnen meinen richtigen Namen gesagt?«

»Nun, nicht den Familiennamen. Und sie hat mir den Vornamen nicht in dem Sinn *gesagt.* Aber als sie Sie im Laufstall gefunden hatten, sagte sie ›Jessie!‹«

Ariel klappte der Mund auf. Verblüfft starrte sie auf den Hund zu ihren Füßen. Ihre Namensgenossin erwiderte den Blick neugierig.

»Oh, das ...! Das ist ... sehr sonderbar!«

Rachel merkte gar nicht, welche Bestürzung sie mit dieser Neuigkeit ausgelöst hatte, und fuhr eifrig fort.

»Einige Monate später wurden Sie adoptiert, und ich war genauso schlimm wie diese Hippie-Mutter. Jung und unerfahren. Die Familie zu besuchen war gegen alle Abmachung, aber ich konnte Sie nicht einfach so fortgeben – bumm! – und weg! Und nicht erfahren, ob Sie geliebt werden. Ich dachte mir diese Geschichte aus, aber Ihre Mom durchschaute mich. Sie war so glücklich, Sie zu haben, und Sie konnte nicht anders, als ihr Glück mit jemandem zu teilen, der Sie auch liebte. Ich wußte, daß sie mich nie anzeigen würde. Ich habe mich seither um viele Kinder gekümmert, auf diese und jene Weise, aber Sie waren etwas Besonderes – wahrscheinlich, weil Sie mein erstes Pflegekind waren.«

Ariel versuchte, ihre Fassung wiederzuerlangen und klar zu denken. Ihr Blick war noch immer auf den Hund gerichtet, als sie fragte: »Rachel, wann kamen diese Leute zu Ihnen? In welchem Jahr, wissen Sie das noch?«

»Ach, du meine Güte! Lassen Sie mich nachdenken. Wann sind Sie geboren?«

»1961. Im Juni, laut Geburtsurkunde.«

»Okay, Sie waren ungefähr eineinhalb, als Sie zu mir kamen, und Sie waren nur kurz bei mir. Es war im Winter, daran kann ich mich erinnern … Oh! Es war Dezember, kurz vor Weihnachten, denn ich hatte meinen Baum schon! Das muß dann wohl zweiundsechzig gewesen sein.«

»Wie sah die Frau aus? Können Sie mir nicht irgend etwas über sie erzählen?«

»Sie sah wie all diese Leute aus. Lange Haare. Komische Kleider. Sie war jung, vielleicht neunzehn oder zwanzig. Auch die Männer hatten lange Haare, aber ich kann mich eigentlich nur noch daran erinnern, daß sie mir angst gemacht haben.«

»Wo haben Sie denn damals gewohnt?«

Rachel nannte eine Adresse in Culver City, konnte sich lediglich an die Hausnummer nicht mehr genau erinnern.

Ariel fiel nichts weiter ein, was sie noch fragen könnte. Sie hatte erhebliche Schwierigkeiten, überhaupt zu denken.

»Vielen Dank, Rachel, daß Sie mir all dies erzählt haben«, sagte sie. »Ich weiß, das hätten Sie nicht tun müssen. Und wir *werden* uns bald einmal sehen. Das verspreche ich.«

Die folgende Nacht nahm kein Ende.

Ihr Blick fiel immer wieder auf Jessie. Mit welchem Trick, staunte Ariel, hatte ihr rudimentäres Gedächtnis diesen Namen aus dem Hut gezaubert? Es lag wirklich eine gewisse Ironie darin, daß sie, wenn auch unwissend, einen Namen aufgegriffen hatte, der ihr das letzte Mal zu Ohren gekommen war, als sie zwei Jahre alt war. Und auf der anderen Seite konnte sie sich nicht an den vergangenen Monat erinnern.

Ariel ging in ihrer Wohnung auf und ab, versuchte dann zu lesen. Sie überprüfte die Alarmanlage und alle Schlösser zweimal, nannte sich selbst närrisch, tat es aber trotzdem. Sie machte es sich auf ihrem Bett bequem und schaute sich eine alte *Combat*-Fortsetzung an, blieb auch vor der *Tonight Show* sitzen, ohne dies zu bemerken, und wurde schließlich wie nebenbei von Bette Davis' Verwandlung in *New Voyager* ergriffen. Als sie schließlich die Nachttischlampe ausknipste, klickten die roten Ziffern der Uhr in quälender Langsamkeit weiter. Ariel war sich sicher, kein einziges Klicken versäumt zu haben.

44

Ariel erwachte und merkte, daß sie in Wirklichkeit weit mehr als nur ein Klicken der Uhr versäumt hatte. Sie erinnerte sich, daß sie noch gesehen hatte, wie vier Uhr dreißig vorbeigekrochen war; sie erinnerte sich an ein trübes fünf Uhr. Als sie das nächste Mal auf die abscheulich roten Ziffern geschaut hatte, zeigten sie zehn Uhr fünfzehn an.

Sie kämpfte mit zerknäulten Laken, sprang schließlich aus dem Bett und zog die Vorhänge auf. Sonnenstrahlen drangen in ihr Schlafzimmer. Sie spritzte sich kaltes Wasser ins Gesicht – ein großer Teil landete auf ihrem Schlafanzug – und ging zum Anrufbeantworter. Nichts leuchtete, kein Lämpchen blinkte.

Ihr Pulsschlag pendelte sich auf eine Frequenz ein, die für diese Tage als normal zu bezeichnen war. Ariel kochte Kaffee und erledigte, die Ohren gespitzt, was sie an jedem normalen Morgen zu erledigen hatte. Als das Telefon schließlich kurz nach elf läutete, war jedoch weder Marguerite noch Henry oder Victor am Apparat.

»Ariel, hallo!« rief Tara, die Rezeptionistin im Studio. »Ich muß Ihnen noch mal sagen, wie heiß Sie gestern aussahen! Wollen Sie mir nicht den Namen der Kosmetikerin verraten? Ich meine, was hat sie für ein Wunder vollbracht!«

»Danke, ich werde Ihnen die Nummer bei Gelegenheit geben. Was kann ich für Sie tun, Tara?«

»Mr. Heller rief an. Es tut ihm leid, daß er sich nicht bei Ihnen melden konnte, aber es gab Komplikationen mit seinem Sohn, und sie sind immer noch in Catalina. Das Kind ist in Schwierigkeiten; ich hatte recht. Aber er selbst ist nicht das eigentliche Problem. Das Problem ist der Vater des anderen kleinen Jungen. Im Streit wurde dem Kind ein Schneidezahn ausgeschlagen, und der Vater droht jetzt mit einem Prozeß.«

»Lieber Himmel.« Ariel war von sich selbst abgelenkt. »Sam hatte eine Schlägerei? Hat Henry Ihnen das alles erzählt?«

»Natürlich nicht.« Tara ging nicht weiter darauf ein. »Aber er sagte noch, daß er voraussichtlich am späten Nachmittag zurück sei und Sie dann anrufen werde.«

Ein Piepen in der Leitung kündigte einen weiteren Anruf an, und Ariel entschuldigte sich. Jetzt war Marguerite am Apparat.

»Ich erwarte Ihr Fax in einer Stunde. Warum kommen Sie nicht gleich herüber und schauen sich an, was ich schon für Sie gefunden habe?«

Der beigefarbene Lieferwagen stand nicht mehr da, als Ariel aus dem Haus eilte, während sie noch am Reißverschluß ihrer Jacke zerrte. Allerdings parkte jetzt ein ähnlich unauffälliger Subaru ungefähr zwanzig Meter entfernt auf der anderen Straßenseite.

Minuten später saß Ariel mit einer Tasse Kaffee in Marguerites Wohnzimmer und beobachtete durch das geöffnete Fenster, wie Carl den Rasen mähte. Sie dachte sich, daß er wahrscheinlich

einer der letzten Männer war, die noch einen mechanischen Rasenmäher benutzten, und sog den Geruch frisch gemähten Grases ohne begleitenden Benzingestank ein.
Später erinnerte sie sich oft an diese letzten friedlichen Minuten.
»Ich muß Ihnen gestehen«, sagte Marguerite und blätterte in einem dicken Buch, als sie wieder ins Zimmer kam, »daß ich einen Teil dessen, was Sie gestern abend brauchten, selbst hatte. Ich hatte das Buch ganz vergessen, bis mich Frank heute morgen daran erinnerte, sehr zu meiner Schande.« Sie setzte sich neben Ariel.
»Die Kriminalstücke des Frank Eberhardt. Ein Geschenk des Dramatikers, signiert. Und, *voilà ...!«* Sie schlug eine zuvor markierte Seite auf und reichte Ariel das Buch.
»Ist etwas oder jemand – für Sie von Interesse?«
Ariel las die Informationen zu *Blindflug.* Das Stück war am 21. November 1985 im Cuthbert Theater in New York uraufgeführt worden. Sie überflog die Besetzungsliste; es waren einige Namen dabei, die sie kannte, nicht aber Philip Carroll. Ihr Blick kehrte zum Namen des Dramatikers zurück, und was sie eine Zeile darunter entdeckte, ließ ihr Blut stocken. Das Stück war von zwei Männern »gefördert« worden, und einer der beiden war Creighton Arnold.
»Könnte ich ...«, brachte sie krächzend hervor. Ariel fuhr sich mit der Zunge über die Lippen, räusperte sich und hauchte, den Blick immer noch auf den Namen gerichtet: »Könnte ich mir das vielleicht borgen?«
»Ich habe mir schon gedacht, daß Sie Interesse daran haben. Und die Eberhardts faxen mir noch Informationen zur Besetzung bei der Premiere durch. ›Der ersten Vorstellung von einigen wenigen‹, wie Frank sagte. Ich hätte es schon früher gehabt, wenn sie nicht bei ihrem Steuerberater gewesen wären, als ich anrief. Zeit für die Steuererklärung, wie Sie –« Marguerite hielt inne, und auch Ariel hörte das schwache Läuten aus dem Arbeitszimmer.
»Kaum spricht man davon.« Marguerite eilte hinaus.
Ariel hatte sieben Seiten des Textes gelesen, als Marguerite zurückkehrte und flüchtig einige dünne Seiten sortierte.

»Sie können sich glücklich schätzen«, sagte sie, »daß Betsy mehr als nur ein Programmheft hat, sonst wäre sie niemals bereit gewesen, eines auseinanderzunehmen, um es durch das Gerät zu schicken.«
Mit zitternden Händen nahm Ariel die Seiten entgegen und überflog sie rasch. Als sie zu »Tom Farley, Detektiv« kam, begann ihr Herz wild zu hämmern. Die Schärfe der Abbildung hatte unter der Übermittlung gelitten, und das Gesicht sah irgendwie anders aus – es hatte einen dicken Schnurrbart –, aber Ähnlichkeit bestand mit Sicherheit. Zieht man sieben Jahre davon ab, wie Philip Carroll heute aussieht, dachte sie, und er ähnelt dem Foto durchaus, das sie in der Hand hielt. Sie schaute auf den Namen des Schauspielers und hob verwundert die Brauen. Sie spürte einen Stich der Enttäuschung, vermischt mit Erleichterung.
»Was ist los?« Marguerite runzelte mitfühlend die Stirn.
»Ich hätte schwören können ...« Ariel hielt die Abbildung ein Stück von sich entfernt. »Ich weiß, daß Philip für diese Rolle besetzt war, aber hier steht ›Adam Shaw‹.«
Marguerite sah auf den lächelnden Schauspieler. »Wer ist Philip?«
»Philip Carroll«, antwortete Ariel mit grimmigem Gesicht. »Kennen Sie ihn?«
Marguerite sah zuerst Ariel, dann das Foto scharf an.
»Was denken Sie?« fragte Ariel.
»Möglich. Aber nein, danach kann man nichts beurteilen. Ariel, was geht hier vor sich? Ist das eine Geschichte, an der Sie arbeiten, oder ist etwas nicht in Ordnung? Was hat Philip Carroll denn mit Ihnen zu tun?«
Ariel nahm das Foto zurück. »Es ist eine Art Geschichte, für die ich recherchiere. Würden Sie mir einen Gefallen tun? Würden Sie Mr. Eberhardt anrufen, damit ich mit ihm sprechen kann?«
Unvermittelt ging Marguerite wieder hinaus und kehrte dieses Mal mit einem schnurlosen Telefon und einer Adreßkarte zurück. Wortlos, den Blick fest auf Ariel gerichtet, wählte sie und sprach einige Sekunden später ins Telefon hinein.

»Betsy, hallo. Vielen Dank für das Fax. Wir sehen es gerade durch. Ist Frank noch da? Könnte ich für einen Augenblick mit ihm reden?«

»Frank«, sagte sie nach einer kurzen Pause. »Ja, ich weiß. Eine Ewigkeit sprechen wir nicht miteinander und dann gleich zweimal am selben Tag. – Hör zu, ich habe meine Freundin bei mir, die junge Frau, von der ich dir erzählt habe, und sie würde dich gern einige Dinge fragen. Ist das in Ordnung?« Auf eine Frage, die offenbar folgte, schüttelte sie verneinend den Kopf. »Keine Ahnung. Sie tut sehr geheimnisvoll, und ich werde keine Antworten von ihr bekommen, das weiß ich, solange sie keine von dir bekommt. Sie heißt Ariel. Einen Moment.« Sie zog eine Augenbraue hoch und reichte Ariel den Hörer.

»Mr. Eberhardt.« Ariel nickte Marguerite zu und bedankte sich bei dem Dramatiker. »Ich werde Ihre Zeit nicht lange in Anspruch nehmen. Ich habe mir gerade das Foto des Schauspielers angesehen, der den Detektiv gespielt hat. Im Stück hieß er Tom Farley, und der Schauspieler, so ist hier zu lesen, war ein gewisser Adam Shaw. Können Sie sich zufällig an ihn erinnern?« Ariel hörte einen Augenblick lang zu und sagte dann: »Ich verstehe. Aber erinnern Sie sich an diesen Shaw?«

Ariel schloß die Augen, während sie minutenlang der Antwort lauschte. Ihre Hand am Hörer spannte sich an.

»Ich werde es niemandem weitersagen«, sicherte sie schließlich zu. »Das verspreche ich. Nein, ich verstehe. Würden Sie noch etwas für mich tun? Könnten Sie – würden Sie mir das Original dieser Seite des Programmhefts als Eilsendung zuschicken?« Sie nickte. »Ja, ich brauche nur diese eine Seite. Vielen Dank.«

Ariel gab ihre Adresse durch, und dann folgte ein kleiner Disput darüber, wer für die Unkosten aufkommen würde, die übernehmen zu wollen beide beharrlich beteuerten. Sie betonte schließlich noch die Dringlichkeit der Angelegenheit und reichte dann den Hörer wieder Marguerite.

Während sich die Freunde voneinander verabschiedeten, stand Ariel auf und trat zum Fenster.

Draußen stopfte Carl das geschnittene Gras in eine Mülltonne.

Der Rasen sah frisch und grün aus, der Himmel war wunderbar blau, und Ariel fühlte sich, als wäre die Welt eingestürzt. Die Illusion der Sicherheit, der sie sich hingegeben hatte, war in tausend Stücke zerborsten, und jede Faser ihres Körpers war angespannt.

Frank Eberhardt konnte sich durchaus an Shaw erinnern, so weit, so gut. »Man vergißt einen Schauspieler nicht, der einen Tag vor der Premiere von der Bühne geht«, hatte er gesagt, »vor allem einen unbekannten nicht, der vor seinem Durchbruch steht! Das macht keiner, glauben Sie mir. Die würden alles tun, um eine Rolle zu bekommen, und ich habe nie wieder erlebt, daß einer *sayonara* sagte, als er die Rolle schließlich hatte.«

Shaw habe nicht nur seine Rolle hingeschmissen, sondern auch, soweit Eberhardt wußte, der Welt des Theaters in New York den Rücken gekehrt. Er habe nie wieder von ihm gehört. Es sei ihm allerdings durchaus zu Ohren gekommen, daß Shaw sich auf ein »Techtelmechtel« mit der Frau eines der Produzenten eingelassen habe, daß sein Engagement auf den Einfluß dieser Frau zurückgegangen sei und daß der betrogene Produzent die Affäre schließlich spitzbekommen habe. Gerüchte seien im Umlauf gewesen, gluckste er, daß dem Schauspieler nahegelegt worden war, sich zum Teufel zu scheren – oder sonstwohin.

»Aber das ist Bühnengemauschel«, hatte Eberhardt gewarnt, »ebenso wie das Gerücht, daß Shaw boykottiert worden sei. Normalerweise würde ich keiner Geschichte Glauben schenken, aber es fällt schwer, sich vorzustellen, daß dieser Typ gegangen wäre, hätte man ihn nicht dazu gezwungen – hätte man ihn nicht abgesägt. Wo wir gerade davon sprechen, ich wette, Sie haben von diesem Produzenten gehört . . .«

Erst jetzt war Eberhardt eingefallen, daß eigentlich der fragliche Produzent auf ziemlich dramatische Weise abgesägt wurde.

»Haben Sie nicht darüber gelesen?« hatte er sie gefragt. »Hochkarätiger Geschäftsmann namens Creighton Arnold? Er wurde vor ein paar Jahren umgebracht, und wenn ich mich nicht täusche, dann war es dort unten. In L.A.«

»Ein Goldstück«, sagte Marguerite, nachdem sie aufgelegt hatte. Sie musterte Ariel mit besorgtem Blick.

»Ich muß darüber nachdenken.« Ariel wandte sich widerstrebend vom Fenster ab. »Und ich möchte das Stück lesen, obwohl ich nicht erwarte, daß es im Augenblick irgendwie zweckdienlich ist.«

Ariel beruhigte ihre Freundin und ging mit dem Buch unterm Arm nach Hause. Es war ein Pulverfaß, das darauf wartete, gezündet zu werden.

Als Ariel *Blindflug* halb durchgelesen hatte, wußte sie wieder, was Victor gesagt hatte und was ihr nicht mehr eingefallen war – eine verräterische Kleinigkeit, die nicht übereingestimmt hatte. Als sie das Buch zuklappte, war ihr klar, wie Fiona Morgan in Wirklichkeit ums Leben gekommen war. Und sie wußte, wer sie umgebracht hatte. Sie wußte nicht, warum, und sie wußte zudem nicht, wie sie es beweisen konnte.

Sie starrte ein Loch in den Teppich im Wohnzimmer, während sie die Optionen erwog. Da läutete das Telefon. Sie stand auf, unmißverständlich in die Gegenwart zurückgeholt.

Victor entschuldigte sich vielmals, daß es so lange gedauert habe, bis er auf ihren Anruf reagierte, aber er sei den ganzen Vormittag im OP gewesen, und als er herausgekommen sei, habe schon ein weiterer Notfall gewartet. Er wollte gerade zu einer ausführlichen Beschreibung des blausüchtigen, von einer Biene gestochenen Yorkshire-Terriers ausholen, als Ariel ihn unterbrach.

»Victor, ein andermal höre ich mir das gern an, aber im Moment sitze ich wirklich in der Klemme. Sag mal, weißt du noch, wann ich Jessie bekommen habe?«

»Na klar, Ariel, du nicht?«

»Victor, bitte, tu mir den Gefallen; es ist wichtig. Wie lange hat es gedauert, bis du nach Fiona Morgans Tod ihren Mann erreicht hast? Wann war das?«

»Nach ein paar Tagen.«

»Und ich habe dir explizit gesagt, daß ich ihn anrufen will, oder?«

»Um die Unterlagen für den Hund zu bekommen, ja. Geht es

hier um die Besitzerschaft von Jessie? Gibt es irgendwelche Probleme?«
Sie hatte zwei Wochen Zeit gehabt, um Philip zu kontaktieren, dachte Ariel, bevor sie im Niemandsland erwacht war.
»Die nächste Frage ist von viel größerer Bedeutung, Victor, okay? Erinnerst du dich, daß du mir erzählt hast, wie Jessie ins Tierheim kam, bevor Fiona gestorben war? Wie sie selbst kam, um Jessie unterzubringen?«
»Ariel ...«
»Warum wurde Jessie gebracht?«
»Weil Mrs. Morgan eine Reise plante, und sie wollte den Hund nicht allein lassen.« Victor klang, als hätte er es mit einer Verrückten zu tun. »Das ist der häufigste Grund, warum die Leute ihre Tiere bringen.«
Ariel schloß die Augen und atmete tief durch. »Bist du ganz sicher, daß sie sagte, sie wolle verreisen?«
»Ariel, ist alles in Ordnung?«
»Victor, bitte.«
»Das hat sie gesagt, ja. Liebe Güte, Ariel, das ist ewig her. Warum ist das jetzt so wichtig?«
Ariel spielte mit einer Haarsträhne, dachte aufgebracht nach. »Gibt es keine Belege darüber, wann sie da war? Wann genau?«
»Ich kann nachschauen, an welchem Tag sie Jessie hierhergebracht hat, klar.«
»Würdest du das tun?«
Victor sagte etwas, was für Ariel völlig zusammenhanglos klang, bis sie merkte, daß er mit jemand anderem in seinem Büro redete.
»Ariel, ich muß jetzt los. Ich werde das Datum heraussuchen und dich so bald wie möglich wieder anrufen.«
Frustriert legte sie auf und nahm den Hörer sofort wieder zur Hand. Sie rief bei Marguerite an und fragte, ob sie Frank Eberhardts Telefonnummer bekommen könnte.
»Na, hallo noch einmal«, sagte der Dramatiker, nachdem sie sich vorgestellt hatte. »Ich habe den Brief gerade losgeschickt, und ich habe angefangen, den Gerüchten, die eine schwarze

Liste betreffen, auf die Spur zu gehen. Bislang allerdings glücklos.«

Ariel erläuterte, was sie nun noch alles wissen wollte, entschuldigte sich, daß sie ihn noch einmal belästigte.

»Sie belästigen mich nicht. Im Gegenteil, es ist interessant, und es ist mir eine Genugtuung. Ich habe das Stück immer gemocht und nie verstanden, warum es nicht lief. Das Problem lag in der Entwicklung der Charaktere, glaube ich. Na ja, aber deshalb haben Sie wohl nicht angerufen. Lassen Sie mich nachdenken. Oder besser, lassen Sie mich meine Arbeitsnotizen von damals holen. Einen Moment.«

»Okay«, sagte er, als er zurückkehrte, »Sie wollen also wissen, ob die Mordszene auch heute und im echten Leben vonstatten gehen könnte. *Blindflug* spielt in den vierziger Jahren, als man an den Flughäfen noch keine Sicherheitskontrollen durchführte. Sie müßten also herausfinden, ob ohnehin kontrolliertes Gepäck heutzutage noch durchleuchtet wird. Da weiß ich nicht Bescheid, aber etwas fällt mir ein, was ein Problem darstellen könnte: Es gibt jetzt einen Test für Insulinüberdosen. Wenn es tatsächlich Gründe für einen Mordverdacht gab, dann müßte ein sorgfältiger Gerichtsmediziner eigentlich den Nadeleinstich gefunden haben, er würde an dieser Stelle das Gewebe untersuchen und Spuren von Insulin finden. Darüber hinaus würde ich sagen, daß sich ein Mörder mehr Gedanken um ausgefeiltere Techniken der Verbrechensaufklärung machen müßte.«

»Was zum Beispiel?« Ariel kritzelte wie wild ihre Notizen aufs Papier.

»Zum Beispiel die Leichenblässe. Sie wissen, *livor mortis.* Das Blut sickert einige Stunden nach Eintreten des Todes in die Blutgefäße derjenigen Körperteile, die am tiefsten liegen, und der Mörder darf die Leiche nicht bewegen, bis dieser Vorgang abgeschlossen ist. Und danach muß er sehr genau darauf achten, daß er die Leiche wieder genauso plaziert, wie sie lag, als die Leichenblässe einsetzte, weil selbst eine geringfügige Veränderung bemerkt werden könnte. Aber möglich ist es schon.« Eberhardt sprach schneller, als ihm plötzlich etwas einfiel. »Der

Mörder könnte Polaroids von der Leiche machen, aus allen möglichen Perspektiven, und sich später daran orientieren, wenn er die Leiche bewegt hat.«
»Und was ist mit der Leichenstarre?«
»Ja, nun. Ich bin bei meinem Text nicht allzusehr ins Detail gegangen, aber das ist wirklich knifflig. Man muß warten, bis die Leichenstarre erfolgt ist, bevor man die Leiche anfaßt, und das ist ein Kampf gegen die Zeit – der Beginn des Verfalls. Die zeitliche Abfolge kann sehr stark variieren, aber sie kann gefördert werden. Brauchen Sie genaue Zeitangaben, oder sprechen Sie ganz allgemein darüber?«
»Oh, ich muß sehr ins Detail gehen«, versicherte Ariel.
Nachdem Eberhardt die zweckdienlichen Informationen im einzelnen dargelegt hatte, legte Ariel ihren Stift zur Seite und sagte: »Noch eine letzte Frage. Kennen Sie den Schauspieler Philip Carroll?«
»Ich habe von ihm gehört. Warum?«
»Könnten Sie sich vorstellen, daß er und Shaw ein und derselbe Mann sind?«
»Das wird ja immer interessanter«, sagte Frank Eberhardt. »Schwer zu sagen, aber ich kann des Rätsels Lösung kaum erwarten – die hoffentlich bald gefunden sein wird.«
Nachdem Ariel aufgelegt hatte, war sie noch überzeugter, daß sie recht hatte. Philip war schließlich in dem Stück gelandet, aus dem er zuvor hinausgeworfen worden war, ein Stück, von dem niemand mehr wußte, daß er mitgespielt hatte, ein Stück, an das man sich ohnehin kaum erinnerte. Aber dieses Mal fand es in Wirklichkeit statt. Ein tödliches Plagiat.
Sie setzte sich und schrieb alles nieder, was sie wußte, sowie alle offenen Fragen – von denen es zu viele gab, als daß sie beruhigt sein konnte.
Auf der Habenseite stand, daß sie Philip einige Male beim Lügen ertappt hatte, implizit oder explizit. Er hatte Fiona Morgan lange vor dem Tod ihres ersten Ehemannes gekannt (in biblischem Sinne wahrscheinlich). Er hatte Arnold gekannt. Er war Ariel selbst mit Sicherheit einmal vor dreieinhalb Jahren

begegnet und wahrscheinlich ein zweites Mal vor etwas mehr als einem Monat. Durchaus vorstellbar war, daß er sich an die erste Begegnung nicht mehr erinnern konnte, aber das zweite Treffen in jüngster Zeit konnte er kaum vergessen haben, es sei denn, er litt selbst an einer Amnesie. Und er wußte – was auch immer es zu bedeuten hatte –, daß ihr verstorbener Ehemann Gold hieß, der Name des Mannes, der neben Arnold ums Leben gekommen war.

Und wie, verdammt, hieß Philip mit richtigem Namen? Würde ein unbekannter Schauspieler namens Adam Shaw, der in New York kein Engagement bekam, in Kalifornien als unbekannter Schauspieler namens Philip Carroll auftauchen? Das war eine der Fragen, die möglicherweise am nächsten Tag beantwortet werden könnte, wenn das schärfere Foto da war.

Es gab noch andere Fragen. Entsprach das Bühnengemauschel über ihn und Fiona der Wahrheit? Ariel hatte angesichts der späteren Heirat keine Zweifel. Wenn er seine Frau umgebracht hatte, aus welchem Grund? Sie war, um damit anzufangen, stinkreich. Wie Philip selbst zugegeben hatte, war die Ehe nicht besonders glücklich gewesen, und er hatte bestimmt keine Zeit verschwendet, um sein gesellschaftliches Leben wiederaufzunehmen – das konnte sie selbst bezeugen. Aber vielleicht gab es noch einen anderen Grund?

Ariel stand auf und schritt wie ein eingesperrter Puma durch das Zimmer. Was, wenn Philip auch Arnold umgebracht hatte? Irgend jemand mußte es ja gewesen sein. Und der Mord ereignete sich in Los Angeles, wo Philip lebte. Und vielleicht hatte Fiona davon erfahren und mit diesem Wissen Macht über ihn erlangt. Aber warum hatte er dann so lange gewartet, bis er sie umbrachte? Sie setzte sich wieder und kritzelte noch mehr Notizen, noch mehr Fragen auf das Papier.

Was hätte sein Motiv sein können, Arnold umzubringen? Der Mord geschah ungefähr zu der Zeit, als Philip für die Fernsehserie im Gespräch war, die dann seinen Erfolg begründete. Wenn Arnold Philip schon einmal an der Ostküste unter Druck gesetzt hatte, würde er es dann an der Westküste wieder tun?

Würde ein Schauspieler einen Mord begehen, um dies zu verhindern? Frank Eberhardt hatte wohl nicht wörtlich gemeint, daß ein ehrgeiziger Schauspieler für eine Rolle alles tun würde. Was aber war, wenn der Schauspieler – abgesehen davon, daß er die Rolle bekam – auch noch die Frau des Opfers heiraten und dadurch an ein Vermögen herankommen konnte? Ein kluger Schachzug. Das gefiel Ariel.

Das schnurlose Telefon läutete. Vor Schreck stieß sie es fast vom Tisch, bevor sie den Hörer in der Hand hatte.

Es war Victors Sprechstundenhilfe, ein Mädchen namens Lucy, an das sich Ariel von ihrer ehrenamtlichen Mitarbeit am Samstag im Tierheim vage erinnerte.

»Dr. Pollock hat mich gebeten anzurufen«, sagte Lucy mit klarer jugendlicher Stimme. »Er kann sich hier nicht mehr retten. Wir hätten auch gleich in den Zoo gehen können. Haha. Tierarzt-Scherz beiseite. Er sagte, Sie wollten wissen, wann Mrs. Morgan ihren Hund gebracht hat, stimmt's? Ich habe das Buch vor mir, und es ist, wie ich Ihnen schon gesagt habe, als Sie mich das letzte Mal fragten. Sie vereinbarte die Unterbringung für Jessie am Abend zuvor, und sie brachte den Hund am dreißigsten Januar mittags um zwölf Uhr fünfzig her.«

Ariel rechnete. Das war zweieinhalb Tage bevor ihre Leiche in ihrem Haus in Los Angeles gefunden wurde. Perfekt.

Sie bedankte sich bei Lucy und wollte das Gespräch gerade beenden, als sie noch eine unerwartete zusätzliche Information bekam.

»Ich habe an diesem Tag mit ihr gesprochen, wissen Sie noch?« Lucys Stimme klang traurig, aber es lag auch eine Spur von Sensationsgier darin.

»Mit Fiona Morgan?« fragte Ariel.

»Ich komme nicht darüber hinweg, daß ich vielleicht eine der letzten war, mit denen sie gesprochen hat! Die arme Frau war so glücklich und so aufgeregt. Und sie war in Sorge, daß sie sich verspäten und ihr Flugzeug nach New York verpassen würde. Können Sie verstehen, warum sie nicht direkt zum Flughafen fuhr? Warum sie zuerst noch mal nach Hause ging?«

»Nach New York?« Ariel wagte ihr Glück kaum zu fassen. »Sie wollte nach New York?«
»Äh, wie ich Ihnen schon gesagt habe, als sie mich das letzte Mal fragten.«
Nachdem sich Ariel vergewissert hatte, daß Lucy sonst nichts weiter wußte, legte sie auf. Dich habe ich! dachte sie. Sollte sie die Polizei anrufen? Neely vielleicht? Aufgeregt schritt sie auf und ab. Nein, erst wenn sie das Foto in Händen hatte. Jetzt wollte sie wirklich mit Henry sprechen.
Wundersamerweise läutete das Telefon. Henry! Sie griff danach. In die absolute Stille hinein rief sie dreimal: »Hallo«, dann hörte sie das Freizeichen. Behutsam legte sie den Hörer wieder auf die Gabel.
Plötzlich konnte sie es in ihren vier Wänden keine Sekunde länger aushalten. Sie legte Jessie die Leine an und verließ das Haus, bemerkte nicht, daß der beigefarbene Lieferwagen wieder dastand.
Er war ganz am Ende der Straße hinter einer Hecke in einer Einfahrt geparkt. Das dazugehörige Haus war leer und der heruntergekommenen Erscheinung zufolge stand das »ZU VERKAUFEN«-Schild im Garten wohl schon eine ganze Weile da. Als Ariel gedankenverloren davonmarschierte, nahm der Fahrer das Fernglas herunter und zündete den Motor.
Die Frau, der seine Aufmerksamkeit galt, spazierte kreuz und quer durch die ganze Nachbarschaft, ihre Gedanken rasten schneller, als die Beine sich bewegten.
Wie – fragte sie sich immer wieder von neuem – paßte Michael Gold in dieses Bild? Okay, er war Creighton Arnolds Anwalt, wahrscheinlich einer von vielen, betrachtete man die vielfältigen Unternehmen. Wie konnte sein Tod Philip genutzt haben?
Abrupt blieb Ariel stehen. Es war nicht die spätnachmittägliche Temperatur, die sie schauern ließ. Vielleicht, dachte sie, hatte die Polizei das mit dem Gold-Arnold-Mörder falschherum verstanden. Vielleicht war Arnold das eigentliche Ziel gewesen und Michael der unschuldige Begleiter, der zufällig zur falschen Zeit mit dem falschen Mann zusammen war.

Und sie war Michaels treue Frau, Journalistin und Ermittlerin von Berufs wegen. Wer hatte Philip interviewt, kurz nachdem er Creightons Witwe geheiratet hatte (und bei dieser Gelegenheit von *Blindflug* erfahren). Wer hatte zur selben Zeit wie Philips Frau begonnen, regelmäßig einen bestimmten Tierarzt aufzusuchen (Zufall oder eine Masche, um an sie heranzukommen?). Und wer hatte unmittelbar nach dem Tod der Frau die Gelegenheit ergriffen, ihren Hund zu übernehmen (wieder ein Zufall oder erneut ein Grund, Philip zu kontaktieren?).

Sie sah auf Jessie hinunter, die geduldig wartete. Nun, etwas war ihr ja aus dieser Geschichte immerhin geblieben.

In diesem Augenblick dämmerte Ariel die Bedeutung ihrer Spekulationen und ihr wurde noch kälter.

War es nicht logisch, ja, zwingend zu glauben, daß sie sich zumindest all das zusammengereimt hatte, bevor sie ihr Gedächtnis verlor? Und wenn Philip damals davon wußte, dann wußte er auch heute Bescheid.

Ariel flog geradezu nach Hause.

Henry hatte, während sie fort war, eine Nachricht auf dem Band hinterlassen.

Ariel stöhnte. Wahrscheinlich hatte er in der Sekunde angerufen, als sie aus dem Haus gegangen war! Sie hörte die Nachricht ab, konnte Henry vor lauter Verkehrslärm im Hintergrund kaum verstehen. Schlimmer noch, er hörte sich an, als hätte er eine Erkältung. Er sei unterwegs, sagte er, und nicht zu erreichen. Er wollte, daß sie ihn später, um halb sieben, bei Anthony's treffe. Anthony's? dachte Ariel verwundert. Eine neue Spur im Fall Macaulay? Etwas, was sich nach einem Dreißigtonner anhörte, donnerte vorbei, und ein Teil von Henrys nächstem Satz wurde verschluckt. Sie spulte zurück und lauschte angestrengt. Sie hörte das Wort »wichtig«, dann wieder ein Donnern und dann: »Wenn ich zu spät dran bin, warte.« Was auch immer darauf folgte, war außer dem letzten Wort verloren. Henry hatte sich sogar verabschiedet, bevor er aufgelegt hatte. Es gab noch Wunder!

Ariel spulte zum Anfang zurück und sah auf die Uhr. Vier Uhr dreiundvierzig. Sie rief im Studio an, aber Henry war, wie erwartet, nicht da. Sie ließ ausrichten, daß sie seine Nachricht erhalten habe, und zerrte das Telefonbuch heraus. Nach vielen, vielen Anrufen schlug sie eine neue Seite in ihrem Schreibblock auf und faßte methodisch all ihre Notizen zu einem zufriedenstellenden, belastenden Bericht zusammen.

45

Sein Plan ließ sich eleganter abwickeln, als er gehofft hatte, eleganter auch als beim letzten Mal.

Er war nicht willens, den detaillierten Beschreibungen zu trauen, die er von Rodriquez noch im Kopf hatte, und ging extra in eine Buchhandlung. Die technischen Informationen, die er benötigte, konnte er mühelos in einem bemerkenswert informativen – und ohne weiteres erhältlichen – Buch mit dem Titel *Mordwaffen* finden. Rodriquez hatte, stellte er überrascht fest, sorgfältig gearbeitet.

Bis hin zum Köder erwog er einfach zu wiederholen, was er zuvor schon einmal gemacht hatte. Vorzugeben, als ein Freund von Heller anzurufen, hatte bestens funktioniert, und in ihrem derzeitigen Zustand würde sie sich nicht erinnern. Aber er hatte seinen Trick verbessert und seinen Spaß daran gehabt.

Er hatte am Vormittag zuvor bei Heller angerufen, seinen Namen verweigert und behauptet, er habe Informationen zum letzten *Offene Akte*-Beitrag. Er hatte herumgedruckst und gestockt und Rückzieher gemacht und viele nervöse Fragen gestellt, was die Vertraulichkeit anging. Er hatte den Mann immer mehr gereizt. Und er hatte dessen Stimme auf seinen Kassettenrecorder gebannt, der mit dem Telefon verbunden war.

Er hatte so lange herumprobiert, bis er überzeugt war, daß ihm die Nuancen der Stimme geläufig waren und er das Timbre beherrschte. Für einen Schauspieler mit seinen Fähigkeiten war das keine allzu große Herausforderung.

Dann hatte er sich den Parkplatz des Restaurants angesehen, der noch immer so schlecht beleuchtet war wie drei Wochen zuvor. Manche Menschen, dachte er, lernen nie.

Die entscheidende Vorbereitung am heutigen Tag war lächerlich einfach gewesen. Er hatte sich vorgenommen, Ariel anzurufen, und sich darauf vorbereitet, seine Einladung zu übermitteln. Nie war er für eine Rolle besser vorbereitet oder engagierter gewesen. Und dann war ihm eine Idee gekommen: Er hatte seinen Auftritt auf die Straße verlegt. Sanft hatte er wieder aufgelegt und seinen kleinen Scherz genossen.

Daß sie das Haus bereits verlassen hatte, bevor er ein zweites Mal anrief, war sogar noch besser.

Er war zu einer Telefonzelle an einer verkehrsreichen Kreuzung gefahren. Sein Monolog vor dem Hintergrund störenden Lärms war schon fast enttäuschend einfach gewesen. Er hegte keinerlei Zweifel, daß die Frau zum vereinbarten Zeitpunkt am vereinbarten Ort sein würde. Ihre verfluchte Neugierde würde dafür garantieren – wieder einmal.

Schließlich hatte er einen wunderbaren, unerwarteten Bonus erhalten. Heller war unterwegs und konnte ihm somit nicht in die Quere kommen. Heller unter Kontrolle zu halten war der heikelste Punkt seines Plans gewesen, und nun hatte sich alles erübrigt. Wäre der Mann ein Partner gewesen, er hätte nicht kooperativer sein können!

Es schien tatsächlich so, sinnierte er, als wäre alles vorherbestimmt, als wäre ihm von seinen eigenen, speziellen Göttern der Segen erteilt worden.

Daß Ariel im Fall Macaulay ermittelt hatte, bedeutete nichts, war eher noch günstig. Der Schluß würde naheliegen, daß sie zuviel erfahren hatte und eliminiert wurde, weil sie dem Mörder zu nahe gekommen war. Der Umstand, daß er die Macaulays noch nicht einmal gekannt hatte, machte die Sache perfekt. Es war Ironie des Schicksals, daß Rodriquez in seiner Dummheit eine vollkommen fremde Frau getötet und damit seinem Plan Vorschub geleistet hatte.

Und es war, so kalkulierte er, sogar noch eine weitere kuriose Verflechtung möglich. Wie es in dem *Offene Akte*-Beitrag geheißen hatte, war die Polizei im Mordfall Macaulay mattgesetzt – kein Motiv, keine wirklich Verdächtigen – und tendierte zu der Theorie, daß es sich um eine Verwechslung der Person handelte. Diese hatte fast den gleichen Wagen gefahren wie Ariel. Sie war am gleichen Ort und auf die gleiche Weise ums Leben gekommen, wie das bei Ariel der Fall sein würde. Nach dem heutigen Abend würde die Polizei begreiflicherweise vermuten, daß man es von Anfang an auf Ariel abgesehen hatte, und das war ihm nicht unrecht. In der Zwischenzeit hatte sich nichts ergeben, was eine frühere Verbindung zwischen ihnen nahegelegt hätte, und es gab auch jetzt nichts von Belang. Die Wahrheit selbst konnte für eine weitere Ablenkung sorgen und Verwirrung bei der Polizei stiften.

Er lachte laut auf. All die Fäden der kleinen Marionetten auf seiner Bühne zu ziehen amüsierte ihn. Er bedauerte, daß niemand sonst die machiavellistischen Feinheiten seiner Planung bewundern konnte, aber er war stets allein gewesen. Allein und abseits. Wer niemand seinesgleichen hatte, den traf dieses Los. Allein hatte er schon viel komplexere Projekte zustande gebracht. Allein hatte er über Jahre hinweg ein höchst ausgeklügeltes Manöver durchgeführt.

Während er die Vorbereitungen für den Abend vorantrieb, erinnerte er sich an den Beginn all dieser Jahre, als er eine Frau, deren einziges Vergehen ihre Leidenschaft für ihn war, zur Komplizin in einem Mordfall gemacht hatte. Unendliches Geschick war vonnöten gewesen, die Frau davon zu überzeugen, daß der Mord ihre eigene Idee war. Mit viel Geduld hatte er Schuldgefühle gesät und herangezogen. Er hatte sie isoliert und nach und nach all ihre Freundschaften zerstört; er hatte sie mit Anerkennung belohnt und mit Zurückhaltung bestraft und sie auf diese Weise so sehr aus dem Gleichgewicht gebracht, daß sie schließlich den Tag für die Nacht und die Wahrheit für Illusion gehalten hatte.

Drei Jahre lang hatte er gezielt seine Waffen geschwungen. Ihre Verletzbarkeit, was ihr Alter anging. Sein »Verzicht« auf eine Vaterschaft aus diesem Grund. Seine zunehmende Beliebtheit, vor allem bei Frauen. Ihre schlechte Gesundheit. Und dann, als er Kontrolle über das Geld hatte und damit fast vollkommen auch über sie dominierte, hatte er feine Veränderungen in ihrem Verhalten bemerkt. Er hatte sie dabei ertappt, wie sie ihn ansah, ihr Blick war ängstlich, zweifelnd, durchdringender. Sie hatte gedankenverloren gewirkt, war vor seiner Berührung zurückgeschreckt, und im nächsten Moment hatte sie sich danach gesehnt und stumm um Bestätigung gebettelt.

Er hatte sie beobachtet und ihr zugehört. Bald war ihm der Grund für ihre Veränderung klargeworden. Ariel Gold.

Er hatte sich noch nicht einmal mehr an sie erinnern können. Sie war ein solches Nichts gewesen, daß er sie und ihr erbärmliches Interview längst vergessen hatte. Und dann hatte diese rastlose Frau wieder hinter seinem Rücken herumgeschnüffelt, hatte seinen Einfluß unterminiert, hatte die verständnisvolle Freundin gemimt und war der Wahrheit zu nahe gekommen. Er war gezwungen gewesen zu handeln, und er hatte gehandelt. Brillant. Was er sich in drei Jahren geduldig herangezogen hatte, konnte schließlich geerntet werden.

Wenn er diese endlosen Stunden in New York durchgestanden hatte, so konnte er den heutigen Abend ganz gewiß bewältigen. Heute abend würde Ms. Gold teuer für ihre Einmischung bezahlen. Bald würde dieses kleine Drama sein unvermeidliches Ende erreicht haben, und dieses Mal würde er sicherstellen, daß alles klappte. Er war überzeugt, daß seine Anwesenheit kaum ein Risiko barg. Es würde nicht schwerfallen, im Zuge des allgemeinen Tumults zu verschwinden.

Er lächelte, als er seine letzten kosmetischen Vorbereitungen traf. Heute abend, wenn er zu Bett ging, hätte er Gewißheit – das letzte seiner Hindernisse wäre beseitigt.

46

Henry war miserabel gelaunt, als er ins Büro stürmte. Sein Sohn geriet außer Kontrolle. Seine verzweifelte Exfrau bat Henry darum, ihn bis auf weiteres zu sich zu nehmen. Der Vater des Kindes, auf das Sam eingeschlagen hatte, drohte noch immer lautstark mit einem Prozeß – aus welchen Gründen, blieb unklar. Henry hatte auf dem Rückweg von Long Beach noch einen Strafzettel bekommen, und auf seinem Schreibtisch hatten sich während seiner Abwesenheit neue Schichten angesammelt. Finster blickte er auf die Flut von Papier und widerstand dem Impuls, alles in den Papierkorb zu schieben.

Die Vernunft siegte. Er packte einige Stapel Zeitschriften und Zeitungen auf den Boden. Dann räumte er Telefonbücher und Nachschlagewerke an ihren rechtmäßigen Platz. Er rief kurz bei Tara durch und verlangte zu wissen, ob es irgendwelche Feuer zu löschen galt, wobei er selbst merkte, wie ungehobelt er war. Sie verneinte belustigt. Sie hatte Henry schon oft so erlebt.

»Die Nachrichten für Sie liegen da, Mr. Heller«, sagte sie, »und es ist nichts dabei, was nicht warten könnte.«

Henry stierte auf seinen Schreibtisch. Jetzt, dachte er, wollte er sich mit etwas beschäftigen, bei dem er nicht denken mußte. Vielleicht käme etwas Ordnung in seine Gedanken, wenn er dieses Chaos hier beseitigen würde. Er begann, all das Papier zu durchforsten.

Die Nachricht von Ariel war die dritte im Stapel der neuesten Meldungen.

»Wurde ja Zeit, daß du angerufen hast. Wir sehen uns um Punkt halb sieben bei Anthony's. Laß mich nicht warten!« las er.

Er rief noch einmal bei Tara durch.

»Wann hat Ariel Gold angerufen?«

»Was steht denn auf dem Zettel?« fragte Tara und verdrehte die perfekt geschminkten Augen.

Henry legte auf. Zum Teufel! dachte er. Zum Teufel mit dieser Frau! Daß Ariel einfach voraussetzte, er würde auf Befehl wo und wann immer zur Stelle sein, ärgerte ihn maßlos. Er konnte ihr bestimmerisches Auftreten kaum fassen, und er war mit Sicherheit nicht in der Laune, herumkommandiert zu werden. Er schaute auf seine Uhr. Es war fünf vor sechs, also ohnehin fast schon zu spät.

Er legte den Zettel zur Seite und nahm die nächste Schicht in Angriff.

Zwanzig Minuten später stieß er zum Grund seines Ablagekorbs vor. Vieles davon hatte Angelegenheiten betroffen, die längst gelöst waren, und je tiefer er vorgedrungen war, desto überholter waren die Notizen gewesen. Er wollte gerade wieder eine Handvoll Nachrichten wegwerfen, als eine davon ihn stutzen ließ.

Er rief bei Tara durch, die ihren Abgang vorbereitete und sich die Lippen frisch anmalte.

»Wie oft hat Ariel angerufen?« fuhr er sie an. »Und wo liegt überhaupt ihr Problem!«

»Ich habe eine Nachricht aufgenommen. Und die liegt auf Ihrem Schreibtisch. Was ist denn *Ihr* Problem?«

»Kommen Sie noch für einen Augenblick zu mir herüber, ja?«

Innerlich meuternd, stapfte Tara zu Henrys Büro.

»Was denn?« fragte sie. »Ich bin sowieso schon spät dran. Ich wollte gerade gehen.«

»Das stammt nicht von Ihnen?« Henry streckte ihr einen Notizzettel entgegen.

Tara warf einen Blick auf das Stück Papier. »Das ist noch nicht mal meine Schrift.« Sie sah genauer hin. »Das ist Ariels Schrift, und die kriegt man hier im Moment eher selten zu sehen. Was läuft da überhaupt? Kann ich die gleichen Privilegien bekommen? Ich schau' gelegentlich mal hier rein, wenn mir danach zumute ist?«

Henry sah die Notiz noch einmal genauer an. Sie lautete fast gleich wie die, die er schon gelesen hatte.

»Hab deine Nachricht bekommen. Tut mir leid, daß wir uns verpaßt haben, aber ich bin auf dem Weg ins Restaurant – heiße Geschichte!«

Das war ganz sicher Ariels Handschrift. Aber irgend etwas war seltsam.

»Kann ich noch mal sehen«, sagte Tara und nahm ihm den Zettel aus der Hand. »Lieber Himmel, Mr. Heller! Wie lange haben Sie Ihren Schreibtisch nicht mehr aufgeräumt?« Sie fächelte mit dem Papier in der Luft. »Heute ist der Zwölfte. Hier ist der Siebzehnte notiert. Diese Nachricht ist fast einen Monat alt!« Sie warf den Zettel auf den Tisch, riet Henry, daß es möglicherweise an der Zeit sei, sich eine neue Brille machen zu lassen, und tänzelte zur Tür hinaus.

Henry legte das Papier noch einmal vor sich hin. Was hatte es mit dieser sonderbaren Handschrift auf sich, zermarterte er sich das Hirn. Ganz langsam dämmerte es.

So hatte Ariel *früher* geschrieben. Bevor sie sich den Kopf angeschlagen hatte oder was auch immer.

Er lehnte sich mit einem schaurigen Gefühl in seinem Stuhl zurück, als hätte er eine Nachricht von den Toten erhalten.

»Na, schau dir das an!« Peacocks Stimme störte seine Gedanken. »Ich habe mich immer gefragt, ob sich unter dieser ganzen Sauerei auch ein Schreibtisch befindet.«

Der Mann, perfekt herausgeputzt wie immer, nahm seine lässig-elegante Stellung im Türrahmen ein. Es nervte Henry mehr als sonst.

»Hast du nichts Besseres zu tun, als die Ordnung im Haus zu überwachen?« Henry sah wieder auf die Nachricht und schwenkte seinen Stuhl herum, ignorierte Peacock, indem er ihm den Rücken zuwandte.

»Was ist das?« fragte Win.

»Das ist«, murmelte Henry vor sich hin, »ein verdammt komischer Zufall. Was war denn am siebzehnten Februar, woran ich mich nicht erinnern kann?«

»Der Valentinstag war es nicht. Vielleicht war es der Presidents' Day?« Win schlüpfte in sein Sakko. »Warum schaust du nicht im Kalender nach?«

Henry wirbelte herum und blätterte im Kalender auf seinem Schreibtisch. »Ein Sonntag, vorausgesetzt, wir sprechen von diesem Jahr. Die Nachricht kann wohl kaum so alt sein, daß sie aus dem vergangenen Jahr stammt. Ich habe fast den ganzen Sonntag gearbeitet, soweit ich mich erinnern kann. Dann habe ich, glaube ich, Sam abgeholt.« Er grübelte über der Kalenderseite. Er konnte sich an nichts weiter erinnern.

Er lehnte sich im Stuhl zurück. »Sonntag, siebzehnter Februar. Was hat es mit diesem Datum auf sich?«

»Warum sagst du mir nicht endlich, warum das eine Rolle spielt?« fragte Win und verabschiedete sich mit einem Winken von einem der letzten Nachzügler.

»Ich habe«, begann Henry, »eine Nachricht von vor fast einem Monat gefunden – eine Nachricht von Ariel, die in meinem Ablagekorb vergraben war. Los, lach schon. Bring's hinter dich.« Er drehte sich um, suchte nach der aktuellen Notiz und hielt sie in die Luft. »Heute habe ich eine ganz ähnliche Nachricht erhalten, ebenfalls von Ariel. Sie will mich in diesem Restaurant treffen, bei Anthony's.« Er sah auf die Uhr. »Vor fünf Minuten.«

Sein Stuhl quietschte protestierend, als er sich abrupt aufsetzte. »Anthony's! Das war der Tag, an dem Jane Macaulay vor dem Restaurant getötet wurde! Also das *ist* ein verdammt komischer Zufall!«

Verwirrt, aber bestimmt sagte Win: »Da gibt's noch einen viel krasseren Zufall. Die Autos.«

»Was ist mit den Autos?«

»Die gleichen Klassiker. Und Jane Macaulay saß in ihrem Wagen, als das Schicksal zuschlug.«

Henry sah Win gequält an und sagte: »Willst du mir nicht sagen, wovon du sprichst?«

»Von Ariels T-Bird.«

»Ariel hat einen Thunderbird?«

»Er ist sogar rot, wie der von Jane war. Hast du das nicht gewußt? So dick wie ihr beide befreundet seid?«

Henry betrachtete einen Moment die beiden Nachrichten in seiner Hand. Sein mentales Radargerät leuchtete auf wie ein Feuerwerk am Unabhängigkeitstag. »Gütiger Gott!«

Er sprang von seinem Stuhl auf, drückte Win zur Seite und rannte zum Ausgang. Win fand sein Gleichgewicht wieder und rannte hinterher.

»Wo fahren wir hin und warum so eilig?« schrie er, als sie den Parkplatz erreichten.

Henry spurtete zu seinem Auto, schloß auf und sagte: »Steig ein, wenn du mitkommen willst.«

Die Reifen quietschten, und Win, der sich seinen Sicherheitsgurt zuknipste, schrie Henry an: »Sag mir endlich, was das alles soll, verdammt, und fahr langsamer! Was hatte es mit diesen Nachrichten auf sich? Wenn ich schon auf der Straße sterben soll, dann will ich wenigstens wissen, warum!«

»Beide Nachrichten«, sagte Henry mit zusammengebissenen Zähnen, »implizieren, daß ich angerufen habe, um mich mit Ariel zu verabreden. Habe ich aber nicht. Weder heute noch an dem Tag, an dem Jane Macaulay in die Luft gesprengt wurde, während sie in einem Wagen saß, von dem du mir sagst, daß er Ariels entspricht. Genau an dem Ort, von dem wir noch mindestens zwanzig Minuten entfernt sind.«

»Aber ich versteh's trotzdem nicht.« Win zuckte zusammen, als Henry das Auto vor ihnen überholte und dabei nur knapp einem Zusammenstoß mit einem entgegenkommenden Jeep entging.

»Ja, da gibt's ein paar Sachen, von denen du nichts weißt.« Henry preschte in eine Einbahnstraße hinein – in der falschen Richtung. »Wenn ich jetzt nicht ganz danebenliege, dann war es am Morgen nach Jane Macaulays Tod, als Ariel herausfand, daß sie in der Nacht zuvor irgendwo ihr Gedächtnis verlegt hatte.«

»*Was* verlegt hatte?« Win stampfte mit den Füßen auf den Boden.

»Ihr Gedächtnis. Sie leidet unter einer Amnesie.«

»Oh, hör mir damit auf!« Win warf einen verstohlenen Blick auf Henrys Profil. »Du machst wohl Scherze!«

»Und es war«, Henry kniff die Augen zusammen, während er die Daten zu fixieren versuchte, »zudem die Nacht, in der jemand bei ihr eingebrochen ist. Und in der darauffolgenden kam derselbe Jemand – oder ein Komplize – zurück und versuchte, sie umzubringen.« Der Wagen prellte an den Randstein und verlor eine Radkappe, als Henry aus der Einbahnstraße wieder hinausfuhr.

Win konzentrierte sich nicht länger auf die Straßenschlucht draußen, die ihnen entgegenflog, sondern starrte statt dessen Henry an. Zwei Blocks lang sagte er gar nichts mehr, während er die Informationen verdaute. Blitzschnell überdachte er all die Verflechtungen.

»Als erstes müssen wir den Parkplatz überprüfen. Wenn sie noch im Restaurant sitzt, ist alles gut.«

Vor dem Anthony's angekommen, stieg Henry mitten auf dem L-förmigen Parkplatz auf die Bremse. Er schaltete den Motor ab, riß die Tür auf und zeigte auf den Eingang. »Du gehst dort rüber«, sagte er zu Win und lief in die Dunkelheit hinter dem Gebäude.

Er war ungefähr zehn Meter weit gerannt, als er den Wagen und Ariel darin entdeckte – immer noch ungefähr fünf Meter entfernt.

»Stop! Ariel, nicht bewegen!« schrie er im Rennen. Er hechtete die letzten Meter zum Auto und schlug mit den flachen Händen gegen die geschlossenen Fenster auf der Fahrerseite. »Stop!«

Ariel drehte sich um, ihre Bewegung wirkte so langsam, als befände sie sich unter Wasser. Henry sah ihre großen Augen durch das Glas. Er sah den Schlüssel in ihrer erhobenen Hand.

»Laß den Schlüssel fallen, bitte!« befahl er, während er gleichzeitig einen Schritt zurücktrat. Langsam und vorsichtig legte er seine Hand an den Türgriff. Er war blockiert.

»Mach auf, Ariel! Steig aus. Sofort!«

Ariel sah von Henry zu den Schlüsseln. Nach einer Ewigkeit ließ sie den Arm sinken. Sie öffnete die Tür und drückte ihre Handtasche gegen die Brust wie einen Schild, setzte einen Fuß auf das Pflaster.

»Los!« Henry packte Ariel, halb zog er sie, halb trug er sie um die Ecke, zurück zum hellerleuchteten Eingang.

Als sie den Eingang erreicht hatten, schloß er sie in seine Arme und drückte sie an sich.

Als Henrys Herzschlag sich gerade wieder einigermaßen beruhigt hatte, kam Win angelaufen.

»Sollten wir nicht das Lokal räumen lassen«, keuchte er, »für den Fall, daß es sich dieses Mal um eine Zeitbombe handelt?«

»Ja. Such den Geschäftsführer und sag ihm Bescheid«, meinte Henry über Ariels Kopf hinweg. »Und dann ruf die Polizei.«

Nachdem Win wieder davongelaufen war, bemerkte Henry, daß Ariel sich nicht von der Stelle gerührt hatte.

»Hey«, sagte er und schob sie von sich weg. Sie wirkte völlig benommen, wie abwesend. Das in Abständen aufleuchtende Neonlicht verlieh ihrem Gesicht eine seltsame purpurne Farbe.

»Es ist jetzt alles in Ordnung«, beruhigte er sie und zog sie ein Stück weiter. »Tut mir leid, daß ich dich erschreckt habe, aber ich glaube ... Nun, vielleicht war dein Wagen präpariert. Um ihn in die Luft zu sprengen.«

»Ich weiß«, flüsterte Ariel.

»Was?«

»Ich habe gesehen ...«

Was auch immer sie hatte sagen wollen, sie wurde von einem Durcheinander am Eingang zum Restaurant unterbrochen, aus dem Menschen herausdrängten, angeführt von einer grimmig aussehenden Frau. Sie strömten in aufgeregt schwatzenden Gruppen heraus und zur Straße, dann verteilten sie sich, der heftig gestikulierenden Geschäftsführerin zum Trotz, hinten auf dem Parkplatz, in der Nähe von Ariels Auto.

»Hallo, Sie«, brüllte Henry, »nicht in diese Richtung! Warten Sie einen Augenblick!« Er ließ Ariel los und jagte einem Mann mit rotem Gesicht nach, der eine laut protestierende Frau hinter sich herzog.

Ariel stand da, wo er sie zurückgelassen hatte, ihr Kopf wie aus Holz. Sie versuchte zu denken. Sie sah einen alten Mann allein aus dem Restaurant kommen. Er ging langsamer und bedächtiger als alle anderen und zudem in die falsche Richtung. Ariel wollte auf seine Schwäche reagieren, ihm irgendwie helfen und trat einen Schritt auf ihn zu. Dann blieb sie abrupt und vollkommen perplex stehen. Sie sah das Pressefoto aus *Cosmo,* das sie erst am Tag zuvor zu Gesicht bekommen hatte, so klar vor Augen, als hätte es feste Gestalt angenommen. Dieser Mann trug einen Anzug – keinen Laborkittel –, aber sein weißes Haar und der weiße Schnurrbart sahen exakt so aus wie die der Figur des verrückten Wissenschaftlers aus dem Film. Sogar die Augen waren die gleichen.

»Philip?« hauchte sie, dann rief sie seinen Namen laut. Sie taumelte auf den schlurfenden alten Mann zu.

Er schreckte zurück. »Sie!« fauchte er. »Lassen Sie mich in Ruhe!«
Ariel sah, wie das zerfurchte Gesicht erstarrte, wie der gebeugte Körper sich aufrichtete. Sie sah, wie die Hand eigenartig hastig in eine Manteltasche tauchte.
In diesem Augenblick war Win zur Stelle. Blitzschnell plazierte er sich zwischen Philip und Ariel.
»Was geht hier vor sich?« verlangte er zu wissen.
Ariel bemerkte Wins fragende Miene, als er sich ihr zuwandte, und im selben Moment schon strömte Blut aus seiner Wange. Er wankte zur Seite, faßte sich ins Gesicht. Es folgte eine weitere rasante Bewegung von Philips Arm, und Win stöhnte auf.
»Nein!« schrie Ariel. Sie brüllte Philips Namen, streckte die Hand aus, um Einhalt zu gebieten. Der Haß, den sie in dem verzerrten alten Gesicht sah, lähmte sie.
Philip wirbelte herum und bemerkte, daß ihm der Weg versperrt war. Er versetzte Henry einen mächtigen Schlag, packte ihn am Arm und warf ihn zu Boden. Einen unentschlossenen Augenblick lang schien er zu erstarren, mit schrecklichem Abscheu sah er Ariel an. Und dann schoß er davon, stolperte noch fast über Henry. Im Nu war er hinter dem Gebäude und in der Dunkelheit verschwunden.
Als wäre sie von ihrer Lähmung erlöst, ging Ariel zu Henry, um ihm zu helfen. Kaum hatte sie seinen Arm ergriffen, hörte sie das Quietschen von Reifen. Die folgenden Geräusche kamen so schnell, daß sie nicht mehr zu unterscheiden waren: ein dumpfer Knall, das gräßliche Aufeinanderprallen von Metall und dann ein ohrenbetäubendes »Whoosh«, bevor sich die Nacht in eine gleißende Explosion verwandelte. Der Asphalt bebte in einer ganzen Serie von Stößen, und Ariel wurde auf die Knie geworfen.
Sie rang nach Luft, hatte das Gefühl, als wären ihre Lungen leergepreßt worden. Sie konnte nichts weiter hören als das Klingeln in ihren Ohren. Sie hielt sich die Augen zu, um sich vor dem sengenden Licht zu schützen, das sie noch immer sah. Irgendein noch funktionstüchtiger Teil ihres Gehirns sagte ihr,

daß ihre Brille verschwunden war. Sie schöpfte Atem. Fand die Brille. Sie registrierte, daß ihr nichts weh tat. Nach und nach schien sich die Welt wieder aufzurichten. Sie bemerkte Win neben sich, der blutete, und jemand, der an ihr zog und versuchte, ihr auf die Beine zu helfen. Sie sah in Henrys Gesicht. Er bewegte die Lippen, sagte etwas. Sie verstand ihn nicht und stellte fest, daß das Klingeln nicht nur in ihren Ohren zu hören war. Das durchdringende Heulen wurde lauter, ohrenbetäubend. Überall war pulsierendes Licht zu sehen, tauchte sie in ein psychedelisches Tableau in Rot und Blau.

Sirenen heulten und Reifen quietschten, Füße trampelten, und die Erde bebte, als ein Feuerwehrauto vorbeitoste. Direkt hinter Ariel befahl eine Stimme: »Alle hier auf diese Seite! Los! Hierher!« Aus dem Nichts tauchten Sanitäter auf, und andere Männer in schwarzen Uniformen, und irgend jemand – einer von einem halben Dutzend Polizisten – schob sie auf die Straße.

Die nächsten Minuten verschwammen völlig. Ariel starrte auf die Szenerie um sich herum, versuchte Ordnung in dieses Chaos zu bekommen. Dichte schwarze Rauchwolken, die hinter dem Restaurant zum Himmel hinaufstoben. Restaurantbesucher und Schaulustige, die neugierig gegen die Polizeiabsperrung drückten. Henry, der mit Polizisten wegging, eindringlich erklärte, auf Ariels Wagen zeigte – dorthin, wo er gestanden hatte. Win, der auf eine Bahre gelegt wurde. Sanitäter, die mit ein oder zwei Leuten beschäftigt waren, die sie nicht kannte. Dann aber entdeckte sie jemanden, den sie kannte. Überzeugt, daß ihre kurzsichtigen Augen sie im Stich ließen, stierte Ariel in das gleichmütige, leicht zur Seite gewandte Gesicht von Sarge. Der muskulöse Koch stand in einiger Entfernung, und er war in ein ernstes Gespräch mit Max Neely vertieft.

»Wo kommt Sarge ...« Ariel drehte sich irritiert um, erwartete, irgendwo auch B. F. zu entdecken. In diesem Moment setzte der schlimmste Lärm aus, die letzte Sirene erstarb, und Henry war wieder an ihrer Seite, legte einen Mantel um ihre Schultern.

»Wie geht es dir?« murmelte er, zog ein Taschentuch aus der Tasche und tupfte einen Schnitt auf ihrer Wange ab, von dem sie nicht einmal gewußt hatte, daß er da war. »Brauchst du einen Sanitäter, der nach dir schaut?«

Ariel schüttelte den Kopf. »Aber Win. Ist er ...?«

»Ich glaube nicht, daß es allzu schlimm ist. Keine lebensbedrohlichen Verletzungen. Ariel, wer war –?«

Er wurde von einem Polizisten unterbrochen, der zu ihnen trat und sie beide zu einem Streifenwagen führte. Sie setzten sich nach hinten und wurden gebeten zu warten. Die Tür wurde geschlossen. Der Polizist stellte sich davor.

»Nun sag schon«, forderte Henry sie auf, »wer war dieser Typ?«

»Sein Name ist Philip Carroll. Henry, was ist denn passiert? Ist die Bombe hochgegangen?«

»Der Schauspieler?« fragte Henry ungläubig. »*Der* Philip Carroll?«

»Aber ich habe den Schlüssel nicht herumgedreht. Oder?« Ariel zog den Mantel fest um sich und sah zu, wie die Sanitätswagen laut tosend davonfuhren.

»Nein, Herzchen, natürlich nicht.« Henry faßte nach dem Türgriff. »Ich glaube, wir holen besser einen Sanitäter, der sich um dich kümmert.«

»Nein! Bleib hier!« Ariel umklammerte Henrys Arm. »Ich bin nur ... verwirrt. Gib mir eine Minute Zeit.«

Ariel war beruhigt, daß er nicht wegging, und fuhr beharrlich fort: »Ich habe gesehen, wie die Bombe hochging, als ich noch im Wagen saß, verstehst du, bevor es passierte.«

»Ariel ...« Henry wirkte sehr besorgt.

»So war das«, sagte sie, als hätte sie ihn gar nicht gehört. »Ich war gerade dabei, den Zündschlüssel in den Schlitz zu stecken, und ich sah, was passiert war. Ich meine, was passieren würde. Ich konnte sehen, wie ich den Schlüssel umdrehe und wie dann dieser ... Horror folgen würde. Und dann wäre nichts mehr.«

Henry entspannte sich ein wenig.

»Na ja, das ist irgendwie logisch«, sagte er. »Wenn ich recht habe, dann hast du dich erinnert! Du warst ja in jener Nacht hier, als Jane Macaulays Wagen hochging. Verstehst du? Das hat wahrscheinlich die Amnesie verursacht. Du mußt sehr nah dabei gestanden haben. Und von dem Druck der Explosion bist du verletzt worden.«

Ariel bedachte, was er gesagt hatte, und schüttelte langsam den Kopf. »Nein, die Sache ist die, ich habe es nicht von *außen* gesehen. Ich war *im* Auto.«

Die Vordertür an der Beifahrerseite wurde geöffnet, und Max Neelys breite Schultern und sein verärgertes Gesicht tauchten auf.

»Vielen Dank, Gold. Ich hatte gerade Dienstschluß, als –«

Er registrierte Ariels Zustand und den Blick, der in Henrys Gesicht lag, und ließ sich schwer auf den Sitz fallen. Sie beobachteten, wie ein weiterer Sanitätswagen mit lautem Sirenengeheul wegfuhr.

»Peacock«, sagte Neely, »sieht so aus, als würde er davonkommen.« Er schielte zu Henry hinüber. »Können Sie mir vielleicht sagen, was dieses Chaos zu bedeuten hat? Woher wußten Sie, daß der Wagen mit einer Bombe verbunden ist?«

»Ich wußte es nicht«, sagte Henry. »Ich bin davon ausgegangen.«

Seine Erklärung war prägnant, gekürzt auf die sachdienlichen Fakten. Ariel hörte genauso gespannt zu wie Neely.

»Aber ich kam her, um *dich* zu treffen«, wandte sie ein, als er schließlich fertig war. »Du hast eine Nachricht hinterlassen!«

»Ariel, das habe ich nicht. Weder heute abend noch an dem Abend, als Jane Macaulay starb.«

Ariel starrte ihn an. »Philip«, sagte sie schlicht. Dann hob sie die Stimme und wandte sich an Neely. »Philip . . .?« Sie wußte die Antwort auf ihre Frage, schon bevor er etwas sagte.

»Wenn du über diesen miesen Kerl redest, der Peacock attackiert hat, der ist hinüber. Dein Auto im übrigen auch.«

»Äh, Neely.« Henry warf dem Detective einen warnenden Blick zu. »Sachte, sachte. Sie ist irgendwie . . .«

»Nein!« protestierte Ariel. »Mir geht's gut. Was ist passiert?«

»Der Mann, der nahe genug dabei war, um alles zu sehen, und der mehr als Glück hatte, daß er einfach weitergegangen ist, erzählte, daß dieser Typ mit dem Messer zwischen den Autos dort hinten hervorgerannt kam. Und irgendeiner der Gäste, der versucht hatte davonzubrausen, mähte ihn mit seinem Wagen nieder. Er prallte dann auf ein oder zwei andere Autos, bevor er deins erwischte. Und das ging in die Luft. Dynamit, ganz klar, aber nicht mehr als zwei oder drei Stangen, wahrscheinlich. Der Fahrer kann's sogar noch überleben. Also, sag schon. Du hast diesen Typen mit dem Messer gekannt? Wer war er?«

»Sie behauptet, Philip Carroll«, antwortete Henry an ihrer Stelle. »Der Schauspieler.«

»Der Typ, nach dem du dich erkundigt hast?« wetterte Neely.

»Wann hast du dich erkundigt?« fragte Henry.

Ariel schüttelte den Kopf. »Armer Philip«, murmelte sie ungläubig. »Aber ich weiß nicht ... Wenn es Philip war, der mich hierherbestellt hat, dann muß er es auch das letzte Mal gewesen sein! Was hatte er mit Jane Macaulay zu tun? Soweit ich weiß, sind sie sich nie begegnet.«

»Heller glaubt offensichtlich«, sagte Neely, »daß diese Szene zuvor schon einmal durchgespielt wurde und daß die falsche Frau gestorben ist. Wahrscheinlich warst du schon beim letzten Mal gemeint.«

Einen Augenblick lang herrschte Schweigen, nur vom Gemurmel des Polizeifunks im Hintergrund unterbrochen.

»Du sagst damit, daß Jane an meiner Stelle gestorben ist?« fragte Ariel leise. »Daß er für ihren Tod verantwortlich war?«

Überraschenderweise gab ihr der Gedanke daran, was Jane angetan worden war, die Kraft der Wut und löste das alptraumhafte Gefühl der letzten Stunde auf.

»Ja, nun, das sind Spekulationen, was?« meinte Neely, für ihn nahezu freundlich. »Wir haben keine Beweise.«

»Aber Philip war vor Ort!« rief Ariel. »Und er hat sich verkleidet, um Gottes willen. Er trug diese Perücke und war geschminkt wie eine Figur, die er im Film gespielt hat. Ich habe das Foto gestern in einer Zeitschrift gesehen!«

»Ja«, Neely verzog das Gesicht. »Einer der Bombenspezialisten hat mir von seiner Verkleidung erzählt. Aber, Ariel, der Mann war Schauspieler. Man nennt das *im Kostüm.* Vielleicht war er auf dem Weg zu einem Dreh. Außerdem«, sagte er mit einem Schulterzucken, »selbst wenn er sich kleiden würde wie ein Transvestit, würde er hier in dieser Gegend kaum auffallen.«

»Und was ist mit dem Messer?« fragte Henry. »Er hat Peacock verletzt.«

»Ein Taschenmesser zählt nicht als versteckte Waffe, selbst wenn das Ding groß genug ist, um einen Hai auszunehmen. Was wir also haben«, fuhr Neely fort, »ist die Leiche, unglücklicherweise die eines bekannten Mannes. Soweit wir wissen, hat er vor Angst fast gesch... er hatte schreckliche Angst und versuchte, zu seinem Auto zu kommen. Er dachte, Peacock würde ihn aufhalten, und geriet in Panik. Zumindest vorstellbar, daß der kleine Zwischenfall einfach ein Mißverständnis war.«

»Völlig ausgeschlossen!« warf Ariel ein. Erst dann fiel ihr Sarge wieder ein.

»Wo ist Sarge? Ich habe beobachtet, wie er mit dir gesprochen hat. Hat er gesehen, was passiert ist?«

»McManus? Du kennst ihn?« Neely schien überrascht.

»Wer ist McManus?« mischte sich Henry nun wieder ein.

»Pensionierter Bulle«, sagte Neely, »der Augenzeuge, den ich erwähnt habe. Er hat das Handgemenge gesehen, um genau zu sein. Und ausgesagt, daß keiner von euch Carroll provoziert hat, aber daß alle in Panik weglaufen wollten. Als er das Messer gesehen hat, sagte McManus, wollte er eingreifen, aber Carroll lief davon. Er setzte ihm nach und sah dann den Unfall. Was er gesehen hat, stellt euch und auch den Fahrer außer Verdacht – Carroll lief ihm vor den Wagen, und er verlor die Kontrolle –, aber er hat auch nichts gesehen, was Carroll zur Last gelegt werden könnte. Hey, versteht mich, ich würde gerne alles schön verpackt den Jungs von der Sonderkommission überreichen – den Fall Macaulay gleich dazu –, aber wir haben einfach keinerlei Indizien in der Hand.«

»Die Kassette!« fiel Henry plötzlich ein. »Er hat auf Ariels Anrufbeantworter eine Nachricht hinterlassen. Selbst wenn er die Stimme verstellt hat, kann man sie analysieren!«

»Ich fürchte ... Ich glaube, ich habe zurückgespult«, gestand

Ariel ein. »Wenn noch irgendwelche Nachrichten eingegangen sind, dann haben wir Pech.«
»Wir werden's nachprüfen«, sagte Neely, »aber selbst wenn wir eine Stimmanalyse machen, haben wir außer der Nachahmung nichts gegen ihn in der Hand.«
»Was ist mit den Klamotten, die du damals anhattest, Ariel?« Henry versuchte es wieder. »Hast du die Bluse aufbewahrt, oder was auch immer es war? Weißt du noch? Ich habe dir gesagt, du sollst es nicht wegwerfen!«
Ariel nickte langsam, und Henry erklärte Neely, was es damit auf sich hatte.
»Wenn es sich um Blut von Jane Macaulay handelt«, schloß er, »und wenn Ariel so nahe an der Explosion dran war, daß sie Blutspritzer abbekam, dann ist bewiesen, daß sie an jenem Abend hier war.«
»O ja, vielleicht war sie hier, okay, aber es beweist nicht mehr, als daß irgend jemand sie zweimal hierhergelockt hat. Wir kennen diesen Jemand deswegen noch lange nicht.«
»Einen Moment noch.« Ariel schaute von einem Mann zum anderen und setzte sich zurecht. »Jetzt laßt erst mal die Dicke auspacken!«
Sie öffnete ihre Handtasche und zog die Notizen heraus, die sie sich zuvor gemacht hatte. »Vielleicht kann man Philip heute abend noch nicht mit diesem versuchten Mord in Verbindung bringen oder mit dem Mord an Jane, aber möglicherweise wird man mehr als nur diesen Fall lösen können. Wenn ich recht behalte, dann hat Philip nicht nur einen Menschen umgebracht, sondern vier.«
»Vier!« Neelys eher lässige Haltung verschwand.
»Wieso vier?« stotterte Henry. »Du hast noch nicht einmal erzählt, woher du Carroll kennst. Und du hast mit Sicherheit noch nicht erzählt, warum er dich umbringen wollte!«
Der Polizeifunk meldete sich wieder, abgehackt und krächzend knatterte es aus dem Gerät, hörte sich eher bedeutungslos an. Neely griff hinter sich, nahm den Sender zur Hand und stieg aus dem Auto. Er stützte die Ellbogen auf dem Wagendach auf, während er sprach. Henry und Ariel verfielen beide in Schwei-

gen, versuchten seine kurzen, genuschelten Antworten zu verstehen. Alles, was Ariel in der Tür von dem Detective sehen konnte, waren ein Teil seines Rumpfes, der in einem weißen Hemd steckte, und die auffällig gemusterte Krawatte. Das Gespräch war schnell beendet.

Neely streckte seinen Kopf herein, die Hände hatte er auf dem Dach aufgestützt.

»Der Fahrer des Wagens, der Carroll umgefahren hat, hat's nicht gepackt. Er ist auf dem Weg ins Krankenhaus seinen Verletzungen erlegen.«

»Macht fünf«, sagte Ariel.

47

Es ist seltsam, nicht wahr?« meinte Ariel, als sie die Haustür öffnete. »Ich war den ganzen Tag erpicht darauf, Philip in eine Falle zu locken, und ich habe keinerlei Zweifel, daß er schuldig ist. Aber jetzt, wo er ohne Geständnis, ohne Beweis, ohne Prozeß bestraft wurde, wie es ihm gebührt, bin ich ... traurig.«

Neely, der Jessie entdeckt hatte, die zur Begrüßung auf sie zugeschossen kam, trat auf der Veranda einen Schritt zurück. »Ja, nun ...« Er wartete ab, bis Ariel das Tier begrüßt und ihm befohlen hatte zu sitzen, bevor er ins Wohnzimmer schlenderte und seinen Satz zu Ende sprach. »Weil wir eben *nichts* dergleichen in der Hand haben, werde ich wohl bis zum Jüngsten Gericht damit beschäftigt sein. Carrolls Tod wird gründlich untersucht werden, der Anschlag auf dich von heute abend ist noch nicht bewiesen, der Fall Macaulay ist ungelöst, und jetzt kommst du auch noch mit Carrolls vor kurzem verstorbener Frau und einem vier Jahre zurückliegenden Doppelmord daher, um uns alles zu vermasseln. Können wir uns nicht setzen, und du erklärst mir, was das alles zu bedeuten hat?«

In diesem Augenblick kam auch Henry und empfahl, den Anrufbeantworter abzuhören, bevor man sonst irgend etwas unternahm.

Das kleine rote Licht blinkte. Die neueste Nachricht stammte von Frank Eberhardt, und Kern seiner Mitteilungen war, daß sich einige der Leute, mit denen er über Arnold, dessen Frau und den ehrgeizigen Schauspieler gesprochen hatte, an die Erpressungsgerüchte erinnerten, und eine Person konnte sie sogar richtiggehend bestätigen. »Wenn Sie noch weitere Einzelheiten brauchen«, sagte Eberhardt, »dann rufen Sie mich morgen an.« Ariel ließ sich auf den Drehstuhl fallen und drückte noch einmal auf Start. Natürlich hatte die nützliche Nachricht des Dramatikers den größten Teil der Verabredung im Restaurant gelöscht. Übriggeblieben waren noch eine Sekunde lang Straßenlärm und eine letzte Silbe, möglicherweise das »sehen« von einem ominösen »Auf Wiedersehen«. Neely bezweifelte, daß es für eine Analyse ausreichte, und obwohl Ariel nur diesen winzigen Fetzen von Philips Stimme hörte, ging sie ihr so nah, daß sie sich nicht auf das eigentliche Problem konzentrieren konnte. Die emotionale Achterbahn, auf der sie unterwegs war, forderte ihren Tribut. Ihre Wut war versickert wie lauwarmes Badewasser, und kleine Schockwellen durchliefen ihren Bauch. Sie wollte den Kopf in ihre Arme legen und einschlafen.

Da läutete es an der Tür.

Beide Männer und Jessie begleiteten Ariel. Neely spähte, mit der Hand am Halfter, durch das Guckloch.

»Da steht ein alter Mann, ein großer alter weißhaariger Mann.«

Ariel beeilte sich, die Tür zu öffnen.

B. F. warf einen flüchtigen Blick auf Neely und Henry und erwiderte Ariels überraschte Begrüßung nicht. Er stand stocksteif da und musterte sie von oben bis unten, sein Gesicht war farblos. Dann stöhnte er leise auf und drückte sie fest an sich.

»Für eine verdammte Sekunde«, hörte Ariel ihn murmeln, »dachte ich, Sie wären ...« Er hielt inne, räusperte sich und wandte sich an Neely.

»Ich habe von Sarge gehört, daß Ariel von einem Detective nach Hause begleitet wurde. Sind Sie das?«

»Ja. Detective Max Neely. Wer sind Sie?«

»B. F. Coulter. Sarge arbeitet für mich.« Sein Blick glitt zu Henry.

»Wir haben uns nie offiziell kennengelernt, Mr. Coulter.« Henry streckte ihm seine Hand entgegen, und nach kurzem Zögern schlug B. F. ein. »Ich bin Henry Heller, und Ariel arbeitet für mich.«

»Ich wüßte ganz gern«, Ariel schob den Arm weg, der schwer um ihre Schultern gelegt war, »wieso Sarge zufällig heute abend im Anthony's war.«

Die Situation geriet außer Kontrolle, wie Neelys Gesichtsausdruck verriet. »Sieht so aus, als müßte ich Ihnen auch noch ein oder zwei Fragen stellen, Mr. Coulter. Könnten wir uns nicht alle setzen und nach Antworten suchen? Irgendwann würde ich dann auch ganz gern mal nach Hause gehen.«

»Hinsetzen finde ich gut«, sagte B. F. und setzte sich. »Ich habe irgendwie einen ziemlich schlimmen Abend hinter mir und bin müde, aber ich kann meinen Part hier schnell hinter mich bringen. Ariel Gold brauchte Schutz. Sarge McManus ist immer noch einer der besten der Riege, den ich kenne. Ich bat ihn also, daß er selbst oder sonst jemand, der genauso gut ist, ein Auge auf sie wirft, bis ich sie so weit hätte, für eine gewisse Zeit mit mir wegzufahren. Er hat sich darum gekümmert, und das ist alles.«

»Das ist *nicht* alles«, protestierte Ariel halbherzig. »Wie lange haben Sie mich beobachten lassen? Ich wette, Sarge war auch in der Bibliothek, oder? Hat nach Michaels Mörder gesucht? Warum haben Sie mir nicht die Entscheidung überlassen, ob ich Ihren Leibwächter brauche?«

»Offensichtlich«, entgegnete B. F., »war dies der Fall.«

»Wenn ich Sie vielleicht unterbrechen darf?« Neely glotzte sie an und wandte sich dann B. F. zu. »Was haben Sie denn damit zu tun?«

»Jane Macaulay war meine Enkelin. Ariel Gold ist meine Freundin. Und jetzt würde *ich* ganz gerne ein paar Fragen stellen. War dieser Rohling, der heute abend mit einem Messer herumrannte und Leute bedrohte, derjenige, der die Bombe gelegt hat? Und warum«, fragte er Ariel, »wollte er Sie umbringen? Was naheliegenderweise zur nächsten Frage führt: Warum hat er Jane umgebracht?«

»Wahrscheinlich ist«, antwortete Neely, »daß Ihre Enkelin irrtümlich getötet wurde. Möglich ist, daß er es von vornherein auf Ariel Gold abgesehen hatte.«
B. F. war sichtlich bemüht, Gesicht zu wahren und mit fester Stimme zu sprechen. »Dann wiederhole ich, warum wollte er Ariel töten?«
»Gute Frage«, meinte Henry. »Ich versuche seit einer Stunde, die Antwort darauf zu finden.«
Ariel runzelte die Stirn. »Im Moment scheint mir das … fast nebensächlich.«
Neely wollte ungeduldig widersprechen, aber kaum hatte er angesetzt, unterbrach ihn B. F. mit ernster Miene. »Kommen Sie mir nicht mit diesem dummen Zeug. Wer auch immer die Bombe heute abend gelegt hat, der hat auch Jane getötet, es sei denn, es war irgendein Nachahmungstäter. Punkt. Wenn der Mann, der sie umgebracht hat, tot ist, dann will ich das wissen. Wenn nicht, dann will ich es, verdammt noch mal, auch wissen. Was auch immer Sie zu sagen haben, ist sehr wohl von Bedeutung, und ich habe die Absicht, es zu hören.«
»Ist ja gut. Sie haben recht.« Ariel berührte B. F.s Hand, aber sie wandte sich an Neely. »Ich sage Ihnen alles, was ich weiß, aber zuerst werde ich uns einen Kaffee kochen.«
Neely verdrehte verzweifelt die Augen.
Eine halbe Stunde später waren seine Augen vor Ungläubigkeit zu Schlitzen verengt.
Zu Beginn hatte Ariel die entscheidenden Passagen aus dem Interview vorgespielt und ihnen das gefaxte Foto von Adam Shaw aus dem Programmheft gezeigt. Sie hatte ihnen die markierten Stellen aus dem Stück vorgelesen, und sie hörten ihr zu, wie sie ihre Theorie entwickelte. Neely war die ganze Zeit über still geblieben. Jetzt schien er entschlossen, alle Schwachstellen ihrer Mutmaßungen aufzudecken.
»Moment mal«, fuhr er Henry an, der Ariel schon mit einer Fülle von Fragen bombardieren wollte. Er sah B. F. an, um sicherzugehen, daß sie beide ihn verstanden. »Jetzt bin ich dran.«

Er wandte sich wieder an Ariel, stellte seine Kaffeetasse auf den Tisch. »Ich dachte, daß Henrys Theorie über diese rätselhafte Nachricht völlig abwegig ist, aber *deine* Theorie läßt *seine* zu einfach erscheinen.

Laß mich mal zusammenfassen«, sagte er und verschränkte die Arme vor der Brust, »damit ich hier nichts falsch verstehe. Nach allem, was du berichtet hast, war Carroll früher einmal ein ehrgeiziger Schauspieler namens Adam Shaw, der kurz vor dem Durchbruch am Broadway stand. Er legt die Frau des Produzenten aufs Kreuz, um seine Schäfchen ins trockene zu bringen. Der Ehemann kriegt spitz, daß er den Schwanz einziehen kann – buchstäblich –, und teilt Shaw mit, daß dieser abgesägt wird, möglicherweise ebenfalls im wahrsten Sinn des Wortes. Zumindest setzt er in Umlauf, daß Shaw eine Persona non grata ist. Shaw tauscht den ›Big Apple‹ New York mit der ›Big Orange‹ Los Angeles, ändert seinen Namen und fängt von vorne an. Gerade als er wieder vor dem Durchbruch steht, taucht dieser Produzent auf und droht, ihm erneut den Boden unter den Füßen wegzuziehen. Shaw, der jetzt Carroll heißt, macht ihn fertig. Er kriegt nicht nur die Fernsehserie, er kriegt auch die Witwe, die jetzt die Megakohle hat.«

Er legte den Kopf zur Seite und fragte: »Habe ich so weit alles richtig verstanden?«

»Grob gesprochen.« Ariel verschränkte abwehrend die Arme.

»Na gut. Weißt du, was: Mir gefällt es besser, so wie ich das erzähle. Es klingt fast plausibel.« Neely stützte seine Ellbogen auf den Knien auf und beugte sich zu Ariel.

»Ein paar Jahre vergehen, und Carroll beschließt, daß er den ganzen Batzen haben möchte. Vielleicht erwischt die Frau ihn, wie er fremdgeht, und droht mit der Scheidung, die für ihn finanziell eine Katastrophe wäre, oder sie hatte etwas gegen ihn in der Hand, vielleicht, wie er ihren Mann beseitigt hat.« Neely wirkte nicht länger herablassend. Er dachte nach, während er weitersprach. »Vielleicht wußte sie Bescheid. Sie hatten ja zuvor gemeinsame Sache gemacht, nicht wahr?«

Er drückte die Fingerspitzen gegeneinander. »Aus welchen Grün-

den auch immer, er will sie loswerden. Die Mordhandlung aus dem Stück, mit dem alles angefangen hat, fällt ihm wieder ein, scheint bis in alle Einzelheiten wie für ihn geschaffen, und er greift darauf zurück. Was es ganz besonders hervorragend macht, ist, daß sich niemand an seinen Auftritt in diesem Stück erinnert. Ach, was sag' ich! Noch nicht einmal an das Stück erinnert sich jemand!«
Ariel, deren Adrenalinspiegel wieder anstieg, beschrieb nun ausführlicher, was sie zuvor schon angedeutet hatte.
»Er lockt seine Frau nach New York, an einen ungestörten Ort. Er injiziert ihr eine Überdosis Insulin, nachdem er sie ordentlich betrunken gemacht hat, was in doppelter Hinsicht vorteilhaft ist. Zum einen ist es leichter, ihr die Spritze zu verabreichen, und zum anderen erhöht es den Effekt des Wirkstoffes. Die Tatsache, daß sie eine sehr kleine Frau war, hat ihr nicht gerade geholfen, was den ganzen Alkohol oder den Insulinschock angeht, nehme ich an. Oh, und dann war sie ja auch noch herzkrank. Was mich auf einen anderen Gedanken bringt – man sollte prüfen, ob sie irgendwelche Medikamente einnahm, denn bestimmte Arzneimittel können die Wirkung von Insulin noch verstärken.
Auf jeden Fall«, Ariel holte tief Luft, »stirbt sie. Er wartet, bis die Totenstarre eintritt und wieder vergeht. Jetzt ist ihr Körper wieder schlaff – und kann verpackt werden. Er stopft sie in eine Plastiktüte, einen großen Müllsack oder was auch immer und legt sie in eine Kiste oder einen großen Koffer. Im Stück«, fügte sie nebenbei hinzu, »war es eine Feldkiste. Dann fährt er zum Flughafen, gibt das Gepäck auf und fliegt nach L. A. Nehmen wir an, er hat ihren Parkschein, also nimmt er ihren Wagen, fährt nach Hause und plaziert sie genau so, wie sie lag, als sie starb. Dann ›findet‹ er sie und ruft die Polizei. Er war gerade eben erst eingeflogen ...« Ariel breitete ihre Hände aus, die Handflächen nach oben: »... und sie lag tot da, seit ein paar Tagen oder länger. Und er ist frei.«
Die Fragen kamen nüchtern und schnell. Ariel fühlte sich wie eine Zuschauerin bei einem Tennisspiel, als sie sich dem einen, dann dem nächsten der Männer zuwandte.

B. F.: »Warum Insulin?«
Ariel: »Sobald der Körper das Insulin aufgenommen hat, ist es nicht mehr nachweisbar. Obwohl es heutzutage, im Gegensatz zu damals, als das Stück spielte, möglich ist, das Gewebe an der Einstichstelle auf Spuren hin zu analysieren – ein Umstand, der Philip bekannt gewesen sein mochte oder auch nicht.«
Neely: »Woher wußte er, daß der Koffer nicht durchleuchtet wird?«
Ariel: »Vielleicht hat er eine Fluggesellschaft angerufen und gefragt, wie ich das getan habe. Bei Inlandsflügen wird das Gepäck nicht durchleuchtet, es sei denn, es gibt einen bestimmten Grund.«
Neely: »Woher wußte er, daß der Koffer nicht geöffnet wird?«
Ariel: »Warum sollte das passieren? Und das starke Schloß garantierte, daß er nicht aus Versehen aufging.«
Henry: »Aber es ist möglich, daß es eine Bombendrohung gibt oder irgendwas und daß das Gepäck durchleuchtet wird. Er nimmt zumindest ein Risiko auf sich, wenn er das Gepäck abholt.«
Ariel: »Die Figur im Stück benutzte einen falschen Namen und eine falsche Adresse auf dem Adreßanhänger und bezahlte jemanden, dem er den Kontrollabschnitt gab und der das Gepäck abholte. Er beobachtete die Person, um sicherzustellen, daß sie nicht aufgehalten wurde, und dann nahm er die Kiste neben seinen Wagen am Straßenrand in Empfang.«
Neely: »Glaubst du wirklich, daß sich alles wie in dem Stück abspielte? Wie in der Mordszene, die du uns vorgelesen hast? Glaubst du wirklich, er gab ihr die Spritze, solange sie noch, äh, im Bett waren?«
Ariel: »Ich weiß genausoviel wie du, aber die Ausübung des Geschlechtsakts kurz vor dem Tod *kann* die Leichenstarre beschleunigen.«
Henry: »Warum hat man dann bei der Autopsie kein Sperma gefunden?«
Ariel: »Hat man nach Sperma gesucht?«
Neely: »Ich weiß nicht.«

Ariel: »Es kann auch sein, daß der Akt nicht zum Höhepunkt kam.«
B. F.: »Okay, ihr habt mir alles mögliche über die Leichenblässe erzählt und daß er warten mußte, bis sich das Blut gesenkt hat oder was auch immer, bevor er die Leiche bewegen konnte. Aber ich verstehe nicht, wie es ihm gelungen ist, daß die Leichenblässe ihn nicht verriet? Wie hat er sicherstellen können, daß die Leiche exakt in der gleichen Position daliegt wie zum Zeitpunkt des Todes?«
Ariel: »Eberhardt, der Dramatiker, vermutete, daß er Polaroids gemacht hat, bevor er sie bewegte, aber ich habe noch darüber nachgedacht. Sollte er einen kleinen Fehler machen, könnte er immer noch behaupten, daß er vor lauter Schreck, seine geliebte Frau tot aufzufinden, ihren Arm gepackt oder sie umgedreht habe oder was auch immer. Das wäre ja wohl eine natürliche Reaktion, oder?«
Neely: »Wie hat er seine Frau dazu überredet, überhaupt nach New York zu fliegen?«
Ariel: »Zurück zum Stück. Er hat ihr mit Kurierpost, zusammen mit einer Einladung zu einem Abendessen, ein Ticket zugeschickt. Ich stelle jetzt Vermutungen an, aber wenn er sie betrogen hat, wie du angenommen hast, dann hat er ihr diese Reise vielleicht als Versuch, ihre Ehe zu retten, schmackhaft gemacht, als reizvolle zweite Flitterwochen. Ich habe den Eindruck, daß Fiona Philip sehr ergeben war, und Lucy erzählte, wie aufgeregt sie war, als sie an diesem Tag noch beim Tierarzt war. Und außerdem hast du mir selbst erzählt, Neely, daß sie verrückt nach ihm war.«
Henry: »Wie konnte er wissen, daß sie niemand davon erzählen würde?«
Ariel: »Nach allem, was man mir über diese Frau erzählt hat, lebte sie eher zurückgezogen, fühlte sich mit Tieren wohler als mit Menschen. Sie war nicht der Typ, nehme ich an, der sich jemandem anvertraut. Und außerdem dürfte ihr gerade noch Zeit geblieben sein, für die Einladung zu packen und zum Flughafen zu kommen – kaum Zeit allerdings, um ihre Pläne zu

verkünden. Und wie im Stück hatte Philip darauf bestanden, daß sie ›ihr kleines Geheimnis‹ für sich behielte. Das Ticket war natürlich nicht auf ihren Namen ausgestellt. Im Stück wurde ein Deckname verwendet, aber bei Philip und Fiona – wer weiß? Vielleicht ein Name, den sie benutzt haben, als sie eine Affäre miteinander hatten und sich für Hotelzimmer eintrugen.«

Ariel hatte nicht allein Fiona Morgan im Sinn – die von einem Mann verzaubert worden war, von dem sie glaubte, er sehne sich nach ihr, der sich aber schlicht nach ihrem Tod sehnte –, als sie sagte: »Philip konnte sehr verführerisch sein. Die Spontaneität, das heimliche Rendezvous, die Reise inkognito – das waren alles grausam kluge Schachzüge, die an ein romantisches Rendezvous in New York erinnerten, wo alles angefangen hatte. Sie wollte gern daran glauben.«

Sie schenkte den Männern ein breites Lächeln. »Offensichtlich hat Fiona aber keine Gefahr darin gesehen, ihrem Tierarzt davon zu erzählen. So meine Zeugen, von denen einer gehört hat, wie sie erzählte, daß sie verreisen wolle, der andere, daß sie – explizit – nach New York fliege und in Sorge sei, ihr Flugzeug zu verpassen. Ich rief die Fluglinien an, Neely, und bekam alle Abflugzeiten der Nonstop-Flüge Los Angeles–Kennedy und Los Angeles–La Guardia am dreißigsten Januar zwischen ein Uhr und drei Uhr nachmittags – womit ich ihr knapp eine halbe Stunde für den Weg von Victor zum Flughafen eingeräumt habe, wo sie um Viertel vor eins wegging. Die Flugnummern habe ich hier.«

Henry sah von den Notizen auf, die er, während sie erzählte, gekritzelt hatte, und fragte: »Warum wurde die Frau nicht argwöhnisch? Es ist doch anzunehmen, daß sie das Stück gelesen oder sogar gesehen hat.«

»Die Situation war eine ganz andere«, erklärte Ariel. »Im Stück wird über den Mörder mitgeteilt, daß er in Schwierigkeiten und sein Leben in Gefahr ist, und das Opfer ist seine Geliebte, die ihn – zu Recht – verdächtigt, für die Nazis zu spionieren ... Nun, wir brauchen hier jetzt nicht die ganze Handlung zu hören. Es genügt zu wissen, daß sie anders verlief.«

»Und wie war der zeitliche Ablauf?« fragte B. F. »Wann wurde Carrolls Frau zum letzten Mal gesehen? Wann wurde sie gefunden?«

»Sie ging beim Tierarzt, wie ich schon sagte, am Mittwoch mittag um Viertel vor eins weg. Das nächste Mal wurde sie – wurde ihre Leiche – am folgenden Samstag um ein Uhr früh in Los Angeles gesehen. Sechzig Stunden später.« Ariel nahm ihre Notizen zur Hand und fuhr fort. »Der Flug dauert wenig mehr als fünf Stunden, also kam sie in New York, je nach Abflugzeit, zwischen Viertel vor sieben und Viertel nach acht unserer Zeit an. Sagen wir, die Spritze wurde ihr bis Mitternacht verabreicht, dann bleiben noch achtundvierzig Stunden Zeit, in denen sie starb, ihr Körper die unvermeidlichen Stadien durchlief und Philip sie nach L. A. und ins Haus zurückbrachte.«

»Und das haut wirklich hin?« fragte Henry. »Hört sich nach einer Rechnung mit vielen Unbekannten an.«

»Du hast schon recht, aber denk mal darüber nach«, erwiderte Ariel. »Als sie erst einmal ins Koma gefallen war, spielte es kaum noch eine Rolle, ob es Minuten, Stunden oder Tage dauerte, bis sie starb. Philip mußte nur einfach oft genug von jemandem gesehen werden, der dann seinen Verbleib bestätigen konnte. Alle acht bis zehn Stunden genügte voll und ganz. Von New York nach L. A. gibt es laufend Flüge, und es machte keinen Unterschied, wann er nach L. A. zurückkehrte und die Leiche ›entdeckte‹.«

Ariel sah die Männer an und atmete tief durch. »Nachdem Fiona gestorben war, gab es für Philip, soweit wir wissen, kein Zeitproblem mehr, außer dem folgenden: Er mußte abwarten, bis die Leichenstarre gekommen und wieder vergangen war. *Aber* er mußte die Leiche transportieren, solange die Verwesung noch nicht allzuweit fortgeschritten war. Was bedeutet, daß die Leiche kühl gelagert werden mußte, um den Verfall aufzuhalten. Aber ...« Sie streckte den Zeigefinger in die Luft: »... es war ein Januartag in New York. Und dann verschwand sie im kalten Bauch eines Flugzeugs. Also ist es machbar.«

»Außerdem war sie, wie du gesagt hast, eher dünn«, fügte Neely hinzu. »Bei dünnen Menschen setzt die Starre im allgemeinen schneller ein. Das heißt was?« Er schloß die Augen und rechnete. »Mindestens dreißig Stunden nach dem Tod, bis sie kommt und wieder verschwindet? Und ungefähr genauso lang, bis sie anfängt zu riechen. Und vielleicht noch einmal zwölf Stunden, bevor die Situation, sagen wir, unhaltbar wird? Knapp kalkuliert. Aber wenn sie kühl gehalten wird, wenn die Tasche, in der sie liegt, fest verschlossen ist ... Du hast recht, es ist machbar. Und wenn es tatsächlich so war, dann hat der Typ Nerven.«

»Der Typ«, meinte Henry, »der Ariel heute abend ins Restaurant gelockt und ihren Wagen auf einem öffentlichen, wenn auch dunklen Parkplatz mit einer Bombe verdrahtet hat, der hat Nerven.«

»Was uns zur allerersten Frage zurückbringt«, unterbrach B. F. »Warum wollte er, daß Ariel stirbt?«

»Mit ziemlicher Sicherheit war ich vor der Amnesie mit meinen Nachforschungen mindestens genausoweit wie jetzt«, erklärte Ariel, »und ich hatte ein breites Publikum, um meine Vermutungen kundzutun. Ich hatte das Interview in Händen, soviel weiß ich, aber vielleicht hatte ich noch mehr – oder vielleicht glaubte Philip, ich hätte mehr. Vielleicht war er hier eingebrochen, um zu holen, was auch immer ich hatte. Das ist eine der Fragen, die vielleicht nie beantwortet werden.«

Ihre Augen wurden groß. »Aber gerade fällt mir wieder etwas ein, was mich irritiert hat, seit das erste Mal bei mir eingebrochen wurde. Ich konnte mir nicht vorstellen, wie jemand es schaffte, an Jessie vorbeizukommen und sie in die Küche zu sperren. Philip muß der Einbrecher gewesen sein! Jessie kannte ihn!«

»Die Einbrüche!« Neely murmelte und zischte irgend etwas. »Nicht zu fassen, daß ich daran nicht gedacht habe! Wir wissen ja mit Sicherheit, wer den zweiten Einbruch auf dem Gewissen hat, und wir wissen, daß Rodriquez ein Einbrecher war, der beim Militär als S. S. E. ausgebildet wurde.«

»Als was?« fragten Henry und B. F. gleichzeitig.

»Als Sprengsatzexperte. Ja! Es hat mich schon genervt, nicht zu wissen, wie ein Schauspieler an Sprengsätze herankommt, woher er wußte, wie man ein Auto in die Luft jagt. Aber wenn wir Rodriquez mit Carroll in Verbindung bringen können ...« Neely schüttelte den Kopf ein wenig, seufzte und wechselte unvermittelt das Thema. »Sag mir eines: Kommt der Typ im Stück durch?«

»Ich fürchte, ja«, antwortete Ariel. »Aber das Opfer im Stück hat kein Tier ins Tierheim gebracht. So akribisch Philip auch ist – oder war –, ich glaube nicht, daß er darüber nachgedacht hat. Ich glaube noch nicht einmal, daß er einen Gedanken an Jessie verschwendet hat.«

»Ja, scheint so, daß es Philips erster Fehler war, den Köter zu vergessen«, kommentierte Neely säuerlich.

Müdes Schweigen machte sich breit, jeder hing seinen eigenen Gedanken nach, als plötzlich ein scharfes Knacken zu hören war.

»Nicht ganz.« Henry runzelte die Stirn angesichts des Bleistifts, den er gerade entzweigebrochen hatte. »Der erste Fehler war, daß er Ariel Golds Ehemann umgebracht hat, den Mann einer unerschrockenen und unermüdlichen Ermittlerin.«

»Ich kann nicht glauben«, sagte Henry und wurde immer ärgerlicher, während es in seinem Kopf langsam tickerte, »daß du dich da ganz allein drangemacht hast! Hat dir der Verstand gefehlt, dir zu überlegen, daß der Mann, wenn er einen oder mehrere Menschen umgebracht hat, das gleiche auch mit dir versuchen könnte?«

»Hey!« brauste Ariel auf. »Wen hören wir denn da? Unseren selbstlosen Helden! Wer kam denn heute abend in heller Aufregung zu meinem Auto gerannt, eine Nanosekunde bevor ... bevor ...« Sie merkte, daß sie nicht weitersprechen konnte.

Wachsam und nachdenklich sah B. F. Ariel an, bemerkte, daß sich ihr Kiefer entspannte, die Augen weicher wurden.

»Die Tatsache, daß ich den Schlüssel gar nicht benutzen wollte, ändert nichts an deinem Heldenmut, oder?« meinte sie. »Hör zu, bis gestern war das Schlimmste, was ich über Philip Carroll wußte, daß er mich nicht korrigiert hat, als ich ihn mit dem falschen Namen angesprochen habe. Und selbst die Polizei glaubte, daß er weit weg war, als seine Frau eines ›natürlichen Todes‹ starb. In dem Augenblick, als ich eine andere Vermutung hatte, habe ich versucht, dich zu erreichen.«

»Und welche Rolle spiele ich hier?« fragte Neely. »Gar keine, was? Na ja, genug. Was zählt, sind Beweise – sprich: Es gibt massig Kleinarbeit.«

Er rutschte auf dem Stuhl zurück und stierte einen Augenblick lang resigniert zur Decke, bevor er Ariel um die Kassette des Anrufbeantworters, das mitgeschnittene Interview, das blutige Hemd, das sie drei Wochen zuvor weggepackt hatte, und schließlich noch um die Liste der Abflugzeiten nach New York bat.

48

Als die Seite aus dem Programmheft am nächsten Morgen ankam, wartete Henry zusammen mit Ariel schon darauf. Er hatte sich geweigert zu gehen, als Neely und B. F. schließlich aufgebrochen waren, hatte die Nacht, oder was davon noch übriggeblieben war, auf dem Sofa verbracht. Ein steifer Hals und schmerzende Knie waren die Belohnung.

»Ich weiß nicht, warum du nicht nach Hause gegangen bist«, sagte Ariel. »Wir wissen beide, daß ich nicht mehr in Gefahr bin, seit Philip ... weg ist.«

»Und ich weiß nicht, warum du mit diesem Foto jetzt so ein Getue machst. Carroll selbst hat erzählt, daß er diese Rolle gespielt hat – wir alle haben den Mitschnitt gehört. Also mach den Umschlag schon auf.«

Ariel riß den Klebstreifen ab und zog das Foto aus dem Programmheft heraus. Sie musterte das Foto, Henry schaute ihr über die Schulter.

»Ich hatte ja nun nicht wie du die Möglichkeit, mir den Typen selbst genau anzusehen«, sagte er, »aber er ähnelt ihm schon irgendwie. Damit und mit dem Tonband wissen wir, daß er mit einer idiotensicheren Methode vertraut war, wie er seine Frau umbringen könnte, ohne erwischt zu werden. Vielleicht zu idiotensicher.«

Er merkte, daß Ariel immer noch auf das Foto starrte.
»Was denn? Du kannst ja gar nicht mehr wegschauen. Was hast du überhaupt für Carroll übrig gehabt?«
»Ich bin mir ziemlich sicher ... Er sieht jünger aus, und, natürlich, hier hat er einen Schnurrbart, aber das ist es nicht«, sagte Ariel und war zu sehr vertieft, um Henrys sarkastische Bemerkung zu hören oder sich über die Andeutung, die darin lag, zu ärgern. Langsam legte sich ein trauriges Lächeln über ihr Gesicht. »Ich kann's kaum glauben! Wenn das Philip ist, dann bin ich nicht die einzige, die an sich hat herumdoktern lassen!«
Henry war ein wenig schwer von Begriff. »Carroll hat sich liften lassen? Na, in seinem Metier ist es ja eher ungewöhnlich, wenn er es nicht tut.« Er wedelte geringschätzig mit dem Papier. »Aber lassen wir ihn beiseite. Was hast du denn mit so was zu tun?«
Ariel ging zum Sekretär und öffnete eine Schublade. Sie reichte Henry ein Foto der zweiundzwanzigjährigen Ariel Munson, die gerade das College abgeschlossen hatte.
»Merkst du, daß etwas anders ist?« fragte sie.
»Anders als was? Wer ist das?«
»Das bin ich in einer meiner braven Phasen.«
»Da warst du wohl eher, äh, stämmig, was?« bemerkte Henry.
»Auch ein süßer Haarschnitt und – warte mal. Wessen Nase ist das?«
»Meine, die ursprüngliche. Ich nehme an, daß sie meinem verstorbenen Ehemann nicht gefiel, und weil ich ein liebeskranker Schwachkopf war, ließ ich sie ändern.«
»Im Ernst?« Henry sah sie mitleidig an. »Mir gefällt die alte besser.«
»Mir auch. Vielleicht lasse ich es rückgängig machen.« Sie legte das Foto zur Seite.

In den darauffolgenden Tagen wurden viele Fragen an viele Leute gerichtet. Mit den gegebenen Beweisen, oder vielmehr bei dem Mangel daran, war es schwierig, irgendwelche Befugnisse zu bekommen, geschweige denn Mitarbeiter. Und die Kleinarbeit gestaltete sich, wie Neely vorhergesagt hatte, als äußerst schwierig. Mit jedem Bericht, den Ariel aus ihm herauspreßte, wurde er frustrierter.

Der erste Durchbruch war aufregend. Auf Philips Speicher wurde eine neue Feldkiste gefunden, groß genug für eine Leiche. Daß der geizige Philip die Kiste nicht weggeworfen hatte, wunderte Ariel kaum mehr als die Tatsache, daß sie offensichtlich auch sehr billig war. Sie war zudem deprimierend gewöhnlich und in Hunderten von Läden in New York und Los Angeles erhältlich. Herausfinden zu wollen, wo sie gekauft worden war, war völlig sinnlos. Weder war an der Kiste ein Anhänger befestigt, noch gab es darin Spuren irgendwelcher Art. Allerdings roch sie ganz schwach nach einem Desinfektionsmittel.

Es war kein Flug, weder hin und zurück noch einfache Strecke, auf den Namen Fiona Morgan gebucht worden, und es gab keine Belege dafür, daß die Tickets per Kreditkarte bezahlt worden wären – wieder wenig überraschend für Ariel, die wußte, daß Philip die Plastikkarten verschmäht hatte. Weder von einer Fluggesellschaft noch von einem Reisebüro lag eine Bestätigung dafür vor, daß ein Scheck eingelöst worden war.

Fionas Foto war den Bordmannschaften all jener Flüge gezeigt worden, die am dreißigsten Januar nachmittags von Los Angeles nach New York gingen. Zwei Stewardessen sagten aus, sie komme ihnen bekannt vor; sie arbeiteten für unterschiedliche Fluggesellschaften.

Eine ganze Reihe von Leuten hatte ein Rückflugticket für die fragliche Zeit gebucht und den Rückflug nicht angetreten. Alle, die aufzufinden waren, wurden befragt; es war eine Sackgasse.

Lucy, Victors Mitarbeiterin, hatte nicht gesehen, ob Fiona mit ihrem Auto weggefahren war, nachdem sie den Hund gebracht hatte. Es gab keinen Taxifahrer, der sie am fraglichen Nachmittag entweder zu Hause oder beim Tierarzt abgeholt hätte, und keiner hatte einen Beleg für eine Fahrt vom Flughafen zum Hause Carroll in der Nacht, als Philip zurückkehrte. Es gab keinen Nachweis dafür, daß er sich am Flughafen ein Auto gemietet hätte.

Es fehlten Belege dafür, daß Philip eine Feldkiste oder einen großen Koffer aufgegeben hätte, aber von den Fluggesellschaften wurde mitgeteilt, daß es auch keine Unterlagen darüber geben könne, falls er draußen vor dem Terminal eingecheckt habe. Auch die Gepäckträger, die zur Zeit seiner Abreise in New York Dienst hatten, wurden befragt. Niemand konnte sich an einen Fluggast erinnern, der ein solches Gepäckstück abgegeben hatte. Was nicht bedeute, daß es nicht vorgekommen sei, bemerkte einer. Man könne sich einfach nicht daran erinnern.

Die ersten Ermittlungen im Fall Fiona Morgan hatten ergeben, daß Philip während seines Aufenthaltes in New York im abgelegenen Anwesen des Ehepaars in Rye gewohnt hatte, in dem es ebenso wie in Los Angeles Hauspersonal gab. Am Mittwoch abend hatte er ein Treffen mit seinem Agenten, dem ein Abendessen mit dem Agenten und dessen Frau folgte. Er hatte sehr früh am Donnerstag morgen mit seinem Nachbarn, einem Jogger, gesprochen, und am Donnerstag nachmittag wurde er wegen eines Nachdrehs in dem Film, den er machte, nach Manhattan zurückgerufen. Am selben Abend war er in der Apotheke in Rye vorbeigegangen, um ein Rezept für Hustensaft einzulösen, und am Freitag morgen hatte er sich bei einem Friseur einen Block weiter die Haare schneiden lassen. Während diese Fakten alle Ariels Theorie stützten – daß dies alles bewußt so organisiert wurde, um ein Alibi zu belegen –, so bewiesen sie andererseits doch nur, daß Philip war, wo er angegeben hatte zu sein.

Ermittlungen in dem Haus in Rye ergaben natürlich in vielerlei Hinsicht, daß Fiona dort gewesen war, aber nichts lieferte einen Beweis darüber, daß sie sich erst kürzlich im Haus aufgehalten und hier einen Insulinschock erlitten hatte, an dem sie schließlich gestorben war.

Die Autopsie, der die Leiche Fionas unterzogen worden war, ließ weder auf Nadeleinstiche noch auf Sperma schließen. Die Blutanalyse offenbarte einen hohen Alkoholgehalt sowie das Arzneimittel Inderal, und obwohl es durchaus der Wahrheit entsprach, daß beides zusammen die Wirkung einer Insulinüberdosis noch verstärkte, so entsprach es ebenso der Wahrheit, daß ihr das Medikament von ihrem Arzt verschrieben worden war und daß es sich um ein geläufiges Medikament für Herzkranke handelte. Das war alles, was über die Autopsie zu erfahren war, und mehr würde es auch nicht geben, denn Fiona Morgan hatte das Leichenschauhaus in einer Urne verlassen. Die Urne stand auf dem Kaminsims in Philips Wohnzimmer, darin steckten verwelkte Rosen.

Wenn es irgendwo irgend etwas gab, womit bewiesen werden konnte, daß Philip Carroll seine Frau umgebracht hatte, so war es nicht zu finden, und die Polizei war nicht erfolgreicher, was die Verbindung zu Jane Macaulay anging.

Sprengstoffexperten erbrachten den Beweis, daß Janes und Ariels Wagen auf ähnliche Weise mit einer Bombe verbunden waren – in beiden Fällen waren elektrische Sprengkapseln mit der Zündung verbunden, in beiden Fällen waren je drei Stangen Dynamit mit einem Klebeband unter der Karosserie befestigt worden –, aber geringfügige Unterschiede legten nahe, daß die Sprengsätze nicht von ein und derselben Person gelegt wurden.

Eine Untersuchung von Ariels blutverschmiertem Hemd war positiv, das Blutbild stimmte mit Janes überein. Darüber hinaus hatten das Muster der Blutkleckse und eine chemische Analyse des Schmutzes auf dem Hemd – genaugenommen Teilchen der Sprengladung – überzeugend ergeben, daß sich Ariel zum Zeitpunkt der Explosion ganz in der Nähe aufgehalten hatte. Dieses Ergebnis erklärte schließlich auch ihre Verletzung auf der Stirn sowie die Amnesie. All das belastete Philip nicht.

Unterlagen der Telefongesellschaft wiesen drei Anrufe bei ein und derselben Telefonzelle in den Tagen unmittelbar vor Janes Tod auf – einer davon direkt am Tag der Explosion –, aber es bestand keine Möglichkeit, den Empfänger ausfindig zu machen. In dem Zimmer, das Rodriquez gemietet hatte, wohnte jetzt jemand anders, und bei der Ermittlung kurz nach seinem Tod hatte man nur eine Menge Kokain und einige neue elektronische Geräte gefunden – keine Sprengsätze und nichts, was ihn in Verbindung mit Philip brachte.

Wenn es Philip war, der Ariel an Janes Todestag zu Anthony's gelockt hatte, dann hatte er es nicht von seinem eigenen Telefon aus getan. Und obwohl er sie an dem Tag, an dem er selbst gestorben war, angerufen hatte, war der Anruf doch zu früh getätigt worden, als daß es sich dabei um die niederträchtig getürkte Nachricht handeln konnte.

Was den vier Jahre zurückliegenden Mord an Creighton Arnold und Michael Gold betraf, verliefen alle Spuren im Sand.

Kurze Aufregung gab es, als sich herausstellte, daß Arnold eine Waffe des gleichen Kalibers besessen hatte wie die Waffe, die benutzt worden war, um ihn zu töten. Daß seine Frau – und über sie auch Philip – Zugang dazu hatte, war von Interesse, aber ballistische Untersuchungen waren nicht möglich, weil die Waffe nicht gefunden werden konnte.

Von Adam Shaw hatte niemand wieder etwas gehört, seit er die Produktion von *Blindflug* verlassen hatte, und die Expertenmeinungen gingen auseinander, ob das Foto aus dem Programmheft Philip Carroll darstellte oder nicht. Shaw war nie bei der Armee oder vorbestraft gewesen, und somit gab es keine Fingerabdrücke, die mit Philips verglichen werden konnten. Ein Anruf bei Frank Eberhardt führte zu Shaws früherem Agenten in New York, der bestätigte, daß einer der Günstlinge von Creighton Arnold ihm geraten habe, Shaw fallenzulassen. Der Agent konnte sich nicht mehr an den Grund erinnern, der ihm genannt worden war, aber er war sich ziemlich sicher, daß es mit einer sexuellen Affäre nichts zu tun gehabt habe; daran, meinte er, würde er sich erinnern. Diejenigen, die mit der *Tulsa*-Serie in Verbindung standen, hatten weder von Arnold noch von sonst jemandem eine negative Meinung über Philip vermittelt bekommen. Entweder war Arnold schon ermordet worden, bevor er intrigieren konnte, oder die Theorie, daß er dies plante, war haltlos.

Es wurde eine gerichtliche Untersuchung im Hinblick auf Philips Tod durchgeführt, und der richterliche Schluß lautete, wie Neely vorhergesehen hatte, auf Tod durch einen unglücklichen Umstand. Der Tatbestand indizierte, daß der Mann, in Panik geraten, davonlaufen wollte. Im allgemeinen Durcheinander der Räumung hatte er Wins Annäherung falsch gedeutet und blindlings niedergestreckt, was er als Behinderung empfunden hatte. Er war direkt in das Auto eines Restaurantbesuchers gelaufen, der gleichermaßen in Panik geraten war. Der Wagen war außer Kontrolle geraten, in der Folge mit einem anderen Auto zusammengestoßen und schließlich auf das von Ariel geprallt, wodurch die Bombe detonierte. Der Fahrer war bei der Explosion ums Leben gekommen; Philip nicht. Er war durch den heftigen Aufprall seines Schädels auf dem Pflaster getötet worden.

Es schien darauf hinauszulaufen, daß der einzige Tod, den die Justiz Philip zur Last legen konnte, sein eigener war, und das einzig Positive, was es zu dieser Situation zu sagen gab, war, daß die Geschichte für *Die offene Akte* geradezu maßgeschneidert war. Eine ganze Sendung wurde schließlich diesem Mysterium gewidmet.

Zwei Tage nach Philips Tod stattete B. F. Ariel einen Besuch ab. Er schien sich mit der Wahrscheinlichkeit abgefunden zu haben, daß seine Enkelin Opfer eines verpatzten Mordanschlags auf Ariel war. Er schenkte ihrer Theorie vorbehaltlos Glauben, Fragen quälten ihn nicht länger, und die Überzeugung, daß Janes Mörder und der Mann, der die Sache ins Rollen gebracht hatte, tot waren, beruhigte ihn irgendwie.

Angesichts dieser pragmatischen Reaktion war Ariel nicht auf das vorbereitet, was zu sagen er gekommen war.

Als er die Stufen vor ihrer Haustür heraufkam, hatte er Stonewall im Schlepptau. In dem Augenblick, als der Hund Ariel entdeckte, hörte er auf, nach der großen blauen Schleife um seinen Hals zu schnappen, machte einen großen Satz in ihre Arme und bellte ihr so sehr ins Ohr, daß sie fast taub wurde.

»Macaulay will ihn nicht bei sich haben«, sagte B. F., »und ich bin viel zu oft verreist, als daß ich ihm gerecht werden könnte. Ich glaube nicht …«

Ariel setzte den Hund ab, und sofort begann Jessie ihn zu inspizieren, beide Hunde wedelten geschäftig mit dem Schwanz.

»Es ist nicht nur so, daß ich weiß, Sie können sich besser um den Köter kümmern«, sagte B. F. mit rauher Stimme. »Ich habe mich daran erinnert, wie er Sie vereinnahmt hat, und Sie sehen, wie er sich jetzt gerade wieder verhalten hat. Scheint so, als würde er selbst entscheiden, wo er hingehört.«

Er begann nervös auf und ab zu gehen und rückte schließlich mit der Sprache heraus.

»Sehen Sie, mir kommt es so vor, als würde der Hund Sie wiedererkennen, als ob er irgendwie in Ihnen Jane sieht. Oder so etwas spürt. Und da ist er nicht der einzige; mir geht es genauso.«

»Was um alles in der Welt wollen Sie damit . . .«

»Einen Moment, Ariel Gold. Es fällt mir nicht gerade leicht, über so etwas zu reden, also hören Sie mir zuerst zu. Ich weiß nur, daß Sie exakt an dem Tag in meinem Leben aufgetaucht sind, an dem ich erfahren habe, daß ich Jane verloren habe, und ich glaube nicht, daß das Zufall war.« Er zog an seinem Kragen, runzelte konzentriert die Stirn und drehte eine weitere Runde im Zimmer. »Sie sehen ihr nicht nur ähnlich, Sie verhalten sich auch wie Jane. Ich verstehe das weiß Gott nicht, aber es kommt mir irgendwie so vor, als wäre es ein Geschenk des Himmels, und ich stelle es nicht in Frage und werde es mit Sicherheit nicht zurückweisen.«

Ariel beobachtete B. F. mit zunehmender Unruhe. Sie konnte nicht bestreiten, daß sie ihn vom ersten Moment an gemocht hatte, was sie sich genausowenig erklären konnte wie ihre starke emotionale Reaktion auf Janes Zuhause, auf ihr Porträt und ihren Ehemann. Sie wußte selbst, daß sie der Frau ähnlich sah, die in jener Nacht gestorben war, als sie ihre eigene Vergangenheit eingebüßt hatte. Aber selbst wenn sie das alles nicht erklären konnte, so wußte sie doch, daß es einen rationalen Grund dafür gab. Was auch immer B. F. sich vorstellte, es war bestenfalls Wunschdenken – und ziemlich ungesund, im schlimmsten Fall.

»›Alle Phantasie‹«, sagte sie langsam und besonnen, »›sollte in der Wirklichkeit begründet sein.‹«

B. F. setzte sich unvermittelt nieder.

»Das war ein Zitat, oder?« fragte er. »Sie haben jemanden zitiert?«

»Na ja«, meinte Ariel. »Hören Sie, B. F., worüber wir uns hier Gedanken machen ...«

Er grinste plötzlich breit und brachte sie damit ganz durcheinander.

»Was denn?« fragte sie. »Was ist los?«

»Jane hat das auch immer gemacht. Sie kam mit all diesen Sprüchen daher, die so tiefschürfend klangen, als stammten sie von jemand Berühmtem und würden deshalb beweisen, was auch immer sie gerade sagen wollte. Hat mich verrückt gemacht.« Er schüttelte den Kopf, grinste zufriedengestellt.

»B. F.«, protestierte Ariel, »bitte. Werden Sie mir bloß nicht unheimlich! Ich weiß nicht, was für ein Gewäsch Sie sich da zusammenreimen, aber genau das ist es. Und nun hören Sie mir zu: So sehr ich mir das wünsche, ich habe Jane nie kennengelernt. Ich hatte keinerlei Verbindungen zu ihr, und ich bin, verdammt noch mal, *nicht* sie. Ich bin ich – und Sie mögen mich entweder um meiner selbst willen, oder Sie lassen mich in Ruhe.«

Er ignorierte ihre ultimative Aufforderung. Sein Unbehagen, von dem er zuvor geplagt schien, war verschwunden, und er wirkte wie ein Mann, der alles – was auch immer – nahm, wie es war.

»Ich rechne nicht damit, daß ich Sie dazu überreden kann, mit mir zu verreisen?« fragte er.

»B. F.!«

»Ich weiß, ich weiß. Aber ich bin viel unterwegs, und jetzt, wo das Tier bei Ihnen ist, habe ich eine gute Entschuldigung, hier vorbeizuschauen.«

Ariel gab auf. Sie verdrehte die Augen und brach in schallendes Gelächter aus.

»Himmel, B. F., Sie haben noch nie eine Entschuldigung gebraucht, wenn Sie hier zu welcher Uhrzeit auch immer hereingeplatzt sind, und ich glaube nicht, daß sich das jemals ändern wird. Ich werde Stonewall bei mir behalten, aber nur, wenn Sie absolut sicher sind, daß Macaulay ihn nicht haben will, und nur, wenn Sie mir eine schriftliche Bestätigung dafür geben. *Dieses* ganze Theater mache ich nicht noch einmal mit!«

49

Am folgenden Sonntag fuhren Henry und Ariel nach Boron, Kalifornien, einem winzigen Fleck auf der Landkarte. Das Städtchen lag ungefähr 120 Meilen nordöstlich von Los Angeles in der Mojave-Wüste und war die letzte bekannte Adresse einer jungen Frau mit dem Namen Linda Bonner. So hieß sie richtig, aber sie hatte sich nicht so genannt, als sie vor mehr als dreißig Jahren gekommen war, um ein Baby namens Jessie zu entführen. Damals nannte sie sich Dove.

Mit Max Neelys Hilfe hatte Ariel Zugang zu den Polizeiakten über den Entführungsversuch im Dezember 1962 in Culver City bekommen. Innerhalb einer Woche nach ihrer Verhaftung waren Linda Bonner und die beiden Männer bei einem Routinetransport vom Gefängnis zum Gericht entkommen. Eine Chance, daß ihre alte Adresse hilfreich sein könnte, bestand so gut wie nicht, das wußte Ariel, aber sie wollte ihr möglichstes tun, um zumindest ein Rätsel in ihrem Leben zu lösen.

Außerdem war es ihr ein Bedürfnis, Los Angeles und die quälenden Erinnerungen, den Frust und all die Sackgassen der vergangenen Tage hinter sich zu lassen, und jeder Abstecher bedeutete Zerstreuung, zumal Henry am Steuer saß.

Ariel hatte den guten Teil eines Abends damit verbracht, ihm von ihrer Adoption zu erzählen. Henry hatte nicht einmal mit der Wimper gezuckt; er glaubte nicht, daß ihn irgend etwas an Ariel noch erstaunen konnte. Das Detail, daß sie ihren Hund unbewußt – zumindest soweit sie wußte – nach sich selbst benannt hatte, ließ ihn in schallendes Gelächter ausbrechen und interessierte ihn dann sehr. Während der nächsten Minuten versuchte er sich auszumalen, wie man unbewußte Erinnerungen in einen *Offene-Akte*-Beitrag einbringen könnte.

Als sie dann den Highway 14 entlangfuhren, sprachen sie nicht über Ariel.

Sie sprachen über Win, dessen Bauchverletzung tatsächlich nicht tief gegangen war und der eine chirurgische Korrektur der Narbe auf seiner Wange abgelehnt hatte, offenbar weil er zu

dem Schluß gekommen war, daß man aus einer schnittigen Narbe möglicherweise einen Vorteil ziehen könnte.
Sie sprachen über Henrys Probleme mit seinem Sohn und seiner Exfrau, die noch immer darauf beharrte, daß Henry die Erziehung eines, wie es aussah, unerziehbaren Kindes übernahm. Sie sprachen über Ariels wachsende Menagerie und darüber, wie Jessie sich, nachdem sie klargemacht hatte, daß sie in diesem Verein den ersten Rang einnahm, von einem Kumpel nicht nur nicht gestört fühlte, sondern den kleineren Hund richtiggehend zu beschützen begann und nur nach ihm schnappte, wenn er wirklich frech wurde.
Als das Gespräch schließlich wieder auf Ariel kam, ging es nicht um ihre Vergangenheit, sondern um ihre Zukunft.
Der Fahrtwind, der durch das offene Fenster blies, war heiß, und Henry nahm einen Schluck Mineralwasser, zwängte die Flasche dann in das Durcheinander auf dem Rücksitz, bevor er auf eine Antwort zu seiner letzten Frage drängte.
»Nun? Was, wenn nicht?«
Ariel wandte den Blick von den Bergen im Westen und nahm ihre Brille ab, polierte sie gründlich, um noch Zeit zu gewinnen. Schließlich sagte sie: »Ich nehme an, du willst eine ernsthafte Antwort?«
Henry sah sie nur an.
»Okay. Wenn ich mein Erinnerungsvermögen nie zurückgewinne, wenn ich nicht mehr über mich herausfinde, dann werde ich eben damit leben.« Mit zusammengekniffenen Augen setzte sie die Brille wieder auf. »Ich glaube, daß ich ziemlich einsam war, Henry, daß ich nicht den großen Drang und auch nicht das Talent hatte zu leben. Ich habe das Gefühl, als würde ich diese Frau kennen, aber ich bin nicht diese Frau – verstehst du, was ich meine? Ich reiße mich nicht um ihr Leben oder ihre Erinnerungen, aber sie tut mir eher leid.«
Henry besaß genügend Feingefühl zu schweigen, und sie fuhren einige Meilen weit, bevor Ariel wieder sprach. Ihre Stimme klang absichtlich beschwingt.
»Ich sehe das folgendermaßen: Mir geht es finanziell und ge-

sundheitlich gut, ich bin mir ziemlich sicher, daß es nun niemand mehr auf mich abgesehen hat. Mit einer bemerkenswerten Ausnahme habe ich in den vergangenen Wochen einige vorzügliche Freunde gefunden. Ich habe einen Job geerbt, der mir gefällt, und nach dem, was du mir sagst, bin ich entspannter und lustiger als früher.« Kurz auflächelnd, sah sie Henry von der Seite an. »Das also sind die Tatsachen. Es geht vorwärts und wird besser und so weiter.«

Ariel lehnte sich zurück, löste die Beine vom klebrigen Vinylsitzpolster.

»Neulich abend, als du aus dem Auto gestiegen bist, dachte ich, daß dein Gedächtnis zurückkommen würde.« Henry sah sie verstohlen an. »Daß der Schock in guter alter Hollywood-Manier dein Gehirn vielleicht wieder aktiviert hätte.«

»Tut mir leid.« Ariel weigerte sich, über diese übersinnliche Vision oder den Traum oder was auch immer sich im Auto abgespielt hatte, nachzudenken. Wie schon bei B. F.s metaphysischem Schreckgespenst wurde ihr auch hier ganz mulmig.

Sie hatten einige Meilen zurückgelegt, als Henry plötzlich in sich hineinkicherte.

»Was? Was ist denn so lustig?«

»Mir fiel gerade ein«, sagte er, »was du neulich im Polizeiauto gesagt hast. ›Einen Moment noch‹, hast du gesagt, ›jetzt laßt erst mal die Dicke auspacken!‹ Als es noch auf dich gepaßt hat, hast du so was nie gesagt.«

»Es paßt noch immer gut genug.«

»Was, bist du verrückt? Komm zur Vernunft, Ariel. Kauf dir einen Spiegel.«

»Na ja, vielen Dank dann. Aber ich zerbreche mir über so ein Zeug nicht mehr den Kopf«, log Ariel. »Du kennst ja den Spruch: ›Wer wirklich arbeitet, weiß nie, wieviel er auf die Waage bringt.‹«

»Ach ja, gut. Ein markiger Spruch. Es gab in den letzten Tagen kaum welche davon.« Er überholte einen Lastwagen mit Pferdeanhänger, und während er zu dem gleichmütigen Tier hinübersah, sagte er: »Fang bloß nicht an, so auszusehen wie diese ausgemergelten Frauen aus Beverly Hills. Ich mag Frauen, die ein bißchen Fleisch auf den Knochen haben.«

Verwirrt schaute Ariel zu Henry hinüber und dann schnell wieder weg, gerade noch rechtzeitig, um das Ausfahrtsschild vor ihnen zu sehen. »Hey! Fahr ein bißchen langsamer. Du mußt hier Richtung Osten auf die 58er.«

Eine halbe Stunde später fuhr Henry in eine Tankstelle in Boron und fragte nach der Adresse, die man Ariel gegeben hatte. Das Mädchen, das die Zapfhähne bediente, hatte keine Ahnung, aber der Besitzer, ihr Großvater, war eine Fundgrube an Informationen. Das Anwesen sei seit Jahren verlassen, sagte er, das Grundstück heruntergekommen. Das Gebäude verfalle vollkommen, und die Frau, der es gehört habe, sei vor ein oder zwei Jahren begraben worden. Nachdem er seine entmutigenden Informationen kundgetan hatte, schweifte er mit seinem Blick traurig in die Ferne, während er sich im Nacken kratzte.

»Äh«, hakte Henry nach einem Moment des Schweigens nach, »Sie wissen nicht zufällig, wer der derzeitige Besitzer ist?«

»O doch«, räumte der alte Mann ein, »Russell, den kennt jeder.«

»Ich kann wohl nicht davon ausgehen, daß Sie mir sagen können, wie ich diesen ... Russell finde?«

»Fahren Sie doch einfach zu seinem Haus. Er wohnt hier in der Stadt.«

Er brauchte für seine Erklärungen fast länger, als der Weg selbst dann dauerte, und kurz darauf kamen sie zu einem sehr bescheidenen Ziegelsteinhaus inmitten eines ungeordneten Gartens, in dem überall neonfarbenes Spielzeug aus Plastik herumlag. Ein Mann mittleren Alters in Bermudashorts wartete schon auf der Veranda.

»Ray sagte, daß Sie vorbeischauen wollten«, rief er. »Ich bin Russell Binns. Vorsicht, das Dreirad. Mein Enkelsohn hat hier eine Art Hindernislauf fabriziert.«

Nachdem Ariel erklärt hatte, warum sie da waren, lächelte Binns.

»Jemine«, meinte er, »an diese Hippies habe ich seit Jahren nicht gedacht. Mutter hat mich immer geschimpft, wenn ich auch nur in die Nähe dieses Hauses ging – das sie als Kommune eingerichtet hatten –, aber ein oder zwei Frauen sahen wirklich gut aus. Ich habe mir all diese Geschichten darüber angehört, wie – Sie verstehen, wie wenig sie mit Moral am Hut hätten? Es war schon eine Versuchung.« Er lächelte in heimlicher Erinnerung.

»Wissen Sie, was aus ihnen geworden ist?« fragte Henry.

»Es dauerte nicht lange, da bereute Mutter schon, daß sie an sie vermietet hatte, und sie war wirklich froh, einen Grund zu haben, sie hinauszuschmeißen. Als sie mehrere kleine Kinder dort entdeckte – verschmutzt und nicht in der Schule und ohne Erwachsene, die auf sie aufpaßten –, war's aus. Sie schaltete die Ordnungshüter ein, und sie schickten Leute vom Jugendamt. Ich weiß nicht, was man gefunden hat, aber die Kinder wurden auf der Stelle weggenommen, und Mutter kündigte den Hippies.«

»Sie wissen nicht, wohin sie gegangen sind?« probierte Henry es noch einmal.

»Nee. Sollte mir das je zu Ohren gekommen sein, dann habe ich's vergessen.«

»Sie haben also eigentlich nie jemand von den Leuten kennengelernt?« fragte Ariel neutral. Sie wunderte sich, was dieses nostalgische Lächeln wohl zu bedeuten habe.

»Nun ...« Binns sah über seine Schulter ins Haus. Er trat ein, zwei Schritte auf sie zu und senkte die Stimme.

»Da war dieses eine Mädchen – sie nannte sich selbst ausgerechnet ›Dove‹, Täubchen. Sie war die hübscheste von allen, und mit ihr habe ich, äh, manchmal gesprochen.« Er runzelte die Stirn. »Es ist, glaube ich, acht oder neun Jahre her, daß ich sie in der Nähe von Lancaster getroffen habe. Sie hatte eine kleine Imkerei auf dem Land. Sie nannte sich jetzt anders, und sie hatte sich nicht besonders gut gehalten, muß ich leider sagen, aber sie war's.«

Als sie wieder im heißen Auto saßen und sich den Weg nach Lancaster in Erinnerung riefen, konnte Ariel ihr Glück kaum fassen.

»Versprich dir nicht zuviel davon«, warnte Henry. »Wahrscheinlich ist sie schon längst fort.«

Henry hatte sich getäuscht.

Sie entdeckten am Straßenrand den hölzernen Verkaufsstand, den Binns ihnen beschrieben hatte, sie sahen das Haus und den Bienenstand auf dem Feld dahinter. Alles wirkte sehr ordentlich. Henry parkte im staubigen Schatten eines riesigen alten Magnolienbaums, wo sie einen Moment lang sitzen blieben und sich umsahen. Zunächst wirkte der Ort wie verlassen, aber dann entdeckte Ariel eine Gestalt in der Nähe des Bienenstands, eine eher kleine Gestalt, die von Kopf bis Fuß vermummt war.

Sie stiegen aus und gingen hinüber zu dem Stand. Dort waren Honiggläser gestapelt, und daneben standen hübsche, spitz zulaufende Kerzen, aber auch aus Wachs geformte Tiere und Blumen. Gelbe Buchstaben auf einem Schild darüber verkündeten einfach HONIG. Auf einem kleineren Schild weiter unten war zu lesen, daß Bienenwachs sauberer verbrenne und eine längere Brenndauer habe als Paraffin.

»Da kommt jemand«, sagte Henry genau in dem Moment, als Ariel vom Haus herüber das Quietschen einer Fliegentür hörte.

Ein Mann von ungefähr dreißig kam die Stufen herunter. Er lächelte ungewöhnlich freundlich und sehr offenherzig, als er sich erkundigte, womit er ihnen helfen könne. Ariel erwiderte sein Lächeln und fragte, ob hier eine Frau namens Dove lebe.

Das Gesicht des Mannes wirkte besorgt. Sein Blick huschte zu der Gestalt, die immer noch bei den Bienenstöcken beschäftigt war, und dann wieder zu Ariel.

»Darf ich fragen, warum Sie das interessiert?«

»Bitte.« Ariel streckte ihre Hand aus und ließ sie dann sinken. »Es ist nichts passiert. Wir wollen nichts Böses, ehrlich. Wir sind nur auf der Suche nach jemandem, und wir hatten gehofft, daß Dove uns vielleicht weiterhelfen könnte. Werden Sie sie fragen, ob sie mit uns sprechen mag?«

Der Mann wirkte kaum beruhigt, aber er nickte. Er ging ein paar Schritte zurück und dann zum Gartentor hinaus, sein Blick war auf Henry und Ariel geheftet. Sie sahen ihm nach, wie er zu der vermummten Gestalt trat und kurz mit ihr sprach. Der breite Hut wandte sich in ihre Richtung, das Gesicht war hinter einem weißen Schleier versteckt. Nach einigen Minuten wurde der Hut abgelegt, und die beiden kamen langsam auf Ariel und Henry zu. Ihr Zögern ließ Ariel an Kinder denken, die strengen Eltern gegenübertreten.

Als sie durch das Tor kamen, sank Ariels Herz. Wenn das Dove war, dann konnte sich Ariel nicht vorstellen, was Russell Binns damit gemeint hatte, als er sagte, sie habe sich nicht besonders gut gehalten. Diese Frau wirkte noch nicht einmal wie fünfzig. Als sie näher kam, wurden kleine Fältchen um Augen und Mund sichtbar und ihr hüftlanges blondes Haar, das schon ziemlich grau meliert war. Sie war blaß, und zwischen den Augenbrauen lagen tiefe Sorgenfalten. Die hübschen kornblumenblauen Augen selbst aber waren fesselnd. Sie wirkten ängstlich. Und zudem seltsam glanzlos.

»Dove?« fragte Ariel.

Die Frau nickte. Sie sah aus, als wollte sie gleich davonlaufen.

Ariel stellte sich und Henry vor. »Wenn Sie ein paar Minuten Zeit hätten«, sagte sie, »dann würde ich gerne mit Ihnen über einige Leute sprechen, die Sie früher mal kannten.«

Nach den ersten Worten dieser Frau wußte Ariel, was Binns gemeint hatte. Obwohl der jahrelange Mißbrauch Gott weiß welcher experimenteller Drogen ihr Äußeres nicht beeinträchtigt hatte, waren andere Schäden zurückgeblieben. Ihre Stimme war dünn, ein Flüstern. »Haben Sie ... jemand mitgebracht?«

»Nein, nein«, versicherte Ariel – glaubhaft, wie sie hoffte. »Wir versuchen nur etwas, nun, über mich herauszufinden. Ich glaube, Sie haben mich gekannt, als ich ein Baby war. Sie lebten mit meinen Eltern zusammen.«

»Ach, wirklich?«

Ariel probierte es noch einmal.

»Ich hieß damals Jessie.«

»Aber das kann nicht sein.« Die Augen schauten verwirrt zu ihr herüber. »Jessie ist ein Baby und ...« Sie hielt inne und sah Bestätigung suchend den Mann an. Offensichtlich klärte sich für sie nichts.

»Was genau wollen Sie von mir?« fragte sie.

Ariel ließ es darauf ankommen. Sie ging auf die Frau zu und umklammerte ihre Hände, die in Handschuhen steckten. »Könnten wir uns nicht setzen?«
»Nun … gut.« Dove zog ihre Hände zurück, bat Ariel und Henry aber schüchtern auf die Veranda.
»Wollen Sie unseren Spezialtee probieren?« fragte sie mit der zitternden Stimme eines kleinen Mädchens. »Sie werden ihn mögen.« Sie verschwand ins Haus, um das Getränk zu holen, und blieb so lange, daß Ariel fürchtete, sie hätte ihre Meinung geändert. Der Mann (Doves Sohn? Ehemann?) sagte kein Wort und fühlte sich in seiner Haut ziemlich unwohl. Er hielt den Blick auf die Eingangstür gerichtet und wirkte genauso erleichtert wie Ariel, als Dove schließlich wieder auftauchte.
Irgendwie, durch irgend etwas hatte die Frau ein wenig Mut geschöpft, und als Henry ihren nach Honig schmeckenden Tee lobte und sich nach dem Bienenhaus erkundigte, ließ sie sich auf der kleinen Hollywoodschaukel nieder und plauderte über Bienen und das Geschäft. Ihre Gäste hörten ihr höflich zu, wagten nicht, einander anzusehen.
»Was haben Sie denn damals alles angepflanzt, als sie in der Kommune lebten?« fragte Ariel ohne jeden Zusammenhang.
»Erdbeeren, meistens«, antwortete Dove, und überraschend plötzlich wurde ihre Stimme wieder voller. In einem Augenblick, der für sie selbst äußerst klar gewirkt haben mußte, fragte sie: »Das ist lange her, nicht wahr?«
»Ja«, antwortete Ariel. »Sehr, sehr lange, und was damals passierte, ist vergangen und vergessen. Ich würde einfach gerne etwas über meine Eltern erfahren. Wollen Sie mir nicht von ihnen erzählen?«
»Oh, Annie war in Ordnung«, hauchte Dove. »Sie war so lustig. Schmeckt Ihnen der Tee wirklich?«
Ariel versicherte, daß er köstlich sei, und bohrte weiter. »Sie hieß Annie?«
»Na ja, so haben wir sie auf jeden Fall genannt. Sie sagte, das sei ein Name, der zu einem Cracker paßte.«
»Zu wem paßte?« fragte Ariel.

»Zu einem Cracker. Sie wissen schon, jemand aus dem Süden. Aber das hat *sie* gesagt. *Ich* habe sie nie so genannt.«
»Sie war aus dem Süden? Wissen Sie, von wo im Süden?«
»Ich weiß nicht ...« Doves feine Augenbrauen zogen sich sorgenvoll zusammen. »Texas? Virginia? Irgendwo da her ...«
Ariel seufzte. Vielleicht könnte sie auf die Geographiestunde später noch einmal zurückkommen. »Und wie hieß mein Vater?«
»Son.«
»Pardon?«
»Son.«
»Wie ...« Ariel zeigte zum Himmel.
»Nein!« kicherte Dove. *»S-o-n!* Er war so gescheit, das war Son! Sie glauben nicht, was er alles wußte!« Lächelnd gab sie sich irgendeiner zarten Erinnerung hin.
»Was ist aus ihnen geworden? Wissen Sie etwas darüber?«
»Sie nicht?«
»Ich hatte gehofft, Sie könnten mir weiterhelfen.«
»Nun, Annie ist gestorben natürlich. Sie war nach der Geburt nicht besonders gut zu Kräften gekommen. Und Son ... Von Son weiß ich nichts.«
»Erinnern Sie sich zufällig noch daran«, unterbrach Henry das Gespräch und hoffte, daß die Frage Doves unsicheren Zugriff auf die Wirklichkeit nicht ins Schwanken brachte, »wie sie mit Nachnamen hießen?«
Die blonde Frau schüttelte langsam, ungewiß den Kopf.
Und obwohl er wußte, daß es fast sinnlos war, fragte er doch. »Ich nehme nicht an, daß Sie eine Abschrift von Ariels – Jessies – Geburtsurkunde haben? Sie oder irgendwelche Freunde aus der Zeit?«
Dove sah ihn erstaunt an. »Gab es eine? Wir haben Sie selbst zur Welt gebracht, wissen Sie. Sie kamen zu früh. Son hatte schon gesagt, daß das passieren könnte, und er hatte recht.«
»Wie kam Son darauf?« fragte Henry.
»Ich habe Ihnen ja schon gesagt, daß er richtig klug war. Aber selbst er hatte nicht geglaubt, daß es *so* früh losgehen könnte, und wir brachten Annie nicht mehr rechtzeitig in die Stadt.« Sie

schüttelte wieder den Kopf, als sie darüber nachdachte. »Als Sie dann schließlich zur Welt kamen, war sie so schwach.«

»Das verstehe ich nicht.« Ariel runzelte verwirrt die Stirn. »Wenn es so lang gedauert hat, warum hatten Sie dann nicht mehr die Zeit, meine Mutter zum Arzt zu bringen?«

»Oh, mit dem ersten ging es wirklich sehr schnell, aber Sie haben ewig gebraucht.«

Ariel und Henry sahen sich an.

»Mit dem ersten?« fragten sie beinahe gleichzeitig.

»Na klar«, antwortete Dove. »Sie kam in Null Komma nichts.«

Für einen Moment war auf der Veranda nur das rhythmische Quietschen zu hören, als Dove in Gedanken versunken sanft mit der Schaukel vor- und zurückschwang.

»Sagen Sie mir damit, daß ich einen Zwilling hatte?« fragte Ariel, als sie wieder in der Lage war zu sprechen. »Ich habe eine Zwillingsschwester?«

»Na klar.« Die Schaukel wurde langsamer, und Dove sah vom einen zum anderen, ihr Gesicht wirkte zunehmend verunsichert.

»Jane.«

»Jane«, wiederholte Ariel.

Doves Mund stand vor lauter Beklemmung offen.

»Son hatte sie bei sich, als diese Leute kamen und Jessie mitnahmen«, flüsterte sie und brachte das Kind offensichtlich nicht mehr mit der Erwachsenen in Verbindung. »Und dann, bevor er zurückkam, mußten wir weg. Ich habe ihn nie wiedergesehen. Das andere Baby auch nicht.«

Was sie sagte, ergab zwar keinen Sinn, schien sie aber an die Gefahr zu erinnern, in der sie sich damals befunden hatte.

Sie sank sichtbar in sich zusammen und wirkte zunehmend zerstreut, als zuerst Ariel und dann Henry dringlich nachhakten.

Als er um die Namen der anderen Mitbewohner der Kommune bat, kam Dove auf die Füße. Die plötzlich leere Schaukel schlingerte gegen ihre Kniekehlen, und sie mußte nach der Kette greifen, um das Gleichgewicht nicht zu verlieren.

»Ich muß jetzt gehen«, sagte sie. »Mitchell ...?« Panikbesessen appellierte sie an den Mann, und bevor irgend jemand reagieren konnte, war sie schon verschwunden. Hinter ihr knallte die Fliegentür zu.

Ariel war schon halb aufgestanden, als Henry sie an der Hand faßte.

»Ein andermal«, sagte er leise.

Ariel starrte frustriert auf die Tür. Sie wußte, daß er recht hatte, aber dadurch wurde es nicht leichter.

Nachdem die beiden sich bei dem wortkargen Mitchell bedankt und anstandshalber ein Glas Honig gekauft hatten, fuhren sie in einer aufwirbelnden Staubwolke davon. Eine ganze Weile verging, bevor sie das Gespräch wiederaufnahmen.

»Du weißt, daß es wahr ist«, meinte Henry.

»Ich weiß.«

»Was hast du über Coulters Tochter und seinen Schwiegersohn erfahren?«

»Sie hieß Suzanne, er Harrison.« Ariel schluckte mehrmals. »Er ist auch tot. Ich glaube, ich kann das alles nicht ertragen. Herauszufinden ...« Sie wandte ihr Gesicht ab.

»Du hast immer noch einen Großvater.« Henry reichte ihr ein Taschentuch, ordentlich zusammengefaltet und erstaunlich sauber, und wartete.

Ariel versuchte, nicht allzu heftig zu weinen, riß sich zusammen. Schließlich sagte sie erschöpft und mit verquollenen Augen: »Das erklärt so viel.« Sie schaute unbestimmt auf das Taschentuch und steckte es in ihre Handtasche.

»Meine Zuneigung für B. F. von der ersten Sekunde an und das Gefühl, das ich hatte, als ich vor Janes Porträt stand. ›Trauer‹ ist das einzige Wort, womit ich es beschreiben kann. Die Art und Weise, wie die Hunde reagiert haben, war ... Und es ist seltsam, ihr Haus – Janes Haus kam mir so bekannt vor. Oder vielleicht übertreibe ich jetzt auch.«

»Ich glaube nicht.« Henry schaltete die Scheinwerfer ein. »Wir haben einmal eine Sendung über eineiige Zwillinge gemacht, die nach der Geburt getrennt wurden. Werden sie wieder zusammengeführt, gibt es manchmal erstaunliche Ähnlichkeiten in ihrem Leben. Beruf. Hobbys. Geschmäcker. Sogar die Ehe – der Typ des Partners, den sie sich wählten.«

Ariel sah ihn an, überlegte, was dies bedeutete. Sie schien sich nicht auf einen Gedanken konzentrieren zu können, ohne daß gleich ein Dutzend anderer auf sie einstürmten. »Ich frage mich ...«, fing sie an. Und dann noch einmal: »Erinnerst du dich noch an die Tagebücher, von denen ich dir erzählt hatte? Ich habe so viel über Einsamkeit geschrieben. Glaubst du, das waren einfach die Umstände, oder lag es an etwas Tiefergehendem? Ein Gefühl der Unvollständigkeit?«

»Ich weiß es nicht. Vielleicht.«

»Und, Henry, gerade fällt mir noch etwas ein, wovon B. F. mir erzählt hat. Er sagte, daß Jane – von der er, bis sein Schwiegersohn sie zu ihm brachte, noch nicht einmal gewußt hatte, daß es sie gab, wie er erzählte – am Anfang, als sie zu ihm gekommen war, ein und dasselbe Wort immer wiederholt habe. Er dachte, sie würde ›Yes, Sir‹ sagen. Henry, sie hat nach mir gerufen. Sie hat ›Jessie‹ gesagt!«

Das Taschentuch wurde wieder herausgezogen.

Erst als sie schon ein gutes Stück weiter waren, schneuzte sich Ariel entschlossen und richtete sich auf. Ihre Stimme zitterte noch immer, Henry hörte aber auch eine leichte Erregung.

»B. F. hat so viel verloren, Henry, das hat er. Er dachte, er hätte niemanden mehr, und ich auch.

Weißt du«, fuhr sie nachdenklich fort, »Laya hat mir gesagt, daß ich, welche Motivation auch immer ich hätte, mich so sehr in Janes Fall hineinzuknien, andere, tiefere Gründe finden würde. Bis jetzt wußte ich nicht, wovon sie sprach.«

Und, dachte Henry, du weißt es noch immer nicht.

Die Dämmerung war zu tiefer Nacht geworden, und er konnte Ariels Gesicht nur gelegentlich im Licht entgegenkommender Scheinwerfer sehen. Sie wirkte friedlicher, als er sie je gesehen hatte. Es tat ihm leid zu wissen, daß es nicht so bleiben würde. Sobald der Schock einmal überwunden war, das wußte er, würden die Fragen zurückkehren, und es würde nicht lange

dauern, bis sie wieder an all die Dinge dachte, die nicht durch eine Zwillingsschwester zu erklären waren.
Und dann würde sie einen guten Freund brauchen, dachte Henry. Vielleicht David Friedman. Oder vielleicht Laya. Er würde ja gerne erfahren, was diese Frau dazu meinte, was die beiden Frauen ausgerechnet an diesem besonderen Abend vor dem Anthony's zusammengeführt hatte. Er hatte die Frage schon im Kopf, mit der die Aufreißergeschichte in *Die offene Akte* beginnen sollte. Im Dunkeln grinste er, als, wie bekannt, sein Adrenalinpegel zu steigen begann. Wann immer die Fragen gestellt würden, eines war ihm vollkommen klar: Er würde für die Antworten sofort zur Stelle sein.
Aber wem machte er hier eigentlich etwas vor? Verstohlen warf er einen Blick auf die Frau neben sich und wußte, daß die Sendung nie zustande kommen würde. Dann bemerkte er etwas, was ihn ziemlich überraschte.
Er würde trotzdem zur Stelle sein.